MANESSE BIBLIOTHEK DER WELTLITERATUR

Die steinerne Blume

DIE STEINERNE BLUME

Märchen russischer Dichter und Erzähler

ZUSAMMENSTELLUNG UND
ÜBERSETZUNG VON
ERICH MÜLLER-KAMP

Manesse Verlag

ISBN 3–7175–1044–4 (Leinen)
ISBN 3–7175–1045–2 (Leder)

INHALT

PAWEL BASCHOW
Die steinerne Blume 9

WLADIMIR ODOJEWSKIJ
Das Märchen vom Kollegienrat Iwan Bogdanowitsch 62

STEPAN PISACHOW
Wie das Salz ins Ausland geriet 70

D. NAGISCHKIN
Der tapfere Asmun 77

MICHAJL SALTYKOW-STSCHEDRIN
Der Adler als Mäzen 94

ALEXANDER KUPRIN
Der Elefant 109

WSJEWOLOD GARSCHIN
Die Sage vom stolzen Aggej 125

MAXIM GORKIJ
Was Jewsejka erlebte 141

NIKOLAJ TELESCHOW
Heidekörnchen 149

ALEXEJ REMISOW
Das Osterfeuer 157
Der betrogene Jakob 160

WLADIMIR DAHL
    Das Märchen von Iwan dem jungen Sergeanten ... 170

ALEXANDER KUPRIN
    Die scheckigen Pferde 198

ANTONIJ POGORELSKIJ
    Das schwarze Huhn 208

ALEXANDER PUSCHKIN
    Märchen 251

MICHAJL MICHAJLOW
    Die beiden Fröste 262
    Gedanken 266

NIKOLAJ GARIN-MICHAJLOWSKIJ
    Das kleine Buch vom Glück 269

LEO TOLSTOJ
    Das Märchen von Iwan dem Dummkopf 276

FJODOR SOLOGUB
    Das Mädchen, das Wasser in Wein verwandelte .. 317

SASCHA TSCHORNYJ
    Der friedliche Krieg 324

ALEXEJ TOLSTOJ
    Die Froschprinzessin 334

KONSTANTIN PAUSTOWSKIJ
    Der Bär aus dem tiefen Walde 345

PAWEL BASCHOW
    Silberhuf 357

ALEXEJ TOLSTOJ
Der blaue Vogel 369

LEO TOLSTOJ
Die beiden Brüder 386

DMITRIJ MAMIN-SIBIRJAK
*Das Märchen vom Mückenkönig Langnase und
Mischa Zottelbär Stummelschwanz* 389

MAXIM GORKIJ
Das Märchen vom tumben Iwanuschka 396

VALENTIN KATAJEW
Pfeifchen und Krüglein 402
Das Blümlein Siebenfarb 410

WENJAMIN KAWERIN
Mit leichten Schritten 421

ALEXANDER GRIN
Der redselige Hausgeist 460

LEO TOLSTOJ
Bauer und Wassermann 468

SASCHA TSCHORNYJ
Der Soldat und die Nixe 469

JEWGENIJ PERMJAK
Foka – der Mann, der alles kann 477

JEWGENIJ SCHWARZ
Das Märchen von der verlorenen Zeit 488

SERGEJ MICHALKOW
Der Simulant 501

SAMUIL MARSCHAK
Die zwölf Monate 504

PAWEL BASCHOW
Sinjuschkas Brunnen 515

WSJEWOLOD GARSCHIN
Das, was niemals war 536

Biographische Anmerkungen 543

PAWEL BASCHOW

Die steinerne Blume

I

Nicht nur in den Marmorbrüchen arbeitete man zum Ruhm der Bildhauer und Steinmetzen. Auch in unseren Betrieben, heißt es, verstand man sich auf eine meisterhafte Bearbeitung von Steinen. Der einzige Unterschied bestand darin, daß sich die Unsrigen vorzüglich mit dem Malachit abplagten, weil wir reiche Vorkommen besaßen. Unser Malachit war erstklassig. Und aus diesem Malachit fertigte man denn auch Kunstsächelchen an, daß man nur staunen konnte, wie so etwas möglich war.

Damals lebte der Meister Prokopjitsch, der war in dieser Kunst der Beste. Niemand übertraf ihn. Er war schon hoch in Jahren.

Eines Tages wies der Herr den Verwalter an, diesem Prokopjitsch einen jungen Burschen in die Lehre zu geben. «Soll er sich alles aneignen, bis zur letzten Feinheit!»

Aber Prokopjitsch – sei es, daß es ihm leid tat, sich von seinem Handwerk einmal trennen zu müssen, sei es aus anderen Gründen – war ein ganz schlechter Lehrer. Alles lief bei ihm auf Knüffe und Püffe hinaus. Er verbeulte dem Burschen den Kopf, riß ihm fast die Ohren ab und sagte dann zum Verwalter:

«Dieser taugt nichts... seine Augen sind ungeeignet, die Hand ist unsicher. Aus dem wird nichts!»

Dem Verwalter war offenbar aufgetragen worden, sich Prokopjitschs Wünschen zu fügen.

«Taugt er nichts, dann eben nicht... wir geben dir einen anderen.» Und er teilte ihm einen anderen Jungen zu.

Unter den Burschen sprach sich die Kunde von dieser Lehre herum. Sie heulten schon im voraus, um ja nicht in Prokopjitschs Werkstatt zu geraten. Den Vätern und Müttern war es auch nicht lieb, ihr Kind nutzlos solchen Quälereien auszusetzen... sie stellten sich, so gut es ging, schützend vor ihre Söhne. Zudem darf man nicht vergessen, daß dieses Handwerk, der Umgang mit dem Malachit, der Gesundheit sehr abträglich ist. Das reinste Gift! Deshalb hüten sich die Menschen davor.

Der Verwalter behielt trotzdem den Befehl des Herrn im Gedächtnis und wies Prokopjitsch neue Lehrlinge zu. Der quälte und plagte jeden in gewohnter Art eine Weile und lieferte ihn dann dem Verwalter zurück.

«Unbrauchbar, der Junge...»

Der Verwalter fuhr ihn an: «Wie lange soll das noch so weitergehn? Der taugt nicht und der taugt nicht, wann wird denn endlich einer was taugen? Nimm den da...»

Prokopjitsch blieb bei seinem: «Was soll ich machen... Auch wenn ich ihn zehn Jahre lang belehre, doch aus dem Burschen wird nichts Vernünftiges...»

«Wen willst du denn noch?»

«Am besten schickst du mir gar keinen... ich bin deshalb nicht traurig.»

Solcherart stellten der Verwalter und Prokopjitsch eine Menge Burschen probeweise ein, aber es blieb beim gleichen Ergebnis: am Kopf Beulen und im Kopf kein anderer Gedanke als so rasch wie möglich auf und davon. Manche verdarben mit Absicht das Material, damit sie Prokopjitsch wegjage.

Schließlich kam die Reihe an Daniljko, den Dürrling. Vollwaise war das Bürschchen. Zwölf Jahre alt dürfte er damals gewesen sein oder etwas älter. Hochgeschossen, aber dürr, so arg dürr, daß man sich wunderte, wie er sich aufrecht hielt. Aber ein hübsches, sauberes Gesicht. Locken, blaue Augen. Zuerst hatte man ihn als Laufburschen im Herrenhaus angestellt: Tabakdose, Tüchlein reichen, hierhin und dorthin laufen. Aber der Waisenknabe erwies sich für diesen Dienst als ungeeignet. Andere Burschen sind auf solchem Posten flink wie die Wiesel. Kaum wird ein Wunsch geäußert, stehen sie stramm: «Was befehlen?» Doch dieser Daniljko verdrückt sich irgendwohin in ein Eckchen, starrt ein Bild oder einen Schmuckgegenstand an und steht da. Man ruft ihn, aber er wackelt nicht mal mit dem Ohr. Natürlich wurde er anfangs geprügelt, aber dann winkte man mit der Hand:

«Eine Art Gottseliger! Ein Spinner! Aus dem wird nie ein guter Diener.»

Zur Fabrikarbeit oder in die Grube wurde er trotzdem nicht gegeben – zu schwach für solche Arbeit, er hätte es keine Woche ausgehalten. Der Verwalter machte ihn zum Hirtenjungen. Aber auch hier war Daniljko nicht recht am Platze. Das Bürschchen bemühte sich zwar redlich, aber immer wieder ging etwas schief. Stets war er mit seinen Gedanken anderswo. Er starrt aufs Gras, und die Kühe laufen sonstwohin. Der alte Hirt war ein freundlicher Mann, er hatte Mitleid mit dem Waisenkind, aber auch er fluchte hin und wieder: «Was soll bloß aus dir werden, Daniljko? Du richtest dich selbst zugrunde und bringst noch meinen alten Rücken in Gefahr, verbleut zu werden. Wozu soll das taugen? Worüber sinnst du die ganze Zeit nach?»

«Ich weiß es selbst nicht, Großvater... so... über nichts... habe mich in etwas verguckt. Ein Käfer kroch über ein Blatt. Der Körper bläulich, nur unter den Flügeln schimmerte er gelblich, und das Blatt ganz breit und groß... an den Rändern gezahnt, wie gefälbelt, etwas dunkler in der Farbe, doch in der Mitte leuchtet es hellgrün, als sei es eben erst angestrichen worden... Und der Käfer kriecht langsam darüber hin...»

«Was ich sage! Bist du nicht ein rechter Narr, Daniljko? Ist es deine Sache, Käfer zu beobachten? Kriecht einer – laß ihn kriechen, aber dein Amt ist es, auf die Kühe aufzupassen. Höre auf mich, laß die Dummheiten, denk an deine Arbeit, sonst melde ich dich dem Verwalter.»

Eins konnte Daniluschko. Er hatte gelernt, das Horn zu blasen. Kein Vergleich mit dem Alten! Saubere Musik machte er. Abends, wenn die Kühe eingetrieben wurden, bettelten die Mägde und Weiber: «Daniluschko, spiel ein Liedchen!»

Und er beginnt zu blasen. Lauter unbekannte Lieder. Mal hört man den Wald rauschen, mal eine Quelle murmeln, mal rufen sich die Vögel mit allen möglichen Stimmen etwas zu, und immer klingt es hübsch. Wegen seiner Lieder hatte Daniluschko bei den Frauen einen Stein im Brett. Die eine besserte sein Jöppchen aus, eine andere schnitt ihm ein Stück Leinwand für Fußlappen ab oder sie nähte ihm ein neues Hemd. Von den und jenen leckeren Bissen gar nicht zu reden – jede steckte ihm einen möglichst großen und süßen zu. Auch dem alten Hirten griffen Daniluschkos Lieder ans Herz. Nur ging auch hierbei wieder alles schief. Begann Daniluschko zu blasen, kam ihm alles aus dem Sinn, dann gab es gleichsam keine Kühe mehr. Und wegen seines Spiels geriet er denn auch in Not.

Eines Tages vergaß sich Daniluschko wieder einmal beim Musizieren. Der Alte war ein wenig eingeschlummert. Eine ganze Reihe von Kühen trollte sich in die Büsche. Als sie zur Heimkehr zusammengetrieben wurden, sahen die beiden: die ist nicht da, die andere ist nicht da. Sie rannten los und suchten. Aber da suche einer. Der Weideplatz lag in der Nähe des Hochwalds, Tummelplatz für Wölfe ... Nur eine einzige Kuh wurde wiedergefunden. Die beiden trieben die Herde heim – nichts zu machen – sie mußten den Verlust melden. Aus der Siedlung kamen die Leute angerannt, halfen beim Suchen, aber die Kühe blieben verschwunden.

Die Strafe, die den Hirten drohte, kennt man. Wer Dummheiten macht, kriegt seine Tracht. Zum Unheil gehörte eine der Kühe auch noch zum Hof des Verwalters. Da war mit keiner Gnade zu rechnen. Zuerst streckte man den Alten auf die Bank. Dann kam die Reihe an Daniluschko. Und er war ein so mageres, dürres Kerlchen! Sogar der herrschaftliche Henker entschuldigte sich.

«Der da», sagte er, «wird von einem einzigen Hieb ohnmächtig, wenn er nicht sogar die Seele aushaucht.»

Trotzdem schlug er zu – erbarmungslos. Daniluschko schwieg. Der Henker versetzte ihm einen zweiten Hieb. Schweigen. Einen dritten.

Schweigen. Der Henker kam in Wut und schlug mit vollem Schwung und aller Kraft zu. Dabei brüllte er: «Ich bringe dich soweit, du Dummer... du gibst Laut... du gibst!»

Daniluschko zitterte am ganzen Leibe, die Tränen strömten, aber er schwieg, biß sich auf die Lippen und spannte sich. Bis er das Bewußtsein verlor. Aber keiner hatte ein Wörtchen von ihm vernommen. Der Verwalter – er stand selbstverständlich daneben – wunderte sich.

«Da hat sich einer gefunden, der was aushält! Jetzt weiß ich, wohin ich ihn stelle, wenn er am Leben bleibt.»

Daniluschko mußte lange liegen. Die alte Wichoricha stellte ihn wieder auf die Beine. Die Alte verstand sich auf so etwas. Anstelle der Ärzte erfreute sie sich in unseren Grubensiedlungen großen Ansehens. Sie kannte die Kraft der Kräuter und wußte, was gut gegen Zahnschmerzen war, welches Kraut gegen Verheben und welches gegen den Bruch half... nun, alles, wie es sich gehört. Sie selbst sammelte die Kräuter zu einer Zeit, wenn jede Pflanze ihre volle Kraft besaß. Aus den Kräutern und Wurzeln bereitete sie einen Aufguß, kochte Absud und mischte ihn mit Salben.

Bei diesem Großmütterchen Wichoricha hatte Daniluschko ein gutes Leben. Die Alte war freundlich und redselig. Überall in der Stube hingen getrocknete Kräuter, Wurzeln und Blumen. Daniluschko war neugierig und fragte, wie man die Kräuter heiße, wo sie wüchsen, wie sie blühten. Die Alte erzählte es ihm.

Einmal fragte Daniluschko: «Kennst du jede Blume hierzulande, Großmütterchen?»

«Ich will mich nicht loben», sagte sie, «aber

ich kenne wohl alle, die man hier entdecken kann.»

«Gibt es denn welche, die noch nicht entdeckt worden sind?»

«Auch solche gibt es», antwortete sie. «Hast du schon vom Schatzkraut gehört? Es soll nur in der Johannisnacht blühen. Eine Zauberblume. Mit ihrer Hilfe entdeckt man Schätze. Für den Menschen ist sie schädlich. Vom Springkraut ist die Blüte wie ein Irrlicht. Bekommst du es zu fassen, stehen dir alle Schlösser offen. Das ist die Diebsblume. Und dann gibt es noch die steinerne Blume. Sie wächst angeblich im Malachitberg. Am 12. September, am Schlangentag, steht sie in ihrer vollsten Kraft. Wer die steinerne Blume erblickt, der wird unglücklich.»

«Wieso unglücklich, Großmütterchen?»

«Das weiß ich selbst nicht, Kindchen. So hat man mir's erzählt.»

Daniluschko hätte bei der Wichoricha vielleicht noch länger gelebt, aber die Ohrenbläser des Verwalters sahen, daß das Bürschlein allmählich wieder zu gehen begann, und hinterbrachten es sofort ihrem Herrn. Der ließ Daniluschko rufen und sagte: «Du gehst jetzt zu Prokopjitsch und lernst das Malachithandwerk. Das ist genau die Arbeit, die für dich paßt.»

Nun, was war da zu machen? Daniluschko ging hin, obwohl er noch bei jedem Windstoß schwankte. Prokopjitsch musterte ihn und sagte: «Der hat mir gerade noch gefehlt. Die gesunden Burschen waren für die Lehre bei mir nicht kräftig genug, was soll man erst von dem da erwarten – er hält sich ja kaum auf den Beinen.»

Prokopjitsch begab sich zum Verwalter.

«Den brauche ich nicht. Ohne es zu wollen,

schlägt man ihn gar noch tot und muß sich dafür verantworten.»

Aber der Verwalter will nichts davon hören.

«Befehl ist Befehl. Du nimmst ihn in die Lehre. Keine Widerrede! Der Bursche ist kräftig. Achte nicht darauf, daß er ein Dürrling ist.»

«Na schön, Eure Sache; wie Ihr meint», sagte Prokopjitsch. «Ich nehme ihn in die Lehre, nur ziehe man mich nicht zur Verantwortung.»

«Niemand wird das tun. Das Bürschchen steht allein in der Welt, mit dem kannst du machen, was du willst», antwortete der Verwalter.

Als Prokopjitsch heimkam, stand Daniluschko an der Werkbank und betrachtete aufmerksam eine Malachittafel. An dieser Tafel war ein Einschnitt angebracht worden, um den Rand abzuschlagen. Auf diese Stelle hatte Daniluschko den Blick gerichtet. Er schüttelte den Kopf. Prokopjitsch wurde neugierig, was der Neuling dort zu schauen hatte. In barschem Ton, wie es bei ihm die Regel war, fragte er: «Was tust du da? Wer hat dir erlaubt, das Werkstück in die Hand zu nehmen?»

Daniluschko antwortete: «Nach meiner Ansicht sollte man die Kante nicht an dieser Stelle abschlagen, Großvater. Siehst du die Maserung da? Die wird dabei zerschnitten.»

Prokopjitsch brüllte: «Was? Wer bist du? Meister? Hast noch keine Hand gerührt und willst schon urteilen? Was verstehst denn du?»

«Soviel verstehe ich, daß diese Tafel verdorben ist», antwortete Daniluschko.

«Wer hat was verdorben? He? Das sagst du, Rotznase, mir – dem Meister? Ich werde dir zeigen, was verderben heißt –, dann hat dein letztes Stündlein geschlagen!»

So lärmte und brüllte er herum, rührte aber Daniluschko nicht mit der Fingerspitze an. Prokopjitsch hatte nämlich selbst lange überlegt, auf welcher Seite er die Tafel kanten sollte. Daniluschko hatte mit seinen Worten genau den wunden Punkt berührt. Nachdem sich Prokopjitsch ausgeschrien hatte, sagte er beschwichtigend: «Na, du neugebackener Meister, dann zeig doch mal, wie man es nach deiner Meinung machen müßte.»

Daniluschko zeigte auf die Platte und sagte: «Da, schau hin, welches Muster sich ergeben hätte! Es wäre besser gewesen, die Platte enger zu machen, die Kante durch die freie Fläche zu ziehen und nur oben das kleine geflochtene Band stehen zu lassen.»

Prokopjitsch brummte: «Na, na... so was! Was verstehst du denn davon! Hat was aufgeschnappt und kann es nicht bei sich behalten!»

Doch bei sich dachte er: Das Bürschchen hat recht. Aus dem dürfte etwas Vernünftiges werden. Nur, wie bringt man ihm alles bei? Ein paar Püffe, und schon streckt er alle viere von sich!

So dachte er und fragte: «Woher stammst du eigentlich, du Naseweis?»

Daniluschko erzählte ihm von sich.

«Bin sozusagen Vollwaise. An die Mutter entsinne ich mich nicht, und vom Vater weiß ich überhaupt nichts. Alle nennen mich Daniljko, den Dürrling, aber einen Vater- und Familiennamen habe ich nicht.» Er erzählte, wie er zur Dienerschaft gehört und man ihn davongejagt hatte, wie er im Sommer die Kühe gehütet hatte und wie er ausgepeitscht worden war.

Prokopjitsch sagte bedauernd: «Süß war dein Leben grade nicht, wie ich sehe, Bursche, und nun bist du auch noch zu mir geraten. Bei mir kommst du in eine strenge Lehre.»

Als sei er über sich selbst ärgerlich, knurrte er: «Na, das genügt vollauf! Sieh mal einer an, wie der reden kann! Manch einer arbeitet lieber mit der Zunge als mit den Händen. Den ganzen Abend geschnickschnackt! Das wären mir Lehrlinge! Morgen werde ich mir ansehen, ob aus dir was Vernünftiges zu machen ist. Jetzt setz dich hin und iß dein Abendbrot, und dann lege dich schlafen.»

Prokopjitsch lebte für sich allein. Seine Frau war schon lange tot. Die alte Mitrofanowna aus der Nachbarschaft kam zeitweilig und führte ihm die Wirtschaft. Am Morgen bereitete sie ihm was zu essen, räumte die Stube auf, abends richtete sich Prokopjitsch selbst etwas her.

Sie aßen. Dann sagte Prokopjitsch: «Auf dem Bänkchen dort kannst du schlafen.»

Daniluschko wickelte die Fußlappen ab, schob seinen Kittel unter den Kopf, deckte sich mit dem Hemd zu, ringelte sich zusammen – in der Stube war es schon herbstlich kühl – und schlief trotzdem schnell ein. Prokopjitsch legte sich auch hin, fand aber keinen Schlaf. Das Gespräch über die Malachit-Maserung ging ihm nicht aus dem Kopf. Er wälzte sich hin und her, stand auf, zündete eine Kerze an und trat an die Werkbank, nahm die Malachitplatte in die Hand, maß hin und maß her. Die eine Kante deckte er zu, dann die andere... fügte zu der freien Fläche etwas zu, nahm es wieder weg, stellte die Platte hochkant auf, drehte sie herum, doch was er auch anstellte, das Ergebnis blieb gleich: das Bürschchen hatte die Maserung besser erkannt.

«Da hast du diese Dürrlinge!» sagte Prokopjitsch staunend. «Noch naß hinter den Ohren und zeigt's einem alten Meister! Hat den richtigen Blick! Hat den richtigen Blick!»

Er ging leise in die Kammer und holte ein Kopfkissen und einen großen Schafpelz. Das Kissen schob er Daniluschko unter den Kopf, mit dem Schafpelz deckte er den Burschen zu.

«Schlaf gut, mein Junge!»

Der wachte nicht auf, drehte sich nur auf die andere Seite, streckte sich unter dem Pelz lang aus – es wurde ihm warm – und schniefte leise durch die Nase. Prokopjitsch hatte keine Kinder. Dieser Daniluschko war ihm nach dem Herzen. Der Meister steht vor ihm und freut sich an seinem Anblick, und Daniluschko pfeift leise durch die Nase und schläft sich eins. Prokopjitsch macht sich Gedanken, ob er den Burschen auch richtig wieder auf die Beine bekommt, denn er sieht gar zu dürr und kränklich aus. «Ob er wohl gesund genug ist, unser Handwerk zu erlernen? Staub ist Gift, das frißt an der Lunge. Zuerst muß er sich mal erholen und kräftiger werden, dann beginne ich mit der Lehre. Man sieht, es steckt etwas in ihm!»

Am nächsten Tage sagte er denn auch zu Daniluschko: «Du wirst mir erst ein bißchen in der Wirtschaft helfen. Das ist bei mir so Sitte. Verstanden? Also hole mir Beeren von den Schneebeersträuchern, die haben grade den ersten Frost gekriegt, genau das Richtige für die Pastete. Aber gib Obacht, gehe nicht zu weit. Pflücke, soviel du magst, wenn du genug hast, hör auf. Nimm dir ein Trumm Brot mit, kannst im Wald essen. Vorher gehst du zur Mitrofanowna und sagst ihr, sie soll dir ein paar Eier kochen und ein Kännchen Milch mitgeben.»

Am nächsten Tage sagte er: «Fang mir einen Stieglitz, aber einen, der laut singt, möglichst ein Weibchen, das lustig plappert. Schau zu, daß du am Abend wieder da bist. Verstanden?»

Als Daniluschko mit dem gefangenen Vogel heimkam, sagte Prokopjitsch: «Gut so. Aber einer ist zu wenig. Fang mehr!»

So ging es weiter. Jeden Tag gab Prokopjitsch Daniluschko einen Auftrag, aber es war keine Arbeit, sondern das reinste Vergnügen. Als es zu schneien begann, ließ er ihn mit dem Nachbarn ins Holz fahren und bei der Arbeit helfen. Na, was war da schon zu arbeiten! Hinwärts sitzt er auf dem Schlitten, lenkt das Pferd, und zurück geht er zu Fuß hinter der Fuhre. So erholte er sich nach und nach, aß kräftig und schlief sich gesund. Prokopjitsch ließ ihm eine Pelzjoppe, warme Handschuhe und Mütze anfertigen, bestellte ihm Filzstiefel nach Maß. Prokopjitsch war nicht unbegütert. Er war zwar Leibeigener, arbeitete jedoch gegen Entrichtung eines Pachtzinses auf eigene Rechnung und hatte sich ein bißchen verdient. Daniluschko hatte er in sein Herz geschlossen, einfach gesagt, er hielt ihn wie einen Sohn. Für ihn scheute er keine Kosten. An die Arbeit ließ er ihn jedoch noch immer nicht heran.

Bei dem guten Leben kam Daniluschko schnell zu Kräften. Auch er faßte eine starke Zuneigung für Prokopjitsch. Wie auch nicht! Er sah, wie sich Prokopjitsch um ihn sorgte; das widerfuhr ihm zum ersten Male in seinem Leben. Der Winter war vergangen. Daniluschko trieb, was er wollte. Bald ging er an den Teich, bald lief er in den Wald. Aber er schaute sich auch in der Werkstatt um. Sobald er heimkehrte, unterhielt er sich mit Prokopjitsch, erzählte ihm von seinen Erlebnissen, fragte nach dem und jenem. Prokopjitsch erklärte es ihm und zeigte ihm seine Arbeit. Daniluschko merkte sich alles. Wenn er selbst zugriff: «Jetzt laß mich...», schaute Prokopjitsch zu, korrigierte ihn, wenn es nötig war, und zeigte ihm, wie man es besser machen konnte.

Eines Tages sah der Verwalter Daniluschko am Teich. Er fragte seine Lauscher: «Zu wem gehört der Bursche? Den sehe ich nicht zum ersten Male am Teich sitzen... An Wochentagen angelt er zu seinem Vergnügen, er ist doch kein Junge mehr... Jemand hält ihn von der Arbeit ab...»

Die Aufpasser brachten es in Erfahrung und berichteten dem Verwalter. Der wollte es nicht glauben.

«Na, dann bringt mir das Bürschlein mal her», sagte er, «ich will mich selbst erkundigen.»

Daniluschko wurde gebracht. Der Verwalter fragte: «Zu wem gehörst du?»

Daniluschko antwortete: «Bin sozusagen in der Lehre beim Meister in der Malachitwerkstatt.»

Der Verwalter haute ihm hinters Ohr.

«Dann lerne auch, Halunke!» Und er führte ihn am Ohr zu Prokopjitsch.

Der sah mit einem Blick, daß die Sache für Daniluschko nicht gut stand. Er gab sich einen Ruck. Der Junge mußte geschützt werden.

«Ich selbst habe ihn geschickt, Barsche fangen», sagte er. «Ich habe mächtigen Appetit auf frische Barsche. Wegen meines ungesunden Zustands kann ich keine andere Nahrung zu mir nehmen. Na, da habe ich halt dem Burschen den Auftrag gegeben, Barsche zu fangen.»

Der Verwalter glaubte ihm kein Wort. Er sah ebenfalls, daß Daniluschko ein ganz anderer geworden war. Er hatte sich gemacht, trug ein gutes Hemd, ebensogute Hosen und hatte Schuhe an. Also prüfen wir Daniluschko mal!

«Na, dann zeig doch, was dir der Meister beigebracht hat!»

Daniluschko band eine Schürze um, ging zur Werkbank und begann zu erklären und zu zeigen. Auf jede Frage des Verwalters hatte er die Antwort bereit. Wie der Stein behauen werden mußte, wie man ihn zersägt, wie man ihn kantet, womit man ihn, wenn's nötig war, leimte, wie man ihn schliff, wie man ihn an Metall oder Holz befestigte. Mit einem Wort, alles, wie es sich gehörte.

Der Verwalter stellte Fragen über Fragen und sagte dann zu Prokopjitsch: «Dieser macht es dir offenbar recht?»

«Kann nicht klagen», antwortete Prokopjitsch.

«So, so, kannst nicht klagen und erlaubst, daß er sich herumtreibt. Man hat ihn dir gegeben, damit er dein Handwerk erlernt, doch er sitzt am Teich und angelt. Nimm dich in acht! Ich liefere dir sonst frische Barsche, die du deiner Lebtage nicht vergißt, und auch das Bürschchen wird nichts zu lachen haben.»

Mit dieser Drohung ging er. Prokopjitsch aber kam aus dem Staunen nicht heraus: «Wann hast du dir denn das alles angeeignet, Daniluschko? Ich habe dir doch bisher noch nichts beigebracht!»

«Du hast mir doch selbst alles gezeigt und erklärt», sagte Daniluschko. «Ich habe es mir hinter die Ohren geschrieben.»

Prokopjitsch tropften die Tränen übers Gesicht, so griff es ihn ans Herz.

«Söhnchen», rief er, «liebes, Daniluschko... Alles, was ich weiß, will ich dir sagen... nichts verschweigen...»

Damit endete für Daniluschko das freie Leben. Der Verwalter ließ ihn am nächsten Tage kommen und gab ihm einen Auftrag. Zuerst ging es natürlich um einfache Dinge: Schmuckplättchen, wie sie die Frauen tragen, kleine Schatullen. Dann wurden die Aufgaben schwerer: Leuchter und allerhand Schmuckgegenstände. Da steigerte es sich bereits bis zu Schnitzarbeiten: Blätter und Blumen, Verzierungen und Blüten. Bei den Malachitbearbeitern zieht sich die Fertigung oft in die Länge. So ein vollendetes Stück sieht manchmal nach nichts aus, aber wie lange sitzt man daran. Daniluschko wuchs bei der Arbeit zum Jüngling heran.

Als er ein Armband anfertigte, eine Schlange aus einem Stück, da anerkannte ihn der Verwalter als Meister und erstattete dem Herrn Bericht: «So und so, bei uns ist ein neuer Meister in der Malachitbearbeitung zur Vorschein gekommen – Daniljko, der Dürrling. Arbeitet gut, nur infolge seiner Jugend noch etwas langsam. Befehlen Sie, ihn weiter als Lehrling zu führen, oder soll er wie Prokopjitsch gegen Zins arbeiten?»

Daniluschko arbeitete keineswegs zu langsam, sondern erstaunlich behend und rasch. Prokopjitsch hatte den richtigen Blick dafür. Gab der Verwalter Daniluschko eine Frist von fünf Tagen für eine Bestellung, dann mischte sich Prokopjitsch ein und erklärte: «In fünf Tagen kann das keiner schaffen. Für diese Arbeit braucht man einen halben Monat. Der Bursche ist noch in der Lehre. Drängt man ihn zur Eile, wird der Stein nur nutzlos verdorben.»

Der Verwalter bestritt es, legte aber einige Tage zu. Daniluschko arbeitete also, ohne sich zu überanstrengen. Er lernte sogar lesen und schreiben, ohne daß es der Verwalter erfuhr. Auf diese Weise, wenn auch bei kleinem, eignete er sich eine gewisse Bildung an. Prokopjitsch war ihm dabei behilflich. Manchmal erbot er sich, die Aufträge des Verwalters an Daniluschkos Stelle auszuführen, aber das ließ Daniluschko nicht zu.

«Was tust du! Nicht doch, Großväterchen! Ist es deine Sache, für mich an der Werkbank zu sitzen? Schau doch, dein Bart ist mit der Zeit vom Malachit ganz grün geworden, du hast deine Gesundheit drangegeben, aber mir macht es nichts aus.»

Daniluschko hatte sich zu dieser Zeit prächtig entwickelt. Wenn man ihn auch nach alter Gewohnheit Dürrling nannte, aber welch schmukker Bursche stand da vor einem! Groß und rotwangig, fröhlich und den Kopf voller Locken. Mit einem Wort: ein Traum der Mädchen! Prokopjitsch brachte schon hin und wieder die Rede auf eine Braut, doch Daniluschko schüttelte den Kopf.

«Die läuft mir nicht davon. Erst will ich mal ein richtiger Meister werden, dann können wir weitersprechen.»

Der Herr schickte ein Schreiben an den Verwalter: «Jener Lehrling Prokopjitschs soll erst noch eine geschliffene Schale mit Fuß für mein Haus anfertigen. Dann werde ich sehen, ob ich ihn gegen Zins arbeiten lasse oder ob er in der

Lehre bleibt. Aber gib Obacht, daß Prokopjitsch diesem Daniljko nicht hilft. Paßt du nicht auf, ziehe ich dich zur Rechenschaft!»

Als der Verwalter den Brief erhalten hatte, rief er Daniluschko zu sich und sagte: «Du wirst hier bei mir arbeiten. Man wird dir eine Werkbank aufstellen, und du bekommst soviel Malachit, wie du benötigst.»

Auf diese Nachricht hin wurde Prokopjitsch traurig. «Warum? Was soll das heißen?» Er ging zum Verwalter, aber der schnitt ihm das Wort ab, brüllte: «Das geht dich nichts an!»

Also ging Daniluschko zur Arbeit an den neuen Platz, doch Prokopjitsch schärfte ihm ein: «Sieh dich vor, beeile dich nicht, Daniluschko, zeige dich ihm nicht gefällig.»

Daniluschko nahm sich zuerst in acht. Länger als sonst maß und rechnete er, aber das wurde ihm bald langweilig. Ob er langsamer oder schneller arbeitete, ganz gleich, er mußte seine Zeit doch von früh bis spät in die Nacht bei dem Verwalter absitzen. Vor lauter Langeweile arbeitete er denn auch mit voller Kraft drauflos. Dank seiner flinken Hand war die Schale bald fertig. Der Verwalter machte ein Gesicht, als müsse es so sein, und sagte: «Mach noch so eine!»

Daniluschko fertigte eine zweite Schale an, dann eine dritte. Als er die dritte beendet hatte, sagte der Verwalter: «Jetzt habe ich dich, Bürschchen! Jetzt bin ich dir und Prokopjitsch hinter die Schliche gekommen. Auf meinen Brief hin hat dir der Herr die Frist für eine einzige Schale bestimmt, und du hast in der Zeit drei angefertigt. Nun weiß ich, was du leisten kannst. Mich betrügst du nicht mehr, und Prokopjitsch, diesem alten Hund, werde ich zeigen, was sich verstellen heißt. Das möge er anderen weismachen!»

In dieser Art berichtete er auch dem Herrn und schickte ihm die drei Schalen. Aber der Herr – sei es, daß er eine lichte Minute hatte, sei es, daß er auf den Verwalter aus irgendeinem Grunde böse war – gab der Angelegenheit genau die entgegengesetzte Wendung.

Er verwandelte Daniluschkos Leibeigenschaft in ein Pachtverhältnis, verlangte von ihm einen ganz unbedeutenden Zins und befahl, den Burschen bei Prokopjitsch zu lassen – vielleicht hätten sie zu zweit einen neuen Einfall. Dem Brief lag eine Zeichnung bei, die eine reich verzierte Schale darstellte. Den oberen Rand bildete eine geschnitzte Leiste, durch die Mitte zog sich ein Band aus Stein mit durchgehender Maserung, der Fuß bestand aus Blättern. Mit einem Wort, fein ausgeklügelt. Auf die Zeichnung hatte der Herr geschrieben: «Und wenn er auch fünf Jahre daransitzt, aber daß mir die Schale genau so ausfällt!»

Da mußte der Verwalter seine Anordnung zurücknehmen. Er verkündete, was der Herr geschrieben hatte, entließ Daniluschko zu Prokopjitsch und händigte ihm die Zeichnung aus.

Daniluschko und Prokopjitsch waren guter Dinge. Die Arbeit ging ihnen flott von der Hand. Daniluschko begann bald mit der Arbeit an der neuen Schale. Da gab es eine Menge kniffliger Aufgaben. Ein falscher Schlag, und alle Mühe wäre vergebens gewesen, man hätte neu beginnen müssen. Aber Daniluschko hatte ein sicheres Auge, seine Hand arbeitete ohne Verzagtheit, und Kraft hatte er genug, also ging die

Sache vorwärts. Eins aber wollte ihm nicht gefallen. Er war zwar mit allen Schwierigkeiten fertig geworden, aber er fand die Schale rundherum nicht schön. Er sagte es Prokopjitsch, doch der rief verwundert: «Was willst du denn? Sie haben es so ausgedacht, folglich wollen sie es so haben. Nicht wenig Stücke habe ich geschnitten und geschliffen, aber wohin sie gekommen sind und wem sie gefallen haben, weiß ich nicht.»

Daniluschko versuchte, mit dem Verwalter zu sprechen, aber der wollte nichts hören, stampfte mit den Füßen auf und fuchtelte mit den Armen: «Bist du verrückt geworden? Für die Zeichnung hat man eine Menge Geld ausgegeben. Einer der besten Künstler in der Hauptstadt hat sie entworfen, und du willst daran herummäkeln!»

Dann fiel ihm offenbar ein, daß der Herr angeregt hatte, ob die beiden nicht gemeinsam etwas Neues ersinnen könnten, und er sagte: «Ja also, du machst diese Schale nach der Zeichnung, doch wenn du eine andere von dir aus entwirfst, dann ist es deine Sache. Ich werde mich nicht einmischen. Malachit haben wir genug. Was du brauchst, das gebe ich dir.»

Da kam Daniluschko ins Grübeln. Wie man sagt: anderer Leute Weisheit zu bekritteln, dazu gehört nicht viel, aber selbst etwas ersinnen, da wälzt man sich nächtelang von einer Seite auf die andere. Während also Daniluschko an der Schale nach der Zeichnung arbeitete, dachte er immer an die andere und überlegte, welche Blume, welches Blatt sich am besten für Malachit eigne. Versonnen und verdrossen ging er umher. Prokopjitsch merkte es und fragte: «Du bist doch nicht etwa krank, Daniluschko? Mache es dir doch leichter mit dieser Schale. Warum solche Eile? Statt von früh bis spät dazuhocken, solltest du lieber ein bißchen an die frische Luft gehen.»

«Hast recht», sagte Daniluschko. «Ich gehe in den Wald. Vielleicht sehe ich, was ich brauche.»

Seitdem lief er fast jeden Tag in den Wald. Es war eben die Zeit der Heumahd und der Beerenernte. Alle Gräser und Kräuter standen in Blüte. Daniluschko blieb bald auf einer Wiese, bald in einer Waldlichtung stehen und schaute umher. Dann ging er über die Heuschläge und betrachtete das Gras, als ob er etwas suche. Zu der Zeit befanden sich viele Menschen bei der Mahd oder im Walde. Sie fragten Daniluschko, ob er etwas verloren habe. Er lächelte mißmutig und sagte: «Verloren oder nicht, jedenfalls kann ich's nicht finden.»

Nun, da tuschelten manche: «Mit dem Burschen stimmt was nicht!»

Kam er nach Hause, ging er sofort an die Werkbank und saß dort bis zum Morgen, und mit der Sonne begab er sich wieder in den Wald und zu den Heuschlägen. Er brachte allerhand Blüten und Blumen mit heim, aber zumeist waren es solche, die sich nicht als Viehfutter eigneten: wilder Knoblauch und Schierling, Tollkraut, giftiger Porst und die verschiedensten Schilfgräser. Prokopjitsch regte sich auf, doch Daniluschko sagte zu ihm: «Die Schale läßt mir keine Ruhe. Ich möchte sie gern so hinkriegen, daß der Stein seine volle Kraft behält.»

Prokopjitsch wollte es ihm ausreden.

«Was hast du eigentlich an ihr gefressen? Satt sind wir auch so. Was noch? Laß die Herrschaften ihr Vergnügen daran haben, wie es ihnen beliebt, wenn sie uns nur in Ruhe lassen. Ersinnen sie irgendeinen Entwurf, dann führen wir ihn aus, aber warum ihnen entgegenkriechen? Wir hängen uns nur ein übriges Kummet um den Hals – das ist alles!»

Aber Daniluschko blieb bei seiner Meinung.

«Nicht für den Herrn strenge ich mich an», sagte er. «Aber diese Schale geht mir einfach nicht aus dem Sinn. Ich sehe, was für Steine wir haben. Und was machen wir daraus? Wir spalten und schneiden und schleifen, und es kommt nichts dabei heraus. Nun, da hat mich eben der Wunsch gepackt, es so zu machen, daß ich die volle Kraft des Steins selbst erblicke und den Menschen sichtbar mache.»

War Daniluschko eine Weile fortgewesen, setzte er sich wieder an die Schale nach der Zeichnung der Herrschaften. Bei der Arbeit sprach er höhnisch vor sich hin: «Steinernes Band mit kleinen Löchern... gestickte Randleiste...»

Dann ließ er die Arbeit plötzlich liegen und begann etwas Neues. Pausenlos stand er an der Werkbank. Zu Prokopjitsch sagte er: «Nach der Tollkraut-Blüte werde ich meine Schale machen!»

Prokopjitsch riet ihm ab. Daniluschko wollte anfangs nichts davon hören, aber nach drei, vier Tagen sagte er, als ob er sich geirrt habe, zu Prokopjitsch: «Ist schon gut. Zuerst arbeite ich die Schale für den Herrn zu Ende, dann nehme ich die eigene vor. Aber dann darfst du es mir nicht wieder ausreden wollen... ich kriege sie nicht aus dem Sinn.»

Prokopjitsch erwiderte: «Gut, ich werde dich

nicht stören.» Bei sich dachte er jedoch: Der Bursche wird's vergessen und sich beruhigen. Er braucht eine Frau, das ist's. Die dummen Gedanken werden verfliegen, sobald er sich um eine Familie zu kümmern hat.

Daniluschko befaßte sich mit der Schale. Er hatte noch mehr als ein Jahr an ihr zu arbeiten. Er war eifrig bei der Sache. Das Tollkraut erwähnte er nicht mehr. Prokopjitsch brachte die Rede immer wieder auf die Heirat.

«Wie wär's mit Katja Letemina? Ein braves Mädel – nichts an ihr auszusetzen.»

Prokopjitsch sagte es in ganz bestimmter Absicht. Er hatte längst bemerkt, daß Daniluschko ein Auge auf dieses Mädchen geworfen hatte. Und auch sie hatte sich nicht abgeneigt gezeigt. Deshalb hatte Prokopjitsch, scheinbar zufällig, die Rede auf sie gebracht. Doch Daniluschko blieb bei seinem: «Wart's ab, erst will ich mit der Schale fertig werden. Ich habe sie schon satt. Schau mal einer an, ich poche und hämmere, und er spricht von Heirat! Katja und ich, wir sind uns längst einig. Sie wartet auf mich.»

Nun, eines Tages hatte Daniluschko die Arbeit an der Schale nach der Zeichnung beendet. Dem Verwalter sagten sie natürlich nicht, daß sie fertig sei, aber bei sich daheim veranstalteten sie eine kleine Feier. Katja – die Braut – und ihre Eltern kamen und noch einige, zumeist Malachitmeister. Katja bewunderte die Schale.

«Wie hast du es nur fertiggebracht», rief sie, «dieses Muster herauszuarbeiten, ohne den Stein zu zerbrechen? Wie glatt und sauber alles geschliffen ist!»

Die Meister billigten die Arbeit ebenfalls.

«Akkurat nach der Zeichnung! Nichts dagegen einzuwenden. Saubere Ausführung! Besser kann man's nicht machen, und zudem rasch. Wenn du weiter so arbeitest, werden wir es schwerhaben, hinter dir herzukommen.»

Daniluschko hörte sich alles an und sagte: «Das ist ja das Leid, daß nichts daran auszusetzen ist. Glatt und eben, sauberes Muster, Schnitt nach der Zeichnung, aber wo bleibt die Schönheit? Hier diese Blume», er zeigte auf eine Blume, «ist ganz was Einfaches und Schlichtes, aber sieht man sie an, wird man froh. Doch wen freut diese Schale? Wozu ist sie vorhanden? Wer sie sieht, staunt, wie Katja eben, und wundert sich, wie genau Auge und Hand des Meisters am Werk gewesen sind, wieviel Geduld er aufgebracht hat, um nirgendwo ein Stück Stein abzusplittern.»

«Und wo etwas abgesplittert war», lachten die Meister, «da hat er es angeklebt und überschliffen, so daß man die Stelle nicht entdeckt.»

«Ganz richtig... Aber wo, frage ich, ist die Schönheit des Steins geblieben? Hier verlief eine Ader, aber du bohrst Löcher hinein und gravierst Blümchen. Was sollen sie an dieser Stelle? Verderben nur den Stein! Und was ist das für ein Stein! Erste Sorte. Versteht ihr, erste!»

Er kam in Hitze. Offenbar hatte er schon ein wenig getrunken.

Aber die Meister äußerten dasselbe, was Prokopjitsch Daniluschko schon so oft gesagt hatte: «Stein ist Stein. Was macht man damit? Unsere Sache ist: schleifen und schnitzen.»

Aber da war ein altes Männchen zugegen, bei dem schon Prokopjitsch und die übrigen Meister in der Lehre gewesen waren. Alle nannten ihn Großväterchen. Er war uralt und hinfällig, doch das Gespräch hatte er mitbekommen. Er sagte zu Daniluschko: «Liebes Söhnchen, du gehst in der falschen Richtung. Schlag dir das aus dem Kopf! Sonst gelangst du zur Herrin des Bergs und wirst einer ihrer Meister...»

«Was für Meister, Großväterchen?»

«Solche, die im Berg leben, keiner bekommt sie zu sehen... Was die Herrin verlangt, das fertigen sie an. Ich habe einmal eine ihrer Arbeiten gesehen. Das war ein Stück! Ein gewaltiger Unterschied gegen das, was wir hier machen.»

Alle wurden neugierig. Man fragte, was für ein Schmuckstück er gesehen habe.

«Eine Schlange», sagte er, «genau so, wie ihr sie als Armreif arbeitet.»

«Na und? Wie war sie?»

«Gegen die unsrigen, sage ich, ein gewaltiger Unterschied. Man erkannte auf den ersten Blick, daß es keine hiesige Arbeit war. Bei unsereinem bleibt die Schlange, wie sauber man sie auch herausarbeitet, immer aus Stein, aber jene da war gleichsam lebendig. Schwärzliche Rückenlinie, die Äugelchen – Vorsicht! dachte man, gleich beißt sie zu. So etwas kriegen nur die Meister im Berge fertig. Sie haben die steinerne Blume erblickt, sie wissen, was Schönheit ist.»

Als Daniluschko von der steinernen Blume hörte, setzte er dem Alten mit Fragen zu. Der sagte auf Treu und Glauben: «Ich weiß es nicht, lieber Sohn. Ich habe gehört, daß es eine solche Blume gibt. Unsereiner kann sie nicht sehen. Wer sie erblickt, der mag die lichte Welt nicht mehr leiden.»

Daniluschko erwiderte: «Ich möchte sie sehen!»

Katja, seine Braut, war ganz außer sich.

«Wie kannst du so was sagen, Daniluschko!

Ist dir denn die lichte Welt zuwider?» Und ihre Tränen flossen nur so.

Prokopjitsch und die anderen begriffen, was der alte Meister angerichtet hatte, und machten sich über ihn lustig.

«Hast nicht mehr alle Gedanken zusammen, Großväterchen. Erzählst Märchen. Bringst den Burschen unnötig vom rechten Weg ab.»

Der Alte wurde wütend, schlug auf den Tisch.

«Es gibt diese Blume! Der Bursche sagt die Wahrheit: wir verstehen nichts vom Stein. In jener Blume zeigt sich die Schönheit!»

Die Meister lachten.

«Hast etwas zuviel getrunken, Großväterchen!»

Aber er blieb bei seiner Behauptung: «Die steinerne Blume gibt es!»

Die Gäste trennten sich. Daniluschko ging das Gespräch nicht aus dem Kopf. Wieder begann er in den Wald zu laufen und nach seiner Tollkraut-Blume zu suchen. Die Hochzeit erwähnte er nicht mehr. Prokopjitsch machte ihm Vorhaltungen: «Warum bringst du das Mädchen in Verruf? Wieviel Jahre soll es noch als Braut herumlaufen? Gib Obacht, daß man sich über Katja nicht auch noch lustig macht! Als ob es nicht genug Lästermäuler gäbe!»

Daniluschkos Antwort war immer dieselbe.

«Hab noch etwas Geduld. Laß mich noch etwas nachdenken und den passenden Stein finden.»

Es zog ihn zur Kupfergrube, nach Gumjoschki. Bald ließ er sich in den Schacht hinunter, ging die Stollen ab, bald untersuchte er oben das Gestein. Als er eines Tages einen Stein hin und her wendete und ihn betrachtete und ausrief: «Nein, nicht der richtige...», sagte jemand:

«Suche an einer anderen Stelle... am Schlangenberg.»

Daniluschko blickte sich um. Niemand war da. Wer hatte diese Worte gesprochen? Erlaubte man sich einen Scherz mit ihm? Aber ringsum gab es kein Versteck. Daniluschko schaute noch einmal überall nach. Als er nach Hause ging, hörte er abermals eine Stimme hinter sich flüstern:

«Hörst du, Meister Danilo? Am Schlangenberg, sage ich!»

Daniluschko schaute sich um. Eine Frau, kaum sichtbar, wie bläulicher Nebel. Dann war nichts mehr da.

Seltsam! dachte er. War es wirklich sie selbst? Warum sollte ich übrigens nicht zum Schlangenberg gehen?

Daniluschko kannte den Schlangenberg gut. Er lag in der Nähe, nicht weit von Gumjoschki. Jetzt ist er nicht mehr vorhanden, er ist längst abgebaut. Früher schürfte man dort den Stein an der Oberfläche.

Am nächsten Tage ging Daniluschko hin. Der Berg war nicht sehr hoch, aber steil. Auf der einen Seite war er wie abgeschnitten. Der Bruch war dort von erster Güte. Alle Schichten lagen offen da, besser konnte man es sich nicht wünschen.

Daniluschko begab sich zu dieser Bruchstelle. Da trat der Malachit ganz offen zutage. Ein großer Block ragte aus der Erde, so groß, daß man ihn nicht forttragen konnte. Der Form nach glich er einem Strauch. Daniluschko betrachtete den Fund von allen Seiten. Da war alles, was er brauchte: unten dunkler in der Farbe, die Adern verliefen genau an den Stellen, wo sie sein sollten... alles in bester Ordnung. Daniluschko freute sich, lief schnell nach einem Pferd, brachte den Block nach Hause und sagte zu Prokopjitsch: «Schau her! Was für ein Stein! Genau das Richtige für meine Arbeit. Jetzt hurtig ans Werk! Danach wird geheiratet. Wirklich, Katja hat lange genug auf mich gewartet. Na ja, und auch mir fällt es nicht leicht. Das einzige, was mich zurückhält, ist diese Arbeit. Ich muß sie rascher hinter mich bringen.»

Daniluschko begann mit der Bearbeitung des Steins. Er kannte nicht mehr Tag und Nacht. Prokopjitsch schwieg. Vielleicht würde sich der Bursche beruhigen und sein Eifer nachlassen, wenn ihm die Sache keinen Spaß mehr machte. Aber die Arbeit ging zügig voran. Das untere Stück des Steins war bearbeitet. Es glich genau dem Tollkrautstrauch. Die breiten, gezähnten, zusammengehäuften Blätter, die Rispen, alles war so gut gelungen, wie es sich besser nicht vorstellen läßt. Auch Prokopjitsch meinte, die Blume wirke wie lebendig, man habe den Wunsch, nach ihr zu greifen.

Als Daniluschko jedoch an den oberen Teil kam, mißglückte ihm die Arbeit. Er modellierte die Stengelchen heraus, die hauchfeinen seitlichen Blättchen – wie lassen sie sich nur festhalten? Eine Schale wie die Blume vom Tollkraut, und doch nicht das Richtige! Sie lebt nicht, sie hat die Schönheit verloren!

Daniluschko ist um den Schlaf gebracht. Er sitzt über seiner Schale, überlegt, wie er es richtiger, besser machen kann. Prokopjitsch und die anderen Meister, die zur Besichtigung kommen, wundern sich, was der Bursche noch braucht. Es ist eine Schale geworden, wie sie noch keinem gelungen ist, aber ihm paßt sie nicht. Der Bursche hat sich um den Verstand gebracht, man muß ihn heilen. Katja hört, was die Leute reden, und weint. Das bringt Daniluschko wieder zu Verstand.

«Gut», sagte er, «länger bemühe ich mich nicht. Offenbar kann ich nicht über mich hinauskommen und die Kraft des Steins erfassen.» Und nun drängte er selbst auf die Hochzeit. Aber was heißt da drängen, wenn bei der Braut schon längst alles bereit war. Der Tag wurde bestimmt. Daniluschko heiterte sich auf. Er erzählte dem Verwalter von der Schale. Der lief herbei, beschaute sie: «Sieh einer an, was für ein Werk!» Er wollte die Schale sofort an den Herrn schikken, aber Daniluschko sagte: «Warte noch ein wenig, sie muß noch bearbeitet werden.»

Es war Herbstzeit. Der Tag, auf den die Hochzeit festgesetzt wurde, war ausgerechnet der Schlangentag. Jemand erwähnte es zufällig, als er sagte, daß sich die Schlangen bald an einem Ort versammeln würden. Bei Daniluschko fiel das Gerede auf guten Boden. Er entsann sich des Gesprächs über die steinerne Blume. Der Gedanke lockte: «Soll ich nicht ein letztes Mal zum Schlangenberg gehen? Vielleicht erfahre ich dort etwas.» Und auch an den Stein erinnerte er sich: «Er war doch wie hingelegt! Und die Stimme im Schacht – sprach sie nicht vom Schlangenberg?»

Daniluschko ging. Der Boden war zu der Zeit schon etwas gefroren und leicht mit Schnee bestreut. Er kam zum Abbruch, woher er den Stein genommen hatte, und sah, daß an der

Stelle eine große Vertiefung entstanden war, als ob man Gestein herausgebrochen habe. Ohne lange darüber nachzudenken, wer das Gestein gebrochen haben könnte, ging Daniluschko in die Höhlung hinein. Ich bleibe eine Weile da sitzen, dachte er, und erhole mich vom Wind. Dort ist es wärmer. An der einen Seite sah er einen grauen Tonklotz in der Art eines Hockers. Dort nahm Daniluschko Platz, sann nach, schaute auf den Boden und mußte immerzu an die steinerne Blume denken. Gar zu gern möchte ich sie sehen! Plötzlich wehte es ihn warm an, als sei es wieder Sommer. Daniluschko hob den Kopf. Ihm gegenüber, an der anderen Seite der Wand, sitzt die Herrin vom Kupferberg. An ihrer Schönheit und ihrem Gewand aus Malachit erkennt sie Daniluschko sofort.

Vielleicht ist sie nur eine Erscheinung, denkt er, und in Wirklichkeit ist sie gar nicht vorhanden!

Er sitzt da, schweigt, blickt auf die Stelle, wo die Herrin steht, und weiß nicht, sieht er sie oder nicht. Sie schweigt ebenfalls, als ob sie tief in Gedanken versunken sei. Dann fragt sie: «Nun, Meister Danilo, ist deine Tollkraut-Schale geraten?»

«Mißraten», antwortet er.

«Laß den Kopf nicht hängen! Versuche eine andere. Stein nach deinen Vorstellungen wirst du bekommen.»

«Nein», antwortet er, «ich kann nicht mehr. Ich habe mich zuschanden geplagt, doch es ist nichts dabei herausgekommen. Zeige mir die steinerne Blume!»

«Zeigen ist einfach», sagt sie, «aber hinterher wirst du es bedauern.»

«Du wirst mich nicht wieder aus dem Berg lassen?»

«Warum nicht? Der Weg liegt offen da, nur kommen alle zu mir zurück.»

«Zeige sie, erweise mir die Freundlichkeit.»

Sie rät ihm immer noch ab.

«Vielleicht versuchst du es noch einmal mit der Arbeit an der Tollkrautblume!» Auch Prokopjitsch erwähnte sie. «Er hatte einst Mitleid mit dir, jetzt ist es an dir, mit ihm Mitleid zu haben.» Sie erinnerte ihn an die Braut: «Das Mädel liebt dich von ganzem Herzen, und du schaust zur Seite.»

«Ich weiß es», schreit Daniluschko, «aber ohne Blume ist mein Leben kein Leben mehr. Zeige sie mir!»

«Wenn du unbedingt willst», sagt sie, «dann folge mir in meinen Garten, Meister Danilo!»

Bei diesen Worten erhebt sie sich. Etwas rauscht, als ob die Erde rutsche. Daniluschko schaut um sich und sieht keine Wände mehr. Hohe Bäume ragen empor, aber sie gleichen nicht den Bäumen unserer Wälder, sondern sie sind aus Stein. Manche sind aus Marmor, manche aus Serpentin und aus dem verschiedensten Gestein. Aber sie leben, haben Äste und Blätter. Der Wind bewegt sie. Ihr Rauschen klingt, als wenn jemand Geröll schippt. Das Gras auf dem Erdboden ist ebenfalls aus Stein. Lazurfarben, rot, verschiedenartig. Die Sonne ist nicht sichtbar, doch ist es hell wie vor Sonnenuntergang. Zwischen den Bäumen huschen goldene Schlänglein wie im Tanz. Von ihnen kommt das Licht.

Die schöne Frau führt Daniluschko zu einer großen weiten Fläche. Dort ist der Boden aus

Lehm, aber darauf stehen Büsche, schwarz wie Samt. An den Büschen hängen große, grüne Glöckchen aus Malachit, und in jedem leuchtet ein schwarzes Sternchen. Bienen umschwirren die Blumen wie Funken, und die Sternchen läuten ganz leise, es klingt wie Gesang.

«Nun, Meister Danilo, hast du alles gesehen?» fragt die Herrin.

«Den Stein findet man nicht, um das alles fertigzubringen», antwortet Daniluschko.

«Wenn du selbst es ersonnen hättest, würde ich dir die Steine gegeben haben, doch jetzt vermag ich es nicht!»

Sagte es und schwenkte den Arm. Abermals rauschte es, und Daniluschko fand sich am gleichen Platze in der Höhlung wieder. Der Wind heulte und pfiff. Na ja, es war Herbst.

Daniluschko ging heim. Am gleichen Abend fand sich die Jugend bei seiner Braut zu einer geselligen Zusammenkunft zusammen. Zuerst war Daniluschko heiter und umgänglich, sang Lieder, tanzte, aber dann verdüsterte er sich. Die Braut war erschrocken.

«Was ist mit dir? Du machst ein Gesicht wie bei einer Beerdigung!»

«Habe mir zuviel Gedanken gemacht», sagte er. «Vor den Augen ist alles schwarz, grün und rot. Ich sehe das Licht nicht mehr.»

Damit endete die Abendgesellschaft. Nach altem Brauch wurde der Bräutigam von der Braut und ihren Freundinnen heimgeleitet. Wenn aber zwei dicht nebeneinander wohnen, ist der Weg zu kurz. Deshalb sagte Katja: «Machen wir einen Umweg, Mädels. Wir gehen auf unserer Straße bis ans Ende und kehren durch die Jelansker Straße zurück.»

Bei sich dachte sie: In der frischen Luft wird es Daniluschko besser werden.

Die Freundinnen machten sich keine Gedanken, sie waren fröhlich und quicklebendig. «So oder so muß man ihn ein Stück Wegs begleiten», riefen sie. «Er wohnt zu dicht in der Nähe, wir haben ihm überhaupt noch kein Geleitlied gesungen.»

Es war eine stille Nacht. Ein leichter Schnee fiel. Die beste Zeit für einen Spaziergang. Also zogen sie los. Braut und Bräutigam vorneweg, die Freundinnen der Braut und die Junggesellen, die dabei waren, folgten in einem kleinen Abstand. Die Mädchen stimmten das Abschiedslied an. Es wird langsam gesungen und klingt traurig wie ein Grabgesang. Katja fühlte, daß es nicht das richtige Lied war. Daniluschko war ohnehin so bedrückt, und da stimmten sie auch noch dieses Totengeleit an!

Sie bemühte sich, Daniluschko auf andere Gedanken zu bringen. Er wurde etwas gesprächiger, verfiel aber bald wieder seiner bedrückten Stimmung. Katjas Freundinnen hatten inzwischen das Abschiedslied beendet und lustige Lieder angestimmt. Mit fröhlichem Gelächter liefen sie hierhin und dorthin. Daniluschko ging mit gesenktem Kopf an Katjas Seite. Sosehr sie sich bemühte, sie vermochte ihn nicht aufzuheitern. So gelangten sie bis zu seinem Haus. Die Freundinnen und die Junggesellen verabschiedeten sich, jeder ging seines Wegs. Daniluschko brachte seine Braut ohne jegliches Geleit zu ihrem Haus und ging dann selbst heim.

Prokopjitsch schlief schon längst. Daniluschko zündete eine Kerze an, trug seine Schalen in die Mitte der Stube, stellte sich davor und betrachtete sie. In diesem Augenblick wurde Prokopjitsch von einem Hustenanfall geschüttelt. Mit den Jahren hatte seine Gesundheit immer mehr nachgelassen. Das Husten schnitt Daniluschko wie mit einem Messer ins Herz. Das ganze frühere Leben stand ihm wieder vor Augen. Der Alte tat ihm sehr leid. Nachdem sich Prokopjitsch ausgehustet hatte, fragte er: «Was willst du mit den Schalen da?»

«Ich überlege, ob es nicht an der Zeit ist, sie abzuliefern.»

«Wäre schon längst soweit gewesen. Nehmen nur unnötig den Platz weg. Besser machst du sie sowieso nicht.»

Nun, sie redeten noch eine Weile miteinander, dann schlief Prokopjitsch wieder ein. Auch Daniluschko legte sich nieder, aber er fand keinen Schlaf. Er wälzte sich von einer Seite auf die andere, stand wieder auf, zündete Licht an, betrachtete die Schalen, trat an Prokopjitschs Lager. Über den Alten gebeugt, stand er dort eine Zeitlang und seufzte...

Dann nahm er einen Hammer, und sowie er ihn auf die Tollkraut-Blume niederfallen ließ, zerbrach sie knirschend in Stücke. Die andere Schale – die nach der Zeichnung – rührte er nicht an. Er spuckte nur mitten hinein und eilte aus dem Hause. Von dieser Stunde an blieb Daniluschko verschwunden und war nicht mehr zu finden.

Die einen sagten, er habe den Verstand verloren und sei im Walde umgekommen, die anderen meinten hingegen, die Herrin vom Kupferberg habe ihn in die Schar ihrer Bergmeister aufgenommen.

In Wirklichkeit ging es anders aus. Davon soll gleich die Rede sein.

Katja – Danilos Braut – blieb unverheiratet. Zwei oder drei Jahre waren vergangen, seit sich Danilo verloren hatte, und sie war noch immer im Brautstand verblieben. Wer die Zwanzig überschritten hat, wird nach unseren Anschauungen für überaltert gehalten. Die Burschen freien selten um solche, eher schon die Witwer. Aber Katja wurde offenbar für tauglich erachtet, zu ihr kam ein Freier nach dem anderen. Sie wies jedoch alle mit denselben Worten ab: «Ich habe mich Danilo verlobt.»

Man redete auf sie ein: «Was tust du! Verlobt ist nicht verheiratet. Jetzt hat es keinen Sinn mehr, sich daran zu halten. Der Bursche ist längst zugrunde gegangen.»

Katja blieb fest: «Ich habe mich Danilo verlobt. Vielleicht kommt er noch.»

«Er lebt ganz bestimmt nicht mehr!» erklärte man ihr.

Aber sie versteifte sich und behauptete: «Keiner hat ihn tot gesehen. Für mich lebt er wie vordem.»

Man sah, das Mädel war nicht recht bei Troste, und ließ es in Ruhe. Manche machten sich sogar über Katja lustig und nannten sie die Totenbraut. Das haftete ihr an. Katja die Totenbraut, anders nannte man sie nicht mehr.

Da kam eine Seuche über die Menschen. Katjas Eltern starben. Sie hatte eine große Verwandtschaft, drei Brüder und drei Schwestern, alle verheiratet. Sie waren sich nicht einig, wer auf dem väterlichen Anwesen bleiben sollte. Als Katja sah, daß bei der Streiterei nichts Vernünftiges herauskam, sagte sie: «Ich ziehe in Daniluschkos Haus und bleibe dort wohnen. Prokopjitsch ist alt geworden. Ich will mich um ihn kümmern.»

Die Brüder und Schwestern wollten es ihr selbstverständlich ausreden.

«Das schickt sich nicht, Schwester. Prokopjitsch ist zwar ein alter Mann, trotzdem kannst du ins Gerede kommen.»

«Was macht mir das?» antwortete sie. «Ich gebe keinen Grund zu Klatschereien. Prokopjitsch steht mir nahe. Er war für meinen Danilo der Pflegevater. Ich werde ihn Väterchen nennen.»

Sie zog also zu ihm. Man muß auch sagen: der Widerstand der Geschwister war nicht allzu stark. Bei sich dachten sie: Einer weniger in der Familie – weniger Streit. Und Prokopjitsch? Dem sprach es aus dem Herzen.

«Danke, Katinka», sagte er, «daß du an mich gedacht hast!»

Also begannen sie zusammenzuleben. Prokopjitsch saß an der Werkbank, und Katja bekümmerte sich um das Hauswesen, versorgte den Garten, wusch, kochte und dergleichen. Für zwei gab es natürlich nicht viel zu tun. Katja war ein flinkes, geschicktes Mädel, sie brauchte nicht lange für die Wirtschaft. War sie fertig mit der Hausarbeit, setzte sie sich mit einer Handarbeit hin, nähte, strickte. Zuerst lief alles glatt, nur ging es Prokopjitsch immer schlechter. Einen Tag sitzt er, zwei Tage liegt er. Er hatte sich zuschanden gerackert, war alt geworden. Katja dachte manchmal daran, wie sie weiterleben würden.

«Die Handarbeit ernährt mich nicht, und eine andere Tätigkeit kenne ich nicht.»

Sie sagte deshalb zu Prokopjitsch: «Väterchen! Du solltest mir ein wenig von deinem Handwerk beibringen.»

Prokopjitsch erschien der Wunsch lächerlich.

«Was sagst du da! Ist es etwa Frauensache, am Malachit zu arbeiten? So was hab' ich meiner Lebtage nicht gehört.»

Aber sie sah dennoch aufmerksam zu, wenn Prokopjitsch arbeitete, und half ihm, wo sie nur konnte, beim Sägen und Schleifen. Prokopjitsch zeigte ihr dies und jenes. Nichts Besonderes. Zierplättchen schleifen, Griffe für Gabeln und Messer anfertigen und anderes, was immer gebraucht wurde. Pfennigware selbstverständlich, und doch bei Gelegenheit herzuzeigen.

Bald darauf starb Prokopjitsch. Nun forderten Katjas Brüder und Schwestern: «Ob du willst oder nicht, jetzt mußt du heiraten. Wie willst du allein leben?»

Katja fertigte sie barsch ab: «Nicht eure Sorge. Ich brauche keinen Freier. Daniluschko wird zurückkommen. Hat er im Berg ausgelernt, kommt er.»

Die Brüder und Schwestern schlugen die Hände überm Kopf zusammen: «Bist du denn noch bei Verstand, Katerina? Sündhaft, so etwas sogar zu sagen! Der Mensch ist längst tot, und sie wartet auf ihn! Paß auf, er wird dir noch erscheinen!»

«Davor habe ich keine Angst», antwortete sie.

«Wovon willst du denn leben?» fragten die Verwandten.

«Darum macht euch keine Sorgen», gab sie zur Antwort. «Ich erhalte mich allein.»

Die Brüder und Schwestern verstanden es so,

daß ihr Prokopjitsch etwas Geld hinterlassen habe, und setzten ihr wieder zu.

«Da sieht man, was für eine Närrin aus dir geworden ist. Wenn Geld vorhanden ist, muß unbedingt ein Mann ins Haus. Eines schönen Tages wird jemand Lust auf das Geld bekommen und dreht dir den Hals um wie einem Huhn. Dann hast du die schöne Welt gesehen.»

«Wieviel mir beschieden ist, soviel sehe ich auch», antwortete sie.

Die Brüder und Schwestern regten sich noch lange auf. Die einen schrien, die anderen redeten auf sie ein, die dritten weinten. Aber Katja blieb fest.

«Ich erhalte mich allein. Einen Bräutigam brauche ich nicht. Ich habe längst einen.»

Schließlich sagten die Verwandten ärgerlich: «In dem Fall komm uns nicht mehr vor Augen!»

«Danke, liebe Brüder, freundliche Schwestern!» sagte sie. «Ich werde es nicht vergessen. Und auch ihr, behaltet es im Gedächtnis, geht an mir vorüber!»

Das heißt, sie macht sich über sie lustig. Die Verwandten gehen und schlagen die Tür hinter sich zu.

Katja blieb mutterseelenallein. Gewiß, zuerst weinte sie, aber dann sagte sie sich: «Ihr täuscht euch! Ich ergebe mich nicht!»

Sie wischte die Tränen ab und beschäftigte sich mit der Hauswirtschaft, wusch und schabte, machte alles sauber. Als sie fertig war, setzte sie sich an die Werkbank. Da stellte sie auch ihre eigene Ordnung her. Was sie nicht benötigte, schob sie fort, was ständig gebraucht wurde, legte sie griffbereit hin. Als sie derart aufgeräumt hatte, ging sie an die Arbeit.

«Versuchen will ich's doch wenigstens mal. Vielleicht gelingt mir ein Schmuckplättchen.»

Sie legte alles zurecht, fand aber keinen geeigneten Stein. Die Bruchstücke von Daniluschkos Tollkraut-Schale hatte Katja aufbewahrt und in ein Tuch gebunden. Auch Prokopjitsch hatte viel Material hinterlassen. Aber er hatte bis in seine letzten Tage an großen Stücken gearbeitet, und es war noch großes Gestein übriggeblieben. Der Abfall und die Bruchstücke waren allesamt für kleinere Gebrauchs- und Schmuckgegenstände aufgearbeitet worden. Katja dachte: «Da muß ich wohl in den Grubenbrüchen selbst suchen, ob ich auf den passenden Stein stoße.»

Von Danilo und Prokopjitsch hatte sie gehört, daß sie den Stein am Schlangenberg geholt hatten. Also ging sie dorthin.

Im Grubenrevier von Gumjoschki sind natürlich immer Leute bei der Arbeit. Die einen schürfen, die anderen fahren das Material ab. Man blickte Katja nach und war neugierig, wohin sie mit ihrem Korb ging. Katja hatte es nicht gern, wenn man sie unnütz anstarrte. Also suchte sie nicht in den Abbrüchen auf dieser Seite, sondern umging den Berg. Dort wuchs damals noch Wald. Durch diesen Wald bahnte sich Katja einen Weg bis zur Höhe des Schlangenbergs. Dort setzte sie sich hin. Ihr war bitter zumute – sie dachte an Daniluschko. Unaufhaltsam rannen ihre Tränen. Ringsum war kein Mensch, nur Wald, sie brauchte also vor niemandem Scheu zu haben. So ließ sie ihren Tränen freien Lauf, und sie tropften auf die Erde. Als sie sich ausgeweint hatte, sah sie zu ihren Füßen einen Malachitstein zum Vorschein kommen, aber er saß tief in der Erde. Womit sollte sie ihn heben?

Sie hatte weder Spitzhacke noch Hebel bei sich. Katja versuchte trotzdem, ihn mit den Händen zu bewegen. Es erwies sich, daß der Stein nicht sehr fest saß. Sie grub mit einem Ast die Erde rings um den Stein auf. Als sie so viel wie möglich fortgescharrt hatte, rüttelte sie. Der Stein gab nach. Es knirschte, als ob ein Ast breche. Der Stein war nicht groß und hatte die Form einer Tafel. Etwa drei Finger dick, eine Handfläche breit und nicht länger als zwei Quart. Katja war erstaunt: Genau, was ich brauche. Beim Zersägen ergeben sich genau so viele Platten, wie ich mir vorgestellt habe. Der Abfall ist nicht der Rede wert.

Sie brachte den Stein nach Hause und machte sich sogleich an die Arbeit des Sägens. Diese Arbeit braucht ihre Zeit. Da sich Katja auch noch um das Haus kümmern mußte, war sie den ganzen Tag beschäftigt und hatte keine Zeit, traurigen Gedanken nachzuhängen. Nur wenn sie sich an die Werkbank setzte, mußte sie immer an Daniluschko denken: Er würde Augen machen, wenn er mich hier an Prokopjitschs Platze sitzen und arbeiten sähe.

Natürlich fanden sich Flegel ein. Wie könnte es anders sein. In der Nacht vor irgendeinem Feiertag saß Katja bei der Arbeit, da kletterten drei Burschen über den Zaun. Ob sie ihr einen Schreck einjagen oder sonst was wollten – ihre Sache, jedenfalls waren sie betrunken. Katja sägte und hörte bei dem Gekreisch nicht, daß jemand in ihrem Hausflur war. Erst als an die Stubentür gepocht wurde, vernahm sie das Geräusch.

«Mache auf, Totenbraut, empfange lebende Gäste!»

Katja redete ihnen zuerst gut zu: «Geht weiter, Jungens!»

Aber die dachten gar nicht daran. Sie warfen sich gegen die Tür. Vorsicht! Gleich dringen sie ein! Da zog Katja den Haken heraus, öffnete die Tür mit einem Knall und schrie: «Kein Eintritt! Wem soll ich zuerst den Schädel einschlagen?»

Die Burschen sahen, daß sie ein Beil in der Hand hatte.

«Du verstehst keinen Spaß!» sagten sie.

«Was heißt da Spaß!» antwortete sie. «Wer die Schwelle übertritt, dem schlage ich den Schädel ein!»

Die Burschen waren zwar betrunken, merkten aber, daß die Sache ernst war. Katja war stark, hatte breite Schultern, einen energischen Blick, und das Beil lag schlagbereit in ihrer Hand. Keiner wagte, die Schwelle zu übertreten. Sie schrien, tobten, verzogen sich und erzählten später auch noch davon. Man hänselte die Burschen, daß sie zu dritt vor einem Mädel davongelaufen seien. Da sie das selbstverständlich nicht gern hörten, logen sie, Katja sei nicht allein gewesen, sondern hinter ihr habe ein Toter gestanden.

«Es war ein so schrecklicher Anblick, daß man unwillkürlich fortlief.»

Ob man den Burschen Glauben schenkte oder nicht, jedenfalls tuschelte man seitdem im Dorf: «In dem Hause geht's nicht mit rechten Dingen zu. Nicht umsonst wohnt sie so allein.»

Auch Katja erfuhr von dem Gerede, aber es bekümmerte sie nicht. Sie dachte: Laß sie schwätzen. Von dem Gerede habe ich nur den Vorteil, daß sie nicht wieder bei mir eindringen.

Die Nachbarn wunderten sich auch darüber,

daß Katja an der Werkbank saß. Sie machten sich über sie lustig: «Hat sich Männerarbeit vorgenommen. Was wird dabei schon herauskommen!»

Das war für Katja bitterer zu schlucken. Sie dachte selbst: Wird es mir gelingen? Aber dann beschwichtigte sie sich mit dem Trost: Marktware! Braucht es denn viel dazu? Wenn es nur schön glatt aussieht... Sollte ich das nicht schaffen?

Katja zersägte die Tafel. Dabei kam eine selten schöne Maserung zum Vorschein. Die Punkte, an denen sie die Säge ansetzen mußte, waren gleichsam angezeichnet. Katja staunte, wie leicht alles vor sich ging. Nachdem die Tafel in Stücke zersägt war, begann sie die einzelnen Plättchen zu schleifen. Es ist keine besondere Kunst, aber auch sie will gelernt sein. Anfangs tat sich Katja hart, aber dann lernte sie es. Die Länge der Tafel entsprach genau einer bestimmten Anzahl Plättchen, Verlust gab es überhaupt keinen. Sie schichtete Plättchen auf Plättchen zum Schleifen auf.

Als Katja die Schmuckplättchen fertiggestellt hatte, wunderte sie sich noch einmal, wie ergiebig und vorteilhaft die Tafel gewesen war. Dann aber überlegte sie, wohin sie die Plättchen bringen sollte. Prokopjitsch hatte dieses Kleinzeug hin und wieder in die Stadt geschafft und dort alles in einem bestimmten Laden abgesetzt. Katja hatte oft von diesem Geschäft gehört. Deshalb gedachte sie, ebenfalls in die Stadt zu gehen.

«Ich werde dort fragen, ob man auch in Zukunft meine Sächelchen haben will.»

Sie schloß ihr Häuschen ab und ging zu Fuß. In Polewoje merkte man gar nicht, daß sie in die

Stadt gegangen war. Katja erkundigte sich nach dem Händler, der Prokopjitschs Sachen abgenommen hatte, und betrat ohne Scheu den Laden. Sie sah, daß dort Steine aller Art zum Verkauf lagen, von Malachitplättchen gab es einen ganzen Glasschrank voll. Im Laden waren viele Menschen. Die einen kauften, die anderen lieferten Ware ab. Der Händler war ein würdiger Mann mit einer gestrengen Miene.

Katja fürchtete sich zuerst, näherzutreten, aber dann faßte sie sich ein Herz und fragte: «Werden keine Schmuckplättchen aus Malachit gebraucht?»

Der Ladenherr wies mit dem Finger auf den Glasschrank: «Siehst du nicht, wieviel Ware bei mir liegt?»

Die Meister, die ihre Arbeit brachten, flüsterten auf ihn ein: «Wer sich heutzutage alles mit solchen Arbeiten abgibt! Die zerstören nur den Stein. Haben keine Ahnung, daß für Zierplatten ein schönes Muster vonnöten ist.»

Einer der Meister war aus Polewoje. Er sagte leise zu dem Händler: «Dieses Mädel ist nicht ganz richtig im Kopf. Die Nachbarn haben sie an der Werkbank arbeiten gesehen. Sehen Sie sich doch mal an, was sie zurechtgeschustert hat.»

Der Händler meinte daraufhin: «Na, zeig mal her, was du gebracht hast.»

Katja gab ihm eines ihrer Schmuckplättchen. Der Händler betrachtete es lange, richtete dann den Blick auf Katja und sagte: «Bei wem gestohlen?»

Katja erschien das selbstverständlich beleidigend. In ganz anderem Tone sagte sie: «Mit welchem Recht sprichst du so von einem Menschen, den du gar nicht kennst? Schau richtig hin, wenn du nicht blind bist. Bei wem könnte man soviel Plättchen mit dem gleichen Muster stehlen? Nun, sprich!» Und sie schüttete ihren ganzen Vorrat an Plättchen auf den Ladentisch.

Der Händler und die Meister sahen: stimmt, alle hatten das gleiche Muster. Und zwar war es eine Maserung von großer Seltenheit. Es sah aus, als ob in der Mitte ein Baum hervortrete, auf einem Zweig ein Vogel und unten ebenfalls ein Vogel. Deutlich sichtbar. Und sauber gearbeitet!

Die Käufer hörten das Gespräch und drängten sich heran, um zu schauen, aber der Händler deckte alle Plättchen unter dem Vorwand zu: «Wenn sie im Haufen daliegen, kann man nichts sehen. Ich werde sie gleich unter Glas legen. Dann wählt, was jedem gefällt.» Zu Katja sagte er: «Geh dort durch die Tür. Gleich erhältst du dein Geld.»

Katja ging. Der Händler folgte ihr. Er schloß die Tür und fragte: «Für wieviel gibst du die Ware ab?»

Katja hatte von Prokopjitsch die Preise gehört. Als sie den Preis nannte, lachte der Händler laut heraus.

«Was sagst du da! Was sagst du da! Solchen Preis habe ich einem einzigen, dem Meister Prokopjitsch aus Polewoje gezahlt, und dann noch seinem Pflegesohn Danilo. Und das waren dir Meister!»

«Ich habe die Preise von ihnen gehört», antwortete sie. «Ich bin aus derselben Familie.»

«Schau einer an!» staunte der Händler. «Dann handelt es sich wohl um Danilos Arbeit, die er dir hinterlassen hat?»

«Nein», antwortete sie, «es ist meine eigene.»

«Vielleicht hat er dir den Stein vermacht?»

«Auch den Stein habe ich selbst gefunden.»

Der Händler schenkte ihr offenkundig keinen Glauben, handelte aber nicht weiter wegen des Preises, sondern rechnete ehrlich ab und sagte: «Wenn du in Zukunft wieder so etwas anfertigst, bringe es. Ich nehme es gern und zahle dir den richtigen Preis.»

Katja ging und freute sich über das viele Geld, das sie bekommen hatte. Der Händler legte die Plättchen unter Glas. Die Käufer kamen herbeigeeilt: «Wie teuer?»

Selbstverständlich machte er keinen Fehler, sondern setzte einen zehnfach höheren Preis als den eingehandelten an und sagte: «Solch Muster hat es noch nicht gegeben. Eine Arbeit Meister Danilos aus Polewoje. Besser als der arbeitet keiner.»

Als Katja daheim war, wunderte sie sich immer noch:

Sieh mal einer an! Meine Plättchen erwiesen sich als die schönsten. Da war mir ein gutes Stück Stein in die Hand geraten. Ein glücklicher Zufall offenbar! Dann kam ihr plötzlich der Einfall: Ob es nicht Danilo war, der mit dem Stein Kunde von sich gegeben hat?

Bei diesem Gedanken zog sie sich schnell an und eilte zum Schlangenberg.

Jener Malachitmeister aber, der Katja bei dem Händler angeschwärzt hatte, war auch heimgekehrt. Er beneidete Katja wegen des Steins mit dem seltenen Muster, den sie gefunden hatte, und dachte: Man muß sehen, woher sie den Stein holt. Ob ihr Prokopitsch und Danilo nicht vielleicht eine neue Fundstätte gezeigt haben?

Als er sah, daß Katja irgendwohin eilte, lief er ihr nach. Er beobachtete, daß sie Gumjoschki seitlich umging und sich zum Schlangenberg begab. Der Meister folgte ihr und überlegte: Dort ist Wald. Ich werde mich durch den Wald zur Schürfstätte hinauf schleichen.

Sie betraten den Wald. Katja war ganz in der Nähe, suchte sich aber keineswegs zu verbergen, sah sich nicht um und lauschte nicht, ob jemand folge. Der Meister freute sich, so leicht auf die Spur eines neuen Fundorts zu gelangen. Plötzlich rauschte seitlich von ihm etwas auf. Der Meister zuckte vor Schreck regelrecht zusammen. Er blieb stehen. Was war das? Während er noch überlegte, war Katja verschwunden. Er rannte kreuz und quer durch den Wald. Mit Mühe fand er sich heraus und langte beim Sewersker Teich an, zwei Werst hinter Gumjoschki.

Katja ahnte nicht, daß man ihr nachspionierte. Sie stieg bis zur Höhe des Bergs und gelangte zu der Stelle, wo sie den ersten Stein gehoben hatte. Die Vertiefung war offenbar größer geworden. Seitlich kam abermals ein derartiger Stein zum Vorschein. Als Katja an ihm rüttelte, gab er nach. Wieder knirschte es, als wenn ein Ast zerbräche. Katja nahm den Stein. Ihre Tränen strömten. Klageworte, wie sie die Mädchen und Weiber beim Leichenbegängnis ausstoßen, kamen über ihre Lippen: «Warum, mein lieber Herzensfreund, hast du mich verlassen!» und in der Art.

Als sie sich ausgeheult hatte, wurde ihr leichter. Sie stand in Gedanken versunken da und blickte in Richtung des Schürffeldes. Der Platz glich einer Art Waldwiese. Ringsum dichter, hoher Wald, der sich nach der Seite der Gruben zu etwas lichtete. Es war kurz vor Sonnenuntergang. Unterhalb des Waldes lag der freie Platz schon im Dunkel, doch auf das Schürffeld schien noch die Sonne und bestrahlte den Platz, so daß alle Steine blitzten und glitzerten.

Katja wurde neugierig. Sie wollte nähertreten. Aber sowie sie einen Schritt machte, knirschte es unter ihren Füßen. Sie zog den Fuß zurück und sah: unter ihr war kein Boden mehr. Sie stand auf dem Wipfel eines hohen Baums. Auf allen Seiten ragten ebenfalls Wipfel empor. Durch die Zwischenräume der Bäume sah sie auf Gräser und Blumen hinab, die keine Ähnlichkeit mit den hier vorkommenden hatten.

Eine andere an Katjas Stelle wäre erschrocken und hätte aufgeschrien, aber sie dachte an ganz was anderes.

Der Berg hat sich aufgetan! Ach, könnte ich doch Daniluschko erblicken!

Kaum hatte sie es gedacht, da sah sie unten zwischen den Bäumen jemanden gehen. Er glich Daniluschko und streckte die Arme in die Höhe, als ob er etwas sagen wolle. Katja stürzte blindlings auf ihn zu... vom Baum hinab! Aber sie fiel an der Stelle zu Boden, wo sie gestanden hatte. Als sie wieder zu sich kam, sagte sie sich: Ich hatte gewiß eine Erscheinung. Ich muß schnell heimgehen.

Ja, das müßte sie, aber sie blieb sitzen und wartete darauf, ob sich der Berg nicht noch einmal öffnen und Daniluschko sich wieder zeigen werde. So saß sie bis zur völligen Dunkelheit. Dann erst machte sie sich auf den Heimweg, und der Gedanke begleitete sie: «Trotzdem habe ich Daniluschko gesehen!»

Jener Meister, der Katja nachgeschlichen war, befand sich inzwischen ebenfalls auf dem Heimweg. Als er sah, daß Katjas Haus zugeschlossen war, wartete er auf sie, um zu sehen, was sie herbeibrachte. Als er Katja kommen sah, stellte er sich ihr in den Weg.

«Wohin bist du gegangen?»

«Zum Schlangenberg», antwortete sie.

«In der Nacht? Was hast du dort gewollt?»

«Danilo wiedersehen...»

Der Meister zuckte zurück, als habe er einen Schlag bekommen, doch am nächsten Tag ging es im Dorf von Mund zu Mund: «Die Totenbraut ist vollends übergeschnappt. Sie geht nachts zum Schlangenberg und wartet auf den Toten. Daß sie in ihrer Narrheit nur nicht eine Feuersbrunst im Dorf verursacht!»

Als Katjas Brüder und Schwestern davon hörten, kamen sie eilends herbei, um Katja in aller Strenge Vorhaltungen zu machen. Aber sie hörte ihnen gar nicht zu, sondern zeigte das Geld und sagte: «Was meint ihr, woher ich es habe? Selbst guten Meistern nimmt man die Ware nicht ab, aber mir hat man gleich für die ersten Sachen soviel gezahlt. Warum wohl?»

Die Brüder nahmen ihren Erfolg zur Kenntnis und sagten: «Das war ein glücklicher Zufall. Da gibt's nichts weiter zu reden.»

«Solche Zufälle gibt es nicht», antwortete sie. «Nein, Danilo selbst hat mir diesen Stein zurechtgelegt und das Muster ausgeführt.»

Die Brüder lachten, die Schwestern schlugen die Hände über dem Kopf zusammen.

«Hat man schon so was Närrisches gehört? Man müßte es dem Verwalter melden. Tatsächlich, du steckst noch das Dorf in Brand!»

Sie berichteten natürlich nichts; schämten sich, die eigene Schwester anzuzeigen. Aber sowie sie draußen waren, redeten sie unter sich: «Man muß auf Katerina aufpassen und ihr sofort nachgehen, wenn sie wegläuft.»

Nachdem Katja die Verwandten hinausgeleitet hatte, schloß sie die Tür zu und setzte sich an die Werkbank, um den neuen Stein zu zersägen. Bei dieser Arbeit dachte sie: Wenn er wieder so ergiebig ist, dann bedeutet es: es war keine Erscheinung, sondern ich habe Daniluschko wirklich gesehen!

Sie beeilte sich mit dem Sägen, denn sie wollte möglichst rasch die Maserung sehen. Es war schon tiefe Nacht, aber Katja saß noch immer an der Werkbank. Zu dieser Zeit erwachte die eine Schwester, sah Licht in Katjas Stube, lief ans Fenster, schaute durch einen Spalt und staunte: «Nicht einmal der Schlaf läßt sie ruhen. Das Mädel ist eine Strafe!»

Als Katja die Tafel zersägt hatte, kam das Muster zum Vorschein. Es war noch schöner als das erste. Ein Vogel fliegt von einem Baum hinab, die Flügel gebreitet, und von unten fliegt ihm ein anderer Vogel entgegen. Fünfmal kehrte das Muster auf der Tafel wieder. Von Punkt zu Punkt war die Linie vorgezeichnet, nach der die Tafel zersägt werden mußte. Katja dachte nicht länger nach. Sie kleidete sich rasch an und eilte aus dem Hause. Die Schwester lief ihr nach. Unterwegs pochte sie die Brüder heraus. «Schnell, lauft ihr nach!» Die Brüder kamen angerannt, trommelten noch andere Nachbarn zusammen. Es dämmerte schon. Sie sahen Katja an Gumjoschki vorbeilaufen. Alle stürzten ihr nach, doch sie spürte offenbar gar nicht, daß man ihr folgte. Nachdem sie an der Grube vorüber war, ging sie beim Aufstieg auf den Schlangenberg etwas langsamer. Die Verfolger verhielten ebenfalls den Schritt. «Sehen wir zu», sagten sie sich, «was sie tun wird!»

Katja stieg wie immer bis zur Höhe. Sie schaute sich um. Der Wald um sie her erschien ihr ganz unwirklich. Sie betastete einen Baum. Er war kalt und glatt wie geschliffener Stein. Auch das Gras unter ihren Füßen schien aus Stein zu sein. Noch war es dunkel. Katja dachte: Offenbar bin ich in den Berg geraten.

Die Verwandten samt den anderen waren sich plötzlich im unklaren: «Wohin ist sie mit einem Mal verschwunden? Eben noch war sie in der Nähe, und nun ist sie nicht mehr da!»

Sie rannten hierhin und dorthin. Die einen erstiegen den Berg, die anderen umgingen ihn. Sie schrien sich gegenseitig zu: «Ist sie dort?»

Katja aber geht durch den steinernen Wald und denkt nur daran, wie sie Danilo finden kann. Lange schreitet sie geradeaus, dann ruft sie: «Danilo, gib Antwort!»

Im Walde hallt es wider. Die Äste stoßen gegeneinander: «Keiner da! Keiner da! Keiner da!»

Aber Katja läßt den Mut nicht sinken.

«Danilo, gib Antwort!»

Im Walde wieder: «Keiner da! Keiner da!»

Katja abermals: «Danilo, gib Antwort!»

Da erscheint die Herrin des Bergs vor Katja.

«Warum bist du in meinen Wald eingedrungen?» fragt sie. «Was willst du? Suchst du nach einem guten Stein? Nimm, was du willst, und dann geh möglichst schnell fort!»

Katja sagt: «Ich brauche nicht dein totes Gestein. Gib mir meinen lebendigen Daniluschko. Wo hältst du ihn versteckt? Mit welchem Recht lockst du einen fremden Bräutigam an dich?»

Nun ja, ein verwegenes Mädel! Ging geradewegs auf ihr Ziel los. Und das bei der Herrin! Doch die steht ganz ruhig da und zeigt keine Erregung.

«Hast du noch etwas zu sagen?»

«Nur immer dasselbe – gib Danilo zurück! Er ist bei dir...»

Die Herrin lacht laut auf und sagt: «Du bist ein törichtes Mädchen. Weißt du, mit wem du sprichst?»

«Ich bin nicht blind», schreit Katja. «Ich sehe. Aber ich habe keine Angst vor dir, du Feindin der Liebenden. Nicht soviel fürchte ich dich! So schlau du es auch anstellst, aber Danilo zieht es zu mir. Ich habe es selbst gesehen. Was hast du von ihm?»

Da sagt die Herrin: «Hören wir, was er selbst sagt.»

Bis dahin war es im Walde finster gewesen, jetzt wurde es plötzlich licht. Das Gras am Boden funkelte in vielen Farben, die Bäume waren einer schöner als der andere. Durch die Stämme sah man auf eine weite Wiese mit steinernen Blumen, um die goldene Bienen wie Funken flogen. Eine Schönheit, daß man sich sein Leben lang nicht daran sattgesehen hätte. Und Katja sieht: durch den Wald eilt Danilo auf sie zu. Katja stürzt ihm entgegen: «Daniluschko!»

«Warte es ab!» sagt die Herrin und fragt: «Nun, Meister Danilo, wähle, wo du bleiben willst. Gehst du mit ihr, wirst du alles, was mein ist, vergessen, bleibst du hier, mußt du sie und die Menschen vergessen.»

«Ich kann die Menschen nicht vergessen», antwortet er, «und an sie denke ich allezeit.»

Da lächelt die Herrin huldvoll und sagt: «Du hast es erreicht, Katerina. Nimm deinen Meister. Erhalte ihn als Geschenk für deine Kühnheit und Standhaftigkeit. Danilo mag mich im Gedächtnis bewahren, aber dies hier wird er für immer vergessen!» Die Wiese samt den wunderbaren steinernen Blumen sank augenblicklich in Dunkelheit. «Jetzt geht nach jener Seite!» Die Herrin zeigte ihnen den Weg und fügte noch einmal warnend hinzu: «Erzähle den Menschen nichts vom Berg, Danilo. Sage, daß du bei einem fernwohnenden Meister in der Lehre warst. Und du, Katerina, höre auf zu denken, daß ich deinen Bräutigam verlockt habe. Er ist selbst gekommen, um zu suchen, was er jetzt vergessen hat.»

Da verneigte sich Katja tief vor ihr.

«Entschuldigt meine bitteren Worte!»

«Schon gut», antwortete sie, «ich bin ja aus Stein. Ich sage es um deinetwillen, damit es kein Zerwürfnis zwischen euch gibt.»

Katja und Danilo gingen durch den Wald. Es wurde immer dunkler. Unter den Füßen fühlten sie unebenen Boden – Buckel und Gruben. Sie schauten auf, da waren sie schon im Grubengelände von Gumjoschki. Es war noch ganz früh am Morgen. Niemand war an der Arbeit. Heimlich und leise stahlen sie sich heim. Aber die Menschen, die Katja nachgelaufen waren, irrten noch immer durch den Wald und riefen sich zu: «Ist sie dort, seht ihr sie?»

Sie suchten und suchten, aber sie fanden sie nicht. Als sie heimkamen, sahen sie Danilo am Fenster sitzen.

Selbstverständlich erschraken sie und stießen

laute Rufe und Beschwörungen aus. Dann sahen sie, daß sich Danilo eine Pfeife ansteckte. Na, da zogen sie ab.

Ein Toter wird ja wohl keine Pfeife rauchen! dachten sie.

Dann kam einer nach dem andern wieder. Man beobachtete, daß auch Katja im Hause war. Sie machte sich am Herd zu schaffen und war sehr vergnügt. Schon lange hatte man sie nicht mehr so gesehen. Da faßten sie Mut, gingen ins Haus und begannen zu fragen.

«Wo bist du denn gewesen, Danilo, man hat dich ja so lange nicht mehr gesehen?»

«Nach Kolywan bin ich gewandert», antwortete er. «Ich hatte gehört, daß dort ein Steinschnitzer lebt, angeblich der beste in unserem Fach. Da trieb es mich halt, etwas von ihm zu lernen. Das verstorbene Väterchen wollte es mir ausreden. Aber ich war dickschädelig, ging heimlich fort, nur Katja hab' ich es gesagt.»

«Und warum hast du deine Schale zerschlagen?» fragten sie.

«Ach, nur so... ich kam von der Unterhaltung am Abend heim... vielleicht hatte ich zuviel getrunken... sie war nicht so geworden, wie ich es mir vorgestellt hatte, na, da habe ich halt draufgehauen, das kommt bei jedem Meister mal vor. Warum lange darüber reden!»

Jetzt kamen auch Katjas Brüder und Schwestern und machten ihr Vorwürfe, warum sie nichts von jenem Kolywan da gesagt habe. Aber aus Katja kriegten sie nicht viel heraus. Sie fuhr sie gleich an: «Manchen Manns Kuh brüllt, meine schweigt! Habe ich euch nicht oft genug gesagt, daß Danilo lebt? Und ihr? Bräutigame habt ihr mir zugeschoben und wolltet mich vom rechten Weg abbringen. Setzt euch lieber zu Tisch. Die Eierkuchen sind fertig.»

Damit endete die Geschichte. Die Verwandten saßen eine Weile da, sprachen über dies und jenes, trennten sich. Am Abend ging Danilo zum Verwalter und meldete sich zurück. Der schrie und tobte natürlich, aber trotzdem gingen sie im guten auseinander.

Nun, und Danilo lebte von da ab mit Katja zusammen. Gut, hieß es, lebten sie und einträchtig. Was seine Arbeit betrifft, nannte man Danilo allgemein den Bergmeister. Keiner konnte sich mit ihm messen. Und sie erarbeiteten sich ein kleines Vermögen. Nur hin und wieder versank Danilo in Gedanken. Katja wußte selbstverständlich, woran er dachte, aber sie hielt den Mund.

WLADIMIR ODOJEWSKIJ

Das Märchen
vom Kollegienrat Iwan Bogdanowitsch

und wie er versäumte, seinen Vorgesetzten zum heiligen Osterfest gute Feiertage zu wünschen

> Im lichten Dunkel funkelnder Nächte
> schien das dunkle Licht der Sonnenstrahlen.
>
> *Fürst Schachowskoj*

Der Kollegienrat Iwan Bogdanowitsch hatte im Laufe seines vierzigjährigen Dienstes als Vorsitzender irgendeiner provisorischen Kommission ruhig und ohne Aufregungen gelebt. Jeden Morgen, mit Ausnahme der Feiertage, stand er um acht Uhr auf. Um neun Uhr begab er sich in die Kommission, wo er gelassen und ohne sich etwas zu Herzen zu nehmen oder sich vom Platze zu rühren, ohne sich zu ärgern oder sich den Kopf unnütz zu zerbrechen, Aktennummern berichtigte, Rapporte unterschrieb, Eingänge abzeichnete. Mit dieser Beschäftigung verging der Vormittag.

Die Untergebenen ahmten ihren Chef in jeder Beziehung nach. Ruhig und leidenschaftslos schrieben und kopierten sie Schriftstücke, registrierten sie und stellten sie nach dem Alphabet ab, ohne den Vorgängen selbst oder den Bittstellern Beachtung zu schenken. Betrat man die Behörde Iwan Bogdanowitschs, konnte man

denken, in ein Trappistenkloster zu kommen –
so vollständig war das Schweigen.

Ein gewisser Anflug von Leben war am Ende
des Jahres, vor der Aufstellung des jährlichen
Rechenschaftsberichts festzustellen. Dann war
bei allen Beamten eine Art Bewegung zu bemer-
ken, und Iwan Bogdanowitschs Gesicht zeigte
sogar eine gewisse Beunruhigung. Aber wenn
der Bericht fertig war und Iwan Bogdanowitsch
den Schlußstrich zog, dann leuchtete sein Gesicht auf; er schlug mit der Hand auf den Tisch,
atmete auf wie nach einer schweren Arbeit und
rief aus: «Nun Gott sei Dank! In diesem Jahr
haben wir zweimal soviel Vorgänge gehabt wie
im vorigen Jahr!» und in der ganzen Kommission herrschte eitel Freude. Am nächsten Tage
gingen die Beamten wieder ihrer üblichen Beschäftigung nach.

Eine ähnliche Korrektheit ließ sich auch in
allen anderen Tätigkeiten Iwan Bogdanowitschs
feststellen. Keiner erschien so rechtzeitig wie er,
wenn es galt, den Vorgesetzten zu einem Fest,
zum Namenstag oder Geburtstag Glück zu wünschen. Zu Neujahr stand sein Name immer zu-
oberst in der Besucherliste. Wer fände es verwunderlich, daß er deswegen den Ruf eines ge-
wissenhaften, aktiven Mannes und zuverlässi-
gen Beamten genoß?

Aber Iwan Bogdanowitsch gestattete sich
auch kleine Ergötzungen. Kaum hatte es an
Wochentagen drei Uhr geschlagen, als Iwan
Bogdanowitsch von seinem Platze aufsprang –
auch wenn ihm nur noch ein Punkt in einem
unbeendeten Schriftstück übrigblieb –, seinen
Hut nahm, sich vor seinen Untergebenen verbeugte und, an ihnen vorbeigehend, zu seinen

Lieblingsbeamten – zwei Abteilungsleitern und einem Tischvorsteher – sagte: «Also... heute... Sie wissen Bescheid!»

Die Lieblingsbeamten verstanden die Bedeutung dieser geheimnisvollen Worte und erschienen nach dem Essen im Hause Iwan Bogdanowitschs zu einer Partie Boston. Und das korrekte Verhalten des Vorgesetzten war auf seine Untergebenen von so wohltätigem Einfluß, daß es für sie zur unumgänglichen Dienstleistung gehörte, morgens in der Kanzlei zu erscheinen und abends Boston zu spielen.

An Feiertagen gingen sie nicht in die Kommission und spielten sie nicht Boston, weil Iwan Bogdanowitsch an Feiertagen die Gewohnheit hatte, nach dem Essen – den Annenorden gut zur Schau gestellt – allein oder mit Damen auf dem Newskij-Prospekt spazierenzugehen oder das Wachsfigurenkabinett oder den Tiergarten zu besuchen. Zuweilen ging er auch ins Theater, wenn ein heiteres Stück gegeben oder nach Art der Zigeuner getanzt wurde.

In diesem ungetrübten Glück verliefen, wie gesagt, mehr als vierzig Jahre, und in dieser ganzen Zeit zeigten weder die Form des Lebens noch die Gesichtszüge Iwan Bogdanowitschs die mindeste Veränderung; es sei denn, daß er gegen früher ein wenig fülliger geworden war.

Einmal hatte sich die Kommission mit einem ganz ungewöhnlichen Fall zu beschäftigen, und das – man stelle sich vor! – genau am Karsamstag. Seit dem frühen Morgen waren alle Beamten in der Kanzlei versammelt, Iwan Bogdanowitsch an ihrer Spitze. Man schrieb, schrieb, schrieb, plagte sich, schaffte schwer, und erst um vier Uhr war man so weit, den Fall abzuschließen. Nach der neunstündigen Arbeit war Iwan Bogdanowitsch müde. Außer sich vor Freude, daß die Angelegenheit aus der Welt geschafft worden war, konnte er sich nicht verkneifen, zu seinen Lieblingsbeamten im Vorbeigehen zu sagen: «Also... heute abend... Sie wissen Bescheid!»

Die Beamten wunderten sich keineswegs über die Aufforderung und betrachteten sie als natürliche Folge ihrer Morgenbeschäftigung, so fest war ihnen die Kanzleiordnung in Fleisch und Blut übergegangen. Sie erschienen zur festgesetzten Zeit, rückten die Kartentische aneinander, stellten Kerzen darauf, und das Zimmer hallte alsbald von fröhlichen Rufen wider: «Sechs sticht! Grand! Null ouvert!» und dergleichen.

Aber diese Wörter drangen bis zu dem ehrwürdigen Mütterchen Iwan Bogdanowitschs, einer sehr gottesfürchtigen alten Dame, welche die Gewohnheit hatte, tagelang weder ein Wort zu sagen, noch sich vom Platze zu rühren, sondern sich eifrig damit beschäftigte, Unterziehjäckchen, Nachtmützen und andere Erzeugnisse der schönen Künste zu stricken. Diesmal öffneten sich ihre zusammengebackenen Lippen, und sie stieß mit einer des Gebrauchs entwöhnten, brüchigen Stimme hervor:

«Iwan Bogdanowitsch! Ah! Iwan Bogdanowitsch! Was tust du... das... das... das... das gehört sich nicht... an einem solchen Tag... Karten... Iwan Bogdanowitsch!... Ah!... Iwan Bogdanowitsch! Wie kann man... was tust du... an solchem Tage... bald beginnt die Mitternachtsmesse... wie kannst du...»

Ich vergaß zu sagen, daß Iwan Bogdanowitsch,

der tagsüber so still und friedlich war, beim Kartenspiel zu einem Löwen wurde. Der grüne Tisch übte einen Zauber auf ihn aus wie der sibyllinische Dreifuß. Das von Natur aus allen ihren Erzeugnissen innewohnende geistige Prinzip, das Bedürfnis nach Erregung, jenes geheimnisvolle Gefühl, das manche zum Verbrechen treibt, andere ihre Seelen mit quälender Liebe erschöpfen, die dritten zum Opium greifen läßt, hatte sich im Organismus Iwan Bogdanowitschs in Form einer Leidenschaft für das Bostonspiel herausgebildet. Die Minuten beim Boston waren die starken Minuten im Leben Iwan Bogdanowitschs. In dieser Zeit war seine ganze seelische Tätigkeit auf ein einziges Ziel gerichtet, schlug sein Puls schneller, rann das Blut rascher durch die Adern, brannten die Augen und befand er sich in einer Art Selbstvergessenheit.

Demnach ist es nicht verwunderlich, daß Iwan Bogdanowitsch die Worte der alten Dame kaum hörte oder nicht hören wollte. Zudem hatte er in diesem Augenblick zehn Trümpfe in der Hand – eine unerhörte Sache beim Boston zu vieren.

Den Zehnerstich verdeckend, holte Iwan Bogdanowitsch vor starker Erregung tief Atem und sagte:

«Beunruhigen Sie sich nicht, Mütterchen, bis zur Mitternachtsmesse ist noch viel Zeit. Wir sind Beamte, an Pünktlichkeit gewöhnt, wir dürfen niemals die Zeit verpassen, deshalb verzeiht uns auch Gott – und übrigens machen wir auch gleich Schluß.»

Unterdessen folgte auf dem grünen Tisch ein Rubber dem anderen. Die abgelegten Karten häuften sich. Sagenhafte Spiele lösten einander ab, deren man sich in den mündlichen Überlieferungen der Boston-Chronik noch lange erinnerte. Das Spiel war in vollem Gange, in höchster Entfaltung, faszinierte alle. Als der erste Kanonenschuß das Osterfest verkündete, hörten ihn die Spieler nicht. Sie achteten auch nicht auf das neuerliche Erscheinen des Mütterchens von Iwan Bogdanowitsch, das nach Erschöpfung all seiner Redekunst stumm den Kopf schüttelte und schließlich das Haus verließ, um sich in der Kirche einen möglichst ruhigen Platz zu sichern.

Da, der zweite Schuß! – Aber sie spielen wie besessen. Der Einsatz wächst, und es kommen nie erlebte Spiele.

Jetzt ertönt der dritte Schuß. Die Spieler zucken zusammen, wollen sich erheben, aber es geht nicht, sie sind an den Stühlen festgewachsen, ihre Hände greifen von selbst nach den Karten, mischen, geben aus; ihre Zungen bringen von allein die geheiligten Bostonwörter hervor; die Tür des Zimmers klappt von allein zu.

Draußen erschallt Glockengeläut. Alles ist in Bewegung. Man hört Vorübergehende sprechen, Equipagen über das Pflaster rollen, doch die Spieler spielen unentwegt weiter, und Rubber folgt auf Rubber.

«Höchste Zeit, Schluß zu machen!» will einer der Gäste sagen, aber die Zunge gehorcht ihm nicht, legt sich irgendwie seltsam quer, und er plappert ohne Sinn und Verstand:

«Ah! Was läßt sich mit dem Vergnügen vergleichen, am Karsamstag Boston zu spielen!»

«Gewiß!» will ihm ein anderer antworten. «Aber was werden unsere Familien von uns denken?» Doch auch seine Zunge versagt den Gehorsam und bringt nur hervor: «Mag man zu Hause von uns denken, was man will, hier ist es viel vergnüglicher.»

Erstaunt hören sie einander, wollen widersprechen, aber ihre Köpfe senken sich von selbst zum Zeichen des Einverständnisses.

So verging die Mitternachtsmesse, so verging das Hochamt. Alle braven Menschen und unter ihnen Iwan Bogdanowitschs Mütterchen lagen im Bett und träumten süß von Fleischspeisen; andere probierten ihre Uniformen an, gingen die Adressenverzeichnisse und das Register der Besuchslisten durch. Schon dämmerte es, auf den Straßen wurde mit den Gläsern angestoßen, aus den Wagen schaute Goldstickerei heraus, Dreispitze ragten über Fries- und Wollmäntel empor, Eilboten rannten von Tür zu Tür, drückten Visitenkarten in die Hände der Portiers und verstreuten die Hälfte auf die Straße, die Buben spielten Eierrollen und wetteten, wer Sieger bleibe.

Aber im Zimmer der Spieler ist es noch immer Nacht; noch immer brennen die Kerzen. Die Spieler quält das Gewissen, Hunger, Schlaflosigkeit, Müdigkeit. Krampfhaft auf den Stühlen hockend, strengen sie sich an, sich von ihnen loszureißen, aber vergeblich. Die müden Hände mischen die Karten, die Zunge sagt «Sechs» und «Acht», Rubber folgt auf Rubber, der Einsatz steigt, unerhörte Spiele entwickeln sich.

Schließlich schwant einem der Spieler etwas. Er nimmt alle Kraft zusammen und löscht die Kerzen. Im selben Augenblick entzünden sie sich als schwarze Flammen. Nach allen Seiten fluten dunkle Strahlen. Langhin strecken sich die weißen Schatten der Spieler auf dem Fußboden. Die Karten springen ihnen aus den Händen. Die Damen stoßen die Spieler von den Stühlen, nehmen ihre Plätze ein, greifen nach den Spielern und mischen sie. Es entsteht ein ganzer gleichfarbiger Satz Iwan Bogdanowitsche, ein gleichfarbiger Satz Abteilungsleiter, ein gleichfarbiger Satz Tischvorsteher, und nun beginnt ein Spiel, ein höllisches Spiel, wie es dem Verfasser der «Enthüllten Geheimnisse des Kartenspiels» nicht im Traum eingefallen wäre.

Inzwischen haben die Könige in den Sesseln Platz genommen, die Asse auf den Diwanen, die Buben putzen die Lichter, die Zehner schlendern wie dicke Branntweinpächter stolz durch das Zimmer, die Zweier und Dreier drücken sich ehrerbietig an die Wand. Die Damen knallen die unglücklichen Iwan Bogdanowitsche auf den Tisch, kneifen Ecken hinein, verbiegen sie bei doppeltem Einsatz, nagen vor Ärger mit den Zähnen an ihnen und werfen sie auf den Boden...

Ich weiß nicht, wie lange dieses Spiel dauerte. Als das Mütterchen Iwan Bogdanowitschs, die ihn vergeblich zum Essen erwartete, erfuhr, daß er nirgendwohin gefahren sei, und in sein Zimmer trat, lagen er und alle seine Mitspieler müde und völlig erschöpft in todesähnlichem Schlafe: einer auf dem Tisch, einer unter dem Tisch, einer auf dem Stuhl...

Und in den Behördenkanzleien wunderte man sich noch lange, warum Iwan Bogdanowitsch versäumt hatte, zum heiligen Osterfest seinen Vorgesetzten gute Feiertage zu wünschen.

Wie das Salz ins Ausland geriet

Es geschah in der Stadt Archangelsk und ist so lange her, daß nicht nur mein eigenes Gedächtnis versagt, sondern sogar Großmutter und Urgroßmutter sich an Jahr und Tag nicht mehr erinnern können. Wir stapeln Wort auf Wort und tragen's weiter, eins geht verschütt, eins findet einen Schreiber.

Ja also, da lebte mal ein Mann, der war klotzig reich. Er verdiente sein Geld mit Holz, verkaufte es in verschiedene Länder, drehte große Dinger, machte einen Haufen Geld.

Der Mann hatte drei Söhne.

Der älteste und der mittlere waren im väterlichen Geschäft tätig und verstanden ihre Sache gut, verkauften, betrogen, hauten die Käufer bei der Abrechnung übers Ohr und waren dem Vater lieb und wert.

Dem jüngsten Sohn lag der Handel nicht, er sang und tanzte lieber. Zu Hause war er niemals anzutreffen, immer verbummelte er die Zeit in lustiger Gesellschaft. Man nannte ihn den Luftikus Guljona. Ein liebenswürdiger junger Mann, gesellig, zuvorkommend, rasch beim Wort, höflich im Umgang. Ein begabter Bursche, nur, vorteilhafte Geschäfte verstand er nicht abzuschließen.

Der reiche Mann gedachte, sich des Sohns Guljona zu entledigen und faßte den Plan, es unter dem Vorwand einer großen Handelsunternehmung zu bewerkstelligen. Er schickte alle drei Söhne mit einer Holzladung ins Ausland.

Dem ältesten Sohn, einem Muster an Schlechtigkeit, Schäbigkeit, Raffgier und Gewinnsucht, rüstete der Vater ein Schiff aus Eichenholz mit seidenen Segeln aus, befrachtet mit allerbestem, erstklassigem Holz.

Der zweite Sohn war ein Dickwanst, Bauch wie ein Faß, Beine wie Pfosten, ein Geizhals, wie er im Buche steht. Prahlerisch sagte er von sich, daß er sich beim Kauf und Verkauf nie übers Ohr hauen lasse, sondern immer einen hohen Gewinn herausschlage.

Dieser zweite Sohn bekam ein Schiff aus Kiefernholz mit Segeln aus weißer Leinwand. Das Holz war zweitklassige Ware.

Den dritten, fröhlichen Sohn, den Luftikus, schickte der Vater auf einem Wrack von Schiff auf die Reise. Es war so durchlöchert, daß das Licht von einem Loch durchs andere drang, das Wasser nach Belieben hinein- und hinauslief und die Fische wie auf einem Posthof kamen und gingen.

In diesem Schiff fuhr man geradewegs auf den Meeresgrund, sofern man überhaupt das offene Meer erreichte. Es hielt sich nur über Wasser, solange kein Wellengang war.

Seine Fracht war zum Lachen: Schwartenbretter, Abfälle und Strünke aus Niederholz, die zu nichts nütze waren. Als Segel hatte man eine alte Fußmatte aufgehängt.

Das Schiffchen taugte so wenig wie die Fracht.

Man mußte Guljona mit einer List an Bord locken.

Der reiche Mann hatte folgenden Einfall gehabt: er stellte an die Bordkanten Liter- und Halbliterflaschen mit Wodka und auf das Heck eine Vierliterflasche. Hinter den Flaschen waren Spiegel angebracht. Vom Ufer sah es aus, als ob das Deck voller Wodkaflaschen stehe.

Sowie Guljona die erfreuliche Fracht auf dem Schiffchen erblickte, rief er seine Freunde zusammen, die Trinkgenossen, Possenreißer und Sänger.

Lustig funkelten die Flaschen und Fläschchen auf dem Schiffchen. Guljona und seinen Freunden leuchteten die Augen. Sie gingen an Bord.

Die Schiffe liefen aus und gleichzeitig mit ihnen auch das Schiffchen. Der schäbige ältere und der feiste mittlere Bruder hatten Guljona schnell überholt und stachen ins offene Meer.

Doch Guljona und seine Freunde zeigten keine Eile; sie tranken Wodka, sangen Lieder und merkten nicht, daß sie in zehn Tagen keine neun Werst zurückgelegt hatten. Die Flaschen waren leer, da schwammen sie im Meer.

Jetzt war es aus mit dem schönen Wetter. Es erhob sich ein schrecklicher Sturm. Das Wasser bäumte sich, die Wogen schäumten.

Guljona warf die Schwarten, Abfälle und Strünke über Bord – es war sowieso keine Handelsware.

Das entlastete Schiffchen flog wie eine Möwe übers Wasser. Guljona und seinen Kameraden blieb nichts anderes übrig, als sich möglichst festzuhalten, ob sie lagen oder standen.

Der Sturm ließ nach, das Meer besänftigte sich, es hatte sich ausgetobt und wurde still.

Vor dem Schiff glänzte etwas im Wasser auf

– etwas Weißes, Funkelndes, es ähnelte einer Insel. Guljona lenkte sein Schiffchen zur Insel und warf Anker.

Die Insel bestand aus reinem weißem Salz.

Ohne langes Zögern kalfaterten Guljona und die anderen Burschen die Löcher in den Bordwänden und luden Salz. Das zu nichts mehr tauglliche Schiffchen war mit Salz überkrustet, sogar das Segel war mit einer Salzschicht bedeckt. Im Sonnenschein funkelten Schiffchen und Segel wie ein Edelstein. Wie ein kostbarer Segler flog das Schifflein dahin.

Günstiges Fahrwasser und Wind brachten es ins Ausland.

Im Hafen legten sie an der Mole fest und öffneten die Luken.

Das ausländische Volk hatte seine Freude am Anblick des funkelnden, gleißenden Schiffs; es gaffte und staunte.

Das Salz im Kielraum sah aus wie Zucker. Die Menschen kamen, nahmen es auf die Zunge, spuckten aus und gingen.

Guljona füllte ein Säckchen mit Salz und ging in die Stadt.

Mitten in der Stadt wohnte der Zar. Beim Zaren war eine große Gasterei; verschiedene Zaren und Könige waren gekommen. Sie hatten an der Tafel Platz genommen, warteten auf das Mahl und verkürzten sich die Zeit mit Gesprächen.

Guljona ging in die Küche. Zuerst gab er Auskunft, wer er sei, woher er komme und was er bringe. Er zeigte das Salz. Der Koch kostete es.

«So was Widerliches haben wir noch nie geschmeckt; weder der Zar noch die Gäste werden es genießen.»

Guljona sagte: «Fülle die Kohlsuppe in die Terrine!»

Der Koch tat es. Guljona salzte.

«Probiere jetzt!»

Der Koch schmeckte die Suppe ab, kostete nochmals und konnte nicht aufhören – aß alles auf.

«Ach, wie schmackhaft! Ich bin der allererste Koch, aber so was Gutes habe ich noch nie gegessen.»

Guljona salzte alles nach Notwendigkeit. Die Jungköche schleppten die Speisen auf die Tafel. Je fünf Mann trugen die Hauptgerichte, je zwei schleppten die Beilagen, deren es ein halbes Hundert gab.

Die Zaren und Könige hatten große, breite Bäuche – anders als das einfache Volk –, aber sie aßen ja auch für alle Hungernden und Nichtgesättigten.

Gleich danach kam der Zar in die Küche gerannt, im Lauf einen Bissen kauend, und schrie dem Koch zu:

«Brate, koche, backe, die Gäste haben alles aufgegessen und wollen mehr, sitzen und warten. Was hast du gemacht, daß das Essen so gut schmeckt?»

«Dieser Mann da ist aus der Stadt Archangelsk gekommen und hat Salz gebracht. Von dem Salz sind die Speisen schmackhafter und bekömmlicher geworden.»

Der Zar wandte sich zu Guljona:

«Hast du viel von diesem Salz? Wieviel verlangst du, wenn du mir allein alles verkaufst? Die anderen Zaren und Könige haben die Speisen mit Salz probiert, ohne Salz wollen sie nicht mehr leben. Und wenn ich der einzige bin, der

Salz besitzt, werde ich als Oberzar über alle Zaren und Könige herrschen.»

Guljona antwortete:

«Gut, ich verkaufe dir alles Salz, aber unter der Bedingung, daß ihr Zaren und Könige friedlich lebt, ohne Krieg, jeder an seinem Ort von seinem eigenen Gut, und daß keiner die Hände nach fremdem Gut ausstreckt. Darauf gib mir dein Wort. Meine zweite Bedingung: Stelle ein neues Schiff aus poliertem Holz mit goldgewirkten Segeln bereit, den Kielraum fülle mit Geld: den Bug mit Papiergeld, das Heck mit Goldstücken. Und die dritte Bedingung: Gib mir deine Tochter zur Frau. Wir haben uns schon gesehen und uns verständigt. Doch willigst du nicht in meine Bedingungen ein, nehme ich das Salz wieder mit.»

Der Zar überlegte nicht lange. Wenn er an die salzlose Kost dachte, wurde ihm übel. Mit Salz werde er mehr essen, meinte er, und sich demnach zum Wohle seines Wanstes mehr Mühe geben.

Er nahm die Bedingungen an.

Bald war alles bewerkstelligt. Das lackierte Schiff glänzte, die golddurchwirkten Segel strahlten wie Lichter.

Guljona machte sich selbst zum Brautwerber bei der Zarentochter und fragte sie:

«Was verstehst du zu arbeiten?»

«Ich kann nähen, sticken, waschen, schrubben, kochen, singen und tanzen.»

«Geht in Ordnung, ich erküre dich zu meiner Braut.»

«Du, Guljona, hast Könige und Zaren eingesalzen, darum hab' ich dich liebgewonnen, ich will deine Frau sein.»

Man veranstaltete ein großes Fest.

Dann fuhren sie ab. Guljonas Schiff flog dahin wie der Feuervogel.

Die älteren Brüder lauerten indessen auf Guljona vor den Toren der Stadt Archangelsk. Als sie ihn sahen, stachen sie in See und suchten ihm den Weg abzuschneiden. Die älteren gedachten, den jüngeren zu berauben und ihm das reiche Schiff mit dem Geld zu entreißen.

Da geriet das ruhige Meer in Aufruhr, das Wasser schäumte und brauste. Rings um Guljonas Schiff stieß und preßte sich Holz, der ganze Abfall, den man ihm anstelle guter Ware mitgegeben hatte: Schwarten, Schnitzel und Strünke kamen herbeigeschwommen und machten vor Guljona, dem Schiffsherrn, eine höfliche Verbeugung, hoben sich hoch aus dem Meer und schützten als hoher Wall Guljonas Schiff vor dem Sturm und den Brüdern.

Lange wütete das Meer, lange zauste es den Raffgierigen wie den Geizhals und entließ sie erst dann nach Hause, als Guljona sein Leben zum Wohle der Menschen eingerichtet hatte.

D. NAGISCHKIN

Der tapfere Asmun

Für den Kühnen sind Not und Gefahr kein Hindernis. Der Kühne geht durch Feuer und Wasser – es macht ihn nur stärker. An den Kühnen und Tapferen erinnern sich die Menschen noch lange. Die Sage vom Kühnen und Tapferen überliefert der Vater dem Sohne.

Es ist schon lange her. Damals versahen die Giljaken ihre Pfeile noch mit Steinspitzen, damals fingen die Giljaken den Fisch noch mit hölzernen Haken. Damals hieß die Mündung des Amur noch Lja-eri, das heißt Kleines Meer.

Zu jener Zeit lag am Ufer des Amur ein Dorf. Giljaken lebten in ihm – nicht gut und nicht schlecht. Kam der Fisch in Mengen, waren die Giljaken lustig, sangen Lieder, aßen sich satt bis zum Halse. Kam der Fisch spärlich, schwiegen die Giljaken, rauchten Moos und schnallten die Riemen enger.

Eines Tages im Frühjahr geschah folgendes:

Burschen und Männer saßen am Ufer, schauten übers Wasser, rauchten ihr Pfeifchen und flickten Netze. Da sahen sie: auf dem Amur kommt was geschwommen. Fünf, sechs, vielleicht auch ein ganzes Dutzend Bäume. Offenbar wurden sie irgendwo vom Sturm entwurzelt und davongetrieben, das Hochwasser hat sie zu einer Art Floß zusammengepreßt und so fest miteinander verbunden, daß man auch mit Gewalt sie nicht auseinanderzerren könnte. An die Bäume war Erde geschwemmt worden, Gras war darauf gewachsen. Eine ganze Insel kam also angeschwommen, und wie sie sich näherte, bemerkten die Giljaken: auf dem Inselchen ragt eine Stange empor, an der die Baststrähnen flattern und im Winde knattern. Ein an die Stange geknüpfter roter Lappen weht in der Luft.

Der alte Pletun sagte: «Jemand schwimmt da – hat eine entrindete Stange aufgerichtet – das heißt, er bittet um Hilfe.»

Die Giljaken lauschten. Vom Floß dringt das Weinen eines Kindes herüber. Ein Kind weint – man hört es ganz deutlich!

«Da schwimmt ein Kind!» sagte Pletun. «Offenbar ist niemand bei ihm. Böse Menschen haben alle seine Angehörigen erschlagen oder der Schwarze Tod hat sie geholt. Ohne Grund setzt eine Mutter ihr Kind nicht aus. Hat es auf das Floß gesetzt und auf die Suche nach guten Menschen geschickt.»

Jetzt war das Floß ganz nahe. Immer deutlicher hörte man das Weinen.

«Einem Menschen darf man die Hilfe nicht verweigern», sagte Pletun. «Hier heißt es helfen!»

Die Burschen schleuderten ein Seil mit einem hölzernen Haken zum Floß, bekamen es zu fassen, zogen es ans Ufer. Sie sahen: auf dem Gras liegt ein Kind, weiß und dick, die schwarzen Augen leuchten wie kleine Sterne, das Gesicht ist rund und breit wie der Vollmond. In den Händen hält das Kind einen Pfeil und ein Ruder.

Als es Pletun sah, sagte er: «Das Kind wird einmal ein Recke, wenn es schon in der Wiege nach Pfeil und Ruder greift. Weder Feind noch

Arbeit wird es scheuen. Meinen Sohn will ich es nennen. Einen neuen Namen will ich ihm geben. Asmun soll er genannt werden.»

Die Giljaken nahmen Asmun auf die Arme und trugen ihn zu Pletuns Hütte. Aber was war das? Mit jedem Schritt wurde das Kind schwerer und schwerer!

Sie sagten zu dem Alten:

«He, Pletun, dein Sohn da wächst auf unseren Armen. Schau her!»

«Wie soll man auf heimatlicher Erde und auf den Armen von seinesgleichen nicht wachsen!» entgegnete Pletun. «Die Heimat gibt dem Menschen Kraft.»

Man sah, Pletun hatte wahr gesprochen, daß die Heimaterde Kraft verleiht. Bis sie die Hütte erreicht hatten, war Asmun erwachsen. Bis zur Schwelle trugen ihn die Burschen noch, aber dort sprang er von den Armen auf die Erde, stellte sich auf die eigenen Füße und trat beiseite – gab dem Alten den Weg frei. Erst nach ihm betrat er die Hütte.

Oho! dachte Pletun mit einem Blick auf den neuen Sohn. Der Bursche denkt zuerst an die anderen und dann erst an sich. Wird ein guter Mensch.

Der Sohn ließ den Pflegevater auf der Bank Platz nehmen, verneigte sich vor ihm und sagte:

«Sitze, Vater! Das lange Leben hat dich müde gemacht. Ruhe aus!»

Griff nach Netz und Ruder, ging zum Ufer. Die Boote glitten von selbst ins Wasser. Aufrecht im Boot stehend, legte der Bursche sein Ruder am Heck an, da begann das Ruder zu arbeiten und bewegte das Boot auf die Mitte des Stroms zu. Das Boot machte Fahrt. Asmun warf das Netz ins Wasser. Als er es herauszog, war es voller Fische. Er wendete das Boot zum Ufer, kam in die Hütte und lieferte den Weibern alle Fische ab, die er gefangen hatte. Das ganze Dorf aß sich an diesem Tage satt an Fisch. Alle waren zufrieden, nur Asmun nicht. Er sagte zu seinem Pflegevater:

«Wenig Fisch an diesem Platze, Vater.»

«Der Fisch ist nicht gekommen», antwortete Pletun. «Der Amur gibt keinen Fisch.»

«Man muß ihn bitten, Vater. Wie sollen die Giljaken ohne Fisch leben?»

Früher hielt man es immer so: man speiste den Amur, bat ihn, er möge den Fisch geben.

Man fuhr also aus zur Speisung des Amur.

Auf vielen Booten fuhren sie. Sie zogen ihre besten Gewänder aus bunten Robbenfellen an, kleideten sich in schwarze Pelze aus Hundefell. Während der Fahrt sangen sie schöne Lieder. So kamen sie in die Mitte des Amur.

Pletun nahm Grützbrei, getrockneten Fisch, ein wenig Rentierfleisch und warf alles in den Fluß.

«Arme Menschen bitten dich, Amur – schick uns Fisch, viel guten Fisch verschiedenster Art! Da sieh, wir werfen dir Dörrfisch zu, der den Hunden zur Nahrung dient, sei nicht böse, mehr haben wir nicht. Wir hungern! Die Bauchwand klebt uns am Rücken. Hilf uns, und wir werden dein gedenken!»

Asmun ließ das Netz ins Wasser und zog eine Menge Fisch heraus. Die Giljaken freuten sich. Nur Asmun machte ein finsteres Gesicht. «Einmal – das ist einfach Glück!» sagte er und warf das Netz ein zweites Mal aus. Diesmal fing er weniger. Asmun wurde noch mürrischer. Er warf das Netz zum dritten Male aus und fing den Rest. Wer immer von den Giljaken danach das Netz warf – keiner machte einen Fang. Nicht einmal ein kleiner Stint ging ins Netz. Asmun warf das Netz zum vierten Male in den Strom und zog es leer heraus.

Die Giljaken ließen die Köpfe hängen und rauchten ihre Pfeifen. «Sterben müssen wir jetzt!» sagten sie.

Asmun befahl, den gesamten Fisch in einem Speicher zu stapeln, damit allesamt wenigstens etwas Nahrung hätten.

Pletun jammerte und sagte zu Asmun:

«Meinen Sohn habe ich dich genannt, dachte, ich würde dir ein neues Leben geben. Aber kein Fisch – was werden wir essen? Alle werden wir Hungers sterben. Ziehe weiter, mein Sohn! Dein Weg ist ein anderer. Uns aber verlasse – lasse uns in unserem Unglück allein.»

Asmun dachte scharf nach. Rauchte seines Vaters Pfeife. Drei Speicher füllte er mit Rauch. Lange überlegte er, dann sagte er:

«Ich werde zu Tairnads, dem Gebieter des Meers, gehen. Weil der Gebieter die Giljaken vergessen hat, gibt es keinen Fisch im Amur.»

Pletun erschrak. Kein Giljake war jemals zum Herrn der Meere gegangen. Das war noch nie geschehen. Kann sich denn ein einfacher Mensch zu Tairnads, dem Alten vom Meer, auf den tiefsten Meeresgrund hinabgegeben?

«Reichen denn deine Kräfte für diesen Weg?» fragte der Vater Asmun.

Asmun stampfte mit dem Fuß so kräftig auf die Erde, daß er bis zum Gürtel im Boden versank. Er schlug mit der Faust gegen den Fels – im Fels entstand ein Riß, aus dem eine Quelle sprudelte. Er kniff ein Auge zusammen, blickte auf eine ferne Bergkuppe und sagte: «Am Fuße des Berges sitzt ein Eichhörnchen, hält eine Nuß zwischen den Zähnen, kann sie aber nicht aufbeißen. Ich werde ihm helfen.» Er nahm einen Bogen, legte einen Pfeil auf die Sehne, spannte sie und schoß. Der Pfeil schwirrte davon, traf die Nuß, die das Eichhörnchen zwischen den Zähnen hielt, und spaltete sie in zwei Teile, ohne das Eichhörnchen zu verletzen.

«Meine Kräfte reichen!» sagte Asmun.

Er machte sich wegbereit. Steckte ein Säckchen mit Amurischer Erde hinter den Brustlatz, nahm Messer, Bogen und Pfeile, einen Strick mit Haken und eine beinerne Spielscheibe, um Lieder zu spielen, falls er unterwegs Langeweile haben würde.

Er versprach dem Vater, in kurzer Zeit Kunde von sich zu geben und befahl, bis zu seiner Rückkehr das ganze Dorf mit dem Fisch zu ernähren, den er gefangen hatte.

Er zog los.

Er ging am Ufer des Meeres entlang, kam zum Kleinen Meer. Da sah er eine Seekuh, die richtete die Augen aus dem Wasser auf ihn, glotzte ihn an und japste vor Hunger.

Asmun schrie ihr zu:

«He, Nachbarin, ist es weit bis zum Gebieter?»

«Welchen Gebieter brauchst du?»

«Tairnads, den Alten vom Meer.»

«Wenn vom Meer, dann muß man ihn im Meer suchen», antwortete die Seekuh.

Asmun ging weiter und gelangte zum Ochotskischen Meer, zum Pilj-Kerkch, wie man es damals nannte. Das Meer lag vor ihm. Soweit der Blick reichte, Meer ohne Ende. Möwen flogen darüber hin, Seeraben schrien. Welle stürzte auf Welle. Grauer Himmel voller Wolken hing über dem Meer. Wo sollte er hier den Gebieter suchen? Wie sollte er zu ihm gelangen? Und niemand weit und breit, den man fragen könnte. Asmun blickte in die Runde... Was tun? Er schrie den Möwen zu:

«He, Nachbarinnen, macht ihr gute Beute? Die armen Menschen sterben vor Hunger.»

«Was heißt hier Beute?» antworteten die Möwen. «Siehst ja selber, daß wir kaum noch die Flügel heben können. Seit langem haben wir keinen Fisch mehr gesehen. Bald ist unser Volk am Ende. Offensichtlich ist der Alte vom Meer eingeschlafen und hat vergessen, was seines Amtes ist.»

Asmun sagte:

«Eben ihn brauche ich. Ich weiß nur nicht, wie ich zu ihm gelangen kann, Nachbarinnen.»

Die Möwen antworteten:

«Fern im Meer liegt eine Insel. Aus der Insel steigt Rauch. Es ist keine Insel, sondern das Dach einer Jurte. Dort wohnt der Alte vom Meer. Der Rauch steigt aus dem Kamin. Wir sind dort nie gewesen, auch unsere Väter sind nicht dorthin geflogen, wir haben es nur von Zugvögeln gehört. Wie man hingelangt, wissen wir nicht. Erkundige dich bei den Delphinen.»

«Wird gemacht!» sagte Asmun.

«Wenn du zum Alten kommst, erinnere dich an uns, Asmun!»

Asmun wanderte lange am Strand entlang. Als er müde wurde, setzte er sich zwischen die Felsen auf den Sand, stützte den Kopf auf die Arme und dachte nach. Dachte, dachte und schlief ein. Plötzlich hörte er im Schlaf Menschen am Ufer lärmen. Asmun öffnete die Augen.

Er sah schäbige Boote auf dem Sandstrand stehen. Am Ufer liefen junge Burschen um die Wette, bogen sich in den Hüften, sprangen einer über den anderen, spielten mit gekrümmten Säbeln. Jetzt kamen Seehunde ans Ufer. Die Burschen erschlugen die Seehunde mit den Säbeln. Mit jedem Hieb legte sich ein Seehund auf die Seite.

He! dachte Asmun. Solchen Säbel möcht' ich haben!

Die Burschen begannen miteinander zu kämpfen. Die Säbel warfen sie auf den Sand. Sie schlugen aufeinander los, sahen nichts um sich, schrien und stritten sich. Da packte Asmun die Gelegenheit beim Schopfe, warf den Strick mit dem Haken aus, erfaßte einen Säbel und zog ihn langsam zu sich heran. Er strich mit dem Finger über die Klinge – gut, brauchbar!

Die Burschen hörten auf zu kämpfen. Alle griffen nach ihren Säbeln, einer vermißte ihn. Der Bursche brach in Tränen aus und rief:

«O weh, o weh! Dafür kriege ich vom Gebieter eins auf den Deckel. Was sage ich dem Alten nur, wenn er mich zu Gesicht bekommt?»

He, he, dachte Asmun, der Bursche da und der Alte kennen sich. Offenbar sind es Burschen aus dem Meerdorf. Er lag ganz still da und rührte sich nicht.

Die Burschen machten sich auf die Suche nach dem Säbel – kein Säbel zu finden. Der den Säbel verloren hatte, lief in den Wald, um nachzusehen, ob er ihn nicht dort verloren habe. Die übrigen stießen die Boote ins Wasser und nahmen Platz. Nur eins blieb am Ufer zurück.

Asmun rannte an den Strand, schob das leere Boot ins Meer und beobachtete, wohin die Burschen fuhren. Sie ruderten ins offene Meer hinaus. Asmun folgte ihnen. Plötzlich – was war das? Vor ihm waren weder Boote noch Burschen. Nur Delphine schwammen im Meer, teilten die Wogen, die Rückenflossen aufgerichtet wie Säbel, und auf die Flossen waren Brocken von Robbenfleisch gespießt.

Auf einmal schwankte das Boot unter Asmun. Er griff um sich, schaute auf und sah, daß er nicht mehr im Boot, sondern auf dem Rücken eines Delphins saß. Da erriet Asmun, daß es keine Boote waren, die da am Strand gelegen hatten, sondern die Häute von Delphinen; daß es keine Burschen waren, die am Strand gespielt hatten, sondern Delphine. Und was er für Säbel gehalten hatte, das waren ihre scharfen Rückenflossen gewesen. Meinetwegen! dachte Asmun. Alles führt mich näher zum Alten heran.

Ob Asmun lange so dahinschwamm, ich weiß es nicht, erzählt hat er's nicht. Während er schwamm, wuchs ihm ein Schnurrbart.

Endlich sah Asmun eine Insel vor sich liegen, die dem Dach eines Zeltes ähnelte. Auf der Spitze der Insel war ein Loch, aus dem Loch dampfte ein Wölkchen. «Offenbar die Insel, wo der Alte wohnt!» sagte sich Asmun. Er legte einen Pfeil auf den Bogen und schoß ihn zum Vater. Der Pfeil würde das Ziel erreichen und dem Vater Kunde bringen.

Die Delphine schwammen zur Insel, wälzten sich auf den Strand, überkugelten sich und wurden zu Burschen, die Robbenfleisch in den Händen hielten.

Nur der eine Delphin, dessen Haut Asmun

85

genommen hatte, kehrte wieder um. Offenbar war ihrem Besitzer der Heimweg verwehrt. Der Delphin glitt unter Asmun davon und verschwand. Asmun fiel ins Wasser und wäre beinahe ertrunken.

Als die Burschen sahen, daß Asmun im Meere um sich schlug, stürzten sie zu ihm. Asmun wurde an den Strand gezogen. Die Burschen betrachteten ihn mit finsteren Mienen und fragten:

«Wer bist du? Wie bist du hierher geraten?»

«Erkennt ihr denn nicht euresgleichen?» entgegnete Asmun. «Ich bin hinter euch zurückgeblieben, weil ich meinen Säbel gesucht habe. Da ist er, mein Säbel!»

«Das stimmt, es ist dein Säbel. Aber warum bist du dir selbst nicht ähnlich?»

«Ich habe mich vor Schreck verändert», sagte Asmun, «weil ich meinen Säbel verloren hatte. Bis jetzt bin ich noch nicht richtig wieder zu mir gekommen. Ich gehe zum Alten – er soll mir mein früheres Aussehen zurückgeben.»

«Der Alte schläft», sagten die Burschen. «Du siehst ja, es steigt kaum Rauch auf.»

Die Burschen gingen in ihre Jurten und ließen Asmun allein.

Asmun begann den Berg zu erklimmen. Als er bis zur halben Höhe gelangt war, sah er einen Rastplatz. Dort waren nur Mädchen. Sie versperrten Asmun den Weg und ließen ihn nicht durch.

«Der Alte schläft, man darf ihn nicht wecken.»

Sie rückten Asmun auf den Leib, kirrten.

«Gehe nicht zum Alten! Bleibe bei uns. Nimm dir eine Frau, dann hast du ein gutes Leben.»

Und die Mädchen waren Schönheiten, eins

hübscher als das andere, blank die Augen, schön von Angesicht, geschmeidigen Leibes, flink die Hände. So reizend waren die Mädchen, daß Asmun dachte: Wahrhaftig, es wäre nicht übel, eins von ihnen zur Frau zu nehmen.

Aber da regte sich hinter seinem Brustlatz die Amurische Erde im Beutel. Asmun entsann sich, daß er nicht einer Braut wegen hierher gekommen war, und dennoch konnte er sich von den Mädchen nicht losreißen. Da kam ihm ein Gedanke. Er zog aus der Tasche eine Handvoll Glasperlen und streute sie über die Erde.

Die Mädchen stürzten sich auf die Perlen, um sie einzusammeln, und da sah Asmun, daß die Mädchen keine Beine, sondern Robbenflossen hatten. Asmun entwich ihnen und ging seiner Wege.

Während die Mädchen noch die Perlen aufsammelten, hatte Asmun bereits die Spitze des Berges erreicht. Er ließ seinen Strick mit dem Haken in das Loch auf dem Gipfel hinab, befestigte ihn am Bergkamm und kletterte am Strick hinunter. Nun gelangte er auf den Meeresgrund, genau ins Haus des Gebieters der Meere.

Er schaute sich um. Alles im Hause war wie bei einem Giljaken – Pritsche, Herd, Wände, Pfosten, nur war alles mit Fischschuppen bedeckt. Und vor dem Fenster sah man nicht den Himmel, sondern Wasser.

Wasser plätscherte vor dem Fenster, grüne Wellen schlugen dagegen, Wasserpflanzen schaukelten in den Wogen wie Wunderbäume. An den Fenstern schwammen Fische vorbei, aber von einer Art, die kein Giljake in den Mund nähme: gezähnte und knöcherne; äugten, wen sie verschlucken könnten!

Der Alte lag auf der Pritsche und schlief, das graue Haar in wirrer Fülle über das Kopfkissen hingebreitet. Aus dem Munde ragte die fast verloschene Pfeife, kaum daß ein Rauchwölkchen herausstieg und in den Rauchfang zog. Tairnads schnarchte, hörte nichts. Asmun berührte ihn mit der Hand – nein, der Alte wachte nicht auf, nichts zu machen.

Asmun wurde böse. «Was soll das heißen? Die Giljaken sterben vor Hunger, und Tairnads schläft! Schlimm!»

Asmun schrie sich die Lunge aus dem Leib. Tairnads erwachte nicht. Vor Wut stieß ihn Asmun mit dem Messer. Tairnads drehte sich um, räusperte sich, machte die Augen auf, nieste.

Asmun erinnerte sich seiner beinernen Spielscheibe, zog sie hinterm Brustlatz hervor, drückte sie an die Lippen, schnalzte gegen das Zünglein. Die Scheibe begann zu brummen, zu summen, zu tönen, es klang wie Vogelgezwitscher, wie das Murmeln eines Bachs, wie Bienengesumm.

So etwas hatte der Alte vom Meer noch nie gehört. Was war das? Er rekelte sich, richtete sich auf, rieb sich die Augen, setzte sich, zog die Beine unter sich. Groß war er wie ein Felsen im Meer. Ein gutes Gesicht: der Schnurrbart hing ihm herab wie bei einem Wels. Statt der Haut Fischschuppen mit Perlmutterglanz. Das Gewand bestand aus Wasserpflanzen. Tairnads sieht, daß vor ihm ein kleiner Bursche steht, wie ein Stint gegenüber einem Stör, dasteht und so schön spielt, daß dem Gebieter das Herz vor Wonne hüpft. Augenblicklich verging ihm der Schlaf. Er wandte sein gutes Gesicht zu Asmun, kniff die Augen zusammen und fragte:

«Von welchem Volk bist du?»

«Ich bin Asmun, einer vom Volk der Giljaken.»

«Die Giljaken wohnen auf der Insel Sachalin und am Kleinen Meer. Warum bist du von so weither in unser Wasserreich gekommen?»

Asmun erzählte, welche Not bei den Giljaken herrsche, und verbeugte sich tief.

«Vater, hilf den Giljaken, schicke den Giljaken Fische. Vater, die Giljaken sterben vor Hunger. Sie haben zu mir gesagt: ‹Verneige dich vor dem Gebieter der Meere, bitte ihn, er möge uns helfen!›»

Der Alte schämte sich. Er errötete und sagte:

«Schlimm, schlimm! Ich hatte mich nur hingelegt, um ein bißchen auszuruhen, und bin eingeschlafen. Danke, daß du mich geweckt hast!»

Tairnads streckte die Hand aus und griff unter die Pritsche. Asmun sah dort einen großen Bottich stehen. Im Bottich schwammen Lachse, Hausen, Störe, Salme, Fische in gewaltigen Mengen.

Neben dem Bottich lag eine Felldecke. Der Alte ergriff sie, füllte sie zu einem Viertel mit Fischen, öffnete die Tür, warf die Fische ins Meer und rief:

«Schwimmt zu den Giljaken nach Sachalin und an den Amur. Beeilt euch! Werdet guter Frühjahrsfang.»

«Vater!» sagte Asmun. «Knausere nicht mit Fischen für die Giljaken.»

Der Alte vom Meer verfinsterte sich, sein Schnurrbart zuckte.

Asmun erschrak. So, jetzt bin ich verloren! dachte er. Ich habe den Alten erzürnt. Das geht schlimm aus. Mehr Fisch wird er nicht gewähren. Er entsann sich seines Pflegevaters, dachte an die Nachbarn, straffte sich, schaute Tairnads in die Augen.

Der Alte lächelte und sagte:

«Einem anderen hätte ich nicht verziehen, daß er sich in meine Angelegenheiten mischt, aber dir vergebe ich. Ich sehe, du denkst nicht an dich, sondern an die anderen. Es geschehe nach deinem Wunsch.»

Tairnads warf noch einen halben Balg voller Fische aller Art ins Meer.

«Schwimmt, schwimmt nach Sachalin, an den Amur! Gebt guten Fang zum Herbst!»

Asmun verneigte sich tief vor ihm.

«Vater, ich bin ein armer Mann – ich besitze nichts, womit ich dir für deine Güte bezahlen kann. Da, nimm die Spielscheibe als Geschenk.»

Er gab Tairnads seine beinerne Scheibe und zeigte ihm, wie man darauf spielen müsse.

Dem Alten juckte es schon längst in den Fingern. Er hätte sie gern gehabt, konnte den Blick nicht von ihr wenden. Gar zu gut gefiel ihm das Spielzeug.

Tairnads setzte die Scheibe erfreut an den Mund, drückte sie an die Lippen und schnalzte gegen das Zünglein.

Die Spielscheibe brummte, summte, tönte wie der Meerwind, wie die Brandung, wie Vogelgezwitscher am Morgen, wie das Pfeifen einer Zieselmaus. Tairnads spielt. Ganz ausgelassen vor Freude, geht er durchs Haus, beginnt zu tanzen. Das Haus schwankt, die Wellen vor den Fenstern geraten in Aufruhr, die Wasserpflanzen reißen sich los – im Meer erhebt sich ein Sturm.

Da sah Asmun, daß ihn Tairnads nicht mehr

benötigte. Er ging zum Rauchfang, griff nach dem Strick und zog sich hoch. Beim Klettern schund er sich die Hände blutig. Wie kurz oder lange er sich auch beim Alten aufgehalten hatte, so war doch der ganze Strick bereits mit kleinen Meerkrebsen bewachsen.

Als er oben angekommen war, blickte er um sich.

Die Meermädchen suchten noch immer Perlen und stritten sich beim Teilen. Ihre Häuser hatten sie ganz vergessen, die Türen hatten sich schon mit Moos überzogen.

Asmun warf einen Blick auf das untere Dorf. Es war leer. Nur fern im Meere sah man die Rückenflossen der Delphine; sie jagten den Fisch zu den Ufern Sachalins, des Kleinen Meers, zum Amur.

Wie jetzt nach Hause kommen?

Asmun sieht einen Regenbogen. Mit dem einen Ende steht er auf der Insel, mit dem anderen stützt er sich auf das Festland.

Und im Meer toben die Wogen. Tairnads tanzt in seiner Jurte. Weiße Sturzwellen brausen über das Meer hin.

Asmun erklimmt den Regenbogen. Kaum kann er ihn erklettern. Er ist völlig bekleckst: das Gesicht grün, die Hände gelb, der Bauch rot, die Beine blau. Irgendwie kommt er hinauf, eilt auf dem Regenbogen zum Festland. Im Laufen schwankt er, beinahe fällt er ins Meer. Bei einem Blick nach unten sieht er: das Meer ist schwarz von Fisch, die Giljaken werden Fisch bekommen.

Der Regenbogen endete.

Asmun sprang auf die Erde. Da sah er am Strand neben dem Boot jenen Delphin-Burschen sitzen, dessen Säbel Asmun entwendet hatte. Asmun erkannte ihn wieder und gab ihm den Säbel zurück. Der Bursche ergriff den Säbel.

«Danke!» sagte er. «Ich dachte schon, daß ich meiner Lebtage mein Haus nicht wiedersehen würde... Deine Güte werde ich nicht vergessen. Ich trage dir nichts nach, ich weiß ja, nicht deinetwegen, sondern um der Menschen willen hast du dich angestrengt.»

Er überschlug sich rückwärts, wurde ein Delphin, stellte seinen Säbel, die Rückenflosse, aufrecht und schwamm ins Meer.

Asmun wanderte zum Ochotskischen Meer, zum Großen Meer. Er begegnete den Möwen und Seeschwalben.

Sie schrien dem Burschen zu:

«He, Nachbar, warst du beim Alten?»

«Bin dort gewesen!» schrie Asmun zurück. «Aber seht nicht mich an, achtet auf das Meer!»

Der Fisch zog durchs Meer. Das Wasser schäumte. Die Möwen schossen im Sturzflug hinunter, begannen den Fisch zu fangen, wurden zusehends fetter.

Asmun zog weiter, durchquerte das Kleine Meer und kam zum Amur. Er sah: die Seekuh lag in den letzten Zügen. Sie fragte den Burschen:

«Warst du beim Alten?»

«Bin dort gewesen», antwortete Asmun. «Aber sieh nicht mich an, achte auf das Kleine Meer!»

Und der Fisch zieht den Liman hinauf, das Wasser schäumt. Die Seekuh warf sich in die Wellen, um den Fisch zu fangen. Sie begann den Fisch zu schmausen, wurde zusehends fetter.

Asmun zog weiter.

Er kam zum Heimatdorf. Die Giljaken saßen halbtot am Ufer. Das ganze Moos hatten sie aufgeraucht, sämtlichen Fisch verzehrt.

Pletun trat dem Sohn auf der Schwelle der Hütte entgegen und küßte ihn auf beide Wangen.

«Bist du beim Alten gewesen, mein Sohn?» fragte er.

«Nicht mich sieh an, Vater, achte auf den Amur!» antwortete Asmun.

Im Amur brodelte das Wasser, soviel Fisch hatte es herangetrieben.

Asmun schleuderte seinen Spieß in den Schwarm. Der Spieß blieb aufrecht stehen, wanderte mit dem Fisch. Asmun sagte:

«Reicht der Fisch, Vater?»

«Reicht.»

Für die Giljaken begann ein gutes Leben. Im Frühling wie im Herbst zog der Fisch.

Viele Menschen sind seitdem in Vergessenheit geraten, doch an Asmun erinnert man sich bis zum heutigen Tage. Zu Wasser und zu Lande gedenkt man seiner.

Wenn das Meer tobt, die Wogen gegen die Uferfelsen branden, die grauen Kämme auf den Wellen rauschen, wenn im Heulen des Seewinds bald der Schrei eines Vogels, bald das Pfeifen der Zieselmaus, bald das Rauschen der Bäume vernehmbar ist – das ist der Alte vom Meer. Um nicht einzuschlafen, bläst er auf der Spielscheibe und tanzt in seinem Hause unter dem Wasser.

MICHAJL SALTYKOW-STSCHEDRIN

Der Adler als Mäzen

In ihren Gedichten schreiben die Poeten viel
über die Adler, und immer werden sie gepriesen.
Ihr Wuchs sei von unbeschreiblicher Schönheit,
ihr Blick schnell, ihr Flug majestätisch. Der
Adler fliege nicht wie andere Vögel, sondern
er schwebe oder gleite mit breiten Schwingen
durch die Lüfte. Und als Krönung schreibt
man: «Er schaut in die Sonne und streitet mit
den Gewittern.»

Heutzutage verleiht man ihm sogar ein Herz
voller Großmut. Wenn man zum Beispiel einen
Polizisten in Versen besingen will, vergleicht
man ihn unbedingt mit einem Adler. «Wie ein
Adler», wird da gesagt, «hielt der Polizist mit
der Blechmarke Nr. soundsoviel Ausschau,
griff zu, verhörte und – verzieh.»

Ich selbst habe lange diesen Panegyrikern
Glauben geschenkt. Dachte: Tatsächlich, das
ist doch schön! «Griff zu – verzieh!» Verzieh!? –
das war es, was mich besonders fesselte. Wem
verzieh er? – Einer Maus! Was ist eine Maus?
Und ich lief spornstreichs zu einem mir be-
freundeten Poeten und machte ihm von der
neuen großmütigen Tat des Adlers Mitteilung.
Der Dichterfreund stellte sich in Positur, hielt
einen Augenblick den Atem an und begann
dann die Verse nur so auszuspucken.

Aber einmal verdüsterte mich der Schatten

eines Gedankens: Warum hat eigentlich der Adler der Maus verziehen? Lief sie ihm in einer persönlichen Angelegenheit über den Weg, und er erblickte sie, stieß auf sie nieder, zermalmte sie und – verzieh ihr? Warum «verzieh» er der Maus und nicht die Maus ihm?

Und weiter, und mehr. Ich schaute und hörte näher hin. Und sah, da stimmte etwas nicht. Erstens fängt der Adler die Mäuse keineswegs, um ihnen zu verzeihen. Zweitens: wenn man auch zugibt, daß der Adler der Maus verzeiht, dann täte er doch besser daran, überhaupt kein Interesse für sie zu zeigen. Und schließlich drittens: mag er auch ein Adler, meinetwegen ein Archi-Adler sein, trotzdem bleibt er ein – Vogel. Und zwar in einer Weise Vogel, daß der Vergleich mit ihm für einen Polizisten nur aus Mißverständnis schmeichelhaft sein kann.

Und jetzt denke ich über Adler so: Adler sind Adler, das ist alles. Sie sind Räuber und Fleischfresser, können sich jedoch damit rechtfertigen, daß die Natur selbst sie zu exzeptionellen Anti-Vegetarianern geschaffen hat. Und da sie gleichzeitig stark, scharfblickend, schnell und erbarmungslos sind, ist es ganz verständlich, daß das gesamte geflügelte Volk schnell zu verschwinden trachtet, wenn sie erscheinen. Das geschieht aus Furcht. Nicht aus Begeisterung, wie die Poeten behaupten! Und die Adler leben immer abgesondert an schwer zugänglichen Plätzen, betätigen sich nie als Gastfreunde, sondern räubern, und wenn sie nicht auf Raub ausziehen, dösen sie vor sich hin.

*

Einmal fand sich indessen ein Adler, der es satt hatte, in der Abgeschiedenheit zu leben. Und da sagte er zu seiner Adlerin:

«Es langweilt mich, so allein zu hausen. Sieht man den ganzen Tag in die Sonne, verdummt man regelrecht.»

Er begann zu überlegen. Je länger er nachdachte, desto öfter träumte er davon, so zu leben, wie in alter Zeit die Gutsherren ihr Dasein verbrachten. Man legte sich einen Hofstaat zu und lebte herrlich und in Freuden. Die Raben würden ihm Gerüchte zutragen, die Papageien Purzelbäume schießen, die Elster würde die Grütze kochen, die Stare würden ihm Loblieder singen, die Eulen, Käuzchen und Uhus würden nachts Wache fliegen, und die Habichte, Geier und Falken würden ihm Nahrung erjagen. Ihm selbst bliebe nichts zu tun übrig, als seine Blutgier zu stillen. Nach langem Grübeln faßte er einen Entschluß. Er rief die Habichte, Geier und Falken zu sich und sagte zu ihnen:

«Schafft mir einen Hofstaat her, wie ihn in alter Zeit die Gutsherren hatten; er wird mir die Zeit vertreiben, und ich werde ihn in Furcht halten. Das ist alles.»

Die Raubvögel nahmen den Befehl zu Gehör und flogen in alle Richtungen davon. Sie widmeten sich der Sache mit brennendem Eifer. Zuerst brachten sie einen ganzen Schwarm Raben. Trieben sie herbei, trugen sie in die Seelenrevisionsregister ein und händigten ihnen die Steuer- und Abgabenlisten aus. Der Rabe ist ein Vogel, der sich schnell vermehrt und mit allem einverstanden ist. Hauptsächlich zeichnet er sich dadurch aus, daß er den Stand der «gemeinen Männchen» vorzüglich repräsentiert. Und es ist ja bekannt, wenn erst einmal das «gemeine Volk» bereitsteht, dann hängt die Sache nur noch von den Details ab, die unschwer zu komponieren sind. Und sie wurden komponiert. Aus Rallen und Sumpftauchern wurde ein Blasorchester gebildet, die Papageien wurden in Gauklergewänder gesteckt, den Elstern händigte man dank ihren Diebeseigenschaften die Schlüssel zum Staatsschatz aus, die Käuzchen und Uhus ließ man nachts Wache fliegen. Mit einem Wort, es wurde ein Hofstaat, dessen sich kein Edelmann hätte zu schämen brauchen. Sogar den Kuckuck vergaß man nicht, man bestimmte ihn als Wahrsager bei der Adlerin, und für die Kuckuckswaisen wurde ein Findelhaus gebaut.

Aber die verschiedenen Abteilungen des Hofstaats waren noch nicht richtig in Funktion getreten, da überzeugte man sich bereits, daß noch eine Lücke bestand. Man überlegte, was noch fehlen könne, und kam endlich darauf: In jedem Hofstaat war ein Platz für Wissenschaft und Kunst vorgesehen, doch beim Adler gab es weder das eine noch das andere.

Drei Vögel insonderheit betrachteten diese Lücke als persönliche Beleidigung für sich: der Gimpel, der Specht und die Nachtigall.

Der Gimpel war ein kleiner, durchtriebener Bursche und von Kindesbeinen an ein guter Pfeifer. Den Elementarunterricht hatte er in der Schule für Soldatensöhne genossen. Danach diente er als Regimentsschreiber, und nachdem er gelernt hatte, die Interpunktionszeichen richtig zu setzen, begann er die Zeitung «Waldnachrichten» ohne Vorzensur herauszugeben.

Aber er konnte sich einfach nicht in alles schikken. Bald erwähnte er etwas, woran man nicht rühren durfte; dann wieder etwas nicht, das man nicht nur berühren durfte, sondern sogar sollte. Dafür bekam er Püffchen ans Köpfchen. Und da dachte er sich: «Ich gehe an den Hof des Adlers! Mag er mir befehlen, seinen Ruhm jeden Morgen unbestraft zu verkünden!»

Der Specht war ein bescheidener Gelehrter und führte ein strenges Junggesellenleben. Nie kam er mit jemandem zusammen (viele meinten sogar, daß er sich, wie alle seriösen Wissenschaftler, von Zeit zu Zeit betrinke), sondern er saß ganze Tage lang auf einem Kiefernast und hackte immerzu auf einen Fleck. Und er hatte schon eine ganze Tracht historischer Untersuchungen fertiggehackt: «Genealogie der Waldgeister», «War die Hexe Baba-Jaga verheiratet?», «Unter welchem Geschlecht sind die Hexen in die Seelenrevisionsregister einzutragen?» und dergleichen. Aber soviel er auch zusammengehackt hatte, war es ihm dennoch nicht gelungen, einen Verleger für seine Büchelchen zu finden. Darum dachte auch er: «Ich gehe zum Adler als Hof-Historiograph. Vielleicht wird er auf Kosten des gemeinen Rabenvolks meine Untersuchungen drucken lassen!»

Was die Nachtigall betrifft, so konnte sie sich über die Ungunst des Lebens nicht beklagen. Sie sang von Jugend an so süß, daß nicht nur die strammstehenden Kiefern, sondern auch die Moskauer Kaufleute auf den Handelsreisen von ihrem Gesang gerührt waren. Alle Welt liebte sie, alle Welt lauschte ihr mit angehaltenem Atem, wenn sie, im

Waldesdickicht verborgen, ihre süßen Lieder schluchzte. Aber sie war über die Maßen wollüstig und ruhmsüchtig. Es war ihr zu wenig, ihre freien Lieder durch den Wald zu schmettern, zu wenig, die traurigen Herzen mit der Harmonie der Töne zu besänftigen... Sie dachte, der Adler werde ihr eine Kette aus Ameiseneiern um den Hals hängen, die ganze Brust mit lebenden Käfern dekorieren und sie in Mondnächten zu intimen Zusammenkünften beordern...

Mit einem Wort, alle drei Vögel setzten dem Falken zu: berichte über uns, und empfiehl uns!

Als der Adler den Bericht des Falken über die Notwendigkeit der Ergänzung des Hofstaats durch Wissenschaft und Kunst angehört hatte, begriff er nicht sofort. Er saß da und schnarrte, spielte mit den Klauen, und seine Augen spiegelten den Glanz der Sonne wider wie geschliffene Steine. Niemals hatte er eine Zeitung zu Gesicht bekommen, nie hatte er sich für Baba-Jaga und andere Hexen interessiert, und über die Nachtigall hatte er nur gehört, daß sie ein kleiner Vogel sei, dessentwegen es sich nicht lohne, sich den Schnabel zu beschmutzen.

«Du weißt wohl nicht mal, daß Bonaparte gestorben ist?» fragte der Falke.

«Was für ein Bonaparte?»

«Da sieht man's! Aber so was zu wissen, wäre nicht schlecht. Kommen mal Gäste, wird man darüber sprechen. Es wird heißen: ‹Das war zu Lebzeiten Bonapartes.› Und du wirst mit den Augen klappern. Nicht gut!»

Man rief die Eule und bat um ihren Rat. Auch sie bestätigte, daß der Wissenschaft und

Kunst ein Platz im Hofstaat gebühre, weil ihr Vorhandensein auch das Leben eines Adlers ansehnlicher mache und es keine Schande sei, genau betrachtet. «Wissen ist Licht, Nichtwissen Finsternis. Schlafen und fressen kann jeder, aber da löse mal die Aufgabe: ‹Ein Schwarm Gänse kam geflogen…› und du mußt bekennen, daß du nicht dazu imstande bist! Klug waren die Gutsherren, die für einen Geprügelten zwei Ungeprügelte lieferten – das bedeutet, sie sahen einen Vorteil darin… Ich kann im Dunkeln sehen, deshalb hat man mich weise genannt, und du siehst stundenlang in die Sonne, ohne zu blinzeln, doch von dir heißt es: fix ist der Adler, aber einfältig.»

«Was denn, ich habe nichts gegen die Wissenschaften!» schnarrte der Adler.

Gesagt – getan. Am nächsten Tage begann am Hofe des Adlers «das Goldene Zeitalter». Die Stare übten die Hymne «Wissen nährt die Jugend», die Rallen und Sumpftaucher bliesen die Trompeten, die Papageien ersannen neue Kunststücke. Den Raben wurde eine neue Steuer auferlegt, man nannte sie «Aufklärungsabgabe». Für die jungen Falken und Habichte wurden Kadettenanstalten gebaut. Für die Uhus, Käuze und Eulen wurde eine Akademie der Wissenschaften gegründet und beiläufig auch den jungen Raben je ein Exemplar einer ABC-Fibel gekauft. Und zum Schluß bestimmte man den ältesten Star zum Dichter, nannte ihn Wassilij Kirilytsch Tredjakowskij, und befahl ihm, er solle am nächsten Tage zu einem Wettstreit mit der Nachtigall sich bereithalten.

Der ersehnte Tag brach an. Man stellte die

Neuerkorenen vor dem Adler auf und befahl ihnen zu zeigen, was sie könnten.

Den größten Erfolg verbuchte der Gimpel. Statt eines Grußworts verlas er ein Feuilleton, aber so ein leichtes, daß es sogar der Adler zu verstehen vermeinte. Der Gimpel sagte, man müsse herrlich und in Freuden leben, und der Adler bestätigte: «Stimmt!» Der Gimpel sagte, daß das Knechtsleben besser als das Herrenleben sei, daß ein Herr viele Sorgen habe, während sich der Knecht wegen des Herrn keinen Kummer mache, und der Adler bestätigte: «Stimmt!» Sagte, wenn er ein Gewissen hätte, dann hätte er keine Hosen anzuziehen, aber jetzt, wo auch kein Tröpfchen Gewissen mehr geblieben sei, zöge er gleich zwei Paar Hosen übereinander an – und der Adler bestätigte: «Stimmt!»

Schließlich langweilte ihn der Gimpel.

«Der nächste!» krächzte der Adler.

Der Specht begann damit, daß er die Genealogie des Adlers von der Sonne herleitete, und der Adler bestätigte, daß er etwas in der Art auch von seinem Papa gehört habe. «Die Sonne», sprach der Specht, «hatte drei Söhne: den Hai, den Löwen und den Adler. Der Hai trieb es zu toll, deswegen versenkte ihn der Vater in die Meerestiefe. Der Löwe wandte sich vom Vater ab, deshalb machte er ihn zum König der Wüste, aber der Adler war ein ehrerbietiger Sohn, deshalb wies ihm der Vater einen Platz in seiner Nähe an und gab ihm die Herrschaft über den Luftraum.»

Aber der Specht hatte noch nicht einmal die Einleitung seiner Untersuchung zu Ende gehackt, da rief der Adler schon ungeduldig:

«Der nächste! Der nächste!»

Da begann die Nachtigall zu singen, bedeckte sich jedoch gleich mit Schmach. Sie sang von der Freude des Knechts, der erfährt, daß ihm Gott einen Gutsherrn geschickt hat; sang von der Großmut des Adlers, der seinen Knechten freizügig höheren Lohn gewährt... Aber so sehr sie sich auch anstrengte, um recht ergeben zu erscheinen, so ließ es sich mit der «Kunst», die in ihr wohnte, nicht in Einklang bringen. Obwohl sie sich von oben bis unten als dienende Magd gebärdete (sie hatte sogar irgendwo ein gebrauchtes Kopftuch aufgetrieben und sich Löckchen gebrannt), aber die «Kunst» ließ sich nicht in den knechtischen Rahmen spannen, sondern strebte unaufhörlich in die Freiheit. Die Nachtigall mochte singen, was sie wollte, der Adler brachte ihr kein Verständnis entgegen, und basta!

«Was flötet diese trillernde Närrin!» schrie er endlich. «Man rufe Tredjakowskij!»

Doch Wassilij Kirilytsch war schon zur Stelle. Er wählte dieselben Knechtsmotive, führte sie jedoch so deutlich aus, daß der Adler dauernd bekräftigte: «Stimmt! Stimmt! Stimmt!» Und zum Schluß hängte er Tredjakowskij eine Kette aus Ameiseneiern um, während er die Nachtigall anfunkelte und rief: «Fort mit der Kanaille!»

Damit endeten die ehrgeizigen Versuche der Nachtigall. Flugs steckte man sie in ein Bauer und verkaufte sie in das Gasthaus «Zur Freundschaft», wo sie sich bis heute mit ihrem süßen Gift in die Herzen der Trunkenen singt.

Trotzdem wurde die Sache der Aufklärung

nicht vernachlässigt. Die jungen Habichte und Falken gingen weiterhin ins Gymnasium. Die Akademie der Wissenschaften machte sich an die Herausgabe eines Wörterbuchs und hatte schon die Hälfte des Buchstabens A bewältigt. Der Specht schrieb am zehnten Bande seiner «Geschichte der Waldgeister». Nur der Gimpel hüllte sich in Schweigen. Vom ersten Tage an hatte er gespürt, daß dieser ganze Aufklärungsrummel ein rasches und erbarmungsloses Ende nehmen werde, und offenbar war sein Vorgefühl ziemlich begründet.

Die Sache war so, daß Falke und Eule, welche die Leitung der Aufklärungsarbeit auf sich genommen hatten, einen großen Fehler begangen hatten. Sie waren auf den Gedanken gekommen, dem Adler selbst Kenntnisse im Lesen und Schreiben beizubringen. Sie lehrten nach der phonetischen Methode; das war leicht und unterhaltsam, aber so sehr sie sich auch plagten, nach einem Jahr unterschrieb er immer noch statt «Adler» – «Arier», so daß kein einziger Geldverleiher Wechsel mit dieser Unterschrift annahm. Aber ein noch größerer Fehler bestand darin, daß Eule und Falke, genau wie alle Pädagogen, den Adler keine Pause machen und ihn ausruhen ließen. Jede Minute folgte ihm die Eule auf dem Fuße und rief: «bb...ss...chch...», und der Falke schärfte ihm ebenfalls jeden Augenblick ein, daß man ohne die vier Rechnungsarten die geraubte Beute nicht einteilen könne.

«Du hast zehn Gänschen gestohlen, zwei hast du dem Schriftführer des Stadtviertels geschenkt, eins hast du selbst verzehrt – wieviel bleiben dir als Vorrat?» fragte der Falke, und es klang, als ob er ihm die zehn Gänschen zum Vorwurf mache.

Der Adler konnte die Aufgabe nicht lösen. Er schwieg, aber in seinem Herzen sammelte sich von Tag zu Tag mehr Erbitterung über den Falken an.

Die Beziehungen wurden gespannt. Die Intriganten wußten es auszunützen. Haupt der Verschwörung war der Geier. Er brachte den Kuckuck auf seine Seite, und dieser flüsterte der Adlerin ein: «Sie behexen unseren Ernährer mit ihren Belehrungen!» Die Adlerin begann den Adler zu necken: «Gelehrter! Gelehrter!» Danach weckten sie mit vereinten Kräften im Habicht «schlechte Leidenschaften».

Als einmal im Morgengrauen, kaum daß der Adler den Schlaf aus den Augen gerieben hatte, die Eule wie gewöhnlich von hinten an ihn heranschlich und ihm in die Ohren summte: «ww...ss...rrr», schnarrte der Adler leise:

«Hau ab, du Widerwärtige!»

«Wollen Euer Majestät wiederholen: «bb... kk...mm...»

«Zum zweiten Male sage ich: Hau ab!»

«Pp...chch...schsch...»

Blitzschnell drehte sich der Adler um und zerriß die Eule in Stücke.

Ohne etwas von diesem Vorfall zu wissen, kehrte der Falke eine Stunde später von der Morgenjagd zurück.

«Ich habe eine Aufgabe für dich», sagte er zum Adler. «Heut nacht sind zwei Pud Wild geräubert worden. Wenn man die Beute in zwei Teile teilt, den einen für dich, den anderen für den ganzen übrigen Hofstaat, wieviel hast du zu erhalten?»

«Alles», antwortete der Adler.

«Antworte sachgemäß», erwiderte der Falke. «Wenn es ‹alles› wäre, würde ich dich nicht gefragt haben.»

Es war nicht das erste Mal, daß der Falke solche Aufgaben stellte, aber diesmal erschien dem Adler der von ihm angenommene Ton unerträglich. Das Blut kochte ihm in den Adern bei dem Gedanken, daß er «alles» sagte und dieser Knecht sich erdreistete zu erwidern: «nicht alles». Und man weiß, wenn einem Adler das Blut in den Adern kocht, dann kann er pädagogische Methoden nicht mehr von Rebellion unterscheiden. Dementsprechend verfuhr er.

Nachdem er mit dem Falken Schluß gemacht hatte, ließ sich der Adler indessen vernehmen:

«Aber hinsichtlich der Wissenschaftsakademie bleibt alles beim alten.»

Wieder zwitscherten die Stare «Wissen nährt die Jugend», aber allen war es klar, daß sich das «Goldene Zeitalter» dem Ende zuneigte. In naher Ferne zeichnete sich die Finsternis des Nichtwissens ab, samt seinen notwendigen Trabanten: Zwietracht und Wirren aller Art.

Die Wirren begannen damit, daß anstelle des verstorbenen Falken zwei Prätendenten auftauchten: der Habicht und der Geier. Da das Interesse der beiden Konkurrenten ausschließlich den persönlichen Vorteilen galt, so traten die Angelegenheiten des Hofes in den Hintergrund und begannen allmählich vernachlässigt zu werden.

Einen Monat später war von dem kürzlichen «Goldenen Zeitalter» auch nicht eine Spur mehr vorhanden. Die Stare waren faul geworden, die Rallen trompeteten falsch, die Elster stahl bei Tag und Nacht, und bei den Raben häuften sich die Steuerrückstände derartig, daß man zu Exekutionen greifen mußte. Es kam so weit, daß sogar dem Adler und der Adlerin die Nahrung portionsweise zugeteilt werden mußte.

Um sich wegen dieses Durcheinanders zu rechtfertigen, drückten sich Habicht und Geier von Zeit zu Zeit die Hand und schoben alles Ungemach auf die Aufklärung. Die Wissenschaften sind unbestreitbar nützlich, aber nur dann, wenn sie zur richtigen Zeit kommen. Lebten unsere Großväterchen ohne Wissenschaften, werden auch wir ohne sie auskommen können...

Und zum Beweis, daß das ganze Übel von den Wissenschaften herrühre, begann man, Verschwörungen zu entdecken. Haussuchungen, Nachstellungen, Gerichte folgten.

«Feierabend!» erscholl plötzlich eine Stimme.

Der es schrie, war der Adler. Die Aufklärung hatte ihr Ende erreicht.

Im ganzen Hofstaat herrschte eine Stille, daß man hören konnte, wie das verleumderische Tuscheln über den Boden kroch.

Das erste Opfer der neuen Ära war der Specht. Dieser arme Vogel hatte sich bei Gott nichts zuschulden kommen lassen. Aber er konnte schreiben und war belesen. Das genügte völlig für eine Anklage.

«Du kannst die Interpunktionszeichen richtig setzen?»

«Nicht nur die gewöhnlichen Interpunktionen, sondern auch die ungewöhnlichen, wie Anführungszeichen, Trennungszeichen, Klammern – alle wende ich nach bestem Wissen und Gewissen richtig an.»

«Und das weibliche vom männlichen Geschlecht kannst du unterscheiden?»

«Ja. Sogar in Nachtzeiten irre ich mich nicht.»

Damit hatte sich's. Man legte dem Specht Fesseln an und sperrte ihn für Lebenszeit in ein Astloch ein. Und am nächsten Tage starb er dort, von Ameisen aufgefressen.

Kaum war die Affäre mit dem Specht zu Ende, erfolgte ein Pogrom in der Akademie der Wissenschaften.

Indessen, Käuze und Uhus verteidigten sich hartnäckig; es tat ihnen leid, sich von den warmen staatlichen Wohnungen zu trennen. Sie sagten, daß sie sich nicht mit den Wissenschaften beschäftigten, um sie zu verbreiten, sondern um Unbefugte vor ihnen zu bewahren. Aber der Geier fegte mit einer Handbewegung alle ihre Ausflüchte vom Tisch, indem er fragte: «Wozu überhaupt Wissenschaften?» Auf diese Frage gaben sie keine Antwort (das hatten sie nicht erwartet). Daraufhin verkaufte man sie stückweise den Gärtnern, und diese machten Vogelscheuchen aus ihnen und stellten sie zum Schutz der Gärten auf.

Gleichzeitig wurden den jungen Raben die Fibeln entzogen; sie wurden eingestampft, und aus der gewonnenen Masse fertigte man Spielkarten an.

Und weiter und mehr. Den Eulen und Uhus folgten die Stare, die Rallen, die Papageien, die Stieglitze... Sogar das taube Birkhuhn verdächtigte man der «Bildung von Gedanken» mit der Begründung, daß es am Tage schweige und des Nachts schlafe...

Der Hofstaat verödete. Übrig blieben nur der Adler und die Adlerin sowie ihre Gefolgsleute, der Geier und der Habicht. Und in der Ferne – die Raben, die sich gewissenlos vermehrten. Und je fruchtbarer sie sich betätigten, desto mehr häuften sich ihre Steuerrückstände.

Als der Geier und der Habicht nicht mehr wußten, wen sie ausrotten sollten (die Raben kamen dafür nicht in Frage), begannen sie selbst einander am Zeug zu flicken. Und immer im Hinblick auf die Wissenschaften. Der Habicht machte eine Anzeige, daß der Geier insgeheim im Gebetbuch lese, und der Geier denunzierte den Habicht, er habe in einem Astloch das «Neueste Liederbuch» versteckt.

Der Adler wußte nicht mehr aus noch ein…

Aber da beschleunigte die Geschichte selbst ihren Lauf, um diesem Tohuwabohu ein Ende zu machen. Es geschah etwas Ungewöhnliches. Als die Raben erkannten, daß sie ohne Aufsicht geblieben waren, besannen sie sich plötzlich auf das, was in dieser Hinsicht in der ABC-Fibel gesagt worden war. Und kaum hatten sie sich erinnert, so erhoben sie sich und flogen im ganzen Schwarm von der Stelle.

Der Adler wollte ihnen nachjagen, aber daran haperte es: das süße Herrenleben hatte ihn derart verzärtelt, daß er kaum die Flügel schwingen konnte.

Da wandte er sich zur Adlerin und verkündete:

«Das soll den Adlern zur Lehre dienen!»

Was jedoch in diesem Falle das Wort «Lehre» bedeutete, sei es, daß die Aufklärung den Adlern schade, sei es, daß die Adler schädlich für die Aufklärung seien oder schließlich das eine wie das andere – darüber schwieg er sich aus.

ALEXANDER KUPRIN

Der Elefant

I

Die kleine Nadja ist nicht gesund. Jeden Tag
kommt Doktor Michail Petrowitsch zu ihr. Sie
kennt ihn schon seit langem. Manchmal bringt
er noch zwei unbekannte Ärzte mit. Sie drehen
Nadja auf den Rücken oder auf den Bauch, hor-
chen sie ab – das Ohr an ihren Körper gelegt,
ziehen die Augenlider herunter und schauen.
Dabei schnaufen sie gewichtig, machen strenge
Gesichter und reden in einer unverständlichen
Sprache miteinander.

Dann gehen sie aus dem Kinderzimmer in den
Salon, wo Mama auf sie wartet. Der Chefarzt –
ein Großer mit grauen Haaren und einer goldenen Brille – erklärt ihr lange und ernst irgend
etwas. Die Tür ist nicht geschlossen. Von ihrem
Bett aus kann Nadja alles sehen und hören.
Vieles versteht sie nicht, aber sie weiß, daß von
ihr die Rede ist. Mama sieht die Ärzte mit weit
offenen, müden, verweinten Augen an. Beim
Abschied sagt der Chefarzt laut:

«Hauptsache – sorgen Sie dafür, daß sie sich
nicht langweilt. Erfüllen Sie alle ihre Wünsche.»

«Ach, Herr Doktor, aber sie hat nach nichts
Verlangen.»

«Nun, ich weiß nicht – erinnern Sie sich, was
ihr früher, vor der Krankheit, Spaß gemacht hat.
Spielsachen – irgendwelche Leckereien…»

«Nein, nein, Herr Doktor, sie will absolut nichts...»

«Bemühen Sie sich, sie irgendwie abzulenken... ganz gleich womit... Mein Ehrenwort, wenn es Ihnen gelingt, sie zum Lachen zu bringen, sie aufzuheitern, das wäre die beste Medizin. Sie müssen verstehen, die Krankheit Ihres Töchterchens besteht in ihrer völligen Teilnahmslosigkeit am Leben und in sonst nichts... Auf Wiedersehen, gnädige Frau!»

II

«Liebe Nadja, mein liebes Töchterchen», sagt die Mama, «hast du kein Verlangen nach irgend etwas?»

«Nein, Mama, ich möchte nichts haben.»

«Wenn du willst, setze ich dir alle deine Puppen aufs Bett. Wir stellen Sessel, Diwan, Tischchen und Teegeschirr auf. Die Puppen werden Tee trinken und vom Wetter und der Gesundheit ihrer Kinder plaudern.»

«Danke, Mama... Ich möchte nicht... es langweilt mich...»

«Nun gut, mein Töchterchen, lassen wir die Puppen. Aber vielleicht soll ich Katja und Sjenetschka bitten, dich zu besuchen? Du magst sie doch so gern.»

«Nicht nötig, Mama. Wirklich, nicht nötig. Ich will nichts, gar nichts. Mir ist alles lästig.»

«Soll ich dir Schokolade bringen?»

Aber das Mädchen gibt keine Antwort, blickt nur mit starren, unfrohen Augen zur Zimmerdecke hinauf. Ihr tut nichts weh, sie hat nicht einmal Fieber. Aber sie wird jeden Tag magerer und schwächer. Was man auch mit ihr anstellt, ihr ist alles gleich, sie verlangt nach nichts. So liegt sie ganze Tage und Nächte lang still und bekümmert da. Hin und wieder schlummert sie für eine halbe Stunde ein, aber im Traum erscheint ihr etwas Graues, Langes, Tristes wie Regen im Herbst.

Wenn die Tür vom Kinderzimmer zum Salon und vom Salon zum Arbeitszimmer offensteht, sieht das Mädchen Papa. Er geht mit raschen Schritten von einer Ecke in die andere und raucht ununterbrochen. Manchmal kommt er ins Kinderzimmer, setzt sich auf den Rand des Bettes und streichelt leise Nadjas Beine. Dann steht er plötzlich auf und tritt ans Fenster. Er pfeift leise vor sich hin, während er auf die Straße blickt, aber seine Schultern zucken. Dann preßt er schnell das Taschentuch an das eine, dann an das andere Auge und geht wieder, als sei er zornig, in sein Zimmer zurück. Dort läuft er wieder von Ecke zu Ecke und raucht eine Zigarette nach der anderen... Das Zimmer ist ganz blau von Rauch.

III

Aber eines Morgens erwacht die kleine Nadja etwas munterer als sonst. Sie hat etwas im Traum gesehen, kann sich jedoch nicht entsinnen, was es eigentlich war. Lange und aufmerksam schaut sie der Mutter in die Augen.

«Brauchst du etwas?» fragt die Mutter.

Die Kleine erinnert sich plötzlich ihres Traums und sagt flüsternd, als handele es sich um ein Geheimnis:

«Mama... wäre es möglich... einen Elefanten für mich? Aber nicht den, der im Bilderbuch abgezeichnet ist... Ist es möglich?»

«Gewiß doch, mein Töchterchen, natürlich ist es möglich.»

Sie geht zum Papa in das Arbeitszimmer und sagt, daß Nadja einen Elefanten haben will. Der Vater zieht sofort den Mantel an, setzt den Hut auf und fährt irgendwohin. Nach einer halben Stunde kehrt er zurück mit einem teuren, hübschen Spielzeug. Es ist ein großer, grauer Elefant, der von selbst den Kopf schaukelnd hin und her bewegt und den Schwanz um sich schlägt. Über den Elefantenrücken ist ein roter Sattel ausgebreitet, darauf steht eine goldene Sänfte, in der drei kleine Männer sitzen. Aber das Mädchen betrachtet das Spielzeug genau so gelangweilt wie die Zimmerdecke und die Wände und sagt müde:

«Nein, das ist ganz und gar nicht das richtige. Ich wollte einen wirklichen, lebenden Elefanten, der dort ist tot.»

«Schau ihn dir doch erst mal richtig an, Nadja», sagt der Papa. «Wir werden ihn sofort aufziehen, und dann ist er ganz genau wie ein lebender.»

Man zieht den Elefanten mit einem Schlüsselchen auf. Er schaukelt den Kopf auf und ab, hebt die Füße und geht langsam über den Tisch. Das Mädchen zeigt nicht das geringste Interesse, der Anblick langweilt sie, aber um den Vater nicht zu erzürnen, flüstert sie sanft:

«Ich bin dir sehr, sehr dankbar, lieber Papa. Ich glaube, niemand hat ein so interessantes Spielzeug... Nur – entsinnst du dich – du hast mir seit langem versprochen, mich in eine Menagerie zu führen und mir einen wirklichen Elefanten zu zeigen... und du hast mich nicht ein einziges Mal hingeführt...»

«Aber höre, mein Mädelchen, versteh doch, daß dies unmöglich ist. Ein Elefant ist sehr groß, er reicht bis an die Decke, er hat in unseren Zimmern keinen Platz... Und dann, wo bekomme ich einen her?»

«Papa, ich brauche nicht so einen großen... Bringe mir meinetwegen einen kleinen, nur lebendig muß er sein... Nun, wenn er auch nur so groß ist wie der da... wenn es auch nur ein ganz kleines Elefantchen ist...»

«Liebes Töchterchen, ich möchte alles für dich tun, aber das vermag ich nicht. Es wäre genau dasselbe, als wenn du plötzlich zu mir sagtest: ‹Papa, hole mir die Sonne vom Himmel!›»

Das Mädchen lächelte traurig.

«Wie dumm du bist, Papa. Als ob ich nicht wüßte, daß man die Sonne nicht herabholen kann, sie brennt doch. Auch den Mond kann man nicht herabholen. Nein, ich möchte nur einen kleinen Elefanten... aber einen richtigen.»

Sie schließt ermüdet die Augen und flüstert: «Ich bin müde... Verzeih, Papa...»

Der Vater greift sich in die Haare und eilt in sein Zimmer. Dort rennt er eine Weile von Ecke zu Ecke. Dann wirft er entschlossen die nicht zu Ende gerauchte Zigarette auf den Fußboden (dafür bekommt er von Mama immer Schelte) und schreit dem Zimmermädchen zu:

«Olga! Mantel und Hut!»

Seine Frau kommt in den Flur.

«Wohin, Sascha?» fragt sie.

Er atmet schwer, knöpft den Mantel zu.

«Ich weiß selbst nicht, wohin, Maschenjka...
Aber ich glaube, heute abend bringe ich tatsächlich einen lebenden Elefanten hierher zu uns.»

Die Frau sieht ihn beunruhigt an.

«Bist du gesund, Lieber? Schmerzt dir nicht der Kopf? Vielleicht hast du heute schlecht geschlafen?»

«Ich habe überhaupt nicht geschlafen», antwortet er aufgebracht. «Ich merke, du willst fragen, ob ich den Verstand verloren habe? Vorläufig noch nicht. Auf Wiedersehen! Abends wird alles ersichtlich sein.»

Er verschwindet und schlägt die Tür laut hinter sich zu.

IV

Zwei Stunden später sitzt er in der ersten Reihe der Menagerie und sieht zu, wie die dressierten Tiere auf Geheiß des Dompteurs allerhand Kunststücke ausführen. Kluge Hunde springen, schlagen Purzelbaum, tanzen, singen zur Musik, legen Wörter mit großen Buchstaben aus Pappe zusammen. Äffchen – die einen in roten Röckchen, die anderen in blauen Höschen – laufen auf dem Seil und reiten auf einem großen Pudel. Riesige rotbraune Löwen springen durch brennende Reifen. Eine unbeholfene Robbe schießt eine Pistole ab. Zum Schluß kommen die Elefanten. Es sind drei: ein großer und zwei kleine, zwergenhafte, aber dennoch an Wuchs höher als ein Pferd. Seltsamer Anblick, wie die gewaltigen Tiere, die so unbeweglich und schwerfällig aussehen, die schwierigsten Kunststücke vollbringen, die selbst ein sehr gewandter Mensch kaum fertigbrächte. Besonders gut arbeitet der große Elefant. Er stellt sich zuerst auf die Hinterbeine, setzt sich, stellt sich auf den Kopf, reckt die Beine in die Höhe, geht über hölzerne Flaschen, auf einem rollenden Faß, blättert mit dem Rüssel die Seiten eines großen Buchs aus Pappe um, setzt sich schließlich an einen Tisch und speist mit vorgebundener Serviette wie ein wohlerzogener Knabe.

Die Vorstellung ist zu Ende. Die Zuschauer verlaufen sich. Nadjas Vater tritt an den dicken Deutschen, den Besitzer der Menagerie, heran. Er steht hinter dem Bretterverschlag und hält eine große schwarze Zigarre zwischen den Lippen.

«Verzeihen Sie bitte», sagt Nadjas Vater, «könnten Sie nicht für einige Zeit Ihren Elefanten zu mir nach Hause lassen?»

Der Deutsche reißt vor Staunen die Augen weit auf. Aus seinem offen stehenden Munde fällt die Zigarre auf die Erde. Ächzend bückt er sich, hebt die Zigarre auf, steckt sie wieder in den Mund und stößt erst dann die Worte hervor:

«Zu Ihnen lassen? Den Elefanten? Nach Hause? Ich verstehe Sie nicht.»

An den Augen des Deutschen ist zu sehen, daß er ebenfalls fragen will, ob Nadjas Vater ganz richtig im Kopfe sei. Aber dieser erklärt rasch, worum es sich handelt: seine einzige Tochter Nadja leidet an einer Krankheit, über die sich selbst die Ärzte nicht im klaren sind. Sie liegt schon einen Monat im Bett, magert ab, wird jeden Tag schwächer, interessiert sich für nichts, langweilt sich und verlischt langsam. Die Ärzte gebieten, sie aufzuheitern, aber ihr gefällt nichts; sie verlangen, alle ihre Wünsche zu erfüllen, aber sie äußert keine. Heute wollte sie einen lebenden Elefanten sehen. Ist das wirklich unmöglich zu bewerkstelligen?

Und er fügt mit zitternder Stimme hinzu, während er einen Mantelknopf des Deutschen festhält:

«Ja, sehen Sie... Ich hoffe natürlich, daß mein Töchterchen wieder gesund wird. Aber wenn – Gott behüte – ihre Krankheit ein schlimmes Ende nimmt... wenn das Mädelchen plötzlich stirbt? Bedenken Sie: das ganze Leben wird mich der Gedanke quälen, daß ich ihr nicht ihren letzten, allerletzten Wunsch erfüllt habe.»

Der Deutsche macht ein mürrisches Gesicht und kratzt sich mit dem kleinen Finger die linke Augenbraue. Schließlich fragt er:

«Hm... Und wie alt ist Ihr Töchterchen?»

«Sechs.»

«Hm... Meine Lisa ist auch sechs. Hm... Aber, wissen Sie, das wird ein teurer Spaß für Sie werden. Wir müssen den Elefanten nachts hinbringen und können ihn erst in der folgenden Nacht wieder zurückschaffen. Am Tage ist es unmöglich. Die Menschen würden zusammenströmen und es gäbe einen Skandal... Das bedeutet also, daß ich einen ganzen Tag verliere und daß Sie für den Verdienstausfall aufkommen müssen.»

«Gewiß, gewiß... machen Sie sich deswegen keine Gedanken.»

«Ferner: Wird die Polizei erlauben, einen Elefanten in ein Haus zu bringen?»

«Das lassen Sie meine Sorge sein. Sie wird es erlauben.»

«Noch eine Frage: Wird Ihr Hausherr gestatten, einen Elefanten in sein Haus zu lassen?»

«Er erlaubt es. Ich bin selbst der Besitzer des Hauses.»

«Aha! Das ist schon besser! Und noch eine einzige Frage: in welchem Stockwerk wohnen Sie?»

«Im ersten.»

«Hm... das ist weniger gut... Besitzt das Haus eine breite Treppe, einen hohen Plafond, ein großes Zimmer, eine breite Tür und einen sehr festen Fußboden? Mein Tommy ist nämlich drei Ellen und vier Zoll hoch und vier Ellen lang. Außerdem wiegt er einhundertzwanzig Pud.»

Nadjas Vater überlegt einen Augenblick.

«Wissen Sie was?» sagt er. «Fahren wir sofort zu mir und besichtigen wir alles an Ort und Stelle. Wenn nötig, lasse ich ein Stück Mauer herausbrechen und den Zugang erweitern.»

«Sehr gut!» stimmt der Besitzer der Menagerie zu.

V

Nachts bringt man den Elefanten zu dem kranken Mädchen.

Man hat ihm eine helle Decke übergeworfen. Gewichtig schreitet er mitten in der Straße, schaukelt den Kopf hin und her, rollt den Rüssel zusammen oder streckt ihn lang aus. Trotz der späten Stunde umringt ihn eine große Menschenmenge. Aber der Elefant schenkt ihr keine Beachtung; er sieht jeden Tag Hunderte von Menschen in der Menagerie. Nur ein einziges Mal zeigt er sich ein wenig aufgebracht, als ihm ein Gassenjunge vor die Füße läuft und zur Ergötzung der Gaffer Faxen macht.

Da nimmt ihm der Elefant mit dem Rüssel ganz ruhig die Mütze vom Kopf und wirft sie über den mit Nägeln bespickten nächsten Zaun.

Ein Polizist geht durch die Menge und redet den Leuten gut zu:

«Gehen Sie bitte auseinander, meine Herrschaften. Was finden Sie hier so ungewöhnlich? Ich muß mich wundern! Als ob Sie noch nie einen lebenden Elefanten auf der Straße gesehen hätten!»

Sie gelangen zum Haus. Auf der Treppe wie auf dem ganzen Weg des Elefanten bis zum Speisezimmer stehen alle Türen sperrangelweit offen. Man hat deswegen zuerst mit einem Hammer die Türriegel abschlagen müssen. Das hatte man schon einmal getan, als die große wundertätige Ikone ins Haus gebracht worden war.

Aber vor der Treppe bleibt der Elefant stehen, wird unruhig und sperrt sich.

«Man muß ihm irgendeinen Leckerbissen geben», sagt der Deutsche. «Süßes Gebäck oder dergleichen... Aber, Tommy!... Oho-o... Tommy!»

Nadjas Vater läuft in die nächste Bäckerei und kauft eine große runde Pistazientorte. Der Elefant macht Anstalten, sie samt dem Karton mit einem einzigen Happen zu verschlingen, aber der Deutsche gibt ihm nur ein Viertel. Die Torte schmeckt Tommy, er streckt den Rüssel nach dem zweiten Happen aus. Der Deutsche erweist sich jedoch als schlauer. Den Leckerbissen in der Hand, steigt er von Stufe zu Stufe höher, und der Elefant folgt ihm wider Willen mit vorgestrecktem Rüssel und gespreizten Ohren. Auf dem Treppenabsatz erhält Tommy das zweite Stück.

Auf diese Weise bringen sie ihn ins Speisezimmer, aus dem zuvor alle Möbel herausgeschafft worden sind, der Fußboden ist dicht mit Stroh belegt. Der Elefant wird mit dem Fuß an einen Ring gebunden, den man im Boden angeschraubt hat. Man legt ihm frische Möhren, Kohl und Rüben vor. Der Deutsche macht es sich neben ihm auf einem Diwan bequem. Die Lichter werden gelöscht, und alle legen sich schlafen.

VI

Am anderen Tag erwacht die kleine Nadja in aller Frühe. Ihre erste Frage lautet:

«Und was ist mit dem Elefanten? Ist er gekommen?»

«Ja, er ist da», antwortet Mama, «aber er hat befohlen, daß sich Nadja zuerst waschen soll, dann ein weichgekochtes Ei ißt und heiße Milch trinkt.»

«Ist er auch brav?»

«Ja, ein braver Elefant. Iß, Mädelchen, gleich gehen wir zu ihm.»

«Ist er komisch?»

«Ein wenig. Zieh dir ein warmes Jäckchen über.»

Das Ei ist rasch verzehrt, die Milch getrunken. Nadja wird in denselben Kinderwagen gesetzt, in dem man sie als Baby fuhr, als sie noch nicht laufen konnte. Man bringt sie in das Speisezimmer.

Es erweist sich, daß der Elefant größer ist, als sich Nadja nach dem Bild im Buch vorgestellt hat. In der Höhe ist er nur etwas niedriger als die Tür, und in der Länge nimmt er die Hälfte des Zimmers ein. Er hat eine rissige Haut mit vielen Falten. Die Beine sind stämmig wie Säulen. Am Ende des langen Schwanzes hängt eine Art Quaste. Der Kopf ist gebuckelt. Die Ohren, groß wie Schaufeln, hängen herab. Die Augen sind winzig klein, aber klug und gutmütig. Die Stoßzähne hat man abgesägt. Der Rüssel gleicht einer langen Schlange und endet in zwei Nüstern, zwischen denen ein beweglicher, biegsamer Finger aufragt. Wenn der Elefant den Rüssel in seiner ganzen Länge ausstrecken würde, reichte er gewiß bis ans Fenster.

Das Mädchen ist keineswegs erschrocken, sondern nur ein wenig betroffen von der riesigen Größe des Tiers. Aber das Kindermädchen, die sechzehnjährige Polja, kreischt bei seinem Anblick vor Schreck laut auf.

Der Besitzer des Elefanten, der Deutsche, tritt an den Wagen heran und sagt:

«Guten Morgen, kleines Fräulein. Ängstigen Sie sich bitte nicht. Tommy ist sehr brav und hat Kinder gern.»

Nadja streckt dem Deutschen ihr kleines, blasses Händchen entgegen.

«Guten Tag, wie geht es Ihnen?» sagt sie. «Ich habe kein bißchen Angst. Wie heißt er?»

«Tommy.»

«Seien Sie gegrüßt, Tommy!» sagt das Mädchen und neigt den Kopf. Weil der Elefant so groß ist, wagt sie nicht, «du» zu ihm zu sagen. «Wie haben Sie heute nacht geschlafen?»

Auch ihm streckt sie die Hand entgegen. Vorsichtig erfaßt der Elefant mit seinem beweglichen, kräftigen Finger das dünne, feine Händchen und drückt es. Er tut es weit zarter als der

Arzt Michail Petrowitsch. Dabei wiegt der Elefant den Kopf hin und her, und seine kleinen Augen werden ganz schmal, als ob er lache.

«Er versteht wohl alles?» fragt das Mädchen den Deutschen.

«Oh, entschieden alles, kleines Fräulein.»

«Nur daß er nicht spricht!»

«Ja, nur sprechen kann er nicht. Ich habe auch ein Töchterchen, wissen Sie, genau so ein kleines Mädchen wie Sie. Lisa heißt es. Tommy ist sein großer, sein sehr großer Freund.»

«Und Sie, Tommy, haben Sie schon Tee getrunken?» fragt das Mädchen den Elefanten.

Der Elefant streckt den Rüssel lang und bläst dem Mädchen seinen starken, warmen Atem ins Gesicht, so daß ihre leichten Haare nach allen Seiten auseinanderfliegen.

Nadja jauchzt und klatscht in die Hände. Der Deutsche lacht schallend. Er ist selbst fast so groß, dick und gutmütig wie der Elefant, Nadja scheint es, daß die beiden einander ähneln. Vielleicht sind sie aus einer Familie?

«Nein, er hat noch nicht Tee getrunken, mein Fräulein. Aber er trinkt mit Vergnügen Zuckerwasser. Auch Semmeln mag er sehr gern.»

Man bringt ein Tablett mit Semmeln. Das Mädchen bewirtet den Elefanten. Geschickt greift er eine Semmel mit seinem Finger, rollt den Rüssel zusammen und steckt sie irgendwohin unterm Schädel, wo sich eine komische, dreieckige, behaarte Unterlippe bewegt. Man hört, wie die Semmel sich an der trockenen Haut reibt. Das gleiche macht Tommy mit einer zweiten, einer dritten, einer vierten und fünften Semmel. Zum Dank nickt er mit dem Kopf, und seine kleinen Augen ziehen sich vor Vergnügen noch enger zusammen. Das Mädchen lacht vergnügt.

Als alle Semmeln aufgefuttert sind, macht Nadja den Elefanten mit ihren Puppen bekannt.

«Sehen Sie her, Tommy, hier diese hübsch angezogene Puppe, das ist Sonja. Sie ist ein braves Kind, aber etwas launisch, sie will keine Suppe essen. Und das ist Natascha, Sonjas Kind. Sie fängt schon an zu lernen und kennt bereits alle Buchstaben. Und diese hier ist Matrjoschka. Das ist meine allererste Puppe. Sehen Sie, sie hat keine Nase, der Kopf ist angeleimt, und Haare hat sie auch keine mehr. Trotzdem darf man die Alte nicht aus dem Haus jagen. Nicht wahr, Tommy? Früher war sie Sonjas Mutter, und jetzt dient sie bei uns in der Küche. Kommen Sie, Tommy, spielen wir! Sie sind der Papa, ich die Mama, und das sind unsere Kinder.»

Tommy ist einverstanden. Er lacht, faßt Matrjoschka um den Hals und steckt sie sich in den Schlund. Aber er macht nur Spaß. Nachdem er die Puppe etwas gekaut hat, legt er sie dem Mädchen wieder auf die Knie, allerdings ein wenig feucht und zerdrückt.

Dann zeigt ihm Nadja ein großes Bilderbuch und erklärt:

«Das ist ein Pferd, das ein Kanarienvogel, das ein Gewehr. Hier, dies ist ein Vogelbauer, hier ein Eimer, ein Spiegel, ein Ofen, ein Spaten, ein Rabe... Und das hier, schauen Sie her, das ist ein Elefant! Nicht wahr, gar nicht ähnlich? Gibt es denn überhaupt so kleine Elefanten, Tommy?»

Tommy findet, daß es nirgendwo auf Erden so kleine Elefanten gebe. Überhaupt gefällt ihm dieses Bild nicht. Er greift mit dem Finger an den Rand der Seite und wendet sie um.

Es kommt die Essenszeit, aber das Mädchen ist von dem Elefanten nicht loszureißen. Der Deutsche eilt zu Hilfe.

«Erlauben Sie, ich bringe alles ins Lot. Sie werden beide gemeinsam zu Mittag speisen.»

Er befiehlt dem Elefanten, sich zu setzen. Der Elefant setzt sich gehorsam. In der ganzen Wohnung wackelt der Fußboden, das Geschirr im Schrank klirrt und bei den unteren Mietern fällt die Stukkatur von der Decke. Das Mädchen wird dem Elefanten gegenübergesetzt. Man stellt einen Tisch zwischen die beiden. Dem Elefanten bindet man ein Tischtuch um den Hals, und die neuen Freunde beginnen zu speisen. Das Mädchen ißt Hühnersuppe und ein Boulettchen, der Elefant verzehrt verschiedene Gemüse und Salat. Das Mädchen bekommt ein kleines Gläschen Südwein und der Elefant warmes Wasser mit einem Glas Rum. Er zieht den Trank vergnügt mit dem Rüssel aus dem Napf. Dann bringt man das Dessert, für Nadja ein Täßchen Kakao, für den Elefanten eine halbe Torte, diesmal Nußtorte. Der Deutsche sitzt unterdessen mit dem Papa im Salon und trinkt Bier, mit dem gleichen Genuß wie der Elefant Wasser, nur in größerer Menge.

Nach dem Essen kommen Bekannte von Papa zu Besuch. Man macht sie schon im Flur vorsorglich auf den Elefanten aufmerksam, damit sie keinen Schreck kriegen. Zuerst wollen sie es nicht glauben, aber sowie sie Tommy erblicken, pressen sie sich an die Tür.

«Haben Sie keine Angst, er ist brav», beruhigt sie das Mädchen.

Aber die Bekannten gehen schleunigst in den Salon und fahren weiter, nachdem sie kaum fünf Minuten dagewesen sind.

Es wird Abend. Es ist schon spät. Für das kleine Mädchen wird es Zeit zum Schlafen. Aber es kann sich nicht vom Elefanten trennen. So schläft es denn auch neben ihm ein, und man schafft es schlafend ins Kinderzimmer. Es merkt nicht einmal, wie man es auskleidet.

In dieser Nacht träumt Nadja, daß sie Tommy geheiratet hat und daß sie viele Kinder haben, kleine, lustige Elefantenbabys. Der Elefant, der nachts in die Menagerie zurückgeführt wird, sieht ebenfalls das kleine, zärtliche Mädchen im Traum. Außerdem träumt er von großen Torten, Nuß- und Pistazientorten von der Größe eines Tors...

Am Morgen erwacht das Mädchen frisch und munter, und wie früher, als sie noch gesund war, ruft sie laut und ungeduldig durchs ganze Haus: «Mei-ne Mil-lich!»

Als die Mutter im Schlafzimmer diesen Ruf vernimmt, bekreuzigt sie sich voller Freude.

Das Mädchen erinnert sich sofort an gestern und fragt:

«Und der Elefant?»

Man erklärt ihr, daß der Elefant nach Hause gegangen sei. Er habe dort zu tun, er habe Kinder, die er nicht allein lassen könne, er lasse Nadja grüßen und erwarte sie bei sich zu Gast, wenn sie gesund sein werde.

Das Mädchen lächelt verschmitzt und sagt:

«Bestellt Tommy, daß ich bereits ganz gesund bin!»

WSJEWOLOD GARSCHIN

Die Sage vom stolzen Aggej

Nach einer alten Legende

In einem Lande lebte einst ein Herrscher, Aggej geheißen, groß an Ruhm und Macht. Gott der Herr hatte ihm volle Gewalt über das Land gegeben. Die Feinde fürchteten ihn; Freunde besaß er nicht. Das ihm unterstellte Volk lebte in Demut, denn es kannte die Stärke seines Gebieters. Da wurde der Herrscher hoffärtig. Er glaubte, niemand auf Erden sei stärker und weiser als er. Er lebte immer üppiger. Reichtum und Dienerschaft besaß er in Fülle. Nie sprach er mit einem seiner Untergebenen. Er hielt sie seiner Anrede nicht für würdig. Mit seiner Gemahlin lebte er im Einvernehmen, doch hielt er auch sie streng. Nie wagte sie, das Wort an ihn zu richten. Sie wartete, bis er sie fragte oder etwas zu ihr sagte.

So lebte Aggej allein, als ob er auf einem hohen Turm wäre. Von unten blickte die Menge zu ihm empor, doch er wollte niemanden kennen. Er stand auf seinem hohen Sockel und meinte, nur ein solcher Platz sei seiner würdig: einsam, aber erhaben.

Ging Aggej mit seiner Gemahlin feiertags in die Kirche, legten sie prunkvolle Gewänder an. Ihre Mäntel waren goldbestickt und die Gürtel mit Edelsteinen verziert. Ein brokatener Baldachin wurde über sie gehalten. Vor und hinter ihnen schritten Krieger mit Schwertern und Streitäxten und geleiteten sie bis zum Platz des Herrschers, wo sie die Messe hörten. Hohe Befehlshaber und Beamte umringten sie. Sooft aber Aggej dem Gottesdienst beiwohnte, dachte er bei sich, ob die Heilige Schrift wohl die Wahrheit oder die Unwahrheit sage.

Als der Oberpriester einmal aus der Schrift vorlas, gelangte er zu der Stelle, wo geschrieben steht: «Die Reichen werden arm und die Armen reich sein.»

Als Aggej diese Worte hörte, geriet er in Zorn.

«Was fällt dir ein, Pfaffe, solche Lügen vorzulesen?» sprach er. «Weißt du nicht, wie berühmt und reich ich bin? Wie könnte es sein, daß ich arm und der Arme gegen meinen Willen reich würde?»

Der Oberpriester hörte jedoch nicht auf ihn, sondern las weiter aus der Schrift vor und beendete den Gottesdienst, ohne Aggej geantwortet zu haben.

Der Regent war außer sich vor Zorn. Er ließ den Oberpriester in Fesseln legen und in den Kerker werfen. Und er befahl, das Blatt, auf dem die Worte geschrieben standen, aus dem Buche zu reißen.

Den Oberpriester brachte man in den Kerker, das Blatt wurde entfernt, der Herrscher Aggej jedoch ging in seinen Palast zum Mahl, trank, schmauste und tat sich gütlich.

Einst begab sich ein Jüngling vor die Stadt und erblickte einen Hirsch. Er war so schön und edel gewachsen, wie er bisher keinen gesehen hatte. Um dem Regenten zu gefallen, eilte der Jüngling in die Stadt zurück, ging zum

Palast und gab den Dienern Kunde von dem Hirsch. Man überbrachte sie Aggej, und er befahl, sich zur Jagd fertigzumachen.

Die Jagdgesellschaft ritt zur Stadt hinaus. Man sichtete den Hirsch und sprengte auf ihn zu. Der Hirsch verhielt ganz ruhig, hob den Kopf und äugte auf die Jäger, als ob er auf etwas warte. Es war ein Tier, wie es selbst Aggej noch nicht zu Gesicht bekommen hatte: hochgewachsen und schlank, mit einem schmalen, klugen Kopf. Das Geweih glich einem vielästigen Baum. Es maß von einem Ende zum andern eine gute Elle. Das braune Fell glänzte wie das eines Pferds. Die Läufe waren schneeweiß. Aggej sprengte auf den Hirsch zu und wunderte sich, daß er nicht fortlief, sondern ihn immerzu mit seinen großen Lichtern anäugte, als ob er ihm etwas zu sagen habe. Schon war Aggej dicht herangekommen und wollte den Speer schleudern, da wandte sich das Tier, schüttelte das verästelte Geweih, sprang mit einem Satz drei Ellen weit und ging übers Feld. Aggej hatte ein Pferd, dessen Wert alle Schätzungen überstieg. Trotzdem blieb er zurück. Er schaute nach seinen Jägern um, doch waren sie bereits nicht mehr zu sehen. Als er den Blick wieder vorwärts auf den Hirsch richtete, bemerkte er, daß das Tier langsamer lief. Nun, dachte er, ich hole es ein! Er sprengte mit der ganzen Kraft seines Rosses los und sah die weißen Läufe des Hirsches immer näher und näher vor Augen schimmern. Doch sowie Aggej den Speer schleudern wollte, wandte der Hirsch den Kopf, beschleunigte den Lauf und ließ Aggej abermals hinter sich. Die Jagdgesellschaft war schon lange außer Sicht. Im weiten

Feld sprengten nur der Hirsch und Aggej auf dem Pferd dahin.

So jagte er ihm einen halben Tag nach. Schließlich sah er den Hirsch zu einem Fluß laufen. Wenn er sich jetzt nach rechts wendet, dachte Aggej, ist er mir entkommen; läuft er nach links, gehört er mir! Links machte der Fluß eine Krümmung. Dort gab es für das Tier keinen Ausweg. Hinter sich hatte es den Jäger, vorn den breiten Fluß, den weder Mensch noch Tier durchschwimmen konnte. Der Hirsch wandte sich nach links. Aggejs Herz bebte vor Freude. Er sprengte dahin und dachte bei sich: Bald kommt der Fluß, und du hast keinen Ausweg mehr. Der Hirsch erreichte das Ufer. Nicht weit davon wurde jedoch eine kleine Insel mit dichtem Buschwerk und Niederholz sichtbar. Da sprang der Hirsch in vollem Lauf ins Wasser, tauchte unter, kam wieder hoch und schwamm zur Insel. Als Aggej das Ufer erreichte, sah er nur noch, wie das Tier in die Büsche lief. Er trieb sein Pferd ebenfalls ins Wasser.

Es stieg in den Fluß. Nach drei Schritten ging ihm das Wasser bis an den Hals. Die Beine verloren den Grund. Aggej wendete zum Ufer zurück und dachte: Der Hirsch entgeht mir auch so nicht, doch das Pferd könnte bei dieser Strömung ertrinken! Er saß ab, band es an einen Strauch, legte das kostbare Gewand ab und ging ins Wasser. Lange schwamm er, fast riß es ihn fort. Schließlich tastete er mit dem Fuß nach unten und fand Grund. Nun, dachte Aggej, jetzt kriege ich ihn! und lief ins Dickicht.

Gott der Herr geriet in Zorn über Aggej. Er rief einen Engel zu sich und gebot ihm,

Aggejs Gestalt anzunehmen, sich mit seinem Gewand zu bekleiden, auf sein Roß zu steigen und in die Stadt zu reiten. Und der Engel vollführte den Wunsch des Herrn nach dessen Geheiß.

Lange, lange suchte Aggej das Tier in den Büschen – aber es fand sich keine Spur. Er ging um die ganze Insel, kroch quer durch das Gesträuch – nichts war zu sehen. Aggej konnte sich nicht vorstellen, wohin der Hirsch verschwunden sein mochte. Vorn war der breite Fluß, den kein Tier durchschwimmen konnte. Außerdem hätte Aggej sehen müssen, wenn das Tier Anstalten gemacht hätte wegzuschwimmen. Aggej war ärgerlich, doch war nichts zu ändern, er mußte umkehren. Er trat ans Wasser, warf den Speer fort, damit er ihn nicht hindere, ans Ufer zu schwimmen. Als er ankam, sah er weder Roß noch Gewand. Da wurde der Herrscher zornig. Er glaubte, man habe ihn bestohlen, und er beschloß, den Dieb streng zu bestrafen. Er trat aus dem Wasser heraus, erklomm das steile Ufer und sah weit und breit keine Menschenseele. Es blieb ihm nichts anderes übrig, als sich nackt auf den Weg zu begeben. Da er nicht gewöhnt war, barfuß zu laufen, zerschnitt ihm das Gras die Füße. Die Sonne brannte auf den Kopf und den nackten Körper. Nachdem Aggej lange gewandert war, gelangte er auf eine Anhöhe und sah von dort in einer Senke einen Hirten Kühe und Kälber hüten. Aggej blieb stehen und winkte ihm zu:

«He, du», schrie er, «komm her!»

Als ihn der Hirte sah, wunderte er sich. Wie kommt der nackte Mensch in diese Einöde? dachte er und ging langsam auf ihn zu. In der einen Hand hielt er eine lange Peitsche, in der anderen eine birkene Schalmei. Er trug Bastschuhe und einen zerschlissenen Kittel. Über der Schulter hing der Brotsack.

Aggej schrie den Hirten an: «Warum kommst du nicht, wenn man dich ruft?»

«Wer bist du denn?» fragte der Hirt. «Was fehlt dir?»

«Hast du nicht gesehen, wer meine Kleider weggenommen und mein Pferd weggeführt hat?»

«Ja, wer bist du denn eigentlich?» fragte der Hirt noch einmal.

«Wie, du kennst mich nicht? Ich bin Aggej, euer Herrscher.»

Der Hirt betrachtete ihn und lachte los.

«Was faselst du, Dummkopf! Unser Herrscher ist soeben an mir vorüber von der Jagd in die Stadt geritten. Die Jäger haben ihn lange gesucht und endlich hier gefunden. Sie sind zusammen nach Hause geritten.»

«Wie kannst du so etwas behaupten, verdammter Sklave!» schrie Aggej.

«Es ist besser, du gehst», sagte der Hirt, «sonst bekommst du die Peitsche zu spüren.»

Der Herrscher kannte sich nicht vor Zorn. Ohne zu bedenken, daß er nackt und unbewaffnet war, warf er sich auf den Hirten. Er packte ihn an der Schulter und wollte ihn schlagen, doch der Hirt war stärker. Er schleuderte Aggej zu Boden und verprügelte ihn erbarmungslos mit der birkenen Schalmei, bis die Rinde abblätterte und sein Zorn verraucht war.

«So», sagte er, «da hast du den Lohn für deine Worte. Mach dich aus dem Staube!»

Ganz zerschlagen erhob sich Aggej und

schritt still davon. Als der Hirt wieder zu Sinnen kam, tat ihm der Verprügelte leid. Ich habe einen Menschen grundlos beleidigt, dachte er. Vielleicht ist er nicht bei Trost oder ein Irrsinniger!

Als Aggej sich ein wenig von dem Hirten entfernt hatte, hörte er rufen: «He, du, komm zurück!»

Aggej wandte sich um und schaute zurück. Der Hirt hielt etwas in der einen Hand, mit der andern winkte er ihn zu sich heran.

«Kehre um!» rief er. «Wohin willst du so nackt? Zieh dir wenigstens den Sack über!»

Aggej stand still und rührte sich nicht. Bitter war ihm zumute, und er schämte sich in tiefster Seele. Der Hirt zog ein Messer aus dem Gürtel und schnitt drei Löcher in den Sack: eins für den Kopf und zwei für die Arme. Dann trat er zu Aggej hin.

«Der Sack ist leer, ich habe all mein Brot aufgegessen. Es ist nicht schön, wenn ein Mensch nackt geht. Ziehe den Sack über anstelle eines Hemdes!»

Er streifte ihm den Sack über den Kopf. Ohne ein Wort zu sagen, ging Aggej weiter, der Stadt zu. Während er dahinschritt, grübelte er über sein Mißgeschick nach und konnte sich nicht erklären, woher es über ihn gekommen war. Offenbar hatte ein Gauner, der ihm ähnlich sah, seine Kleider weggenommen und das Pferd entführt. Je länger Aggej ging, desto stärker entbrannte sein Herz in Zorn. Ich werde ihm zeigen, daß ich Aggej bin – der wirkliche, gestrenge, mächtige Regent. Ich werde ihn auf den Platz führen und ihm das Haupt abschlagen lassen. Und dem Hirten lasse ich es auch nicht so hingehen, dachte Aggej, entsann sich jedoch plötzlich des Sacks und schämte sich.

Er wanderte, bis es Abend wurde, doch bis zur Stadt war es noch weit. So war er gezwungen, im Freien zu übernachten. Er wühlte sich in einen Heuhaufen hinein und schlief die ganze Nacht hindurch. Im Morgengrauen erhob er sich und ging weiter. Unfern der Stadt gelangte er auf eine breite Straße, auf der viel Volk in die Stadt zum Markt zog. Ein Lastzug überholte ihn. Die Fuhrleute fragten ihn, wer er sei und warum er einen Sack anhabe.

Aggej dachte an die Prügel, die er von dem Hirten erhalten hatte, und scheute sich, die Wahrheit zu sagen.

«Ich bin kein Hiesiger», erwiderte er. «Ich wollte in eure Stadt geschäftehalber, doch unterwegs fielen mich Räuber an, schlugen und beraubten mich. Pferd und Kleider und Geld nahmen sie mir weg, zogen mir einen Sack an und ließen mich laufen.»

Die guten Leute hatten Mitleid mit ihm und veranstalteten eine Sammlung für Aggej. Er bekam Hemd und Hose. Einer gab ihm alte Schuhe, ein anderer einen Mantel, der dritte eine Kappe. Aggej dankte und fragte, wie sie hießen und wo sie zu finden seien. Um vieles fröhlicher zog er in die Stadt ein.

Bald hat meine Qual ein Ende, dachte er. Den Bösewicht bestrafe ich, doch die mir geholfen haben, belohne ich.

Er ging geradenwegs zum Domplatz. Dort befand sich sein Palast. Als er durch das Tor gehen wollte, ließ ihn der Wächter nicht ein, denn er erkannte ihn nicht. Da Aggej fürchtete, man werde ihn abermals schlagen, ging er beiseite und überlegte, was zu tun sei. Es war ihm verwehrt, einfach in sein Haus zu gehen. Man würde ihn für einen Betrüger halten, verprügeln, ins Gefängnis werfen und vielleicht töten. Ich muß noch eine Weile aushalten, dachte er und begab sich zum Markt, wo die Tagelöhner angeworben wurden. Dort reihte er sich in die Menge ein. Man stellte ihn für geringen Lohn zum Ziegeltragen auf einem Bau ein. Schwer wurde ihm die Arbeit. Beide Schultern waren ihm von der ungewohnten Last blutig gescheuert. Er fühlte sich am ganzen Körper wie zerschlagen. Am Feierabend erhielt er sein Geld und teilte es in drei Teile: für ein Drittel kaufte er Brot und verzehrte es, das zweite behielt er für das Nachtlager zurück, und für das dritte kaufte er Papier, um seiner Frau einen Brief zu schreiben. Sie hatten miteinander ein großes Geheimnis. Nur er und seine Frau wußten davon. Damit sie dem Briefe Glauben schenke, schrieb er von diesem Geheimnis. Dann ging er zu seinem Hause, und als er eine der Dienerinnen seiner Frau bemerkte, gab er ihr den Brief, damit sie ihn aushändige. Auch die Dienerin erkannte ihn nicht in seinem schlechten Gewand. Aggej stellte sich nicht weit vom Tor entfernt auf und erwartete die Antwort.

Doch die Frau, die ihren Gatten neben sich sah, konnte diesem Brief keinen Glauben schenken. Sie meinte, ihr Mann habe jemandem das Geheimnis ausgeplaudert, und ein schlechter Mensch wolle sie verwirren. Sie hatte Furcht vor ihrem großmächtigen Gatten und wußte, daß er sie, ohne lange zu fragen, bestrafen werde, wenn er von einem solchen Briefe erfahren würde. Um jenen Menschen, der den Brief geschrieben hatte, zu verjagen und ihn zu schrecken, damit er nicht wieder wage, sie zu belästigen, befahl sie den Dienern, ihn zu ergreifen, in den Hof zu führen und grausam auszupeitschen. Die Diener führten den Befehl aus und ließen Aggej kaum noch lebend laufen. Er schleppte sich in eine Herberge und litt die ganze Nacht Qualen. Gegen Morgen erst schlief er ein. Sein Körper schmerzte, doch in der Seele war ihm noch schlimmer zumute. Ohnmächtiger Zorn und Grimm zerrissen ihn, es gab nichts Schlimmeres als diese Qual.

Tags darauf war ein Feiertag. Die Besitzer der Herberge machten sich zum Kirchgang bereit. Schön geputzt ging die Wirtin vor das Tor, während sich der Mann noch im Hof zu schaffen machte. Die Frau rief ihm zu:

«Komm doch», rief sie, «sonst betritt der Herrscher die Kirche, und wir sehen ihn nicht.»

Als Aggej dies hörte, fragte er: «Wer ist denn hier euer Herrscher?»

«Da sieht man, daß du kein Hiesiger bist, wenn du das nicht weißt! Unser Herrscher ist Aggej. Schon zwölf Jahre regiert er die Stadt und das ganze Land. Gewaltig und mächtig ist unser Regent. Gestern habe ich ihn auf der Straße gesehen. Vor Furcht wäre ich fast hingefallen.»

Die Wirtsleute gingen in die Kirche. Aggej wußte nicht, was er denken sollte. Er machte eine Handbewegung. Komme, was kommen mag, dachte er, ärger als jetzt kann es mir nicht ergehen. Und wenn man mich zur Richtstätte bringt, ich gehe hin und entlarve den Böse-wicht.

Er folgte den Wirtsleuten zur Kirche und stellte sich mit dem Volk in die Vorhalle, durch die der Herrscher gehen mußte.

Aggej sah sie kommen: seine Leibwache mit Streitäxten und Schwertern, die Befehls-haber und die Beamten in Festtagsgewändern. Und dann kamen unter dem brokatenen Bal-dachin der Herrscher und seine Gemahlin. Ihre Gewänder waren golddurchwirkt, die Gürtel mit Edelsteinen geschmückt. Als Aggej dem Herrscher ins Gesicht blickte, erschrak er: denn Gott öffnete ihm die Augen, und er erkannte den Engel des Herrn.

Voller Schreck und Furcht eilte Aggej aus der Stadt.

Lange lief er, ohne zu wissen, wo er sich be-fand, wohin der Weg führte. Auf einmal stand er in einem dichten Wald. Aggej sank vor Müdigkeit unter einen Baum und lag lange ohne Kraft und Besinnung da, als ob seine Seele für eine Zeit von ihm gewichen wäre.

Mitten in der Nacht erwachte er. Ihm graute. Er hatte vergessen, was in den letzten Tagen geschehen war, und wußte nicht, warum zwischen den Ästen die Sterne auf ihn blickten, warum über ihm die Bäume im Wind rauschten, wovon ihm kalt war, und warum er nicht in seinem Daunenbett lag, sondern im feuchten Gras. Endlich begann er sich zu erinnern, und alles kehrte ihm ins Gedächtnis zurück.

Da weinte Aggej bitterlich. Er gedachte seines Lebens und begriff, daß ihn Gott der Herr nicht nur um des herausgerissenen Blattes willen bestraft hatte, sondern wegen seines ganzen Lebens. Ich habe den Herrn erzürnt, dachte er. Ob mir jetzt Verzeihung und Rettung zuteil werden?

Lange lag er da und weinte, bereute seine Sündhaftigkeit und bat Gott um Hilfe und Stärke. Und Gott der Herr verlieh ihm Kraft.

Es wurde hell. Aggej stand auf und trat aus dem Wald und begab sich in Gottes lichte Welt, zu den Menschen.

Ein Jahr verging, das zweite lief ab, und Aggejs Frau dachte immerzu, daß ihr Mann zusammen mit ihr im Palast lebte.

Nur wunderte es sie, warum ihr Mann so friedfertig und gütig geworden war. Er ließ niemanden hinrichten, bestrafte keinen, ritt nicht zur Jagd, sondern ging nur in die Kirche, schlichtete Streitigkeiten und Händel und versöhnte die Gegner. Sie sah sich selten mit ihm. Er blickte sie sanft an, nicht wie früher, sagte ein liebes Wort und zog sich in sein Gemach zurück, wo er sich einschloß und allein blieb.

Schließlich trat sie an ihn heran:

«Mein Gebieter! Sage mir, womit habe ich dich erzürnt, daß du deine Gattin von dir fernhältst? Ich bin mir keiner Schuld bewußt. Warum bin ich dir schon das zweite Jahr wie eine Fremde?»

Der Engel schaute sie an, lächelte still und sagte:

«Mitnichten hast du mich erzürnt, liebe Frau, aber ich habe vor Gott ein Gelübde getan, dich drei Jahre nicht zu erkennen. Siehe, das dritte Jahr naht bereits. Bald wirst du wie früher mit deinem Gatten leben.»

Sprach's und begab sich in sein Zimmer und schloß sich ein. Die Frau weinte und ging ebenfalls in ihr Zimmer.

So verbrachten sie drei Jahre. Eine Woche vor dem Beginn des vierten gab der Regent den Befehl, alle Bettler und Bresthaften aus dem ganzen Lande zusammenzurufen. Sie sollten allesamt auf dem Hofe des Regenten empfangen, bewirtet und vom Herrscher beschenkt werden. Da sprengten die Herolde durch alle Städte, und aus den Städten schickte man den Befehl weiter in die Dörfer und Flecken. Von allen Ecken und Enden strömten die Bettler herbei. Niemand hatte bisher gewußt, daß es im Lande so viele Bettler gab. Alle Wege waren voll von Lahmen, Beinlosen, Armlosen, Blinden, Siechen, Mißgestalten und Geistesschwachen, alten und jungen. Wer von den Bettlern gehen konnte, kam zumeist für sich allein, doch die Blinden lebten in einer Gemeinschaft. Als sie sich in der Stadt versammelt hatten, waren ihrer so viele, daß sie auf dem Hof des Herrschers nicht alle Platz fanden und noch den ganzen Domplatz einnahmen.

Als der Statthalter in die Kirche ging, drängten sich auch die Bettler hinein, soviel der Raum faßte. Die anderen standen zusammengeschart vor der Kirche auf dem Platz. Diener richteten unterdessen auf dem Platz Tische her und deckten sie, stellten Pasteten und Suppe, Fleisch, Honig und Wein darauf. Und soviel Bettler auch da waren, es mangelte keinem an Platz.

Als der Herrscher aus der Kirche kam, blieb er in der Vorhalle stehen und gab der Menge ein Zeichen mit der Hand. Es wurde still.

«Ich freue mich, euch alle hier zu sehen, gute Leute. Tut mir die Liebe, an meinem Tisch zu speisen. Nehmt Platz und eßt! Nach dem Mahl komme ich noch einmal zu euch.»

Sprach's und ging in seinen Palast. Alle ließen sich an den Tafeln nieder. Die Gemeinschaft der Blinden nahm einen Tisch für sich ein. Von weit her waren die Blinden gekommen. Still waren sie lange ihres Wegs gewandert. Es waren ihrer zwölf Mann und ein Führer. Er schritt ihnen voraus, zwei hielten sich an ihm fest, und ihnen folgten die übrigen paarweise. Er wies ihnen die Plätze an und bediente sie: goß ihnen Suppe in die Schüsseln, verteilte die Pasteten, zerschnitt das Fleisch, gab die Löffel in die Hände. Während die Blinden aßen, ging er von einem zum andern und bediente sie.

Am Ende des Mahls kam der Herrscher aus seinem Palast und ging an den Tischen entlang. Hier stellte er eine Frage, dort sagte er ein freundliches Wort. Hinter ihm gingen Diener mit Geld und Kleidung und beschenkten jedermann. Nachdem der Herrscher alle Reihen abgeschritten war, gelangte er an den letzten Tisch, wo die Gemeinschaft der Blinden saß. Als der Führer des Regenten ansichtig wurde, schrak er zusammen und wurde ganz bleich. Der Regent trat auf ihn zu und fragte:

«Bist du auch ein Bettler?»

«Nein, hoher Herr, ich bin kein Bettler. Ich bin ein Diener der Bettler.»

«Gut hast du gesprochen, Mann. Wie heißt du?»

Der Führer wandte den Blick zu Boden.

«Die Menschen nennen mich Alexej.»

Da schaute ihm der Engel in die Augen und sagte lächelnd:

«Nicht jede Lüge wird als Lüge angerechnet. Folge mir nach!» Der Führer ließ seine Blinden zurück und ging hinter dem Herrscher in den Palast. Wie sie durch die Menge schritten, wunderten sich alle über sie, denn sie glichen leiblichen Brüdern. Beide waren groß und stattlich, beide schwarzhaarig und beide wie aus einem Gesicht geschnitten, nur schimmerte in den dichten Locken des Führers silbriges Grau und sein Gesicht war von Wind und Sonne gedunkelt, während das Gesicht des Herrschers hell strahlte.

Das Volk trat auseinander und gab den Weg frei. Sie traten in den Palast ein. Der Engel brachte den Führer in ein entferntes Gemach und schloß sich mit ihm ein.

«Ich habe dich erkannt, Aggej», sagte der Herrscher. «Kennst du mich?»

«Ich weiß, Herr, daß du gesandt bist, mich zu bestrafen. Ich bereue meine Sünden und mein ganzes Leben...»

Aggej brach in Tränen aus und schluchzte laut. Der Engel stand vor ihm. Sein Antlitz leuchtete. Er lächelte. Aggej hob den Kopf und hörte auf zu weinen. Nie hatte er jemals solch ein Lächeln gesehen.

«Beendet ist deine Strafe», sagte der Engel. «Nimm Mantel, Schwert, Szepter und Krone, die dem Herrscher gebühren. Denke daran, wofür du bestraft worden bist, lenke das Volk sanft und weise und sei von jetzt ab deinem Volk ein Bruder!»

«Mitnichten, Herr, gehorche ich deinem Gebot, nicht nehme ich Schwert und Szepter, noch Krone und Mantel. Ich will die Bruderschaft der Blinden nicht verlassen, denn ich bin für sie Licht und Speise, Freund und Bruder. Drei Jahre habe ich mit ihnen gelebt und für sie gearbeitet. Ich bin mit den Bettlern und Siechen in tiefster Seele verbunden. Verzeihe du mir und laß mich in die Welt zu den Menschen gehen. Lange habe ich allein im Volke gestanden wie auf einer steinernen Säule, erhaben war ich, aber einsam. Da verhärtete sich mein Herz, und es schwand die Liebe zu den Menschen. Laß mich meines Weges gehen!»

«Gut hast du gesprochen, Aggej», antwortete der Engel. «Ziehe hin in Frieden!»

Und der Führer Alexej zog mit seinen zwölf Blinden durch das Land, arbeitete sein ganzes Leben für sie und für alle anderen Armen, Schwachen und Bedrückten. So lebte er seine Zeit bis an sein Ende.

Der Engel verließ nach drei Tagen den Leib des Herrschers. Man begrub den Leib, und das Volk beklagte seinen Herrn, der anfangs stolz, dann jedoch milde war.

Der Engel aber erschien vor dem Angesicht des Herrn.

MAXIM GORKIJ

Was Jewsejka erlebte

Einmal saß der kleine Jewsejka – ein sehr braver
Junge – am Ufer des Meers und angelte.

Angeln ist eine sehr langweilige Sache. Es
war ein heißer Tag. Jewsejka schlief vor Langeweile ein, und – plauz! – fiel er ins Wasser.

Der Sturz machte ihm nichts aus; er erschrak
nicht, schwamm ruhig dahin, tauchte immer
tiefer und erreichte sogleich den Meeresgrund.

Da setzte er sich auf einen Stein mit einer weichen Decke aus rotbraunen Wasserpflanzen und
schaute in die Runde – sehr schön!

Ohne Hast kam ein flammend roter Seestern
angekrochen. Bärtige Langusten wanderten
mit gemessenen Bewegungen über die Steine.
Im Seitwärtsgang schob sich eine Krabbe weiter. Überall auf den Steinen waren Seeanemonen
wie große Kirschen verstreut, und allenthalben
gab es eine Menge unterhaltsamer Dinge zu
sehen. Dort wiegten sich blühende Seelilien;
Garnelen, flink wie die Fliegen, huschten vorbei, dort kroch langsam eine Meeresschildkröte,
und über ihrem schweren Panzer spielten zwei
kleine, grüne Fischchen, als seien sie Schmetterlinge in der Luft, und dort auf den weißen
Steinen schleppte ein Einsiedlerkrebs seine
Muschel. Bei seinem Anblick mußte Jewsejka
an den Vers denken:

Großvater Jakob muß sich plagen,
hat ein Haus und keinen Wagen.

Plötzlich hörte er es über sich wie eine Klarinette quieken:

«Wer bist du?»

Er schaute auf und sah einen riesigen Fisch mit silberblauen Schuppen über sich, der mit vorgequollenen Augen und entblößten Zähnen so freundlich lachte, als ob er schon gebraten sei und in einer Schüssel mitten auf dem Tisch liege.

«Sind Sie das, der da spricht?» fragte Jewsej.

«Gewiß, ich...»

Jewsejka wunderte sich und fragte aufgeregt: «Wieso denn Sie? Fische sprechen doch nicht!»

Dabei dachte er:

Das ist dir mal eine Sache! Deutsch verstehe ich kein Wort, doch die Fischsprache habe ich sofort begriffen. Sieh mal an, was für ein lustiges, junges Völkchen!

Mit würdiger Miene blickte er umher. Rings um ihn tummelte sich ein Schwarm bunter, verspielter Fische und machte sich über ihn lustig.

«Guck den da! Was für ein Wundertier hergeschwommen ist. Zwei Schwänze!»

«Keine Schuppen – pfui!»

«Und bloß zwei Flossen!»

Einige keckere schwammen ihm bis dicht vor die Nase und neckten ihn:

«Gut, gut!»

Jewsejka war beleidigt.

Schau einer die Frechlinge an! Als ob sie nicht begriffen, daß ein richtiger Mensch vor ihnen sitzt...

Er wollte nach ihnen greifen, aber sie schwammen ihm unter den Händen weg, tollten umher, stießen sich mit den Nasen in die Seiten und sangen im Chor ein Spottlied auf den großen Krebs:

> *Der Krebs sitzt unterm Stein,*
> *lauert auf ein Fischelein.*
> *Fischlein auf der Hut ist,*
> *Krebs weiß nicht, was gut ist.*

Der Krebs bewegte wütend seine Fühler, raunzte und streckte die Scheren auseinander:

«Kommt mir nicht in die Scheren, ich schneide euch die Zunge ab!»

Der meint es ernst, dachte Jewsejka.

Der große Fisch setzte ihm wieder mit Fragen zu:

«Woher haben Sie entnommen, daß alle Fische stumm sind?»

«Papa hat's gesagt.»

«Was ist das – Papa?»

«Na so – in der Art wie ich, nur größer. Und einen Schnurrbart hat er. Wenn er nicht zornig ist, dann ist er sehr lieb...»

«Ißt er Fisch?»

Jewsejka erschrak. Sag mal einer dem Fisch, daß jemand Fisch ißt!

Er richtete den Blick in die Höhe und sah durch das Wasser den trüb-grünen Himmel und darin die Sonne, gelb wie ein Messingtablett. Der Knabe dachte nach und sagte die Unwahrheit.

«Nein, er ißt keinen Fisch, zu viele Gräten...»

«Mensch, ist das eine Unwissenheit!» rief der Fisch beleidigt. «Nicht alle von uns besitzen Gräten. Zum Beispiel – meine Familie...»

Man muß das Thema wechseln, überlegte Jewsejka und fragte höflich:

«Sind Sie schon einmal bei uns oben gewesen?».

«Was habe ich da zu suchen!» schnaubte der Fisch aufgebracht. «Dort kann man nicht atmen...»

«Dafür – wieviel Fliegen!»

Der Fisch schwamm um ihn herum, machte unmittelbar vor Jewsejkas Nase halt und sagte plötzlich:

«Flie-iegen? Und warum sind Sie hergeschwommen?»

Jetzt beginnt's! dachte Jewsejka. Fressen wird er dich, der Dummkopf!

Er gab sich den Anschein der Sorglosigkeit und antwortete:

«Einfach so, ich bin auf einem Spaziergang...»

«Hem?» schnaubte der Fisch abermals. «Aber vielleicht sind Sie ein Ertrunkener?»

«Auch das noch!» rief der Knabe beleidigt. «Nicht im mindesten. Gleich stehe ich auf und...»

Er versuchte sich zu erheben, konnte es aber nicht. Es war, als laste eine schwere Decke auf ihm; er konnte sich weder umwenden noch bewegen.

Gleich werde ich zu weinen anfangen, dachte er, überlegte jedoch sofort, daß – weinen hin, weinen her – im Wasser keine Tränen zu sehen wären. Er entschied, daß es nicht lohne, zu weinen. Vielleicht würde es ihm auf irgendeine andere Weise gelingen, aus dieser unangenehmen Lage herauszukommen.

Inzwischen hatte sich ringsum – mein Gott! –

eine unzählbare Menge der verschiedensten Meeresbewohner versammelt.

An Jewsjkas Bein kletterte ein Ringelwurm empor, der wie ein schlecht gezeichnetes Ferkel aussah; er piepste:

«Ich würde Sie gern näher kennenlernen.»

Vor seiner Nase zitterte eine Meerblase, blähte sich, pustete sich auf und sagte vorwurfsvoll zu Jewsejka:

«Gut, gut! Weder Krebs noch Fisch noch Molluske, o weh, hat man so was schon gesehen!»

«Warten Sie es nur ab, ich werde vielleicht noch mal Flieger», sagte Jewsejka. Eine Languste, die auf seine Knie kroch, drehte die Stielaugen hin und her und fragte höflich:

«Darf ich mich erkundigen, wie spät es ist?»

Ein Tintenfisch schwamm vorbei; er sah genau wie ein nasses Taschentuch aus. Hier und dort flimmerten Medusen wie gläserne Bälle auf. An dem einen Ohr zwickte ein kleiner Krebs, das andere betastete jemand neugierig, sogar über den Kopf wanderten kleine Krebse, verirrten sich in den Haaren und zupften daran.

«O weh, o weh, o weh!» rief Jewsejka innerlich, blieb aber bei alledem bemüht, eine sorglose, freundliche Miene zu machen. Wie Papa, wenn er sich etwas hat zuschulden kommen lassen und Mama böse auf ihn ist!

Rings um Jewsejka standen die Fische im Wasser – eine Unzahl! –, wedelten leise mit den Flossen, glotzten mit den runden Augen – langweilig sind sie wie Algebra! – den Knaben an und murmelten:

«Wie kann jemand ohne Bart und Schuppen auf Erden leben? Wir Fische könnten unsere

Schwänze nicht teilen. Er hat keinerlei Ähnlichkeit mit einem Krebs oder gar mit unsereinem. Ob dieses Wundertier nicht zur Art der scheußlichen Achtfüßler gehört?»

Dummköpfe! dachte Jewsejka verärgert. Ich hatte im vergangenen Jahr in russischer Sprache zweimal eine Zwei!

Er tat so, als ob er nichts höre und versuchte sogar, sorglos vor sich hinzupfeifen. Aber das erwies sich als unmöglich: das Wasser drang ihm in den Mund wie ein Pfropfen.

Und der geschwätzige Fisch hörte nicht auf zu fragen:

«Gefällt es Ihnen bei uns?»

«Nein... das heißt... ja, es gefällt mir... aber bei mir zu Hause... ist es auch sehr schön», antwortete Jewsejka und bekam wieder einen Schreck.

Mein Gott, was sage ich da! Plötzlich werden sie böse und fressen mich ...

Aber laut sagte er:

«Spielen wir doch ein bißchen, mir wird es sonst langweilig.»

Das gefiel dem geschwätzigen Fisch sehr, er lachte, machte den runden Mund so weit auf, daß man die rosigen Kiemen sah, wedelte mit dem Schwanz, zeigte die spitzigen, weißen Zähne und rief mit brüchiger Stimme:

«Das ist gut – spielen! Sehr gut, spielen wir ein bißchen!»

«Schwimmen wir nach oben!» schlug Jewsejka vor.

«Warum?» fragte der Fisch.

«Hier unten ist nichts mehr los. Dort oben gibt es Fliegen!»

«Flie-iegen! Sie lieben Fliegen?»

Jewsej liebte Mama, Papa und Gefrorenes, aber er antwortete:

«Ja.»

«Also los! Schwimmen wir!» sagte der Fisch und richtete den Kopf aufwärts. Jewsej packte ihn – zack! – sofort bei den Kiemen und rief:

«Ich bin bereit!»

«Halt! Sie Wundertier haben Ihre Flossen zu tief in meine Kiemen gesteckt…»

«Macht doch nichts…»

«Wieso nicht? Ein ordentlicher Fisch kann nicht leben, ohne zu atmen.»

«Mein Gott!» rief der Knabe. «Was müssen Sie dauernd streiten. Spielen wir, also spielen wir…»

Dabei dachte er:

Zöge er mich ein Stückchen in die Höhe, würde ich schon allein auftauchen.

Der Fisch schwamm, als ob er tanze, und sang dabei so laut er konnte:

> *Rückenflossen feist,*
> *Zähne spitz und dreist,*
> *sucht der Hecht, wen er verspeist,*
> *einen Karpfen er umkreist.*

Und die kleinen Fische schwammen im Kreise um sie herum und sangen im Chor:

> *Nicht schlecht, nicht schlecht!*
> *Vergeblich schnappt der Hecht,*
> *kommt mit dem Karpfen nicht zurande.*
> *Schande über Schande!*

Sie schwammen, schwammen. Je höher sie stiegen, desto leichter und schneller ging es, und plötzlich fühlte Jewsejka, daß sein Kopf aus dem Wasser schnellte.

«Oh!»

Er schaute um sich – ein klarer Tag, die Sonne spielt auf dem Wasser, das grüne Wasser plätschert ans Ufer, rauscht, singt. Jewsejkas Angelrute schwimmt weit vom Ufer im Meer, und er selbst sitzt auf demselben Stein, von dem er heruntergefallen ist, und ist schon ganz trocken!

«Uch!» sagte er und lächelte der Sonne zu. «Da bin ich also wieder aufgetaucht.»

Heidekörnchen

So erzählen es die Alten:

Der Wojewode Wsjeslaw hatte eine einzige Tochter, genannt Heidekörnchen. Mit den Jahren verwandelte sich das blonde Mädchen mit den blauen Augen in eine Jungfrau von seltener Schönheit. Die Eltern machten sich Gedanken, an wen sie Heidekörnchen verheiraten sollten. In ein fremdes Land wollten sie die Tochter nicht geben. Sie gedachten einen Eidam zu wählen, mit dem sie zusammenlebten, damit sie sich von Heidekörnchen nicht zu trennen brauchten.

Die Kunde von der wunderschönen Jungfrau drang weit in die Runde, und Wsjeslaw war darob sehr stolz. Aber ihre alte Muhme Warwaruschka fürchtete den Ruhm und wurde böse, wenn man sie wegen Heidekörnchens Schönheit ansprach.

«Bei uns gibt's keinerlei Schönheit!» brummte sie. «Die Nachbarn dort – die haben wirklich schöne Töchter. Doch bei uns – Mädel wie Mädel, solche wie unsere gibt's allenthalben in Mengen.»

Indessen konnte sie sich selbst an ihrem Heidekörnchen nicht satt sehen und nicht genug erfreuen. Sie wußte, keine war schöner, keine besser, keine lieber als Heidekörnchen. Alte und Junge, Arme und Reiche, die Angehörigen

wie die Fremden – alle liebten Heidekörnchen
wegen ihres guten Herzens.

Im Volke sang man sogar ein Liedchen auf sie:

Heidekörnchen, schönes Mädchen,
Täubchen, Freude von uns allen,
lebe, blühe und gedeihe,
aller Welt ein Wohlgefallen!

Weithin verbreitete sich der Ruf von Heidekörnchens Schönheit und gelangte bis zu einem
tatarischen Lagerplatz, zum Reiterführer Talantaj.

«Heisa! Tapfere Krieger, verwegene Reiter!
Zeigt mir, was diese Tochter des Wojewoden
Wjeslaw für eine Schönheit ist!» rief Talantaj.
«Vielleicht eignet sie sich als Frau für unseren
Chan?»

Drei Reiter setzten sich auf ihre Rosse und
hüllten sich in ihre seidenen Mäntel: der eine
in einen grasgrünen, der zweite in einen grauen,
von der Farbe eines Waldwegs, der dritte in
einen braunen, der einem Kiefernstamm glich.

Die Reiter kniffen ihre listigen Augen zusammen, lächelten einander mit zuckenden Mund-
winkeln zu, reckten die rasierten Köpfe mit den
Fellmützen kampfbereit in die Höhe und sprengten mit feurigen Rufen davon. Einige Tage
danach kehrten sie zurück und brachten Talantaj als Geschenk für den Chan das wunderschöne
Heidekörnchen mit.

Sie war allein mit der Muhme Warwaruschka
zum See gegangen, um zu baden. Im Walde
reiften die Himbeeren. Beere sproß neben Beere
und lockte sie immer tiefer in den dichten Wald.
Warwaruschka erzählte die ganze Zeit von den

weißen Seerosen. Man müsse sie pflücken und an den Gürtel stecken, dann könne dem Menschen kein Unheil widerfahren. Die Seerose bewahre vor jeder Not.

Plötzlich aber und mit einer Schnelligkeit, daß sie nicht einmal aufschreien konnten, stieg der graue Staub des Waldwegs vor ihnen in die Höhe, rechts von ihnen zerbrach der Stamm einer Kiefer und stürzte vor ihre Füße, links sprang ein grüner Strauch auf sie zu. Die drei packten Heidekörnchen. Da erst sah Warwaruschka, was für eine Bewandtnis es mit dem grünen Strauch hatte. Sie klammerte sich mit aller Kraft an ihm fest, aber der Tatare bückte sich geschickt zur Seite und schlüpfte aus seinem Gewand, der Unhold. Warwaruschka wälzte sich mit dem grünen Mantel in der Hand auf dem Boden. Was weiter geschah, wußte sie nicht, konnte sie nicht sagen, denn der Schmerz raubte ihr den Verstand. Ganze Tage saß sie am Ufer des Sees, blickte über die Wasserfläche hin und sagte in einem fort:

«Seerose! Bezwinge mir die hohen Berge, die weiten Niederungen, die blauen Seen, die steilen Ufer, die tiefen Wälder, laß mich mein liebes Heidekörnchen wiedersehen, Seerose!»

So saß sie am Ufer, klagte und weinte. Plötzlich trat ein vorbeikommender alter Mann auf sie zu; ein kleines, mageres Männchen mit einem weißen Bärtchen und einem Ranzen auf dem Rücken. Der Alte sagte zu Warwaruschka:

«Ich wandere ins ferne Land der Ungläubigen. Soll ich nicht jemandem einen Gruß von dir bestellen?»

Warwaruschka blickte ihn an und fragte:

«Wer bist du, guter Mann? Wie nennt man dich?»

«Seerose werde ich genannt.»

Da freute sich Warwaruschka, stürzte dem Alten weinend zu Füßen und rief wie von Sinnen:

«Seerose! Bezwinge die schlechten Menschen, damit sie nicht gemein von uns denken und uns nichts Böses antun. Bringe mir mein Heidekörnchen zurück, Alterchen!»

Der Alte hörte sie an und antwortete freundlich:

«Wenn es so ist, dann sei mir auf dem Wege eine treue Begleiterin und bei der Arbeit eine Helferin.»

Während er dies sprach, schwenkte er den Arm über ihren Kopf.

Und sofort verwandelte sich Warwaruschka in einen Wanderstab. Mit seiner Hilfe machte sich der Alte auf den Weg. Am steilen Berg diente ihm der Stab als Stütze, im Dickicht teilte er die Büsche, und wo bissige Hunde waren, vertrieb er sie.

Der Alte wanderte, wanderte und gelangte zum Lager der Tataren, wo Talantaj herrschte. Zu dieser Zeit wurde dort eine Karawane mit wertvollen Geschenken für den Chan zusammengestellt. Man schickte ihm Gold und Pelze, Edelsteine und schöne Sklavinnen; sie waren für die weite Reise bereits angekleidet.

In ihrer Mitte befand sich auch Heidekörnchen.

Der Alte stellte sich an der Straße auf, wo die Karawane durchziehen sollte, schnürte seinen Ranzen auf und legte verschiedene Süßigkeiten gleichsam zum Verkauf vor sich hin: Honigscheiben und Pfefferkuchen und Nüsse. Nachdem er sich nach allen Seiten umgeschaut hatte und sicher war, daß sich niemand in der Nähe befand, hob er seinen Wanderstab in die Höhe und warf ihn dann auf die Erde, schwenkte den Arm darüberhin, und statt des Stabs erhob sich Muhme Warwaruschka vom Gras und stand vor ihm.

«Nun, jetzt nicht gegähnt, Muhme!» sagte das Alterchen zu ihr. «Strenge deine Augen an und sieh auf den Weg. Dorthin wird bald ein winziges Körnchen fallen. Hebe es rasch auf, umschließe es fest mit der Hand und bewahre es, bis wir wieder zu Hause angelangt sind. Achte darauf, daß du das Korn nicht verlierst, sofern dir dein Heidekörnchen lieb ist!»

Jetzt setzte sich die Karawane in Bewegung und kam aus dem Lager auf die beiden zu. Der Alte sitzt auf der Wiese, hat die Süßigkeiten rings um sich ausgebreitet und ruft einladend:

«Langt zu, ihr Schönen! Honigscheiben, leckere Pfefferkuchen, geröstete Nüsse!»

Muhme Warwaruschka unterstützte ihn:

«Eßt, ihr Hübschen, das macht lustig und rötet euch die Wangen!»

Als die Tataren die beiden erblickten, befahlen sie ihnen, die schönen Sklavinnen zu bewirten. Die beiden Alten boten ihnen ihre Gaben dar: «Langt zu, langt zu, wohl bekomm's!»

Die Mädchen drängten sich heran. Die einen lachten, andere blickten stumm vor sich hin, die dritten wandten sich bekümmert ab.

«Eßt, Mädchen! Eßt, ihr Hübschen!»

Schon von weitem sah Heidekörnchen ihre Muhme Warwaruschka. Das Herz klopfte ihr zum Zerspringen. Ihr Gesicht war bleich.

Sie spürte: es ging nicht mit rechten Dingen zu, daß die Alte hergekommen war und so tat, als ob sie sie nicht erkenne, sondern sie wie eine Fremde behandelte, sie nicht begrüßte, sich nicht vor ihr verneigte, nicht auf sie zukam, aber ihr fest in die Augen sah und nur mit lauter Stimme ständig wiederholte:

«Langt zu, ihr Lieben, eßt euch satt!»

Das Alterchen rief ebenfalls und verteilte dabei nach allen Seiten Nüsse, Honig, Pfefferkuchen. Und es entstand plötzlich eine allgemeine Fröhlichkeit.

Der Alte trat näher an Heidekörnchen heran. Dann warf er seitlich von ihr eine ganze Handvoll Nüsse über die Köpfe hin und noch eine und noch eine. Die Mädchen bückten sich, um die Süßigkeiten aufzuheben und zu erhaschen. Plötzlich schwang er den Arm über Heidekörnchen – und Heidekörnchen war nicht mehr vorhanden. Statt ihrer fiel ein winziges Buchweizenkorn auf den Weg.

Muhme Warwaruschka stürzte sich darauf, nahm das Körnchen in die Hand und preßte sie fest zusammen. Der Alte schwang auch über sie den Arm. Warwaruschka wurde wieder zum Wanderstab, den er vom Boden aufhob.

«Langt zu, ihr Schönen, eßt, wohl bekomm's!»

Schnell verteilte er den Rest, schüttelte den leeren Ranzen aus, verneigte sich vor allen zum Abschied und zog ruhig seines Wegs, auf den Stab gestützt. Die Tataren gaben ihm noch eine Ochsenblase voll Stutenmilch mit auf den Weg.

Niemand merkte rechtzeitig, daß eine der Sklavinnen fehlte.

Über kurz oder lang kehrte der Alte wohlbehalten zu dem Ufer zurück, wo er die Muhme Warwaruschka getroffen hatte. Auf dem See schwammen die grünen breiten Blätter der Seerosen mit den weißen Sternen ihrer Blüten. Der Alte warf seinen Wanderstab auf den Boden, und vor ihm stand wieder Muhme Warwaruschka, die rechte Hand zur Faust geballt und fest ans Herz gepreßt.

Der Alte fragte sie:

«Zeige mir, wo hier bei euch ein Feld ist, das nie geackert wurde, wo Land ist, das nie besät wurde.»

«Dort, neben dem See», antwortete Warwaruschka. «Das Heideland dort ist nie geackert, nie besät worden; dort blüht alles von selbst.»

Da nahm ihr der Alte das Buchweizenkorn aus der Hand, warf es auf den unbesäten Boden und rief:

«Heidekörnchen, schöne Jungfrau, lebe, blühe und gedeihe, allen guten Menschen zur Freude! Buchweizenkörnchen, blühe, wachse, breite dich aus – allen Menschen zu Nutz und Wohl!»

Sprach's und war verschwunden, als sei er niemals dagewesen. Muhme Warwaruschka blickte um sich, rieb sich die Augen, als ob sie nicht wisse, ob sie träume oder nicht, und sah Heidekörnchen, ihre herzliebste Schöne, gesund und lebendig vor sich stehen.

Doch dort, wohin das kleine Korn gefallen war, ergrünte ein bis dahin unbekanntes Gewächs und verbreitete sich im ganzen Land als blühender, duftender Buchweizen, von dem man noch heutzutage, wenn man ihn sät, das alte Liedlein singt:

Heidekörnchen, schönes Mädchen,
unsere Nahrung, unsere Wonne.
Blühe, reife in der Sonne,
kräusele dich, entfalte dich,
aller Welt zu Nutz und Freude!

Zur Aussaat, am 23. Juni, dem Heidekorntag, wurde in alter Zeit jeder Wandersmann mit Buchweizengrütze bewirtet und durfte essen, soviel er wollte.

Die Wanderer aßen, lobten und wünschten glückliche Saat, damit der Buchweizen auf den Feldern wachse und gedeihe, denn ohne Brot und ohne Grütze ist unsere Arbeit zu nichts nütze!

ALEXEJ REMISOW

Das Osterfeuer

Es war einmal ein Mann, der war arm, sehr arm, doch schämte er sich zu betteln. Manchmal hatte er den ganzen Tag nichts zu essen, auch nicht einen Bissen. Nun, irgendwie hielt er es aus, ohne jemandem ein Wort zu sagen. Alles ertrug der Arme schweigend. Und es ist auch besser so, wenn man in der Armut stumm ist. Wer soll sich schon um dich bekümmern? Wem steht der Sinn danach? Jeder hat für sich zu tun, hat seine Sorgen – jeder soll zuerst an sich denken. Gott hat es offenbar so eingerichtet.

Christi Nacht rückte heran, und der Arme hatte nicht einmal Feuer, nichts hatte der Arme, um den Ofen anzuheizen. Was sollte er tun? Sosehr sich der Arme auch beherrschte, er brachte es doch nicht über sich, gar zu sehr niedergeschlagen und bekümmert war er bereits. Da ging er zu den Nachbarn sich verneigen. Aber niemand gab ihm Feuer. Von Haus zu Haus zog der Arme. Und niemand gab ihm Feuer.

Schon brach Christi Nacht an. Die Glocken läuteten. Da trat der Arme in die letzte Hütte ein.

Der Ofen der Hütte war geheizt. Ein Toter lag auf dem Schragen. Sonst war niemand weiter da.

Der Arme verrichtete ein Gebet und setzte sich auf die Bank. Und plötzlich wurde ihm so bitter zumute und er fühlte seine Schmach so stark, daß er den Toten aufweckte und mit dem Leichnam zu sprechen begann.

Der Tote erhob sich.

«Was willst du?»

Der Arme bat, ihm Feuer zu geben.

Der Tote stand auf, ging zum Ofen, schürte Glut zusammen, tat sie in ein Becken und sagte:

«Wenn du nach Hause kommst, schütte sie auf den Tisch!» Dann legte er sich wieder auf den Schragen.

Vor Freude konnte der Arme kein Wort sagen. Er ergriff das Becken und eilte, so schnell ihn die Füße trugen, zur Tür hinaus.

Er lief heim zu seiner Hütte, schüttete die Glut auf den Tisch, wie der Tote befohlen hatte.

Und plötzlich ward die Hütte von Feuerglanz erhellt, und im flammenden Licht lag Gold, der ganze Tisch voll Gold.

Am nächsten Morgen erfuhren es die Nachbarn. Alle kamen zu dem Armen und fragten voller Neid, wie er zu solchem Reichtum gelangt sei.

«Er war es, der alles gegeben hat!» Und der Arme erzählte, wie in Christi Nacht der Tote in der letzten Hütte aufgewacht sei und ihm Feuer gegeben habe. Das Feuer aber sei zu Gold geworden.

Sie drängten sich um den Schragen. In der Hütte war der Ofen geheizt, auf dem Schragen lag der Tote. Allesamt begannen sie, den Toten aufzuwecken.

Und es erhob sich der Tote.

«Was wollt ihr?»

«Gib uns Feuer!»

Der Tote stand auf, ging zum Ofen, schürte Glut zusammen, tat sie in ein Becken und sagte:

«Verschüttet sie nicht auf dem Anger, sondern legt sie, wenn ihr heimkommt, auf den Fußboden des Hauses.»

Und er ließ sich wieder auf dem Schragen nieder.

Jeder packte etwas Glut und eilte heim. In der hohlen Hand trug man sie, um nichts von dem kostbaren Gut zu verlieren. Und wie es der Tote befohlen hatte, legte jeder Glut auf den Fußboden seiner Hütte.

Und plötzlich loderte in allen Hütten das Feuer hoch. Das Feuer ergriff die Wände. Flammen schlugen in die Höhe, und es entstand eine so furchtbare Feuersbrunst, daß alles bis auf den Grund niederbrannte.

Es ist kein Märchen, was ich erzählt habe, es ist wahr.

ALEXEJ REMISOW

Der betrogene Jakob

Zur Zeit der Zarin Irene lebte in Konstantinopel
der Fotograf Jakob. Bevor er Fotograf geworden war, hatte er eine Menge anderer Berufe
ausgeübt. Seine Geschäfte waren jedoch alle
nicht so recht gegangen. Nach einer gewissen
Zeit war es aus; es war wie verhext. Plötzlich
verfuhr sich die Sache und kam nicht vom
Fleck, so daß Jakob nichts anderes übrigblieb,
als etwas Neues anzufangen.

Kaum hatte sich Jakob in Alexandria einiger-
maßen eingerichtet und in einer Fabrik leidlich
zu verdienen begonnen, schrieb ihm ein Freund
aus Rom: «Komm her, Jascha, hier ist eine
Stellung als Techniker für dich.» Lange konnte
Jakob sich nicht entscheiden. Der Freund
wurde jedoch nicht müde, das römische Leben
so verführerisch zu schildern, daß Jakob endlich einwilligte und von Alexandria nach Rom
übersiedelte. Alles ließ sich gut an. Die Stellung als Techniker war in Ordnung. Plötzlich
erging jedoch die Anweisung, den Bestand an
Technikern zu überprüfen. Alle waren verpflichtet, römische Pässe zu haben. Wer keinen besaß, sollte entlassen werden. Da Jakob
einen alexandrinischen Paß hatte, wurde er entlassen.

Jakob fuhr wieder nach Konstantinopel,
schaute sich nach einer neuen Stellung um,

machte seine Prüfung als Chauffeur und eröffnete zusammen mit einem Griechen eine Fahr-
schule. Die Geschäfte ließen sich gut an, sie
hatten eine Menge Schüler, sogar ein sarazeni-
scher Aga ließ sich einschreiben. Aus irgend-
welchen Gründen verflatterte jedoch alles, der
Betrieb ließ sich nicht aufrechterhalten, die
Einnahmen schrumpften zu einem Nichts zusammen. Sie mußten die Schule schließen, und
zudem forderte man noch eine so hohe Steuer
von ihnen, daß sie nicht wußten, wie und wann
sie die Summe jemals bezahlen sollten.

Jakob kam auf den Gedanken, in der Nähe
von Konstantinopel eine Hühnerfarm anzule-
gen, künstliche Eier zu fabrizieren und die
Kücken zu verkaufen. Aus irgendeinem Grunde
klappte die Sache mit den Eiern jedoch nicht.
Weiß Gott, was statt der Kücken aus den Eiern
schlüpfte, sah aus wie Fledermäuse. Niemand
kaufte sie. Jakob ließ die Hand von den Hühnern und beschäftigte sich mit Kaninchenzucht.
Alles ging eine Weile gut, nahm jedoch wiederum ein plötzliches Ende. Ob sie sich überfressen
oder ob sie zu wenig zu fressen bekommen
hatten, jedenfalls gingen alle Kaninchen ein,
bloß die Schwänzchen und die Pfoten blieben
übrig.

Ein halbes Jahr lang wollte Jakob einen
Fuchs verkaufen, und er hätte ihn auch verkauft, wenn nicht soviel Vermittler in dem
Geschäft gehangen hätten. Jeder von ihnen
trachtete nach Nutzen, und sie trieben den
Fuchs auf solchen Preis, daß man dafür einen
lebenden Elefanten hätte erstehen können. Da
packte Jakob den Fuchs bis auf bessere Zeiten
in Naphthalin und begab sich zu dem berühmten

byzantinischen Fotografen Agapit, um Fotograf zu werden.

Agapit war ein vernünftiger, wohlmeinender Lehrer; er brachte Jakob bei, alle Stellungen aufzunehmen und Brustbilder anzufertigen und entließ ihn als diplomierten Fotomeister.

Jakob eröffnete ein eigenes Atelier, zuerst ein kleines für Paßbilder-Momentaufnahmen. Da er die Aufträge in der Tat augenblicklich ausführte, ging das Geschäft ganz gut. Er siedelte in ein großes Gebäude in der belebtesten Straße über, machte Aufnahmen von den bekanntesten byzantinischen Dichtern und Musikern, stellte sie in einer Vitrine zur Schau und wurde einer der gefragtesten Fotografen. Den Fuchs zog er aus dem Naphtalin heraus und ließ seiner Frau zu Neujahr einen Pelz daraus machen, und mit den Abfällen schmückte er die Kinder: dem einen gab er die Pfoten, dem andern das Schwänzchen.

Eines Tages kam sein Lehrer Agapit zu Jakob Tee trinken und sagte unter anderem, daß sein Geschäft nicht sonderlich gut gehe, und wenn ihm Jakob hundert Franken leihen könne, sei er ihm zu großem Dank verpflichtet. Es könne selbstverständlich kein Zweifel daran sein, daß das Geld fristgerecht zurückgegeben werde. Jakob wisse ja von seiner Lehrzeit her, daß Agapit ein strenggläubiger Mann sei, der die heiligen Wundertäter verehre, vor allem anderen den heiligen Nikolaus.

«Nikolaus sei mein Zeuge!»

Tatsächlich hatte Jakob während seiner Lehrzeit bei Agapit eine Menge Wundergeschichten über Nikolaus gehört. Da sich Agapit nunmehr auf den heiligen Nikolaus berief, glaubte ihm Jakob und zweifelte nicht, daß Agapit Wort halten und ihn nicht betrügen werde.

«Bitte schön, Agapit Semjonytsch, hundert Franken!» Jakob legte einen Hundertfrankenschein vor Agapit hin.

Agapit steckte den Schein in die Tasche und trank sich voll Tee. Damit hatte die Sache ihr Bewenden.

Mein Gott, wie schnell die Zeit vergeht, vor lauter Arbeit merkt man's nicht. Wie alles bei Jakob gut anfing und dann Schiffbruch erlitt, so war es auch mit der Fotografie. Alle Negative, die er in seinem Vorratsraum aufbewahrt hatte, erwiesen sich aus irgendeinem Grunde samt und sonders als zerkratzt, und wie dazumal mit den Eiern bekam er nun mit den Bildern Unannehmlichkeiten. Da nahm er irgendeine vornehme Persönlichkeit auf, aber was dabei herauskam, war sogar peinlich zu zeigen, der Schädel irgendwie aufgequollen und eine Abscheu erregende Nase. Der Kunde war beleidigt. Und so ging es mit allen Aufnahmen. Jakobs Lage wurde schwierig. Das gesamte Material mußte neu angeschafft und auf Borg genommen werden.

Als daher Agapits Frist abgelaufen war, wartete Jakob. Die hundert Franken wären ihm gerade jetzt sehr zupaß gekommen.

Doch Agapit ließ nichts von sich hören und brachte kein Geld. Im Gegenteil, er wich Jakob aus. Erblickte er ihn auf der Straße, bog er auf die andere Seite hinüber und ging vorbei, indem er sich abwandte und so tat, als ob er nach der Nummer eines Hauses suche. Jakob blieb nichts anderes übrig, als selbst zu Agapit

zu gehen. Vielleicht hatte er seine Schuld vergessen? Alles kommt vor. Wie häufig verliert
man ein notwendiges Wort aus dem Gedächtnis,
Geld jedoch jede Summe!

Agapit tat erstaunt. «Hundert Franken? Erlauben Sie, die habe *ich* Ihnen gegeben!»

Und kaum konnte Jakob «Wann?» fragen, da
nannte Agapit auch schon das Datum.

Das erboste Jakob gar sehr. Er begriff nicht,
wie es möglich war, daß ein so akkurater
Mensch, für den er Agapit stets gehalten hatte,
daß ein rechtgläubiger Mensch so leicht mit
seinem Glauben umspringen konnte. Er hatte
doch geschworen, er hatte den Heiligen, an den
er glaubte und den er verehrte, zum Zeugen
gerufen! Das griff Jakob ans Herz. Alles in ihm
war wie zerstochen, mit tausend Fäusten pochte
es. Nein, so einem gehört eine Lehre! Noch gibt
es Gerechtigkeit auf Erden! Der Betrüger muß
beschämt und bestraft werden!

Jakob reichte bei Gericht die Klage ein.

Agapit jedoch dachte bei sich: Na, was denn,
was denn! Quittung existiert keine. Und wegen
des Schwurs? Jakob ist doch anderen Glaubens,
für ihn hat der Segen keine Gültigkeit, und
seinetwegen wird man niemanden in jener Welt
zur Rechenschaft ziehen. Außerdem, seine
Geschäfte gehen gut. Da hat er seiner Frau einen
Fuchspelz anfertigen lassen, und jeder weiß,
wie hoch jetzt Fuchs im Preise steht – wie ein
lebender Elefant. Und alle seine Kinder hat er
mit Schwänzchen und Pfoten behängt, das ist
auch nicht bloß zur Reklame, umsonst sind die
auch nicht zu haben. Außerdem läßt sich ein
Agapit nicht zwingen! Eher soll Jakob ihm
selbst hundert Franken zahlen, er braucht sie

dringend zur Begleichung einer unaufschieb-
baren Rechnung. Jakob wird auch so fertig
werden. Seine Leute werden ihm schon helfen,
das ist nicht wie bei unsereinem, bei denen
pfeift man nicht auf so einen Meister der Kunst
wie Jakob! Nun und wenn schon – wir sind alle
Menschen und keine Engel! Und selbst wenn
niemand Jakob zu Hilfe kommt, so wird er sich
schon selbst wieder herauskrabbeln. Wie man
ihm im Leben auch mitgespielt und wie es ihn
herumgeschleudert hat, er ist immer wieder auf
die Füße gekommen. So einer fällt und steht
wieder auf. Jakob kommt nicht um. Diese hundert Franken bedeuten ihm nichts. Ihm, Agapit,
aber kommen sie gerade recht, seine Geschäfte
gehen schlecht.

Am bestimmten Tage erschienen Agapit und
Jakob vor Gericht.

Agapit erklärte, daß *er* das Geld gegeben
habe – hundert Franken. Jakob sagte: «Nichts
hat er gegeben.» Einen Schuldschein konnte er
jedoch nicht vorweisen. «Warum», fragte man,
«existiert kein Schuldschein?»

Weil er Agapit auch ohne Schuldschein Vertrauen geschenkt habe, antwortete Jakob, und
vertraut habe er ihm, weil Agapit den heiligen
Nikolaus als Zeugen beschworen habe. Agapit
sei ein gläubiger Mensch, er glaube an den
Heiligen und verehre ihn, deshalb sei sein
Glaube besser und verläßlicher als jeder Schuldschein. Wie also habe ihm Jakob kein Vertrauen
schenken sollen?

Die Richter sagten: «Bringt die Ikone vom
Wundertäter Nikolaus her. Schwört Agapit,
daß er Jakob das Geld gegeben hat, so wollen
wir ihm glauben.»

Die Ikone wurde gebracht und aufgestellt. Alle waren voller Erwartung, was nun geschehen werde. Wird sich Agapit weigern oder wird er schwören? Wer hat recht: Agapit oder Jakob? Doch siehe! Agapit weigerte sich nicht. Er war bereit, dreimal zu schwören.

Agapit hatte eine Aktentasche bei sich. Darin befanden sich neben fertigen Fotos und Platten zwei Hundertfrankenscheine. Als er sich vor die Ikone stellte, um den Schwur zu leisten, wandte er sich an Jakob: «Kollege, halten Sie die Mappe, sonst ist es unbequem.»

Jakob nahm Agapits Tasche an sich.

Und Agapit hob die Hand mit dem heiligen Kreuz und schwor: einen Hundertfrankenschein habe er Jakob gegeben; ja, und noch hundert Franken habe er als Lohn für das Vertrauen hinzugefügt. Nun, was sagst du jetzt? Wer hat recht? Die Sache ist klar.

Und das Urteil ward gefällt. Jakob habe keine hundert Franken von Agapit zu fordern und müsse die Gerichtskosten bezahlen.

Als Jakob dem Agapit die Aktentasche zurückgab: «Hier, Ihre Tasche!», fand er vor Erregung und Bitterkeit keine Worte, um seinem Gefühl Ausdruck zu geben. «Wenn... wenn ein Mensch so unlauter ist, ja wird es denn dort», er zeigte mit der Hand auf die Ikone und nach oben, «wird es denn dort wirklich auch so bleiben und für Agapit gut ausgehen? Und wird denn der Heilige, bei dessen Namen Agapit geschworen hat, tatsächlich die Beleidigung hinnehmen und nicht für sich eintreten?»

Und Jakob zog den Beutel, zahlte dem Gerichtsschreiber die Kosten des Verfahrens und schritt hinter Agapit zur Tür hinaus.

Alle gingen auseinander. Damit war die Sache erledigt.

Die Aktenmappe unter den Arm geklemmt und mit sich selbst zufrieden, so verließ Agapit das Gerichtsgebäude. Er verließ es in Ehren. Recht oder Unrecht – der Erfolg entscheidet. Wenn du auch ein Nichts bist, aber allenthalben gesagt wird, du seiest etwas, so fühlst du dich als etwas, bei Gott! Um einen Kopf gewachsen, ging Agapit über die Straße, und alle gaben ihm den Weg frei. Gleich wird Agapit auf den Bus springen, und dann nichts als heim. Wenn nur der Bus bald käme!

Agapit schaute sich um. Sieh an, da kommt auch Jakob dahergeschlurft. Winzig klein ist er geworden, und wie weit der arme Kerl zurückgeblieben ist! Dabei sind sie doch zusammen weggegangen. Und wer ist das neben ihm? Irgendein Mönch, nein, es ist wohl einer vom Gericht in der Robe. Der Gerichtsherr hat Jakob unter den Arm gefaßt und stützt ihn. Und plötzlich hat Agapit das Gefühl, als hebe dieser Richter die Hand hoch und drohe. Da verging ihm sein heißer Übermut. «Drohe nur», sagte er verstockt, «drohe nur zu!»

Er beeilte sich aber dennoch. Vielleicht war es besser, hier zu warten. Irgend etwas zog ihn jedoch weiter. Bis zur nächsten Haltestelle war es ebenfalls nicht weit. Agapit schaute sich um. Jene eilten ihm nach. Jakob war keineswegs mehr so schwach, und jener Richter, jetzt war es deutlich zu sehen, war ein Greis. Er beugte sich zu Jakob nieder, sagte etwas zu ihm, gab ihm einen Rat. Berufung einreichen? – Ganz gleich, doch umsonst!

Da hob der Greis abermals drohend die Hand.

Als hätte er einen Schlag ins Gesicht erhalten, stürzte Agapit über die Straße. Da kommt auch der Autobus! Wenn er ihn nur erreicht! Da plötzlich fühlte er, wie ihm eine blinde Macht gegen die Schulter stieß. Agapit machte eine gewaltige Anstrengung, sie zurückzustoßen, hielt jedoch nicht stand, fiel rücklings hin, sah dicht vor seinen Augen einen metallischen Stoßdämpfer und konnte nur noch sagen: «Schluß!», und es war auch das Ende.

Das Volk schrie: «Der Fotograf Agapit ist unters Auto gekommen!»

Das Automobil hielt.

Agapit wurde hervorgezogen. Er gab kein Lebenszeichen von sich. Tot! – Man legte ihn auf den Gehsteig, daneben die zerfetzte Aktentasche. Fotos, Platten und zwei Scheine zu je hundert Franken quollen heraus.

Jakob trat heran.

«Hier Ihr Geld!» rief man ihm zu. «Wir kommen doch alle aus dem Gericht, wir wissen Bescheid – das ist die Strafe dafür, daß er betrogen hat.»

Jakob nahm jedoch das Geld nicht; er wollte es nicht haben.

«Wenn der Heilige, in dessen Namen Agapit geschworen hat, wenn ihn dieser Nikolaus meinetwegen so bestraft, weil er einen Menschen betrogen hat, mag er ihn auch auferstehen lassen, Gott mit ihm!»

Und sowie Jakob gesagt hatte: «Gott mit ihm!», regte sich Agapit, schlug die Augen auf, wischte mit der Hand über das Gesicht und stellte sich auf die Füße. Alle wichen zurück.

Nur Jakob blieb.

Und als Agapit Jakob und das Volk erblickte, das ihn groß anschaute, begriff er alles.

«Da, Ihr Geld!» sagte er zu Jakob. «Nehmen Sie es!» Und er bückte sich, um die Mappe vom Boden aufzuheben.

Jakob jedoch schwieg. Die Stille ringsum wurde noch fühlbarer. Alle warteten auf etwas.

«Ich habe betrogen.»

Da faßte ihn Jakob unter den Arm und führte ihn unter seiner Obhut aus der Menge.

Jakob geleitete Agapit bis vor dessen Haus. Unterwegs erzählte Agapit, wie er Jakob gesehen habe. Betrogen und schutzlos sei er aus dem Gericht gekommen, und neben ihm sei ein Greis gegangen, der ihn verteidigt habe.

«Es war Nikolaus!»

Von diesem Tage an begann die große Freundschaft zwischen den beiden bekannten byzantinischen Fotografen Agapit und Jakob. Sie gingen zueinander Tee trinken und halfen einander in schweren Zeiten.

WLADIMIR DAHL

Das Märchen von Iwan,
dem jungen Sergeanten, dem Draufgänger
ohne Herkunft und Sippe, sogar
ohne Familiennamen

In einem Reich hinter dreimal neun Ländern, hinter dem dreimal zehnten Reich, regierte einst als Alleinherrscher Zar Dadon, der Goldsack. Dem Zaren unterstand eine große Menge Vasallen: Fürst Pankratij, Fürst Klim, Fürst Kondratij, Fürst Trofim, Fürst Ignatij, Fürst Jewdokim nebst vielen anderen ebensolchen, und außerdem rechtliebende, herzensgute Minister sowie der Feldmarschall Grützfresser, General Dickwanst, der Gouverneur Graf Sauser von Brausekopf und der junge Sergeant von der regulären Kampftruppe, Iwan, der Draufgänger ohne Herkunft, ohne Sippe, sogar ohne Familiennamen. Wegen seines treuen Dienstes liebte ihn Zar Dadon und belohnte ihn zu wiederholten Malen mit hohen Rängen, Geld, erstklassigen Ordensbändern, goldgeprägten Münzen, Kreuzen, Medaillen und Orden.

Diese zarische Gnade brachte ihm den Neid der Fürsten und Bojaren am Hofe ein. Sie gingen in großer Uniform zum Zaren und ergriffen das Wort zu folgender Rede: «Wofür, Herrscher, geruhst du, Iwan, den jungen Sergeanten, mit deiner zarischen Gnade und mit Ehrungen zu belohnen, ihn mit wiederholten Gunstbezeigungen zu überschütten, in gleicher Weise wie deine Heerführer? Wir, nicht als Eigenlob sei's gesagt, nicht zum Vorwurf sei's gemacht, wir sind doch wohl für dich von größerem Wert, wir treiben von den Bauern gute Steuern und Abgaben ein, wir leben wie die Herren, bewirten und ehren jeden mit Brot und Salz, mit Bier und Wein, wir tragen hohe Titel und stehen im Generalsrang, den man in der Welt höher schätzt als den eines Korporals!»

Dieser Zar regierte, wie ein Bär im Walde Reifen biegt: biegt ohne Dampf; bricht er, dann bricht er! Nachdem der Zar seine rechtliebenden, herzensguten Ratgeber angehört hatte, befahl er unverzüglich, Iwan, dem jungen Sergeanten, dem Draufgänger ohne Herkunft und Sippe, sogar ohne Namen, alle zarischen Dokumente, Ränge, Orden, goldgeprägten Medaillen abzunehmen.

Wieder stand Iwan nur sein Soldatensold zu, ein einfaches, schlechtes Leben, und die zarischen Fürsten und Bojaren bedrückten ihn von Tag zu Tag mehr, verleumdeten ihn, schwärzten ihn an, verunglimpften ihn. Auf einen abgeschossenen Falken hackt auch der Rabe ein. Kommt einer zu Fall, dann wird er auch noch gestoßen. Unser Iwan quälte und plagte sich – was hatte er noch Gutes zu erwarten? Bläst man aufs Bier, trinkt man's noch nicht, blickt man auf den Wald, wächst man noch nicht, schaut man die Menschen an, wird man noch kein reicher Mann. So verfiel Iwan schließlich auf den schlimmen Gedanken, aus dem zarischen Dienst zu fliehen – im Zarenland glückte ihm nichts mehr. Ein Flüchtling hat nur einen Weg – die Verfolger brauchen hundert. Ergreift man ihn, ist's Gottes Wille. Des Zaren Gericht? Schlimmer als schlimm kann's nicht werden, doch hier war nichts Gutes mehr zu erhoffen. Iwan wartete eine möglichst dunkle Nacht ab, rüstete sich und ging, wohin die Augen schauten, wohin ihn die jungen starken Füße trugen.

Unser Freund tat nicht gut daran, daß er fortlief, darüber ist kein Wort zu verlieren, aber auch das muß man sagen: der Mensch ist kein Vieh; lange erträgt er Ungemach und Verleumdung, aber dann kommt der Tag, die Stunde, da tritt die Maische über den Rand, und dann ist Hopfen und Malz verloren, dann hilft kein Zureden mehr. Nach und nach biegt man auch eine Erle, aber jäher Ruck zerknickt die Ulme.

Unser Iwan war noch nicht am ersten Kreuzweg angelangt, da sieht er – er traut seinen Augen nicht! –, da sieht er ein schönes Mädchen vor sich. Es ist die Jungfrau Katerina, wie eine rote Beere steht sie da. Gekleidet und geschmückt wie die vom Schicksal bestimmte Braut. Sie verneigt sich, wie es sich gehört, begrüßt ihn liebreich und fragt freundlich, wer er sei, wohin und warum er wandere oder geschickt sei, ob aus eigenem Verlangen oder auf fremdes Geheiß.

«Renne nicht ins Unglück, Iwan, junger Sergeant, Draufgänger ohne Herkunft, ohne Sippe, sogar ohne Namen», sagte sie, «sondern denke an dein Wohl – höre auf meinen einfältigen Jungfrauenverstand, und du wirst klüger als der Klügste sein. Du bist auf eine schlechte Sache verfallen: dem Dienst beim Zaren zu entlaufen. Das kannst du nicht verheimlichen. Über Jahr und Tag kommt deine Sünde ans Licht, und wegen der Flucht hast du für immer ausgedient.

Überlege dir die Sache lieber noch einmal und kehre um. Nicht jeder kann alles haben, nicht jeder kann im Überfluß, in Freiheit leben, wie ein Fischlein im Wolgastrom hin und her schwimmen. Kein Dienst ohne Kummer; ein Löffelchen Honig – ein Fäßchen Teer; magst du nichts Bitteres, kriegst du auch nichts Süßes; schmierst du nicht den Wagen, holst du auch kein Bier. Wenig Ruhm bringt es, wenn man nur aus Eigensucht dient. Nein, Iwan, diene deinem Zaren jenseits des Meers, auch wenn man dich verleumdet und verunglimpft, in Glaube und Wahrheit, wie man in Rußland dient, allein aus Eifer und Ehre! Kehre um, Iwan, junger Sergeant, und nimm mich zur Frau, dann werden wir herrlich und in Freuden leben. Liebst du mich – so sage es, liebst du mich nicht – so schlage es ab. Es kostet dich nichts.»

Es gibt ein Gleichnis, kürzer als ein Vogelschnabel: Heiraten ist nicht dasselbe wie Bastschuhe anziehen; allein Bastschuhe werden geflochten, ohne daß man Maß nimmt, und passen doch auf jeden Fuß. Und das stimmt. Eine Frau ist keine Harfe; hast du auf ihr gespielt, kannst du sie nicht an die Wand hängen, und mit wem du getraut wirst, mit dem gehst du auch ins Grab. Schau dich gut um, geh zur Richtigen hin, dann heirate. Messen kann man zehnmal, aber nur einmal abschneiden. Auf einer heißen Stute reite nicht zur Hochzeit! – All das ist gut und richtig, aber manchmal ist alles schon im voraus gefügt, und wer dir bestimmt ist, den umfährst du auch mit krummen Deichseln nicht.

So geschah es auch hier. Unser Sergeant, ein

immer zu Diensten bereiter Mann, gab der Jungfrau Katerina die Hand – und wenn jetzt auch unsere Brautwerberinnen jammern: was für ein ungetauftes Land, in dem ein Verlöbnis ohne sie stattfinden kann! – gab ihr also die Hand, und sie steckte ihm den heiligen Trauring an den Finger, der Kraft und Stärke und unerschöpfliche Geduld verleiht, sagte ihm das dienliche Wort – und unser Paar weiß nicht mehr, ob es wandert oder fliegt. Bis zum Morgengrauen fühlten sie sich in ihrer hochgebauten Burg, verschönten sich und wurden miteinander vertraut, und als der Tag anbrach, waren sie junge Eheleute.

Und plötzlich, wie aus heiterem Himmel, ward Iwan wieder die frühere Gnade des Zaren zuteil, Ränge, Geld und schmeichelhafte Belohnungen, und er lebte als Herr im Hause, herrlich und in Freuden wie ein Jaroslawer Bauer. Und wieder begann der Böse die rechtliebenden, herzensguten zarischen Minister, den Feldmarschall Grützfresser, den General Dickwanst, den Gouverneur Graf Sauser von Brausekopf mit Neid zu plagen, und sie schlugen einmütig dem Zaren vor, daß Iwan, der junge Sergeant, durch eine Tat zeigen solle, ob er die zarische Gnade verdiene.

Infolgedessen wusch sich Iwan, der junge Sergeant, am Morgen säuberlich, rieb das weiße Lederzeug mit dem Handballen blank, wies seine Frau an, seine Hosen zu waschen und zu rollen, ließ sie an seinem Körper trocknen – mit einem Wort, putzte sich wie zur Priesterweihe und erschien bei Hofe. Zar Dadon klopfte ihm auf die Schulter und forderte ihn zu einer besonderen Dienstleistung auf.

«Erfreut, mich bemühen zu dürfen!» sagte Iwan.

Der Zar verkündete: «Du sollst mir in einem Tag und einer Nacht, alles in allem in vierundzwanzig Stunden, zusammenzählen, wieviel hundert, tausend oder Millionen Weizenkörner in meinen drei großen Speichern liegen und mir das Ergebnis bei Tagesanbruch melden. Wenn du richtig zählst, wende ich dir meine zarische Gnade noch stärker zu als zuvor; schaffst du es nicht, wirst du hingerichtet, wird dein schuldiggewordener Kopf abgehackt.»

Da war Iwan der junge Sergeant, Draufgänger ohne Herkunft und Sippe, sogar ohne Familiennamen, vor Kummer wie erschlagen, ließ den Kopf auf die rechte Seite hängen, ging gramgebeugt nach Hause.

«Warum bist du so bekümmert und traurig, senkst die Augen zur Erde? Oder quält dich ein alter Schmerz?» fragte ihn seine traute Gemahlin Katerina.

«Mein vielgeliebtes, allerschönstes, überaus wertgeschätztes Gespons», gab Iwan, der junge Sergeant zur Antwort, «entehre mich nicht und treibe mich nicht in die Enge, man kann mit Fragen aus einem Wolf ein Schaf machen. Wie soll ich nicht bekümmert und traurig sein, wenn Zar Dadon auf seine Höflinge hört und mir eine Dienstleistung befiehlt, die nicht zu erfüllen ist.

Ich soll in einem Tag und einer Nacht, alles in allem nach russischem Zeitmaß in vierundzwanzig Stunden zählen, wieviel hundert, tausend oder Millionen Weizenkörner in seinen drei großen Speichern liegen. Zähle ich sie, dann wird mir die zarische Gnade zuteil, wenn nicht, werde ich hingerichtet, hackt man meinen schuldiggewordenen Kopf ab.»

«Ach, Iwan, junger Sergeant und Draufgänger, wertgeschätzter Gespan und Gatte! Das ist kein Dienst, sondern eine Gefälligkeit, der wahre Dienst kommt erst noch. Lege dich schlafen, der Morgen ist klüger als der Abend. Morgen stehen wir auf, waschen uns und überlegen.» So sprach die schöne Katerina. Sie reichte ihm Trank und Speise, bettete ihn zur Ruhe und sang ihm ein Schlummerliedchen:

Hinter den Wäldern, hinter den Bergen
  Berge und Wälder,
und hinter den Wäldern Wald und ein Berg.
Und hinter dem Berg Berge und Wälder,
und hinter den Wäldern Wiesen und Felder.

Der Mann lag da, gähnte, schlief ein. Katerina trat durch die Bohlentür auf die Treppe aus weißen Steinen hinaus, winkte mit einem italienischen Tüchlein und sagte: «Alle meine lieben Aufseher, Väterchen Boten, unserer Sache Helfer, bitte kommt herbei!»

Wie aus dem Boden gewachsen schritt ein alter Mann auf sie zu, auf eine Krücke gestützt, die Kappe verrutscht; er wackelte mit dem Kopf, und sein Bart hinterließ eine Spur. Gehorsam stand er vor der Gebieterin und wartete auf ihre Anweisungen.

«Leiste mir einen Dienst, allweiser Zauberer, zähle bis zum Morgen zusammen, wieviel Körner in den drei großen Speichern des Zaren liegen.»

«Liebe Gebieterin, leibliche Tochter unseres väterlichen Befehlshabers, das ist kein Dienst, sondern eine Gefälligkeit, der wahre Dienst kommt erst noch.» Er krächzte und pfiff seine Gehilfen herbei. Sie flogen von allen Seiten heran, ein riesiger Schwarm, schwarz wie eine Gewitterwolke. Sie machten sich an die Arbeit, ans Zählen, und es waren ihrer so viele, daß auf einen jeden nicht mehr als eine Handvoll kam und für manche kaum ein Korn übrigblieb.

Noch hatten die Teufel nicht in die Fäuste geschlagen, da erwachte Iwan, rieb sich die Augen, schüttelte den schweren Schlaf ab, wartete auf die unausweichliche Not, den sicheren Tod. Plötzlich kam seine traute Frau Katerina zu ihm und brachte ihm die auf Pergament geschriebene Urkunde, die genaue Aufzählung der Weizenkörner. Die Zeiten waren damals finster. Handgeschriebenes konnte selten jemand lesen, Gedrucktes war nicht im Schwange. Und da türmten sich Zahlen über Zahlen mit Buchstaben in Kirchenschrift unter Titeln und gebrochenen Linien. Die Anfangsbuchstaben waren rot, verschnörkelt, die kleinen Buchstaben schwarz, alltäglich – wer kennt sich da aus? Wer wird das nachprüfen wollen!

Kaum war es hell geworden, erschien unser Sergeant bei der Schloßwache und übergab das Schriftstück der Obrigkeit. Aber die Höflinge, der wahrheitsliebende Feldmarschall Grützfresser, General Dickwanst, Gouverneur Graf Sauser von Brausekopf hatten den Sergeanten in Gedanken längst hingerichtet, geviertelt, gehängt, seinen Körper der Einäscherung überantwortet und die Asche in alle Winde verstreut. Der Zar übergab Iwans Schriftstück seinen Hofschranzen zur Beurteilung. Nun, was diese Höflinge betrifft: einer stammte aus dem Dreck – als Fürst erfüllt er seinen Zweck; ein andrer hat zwar eine hohe Stirn, doch kleiner ist sein schwaches Hirn; der dritte ist an Wuchs ein Riese, Verstand nicht mehr als eine Prise; der vierte trotz der Adlernase – ist so feige wie ein Hase; Kerle hübsch und lebensfroh, aber dumm wie Bohnenstroh, Bücher völlig unbekannt, aber Haare schön gebrannt. Wer über mehr Verstand verfügt, sofort die anderen betrügt. Wer mehr schilt, der mehr gilt. Mit einem Wort: sie schauen – sie kauen, unnütze Fresser – leere Fässer!

Im Namen Dadons befahlen sie, alle Rechner und Arithmetiker sollten sich aus dem ganzen Reiche einfinden, zusammensetzen und die riesigen Zahlenreihen nachprüfen. Die Arithmetiker tummelten sich, nahmen Gehalt in Empfang, jeder tausend und etwas, erhielten Senatorenrang, zwei Bänder über Kreuz, Federbüsche an die Hüte, und entschieden schließlich einstimmig und einmütig, die nicht von Menschenhand geschaffene, auf Pergament geschriebene Urkunde zur Aufbewahrung in eine angemessene Bibliothek zu geben und sie als Denkwürdigkeit der aufgeklärten Zeit des hochgepriesenen, hochbegabten, hochherrlichen und hochweisen Zaren Dadon, des Goldsacks, von Geschlecht zu Geschlecht den spätesten Nachkommen zu übermitteln. Was nun eigentlich das Ergebnis der Rechnung betraf, so konnte es vielleicht tatsächlich stimmen, aber vielleicht auch nicht. Darum dürfte es nicht unangebracht sein, oben erwähntem Iwan, dem jungen Sergeanten – sintemalen gegen ihn nach wie vor Zweifel bestünden –, eine andere Aufgabe zu stellen und ihm zu befehlen, selbige mit großem Fleiß und Eifer auszuführen.

Zar Dadon belohnte jeden von ihnen daraufhin mit einem Kreuz an der Spange, mit Stern am Kopf und Ordensband über den Rücken.

Für Iwan wurde eine neue, unlösbare Aufgabe ersonnen. Er sollte an einem Tage und in einer Nacht, alles in allem nach russischem Zeitmaß in vierundzwanzig Stunden, rings um die Hauptstadt einen Graben ausheben, hundert Ellen tief, hundert Ellen breit, und ihn mit Wasser füllen, so daß darin Schiffe fahren, Fische schwimmen könnten. An den Ufern sollten Kanonen auf den Bastionen stehen, und bei Morgengrauen sollten sie aus allen Rohren Salut für den Zaren Dadon, den Goldsack, zur Feier seines Namenstags schießen. Wenn Iwan diese Aufgabe erfüllte, werde ihn der Zar lieben und mit Gold belohnen; wenn nicht, werde er zum Tode verurteilt und sein Kopf abgehackt werden.

Jetzt war es an unserem Iwan, gleichsam wie ein Wolf zu heulen. Reiße unseren Bruder in Stücke, das ergibt zwei Beine, zwei Arme. Warum vierteilt man ihn nicht? Gebeugt vor Kummer kam er heim, verfluchte sein Schicksal, erwartete den sicheren Tod. Gerät ein Körnchen unter den Mühlstein, wird es zermahlen. Mit Gottes Wind, mit dem Willen des Meisters streitet man nicht.

Als die schöne Katerina das Leid ihres Gatten erfahren hatte, tröstete sie ihn abermals mit der Bemerkung: «Das ist kein Dienst, sondern eine Gefälligkeit, der wahre Dienst kommt erst noch.» Sie bettete ihn zur Ruhe, sang ihm das gleiche Schlummerlied, ging vor das Haus und rief den allweisen Zauberer herbei. Er kommt, wackelt mit dem Kopf, der Bart schleift hinterdrein. Wie er seine Gehilfen herbeipfeift und stampft, verfinstert sich der Himmel, so viele sind es. Und sie machen sich an die Arbeit; auf einen jeden kommt nicht mehr als eine Handvoll Erde, ein Brocken, ein Sandkorn.

Als der Tag anbrach, erwachten der Zar, seine Minister, Großwürdenträger, Höflinge, Räte und Stallmeister und die ganze Hauptstadt vom Donner der Kanonen. Der Gouverneur Graf Sauser von Brausekopf sprang in einem leichten, gebauschten Nachtgewand, einen Schal um den Hals, was ihm eine starke Ähnlichkeit mit einem Schotten aus dem Hochland verlieh, aus dem Schlafgemach, machte drei Sprünge bis zum Balkon und bemühte sich, mit Hilfe eines Fernrohres den anrückenden Feind zu erspähen. Als die Sache aufgeklärt war, wurde Iwan wegen des Schrecks, den er dem Zaren Dadon, den Höflingen und allen ehrenwerten Bürgern eingejagt hatte, ergriffen und bis auf weiteres unter Bewachung gehalten.

Der Gouverneur Graf Sauser wurde zum Kommandanten der neuen Festung ernannt. Dem Feldmarschall Grützfresser wurde wegen der tatkräftigen Maßnahmen zur Abwehr des vermeintlichen Feindes als Auszeichnung ein Mantel angefertigt, der nur aus verschiedenfarbigen Biesen und Bordüren bestand. Aber dem früheren hohen Rat der Arithmetiker, gesegneten Angedenkens, wurden alle Auszeichnungen, Orden, Bänder und Sterne wieder abgenommen. Wegen der zu wenig schlau ersonnenen, zu wenig kniffligen, von unserem Iwan leicht gelösten Aufgabe wurden alle ihre

Einrichtungen und Beschlüsse wie auch sie selbst als nichtbestehend erklärt, und sie selbst in die Schwarzwasserbäder zur Kur geschickt. Und als Zar Dadon bei der abendlichen Inspektion alle neuen Befestigungen samt allem Zubehör in ausgezeichneter Verfassung vorfand, da übergab er dem Kommandanten Sauser alle Auszeichnungen, die ehedem der hohe Rat gesegneten Angedenkens genossen hatte.

Unterdessen schwirrten bei den neuen Ratgebern des Zaren die Gedanken, und sie erdachten für Iwan eine so schöne Aufgabe, daß sie sich vor Freude jeder einen Krug Bier bringen ließen, als Imbiß einen Muromer Kringel, einen Rostower Kapaun und frische eingelegte Gurken aus Njeschin. Ohne ihn niederzuschreiben, trugen sie ihren Vorschlag dem Zaren mündlich vor. Und listig war der Plan ersonnen! Ein Narr wirft einen Stein ins Wasser, ein Narr knüpft einen Knoten, sieben Kluge ziehen den Stein nicht aus dem Wasser, lösen nicht den Knoten! Unserem Iwan stellten sie die Aufgabe, aber sie selbst machten sich ans Trinken und Essen, Tanzen und Fressen – tüchtiges Volk! Zwei Brüder auf einen Bären, zwei Gevatter auf ein Glas Moosbeerensaft. Von Bogen und Gewehr wollen wir nichts wissen, aber im Essen und Tanzen sind wir Meister.

Heißa, mein guter Bursch, Iwan, junger Sergeant ohne Herkunft, ohne Sippe, sogar ohne Namen, Ritter ohne Schloß und Roß! Rüste dich, folgende schwere Aufgabe zu lösen: «Gehe dorthin, ich weiß nicht wohin, such das, ich weiß nicht was. Gehe allein über sieben Kreuzwege. Von sieben Kreuzwegen über sieben Landstraßen. Hinterm Berg ein Wald, hinterm Wald ein Berg, und hinter diesem Berg ein Wald und hinter diesem Wald wieder ein Berg.» Unser Iwan entsann sich des Schlummerlieds seiner Gattin. «Dann kommst du ins dreimal zehnte Reich hinter dreimal neun Ländern, in den Bannwald. Im Bannwald steht ein goldenes Schloß. Im goldenen Schloß lebt Kater Frech, unsichtbar seit Urbeginn der Zeit. Bei ihm befindet sich die selbstspielende Harfe; sie tönt von selbst, spielt, tanzt, singt von allein. Diese Harfe bringe dem Zaren, den Zarensöhnen und Höflingen und ihren Günstlingen, damit sie sich am Spiel ergötzen und an der ausländischen Musik freuen können. Und daß du dies alles auch in vierundzwanzig Stunden vollbringst! Löst du die Aufgabe, ist es gut, wenn nicht, dann ist deine Frist zum dritten und letzten Male abgelaufen. Ehe du die Mütze vom Kopf ziehen kannst, rollt sie dir schon samt dem Kopf vor die Füße!»

Im Vertrauen auf seine getreue Frau, die schöne Katerina, und auf die Hilfe des allwissenden Zauberers verzagte unser Iwan diesmal nicht. Aber als er seinem Ehegespons erzählte, welche Aufgabe ihm gestellt worden war, da erhielt er zur Antwort: «Liebster Gatte mein und mein Gefährte Iwan, junger Sergeant ohne Herkunft, ohne Sippe, sogar ohne Namen, du mein Draufgänger. Jetzt ist die Stunde gekommen, jetzt ist dir die Aufgabe gestellt, die du allein lösen mußt; es liegt nicht in meiner Macht, dich davon zu entbinden, geschweige denn, die hilfreiche Hand zu reichen.»

Und mit dem wappnete sie ihn und ließ ihn seiner Wege ziehen, lehrte ihn, wie er dem Schicksal, den Zufällen unterwegs zu begegnen habe, schenkte ihm ihr italienisches Tüchlein und sprach: «Hüte das Geld für den schwarzen Tag! Mit diesem Tuch darfst du nur im äußersten Notfall und in der größten Notlage die Tränen des Kummers und Leids von deinem hübschen Gesicht abwischen! Halte mein Geschenk nicht für unwirksam. Eine Maus ist. nicht groß, aber ihre Zähne sind scharf, eine Grille ist nicht groß, aber laut erschallt ihr Gesang – zuweilen dient auch ein Baststreifen als Riemen!»

Sie setzten sich nieder, tauschten zum Abschied Brot und Salz miteinander, beteten zu Gott – und unser Iwan zog los, wohin die krumme Straße führte.

Welchem Verwegenen möchte es gefallen, sich in so wunderliche und unerhörte Abenteuer zu stürzen! Aber mit einer Peitsche zerschlägt man kein Beil; wenn man dich schickt, mußt du gehen. Wer will schon seinen Kopf auf den Block legen, solange man gesund und stark ist. Der Tod ist nicht dein Bruder; wenn das Leben auch schwer ist, der Tod ist noch schwerer. Ein kühner Bursche erprobt lieber das Glück in der Fremde, als daß er ruhmlos in der Heimat stirbt.

Unser Iwan ist schon auf dem Wege. Erleidet Hunger und Kälte, erträgt vielerlei Ungemach. Gott näßt, Gott trocknet auch. Er wußte nicht, wieviel Tage und Nächte er schon unterwegs war. Du leuchtest, aber wärmst nicht, dachte er beim Anblick von Sonne und Mond im Kosakenland, du ißt dein Brot bei Gott umsonst. Und plötzlich sieht er, daß er in einen tiefen, undurchdringlichen Wald geraten ist, einen, in den kein Gotteslicht eindringt. Stamm neben

Stamm. Bald mit der Stirn, bald mit dem Rücken bricht er sich Bahn, bis er zum Umfallen müde ist. Seine jungen Knie knicken ein, die Stiefel stecken in den hohen Schneehaufen fest. Er bindet die Stiefelschäfte mit einem Bastfaden zu – in der Not gürtet man sich auch mit Bast! Er zieht das Tüchlein der heißgeliebten Gattin und Gefährtin heraus, und plötzlich wird er gleichsam auf Stelzen gehoben. Der Bastfaden erweist sich als Riemen! Er bekommt Siebenmeilenstiefel, und es sind solche Renner, daß ihn kein Reiter einholt, selbst wenn er auf der Stelle tritt. Kaum schreitet er zu und freut sich seines Trabs, da grünt schon alles um ihn. Er gelangt aus dem weißen Mütterchen Winter sofort in den blühenden, duftenden Frühling. So fliegt unser Iwan dahin, und ehe er es sich versieht, gelangt er aus dem tiefen Kiefernwald auf eine immergrüne Aue mit immergrünem Gras. Wie ein mit Seide verbrämtes Samtgewand liegt sie da, breitet sie sich vor seinen Füßen als buntgemusterter Teppich. Und mitten in der Aue steht ein Wunderbau, golden von der Erde bis zum First, von einer Ecke bis zur anderen. Weiße Marmorsäulen stützen das mit silbernen Ziegeln gedeckte Dach, auf dem die Zinnen leuchten. Eigenartige, bunte und schön ausgeführte Ornamente verlaufen unter den geschnitzten Simsen; gülden gleißen farbige Kristallfenster wie Feuerschilde. Aber Iwan sieht weder Tor noch Tür, weder Zaun noch Hof. Ohne Zaun, ohne Hieb, heißt es, verjagt man keinen Dieb. Aber hier ist alles heil und ordentlich, offenbar hat sich kein Dieb eingefunden. Unser Sergeant umschritt das Gebäude ein-, zweimal, besah es sich von allen Seiten.

Überall dasselbe, kein Eingang! Kühnheit nimmt Städte ein, dem Tapferen hilft Gott, ohne Mut kein Gut. Wo kein Glöckner ist, ist auch kein Kirchendiener. Krach! Ein Schlag ins Kristallfenster. Klirren. Die Scherben flogen nur so herum. Unser Iwan Heimatlos, der Draufgänger, drang in das goldene Gebäude ein und sperrte vor Überraschung Mund und Augen auf. Gut ist ein Schneehuhn mit Federn, besser ist es fleischern. Das Gebäude erglänzte innen in solcher Schönheit, daß man es nicht ausdenken, nicht ahnen, nur im Märchen erzählen kann.

Die riesigen Säle waren leer. Niemand ließ sich auf den Ruf Iwans, des jungen Sergeanten, vernehmen. Keine Antwort, kein Willkommensgruß. Lange schritt unser Iwan durch die Gemächer. Plötzlich trifft sein Blick – er traut seinen Heldenaugen nicht – auf einen Eichenbottich. Er steht in der Ecke. Eine Zinnkelle ragt über den Rand hinaus. Iwan trinkt ein Schälchen gegen die Müdigkeit, ein zweites auf die Gesundheit seines trauten Ehegesponses, das dritte für die Seelenruhe seiner Verleumder und Ehrabschneider. Es wirft ihn ziemlich um. In seinem Kopf summt es, während er mutterseelenallein durch die Gemächer wankt. Er schiebt die linke Hand unterm Ohr in den Nacken und stimmt ein russisches Liedchen an. «Verzehre dich in Sehnsucht, mein Täubchen, mein teures», schmettert er aus voller Kehle.

Plötzlich bringt ihn eine unsichtbare Hand zum Stehen. Eine unbekannte Stimme fragt: «Hallo, guter Bursche, du zeigst mehr Frechheit als Tapferkeit! Warum und woher des Wegs, aus eigenem Verlangen oder auf fremden Befehl?»

«Ich bin Iwan, der junge Sergeant, einfach so, ohne Namen, ohne Herkunft, ohne Sippe, Iwan Heimatlos, Draufgänger, Ritter ohne Schloß und Roß. Treu gedient hab' ich Gott und meinem ungetauften Zaren in einem Lande, dreihundert Reitermeilen von hier. Neidische Hofschranzen haben mir die Ehre abgesprochen, mich aus meiner guten Stellung verdrängt, mir die zarische Gnade entzogen, mich ausgeschickt, unmögliche Leistungen zu vollbringen, mir goldene Berge verheißen und versprochen. Die eine Aufgabe habe ich gelöst, die zweite auch, aber da wurde mir ihre falsche Seele offenbar, sie gaben nicht, was sie zugesagt hatten, überließen mich der Willkür des Schicksals und stellten mir die dritte Aufgabe: ‹Gehe dorthin, ich weiß nicht wohin, suche das, ich weiß nicht was! Wandere allein über sieben Kreuzwege, von sieben Kreuzwegen über sieben Landstraßen; hinter dem Berge ein Wald und hinterm Wald ein Berg, und hinter diesem Berg ist Wald und hinter diesem Wald wieder ein Berg. Dann kommst du in das dreimal zehnte Reich hinter dreimal neun Ländern, in den Bannwald. Dort steht ein goldenes Schloß. Im Schloß wohnt Kater Frech, unsichtbar seit Urbeginn der Zeiten. Von ihm hole die selbstspielende Harfe, die von allein tönt, spielt, tanzt und Lieder singt. Diese bringe dem Zaren, den Zarensöhnen, den Höflingen und ihren Günstlingen, auf daß sie sich daran ergötzen und an der ausländischen Musik ihren Spaß haben.›

Der Unsichtbare ließ sich von neuem vernehmen: ‹Den du suchst, Iwan, junger Sergeant, den hast du gefunden. Man nennt mich Kater Frech, den seit Urzeiten Unsichtbaren, ich lebe im Bannwald und im goldenen Schloß. Ich beherrsche viele Künste und kann Harfen bauen, die von allein spielen. Aber für dich fertige ich sie unter der Bedingung an: beim Sündigen halbe-halbe. Ich werde arbeiten, und du wirst mir mit einem Kienspan drei Tage und drei Nächte lang ohne Unterbrechung leuchten. Tust du es, bekommst du die Harfe, die von allein spielt, schläfst du ein oder nickst du auch nur ein wenig ein, so reiße ich dir den Kopf ab wie einem Sperling. Gibst du dein Wort, halte dein Wort. Verdrückst du dich rückwärts, sollst du Krebs heißen.›

Steht mir das Wasser bis zum Hals, dachte Iwan, mag es auch bis zu den Ohren steigen; umkehren kann ich jetzt nicht mehr. Er spaltete Späne aus Tannenholz, zündete sie an, leuchtete einen Tag, leuchtete eine Nacht, leuchtete noch einen Tag. Da überkam ihn unüberwindliches Schlafverlangen. Iwan senkte den Kopf, nickte ein. Kater Frech versetzte ihm jedoch einen Stoß in die Seite: «Du schläfst, Iwan?»

«Ach, nicht daß ich schlafe, nicht daß ich schlummere, ich denke über etwas nach.»

«Und worüber denkst du nach?»

«Wenn ich so durchs Fenster sehe, kommt mir der Gedanke: da wächst auf der lichten Erde eine unermeßliche Menge Bäume von ganz verschiedenem Kaliber. Gibt es nun mehr krumme oder mehr gerade Stämme? Ich glaube, mehr krumme.»

Kater Frech dachte nach. «Warte!» sagte er. «Passe inzwischen auf die Harfe auf, ich gehe und zähle sie.»

Er ging fort. Unser Sergeant streckte sich augenblicklich lang aus, um schnell ein Schläfchen zu machen.

War der Kater lange aus, ging er gar nicht fort – nicht lang ist eine Stunde nach der Elle gemessen, aber wertvoll, wenn man sie richtig ausnützt – und Iwan schlief vortrefflich. Als Soldat hatte er einen schnellen Schlaf. Im Feldzug gegen die Türken kam es vor, daß sie im Stehen schliefen.

«Steh auf, Iwan!» rief der Kater. «Du hast recht, krumme Stämme gibt es mehr; zählt man alle zusammen, fehlt es nach russischer Rechnung am Zahlwort. Zünde den Span an und tue deine Pflicht, leuchte drei Tage nacheinander!»

Unser Sergeant leuchtete einen Tag, leuchtete eine Nacht, schaffte es bis zum nächsten – wieder dasselbe Lied. So sehr er sich zusammenriß und stark machte – er nickte ein.

Der Kater gab ihm einen Stoß gegen die Rippen. «Schläfst du?» fragte er.

«Ach, nicht daß ich schlafe, nicht daß ich schlummere, ich denke über etwas nach.»

«Worüber denkst du nach?»

«Ich denke: in der Welt Gottes und der irdischen Zaren lebt eine unermeßliche Menge Menschen, doch die meisten sind tot. Von welchen gibt es mehr in der Welt, von Lebenden oder Toten? Ich meine, Tote gibt es mehr.»

Der Kater hieß Iwan abermals gut aufpassen, er selbst ging zählen. Ging vierundzwanzig Stunden und eine Woche weniger sieben Tage, nach ihrer Rechnung ein Jahr weniger einem Jahr und einem Tage, ging den ganzen Himmel ab. Doch Iwan legte sich auf den Bauch, deckte sich mit dem Rücken zu, gähnte nicht mal, sondern schlief sofort ein.

«Aufstehen, Sergeant! Zeit zur Arbeit, aber du hast recht, tote Menschen gibt es mehr, Lebende habe ich ein Viertel von Siebendreiachteln gezählt, alle übrigen sind Tote!»

Wieder leuchtete Iwan Tag und Nacht, überstand mit Anstrengung auch den zweiten, aber am dritten Tag verließen ihn die Kräfte – er schlief ein, und zwar so stark, daß er schniefte und schnarchte. Der Kater stieß ihn in die Rippen. «Schläfst du, Iwan?»

Er fuhr auf, fand sich aber nicht gleich zurecht, sondern brachte vor Schreck nur das russische Wörtchen «Entschuldigung!» heraus. Wie der Imbiß beim Trunk, so gehören zur russischen Rede die Wörtchen «Möglich», «Vielleicht» und «Irgendwie». Wenn aber unglücklicherweise alles schiefgeht, dann sagt man «Entschuldigung!». Das ist es, was unseren Bruder im russischen Lande zugrunde richtet, warum man unseren Bruder prügelt. Offenbar noch immer zu wenig; er ist darauf erpicht.

«Aus deiner Entschuldigung», sagte Kater Frech, «kann man keine Handschuhe nähen, keine Stiefel steppen. Demnach ist nichts zu machen, dein Tod ist gekommen, du entgehst ihm nicht. Gehe hinaus auf meine Rasenaue, auf meine Bannwiese, schaue noch einmal ins helle Licht, nimm Abschied, tue Buße, mache dich fertig zum Sterben, ich reiße dir den Kopf ab wie einem Sperling. Das hast du deiner Unbeherrschtheit zu verdanken. Du hast dich selbst zum Tode verurteilt. Ein Wort wird mit Zunge und Lippen gesagt, hättest du es hinter den Zähnen gehalten!»

Iwan, der junge Sergeant, trat hinaus auf die immergrüne Bannwiese, gedachte seiner Heimat, seiner jungen Gattin, der schönen Katerina, und vergoß bittere Tränen. Was für einen Fisch der Untergang auf dem trockenen Lande, das ist für einen braven Burschen der Tod in der Fremde, fern der Heimat! Iwan zog das geheimgehaltene italienische Tüchlein hervor, um zum letzten Male seine Tränen abzuwischen. Aber da ruft ihn plötzlich Kater Frech zu sich zurück; er sitzt am Säulenfenster, und seine Augen sind auf das entfaltete Tuch gerichtet. Unser Sergeant tritt zu ihm, mehr tot als lebendig, und murmelt ein Sterbegebet zum eigenen Gedächtnis.

«Woher hast du dieses Tuch?» fragt ihn Kater Frech, der seit Urzeiten Unsichtbare. Iwan erzählt, von wem und bei welcher Gelegenheit er das Tuch erhalten hat.

«Alles gut und schön, Gevatter, falls es wahr ist», läßt sich der Kater vernehmen. «Hast du die Wahrheit gesprochen?»

«Schwören läßt man bei uns nicht, und Lügen ist verboten», antwortet der Soldat. «Was gesagt ist, ist heilig. Auf ein Soldatenwort kann man bauen.»

«Nicht lange bedacht, doch gut gesagt», spricht der Kater. «Wenn es an dem ist, dann hättest du es mir schon längst sagen sollen, denn du hast demnach meine Tochter, die schöne Katerina, geheiratet, und du wirst gemäß meiner Anweisung, die so alt ist wie sie selbst, nicht nur heil, unverletzt und frei von jeder Strafe am Leben bleiben, sondern du sollst als Mitgift meine eigene selbstspielende Harfe erhalten; sie liegt seit langem fertig da und ist demjenigen versprochen, der die Liebe und die Hand meiner Tochter, der schönen Jungfrau Katerina verdient hat. Wer einen lieben Freund erkor, schenkt ihm sogar das Ringlein aus dem Ohr!»

Er macht ihn reisefertig, schickt ihn auf die Wanderung, hängt ihm die selbstspielende Harfe – sie spielt, tanzt, singt fremde Lieder – in einem Lederranzen über die Schulter. Und Iwan geht auf und davon, der Heimat zu. Er schreitet so schnell, wie der Feuervogel fliegt; mit Riesenschritten eilt er dahin. Der Hinweg hat ein Schaltjahr ohne eine Woche zuzüglich einen Tag gedauert, nicht weniger, nicht mehr, also kann er auch den Rückweg in vierundzwanzig Stunden schaffen.

Am Wege steht ein Hüttchen, in die Erde geduckt, die Flügel ausgebreitet wie ein Huhn, das gluckt. Im Inneren pocht es. An Stelle der Küken laufen ein Spankorb, ein Bastkorb, eine Kiepe und eine Schachtel umher, und zwei Hexen, Schwestern, die eine fahl, die andere blaß, umkreisen die Hütte mit Späherblick und lassen keinen hinein. Iwan hängt die selbstspielende Harfe an einen Baum. Die Hexen lauschen dem wunderbaren Spiel. Indes geht er um die Hütte herum und tritt ein.

Ein alter Mann schmiedet mit einem schweren Hammer vor einer Feueresse auf einem stählernen Amboß stählerne Keulen, steckt sie in goldene Stockknöpfe, wirft die fertigen auf die Bank hinterm Ofen. Es war der allwissende Zauberer, der Iwan auf Geheiß seiner Gefährtin Katerina bei der Erfüllung der zarischen Aufgaben gedient hatte, aber sie hatten einander nie von Angesicht gesehen.

Der Alte empfing den müden Wanderer mit

herzlicher Freude. «Leg dich hin», sagte er, «und ruhe dich aus. Wenn du was essen willst, kocht dir meine Alte eine Kohlsuppe – achte nicht auf den Geschmack, heiß und feucht wird sie jedenfalls sein.» Mit einem Wort, er gab ihm zu essen, zu trinken, bereitete ihm ein Nacht-lager. Bei Tagesanbruch geleitete er ihn hinaus, und da hörte er leider das wunderbare Spiel der selbsttönenden Harfe. Er bestürmte Iwan mit Bitten, sie ihm zu schenken.

Iwan wollte ihm den kostbaren Schatz seines Schwähers, die Frucht seines Suchens, seiner Mühen und sagenhaften Abenteuer nicht geben, aber jener nahm sie sich, wenn nicht im Guten, dann mit Gewalt. Seine Helfer, deren Zahl, wie wir schon erfahren haben, unermeßlich war, erschienen auf einen Wink ihres Gebieters und verdunkelten mit ihrer Masse Luft und Himmel. «Willst du mit jedem und mit allen kämpfen?» fragte der allwissende Zauberer. «Oder gibst du mir für eine beliebige Keule deine Harfe freiwillig?»

Iwan überlegte und lieferte die Harfe aus. Auch mit tausend Füßen kann ein Tausend-füßler den Himmel nicht erklimmen! Er wählte eine möglichst wuchtige Keule aus und zog weiter, die lichte Welt verfluchend. Wohin sollte er sich nun wenden? Was tun? Wie konnte er sich zu Hause, wie vor den Menschen sehen lassen? Mußte er seinen schuldbeladenen Kopf auf den Block legen? Und er war seinem großen Ziel schon so nahe gewesen!

Während er in Gedanken mit der Keule spielte, drehte er an dem goldenen Knopf her-um. Als er ihn abgedreht hat, fliegt aus der geschmiedeten Streitkeule eine unübersehbare, zahllose Menge von Kampftruppen heraus, Fußvolk und Reiterei, und nimmt in Paradeformation vor ihm auf der Wiese Aufstellung. Die Generale preschen samt ihren Adjutanten auf Iwan zu, den Ritter ohne Schloß und Roß, machen vor ihrem Oberbefehlshaber die pflichtschuldigen Ehrenbezeugungen; das Musikkorps bläst aus Leibeskräften und preist die Siege Iwans, des jungen Sergeanten; die ganze Armee salutiert mit drei Griffen das Gewehr, rechten Fuß seitwärts gestellt. Es waren die unzählbaren Regimenter von Teufelskerlen des allwissenden Zauberers, in Uniform und Waffen.

Als Iwan den Stockknopf wieder anschraubte, verschwand alles, als sei es nie dagewesen; drehte er ihn ab, war alles wieder da, die Truppen, die Musik, die Armee und die Generale, die Meldung erstatteten. Und vorhanden war auch die selbstspielende Harfe im Tornister hinter den Schultern.

Unser Sergeant roch den Braten. Er schraubte den Knopf fest, nahm die Keule in die Hand, den Tornister auf den Rücken, zog die Siebenmeilenstiefel an, und im Eilschritt ging's ab in die Heimat. Vor Tagesanbruch langte er an, stellte sich auf die umhegte Wiese des Zaren, deren Betreten nicht nur jedem gewöhnlichen Menschen aufs strengste verboten war, sondern auf der sich nicht einmal ein vorbeifliegender Vogel niederließ, drehte den Knopf von der Keule herunter und brachte seine unübersehbar große Armee unmittelbar vor dem Zarenschloß in Aufstellung. Die selbsttönende Harfe ließ er spielen: «Über die Berge, über die Täler...»

Der Zar wachte auf, war voll gewaltigen

Zorns auf den verwegenen Eindringling, bekam es mit der Angst und schickte den Gouverneur Graf Sauser von Brausekopf zur Erkundigung los; er sollte ihm unverzüglich berichten, wie und wer und warum.

Als Sauser ankommt, erkennt er Iwan den jungen Sergeanten schon von weitem, macht ein freches Gesicht, nimmt den Federhut nicht ab, sondern schreit in barschem, fluchendem Ton:

«Es erstaunt uns nicht, verdammter Iwan, daß du so rasch wieder da bist. Das trifft uns nicht unvorbereitet. Die Schlinge wartet schon längst auf dich!»

Mit einem einzigen Wort hetzt Iwan seine Teufelskerle auf den alten verbissenen Feind; sie packen ihn, auf jedes Flöckchen, auf jedes Löckchen kommt mehr als einer.

Der Zar wartet in großer Ungeduld auf Antwort. «Nein», sagte er, «der lauscht offenbar der Musik. Geh du, mein Marschall Grützfresser!»

«Haferbrot, spiel dich nicht als Kringel auf!» sagte Iwan zu ihm. Auch diesem ward kein beneidenswerteres Los als dem ersten zuteil. Dasselbe widerfuhr dem dritten, dem General Dickwanst.

Aber nunmehr wurde ein Kamerad und Kampfgenosse Iwans des jungen Sergeanten hinbeordert, der jetzt die Stelle des ehemaligen, über dreimal neun Länder nach der selbstspielenden Harfe geschickten Sergeanten einnahm. Da er Dienst und Disziplin gewöhnt war, kam er in ehrerbietiger Haltung und im Gleichschritt auf den neuen Heerführer zu, legte die Hand an die Hosennaht, nahm in geziemender Entfernung die Mütze ab, kurzum: er ging, ohne zu stolpern, stand, ohne zu schwanken, sprach, ohne zu stocken, und erkundigte sich im Namen des Zaren, was vor sich gehe.

Iwan, der junge Sergeant ohne Familiennamen, ohne Herkunft, ohne Sippe, nunmehr Feldmarschall, anderthalbfacher General und Ritter von eigenen Gnaden, umarmte ihn freundschaftlich und befahl ihm, sich in seinem Namen vor dem Zaren zu verneigen und zu melden, daß Iwan von seiner Wanderung zurückgekommen sei, die zarische Aufgabe gelöst und die Harfe aus dem immergrünen Bannwald des seit Urbeginn der Zeiten unsichtbaren Katers Frech mitgebracht habe, auf daß sich der Zar, die Zarensöhne und ihre Gespielen an der Musik erfreuten und ihren Spaß hätten. Dann schraubte er den Knopf auf den Keulengriff, zog das Heer von der Bannwiese zurück und harrte gehorsam der zarischen Entscheidung.

Zar Dadon der Goldsack lud ihn zu Tee und Abendbrot an den Hof, beförderte ihn zum Heerführer, Gouverneur, Senator, General und Ritter, aber sobald Iwan der Täuschung verfiel und, ohne Verdacht zu schöpfen, dem Ruf des Zaren folgte, wurden zwei gedungene, blutrünstige Mordgesellen mit Schleuderkugeln und Messern auf ihn losgelassen. Sie hatten Befehl, ihn zu entwaffnen, ihm die Keule abzunehmen und ihn in den Kerker zu werfen. Fjodor ist ein Trumm, aber dumm, und Iwan ein Knöpfchen, aber mit Köpfchen! Die beiden sollten warten, bis er durch das schmale Schloßtor eintrete, und ihn von hinten packen. Sie eilten los, allen Menschen zum Gespött, und kamen zwar rechtzeitig an, richteten aber nichts aus.

Das war die letzte Erfahrung, die Iwan mit den Ränken des Zaren Dadon, des Goldsacks, gemacht hatte. Nunmehr setzte er sein Heer, Fußvolk und Reiterei, gegen die Mörder in Marsch, ließ das Schloß und die ganze Hauptstadt besetzen, so daß eine eben heraufziehende Regenwolke im Zweifel war, wohin sie einen Tropfen fallen lassen könnte, und vernichtete Dadon den Goldsack und alle seine Häscher, Speichellecker und Schmeichler bis zum letzten Läppchen, Nägelchen und Härchen.

«Der Mensch ist kein Engel», sagten sie zu ihrer Rechtfertigung.

«Aber er soll auch kein Teufel sein!» antwortete ihnen Iwan. «Auch Salomo und David haben gesündigt – ihr habt wie David gesündigt, aber nicht wie David bereut. Für euch gibt's keinen Pardon!»

Und in der Tat: sie waren alle wie ihr Herrscher, vom gleichen Holz, vom gleichen Schlag – allesamt die reinsten Nichtsnutze. Wie der Herr, so's Gescherr, wie der Adel, so die Bürger, wie die Nadel, so der Faden.

Iwan wurde vom Volke zum Zaren des Landes ausgerufen, und seine Frau, die getreue Katerina, zur Zarin. Er befand sich noch in seiner blühenden Jugend, und auch sie war während seiner Abwesenheit nicht gealtert, denn alle seine unglaublichen Abenteuer mit Kater Frech und der selbstspielenden Harfe waren tatsächlich im Verlauf von nur vierundzwanzig Stunden vor sich gegangen. Zar Iwan lebte viele Jahre in Gesundheit und regierte milde und friedlich, nachsichtig und gerecht. Er machte sich die klugen Ratschläge seiner Gattin, der rechtgläubigen Katerina, zunutze,

hielt mit seiner unermeßlich großen Krieger-
schar seine Feinde in Furcht und Gehorsam und
ward vom Volke gepriesen. Aus Anlaß seiner
und seiner Gattin Thronbesteigung ließ er das
Volk drei Tage und drei Nächte lang ein großes
Freudenfest feiern. Da flossen die ausländischen
Weine über den Rand, Speisen, wie sie dein
Leckermaul nur wünschen mag, gab es in Hülle
und Fülle. Gaukler, fremde wie bodenständige,
vielerlei Spiele, Tänze, Rutschbahnen, Schlitten-
bahnen, Märchen und Faustkämpfe erheiterten
die Menschen, die von allen Ecken und Enden
des weiten Reichs zusammengeströmt waren.

Auch ich und Gevatter Demjan waren dort,
die Gevatterin Solomonida hatten wir zu Hause
vergessen, Meth und Bier tranken wir; was der
Mund nicht fassen kann, über unsere Bärte rann.
Wer mein Märchen bis zum Ende angehört hat,
dem gebe ich die Hälfte ab, wer nicht – kriegt
keinen Tropfen.

ALEXANDER KUPRIN

Die scheckigen Pferde

Der heilige Nikolaus war von Geburt ein
Grieche aus dem kleinasiatischen Myra. Aber
das sündige, gutmütige, ungelehrte Russenland hat sich seine schöne, sanfte Gestalt so zu
eigen gemacht, daß Nikola der Gütige von
alters her sein geliebter Heiliger und Für-
sprecher geworden ist. Die Russen verliehen
seinem geistigen Gesicht ihre eigenen Cha-
rakterzüge und bildeten viele, in ihrer Herzens-
einfalt wundervolle Legenden über ihn. Hier
ist eine.

Landauf, landab zog Väterchen Nikolaj, der
hilfreiche Gottesmann, in Regen und Schnee,
in Kälte und Hitze durch das russische Land,
durch Städte und Dörfer, durch tiefe Wälder
und über unwegsame Moore, auf breiten
Straßen oder auf Feldwegen. Bei uns gab es
immer eine Menge für ihn zu tun. Da war das
Herz eines harten Gebieters zu erweichen,
dort galt es einen ungerechten Richter zu
überführen oder einen über das Maß gierigen
Händler in seine Schranken zu verweisen,
einen unschuldig Eingekerkerten aus dem
feuchten Verlies zu befreien, einem zum un-
verdienten Tode Verurteilten Begnadigung zu
erwirken, einem Ertrinkenden Hilfe zu gewähren, einen Verzweifelten aufzumuntern,

eine Witwe zu trösten, eine Waise bei guten Menschen unterzubringen.

Unser Volk ist ein dunkles Volk, schwach und unwissend. Es ist mit Sünde überwuchert wie ein alter, mit Schmutz und Moos bedeckter Stein am Wege. Wohin soll es sich in drückender Not, in Krankheit, in der Stunde bekümmerter Reue wenden, wenn sich die Blicke in die Höhe richten? An Gott den Herrn? Der ist in weiter Ferne und dräut. Kann man die hilfreiche Gottesmutter wegen der Krätze im Dorfe belästigen? Und von den übrigen Heiligen und Gerechten hat jeder seinen gesonderten Bereich. Für fremde Sorgen fehlt ihnen die Zeit. Aber Nikola – der gehört zu uns, er ist nicht mäkelig, rasch bei der Hand und für jeden da. Nicht umsonst suchen nicht nur die Rechtgläubigen mit ihren Bitten bei ihm Zuflucht, sondern auch allerhand andere Völker: Mordwinen, Syrjanen, Wotjaken und die heidnischen Tscheremissen. Sogar die Tataren achten ihn. Selbst Gauner und Pferdediebe, so gottlose Burschen sie auch sein mögen, selbst die wagen es, ein Stoßgebet an ihn zu richten.

So wanderte denn der hilfreiche Gottesknecht Nikolaj durch das alte weite Russenland... Da kommt plötzlich ein Himmelsbote zu ihm geflogen.

«In was für einer Wildnis treibst du dich herum, Bischof? Es ist ja eine Kunst, dich aufzuspüren. Alle deine kirchlichen Angelegenheiten hast du vernachlässigt. Dabei droht der Kirche große Not. Der böse Arius, der Gernegroß, hat sich gegen die Rechtgläubigkeit erhoben. Die Schriften der Heiligen Väter hat er auf den Boden geschmissen, er schmäht die

Sakramente und brüstet sich laut: er, der Gernegroß, werde in der Woche nach Ostern, in der Woche der Rechtgläubigkeit auf dem Konzil in Nicäa vor aller Welt den wahren Glauben für alle Zeiten zerschmettern... Rasch, rasch, Väterchen Nikola, eile schnell zu Hilfe. Du bist unsere ganze Hoffnung.»

«Ich komme», sagte der Bischof.

«Zaudere nicht, Lieber. Es ist nicht mehr viel Zeit zu verlieren, und du weißt selbst, wie weit die Reise ist.»

«Noch heute mache ich mich auf den Weg. Sofort. Fliege in Frieden!»

Der Bischof war mit einem Fuhrhalter namens Wassilij gut bekannt, einem ehrenwerten Mann und Meister in seinem Fach. Für lange Strecken konnte man keinen besseren finden. Der Bischof begab sich zu seinem Gehöft.

«Spute dich, Wassilij. Tränke die Pferde. Wir fahren.»

Wassilij fragte nicht, ob es weit sei. Er wußte, wenn es sich um ein nahes Ziel gehandelt hätte, wäre Nikola der Gnädige zu Fuß gegangen, da er großes Mitleid mit den Pferden hatte.

«Zu Befehl, Vater», sagte er. «Nimm in der Stube Platz. Ich spanne augenblicklich an.»

In jenem Winter lag der Schnee erschreckend hoch, die Wege waren kaum befahrbar. Wassilij spannte drei Pferde hintereinander: vorn ein winziges, klappriges Rößchen, dessen Fell vor Alter schon ganz weiß geworden, aber es war schlau und hatte ein erstaunliches Gedächtnis für Wege. Dahinter kam ein Rappe, ausdauernd im Lauf, aber etwas saumselig, er brauchte die Peitsche als eine Art Hafer. Und zwischen den Deichseln lief eine graue Stute aus eigener Zucht, lammfromm und eifrig, Maschka genannt.

Wassilij belegte den Schlitten bis zu den Seitenbrettern mit einer Schütte Stroh, bedeckte es mit einem alten Sack, stopfte ihn links und rechts fest und hieß den Bischof Platz nehmen. Er selbst setzte sich nach Fuhrmannsart auf den Schlittenrand, ein Bein auf dem Schlitten, das andere draußen, um es bei Abhängen gegen den Boden stemmen zu können. In den Händen hielt er sechs Lenkseile und zwei Peitschen: eine kurze, die im Filzstiefel steckte, und eine längere, deren Stiel fest in seiner Hand lag, während das Ende der Schnur weit hinter dem Schlitten herlief und Schnörkel in den Schnee zeichnete.

Unansehnlich ist Wassilijs Dreigespann, aber kein anderes ist mit ihm vergleichbar. Die Kumte der beiden Vorderpferde tragen Schellen, die harmonisch aufeinander abgestimmt sind, und unter dem Krummholz des Deichselpferds schaukelt ein Waldaier Glöckchen von weichem Klang. Das ergibt eine Musik! Fünf Werst weit hört man: da kommen ehrliche Menschen. Von der Seite gesehen, laufen die Pferde gleichsam im Paßgang, doch kein einziger berühmter Traber dürfte sie auf die Dauer einholen, die Luft würde ihm ausgehen. Das weiße Pferdchen hat den Kopf gesenkt, beschnuppert den Schnee, hat die Augen auf den Boden gerichtet. Wenn der Weg eine Biegung macht, braucht es kein Lenkseil, es spürt selbst die neue Richtung.

Manchmal macht Wassilij auf seinem Sitz

ein Nickerchen, aber auch im Halbschlaf hört er mit einem Ohr. Sowie er vernimmt, daß die Schellen mit dem Glöckchen nicht übereinstimmen, fährt er augenblicklich auf. Wenn ein Pferd schwindelt, nicht am Strang zieht, die Arbeit auf die anderen abwälzt, bringt er ihm sofort mit der Peitsche seine Pflicht ins Gedächtnis, und wenn eins den Gang beschleunigt, dann zügelt er es mit dem Lenkseil, und alles ist wieder in Ordnung. Wie aufgezogen laufen die Pferde in gleichem Schritt und Takt, nur die Ohren sind aufgerichtet und nach hinten gelegt. Und immerzu läuten die Schellen auf dem weiten beschneiten Weg.

Plötzlich stießen sie auf Räuber. Unter einer Brücke hervor tauchten die finsteren Gesellen auf und stellten sich wie ein Schlagbaum quer in den Weg.

«Halt, Kutscher! Wen fährst du? Einen reichen Bojaren, einen hurtigen Kaufmann oder einen dickbäuchigen Popen? Sprich! Tod oder Leben!»

Wassilij brummte:

«Reißt doch die Augen auf, ihr Tölpel! Seht ihr nicht, wer da sitzt?»

Die Räuberchen sahen hin und warfen sich auf den Boden.

«Verzeih uns Bösewichtern, heiliger Gottesmann. Wie konnten wir Dummköpfe uns bloß so versehen! Verzeih! Sei uns gnädig!»

«Gott verzeiht», sagte Nikola der Gütige. «Aber ihr, Brüderchen, solltet nicht so viele Menschen abschlachten – es wird fürchterlich sein, wenn ihr in jener Welt Rede und Antwort zu stehen habt.»

«Oh, sündig sind wir, Väterchen, stecken

bis über die Ohren in Sünde... Du aber, Gnädiger, vergiß auch uns Bösewichter nicht in deinen Gebeten... Fahr in Frieden deiner Wege!»

«Und Friede sei mit euch auf eurem Lagerplatz, Räuberchen!»

So fuhr denn Wassilij den Bischof viele Tage und Nächte. Zum Füttern hielt er bei anderen Fuhrleuten; er war weit und breit bekannt, überall hatte er Freunde und Gevattern. Schon hatten sie das Saratower Gouvernement durchquert, waren durch die Dörfer der Kolonisten gefahren, zu den ukrainischen Schöpfen gelangt und befanden sich nun in fremden Ländern.

Inzwischen trat Arius der Gernegroß aus seinem hohen Terem heraus und preßte das Ohr an die feuchte Erde. Lange lauschte er, erhob sich dunkler als eine Wolke und rief seinen getreuen Anhängern zu:

«Hört, meine Getreuen. Ich spüre von weitem, daß Nikola der Wundertäter aus Rußland zu uns eilt. Der Fuhrmann Wassilij fährt ihn. Kommt Nikolaj vor der Woche der Rechtgläubigkeit an, sind wir alle – ihr wie ich – verloren und werden zerquetscht wie die Schaben. Tut alles, meine Diener, was ihr wollt und könnt, aber haltet mir unbedingt den Bischof für einen oder zwei Tage auf dem Wege auf. Wenn nicht, mache ich euch alle einen Kopf kürzer und verschone keinen einzigen. Aber wer es geschickt anfängt und meinen Befehl ausführt, den überschütte ich mit Gold und Edelsteinen und gebe ihm meine einzige Tochter, die schöne Häresia zur Frau.»

Die Diener enteilten – wie auf Flügeln flogen sie.

Wassilij fuhr mit dem Gottesmann durch die fremden Länder. Die Völker, auf die sie stießen, waren wild, halsstarrig und unhöflich. Russisch wollten sie überhaupt nicht sprechen. Zerlumpt, schwarze Haare, zerschabte Schnauzen, raubgierige Blicke unter der Stirn hervor – wie die Wölfe.

Die Reisenden hatten nur noch eine einzige Tagesreise vor sich. Morgen zur Messe würden sie im Dom von Nicäa sein. Sie machten halt, um in einem Dorfe bei einem dort ansässigen Fuhrhalter zu übernachten. Der Mann war unfreundlich, nicht zum Sprechen aufgelegt und grob.

Sie baten um Hafer für die Pferde.

«Habe keinen, Hafer ist alle.»

«Macht nichts, Wassilij», sagte Nikolaj, «nimm den leeren Sack unterm Sitz hervor und schütte ihn über der Krippe aus!»

Wassilij tat nach seinem Geheiß, und aus dem Sack rannen in goldenem Strom schwere Weizenkörner. Er schüttete die Tröge randvoll.

Sie baten um Essen. Der Mann tat mit Zeichen kund: «Nein, ich habe nichts für euch.»

«Na was», sagte der Bischof, «gegen ein Nein hilft auch kein Richterspruch. Hast du noch Brot, Wassilij?»

«Ein kleines Stück ist noch vorhanden, Väterchen, aber es ist schon ganz hart und altbacken.»

«Tut nichts. Wir weichen es in Wasser auf und essen Brotsuppe.»

Sie speisten, beteten und legten sich schlafen. Der Gottesmann auf der Bank, Wassilij auf dem Fußboden. Nikolaj schlummerte ruhig ein wie ein Kind. Aber Wassilij fand keinen Schlaf. Sein Herz war voll Unruhe. Mitten in der Nacht stand er auf, um nach den Pferden zu sehen. Er ging in den Stall und kam wie der Wind zurückgelaufen, das Gesicht verzerrt, am ganzen Leibe zitternd. Zu Tode erschrocken, weckte er den Bischof.

«Vater Nikolaj, stehe sofort auf, komm mit mir in den Pferdestall und sieh, in welche Not wir geraten sind!»

Sie gingen. Öffneten die Tür. Draußen begann es schon zu dämmern. Der Bischof warf einen Blick in den Stall und staunte. Die Pferde lagen zerstückelt am Boden: hier Beine, hier Köpfe, dort Hälse, dort Rümpfe. Wassilij heulte. Die Pferdchen waren gar zu gut.

Der Bischof beschwichtigte ihn:

«Macht nichts, macht nichts, Wassilij. Murre nicht, verliere nicht den Mut. Diesen Kummer kann man heilen. Nimm die Glieder und füge sie wieder zusammen, wie sie waren, Glied an Glied, Teil an Teil.»

Wassilij gehorchte. Er setzte die Köpfe an die Hälse und die Hälse und Beine an die Rümpfe. Dann wartete er, was weiterkäme. Nikolaj der Wundertäter verrichtete ein kurzes Gebet, und plötzlich sprangen alle drei Pferde auf die Beine. Gesund und kräftig, als sei ihnen nichts widerfahren, schüttelten sie die Mähnen und schnoben vergnügt in den Hafer. Wassilij fiel dem Bischof zu Füßen.

Noch vor Tagesanbruch fuhren sie weiter. Unterwegs wurde es hell. In der Ferne glänzte schon das Kreuz auf dem Glockenturm von Nicäa. Nikolaj der Gottesmann sah jedoch,

wie sich Wassilij von seinem Sitz bald nach
links, bald nach rechts hinunterbeugte, als ob
ihm an den Pferden etwas auffalle.

«Was machst du da, Wassilij?»

«Ich traue meinen Augen nicht, heiliger
Vater... meine Pferde haben plötzlich verschiedene Farben. Vordem war jedes gleich-
farbig, jetzt sind sie gescheckt wie die Kälber.
Ob ich mich in der Dunkelheit und in der Eile
nicht beim Zusammensetzen der Glieder versehen habe? Da ist was schiefgegangen!»

Der Bischof sagte:

«Mach dir keine Sorgen und keinen Kummer.
Mag's so bleiben. Fahr zu, fahr zu, Lieber, daß
wir nicht zu spät kommen.»

Und tatsächlich. Beinahe hätten sie sich verspätet. Das Konzil im Dom von Nicäa war
fast schon zur Hälfte beendigt. Arius betrat
das Lesepult vor dem Altar. Ein Kerl wie ein
Klotz in einem mit Diamanten übersäten
Brokatgewand, auf dem Kopf die doppel-
hörnige goldene Mitra. Er stellte sich vor das
Volk und begann das umgekehrte Credo zu
verkünden.

«Ich glaube weder an Gott noch an den Sohn,
noch an den Heiligen Geist...» und so fort in
der Reihenfolge. Eben wollte er schließen:
«Ohne Amen!» da wurde die Tür der Vorhalle
aufgerissen, und eiligen Schritts kommt Nikólaj
der Gottesmann herein.

Eben erst war er aus dem Schlitten gesprungen. Kaum hatte er den langen Reisemantel
abwerfen können, Strohhalme hafteten noch
an seinen Haaren, an dem grauen Bart und dem
abgetragenen Priesterrock... Mit schnellen

Schritten ging der Bischof auf den Altar zu. Nein, er schlug dem Gernegroß Arius nicht auf die Backe – das stimmt nicht –, er holte nicht mal aus, sondern blickte ihn nur zornig an. Da schwankte der Gernegroß und wäre gefallen, wenn ihm nicht seine Anhänger unter die Arme gegriffen hätten. Seine heillosen Worte konnte er nicht zu Ende sprechen. Er sagte nur:

«Führt mich an die frische Luft. Hier ist es stickig, ich kriege keine Luft mehr.»

Man geleitete ihn aus dem Dom in das Kirchgärtchen, und da wurde ihm übel. Er setzte sich neben einen Baum. Da platzte sein Wanst, und die Eingeweide quollen auf die Erde. Und er starb ohne Reue.

Beim Fuhrmann Wassilij aber gab es seitdem nichts als scheckige Pferde. Und jedermann weiß seit langem, daß Pferde dieser Farbe den längsten Atem beim Lauf haben und ihre Beine gleichsam aus Eisen sind.

Jetzt ist Winter. Nacht. Wir sind auf die Straße gegangen, um nachzuschauen, ob nicht die Schlangenlinie von Wassilijs langer Peitschenschnur auf dem Schnee zu sehen ist, seine Schellen samt dem Glöckchen zu hören sind. Nein. Nichts zu sehen. Nichts zu hören.

Pst! Klingt da nicht was?

ANTONIJ POGORELSKIJ

Das schwarze Huhn

ODER

Die Unterirdischen

Vor vierzig Jahren lebte in Petersburg, in der Ersten Seitenstraße auf Wassilij Ostrow, der Besitzer einer Knabenpension, die wahrscheinlich noch jetzt vielen in lebhafter Erinnerung ist, obwohl das Haus, in dem sich die Pension befand, schon längst einem anderen Platz gemacht hat, das mit dem früheren nicht die geringste Ähnlichkeit hat. In jener Zeit wurde unser Petersburg schon in ganz Europa wegen seiner Schönheit gerühmt, obwohl es bei weitem noch nicht so aussah wie jetzt. Damals waren die Prospekte auf Wassilij Ostrow keine anmutigen, schattigen Alleen. Die hölzernen Gehsteige, oft aus verfaulten Brettern zusammengefügt, haben den schönen Trottoirs von heute Platz gemacht. Die damals enge und ungleichmäßige Isaaksbrücke hatte ein ganz anderes Aussehen als jetzt – mit einem Wort, das damalige Petersburg war nicht dieselbe Stadt wie heute. Im Gegensatz zu den Menschen haben Städte unter anderem den Vorzug, daß sie zuweilen mit den Jahren schöner werden... Im übrigen geht es hier nicht um Petersburg. Ein andermal und bei anderer Gelegenheit spreche ich vielleicht ausführlicher über die Veränderungen, die im Laufe meiner Zeit in

Petersburg vor sich gegangen sind; jetzt wollen wir uns wieder der Pension zuwenden, die sich vor vierzig Jahren auf Wassilij Ostrow, in der Ersten Seitenstraße befand.

Das Haus, das man jetzt nicht mehr findet, besaß zwei Stockwerke und war mit holländischen Ziegeln gedeckt. Die hölzerne Eingangstreppe ragte in die Straße hinein. Aus dem Flur führte eine ziemlich steile Treppe in die oberen Räumlichkeiten, zu den acht oder neun Zimmern, in denen auf der einen Seite der Pensionsinhaber wohnte, während auf der anderen Seite die Klassenzimmer lagen. Die Schlafzimmer der Knaben waren im Erdgeschoß, rechts vom Flur, während auf der linken Seite zwei alte Holländerinnen wohnten, von denen jede mehr als hundert Jahre zählte; sie hatten mit eigenen Augen noch Peter den Großen gesehen und sogar mit ihm gesprochen.

Unter den dreißig oder vierzig Zöglingen dieser privaten Lehranstalt befand sich ein Knabe namens Aljoscha, der damals nicht älter war als neun oder zehn Jahre. Seine Eltern, die weit von Petersburg entfernt wohnten, hatten ihn zwei Jahre zuvor in die Hauptstadt gebracht, in die Pension gegeben und waren heimgekehrt, nachdem sie dem Lehrer die vereinbarte Summe für zwei Jahre im voraus bezahlt hatten. Aljoscha war ein kluger, lieber Junge; er lernte gut, und alle liebten und verzärtelten ihn. Trotzdem war es ihm in der Pension oft langweilig zumute, und zuweilen plagte ihn das Heimweh. Besonders am Anfang konnte er sich gar nicht mit dem Gedanken vertraut machen, daß er von seinen Eltern getrennt war. Aber später begann er sich allmählich an seine Lage zu gewöhnen, und es gab sogar Augenblicke, wo er beim Spiel mit den Kameraden dachte, daß es in der Pension viel lustiger sei als im Elternhause.

Im allgemeinen vergingen ihm die Unterrichtstage rasch und angenehm, aber wenn der Samstag kam und alle Kameraden heim zu ihren Eltern eilten, dann fühlte Aljoscha seine Einsamkeit und litt unter ihr. An Sonn- und Feiertagen war er sich selbst überlassen. Seine einzige Zerstreuung bildete die Lektüre der Bücher, die ihm der Lehrer aus seiner eigenen kleinen Bibliothek zu entnehmen gestattete. In jener Zeit waren in der Literatur die Ritterromane und Zaubergeschichten Mode, und die Bibliothek, die unser Aljoscha benützte, bestand zumeist aus Büchern dieser Art.

So kam es also, daß Aljoscha schon in seinem zehnten Lebensjahr die Heldentaten der berühmtesten Ritter genau kannte, zumindest so, wie sie in den Romanen beschrieben waren. Es gehörte zu seiner Lieblingsbeschäftigung an den langen Winterabenden der Sonntage und an anderen Feiertagen, sich in Gedanken in alte, längst vergangene Zeiten zu versetzen. Besonders in den Ferien, wenn er von den Kameraden getrennt und oft tagelang sich selbst überlassen war, ließ ihn seine jugendliche Einbildungskraft zu Ritterschlössern, furchterregenden Ruinen und durch tiefe, dunkle Wälder schweifen.

Ich vergaß zu sagen, daß zu dem Hause ein ziemlich geräumiger Hof gehörte, der durch einen aus hölzernen Schiffsplanken bestehenden Zaun von einer Gasse abgegrenzt war. Das

Tor samt Pförtchen, die in die Gasse führten, waren immer verschlossen, und Aljoscha war es deshalb nie geglückt, diese Gasse zu betreten, die seine Neugier stark erregte. Sooft man ihm erlaubte, in der Freizeit auf dem Hofe zu spielen, war seine erste Regung, zum Zaun zu laufen. Dort stellte er sich auf die Zehenspitzen und schaute unverwandt durch die kleinen Löcher, die überall im Zaun vorhanden waren. Aljoscha wußte nicht, daß die runden Löcher von den Holznägeln herrührten, mit denen früher die Planken der Barken zusammengehalten waren. Ihm schien, daß eine gütige Zauberin diese Löcher eigens für ihn angebracht hatte. Er wartete immer darauf, daß diese Zauberin einmal in der Gasse erscheinen und ihm durch eins der kleinen Löcher ein Spielzeug oder einen Talisman oder ein Briefchen von Papa und Mama überreichen werde, von denen er schon seit langem keine Nachricht erhalten hatte. Aber zu seinem größten Bedauern erschien niemand, der auch nur eine entfernte Ähnlichkeit mit einer Zauberin hatte.

Eine andere Beschäftigung Aljoschas bestand darin, daß er die Hühner fütterte, die neben dem Zaun in einem eigens für sie errichteten Häuschen lebten und den ganzen Tag auf dem Hof herumliefen und spielten. Aljoscha war rasch mit ihnen bekannt geworden, wußte sie bei Namen zu rufen, schlichtete ihre Fehden und bestrafte die Rauflustigen, indem er ihnen zuweilen einige Tage nacheinander nichts von den Brotkrumen zuteilte, die er immer nach dem Mittag- und Abendessen vom Tischtuch klaubte. Unter den Hühnern liebte er besonders ein schwarzes mit einem

Schopf, Mohrchen genannt. Das schwarze Huhn mochte er lieber als alle anderen; es ließ sich zuweilen von ihm streicheln, und deshalb brachte ihm Aljoscha die besten Bissen. Es war von stiller Art, ging nicht mit den anderen spazieren und schien Aljoscha lieber zu haben als die eigenen Freundinnen.

Einmal (es war zur Zeit der Winterferien) an einem schönen und ungewöhnlich warmen Tage, gestattete man Aljoscha, auf dem Hofe zu spielen. An diesem Tage hatten der Lehrer und die Lehrersfrau alle Hände voll zu tun. Sie hatten den Schulrat zum Essen eingeladen. Schon tags zuvor wurden von früh bis spät überall im Hause die Böden gescheuert, Staub gewischt und das Mahagoniholz der Tische und Kommoden blankgerieben. Der Lehrer fuhr in eigener Person los, um alle Lebensmittel einzukaufen: weißes Kalbfleisch aus Archangelsk, einen riesigen Schinken und Kiewer Fruchtgelee. Aljoscha half nach besten Kräften bei den Vorbereitungen. Man ließ ihn ein hübsches Netz für den Schinken aus weißem Papier ausschneiden und die eigens gekauften sechs Wachskerzen mit Rosetten aus Papier verzieren. Am Morgen des bestimmten Tages erschien ein Haarkünstler und bewies sein Können an den Locken, Toupets und dem langen Zopf des Lehrers. Dann kam die Lehrersfrau an die Reihe; er pomadisierte und puderte ihre Locken und türmte auf ihrem Haupte eine ganze Orangerie verschiedener Blumen auf, zwischen denen zwei sehr geschmackvoll angebrachte Brillantringe aufblitzten, die dem Lehrer einmal von Eltern seiner Schüler geschenkt worden waren. Nachdem der Haarkünstler sein Werk vollendet hatte, zog sie sich eine alte, abgetragene Kutte über und bekümmerte sich um den Haushalt, wobei sie streng darauf achtete, ihre Frisur nicht zu beschädigen. Aus diesem Grunde ging sie nicht selbst in die Küche, sondern erteilte der Köchin von der Küchentür aus ihre Anweisungen. Wenn es sich gar nicht vermeiden ließ, schickte sie ihren Mann hinein, dessen Frisur nicht so hoch getürmt war.

Bei all diesen Sorgen und Besorgungen hatte man unseren Aljoscha ganz vergessen. Er hatte es dazu benützt, um auf dem Hofe zu spielen. Nach seiner üblichen Gewohnheit ging er zuerst zum Plankenzaun und blickte lange durch eines der Löcher. Aber an diesem Tage ging fast niemand durch die Gasse, und er wandte sich seufzend seinen geliebten Hühnern zu. Kaum hatte er sich auf einen Balken gesetzt und sie zu locken begonnen, als er plötzlich die Köchin mit einem großen Messer neben sich erblickte. Aljoscha hatte diese Köchin noch nie gemocht; sie war böse und zänkisch. Aber seitdem er bemerkt hatte, daß sie die Ursache war, warum sich die Zahl seiner Hühner von Zeit zu Zeit verringerte, liebte er sie noch weniger. Als er einmal zufällig in der Küche ein hübsches, von ihm sehr geliebtes Hähnchen sah, aufgehängt an den Füßen, die Kehle durchschnitten, wuchs seine Abneigung gegen die Köchin noch mehr, und er verabscheute sie. Wie er sie jetzt mit dem Messer erblickte, erriet er sofort, was es bedeutete, und da er schmerzlich fühlte, außerstande zu sein, seinen Freunden zu helfen, sprang er auf und rannte weit fort.

«Aljoscha, Aljoscha! Hilf mir ein Huhn fangen!» rief die Köchin.

Aber Aljoscha lief weiter, verbarg sich am Zaun hinter dem Hühnerstall und merkte selbst nicht, wie die Tränen aus seinen Augen tropften und auf die Erde fielen.

Ziemlich lange stand er beim Hühnerstall, und sein Herz schlug heftig, während die Köchin über den Hof rannte. Bald lockte sie die Hühner: «Putt, putt, putt!», bald beschimpfte sie das garstige Federvieh.

Plötzlich pochte Aljoschas Herz noch stärker. Er glaubte die Stimme seines geliebten Mohrchens zu vernehmen. Es gackerte ganz verzweifelt, und Aljoscha schien, als ob es schreie:

Ga-ga-gah! Ga-ga-goch!
Aljoscha, hilf mir doch!
Was soll ich tun,
ich armes Huhn!

Aljoscha konnte nicht länger an seinem Platz bleiben. Laut aufschluchzend rannte er zu der Köchin und warf sich ihr in demselben Augenblick an den Hals, als sie Mohrchen bereits am Flügel gepackt hatte.

«Liebe, liebe Trinuschka!» rief er tränenüberströmt, «bitte, rühre mein schwarzes Huhn nicht an!»

Aljoscha war der Köchin so unerwartet um den Hals gefallen, daß sie das schwarze Huhn aus den Händen ließ. Es nützte diesen Umstand aus und flatterte vor Schreck auf das Dach des Schuppens, wo es weitergackerte. Aber Aljoscha schien es jetzt, als ob sich das Huhn über die Köchin lustig machte und schrie:

Ga-ga-gah! Ga-ga-gach!
Das Huhn sitzt auf dem Dach.
Ga-ga-gah! Ga-ga-goch!
Es gackert noch.

Die Köchin war außer sich vor Ärger und wollte zum Lehrer laufen, aber Aljoscha ließ sie nicht fort. Er klammerte sich an ihren Rock und bat so flehentlich, daß sie stehenblieb.

«Seelchen, Trinuschka!» rief er, «du bist so hübsch, so fein, so gut... bitte, laß mir Mohrchen! Sieh her, was ich dir schenke, wenn du lieb bist!»

Aljoscha zog ein Goldstück aus der Tasche, das sein ganzes Vermögen bildete und das er wie seinen Augapfel hütete, weil es ein Geschenk seines guten Großmütterchens war. Die Köchin sah auf die Goldmünze, warf einen Blick auf die Fenster des Hauses, um sich zu vergewissern, daß niemand sie sah, und streckte die Hand nach dem Goldstück aus. Aljoscha tat es sehr, sehr leid um die Münze, aber als er an das schwarze Huhn dachte, gab er das wertvolle Geschenk hin, ohne zu zucken.

Auf diese Weise wurde Mohrchen vor einem grausamen, unabwendbar erscheinenden Tode gerettet.

Sowie sich die Köchin ins Haus entfernt hatte, flog das schwarze Huhn vom Dach und lief auf Aljoscha zu. Es sah aus, als wisse es, daß er sein Retter sei: es umkreiste ihn, schlug mit den Flügeln und gackerte mit fröhlicher Stimme. Den ganzen Vormittag folgte es ihm wie ein Hündchen auf dem Hofe, und es schien, als ob es ihm etwas sagen wolle, aber nicht könne. Zumindest konnte Aljoscha nicht verstehen, was es gackerte.

Zwei Stunden vor dem Essen begannen sich die Gäste zu versammeln. Man rief Aljoscha nach oben, zog ihm ein Hemd mit einem runden Kragen und plissierten Batistmanschetten an und weiße Pluderhöschen mit einem breiten, seidenen blauen Gürtel. Die langen, blonden Locken, die ihm fast bis zur Brust hinabhingen, wurden tüchtig gekämmt, man zog ihm einen Scheitel und legte die Haare über die Schultern nach vorn. So putzte man damals die Kinder heraus.

Dann belehrte man ihn, wie er einen Kratzfuß machen sollte, wenn der Schulrat das Zimmer betrete, und was er zu antworten hatte, wenn ihm Fragen gestellt würden.

Zu anderer Zeit wäre Aljoscha über den Besuch des Schulrats sehr froh gewesen, den er schon längst hatte sehen wollen. Nach der Ehrerbietung zu urteilen, mit der sich der Lehrer und seine Frau über den Schulrat äußerten, hatte Aljoscha die Vorstellung, dieser müsse ein berühmter Ritter in einer blitzenden Rüstung und einem Helm mit großem Federbusch sein. Aber heute wurde die Neugier von dem Gedanken an das schwarze Huhn verdrängt, das ihn ausschließlich beschäftigte. Er konnte das Bild nicht loswerden, wie die Köchin mit dem Messer dem Huhn nachgerannt war und Mohrchen mit verschiedenen Stimmen gegackert hatte. Aljoscha ärgerte sich, daß er nicht hatte verstehen können, was es ihm sagen wollte, und es zog ihn mit aller Macht nach dem Hühnerstall... Aber nichts zu machen, er mußte warten, bis das Essen beendet war.

Endlich kam der Schulrat. Die Lehrersfrau kündigte seine Ankunft an. Sie hatte schon lange am Fenster gesessen und unverwandt in die Richtung geblickt, aus der man ihn erwartete.

Alles kam in Bewegung. Der Lehrer stürzte schnurstracks aus der Tür, um ihn unten an der Treppe zu empfangen. Die Gäste erhoben sich von ihren Plätzen. Sogar Aljoscha vergaß für eine Minute sein Huhn und trat ans Fenster, um zu sehen, wie der Ritter vom feurigen Streitroß steigen werde. Aber es glückte ihm nicht: der Schulrat hatte bereits das Haus betreten. Vor der Treppe hielt statt des Streitrosses ein gewöhnlicher Mietschlitten. Aljoscha wunderte sich sehr darüber. Wenn ich ein Ritter wäre, dachte er, dann würde ich niemals mit einem Droschkenkutscher fahren, sondern käme immer zu Pferde!

Inzwischen waren alle Türen weit geöffnet worden. Die Lehrersfrau begann in Erwartung des hohen Gastes, der gleich danach erschien, zu knicksen. Zuerst war wegen der dicken, in der Tür stehenden Lehrersfrau überhaupt nichts von ihm zu sehen, aber als sie nach Beendigung ihrer Begrüßung einen noch tieferen Knicks machte, erblickte Aljoscha zu seinem größten Erstaunen – keinen Federhelm, sondern nur einen kleinen, weiß gepuderten, kahlen Kopf, dessen einziger Schmuck ein winziger Haarschopf war, wie Aljoscha später feststellte. Als der Schulrat das Gastzimmer betrat, wunderte sich Aljoscha noch mehr. Statt einer funkelnden Rüstung trug er einen einfachen grauen Frack. Trotzdem verhielten sich alle mit ungewöhnlicher Ehrerbietung gegen ihn.

So verwunderlich dies alles Aljoscha vorkam, so sehr er sich zu anderer Zeit über den ungewöhnlich üppig gedeckten Tisch gefreut hätte, doch an diesem Tage schenkte er all dem keine sonderliche Beachtung. Ihm ging der Vorfall mit dem schwarzen Huhn von heute morgen nicht aus dem Kopf. Das Dessert wurde gereicht: alle Arten von Fruchtgelee, Äpfel, Bergamottebirnen, Feigen, Weintrauben und Walnüsse. Aber auch dabei hörte er keinen Augenblick auf, an das Huhn zu denken. Und kaum erhob man sich von der Tafel, ging er, zitternd vor Furcht und Hoffnung, zu dem Lehrer und fragte, ob er auf den Hof gehen und spielen dürfe.

«Geh», antwortete der Lehrer, «bleibe nur nicht zu lange, es wird schon bald dunkel.»

Aljoscha zog eiligst sein Pelzröckchen aus Eichhornfell an, setzte die grüne Samtkappe mit Zobelfellbesatz auf und eilte zum Zaun. Während er dorthin strebte, begannen sich die Hühner schon zur Nachtruhe zu sammeln, und weil sie bereits halb schliefen, zeigten sie keine sehr große Freude über die mitgebrachten Krumen. Nur die Schwarze schien keine Lust zum Schlafen zu haben: sie kam vergnügt auf ihn zu, schlug mit den Flügeln und fing wieder an zu gackern. Aljoscha spielte lange mit ihr. Da es schließlich dunkel wurde und es an der Zeit war, heimzugehen, schloß er selbst den Hühnerstall zu, nachdem er sich zuvor vergewissert hatte, daß sein Lieblingshuhn auf der Stange saß. Als er den Stall verließ, schien ihm, daß die Augen der Schwarzen in der Dunkelheit wie Sternlein funkelten und daß sie ganz leise zu ihm sagte:

«Aljoscha, Aljoscha, bleibe bei mir!»

Aljoscha kehrte in das Haus zurück und saß den ganzen Abend allein in den Klassenräumen, während auf der anderen Seite die Gäste bis elf Uhr blieben. Bevor sie sich verabschiedeten, ging Aljoscha in das im Erdgeschoß liegende Schlafzimmer, zog sich aus, legte sich ins Bett und löschte das Licht. Lange konnte er nicht einschlafen. Dann überwältigte ihn die Müdigkeit, und er konnte nur noch schnell im Halbschlaf ein paar Worte mit Mohrchen reden, als er von dem Lärm der scheidenden Gäste wieder aufgeweckt wurde.

Etwas später kam der Lehrer, der den Schulrat mit einer Kerze hinausbegleitet hatte, zu ihm ins Zimmer, sah nach, ob alles in Ordnung sei, ging wieder und schloß die Tür hinter sich zu.

Es war eine Mondnacht. Durch die nicht ganz dichten Läden fiel ein blasser Mondstrahl ins Zimmer. Aljoscha lag mit offenen Augen da und hörte noch lange Zeit, wie man im oberen Stockwerk, über seinem Kopfe, in den Zimmern hin und her ging und die Stühle und Tische zurechtrückte.

Schließlich wurde alles still. Er blickte zu dem neben ihm stehenden Bett, das ein wenig vom Mondlicht beschienen war, und bemerkte, wie sich das fast bis zum Boden reichende Betttuch leicht bewegte. Als er genauer hinsah, glaubte er zu hören, daß unter dem Bett etwas scharrte, und ein wenig später schien es ihm, daß ihm jemand mit leiser Stimme zurief:

«Aljoscha! Aljoscha!»

Aljoscha erschrak. Er war allein im Zimmer, und ihm kam sofort der Gedanke, daß sich unter dem Bett ein Dieb verberge. Aber dann überlegte er, ein Dieb würde ihn nicht beim Namen nennen, und er faßte ein wenig Mut, obwohl sein Herz heftig pochte. Er richtete sich etwas im Bett auf und sah nun noch deutlicher, daß sich die Bettdecke bewegte, hörte noch deutlicher jemanden sagen:

«Aljoscha! Aljoscha!»

Plötzlich hob sich das weiße Tuch. Und was kam zum Vorschein? – Das schwarze Huhn!

«Ach, du bist es, Mohrchen!» rief Aljoscha unwillkürlich. «Wie hast du hergefunden?»

Das Huhn schlug mit den Flügeln, flog zu ihm aufs Bett und sagte mit Menschenstimme:

«Ich bin's, Aljoscha! Du hast doch keine Angst vor mir, nicht wahr?»

«Warum denn?» antwortete er. «Ich habe dich lieb; nur kommt es mir seltsam vor, daß du so gut sprichst. Ich wußte gar nicht, daß du sprechen kannst.»

«Wenn du keine Angst vor mir hast», fuhr das Huhn fort, «so folge mir. Ziehe dich schnell an!»

«Du bist ja komisch, Mohrchen!» sagte Aljoscha. «Wie kann ich mich in der Dunkelheit anziehen? Ich finde jetzt meinen Anzug nicht, ich sehe ja dich nur mit Mühe.»

«Ich werde mich bemühen, dir zu helfen», sagte das Huhn.

Dabei gackerte es mit einer seltsamen Stimme. Und plötzlich erschienen von irgendwoher kleine Kerzen in silbernen Leuchtern, nicht größer als Aljoschas kleiner Finger. Die Leuchter standen auf dem Boden, auf den Stühlen, auf den Fensterbrettern, sogar auf dem Waschtisch, und im Zimmer wurde es hell, so hell wie am Tage. Aljoscha zog sich an, das Huhn reichte ihm die Kleidungsstücke zu, und solcherart war er bald völlig angekleidet.

Als Aljoscha fertig war, gackerte das schwarze Huhn abermals, und alle Kerzen erloschen.

«Komm mir nach!» sagte es zu ihm.

Er folgte ihm ohne Zagen. Aus den Augen des Huhns schienen Strahlen zu schießen, die alles ringsum erhellten, wenn auch nicht so stark, wie es die kleinen Kerzen bewirkt hatten. Die beiden gingen durch den Vorraum.

«Die Tür ist zugeschlossen», sagte Aljoscha.

Aber das Huhn gab ihm keine Antwort: es schlug mit den Flügeln, und die Tür tat sich auf. Nachdem sie durch den Flur gegangen waren, wandten sie sich zu den Zimmern, in denen die hundertjährigen Holländerinnen wohnten. Aljoscha war nie bei ihnen gewesen, aber er hatte gehört, daß die Zimmer auf altertümliche Weise eingerichtet seien, daß eine der alten Damen einen großen grauen Papagei und die andere eine graue Katze besitze, die sehr klug sei und durch einen Reifen springen sowie die Pfote geben könne. Schon lange hatte es ihn gelüstet, all das zu sehen, und darum war er sehr erfreut, als das Huhn abermals mit den Flügeln schlug und sich die Tür zu den Räumen der alten Damen öffnete.

Im ersten Zimmer erblickte Aljoscha altes Mobiliar aller Art: geschnitzte Stühle, Sessel, Tische und Kommoden. Eine große Bank war mit glasierten holländischen Kacheln belegt, auf denen Menschen und Tiere in blauer Farbe abgebildet waren. Aljoscha wollte stehenbleiben, um die Möbel zu betrachten, vor allem die Figuren auf der Bank, aber die Schwarze gestattete es ihm nicht.

Sie gingen in das zweite Zimmer, und dort geriet Aljoscha vor Vergnügen ganz außer sich. In einem prächtigen goldenen Bauer saß ein großer grauer Papagei mit roten Schwanzfedern. Aljoscha wollte sofort zu ihm laufen. Die Schwarze gestattete es abermals nicht.

«Rühre hier nichts an!» sagte sie. «Hüte dich, die Alten aufzuwecken!»

Da bemerkte Aljoscha, daß neben dem Papagei ein Bett mit weißen Musselinvorhängen stand, durch die er die Alte erkennen konnte, die mit geschlossenen Augen dalag; sie kam ihm vor, als sei sie aus Wachs. In der anderen Ecke stand genauso ein Bett. Dort schlief die andere alte Dame. Daneben saß die graue Katze und putzte sich mit den Vorderpfoten. Als Aljoscha an ihr vorbeiging, brachte er es nicht übers Herz und bat sie, Pfötchen zu geben. Plötzlich miaute sie laut, der Papagei plusterte sich auf und rief mit lauter Stimme: «Narrr, Narrr!» Zugleich sah man, wie sich hinter den Musselinvorhängen die beiden alten Damen im Bett aufrichteten. Das schwaze Huhn entfernte sich eiligst. Aljoscha rannte ihm nach. Hinter ihm schlug die Tür dröhnend zu, aber noch lange hörte man den Papagei kreischen: «Narrr! Narrr!»

«Schämst du dich nicht?» sagte das schwarze Huhn, als sie weit genug von den Zimmern der beiden Alten entfernt waren. «Bestimmt hast du die Ritter aufgeweckt!»

«Welche Ritter?» fragte Aljoscha.

«Das wirst du gleich sehen», antwortete das Huhn. «Fürchte dich nicht, folge mir!»

Sie stiegen scheinbar die Kellertreppe hinab und gingen lange, lange durch Gänge und Flure, die Aljoscha nie zuvor gesehen hatte. Zuweilen waren die Gänge so niedrig und eng, daß sich Aljoscha bücken mußte. Plötzlich betraten sie einen von drei Kristallüstern erleuchteten Saal. Er hatte keine Fenster. An den beiden Seitenwänden hingen Ritter in funkelnden Rüstungen, mit großen Federbüschen auf den Helmen, mit Spießen und Schilden in den eisernen Fäusten.

Das schwarze Huhn ging auf spitzen Krallen voraus und befahl Aljoscha, ihm ganz, ganz leise zu folgen.

Am Ende des Saals befand sich eine große Tür aus hellgelbem Kupfer. Sowie sie sich ihr näherten, sprangen zwei Ritter von den Wänden, schlugen die Spieße gegen die Schilde und stürzten sich auf das schwarze Huhn. Die Schwarze richtete den Kamm in die Höhe, breitete die Flügel aus und wurde plötzlich riesengroß, größer als die Ritter, mit denen sie zu kämpfen begann. Die Ritter bedrängten sie stark, doch sie verteidigte sich mit Flügeln und Schnabel. Aljoscha schauerte es, sein Herz flatterte, und er verlor die Besinnung.

Als er wieder zu sich kam, schien die Sonne durch die Läden des Zimmers, und er lag in seinem Bett. Vom schwarzen Huhn wie von den Rittern war nichts zu sehen. Aljoscha konnte sich lange nicht zurechtfinden. Er verstand nicht, was nachts mit ihm vorgegangen war: Hatte er alles das geträumt, oder war es wirklich geschehen? Er zog sich an und ging nach oben, aber was er in der Nacht erlebt hatte, wollte ihm nicht aus dem Kopf. Mit Ungeduld wartete er auf den Augenblick, wo er auf den Hof zum Spielen gehen konnte; aber es war wie verhext, den ganzen Tag schneite es sehr stark, und es war daran nicht zu denken, das Haus zu verlassen.

Beim Essen teilte die Lehrersfrau unter anderem mit, daß das schwarze Huhn nicht mehr da sei; es sei unbegreiflich, wohin es sich versteckt haben könnte.

«Übrigens», fügte sie hinzu, «ist es kein großer Schaden, wenn es abhanden gekommen ist. Es war längst für die Küche bestimmt. Stell dir vor, Seelchen, seit es bei uns im Hause ist, hat es noch kein einziges Ei gelegt!»

Aljoscha hielt kaum die Tränen zurück, obwohl ihm auch der Gedanke kam, es möge lieber nirgendwo gefunden werden, statt in die Küche zu geraten.

Nach dem Essen blieb Aljoscha wieder allein in den Klassenzimmern. Er dachte unaufhörlich an die Vorfälle der letzten Nacht und konnte sich mit dem Verlust des geliebten schwarzen Huhns einfach nicht abfinden. Zuweilen schien ihm, er müsse es in der kommenden Nacht unbedingt wiedersehen, obgleich es aus dem Hühnerstall verschwunden war. Aber dann glaubte er, daß dies völlig unwahrscheinlich sei, und er überließ sich wieder seinem Kummer.

Als es Schlafenszeit war, kleidete sich Aljoscha ungeduldig aus und legte sich ins Bett. Kaum hatte er einen Blick auf das abermals von einem stillen Mondstrahl beleuchtete Nachbarbett geworfen, begann sich die weiße Bettdecke genau wie nachts zuvor zu regen... Wieder glaubte er, die ihn rufende Stimme zu vernehmen: «Aljoscha! Aljoscha!», und ein wenig später kam das schwarze Huhn unter dem Bett hervor und flog zu ihm aufs Bett.

«Ach! Sei gegrüßt, Mohrchen!» rief er außer sich vor Freude. «Ich fürchtete schon, dich nie wiederzusehen. Geht es dir gut?»

«Gut», antwortete das Huhn, «obwohl ich deinetwegen fast umgekommen wäre.»

«Wieso?» fragte Aljoscha erschrocken.

«Du bist ein guter Junge», fuhr das Huhn fort, «aber ein kleiner Windbeutel, denn du gehorchst niemals aufs erste Wort, das ist nicht gut. Gestern habe ich dir gesagt, du sollst in den Zimmern der alten Damen nichts anrühren. Trotzdem hast du es nicht ausgehalten und die Katze gebeten, dir Pfötchen zu geben. Die Katze hat den Papagei aufgeweckt, der Papagei die Alten, die Alten wiederum die Ritter – und ich bin nur mit Mühe und Not mit ihnen fertig geworden!»

«Verzeihung, liebes Mohrchen, ich will es nicht wieder tun! Bitte, führe mich heute wieder dorthin. Du wirst sehen, daß ich gehorsam sein werde.»

«Gut», sagte das Huhn, «wir wollen's abwarten.»

Das Huhn gackerte wie in der Nacht zuvor, und dieselben kleinen Kerzen in den silbernen Leuchtern flammten auf. Aljoscha zog sich an und ging hinter dem Huhn her. Wieder betraten sie die Zimmer der alten Damen, aber diesmal rührte er nichts an.

Als sie durch das erste Zimmer gingen, schien ihm, daß die Menschen und Tiere auf den Kacheln allerhand komische Grimassen schnitten und ihn zu sich lockten, aber er wandte sich bewußt von ihnen ab. Im zweiten

Zimmer lagen die beiden alten Holländerinnen genau wie gestern nacht wie Wachspuppen in ihren Betten. Der Papagei äugte nach Aljoscha und klappte die Augendeckel auf und zu, die graue Katze putzte sich wieder mit den Pfoten. Auf dem Tisch vor dem Spiegel erblickte Aljoscha zwei chinesische Porzellanpuppen, die er gestern nicht bemerkt hatte. Sie nickten ihm zu. Aber er entsann sich des Befehls der Schwarzen und ging vorbei, ohne stehenzubleiben, konnte es sich jedoch nicht verkneifen, sich im Vorübergehen vor ihnen zu verneigen. Unablässig nickend, sprangen die Puppen sofort vom Tisch und liefen ihm nach. Beinahe wäre er stehengeblieben – so komisch erschienen sie ihm, aber die Schwarze schaute ihn mit einem erzürnten Blick an, und er faßte sich. Die Puppen begleiteten sie bis zur Tür. Als sie merkten, daß Aljoscha ihnen keine Beachtung schenkte, kehrten sie auf ihre Plätze zurück.

Wieder gingen Aljoscha und die Schwarze die Treppe hinunter, durchschritten Gänge und Korridore und gelangten in denselben Saal, der von drei Kristallüstern erhellt war. Dieselben Ritter hingen an den Wänden, und als sich die beiden der gelben Kupfertür näherten, stiegen abermals zwei von der Wand und stellten sich ihnen in den Weg. Sie schienen jedoch nicht so zornig zu sein wie gestern. Matt wie die Fliegen im Herbst, schleppten sie sich kaum vorwärts, und man sah, daß sie ihre Spieße nur mit Mühe hielten.

Die Schwarze machte sich groß und plusterte sich auf. Aber kaum hatte sie ihnen einen Schlag mit den Flügeln versetzt, da zerfielen sie in Stücke, und Aljoscha sah, daß die Rüstungen leer waren. Die Kupfertür tat sich von selbst auf, und sie gingen weiter.

Gleich danach betraten sie einen zweiten Saal; er war weiträumig, aber nicht hoch, so daß Aljoscha mit der Hand an die Decke greifen konnte. Der Saal war mit ebensolchen kleinen Kerzen erleuchtet, wie er sie in seinem Zimmerchen gesehen hatte, aber sie steckten nicht in silbernen, sondern in goldenen Leuchtern.

Hier verließ das schwarze Huhn Aljoscha.

«Verweile hier ein wenig», sagte es zu ihm, «ich komme bald wieder. Heute warst du vernünftig, obwohl du die Unvorsichtigkeit begangen hast, dich vor den Porzellanpuppen zu verbeugen. Hättest du es unterlassen, wären die Ritter an der Wand geblieben. Übrigens hast du heute nicht die beiden Alten aufgeweckt, und daher hatten die Ritter keine Kraft.»

Die Schwarze verließ den Saal.

Als Aljoscha allein geblieben war, betrachtete er aufmerksam den reich und kostbar geschmückten Raum. Die Wände schienen ihm aus Marmor zu bestehen, wie er ihn in dem zur Pension gehörenden Mineralienkabinett gesehen hatte. Die Simse und Türen waren aus reinem Gold. Am Ende des Saals stand unter einem grünen Baldachin auf einem Podest ein Sessel aus Gold. Aljoscha genoß diese Pracht sehr, aber es erschien ihm seltsam, daß alles in so kleinen Maßen gehalten war, als ob es für Puppen bestimmt sei.

Während er alles neugierig ansah, öffnete sich eine Seitentür, die er bisher nicht bemerkt hatte, und eine Menge kleiner Menschen kam herein; sie waren nicht größer als eine halbe Elle und trugen kostbare, verschiedenfarbige Gewänder. Alle hatten Federhüte auf, die den spanischen ähnelten. Sie schenkten Aljoscha keine Beachtung, wandelten gemessenen Schrittes auf und ab und sprachen laut miteinander, aber er konnte nicht verstehen, was sie sagten.

Lange betrachtete er sie schweigend und wollte eben an einen von ihnen mit einer Frage herantreten, als sich die große Tür am Ende des Saals öffnete... Alle verstummten, stellten sich in zwei Reihen an die Wände und zogen die Hüte.

Im Nu wurde der Saal noch heller; alle kleinen Kerzen brannten noch strahlender, und Aljoscha erblickte zwanzig kleine Ritter in goldenen Harnischen, mit roten Federbüschen auf den Helmen. Die Ritter marschierten langsam paarweise in den Raum. Dann stellten sie sich in tiefem Schweigen zu beiden Seiten des Sessels auf. Ein wenig später schritt ein Mann in majestätischer Haltung in den Saal; auf dem Kopfe trug er eine von Edelsteinen blitzende Krone. Er war in einen hellgrünen, mit Mäusepelz gefütterten Mantel gehüllt, dessen lange Schleppe von zwanzig kleinen Pagen in purpurroten Gewändern getragen wurde.

Aljoscha erriet sofort, daß es der König sein mußte. Er verneigte sich tief vor ihm. Der König beantwortete seine Verbeugung sehr liebenswürdig und setzte sich auf den goldenen Sessel. Dann erteilte er einem der neben ihm stehenden Ritter einen Befehl. Er kam auf Aljoscha zu und erklärte ihm, er möge näher an den Sessel herantreten. Aljoscha gehorchte.

«Mir ist seit langem bekannt», sagte der König, «daß du ein guter Junge bist, aber vorgestern hast du meinem Volk einen großen Dienst erwiesen, und dafür verdienst du eine Belohnung. Mein Premierminister hat mir berichtet, daß du ihn vor einem unausweichlichen, grausamen Tod bewahrt hast.»

«Wann?» fragte Aljoscha erstaunt.

«Vorgestern auf dem Hofe», antwortete der König. «Da steht er, der dir sein Leben verdankt.»

Aljoscha blickte denjenigen an, auf den der König wies, und erst jetzt bemerkte er, daß unter den Höflingen ein kleiner, ganz in Schwarz gekleideter Mann stand. Auf dem Kopf trug er eine himbeerrote Kappe von besonderer Art, oben gezahnt, ein wenig schief gerückt, und um den Hals ein weißes Tuch; es war steif gestärkt und schimmerte bläulich. Er lächelte Aljoscha lieb und freundlich an, dem das Gesicht des Herrn bekannt vorkam, obwohl er sich nicht entsinnen konnte, wo er es gesehen hatte.

Für Aljoscha war es zwar sehr schmeichelhaft, daß man ihm ein so edles Verhalten zuschrieb, aber er war wahrheitsliebend, und deshalb sagte er, nachdem er sich tief verbeugt hatte:

«Herr König! Ich kann mir nicht zugute rechnen, was ich nicht getan habe. Vorgestern hatte ich das Glück, nicht Ihren Minister, sondern unser schwarzes Huhn vor dem Tode zu bewahren, das die Köchin nicht liebte, weil es kein einziges Ei gelegt hat…»

«Was sagst du!» unterbrach ihn der König zornig. «Mein Minister ist kein Huhn, sondern ein verdienter Beamter.»

Da kam der Minister näher, und Aljoscha sah, daß es in der Tat sein geliebtes Mohrchen war. Er freute sich sehr und bat den König um Verzeihung, obwohl er keine Ahnung hatte, was das alles zu bedeuten hatte.

«Sage mir, was du dir wünschest», fuhr der König fort. «Wenn es in meinen Kräften steht, will ich dir deinen Wunsch unbedingt erfüllen.»

«Sprich ohne Scheu, Aljoscha!» flüsterte ihm der Minister ins Ohr.

Aljoscha überlegte. Er wußte nicht, was er sich wünschen sollte. Wenn man ihm mehr Zeit ließe, würde ihm vielleicht etwas Gutes einfallen. Aber da es ihm unhöflich erschien, den König warten zu lassen, beeilte er sich mit der Antwort.

«Ich wünsche mir», sagte er, «daß ich, ohne zu lernen, stets meine Schulaufgaben weiß.»

«Ich dachte gar nicht, daß du so ein Faulpelz bist», anwortete der König und schüttelte den Kopf. «Aber nichts zu machen, ich muß mein Versprechen erfüllen.»

Er winkte. Ein Page brachte eine goldene Schale, auf der ein Hanfkorn lag.

«Nimm dieses Hanfkorn», sagte der König. «Solange du es bei dir trägst, wirst du stets die Aufgaben wissen, die du zu lernen hast, allerdings unter der Bedingung, daß du niemals, unter keinem Vorwand, auch nur ein Wort von dem erzählst, was du hier gesehen hast oder noch sehen wirst. Nur ein einziges, unvorsichtiges Wort, und du verlierst nicht nur für immer unsere Gnade, sondern wir haben auch eine

Menge Scherereien und Unannehmlichkeiten zu gewärtigen.»

Aljoscha nahm das Hanfkorn, wickelte es in ein Stück Papier, steckte es in die Tasche und versprach, schweigsam und nicht vorlaut zu sein. Danach erhob sich der König vom Sessel und verließ nach derselben Ordnung den Saal. Zuvor hatte er den Minister angewiesen, Aljoscha den Aufenthalt möglichst angenehm zu machen.

Sobald sich der König entfernt hatte, wurde Aljoscha von den Höflingen umringt. Sie erwiesen ihm viele Liebenswürdigkeiten, um ihm ihre Erkenntlichkeit für die Rettung des Ministers zum Ausdruck zu bringen. Alle boten ihm ihre Dienste an. Die einen fragten, ob er nicht im Park spazierengehen oder den Königlichen Tiergarten besichtigen wolle, die anderen luden ihn zur Jagd ein. Aljoscha wußte nicht, wofür er sich entscheiden sollte. Schließlich erklärte der Minister, daß er selbst dem teuren Gast die unterirdischen Raritäten zeigen wolle.

Zuerst führte er ihn in den Park. Die Wege waren mit großen, vielfarbigen Steinen bestreut, die das Licht von zahllosen kleinen Lampen widerspiegelten, die in den Bäumen hingen. Das Geglitzer machte Aljoscha riesiges Vergnügen.

«Diese Steine», sagte der Minister, «werden bei euch Edelsteine genannt. Es sind durchweg Brillanten, Rubine, Smaragde und Amethyste.»

«Ach, wären doch bei uns die Wege mit solchen Steinen überschüttet!» rief Aljoscha.

«Dann wären sie auch bei euch so wenig wert wie bei uns», antwortete der Minister.

Die Bäume erschienen Aljoscha ebenfalls ungewöhnlich schön, wenn auch sehr eigenartig. Sie waren von verschiedener Farbe: rot, grün, braun, weiß, blau und lila. Als er sie aufmerksamer betrachtete, sah er, daß es nichts anderes war als verschiedenartiges Moos, nur höher und dicker als das gewöhnliche. Der Minister erzählte ihm, daß der König das Moos für teures Geld aus fernen Ländern und der tiefsten Tiefe der Erdkugel habe kommen lassen.

Aus dem Park gingen sie in den Tiergarten. Dort zeigte man Aljoscha wilde Tiere, die an goldenen Ketten lagen. Wie er genau hinschaute, merkte er zu seinem Erstaunen, daß diese wilden Tiere nichts anderes waren als große Ratten, Maulwürfe, Iltisse und ähnliche in der Erde und unter den Feldern lebende Tiere. Es erschien ihm ziemlich komisch, aber aus Höflichkeit äußerte er sich nicht.

Als Aljoscha nach dem Spaziergang in die Innenräume zurückkehrte, fand er dort eine gedeckte Tafel vor, auf der alle Arten Konfekt, Kuchen, Piroggen und Früchte standen. Die Schüsseln waren allesamt aus reinem Gold, die Flaschen und Gläser aus riesigen Brillanten, Rubinen und Smaragden herausgeschliffen.

«Iß, soviel du magst», sagte der Minister. «Mitnehmen ist nicht gestattet.»

Aljoscha hatte an diesem Tage gut zu Abend gegessen, und darum hatte er kein Verlangen danach, zuzulangen.

«Sie haben versprochen, mich mit auf die Jagd zu nehmen», sagte er.

«Sehr wohl», antwortete der Minister. «Ich denke, daß die Pferde schon gesattelt sind.»

Er pfiff. Die Reitknechte kamen und führten an den Zügeln Stecken, deren Enden in schön geschnitzte Pferdeköpfe ausliefen. Der Minister sprang sehr behend auf sein Pferd. Aljoscha führte man einen Stecken vor, der bedeutend größer als die anderen war.

«Vorsicht!» sagte der Minister. «Daß dich das Pferd nicht abwirft! Es ist keins von den frömmsten.»

Aljoscha lachte innerlich über die Warnung, aber als er den Stecken zwischen die Beine nahm, sah er, daß der Rat des Ministers nicht unnütz gewesen war. Der Stecken versuchte zuerst auszuweichen wie ein richtiges Pferd, und Aljoscha fand den richtigen Sitz nur mit Mühe.

Inzwischen erschollen Hörnerrufe, und die Jäger preschten in gestrecktem Galopp durch die verschiedenen Quergänge und Korridore. Lange galoppierten sie so. Aljoscha blieb nicht zurück, obwohl er seinen feurigen Stecken nur mit Mühe zu halten vermochte.

Plötzlich sprangen aus einem Seitengang einige Ratten, so groß, wie sie Aljoscha noch nie gesehen hatte. Sie wollten vorbeilaufen, aber als der Minister befahl, sie einzukreisen, stellten sie sich zum Kampfe und verteidigten sich tapfer. Trotzdem wurden sie dank dem Mut und der Kunst der Jäger besiegt. Acht Ratten lagen auf der Strecke, drei wandten sich zur Flucht, und eine schwerverwundete befahl der Minister auszuheilen und in das Tiergehege zu bringen.

Nach der Beendigung der Jagd war Aljoscha so müde, daß ihm unwillkürlich die Augen zufielen. Bei alledem hatte er den starken Wunsch, mit dem schwarzen Huhn über vieles zu sprechen, und er bat um die Erlaubnis, in den Saal zurückzukehren, von dem aus sie zur Jagd geritten waren. Der Minister stimmte zu.

Sie ritten in scharfem Trab zurück, übergaben bei der Ankunft die Pferde den Knechten, verabschiedeten sich höflich von den Höflingen und Jägern und setzten sich nebeneinander auf die ihnen gebrachten Stühle.

«Sage bitte», begann Aljoscha, «warum habt ihr die armen Ratten getötet, die euch nicht belästigen und so weit entfernt von eurer Behausung leben?»

«Wenn wir sie nicht vernichten», antwortete der Minister, «würden sie uns bald aus unseren Räumen verjagen und unseren ganzen Proviant vertilgen. Zudem wird das Fell der Mäuse und Ratten wegen seiner Leichtigkeit und Weichheit bei uns sehr geschätzt. Nur hohen Persönlichkeiten gestatten wir ihre Verwendung.»

«Wer seid ihr eigentlich?» fragte Aljoscha.

«Solltest du wirklich noch nichts von unserem Volk gehört haben, das unter der Erde lebt?» erklärte der Minister. «Es ist wahr, nur sehr wenigen gelingt es, uns zu Gesicht zu bekommen, aber es gibt Beispiele, besonders aus alter Zeit, daß wir ans Licht gestiegen sind und uns den Menschen gezeigt haben. Jetzt geschieht es selten, weil die Menschen sehr vorwitzig geworden sind. Und bei uns herrscht das Gesetz, daß wir gezwungen sind, unverzüglich unsere Wohnsitze aufzugeben und weit, weit in ferne Länder auszuwandern, wenn derjenige, dem wir uns zeigen, es nicht als Geheimnis wahrt. Du kannst dir leicht vorstellen, daß es unserem König wenig Vergnügen machen würde, alle diese Einrichtungen hier aufzugeben und mit dem ganzen Volke in unbekannte Länder zu ziehen. Darum bitte ich dich inständig um größte Verschwiegenheit. Andernfalls machst du uns alle unglücklich, und mich besonders. Aus Dankbarkeit für dich habe ich den König gebeten, dich hierher einzuladen; aber er wird mir nie verzeihen, wenn wir um deines Vorwitzes willen gezwungen würden, dieses Land zu verlassen...»

«Ich gebe dir mein Ehrenwort, daß ich nie mit jemandem über euch sprechen werde», unterbrach ihn Aljoscha. «Ich entsinne mich jetzt, in einem Buche von den Gnomen gelesen zu haben, die unter der Erde leben. Es stand geschrieben, daß in einer Stadt ein Schuster in kurzer Zeit steinreich wurde; und niemand begriff, woher sein Reichtum stammte. Schließlich erfuhr man, daß er für die Gnomen Stiefel und Schuhe anfertigte und daß sie ihm hohe Preise zahlten.»

«Vielleicht stimmt es», sagte der Minister.

«Aber erkläre mir doch, liebes Mohrchen», bat Aljoscha, «warum du als Minister auf der Erde in Gestalt eines Huhns erscheinst und in welcher Verbindung ihr mit den beiden alten Holländerinnen steht?»

Um seine Neugier zu befriedigen, begann der Minister mit einem weitschweifigen Bericht, aber schon zu Beginn der Erzählung fielen Aljoscha die Augen zu, und er schlief fest ein. Als er am anderen Morgen erwachte, lag er in seinem Bett.

Es dauerte lange, bis er sich in der Wirklichkeit wieder zurecht fand, und er wußte nicht, was er denken sollte. Das Huhn und der Minister, der König und die Ritter, die Holländerinnen und die Ratten – all das wirbelte in seinem Kopfe herum, und er brachte alles, was er in der vergangenen Nacht gesehen hatte, in einen geordneten Gedankengang. Als er sich entsann, daß ihm der König ein Hanfkorn geschenkt hatte, griff er schnell nach seinem Anzug und fand tatsächlich in der Tasche das Stück Papier, in das er das Hanfkorn eingewickelt hatte. Warten wir ab, dachte er, ob der König Wort halten wird! Morgen beginnt der Unterricht, und ich bin noch nicht dazu gekommen, meine Aufgaben zu lernen.

Die Aufgabe in Geschichte beunruhigte ihn am meisten. Man hatte ihm aufgegeben, einige Seiten aus der Weltgeschichte auswendig zu lernen, und er wußte noch kein einziges Wort.

Der Montag kam, die Schüler der Pension waren wieder da, der Unterricht begann. Der Pensionsleiter gab selbst von zehn bis zwölf Geschichtsunterricht.

Aljoscha hatte starkes Herzklopfen. Bevor die Reihe an ihn kam, betastete er mehrere Male das in der Tasche befindliche Papier mit dem Hanfkorn. Schließlich wurde er aufgerufen. Zitternd ging er nach vorn zum Lehrer, öffnete den Mund, wußte selbst noch nicht, was er sagen sollte, und – sagte fehlerlos und ohne zu stocken die Lektion auf. Der Lehrer lobte ihn sehr. Aljoscha nahm jedoch sein Lob nicht mit dem Vergnügen entgegen, das er früher in ähnlichen Fällen gehabt hatte. Eine innere Stimme sagte ihm, daß er das Lob nicht verdient hatte, weil ihn die Aufgabe nicht die geringste Mühe gekostet hatte.

Im Laufe einiger Wochen konnten die Lehrer Aljoscha nicht genug loben. Ausnahmslos alle Lektionen kannte er genau, alle Übersetzungen von einer Sprache in die andere waren fehlerlos, so daß man sich über seine außerordentlichen Erfolge nicht genug wundern konnte. Es war ihm peinlich, daß man ihn den anderen Schülern als Beispiel hinstellte, da er es überhaupt nicht verdient hatte.

In dieser ganzen Zeit erschien ihm Mohrchen nicht wieder, obwohl Aljoscha besonders in den ersten Wochen nach Erhalt des Hanfkorns fast keinen Tag verstreichen ließ, ohne es zu rufen, wenn er sich schlafen legte. Zuerst grämte er sich sehr darüber, aber dann beruhigte er sich und dachte, daß es wahrscheinlich mit wichtigen Amtsgeschäften überlastet sei. In der Folgezeit nahmen die Lobsprüche, mit denen man ihn überhäufte, sein Denken so in Anspruch, daß er sich ziemlich selten an das schwarze Huhn erinnerte.

Inzwischen hatte sich das Gerücht von seinen ungewöhnlichen Fähigkeiten bald in ganz Petersburg verbreitet. Der Schulrat kam höchstpersönlich einige Male in die Lehranstalt und hatte seine Freude an Aljoscha. Der Lehrer trug ihn auf Händen, denn seinetwegen gewann die Pension hohes Ansehen. Von allen Ecken der Stadt kamen die Eltern und bedrängten den Lehrer, ihre Kinder in seine Pension aufzunehmen, in der Hoffnung, sie würden ebensolche Gelehrte wie Aljoscha werden.

Bald war die Pension so überfüllt, daß kein Platz für Neuaufnahmen blieb, und der Lehrer wie die Lehrersfrau machten Pläne, ein Haus zu mieten, das geräumiger war als das, in dem sie wohnten.

Aljoscha, wie schon gesagt, schämte sich anfangs der Belobigungen, in dem Gefühl, sie nicht verdient zu haben; aber allmählich gewöhnte er sich an sie, und schließlich ging seine Eigenliebe so weit, daß er die Lobsprüche, mit denen man ihn überschüttete, ohne Erröten entgegennahm. Er dachte viel an sich selbst, tat sich vor den anderen Kameraden wichtig und bildete sich ein, viel besser und klüger als sie alle zu sein. Aljoschas Charakter wurde davon gänzlich verdorben: aus einem guten, lieben und bescheidenen Jungen verwandelte er sich in einen hoffärtigen und ungehorsamen. Oft schlug ihm deswegen das Gewissen, und eine innere Stimme sagte ihm: «Aljoscha, brüste dich nicht! Schreibe dir nicht selbst zu, was dir nicht gebührt, danke dem Schicksal dafür, daß es dir Vorteile gegenüber den anderen Kindern gewährt, aber denke nicht, daß du besser bist als sie. Wenn du dich nicht änderst, wird dich keiner mehr gernhaben, und dann wirst du bei all deiner Gelehrsamkeit ein ganz unglücklicher Junge werden!»

Zuweilen strengte er sich auch an, sich zu bessern, aber zum Unglück war seine Eigenliebe so stark geworden, daß sie die Stimme des Gewissens erstickte. Er wurde von Tag zu Tag schlechter, und von Tag zu Tag mochten ihn seine Kameraden weniger leiden.

Zudem war Aljoscha entsetzlich mutwillig geworden. Da für ihn keine Notwendigkeit bestand, die aufgegebenen Lektionen zu lernen, verübte er in der Zeit, in der sich die anderen Knaben auf den Unterricht vorbereiteten, allerhand Unfug, und dieser Müssiggang verdarb seinen Charakter noch mehr.

Schließlich war er wegen seines schlechten Benehmens allen zuwider, und der Lehrer sann ernsthaft über die Mittel nach, wie ein so ungezogener Knabe zu bessern sei. Zu diesem Zwecke gab er ihm zwei- oder dreimal größere Lektionen auf als den übrigen. Aber auch das half nicht im geringsten. Aljoscha lernte überhaupt nicht und konnte die Lektion dennoch von Anfang bis zu Ende ohne den geringsten Fehler hersagen.

Einmal stellte ihm der Lehrer, der nicht wußte, was er mit ihm anfangen sollte, die Aufgabe, bis zum nächsten Morgen zwanzig Seiten auswendig zu lernen, und hoffte, daß Aljoscha wenigstens an diesem Tage friedfertiger sein werde.

Wohin! Unser Aljoscha dachte überhaupt nicht an die Aufgabe! An diesem Tage war er noch übermütiger als sonst, und der Lehrer drohte ihm vergeblich mit Strafe, wenn er am nächsten Morgen die Lektion nicht könne. Aljoscha lachte bei sich über diese Drohungen, denn er war überzeugt, daß ihm das Hanfkorn unbedingt helfen werde.

Am nächsten Tag zur festgesetzten Stunde nahm der Lehrer das Buch zur Hand, aus dem Aljoscha die Aufgabe gestellt war, rief ihn zu sich und befahl ihm, die zwanzig Seiten auswendig aufzusagen. Alle Knaben sahen Aljoscha neugierig und aufmerksam an. Selbst der Lehrer wußte nicht, was er denken sollte, als Aljoscha, obwohl er sich tags zuvor überhaupt nicht vorbereitet hatte, furchtlos von der Bank aufstand und zu ihm ging. Aljoscha zweifelte keine Sekunde daran, daß es ihm auch diesmal gelingen werde, seine ungewöhnlichen Fähigkeiten zu zeigen. Er öffnete den Mund – und brachte kein einziges Wort heraus!

«Warum schweigen Sie?» rief ihm der Lehrer zu. «Sagen Sie die Lektion auf!»

Aljoscha errötete, dann wurde er bleich, errötete abermals, rang die Hände, die Tränen stiegen ihm vor Angst in die Augen – alles vergeblich. Er wußte kein einziges Wort, da er sich auf das Hanfkorn verlassen und nicht mal einen Blick in das Buch geworfen hatte.

«Was soll das heißen, Aljoscha?» rief der Lehrer. «Warum wollen Sie nicht sprechen?»

Aljoscha wußte selbst nicht, wem er diese seltsame Erscheinung zuschreiben sollte, und steckte die Hand in die Tasche, um nach dem Hanfkorn zu tasten. Aber wer beschreibt seine Verzweiflung, als er es nicht fand! Die Tränen stürzten ihm nur so aus den Augen... er weinte bitterlich und konnte trotzdem kein Wort hervorbringen.

Inzwischen verlor der Lehrer die Geduld. Gewöhnt, daß Aljoscha immer fehlerlos und ohne zu stocken antwortete, erschien es ihm unmöglich, daß er nicht wenigstens den Anfang der Lektion kannte. Deshalb hielt er sein Schweigen für Trotz.

«Gehen Sie in den Schlafraum», sagte er, «und bleiben Sie dort, bis Sie die Lektion gelernt haben.»

Aljoscha wurde in das Erdgeschoß gebracht, man gab ihm das Buch und verschloß hinter ihm die Tür.

Sowie er allein geblieben war, begann er überall das Hanfkorn zu suchen. Er scharrte lange in seinen Taschen herum, kroch über den Boden, blickte unter das Bett, wendete Bettdecke, Kopfkissen und Laken um und um – alles vergeblich! Nirgendwo fand sich auch nur eine Spur des geliebten Korns. Er suchte sich zu erinnern, wo er es verloren haben konnte, und war schließlich überzeugt, daß es ihm gestern beim Spiel auf dem Hof aus der Tasche gefallen sein mußte.

Aber wie sollte er es wiederfinden? Er war im Zimmer eingeschlossen, und wenn man ihm auch erlaubt hätte, in den Hof zu gehen, so hätte es wahrscheinlich nichts genützt, denn er wußte, daß Hanfkörner für die Hühner ein Leckerbissen waren, und gewiß hatte es eins von ihnen längst aufgepickt. Verzweifelt über den Verlust, kam er auf den Gedanken, Mohrchen zu Hilfe zu rufen.

«Liebes Mohrchen!» sagte er. «Liebwerter Minister! Bitte, erscheine mir und gib mir ein anderes Samenkorn. Wirklich, ich werde in Zukunft vorsichtiger sein.»

Aber niemand antwortete auf seine Bitte, und er setzte sich schließlich auf einen Stuhl und begann abermals bitterlich zu weinen.

Inzwischen kam die Essenszeit heran. Die Tür ging auf, und der Lehrer trat ein.

«Kennen Sie jetzt die Lektion?» fragte er Aljoscha.

Aljoscha, laut aufschluchzend, war gezwungen zu sagen, daß er nichts wisse.

«Nun, so bleiben Sie hier, bis Sie alles gelernt haben!» sagte der Lehrer, ordnete an, ihm ein Glas Wasser und ein Stück Roggenbrot zu bringen, und ließ ihn wieder allein.

Aljoscha begann den Text auswendig zu

lernen, aber nichts blieb haften. Er war längst jeder Anstrengung entwöhnt, ja, wie konnte jemand zwanzig Seiten im Kopfe behalten! Soviel er sich bemühte, so sehr er sein Gedächtnis anstrengte, aber als es Abend wurde, wußte er nicht mehr als zwei oder drei Seiten auswendig, und auch das schlecht.

Als es auch für die anderen Schüler Zeit wurde, ins Bett zu gehen, stürzten sie alle zugleich ins Zimmer, und mit ihnen kam auch der Lehrer wieder.

«Aljoscha, können Sie den Text aufsagen?» fragte er.

Und der arme Aljoscha antwortete unter Tränen:

«Ich weiß nur zwei Seiten.»

«Dann mußt du offensichtlich auch morgen bei Wasser und Brot hier sitzen», sagte der Lehrer, wünschte den anderen Knaben gute Nacht und entfernte sich.

Aljoscha blieb allein mit den Kameraden. Als er noch gut und bescheiden gewesen war, hatten ihn alle lieb gehabt. Wenn er mal bestraft worden war, hatten ihn alle bedauert, und das war ihm ein Trost gewesen. Aber jetzt schenkte ihm keiner Beachtung. Alle sahen ihn verächtlich an, und niemand sprach ein Wort mit ihm.

Er entschloß sich, einen der Knaben selbst anzureden, mit dem er früher sehr befreundet gewesen war, aber dieser drehte sich um und gab ihm keine Antwort. Aljoscha wandte sich an einen anderen, aber auch der wollte nicht mit ihm sprechen und stieß ihn sogar von sich, als er ihn abermals anredete. Da fühlte der unglückliche Aljoscha, daß er dieses Verhalten

der Kameraden verdient hatte. Tränenüberströmt legte er sich in sein Bett, fand aber
keinen Schlaf.

Lange lag er da und entsann sich voller
Kummer der vergangenen glücklichen Tage.
Alle Knaben schlummerten bereits, nur er allein
fand keinen Schlaf. Auch Mohrchen hat mich
im Stich gelassen, dachte Aljoscha, und abermals stürzten ihm die Tränen aus den Augen.

Plötzlich – bewegte sich das Laken des
Nachbarbettes, genau wie an jenem Tage, als
ihm das schwarze Huhn zum ersten Male erschienen war.

Sein Herz schlug heftiger... Er wünschte,
daß Mohrchen wieder unter dem Bett hervor-
komme, wagte aber nicht auf die Erfüllung
seines Wunsches zu hoffen.

«Mohrchen! Mohrchen!» sagte er schließlich halblaut.

Das Laken hob sich, und das schwarze
Huhn flog zu ihm aufs Bett.

«Ach, Mohrchen!» sagte Aljoscha außer
sich vor Freude. «Ich wagte nicht zu hoffen,
daß wir uns noch einmal sehen würden. Hast
du mich vergessen?»

«Nein», sagte es, «ich kann den Dienst nicht
vergessen, den du mir erwiesen hast, obwohl
jener Aljoscha, der mich vor dem Tod bewahrt
hat, keinerlei Ähnlichkeit mehr mit dem hat,
den ich jetzt vor mir sehe. Damals warst du
ein braver Junge, bescheiden und höflich, und
alle hatten dich gern, doch jetzt... ich kenne
dich nicht wieder!»

Aljoscha weinte bitterlich, aber das schwarze
Huhn hörte nicht auf, ihm Vorhaltungen zu
machen. Lange sprach es mit ihm und flehte

ihn mit Tränen in den Augen an, sich zu bessern. Schließlich, als es schon Tag wurde, sagte das Huhn zu ihm:

«Jetzt muß ich dich verlassen, Aljoscha. Hier hast du das Hanfkorn, das du gestern im Hof verloren hast. Vergeblich hast du gemeint, der Verlust sei unersetzlich. Unser König ist zu großmütig, um dir wegen deiner Unvorsichtigkeit das Geschenk zu entziehen. Denke jedoch immer daran, daß du dein Ehrenwort gegeben hast, alles, was du von uns kennengelernt hast, als Geheimnis zu wahren... Aljoscha, füge zu deinen jetzigen schlechten Eigenschaften nicht noch eine schlimmere – die Undankbarkeit!»

Aljoscha nahm entzückt sein geliebtes Samenkorn aus den Krallen des Huhns entgegen und versprach, alle seine Kräfte zu seiner Besserung zu verwenden.

«Du wirst sehen, liebes Mohrchen», sagte er, «daß ich schon heute ein ganz anderer werde.»

«Nimm nicht an», antwortete das schwarze Huhn, «daß es so leicht ist, sich von Lastern freizumachen, wenn sie bereits überhandgenommen haben. Laster kommen üblicherweise zur Tür herein und gehen zur Ritze hinaus. Wenn du dich deshalb bessern willst, mußt du unablässig und streng auf dich achten. Aber lebe wohl, es wird Zeit, daß wir uns trennen.»

Als Aljoscha allein geblieben war, betrachtete er das Hanfkorn und konnte sich nicht satt an ihm sehen. Jetzt war er wegen der Lektion völlig beruhigt, und sein Kummer war wie weggeblasen. Er freute sich bei dem Gedanken, wie sie alle staunen würden, wenn er die zwanzig Seiten fehlerlos aufsagte, und es

gefiel seiner Eigenliebe sehr, daß er wieder
über die Kameraden triumphieren werde, die
nicht mit ihm hatten sprechen wollen. Zwar
hatte er den Vorsatz, sich zu bessern, nicht vergessen, aber er dachte, dies werde nicht so
schwer sein, wie Mohrchen gemeint hatte.
Als ob es nicht von mir abhinge, mich zu
bessern! dachte er. Man muß nur wollen, und
alle werden mich wieder gernhaben.

O weh, der arme Aljoscha wußte nicht, daß
der Anfang jeglicher Besserung im Verzicht
auf Eigenliebe und überflüssige Selbstgewiß-
heit bestand.

Als sich am Morgen die Knaben in die
Klassenzimmer begaben, wurde auch Aljoscha
nach oben gerufen. Mit heiterer, triumphie-
render Miene trat er ein.

«Haben Sie Ihre Lektion gelernt?» fragte
der Lehrer und blickte ihn streng an.

«Ja», antwortete Aljoscha forsch.

Er begann zu sprechen und sagte alle zwanzig
Seiten ohne den geringsten Fehler und ohne
zu stocken auf. Der Lehrer war außer sich vor
Verwunderung, und Aljoscha blickte stolz
auf seine Kameraden.

Den Augen des Lehrers blieb Aljoschas
hochmütige Miene nicht verborgen.

«Sie haben Ihre Aufgabe gekonnt», sagte er
zu ihm, «das ist wahr, aber warum wollten Sie
sie gestern nicht aufsagen?»

«Gestern hatte ich sie nicht gewußt», antwortete Aljoscha.

«Das kann nicht sein!» unterbrach ihn der
Lehrer. «Gestern abend haben Sie mir gesagt,
daß Sie nur zwei Seiten auswendig wissen, und
auch die schlecht, und jetzt haben Sie alle

zwanzig Seiten fehlerlos aufgesagt! Wann haben Sie es gelernt?»

Aljoscha schwieg. Schließlich sagte er mit zitternder Stimme: «Ich habe sie heute morgen gelernt.»

Aber da riefen alle Knaben, von seiner Anmaßung aufgebracht, wie aus einem Munde:

«Er sagt die Unwahrheit, er hat heute morgen das Buch nicht mal in die Hand genommen!»

Aljoscha schrak zusammen, senkte die Augen und sagte kein Wort.

«Antworten Sie!» fuhr ihn der Lehrer an. «Wann haben Sie diese Lektion gelernt?»

Aber Aljoscha schwieg beharrlich weiter. Er war von dieser unerwarteten Frage und der Feindseligkeit, die seine Kameraden gegen ihn äußerten, so betroffen, daß er keinen Gedanken fassen konnte.

Da der Lehrer annahm, daß Aljoscha am Abend zuvor aus Trotz die Lektion nicht hatte aufsagen wollen, hielt er es für nötig, ihn streng zu bestrafen.

«Je fähiger und begabter Sie von Natur aus sind», sagte er zu Aljoscha, «desto bescheidener und gehorsamer sollten Sie sein. Der Verstand ist Ihnen nicht gegeben, damit Sie ihn mißbrauchen. Sie verdienen wegen Ihres gestrigen Trotzes Bestrafung, und heute haben Sie Ihre Schuld noch vergrößert, weil Sie gelogen haben. Meine Herren!» fuhr der Lehrer fort, zu den Schülern gewandt, «ich verbiete Ihnen allen, mit Aljoscha zu sprechen, bevor er sich nicht völlig bessert. Und da dies wahrscheinlich eine zu kleine Bestrafung für ihn ist, soll er auch die Rute zu spüren bekommen.»

Die Rute wurde gebracht. Aljoscha war

verzweifelt. Zum ersten Male seit Bestehen der Pension wurde jemand mit der Rute gezüchtigt. Und wer? Aljoscha, der so oft an sich dachte, der sich für besser und klüger als alle anderen hielt! Welche Schande!

Schluchzend stürzte er zu dem Lehrer und versprach, sich von Grund auf zu bessern.

«Das hättest du früher bedenken sollen», ward ihm zur Antwort.

Aljoschas Tränen und Reue rührten die Kameraden, und sie verwendeten sich für ihn. Aljoscha fühlte, daß er ihr Mitempfinden nicht verdiente; er weinte noch bitterlicher.

«Gut!» sagte der Lehrer schließlich. «Ich verzeihe Ihnen um der Bitte Ihrer Kameraden willen, aber unter der Bedingung, daß Sie vor allen Ihre Schuld bekennen und erklären, wann Sie die aufgegebene Lektion gelernt haben.

Aljoscha verlor völlig den Kopf – er vergaß das Versprechen, das er dem unterirdischen König und dessen Minister gegeben hatte, und begann von dem schwarzen Huhn, von den Rittern, von den Gnomen zu erzählen.

Der Lehrer ließ ihn nicht ausreden.

«Wie!» rief er wütend. «Statt Ihr schlechtes Benehmen zu bereuen, gedenken Sie mich zum Narren zu halten, indem Sie mir ein Märchen von einem schwarzen Huhn erzählen? Das ist zuviel. Nein, Herrschaften, Sie sehen selbst, daß er bestraft werden muß.»

Und der arme Aljoscha wurde gezüchtigt.

Gesenkten Kopfes begab er sich in das Erdgeschoß, in die Schlafräume. Er war wie erschlagen... Scham und Reue erfüllten ihn. Als er sich nach einigen Stunden etwas beruhigt hatte und die Hand in die Tasche steckte...

war das Hanfkorn nicht mehr da. Aljoscha vergoß bittere Tränen. Er fühlte, daß er es unwiederbringlich verloren hatte.

Als die anderen Knaben am Abend in den Schlafraum kamen, legte er sich ebenfalls ins Bett, aber er konnte keinen Schlaf finden. Wie bereute er sein törichtes Benehmen! Er nahm sich fest vor, sich zu bessern, obwohl er fühlte, daß er das Hanfkorn nie wieder bekommen werde.

Um Mitternacht bewegte sich abermals das Laken am Nachbarbett. Aljoscha, der sich in der Nacht zuvor darüber gefreut hatte, schloß jetzt die Augen: er hatte Furcht vor Mohrchens Anblick. Das Gewissen peinigte ihn. Noch gestern hatte er Mohrchen fest versprochen, sich unbedingt zu bessern – und statt dessen... Was sollte er ihm nun sagen?

Einige Zeit lag er mit geschlossenen Augen da. Er hörte das Rascheln des hochgehobenen Lakens. Jemand trat an sein Bett, und eine Stimme, eine bekannte Stimme rief ihn beim Namen:

«Aljoscha! Aljoscha!»

Aber er schämte sich, die Augen zu öffnen, aus denen ihm die Tränen über die Wangen rannen.

Plötzlich zupfte jemand an der Bettdecke. Aljoscha blickte unwillkürlich auf: vor ihm stand Mohrchen, und zwar nicht in Gestalt des schwarzen Huhns, sondern als Minister in schwarzem Gewand, mit dem himbeerroten, gezackten Käppchen und mit dem weißen, steifgestärkten Halstuch, wie er ihn in dem unterirdischen Saal gesehen hatte.

«Aljoscha!» sagte der Minister. «Ich sehe, daß du nicht schläfst... Lebe wohl! Ich bin gekommen, um von dir Abschied zu nehmen. Wir werden uns nie wiedersehen.»

Aljoscha schluchzte laut auf.

«Lebe wohl!» rief er, «lebe wohl! Und wenn es dir möglich ist, verzeihe mir! Ich weiß, daß ich vor dir schuldig geworden bin.»

«Aljoscha», sagte der Minister unter Tränen, «ich verzeihe dir. Ich kann nicht vergessen, daß du mir das Leben gerettet hast, und werde dich immer lieben, obwohl du mich unglücklich gemacht hast, vielleicht auf ewig!... Lebe wohl! Man hat mir erlaubt, dich noch einmal ganz kurz zu sehen. Noch im Laufe dieser Nacht muß der König mit seinem ganzen Volk in Länder umsiedeln, die weit, weit von hier entfernt liegen. Alle sind verzweifelt, alle vergießen Tränen. Wir haben einige Jahrhunderte lang hier so glücklich, so ruhig gelebt.»

Aljoscha beugte sich über die kleinen Hände des Ministers und küßte sie. Als er nach seiner Hand griff, sah er daran etwas blinken, und im gleichen Augenblick traf sein Ohr ein ungewöhnlicher Laut.

«Was ist das? fragte er verwundert.

Der Minister hob beide Hände in die Höhe. Aljoscha sah, daß sie mit einer goldenen Kette gefesselt waren. Er war entsetzt.

«Deine Vorwitzigkeit ist die Ursache, daß ich zum Tragen dieser Kette verurteilt bin», sagte der Minister und seufzte tief. «Aber weine nicht, Aljoscha! Deine Tränen können mir nicht helfen. Nur mit einem kannst du mich in meinem Unglück trösten: bemühe dich, dich zu bessern, und werde wieder ein so guter Junge, wie du früher gewesen bist. Lebe wohl zum letzten Male!»

Der Minister drückte Aljoscha die Hand und verschwand unter dem Nachbarbett.

«Mohrchen! Mohrchen!» rief ihm Aljoscha nach, aber das schwarze Huhn gab keine Antwort.

Die ganze Nacht konnte Aljoscha kein Auge zumachen. Eine Stunde, bevor es Tag wurde, glaubte er zu hören, daß unter dem Fußboden etwas lärmte. Er stand auf, legte das Ohr an die Dielen und hörte lange Zeit das Rollen von Rädern und andere Geräusche. Es klang, als ob eine Menge kleiner Menschen vorbeiziehe. In dem Geräusch war auch das Weinen von Frauen und Kindern sowie die Stimme des Ministers zu vernehmen, der ihm zurief:

«Lebe wohl, Aljoscha! Lebe wohl, auf ewig!»

Als die Knaben am Morgen aufwachten, sahen sie Aljoscha bewußtlos auf dem Boden liegen. Man hob ihn auf, legte ihn ins Bett und ließ den Arzt kommen. Er erklärte, daß Aljoscha hohes Fieber habe.

Nach sechs Wochen war Aljoscha wieder gesund. Alles, was seiner Erkrankung vorangegangen war, erschien ihm wie ein schwerer Traum. Weder der Lehrer noch die Kameraden erwähnten auch nur mit einem Wort das schwarze Huhn oder die Strafe, der Aljoscha unterzogen worden war. Er selbst schämte sich, davon zu sprechen. Er bemühte sich, gehorsam, brav, bescheiden und höflich zu sein. Alle gewannen ihn wieder lieb und waren freundlich zu ihm, und er wurde ein Beispiel für seine Mitschüler, obwohl er auch jetzt nicht imstande war, zwanzig Druckseiten auf einmal auswendig zu lernen, was man ihm übrigens auch nicht zur Aufgabe machte.

ALEXANDER PUSCHKIN

Märchen

I

Ein Zar wollte heiraten, fand aber keine Frau
nach seinem Gefallen. Einmal belauschte er
das Gespräch dreier Schwestern. Die älteste
brüstete sich, daß sie das Reich mit einem
einzigen Korn sättigen könne, die zweite, daß
sie es mit einem einzigen Ballen Tuch bekleiden
werde, die dritte, daß sie im ersten Ehejahr
dreiunddreißig Söhne gebären werde. Diese, die
jüngste, nahm der Zar zur Frau, und sie ward
in der ersten Nacht schwanger.

Der Zar zog in den Krieg. Seine Stiefmutter,
die des Zaren Frau beneidete, beschloß, sie
ums Leben zu bringen.

Nach drei Monaten gebar die Zarin unver-
sehrt dreiunddreißig Knaben, doch der vier-
unddreißigste kam als Wunderwesen zur Welt –
die Beinchen bis zum Knie aus Silber, die
Ärmchen bis zu den Ellbogen aus Gold, an
der Stirn ein Stern, auf dem Haupt ein Mond.

Ein Bote wurde abgeschickt, dem Zaren
die Kunde zu überbringen. Die Stiefmutter
hielt den Boten unterwegs an, machte ihn
betrunken und vertauschte die Botschaft mit
einer anderen, in der sie schrieb, daß die Zarin
ein Wesen geboren habe, nicht Maus, nicht
Fröschlein, ein unbekanntes Tierchen.

Der Zar war sehr bekümmert, gab aber mit
demselben Boten Befehl, vor jeder Entschei-

dung seine Ankunft abzuwarten. Die Stiefmutter vertauschte abermals diese Anweisung und schrieb einen Erlaß, man solle zwei Fässer anfertigen, eines für die dreiunddreißig Zarensöhne und ein zweites für die Zarin samt ihrem Wundersohn – und sie ins Meer werfen. So geschah es denn auch.

Lange schwammen die Zarin und der Zarensohn in dem verpichten Faß – endlich warf sie das Meer an Land. Der Sohn spürte es.

«Du, mein Mütterchen, segne mich, daß die Reifen herabfallen und wir ans Licht steigen können.»

«Der Herr sei dir gnädig, Kindchen!»

Die Reifen platzten, sie betraten eine Insel. Der Sohn wählte einen Platz aus und errichtete mit dem Segen der Mutter eine Stadt, begann in ihr zu leben und zu regieren.

Ein Schiff fuhr vorbei. Der Zarewitsch hielt die Schiffer an und prüfte ihren Ausweis. Als er erfuhr, daß sie zu Sultan Sultanowitsch, dem türkischen Herrscher, fuhren, verwandelte er sich in eine Fliege und flog ihnen nach.

Die Stiefmutter wollte ihn fangen, bekam ihn jedoch nicht zu fassen. Die Schiffer erzählten dem Zaren von dem neuen Reich und dem Wunderrecken mit den silbernen Füßen.

«Ach», sagte der Zar, «ich fahre hin und sehe mir das Wunder an.»

«Was ist das schon für ein Wunder!» sagte die Stiefmutter. «Höre, was ein Wunder ist: Am Meer, an der Meeresbucht steht eine Eiche, und an der Eiche hängen goldene Ketten, und an den Ketten geht ein Kater. Geht er oben, erzählt er Märchen, geht er unten, singt er Lieder.»

Der Zarewitsch flog heim, und mit dem Segen der Mutter versetzte er eine Wunder-Eiche vor das Schloß.

Ein neues Schiff. Das gleiche. Wieder das Gespräch beim Sultan. Abermals will der Zar fahren.

«Was ist das schon für ein Wunder!» sagte wiederum die Stiefmutter. «Höre, was ein Wunder ist: Hinterm Meer steht ein Berg, und auf dem Berg stehen zwei Eber. Die Eber beißen sich, doch zwischen ihnen häufen sich Berge von Gold und Silber.»

Drittes Schiff. Und wieder:

«Was ist das schon für ein Wunder! Höre, was ein Wunder ist: Aus dem Meer steigen dreißig Recken, einer gleicht dem andern an Stimme und Haar, Gesicht und Wuchs, doch steigen sie nur für eine einzige Stunde aus dem Meer.»

Die Zarin grämte sich wegen ihrer übrigen Söhne. Der Zarewitsch machte sich mit ihrem Segen auf die Suche nach ihnen.

«Nimm Milch aus deiner Brust, Mütterchen, und backe mit ihr dreißig Lebküchlein.»

Er begab sich zum Meer. Das Meer wallte auf. Dreißig Jünglinge und mit ihnen ein Greis kamen heraus.

Der Zarewitsch versteckte sich und ließ ein Lebküchlein liegen. Einer der Jünglinge verzehrte es.

«Ach, Brüder», sagte er, «bis jetzt wußten wir nicht, was Muttermilch ist, aber nun haben wir es erfahren.»

Der Greis trieb sie ins Meer zurück. Am nächsten Tage kamen sie abermals heraus. Jeder aß einen Lebkuchen, und sie erkannten ihren Bruder.

Am dritten Tage kamen sie ohne den Greis. Der Zarewitsch führte alle seine Brüder zu seiner Mutter.

Das vierte Schiff. Die gleiche Geschichte. Die Stiefmutter wußte keinen Ausweg mehr. Zar Sultan fuhr zur Insel, erkannte seine Frau und Kinder und kehrte mit ihnen heim. Die Stiefmutter aber starb.

II

Ein Zar zog in den Krieg; er ließ seine Frau schwanger zurück.

Als er heimkehrte, dürstete es ihn unterwegs. Er sah einen Zuber. Im Zuber schwamm eine goldene Kelle. Aber sowie sich der Zar anschickte, daraus Wasser zu trinken, packte ihn jemand am Bart und ließ ihn nicht trinken. Der Zar flehte um einen Trunk – nein.

«Schenke mir, was du nicht kennst!»

Der arme Zar überlegte. «Wie? Was ich nicht kenne? Ich kenne alles. Aber mag es so sein, ich schenke es dir.»

Er kam nach Hause. Man brachte ihm den kleinen Iwan, den Zarewitsch, der in seiner Abwesenheit zur Welt gekommen war. Der Zar erriet, daß es der eigene Sohn war, den er verschenkt hatte, und wurde sehr traurig.

Iwan der Zarensohn wuchs heran. Als er einmal spazierenritt, begegnete er einem alten Mann, der ihm Vorwürfe machte, daß er noch nicht erschienen sei, denn seine Frist sei abgelaufen.

Iwan der Zarewitsch verlangte eine Erklärung von seinem Vater und erhielt sie.

Dreimal erschien ihm der Greis und belehrte ihn, wohin er sich zu begeben habe.

Zarewitsch Iwan gelangte zum Meer. Da plätscherten dreißig Enten, eine von ihnen in ziemlicher Entfernung. Dieser nahm er das Gewand weg. Alle kleideten sich an, die eine blieb bloß. Der Zarewitsch trat hervor, und sie verlobten sich miteinander. Dann belehrte sie ihn, wie man den Zorn des erbosten Alten, ihres Vaters, besänftigen könne.

Sie stiegen in das unterirdische Reich hinab. Der auf der Haustreppe sitzende Alte geriet beim Anblick des Zarewitsch in Wut. Auf Anraten der Zarewna Marja fiel dieser auf die Knie, hielt die Kappe auf dem Schwert über dem Kopf hoch und näherte sich solcher Art. Der alte Zar schickte ihn in ein abgesondertes Zimmer und befahl ihm, sich auf die Erfüllung schwieriger Aufgaben vorzubereiten. Als erstes befahl er ihm, eine Kirche in einer Nacht zu bauen.

Der Zarewitsch dachte hin und dachte her. Schließlich sagte er: «Hol ihn der Kuckuck, hängt er mich, so hängt er mich, mein Kopf ist nichts wert.»

Die Zarewna verwandelte sich in eine Fliege und flog zu ihm.

«Sei nicht traurig, Zarewitsch Iwan, wickele die Fußlappen ab, hänge sie am Herd auf und schlafe. Morgen nimm ein Hämmerchen, geh um die Kirche herum; wo zuviel ist, hau es ab, wo es ungleichmäßig ist, klopfe es fest!»

Guten Muts legte sich der Zarewitsch hin und schlief ein. Am Morgen war die Kirche fertig.

«Nun», sagte der Zar nach der Messe, «ich

bin schlau, aber du bist geriebener als ich. Ich gebe dir meine älteste Tochter zur Frau. Aber zuerst mußt du sie aus den dreißig anderen herauskennen.»

Das ist ganz einfach! dachte der Zarewitsch Iwan.

«Nein, schwer», sagte die Zarewna-Fliege. «Wir erscheinen morgen alle mit dem gleichen Gesicht, mit dem gleichen Kopfschmuck.»

Der Zarewitsch dachte hin und her. «Hol ihn der Kuckuck, hängt er mich, dann hängt er mich!»

Aber die Zarewna unterwies ihn.

Als er am Morgen zum Zaren kam, erblickte er sämtliche Prinzessinnen. Auf die Wange der einen setzte sich eine Fliege; sie jagte sie mit dem Tuch fort.

«Diese da ist die älteste!»

«Stimmt, Zarewitsch Iwan, aber das alles ist nicht deine eigene Findigkeit. Warten wir morgen auf die dritte Aufgabe.»

«Nun, Zarewitsch Iwan, jetzt kann ich dir nicht mehr helfen – die Aufgabe lautet: Du sollst ein Paar Stiefel anfertigen, solange in seiner Hand ein Strohhalm brennt. Fliehen wir!»

Sie spie dreimal Speichel auf das Auge des Zarewitsch Iwan und dreimal auf sich selbst. Sie setzten sich auf ein Roß und sprengten fort.

Am Morgen schickte der Zar zum Zarewitsch Iwan. «He, Zarewitsch Iwan, schläfst du noch? Oder bist du in Gedanken?»

«Bin in Gedanken», antworteten die Speicheltropfen.

Schließlich merkte der Zar den Betrug und schickte ihnen Häscher nach.

«Horch, Zarewitsch Iwan!» sagte die Zarewna Marja. «Verfolgt man uns nicht?»

Der Zarewitsch legte sich auf die Erde – nein.

Die Zarewna Marja lauschte – sie sind nahe! Sofort verwandelte sie den Zarewitsch Iwan in Roggen und sich selbst in Weizen. Die Verfolger kamen angesprengt. Da sie keinen Weg und nicht eine einzige geknickte Ähre erblickten, kehrten sie um.

Abermals wurden sie verfolgt. Die Zarewna Marja verwandelte den Zarewitsch Iwan in eine Kirche, sich selbst in einen Priester. Die Kirche war so uralt, daß sie ganz mit Moos bedeckt war, und der Priester so siech, daß er kaum Luft bekam. Die Häscher kehrten um.

Der Zar begab sich selbst auf die Verfolgung. Aber die Zarewna Marja ließ zwischen ihm und sich einen Fluß strömen, und der Zar machte beschämt kehrt.

Zarewitsch Iwan und Zarewna Marja gelangten in ihr Reich.

«Du wirst mich vergessen, Zarewitsch Iwan. Küsse kein Kind, wenn du zu Vater und Mutter kommst, sonst vergißt du mich.»

Zarewitsch Iwan kam zu Vater und Mutter. Vor Freude küßte er ein Kind und vergaß die Zarewna Marja. Mittlerweile trug man ihm eine Braut an. Er verlobte sich mit ihr. Die Zarewna Marja bat die alte Frau, bei der sie lebte, um Erlaubnis, sich die Zarenhochzeit anzuschauen. Sie gelangte in die zarische Küche und erbat mit Mühe beim Koch die Erlaubnis, die Pasteten zu backen.

Die Pastete wurde auf die Tafel des Zaren gebracht. Als man sie aufschnitt, flog ein Täuberich mit einer Taube heraus. Die Taube

folgte dem Täuberich und sagte: «Mein
Täuberich, vergiß mich nicht, wie Zarewitsch
Iwan seine Zarewna Marja vergessen hat.»

III

Ein Pope ging auf die Suche nach einem
Knecht. Er stieß auf Balda. Balda willigte ein,
bei ihm als Knecht zu dienen. Als Lohn ver-
langte er nur drei Stüber gegen die Stirn des
Popen. Der Pope lachte sich eins, und die
Popenfrau sagte: «Was werden das schon für
Stüber sein!»

Balda war ein kräftiger Kerl und ein guter
Arbeiter. Aber die Frist ging zu Ende, und der
Pope begann unruhig zu werden. Seine Frau
riet ihm, Balda in den Wald zum Bären zu
schicken, als handle es sich um die Kuh. Balda
ging und brachte den Bären in den Stall.

Der Pope schickte Balda zu den Teufeln,
den Zins einzutreiben. Balda nahm eine Haspel,
Pech und einen Knüppel, setzte sich an den
Fluß und schlug mit dem Knüppel auf das
Wasser. Im Wasser ächzte es.

«Wen mag ich da getroffen haben? Einen
alten oder einen jungen?»

Ein alter Teufel kroch heraus.

«Was willst du?»

«Den Zins eintreiben.»

«Ich schicke dir meinen Enkel, mit dem
kannst du reden.»

Balda saß da, flocht einen Strick und paßte
auf.

Ein Teufelchen sprang heraus.

«Was willst du, Balda?»

«Gleich werde ich das Meer in Wallung bringen und euch Teufel ausrotten.»

Das Teufelchen erschrak.

«Von uns beiden entrichtet jener den Zins an den Popen, der nicht imstande ist, ein Pferd dreimal um das Meer zu tragen.»

Das Teufelchen schaffte es nicht. Balda setzt sich auf das Pferd und ritt um das Meer.

«Ach, Großväterchen», rief das Teufelchen, «er hat das Pferd nicht nur auf beiden Armen, sondern sogar zwischen den Beinen herumgetragen.»

Neue List: «Wer läuft schneller um das Meer herum?»

«Wie kannst du dich mit mir messen, Teufelchen? Nicht nur ich, sogar mein kleinerer Bruder wird dich überholen.»

«Wo ist dein jüngerer Bruder?»

Balda hatte zwei Hasen im Sack. Einen ließ er laufen. Das Teufelchen kam japsend angerannt, da streichelte Balda schon den zweiten Hasen und sagte: «Bist müde geworden, armes Brüderchen, bist dreimal um das Meer gelaufen.»

Das Teufelchen war verzweifelt. Dritte List: das Großväterchen gab ihm einen Stock.

«Wer schmeißt ihn höher?»

Balda wartete eine Wolke ab, um ihn hineinzuschleudern. Den Zins stopfte er in seine bodenlose Mütze.

Als der Pope Balda erblickte, nahm er reißaus. Statt gedörrten Brots stopfte er Balda in den Sack. Statt Balda ertränkte er nachts die Popenfrau.

Balda kam zum Zaren. Die Tochter war vom Teufel besessen. Aus Angst vor dem Galgen nahm Balda es auf sich, die Zarewna zu heilen. Er verbrachte mit ihr die Nacht – nahm eiserne Nüsse, ein altes Kartenspiel und einen Hammer mit und veranlaßte das bekannte Teufelchen, die eisernen Nüsse aufzubeißen, spielte mit ihm Schafskopf und erschlug ihn mit dem Hammer. In der zweiten Nacht geschah das gleiche. In der dritten Nacht fertigte er eine Puppe mit Sprungfedern an, die den Mund öffnete.

«Was ist das, Balda?»

«Trinken will sie…»

Das Teufelchen wurde gepackt und verwalkt…

IV

Zar Kastschej der Unsterbliche wollte seine Tochter keinem Manne zur Frau geben, solange er selbst am Leben sei.

«Wo ist dein Tod?» fragte ihn die Tochter.

«In einem Widder», antwortete Kastschej, «in einem Ziegenbock, in einem Badequast.»

Die Tochter ließ die Hörner von Widder und Bock vergolden, ebenso den Badequast. Vergeblich. Kastschej blieb am Leben.

Schließlich erklärte er, sein Tod sei auf dem Meere, auf dem Ozean, auf der Insel Bujan, und auf der Insel stehe eine Eiche, in der Eiche sei eine Aushöhlung, in der Aushöhlung eine Truhe, in der Truhe ein Hase, im Hasen eine Ente und in der Ente ein Ei.

Zarewitsch Iwan machte sich auf die Suche nach Kastschejs Tod. Er leidet Hunger. Ein Hund, ein Falke, ein Wolf, ein Widder, ein Krebs fallen ihm in die Hände.

Zu jedem sagte Zarewitsch Iwan: «Ich werde dich verzehren!», ließ sie aber am Leben.

Dann kam er ans Meer. Der Wolf trug ihn hinüber, der Widder stürzte mit den Hörnern die Eiche um, der Hund fing den Hasen, der Falke stieß auf die Ente herab, der Krebs brachte zwischen den Scheren das Ei aus dem Meer.

Da verlor Kastschej seine Kraft. Seine Tochter erhielt das Ei. Der Vater bat um eine Frist von einem Monat, einer Woche, einem Tag...

MICHAJL MICHAJLOW

Die beiden Fröste

Zwei Fröste, zwei leibliche Brüder, strichen übers freie Feld, hüpften von einem Bein auf das andere, schlugen die Arme umeinander.

Der eine Frost sagte zum andern:

«Brüderchen Rotnase! Wie wär's, wenn wir uns einen kleinen Spaß leisteten und ließen die Menschen frieren?»

Der andere antwortete ihm:

«Brüderchen Blaunase! Wenn wir die Menschen zum Frösteln bringen wollen, dürfen wir nicht auf dem freien Feld herumspazieren. Die Fläche ist mit Schnee bedeckt, alle Wege sind zugeschneit, niemand kommt zu Fuß oder Schlitten. Sausen wir lieber in den Hochwald. Dort ist zwar weniger freier Raum, aber dafür haben wir dort mehr Vergnügen. Vielleicht treffen wir auch jemanden, der unterwegs ist.»

Gesagt – getan. Die beiden Brüder Frost eilten in den Wald. Im Lauf sprangen sie von einem Bein auf das andere, rüttelten an den Tannen, an den Kiefern. Ein alter Tannenbaum knarrt, eine junge Fichte kreischt. Sie rannten über verharschten Schnee, der eine Eiskruste gebildet hatte. Ein Grashalm schaute aus dem Schnee heraus – sie bliesen darauf, und er sah aus, als wäre er mit Glasperlen bedeckt.

Jetzt hörten sie von einer Seite Glöckchen erklingen, von der anderen Seite Schellengeläut. Mit Glöckchen kam ein Herr gefahren, mit Schellen ein Bauer. Die Brüder Frost berieten, wer zu wem eilen, wer wen frieren lassen solle.

Frost Blaunase – er war der jüngere – sagte:

«Ich mache mich lieber an den Bauern heran. Ihn kriege ich schneller in den Griff, sein Halbpelz ist alt und geflickt, die Kappe voller Löcher, an den bloßen Füßen hat er nur Bastschuhe an. Er fährt offenbar in den Wald, um Bäume zu fällen. Doch du, Bruder, bist stärker als ich, du jage dem Herrn nach. Du siehst ja, er hat einen Pelz aus Bärenfell, die Mütze ist aus Fuchsfell, die Stiefel sind mit Wolfsfell gefüttert. Was kann ich mit ihm anfangen! Den bezwinge ich nicht.»

Frost Rotnase lachte sich eins.

«Du bist noch jung und unerfahren, Brüderchen!» sagte er. «Aber es soll nach deinem Willen geschehen. Renne dem Bauern nach, und ich befasse mich mit dem Herrn. Wenn wir uns abends wiedertreffen, wollen wir feststellen, wessen Arbeit leicht und wessen schwer war. Inzwischen leb wohl!»

«Leb wohl, Brüderchen!»

Pfiffen, klirrten, sausten ab.

Sowie die Sonne untergegangen war, trafen sie auf dem freien Feld wieder zusammen und fragten einander, was sie ausgerichtet hatten.

«Ich meine, Brüderchen, mit dem Herrn hast du viel Plackerei gehabt», sagte der jüngere, «doch hast du nichts dabei gewonnen. Wie sollte man auch an ihn herankommen!»

Der ältere lachte hell auf.

«Ach», sagte er, «Brüderchen, Frost Blaunase, jung bist du und einfältig. Ich habe ihn so gepiesackt, daß er sich eine Stunde lang gewärmt hat und doch nicht warm geworden ist.»

«Ja, wie denn! Und der Pelz und die Mütze, die Stiefel da?»

«Hat alles nichts geholfen. Ich kroch ihm in den Pelz, unter die Mütze, in die Stiefel und ließ ihn erschauern. Er zog sich zusammen, machte sich klein, kuschelte sich ein. Er dachte: Ich rühre kein Glied, vielleicht überwältigt mich die Kälte nicht! Aber hast du dir gedacht! Damit arbeitete er mir in die Hände. Und *wie* ich ihm zusetzte! In der Stadt hat man ihn halbtot aus dem Schlitten gezogen. Nun und du, was hast du mit deinem Bäuerchen angestellt?»

«Ach, Brüderchen, Frost Rotnase! Mit mir hast du dir einen schlechten Spaß erlaubt. Schade, daß ich nicht rechtzeitig zur Vernunft gekommen bin. Ich dachte, ich würde den Bauern zum Frieren bringen, aber es kam ganz anders. Er hat mich tüchtig verprügelt.»

«Wieso?»

«Ja, das kam so. Er war, das hast du selbst gesehen, im Wald, um Bäume zu fällen. Unterwegs nahm ich ihn mir gehörig vor, aber er verzagte nicht, fluchte nur: ‹Verdammte Kälte!› Es war einfach beleidigend. Nun, ich zwickte und beutelte ihn noch ärger. Aber der Scherz dauerte nicht lange. Als er an Ort und Stelle angekommen war, stieg er vom Schlitten und nahm die Axt zur Hand. Ich dachte: jetzt gehe ich endgültig zum Angriff über, kroch ihm unter den Halbpelz und biß ihn. Doch er schwang die Axt, daß die Splitter rundum nur so flogen. Sogar ins Schwitzen geriet er. Ich sah: schlimm – unterm Halbpelz war keine Bleibe mehr für mich. Der Mann dampfte geradezu. Ich schnell weiter. Überlege: Was tun? Und der Bauer arbeitet und arbeitet. Womit soll man ihn zum Frieren bringen, wenn ihm so heiß ist? Da zog er auch noch den Halbpelz aus. Ich frohlockte: Warte! sage ich, jetzt werde ich dir zeigen, wer ich bin! Der Halbpelz war ganz feucht. Ich machte mich über ihn her und fror ihn so ein, daß er steif wie ein Brett wurde. ‹Zieh ihn nur an, versuch's!›

Als der Bauer seine Arbeit beendet hatte und zu seinem Halbpelz ging, hüpfte mir das Herz vor Vergnügen. Jetzt würde ich meinen Spaß erleben! Der Bauer besah den Pelz und fluchte auf mich – Wörter gebrauchte er, wie man sie sich nicht schlimmer erdenken kann. Fluche nur, denke ich bei mir, fluche du nur! Doch mich wirst du nicht wieder los! Aber er ließ es nicht beim Fluchen, sondern nahm einen langen Knüppel, noch dazu einen voller Zacken, und damit schlug er auf den Halbpelz los. Auf den Pelz schlägt er und auf mich flucht er in einem fort. Ich wollte so schnell wie möglich fliehen, aber ich hatte mich schon zu sehr in den Haarfilz verbissen und konnte mich nicht losreißen. Und er prügelt und prügelt! Mit Mühe und Not entkam ich. Ich dachte, mir müßten alle Knochen zerbrochen sein. Bis jetzt tut mir alles weh. Ich habe es bitter bereut, daß ich den Bauern zum Frieren bringen wollte.»

«So-so!»

MICHAJL MICHAJLOW

Gedanken

Ein Bauer hob im Walde eine Grube aus, bedeckte sie mit Reisig, kann man wissen, vielleicht fällt ein Tier hinein.

Ein Fuchs lief durch den Wald. Er blickte hinauf zu den Wipfeln, bums, lag er in der Grube.

Ein Kranich kam geflogen, ließ sich nieder, um Nahrung zu suchen und verhedderte sich mit den Beinen im Reisig – bums, fiel er in die Grube.

Kummer für den Fuchs, Kummer für den Kranich. Beide wissen nicht, was sie tun sollen, um aus der Grube wieder hinauszukommen.

Der Fuchs rennt von einer Ecke in die andere – der Staub steht wie eine Säule über der Grube. Der Kranich – ein Bein in die Höhe gezogen – rührt sich nicht vom Fleck, hackt nur immer in die Erde vor sich. Beide überlegen, wie sie sich in ihrer schlimmen Lage helfen können.

Der Fuchs rennt, rennt und sagt: «Ich habe tausend, tausend, tausend Gedanken!»

Der Kranich hackt, pickt und sagt: «Ich habe nur einen Gedanken!»

Und wieder fahren sie in ihrer Beschäftigung fort: der Fuchs rennt, der Kranich pickt.

Dieser Dummkopf von Kranich! denkt der Fuchs. Warum pickt er dauernd in die Erde?

Weiß er denn nicht, wie dick die Erde ist und daß man sie nicht durchhackt?

Und er selbst kreist in der Grube und sagt: «Ich habe tausend, tausend, tausend Gedanken.»

Der Kranich hackt dauernd vor sich hin und sagt: «Und ich habe nur einen einzigen Gedanken.»

Der Bauer kam, um nachzusehen, ob ein Tier in die Grube gefallen sei.

Als der Fuchs hörte, daß jemand kam, rannte er noch schneller von einer Ecke in die andere und rief in einem fort: «Ich habe tausend, tausend, tausend Gedanken.»

Doch der Kranich verhält sich ganz still und pickt nicht mehr. Der Fuchs sieht: er hat sich umgelegt, streckt die Beine von sich und atmet nicht. Ist vor Angst gestorben, der Herzige!

Der Bauer hebt das Reisig in die Höhe und sieht: ein Fuchs und ein Kranich sind in die Grube gefallen. Der Fuchs tobt in der Grube, der Kranich liegt da und tut keinen Muckser.

«Ach, du gemeiner Fuchs!» sagt der Bauer. «Hast mir einen solchen Vogel getötet!»

Er zieht den Kranich an den Beinen aus der Grube heraus und befühlt ihn. Sieh an! Der Kranich ist noch ganz warm. Da schimpft der Bauer noch mehr auf den Fuchs.

Doch der rennt in der Grube hin und her, weiß nicht, welchen Gedanken er fassen soll von seinen tausend, tausend, tausend verschiedenen.

«Warte du nur», sagt der Bauer. «Ich ziehe dir wegen des Kranichs das Fell über die Ohren!»

Er legte den Vogel neben die Grube und ging dem Fuchs zu Leibe.

Kaum hatte er sich umgedreht, da breitete der Kranich die Flügel aus und schrie: «Das war mein einziger Gedanke!»

Und er flog auf und davon.

Aber der Fuchs mit seinen tausend, tausend, tausend Gedanken wurde zum Pelzkragen verarbeitet.

NIKOLAJ GARIN-MICHAJLOWSKIJ

Das kleine Buch vom Glück

Es gab einmal auf Erden ein kleines, abgegriffenes, schmutziges Büchlein (vielleicht existiert es auch jetzt noch). In diesem kleinen Buch steckte eine Zauberkraft. Wer es in die Hand nahm, der wurde glücklich und froh und – das Wichtigste – der hatte alle Menschen lieb und dachte darüber nach, wie er es ermöglichen könne, daß es auch allen anderen so wohl zumute sei wie ihm selbst. Dann betrog der Kaufmann nicht mehr, der Reiche dachte an die Armen, der große Herr meinte nicht mehr, er könne sich nicht irren und in seinem Kopfe habe die ganze Welt Platz. Und all das rührte daher, daß derjenige, der das Zauberbüchlein in den Händen hielt, in diesem Augenblick die anderen mehr liebte als sich selbst. Wenn aber das Büchlein seinem Besitzer zufällig abhanden kam, dann dachte er wieder nur an sich selbst und wollte nichts anderes kennen. Kam jemandem das kleine Buch zum zweiten Male vor Augen, stieß er es mit den Füßen fort oder warf es gar mit der Zange ins Feuer. Das Büchlein schien in Flammen aufzugehen, alle beruhigten sich, aber da es ein Zauberbüchlein war, konnte es nie verbrennen und kam wieder jemandem in die Hand.

Es war einmal ein fröhlicher Feiertag. Wer konnte, freute sich. Aber ein kleiner, kranker

Knabe freute sich nicht. Er war von allen möglichen Krankheiten gequält. Schon seit langem kam ihm die ganze Welt wie eine Apotheke vor und alle Menschen wie Ärzte, die ihm allerhand bittere Arzneien einflößten.

Wer mag das schon! Deshalb ging der Knabe an diesem Tage genau so traurig und verdrossen wie immer mit seiner Kinderfrau spazieren, während alle anderen Kinder vergnügt umhertollten. Der Knabe hatte einen großen, schweren Kopf. Deshalb ging er vornübergebeugt, und es fiel ihm leichter, nach unten zu blicken. Vielleicht sah er infolgedessen auch das kleine, schmutzige Buch. Obwohl ihn die Kinderfrau am Arm vorwärts zog, bestand er auf seinem Wunsch und hob das Büchlein auf.

Er hielt es fest und preßte es an sich. Da wurde sein Herz fröhlich. Als er heimkam und die Mutter sah, rief er erfreut: «Mama!» und lief auf sie zu. Der Vater, der eben ein gelehrtes Buch über den Umgang mit Kindern las, sprang auf und rief seinem launischen Sohn zu: «Geht das nicht ohne solch Geschrei?» Der Knabe war nicht gekränkt. Er begriff, daß sein Vater nur schimpfte, weil er nicht auch ein solches Büchlein besaß, wie er es gefunden hatte.

Auch die Tante war entzückt, als sie den Knaben so fröhlich sah. Sie stürzte sich auf ihn und küßte ihn so schmerzhaft, daß der Knabe zu anderer Zeit in Tränen ausgebrochen wäre. Aber jetzt sagte er nur: «Du tust mir weh, liebe Tante, laß mich bitte in Ruh'!»

Auch als ihn die Tante noch heftiger umarmte, litt er es, denn er begriff jetzt, daß sie ihn lieb hatte und selbst nicht wußte, wie weh sie ihm tat. Der Knabe lief zur Mutter, zeigte ihr sein Büchlein und sagte, sich an sie schmiegend und ihr in die Augen blickend, voller Glück: «Das kleine Buch...»

Die Mutter wußte natürlich nicht, was das für ein Büchlein war, aber sie sah, daß ihr Sohn glücklich war, und was braucht eine Mutter mehr. Um sein Glück zu vergrößern, streichelte sie seinen Kopf und sagte zärtlich: «Mein lieber Junge!»

Ja, der Knabe war sehr glücklich. Als ihn die Kinderfrau zu Bett brachte und ihm das Büchlein fortnehmen wollte, weinte er so sehr, daß ihm die Frau das Büchlein zurückgeben mußte. Er hielt es fest in der Hand, während er einschlief.

Nachts kam eine Zauberfee zu ihm geflogen und sagte:

«Ich bin die Fee des Glücks. Vielen habe ich mein Büchlein gegeben, und alle waren glücklich, solange sie es in Händen hielten, aber wenn ich es ihnen weggenommen hatte, wollten sie es nicht ein zweites Mal von mir nehmen. Du, kleiner Junge, bist der erste, der es wiederhaben wollte. Deshalb enthülle ich dir das Geheimnis, wie man alle Menschen glücklich machen kann. Trotz deiner Jugend wirst du mich verstehen, denn du hast ein gutes Herz.»

Da es auch der Knabe dank der Zauberkraft des Büchleins wollte, sagte er zu der Fee:

«Liebe Fee! Ich möchte so gern, daß alle, alle so glücklich seien wie ich: Mama und Papa und der Zimmermann, der heute um Arbeit gebeten hat, und die alte Frau, die zu uns kam und weinte, weil sie nichts zu essen hatte, und der Junge, der mich um ein Almosen anflehte... alle, alle, gute Fee!»

«Auch wenn du sterben müßtest, damit alle glücklich würden? Willst du das Geheimnis wissen?»

«Ich will es.»

«Dann komme mit!»

Die schöne Fee streckte dem Knaben die Hand entgegen, und sie gingen.

Sie traten auf die Straße hinaus und wanderten lange. Als die Stadt hinter ihnen lag, zeigte die Fee nach oben. Dort, auf der Höhe, hoch, hoch droben, leuchteten durch die Dunkelheit die Fenster eines Zauberschlosses.

Die Fee bückte sich zu dem Knaben und sagte:

«Höre, was man tun muß, um alle glücklich zu machen. Dort, in jenem Schloß, schläft eine verzauberte Prinzessin. Wer alle Menschen glücklich machen will, der muß sie aufwecken. Aber das ist nicht so leicht. Ein böser Zauberer bewacht die schlafende Prinzessin. Siehst du die große, hell beleuchtete Straße vor uns, die geradenwegs zum Berg hinaufführt? Siehst du die vielen Kinder, die auf dieser Straße gehen? Sie alle sind auf dem Wege zum Schloß, um die Prinzessin aufzuwecken, aber keiner vermag es, denn die Straße ist verzaubert. Je höher sie steigen, desto mehr versteinern ihre Herzen. Und wenn sie mit ihren steinernen Herzen oben angekommen sind, haben sie vergessen, warum sie aufgestiegen waren. Der böse Zauberer lacht dröhnend und wirft sie als Steine in jene finstere Schlucht hinab, woher du das Schreien, Weinen und Stöhnen hörst.»

«Wer ist es, der schreit?»

«Es sind die Menschen, die in Finsternis und Schmutz gehen. Sie schreien, weil sie sich in der

Dunkelheit fürchten und einsam fühlen, weil sie im Schmutz wandern, weil sie hungern. Sie schreien, weil sie hoffen, die Prinzessin möge erwachen und ihre Hungerschreie vernehmen. Aber der böse Zauberer lacht und wirft den Armen statt Brot versteinerte Menschen zu, und im Fall erschlagen sie die Hungernden. Diese aber, da sie in der Finsternis nichts sehen, meinen, daß die Steine vom Himmel auf sie fliegen oder daß einer von ihnen selbst sie wirft, und dann bringen sie einander um.»

«Und warum handelt der Zauberer so?»

«Er muß sie quälen, denn nur durch diese dunkle Schlucht gelangt man zu einem Wege, auf dem die Kraft des Zauberers nicht wirkt, und auf diesem Wege gelangt man zum Schloß. Aber das weiß niemand. Solange es auf jener Seite finster, schmutzig und schrecklich ist, wollen alle den beleuchteten, aber verzauberten Weg gehen. Welchen Weg willst du wählen? Den dunklen, schmutzigen, auf dem es keine schön geputzten, lustigen Kinder gibt, die auf der geraden, großen Straße den Berg hinaufsteigen?»

«Diesen!» Der Knabe zeigte auf die dunkle, schmutzige Seite.

«Hast du keine Angst? Die Kinder dort sind böse, sie laufen in der Finsternis hierhin und dorthin. Weil sie den Weg nicht kennen, schreien sie und töten einander. Dort kann dich ein Stein des Zauberers erschlagen. Willst du gehen?»

«Ja.»

«Gehen wir!»

Sie wandten sich zur dunklen Seite. Rings um sich sah der Knabe die erschreckenden Gesichter der bösen Kinder.

«Kinder! Mir nach! Ich kenne den Weg.»

«Wo ist er, wo?»

«Hierher, hierher! Folgt mir!»

«Gibt es denn noch einen anderen Weg als den, auf dem die glücklichen Kinder gehen?»

«Jenen Weg geht nicht. Folgt mir nach!»

«Aber du kennst doch den Weg so wenig wie wir.»

«Hier ist der Weg... Kommt!... Mit mir geht die Fee.»

«Du bist ein dummer Junge. Wir sind müde. Wir wollen essen. Hast du Brot?»

«Ich habe das Büchlein vom Glück.»

«Seht den Dummkopf an! Trampeln wir ihn samt seinem dummen Buch in den Schmutz!»

«Willst du, wir fliegen fort?» Die Fee beugte sich zu dem Knaben.

«Nein, ich will nicht! Mag man mich zertreten, das Büchlein bleibt. Das ist gut. Du wirst doch den, der es aufhebt, weiterführen, nicht wahr, liebe Fee?»

Der Knabe hörte die Antwort nicht. Die bösen Kinder hatten sich schon auf ihn gestürzt, ihn umgeworfen und in den Schmutz getreten. Als sie ihn zerstampft hatten, freuten sie sich und sprangen auf seinem Grab herum. Sie meinten, sie hätten den Knaben samt seinem Büchlein vernichtet. Aber andere fanden das kleine Buch und trugen es weiter. Da zog die Fee den Knaben aus dem Schmutz, wusch ihn und brachte ihn zu der Prinzessin in das Schloß.

Er ist nicht gestorben, er schläft im Schloß neben der Prinzessin und träumt von schönen Dingen. Die Fee erzählt sie ihm, wenn sie von der schmutzigen, finsteren Straße herbeigeflogen kommt, auf der andere wandern, still ihres

Weges ziehn und das kleine Buch vom Glück in das verzauberte Schloß tragen.

Einmal werden sie das Büchlein ans Ziel bringen. Dann werden die Prinzessin und der Knabe erwachen, und der böse Zauberer wird zugrunde gehen. Mit ihm wird auch die Finsternis verschwinden, und alle Menschen werden erkennen, daß es ein Glück für alle auf Erden gibt.

Das Märchen von Iwan dem Dummkopf

und seinen beiden Brüdern: Semjon dem Kriegs-
mann und Taras dem Dickwanst; seiner
stummen Schwester Malanja und
vom alten Teufel und den
drei Teufelchen

I

Es war einmal ein reicher Bauer, der lebte in einem fernen, großen Land. Der reiche Bauer hatte drei Söhne: Semjon den Kriegsmann, Taras den Dickwanst und Iwan den Dummkopf; und eine Tochter Malanja, die war taub und stumm. Semjon der Kriegsmann zog in den Krieg und diente dem Zaren, Taras der Dickwanst begab sich in die Stadt zu einem Kaufmann, um Handel zu treiben. Iwan der Dummkopf und das Mädchen blieben jedoch daheim, um zu arbeiten und einen Buckel davon zu kriegen. Semjon der Kriegsmann erdiente sich einen hohen Rang und ein großes Gut und heiratete eines Herren Tochter. Sein Gehalt war hoch, sein Gut war groß, und trotzdem wollte es nicht klappen: was der Mann zusammengebracht hatte, verplemperte die gnädige Frau im Handumdrehen; allezeit war kein Geld da. Kam Semjon der Kriegsmann auf sein Gut und wollte die Einkünfte eintreiben, sagte der Verwalter zu ihm: «Bei uns ist nichts zu holen; wir haben kein Vieh, kein Gerät, kein Pferd, keine

Kuh, keinen Pflug, keine Egge; man muß erst alles anschaffen, dann kommen auch die Einkünfte.» Und Semjon der Kriegsmann ging zu seinem Vater: «Du bist ein reicher Mann, Väterchen», sagte er, «doch mir hast du nichts vermacht. Gib mir den dritten Teil, ich will ihn auf mein Gut bringen.» Der Alte erwiderte: «Du hast mir nichts ins Haus gebracht, wofür soll ich dir den dritten Teil geben? Das wäre kränkend für Iwan und das Mädchen.» Semjon sagte: «Ach, er ist doch ein Dummkopf, und sie ist taub und stumm. Was brauchen die schon?» Der Alte meinte: «Iwan soll's entscheiden.»

Iwan sagte: «Meinetwegen soll er's haben.»

Semjon der Kriegsmann nahm seinen Teil vom Hof, brachte ihn auf sein Gut und zog wieder fort, dem Zaren zu dienen.

Auch Taras der Dickwanst verdiente gutes Geld und heiratete eine Kaufmannstochter, aber noch immer hatte er nicht genug. Er begab sich zum Vater und sagte: «Gib mir meinen Teil!» Der Alte wollte auch Taras nicht seinen Teil geben. «Du hast uns nichts dazugebracht», sagte er, «was im Hause ist, hat Iwan verdient. Ich darf ihn und das Mädchen nicht benachteiligen.»

Taras meinte: «Was braucht der schon, der Dummkopf. Heiraten kann er nicht, denn keine nimmt ihn, und das stumme Mädchen braucht auch nichts. Los, Iwan, gib mir die Hälfte vom Korn», sagte er, «vom Gerät werde ich nichts mitnehmen und vom Vieh nur den grauen Hengst, zum Pflügen kannst du ihn doch nicht gebrauchen.» Iwan lachte. «Na schön», sagte er, «ich gehe und bringe alles her.»

Also bekam auch Taras seinen Teil. Taras

fuhr das Korn in die Stadt und nahm den grauen Hengst mit. Iwan behielt nur die alte Stute. Er bestellte das Land wie immer und schaffte Nahrung für Vater und Mutter.

II

Der alte Teufel ärgerte sich, daß sich die Brüder bei der Teilung nicht entzweit hatten, sondern in Liebe auseinandergegangen waren. Und er rief drei kleine Teufel zu sich.

«Paßt mal auf», sagte er, «da leben drei Brüder: Semjon der Kriegsmann, Taras der Dickwanst und Iwan der Dummkopf. Statt sich zu streiten, wie es sein müßte, kommen sie friedlich miteinander aus und teilen Hab und Gut miteinander. Iwan der Dummkopf hat mir alles verdorben. Macht euch jetzt zu dritt auf, nehmt euch die drei Brüder vor und bringt sie solcherart durcheinander, daß sie einander die Augen auskratzen. Könnt ihr das bewerkstelligen?»

«Freilich, wird gemacht», sagten sie.

«Wie wollt ihr es denn anstellen?»

«Wir werden es schon schaffen», sagten sie. «Zuerst bringen wir sie auf den Hund, daß sie nichts mehr zu fressen haben, und dann schmeißen wir sie alle auf einen Haufen, worauf sie sich schon gegenseitig das Fell über die Ohren ziehen werden.»

«In Ordnung», sagte der alte Teufel, «ich sehe, ihr versteht eure Sache. Geht also und kommt mir nicht wieder vor die Augen, bevor ihr nicht die drei Brüder uneins gemacht habt, sonst ziehe ich euch selbst allen dreien das Fell über die Ohren.»

Die Teufelchen krochen in einen Sumpf und überlegten, wie sie die Sache anpacken sollten. Sie stritten hin und her, denn jeder strebte nach dem leichtesten Teil der Aufgabe, und kamen schließlich zu dem Entschluß, das Los entscheiden zu lassen, welchen von den Brüdern jeder übernehmen sollte. Und wer zuerst mit dem Seinigen fertig wäre, der sollte den andern zu Hilfe kommen. Die Teufelchen warfen das Los und bestimmten den Tag, an dem sie wieder im Sumpf zusammenkommen sollten, um zu erfahren, wer die Aufgabe erledigt habe und wem man zu Hilfe kommen müsse.

Zur bestimmten Frist versammelten sich die Teufelchen verabredungsgemäß wieder im Sumpf. Sie erzählten, was jeder gemacht hatte. Das erste Teufelchen berichtete über Semjon den Kriegsmann. «Bei mir klappt die Sache», sagte es, «morgen geht mein Semjon wieder zu seinem Vater.»

Seine Genossen fragten ihn, wie er das fertiggebracht habe. «Zuallererst habe ich Semjon in seiner Tapferkeit so gestärkt, daß er seinem Zaren versprochen hat, die ganze Welt zu erobern. Und der Zar hat Semjon zum Befehlshaber gemacht und ihn losgeschickt, den indischen Zaren zu bekriegen. Die Heere rückten gegeneinander vor. In der gleichen Nacht habe ich aber bei Semjons Truppen das ganze Pulver naß gemacht, darauf bin ich zum indischen Zaren gelaufen und habe ihm eine unübersehbare Menge Soldaten aus Stroh angefertigt. Als Semjons Soldaten sahen, daß von allen Seiten die Strohsoldaten gegen sie anrückten, bekamen sie es mit der Angst. Semjon ließ feuern, doch die Kanonen und Gewehre gingen nicht los. Da erschraken Semjons Soldaten und liefen davon wie die Hammel, und der indische Zar schlug sie. Semjon war mit Schimpf und Schande bedeckt, sein Gut wurde ihm genommen, und morgen will man ihn hinrichten. Ich habe also nur noch für einen Tag zu tun, denn ich will ihn aus dem Kerker herauslassen, damit er nach Hause fliehen kann. Morgen bin ich also mit meiner Aufgabe fertig, und nun sagt, wem von euch beiden ich zu Hilfe kommen soll.» Jetzt erzählte das zweite Teufelchen, was es mit Taras angestellt hatte. «Mir brauchst du nicht zu helfen», sagte es, «bei mir hat es auch geklappt. Länger als eine Woche lebt Taras nicht mehr. Mein erstes war», sagte es, «seinen dicken Wanst noch mehr zu mästen und den Neid in ihm anzufachen. Und sein Neid auf fremdes Gut wurde so groß, daß er alles, was ihm zu Gesicht kam, kaufen wollte. Er kaufte Riesenmengen für all sein Geld ein und kauft immer noch. Jetzt verwendet er schon geborgtes Geld darauf. Er hat sich schon so viel auf den Hals geladen und sich so in Schulden verstrickt, daß er sich nicht mehr herauswinden wird. In einer Woche läuft die Frist zur Rückgabe ab. Ich werde jedoch seine ganze Ware verfaulen lassen. So wird er zahlungsunfähig und muß zum Vater zurückkehren.»

Nun fragten sie das dritte Teufelchen, wie es denn mit Iwan stehe und wie dort die Aussichten seien.

«Was soll ich euch sagen», antwortete es, «bei mir klappt der Laden nicht. Zuerst habe ich ihm in den Krug mit Kwas gespuckt, damit er Bauchschmerzen kriegte, dann bin ich auf seinen Acker gegangen und machte die Erde steinhart, damit er sie nicht bewältige. Ich dachte, daß er nicht mehr pflügen könne, doch der dumme Kerl ließ sich nicht abhalten, kam mit dem Pflug angefahren und begann die Erde aufzureißen. Obwohl er vor Leibschmerzen krächzte, pflügte er immer weiter. Da zerbrach ich ihm seinen Pflug. Er fuhr nach Hause, machte einen anderen Pflug zurecht, band neue Fußlappen um und pflügte weiter. Jetzt kroch ich unter die Erde und hielt die Pflugschar fest. Aber es war mir auf die Dauer unmöglich, weil er sich so auf den Pflug legte und die Pflugschar so scharf war, daß sie mir beide Hände zerschnitten hat. Fast das ganze Feld hat er gepflügt, nur ein Streifen ist übriggeblieben. Kommt mir deshalb zu Hilfe, Brüder, denn wenn wir einen von den dreien nicht bewältigen, sind alle unsere Mühen umsonst gewesen. Wenn der Dummkopf bleibt und weiter sein Land bestellt, haben sie keine Not, denn er wird auch die beiden anderen Brüder satt machen.»

Das Teufelchen von Semjon dem Kriegsmann versprach, morgen helfen zu kommen, und damit gingen die Teufelchen auseinander.

III

Iwan hatte den ganzen Acker gepflügt, nur ein Streifen war geblieben. Er fuhr wieder aufs Feld hinaus, um zu Ende zu pflügen. So weh ihm auch sein Bauch tat, gepflügt mußte werden. Er spannte die Kumtriemen aus, drehte den Pflug herum und begann zu pflügen. Kaum hatte er einmal gewendet und fuhr zurück, da zerrte es am Pflug, als ob er an einer Wurzel hängengeblieben sei. Das war das Teufelchen, das die Beine um die Pflugschar geschlungen hatte und sie festhielt. Merkwürdig! dachte Iwan, hier hat es doch niemals Wurzeln gegeben, und plötzlich eine Wurzel. Iwan steckte die Hand in die Furche und fühlte etwas Weiches. Er packte fest zu und zog es heraus. Es war schwarz wie eine Wurzel, aber an der Wurzel rührte sich etwas. Wie er es genauer besieht, ist es ein lebendiges Teufelchen. «Da schau her», sagte er, «so ein Dreckskerl!» Iwan holte aus und wollte das Teufelchen am Pflug zerschmettern, aber das fing an zu winseln.

«Erschlag mich nicht», rief es, «ich will auch alles für dich tun, was du willst.»

«Was kannst denn du für mich tun?»

«Sag nur, was du willst.»

Iwan kratzte sich hinter den Ohren. «Der Bauch tut mir weh», sagte er, «kannst du ihn wieder in Ordnung bringen?»

«Freilich», antwortete das Teufelchen.

«Also heile mich.»

Das Teufelchen beugte sich in die Furche, scharrte und scharrte mit den Krallen, zog schließlich ein dreiteiliges Würzelchen hervor und gab es Iwan.

«Hier nimm's», sagte es. «Wer ein Stück von der Wurzel ißt, dem vergeht jeder Schmerz.» Iwan nahm die Wurzel, riß ein Stück ab und schluckte es hinunter. Sofort waren die Leibschmerzen wie weggeblasen.

Nun verlegte sich das Teufelchen von neuem aufs Bitten. «Laß mich jetzt laufen», sagte es, «ich krieche in die Erde und komme nie wieder.»

«Meinetwegen», sagte Iwan, «Gott mit dir!» Sowie Iwan den Namen Gottes ausgesprochen hatte, zischte das Teufelchen in die Erde wie ein Stein ins Wasser, bloß ein Loch blieb übrig. Iwan legte die beiden anderen Teile der Wurzel in seine Kappe und pflügte weiter. Nachdem er den Streifen fertiggepflügt hatte, wendete er den Pflug und fuhr heim. Er spannte aus. Als er in die Stube trat, saß da sein ältester Bruder Semjon der Kriegsmann samt seiner Frau beim Abendbrot. Sein Erbgut war er losgeworden, mit Mühe und Not war er aus dem Kerker geflohen und nach Hause gelaufen, um bei seinem Vater weiterzuleben.

Semjon erblickte Iwan. «Ich bin zu dir gekommen, um hier zu leben», sagte er. «Erhalte mich samt meiner Frau, bis sich etwas Neues für uns findet.»

«Meinetwegen», sagte Iwan, «bleibt hier.»

Wie sich Iwan auf die Bank setzen wollte, mißfiel der gnädigen Frau Iwans Geruch. Also sprach sie zu ihrem Mann: «Mit einem stinkigen Bauern kann ich nicht zusammen Abendbrot essen.»

Semjon der Kriegsmann sprach: «Meine Gnädige sagt, du riechst schlecht, vielleicht ißt du lieber draußen im Flur.»

«Meinethalben», sagte Iwan, «für mich ist es ohnehin Zeit zur Nachtweide, die Stute muß was zu fressen kriegen.»

Iwan nahm Brot und Mantel und ritt zur Nachtweide.

IV

In dieser Nacht trennte sich das Teufelchen von Semjon dem Kriegsmann und begab sich verabredungsgemäß auf die Suche nach Iwans

Teufelchen, um ihm zu helfen, den Dummkopf in Wut zu bringen. Er gelangte zum Acker, suchte und suchte seinen Genossen; nirgendwo fand er ihn; nur ein großes Loch war da. Mit dem Genossen ist offenbar ein Unglück passiert, dachte er, ich muß an seine Stelle treten. Der Acker ist fertiggepflügt, da werde ich also den Dummkopf auf der Wiese beim Mähen packen. Das Teufelchen begab sich auf die Wiese und überschwemmte sie. Den ganzen Heuschlag verschmutzte er. Als Iwan im Morgengrauen von der Nachtweide zurückkehrte, dengelte er die Sense und ging mähen. Als er auf die Wiese gelangte, begann er zu mähen. Er holt einmal aus, er holt ein zweites Mal aus, schon ist die Sense stumpf und schneidet nicht mehr, und er muß sie von neuem schärfen. Lange schlug sich Iwan herum. Nein, sagte er, jetzt gehe ich heim, hole mir den Wetzstein und ein Trum Brot, und wenn ich mich eine ganze Woche lang abquälen muß, ich gehe nicht fort, ehe ich nicht die Wiese gemäht habe. Das Teufelchen hörte es und wurde nachdenklich. Das ist ein widerspenstiger Brocken, dachte er, dieser Dummkopf, den kriegt man nicht so leicht unter, da muß man schärfere Geschütze auffahren. Iwan kam, dengelte die Sense und mähte weiter. Das Teufelchen kroch ins Gras, haschte nach dem Griff der Sense, um sie mit der Spitze in die Erde zu bohren. So schwer es Iwan wurde, er mähte trotzdem fast die ganze Wiese ab, bloß ein kleiner Streifen am Sumpf blieb übrig. Das Teufelchen kroch in den Sumpf und dachte sich: Und wenn ich mir auch die Pfoten zerschneide, ich lasse ihn nicht fertigmähen. Iwan gelangte zum Sumpf. Obwohl das Gras gar nicht dicht aussah, kam er mit der Sense kaum durch. Iwan geriet in Wut und holte aus Leibeskräften aus. Das Teufelchen mußte nachgeben und fand kaum Zeit, beiseite zu springen. Es sah, seine Sache stand schlecht, und trollte sich ins Gebüsch. Mit weitem Schwung ließ Iwan die Sense bis ins Gebüsch sausen und schnitt dabei dem Teufelchen den halben Schwanz ab. Als Iwan die Wiese abgemäht hatte, befahl er der Magd zusammenzuharken, während er selbst sich zum Roggenmähen begab.

· Wie er mit seiner Sense ankam, hatte das gestutzte Teufelchen das Getreide so verfilzt, daß man mit der Sense nicht durchkam. Iwan ging heim, holte die Sichel und sichelte den ganzen Roggen ab. So, und nun muß ich mich an den Hafer machen, sagte er. Wie dies das gestutzte Teufelchen hörte, dachte es: Beim Roggen habe ich ihn nicht gekriegt, beim Hafer werde ich ihn jedoch fassen. Laß mich nur den Morgen abwarten! Am nächsten Morgen eilte das Teufelchen zum Haferfeld, aber der Hafer war schon gemäht. Iwan hatte ihn in der Nacht gemäht, damit er weniger Körner verlor. Das Teufelchen platzte fast vor Wut. Hat mich dieser Dummkopf doch beinahe zerschnitten und mir so viel Plage bereitet, selbst im Kriege habe ich noch nicht solche Not erlebt! Schlafen tut er auch nicht, der verfluchte Bursche, gegen den kommt man schwer an! Jetzt werde ich in die Hocken schlüpfen, daß ihm alles verfault, rief es.

Und das Teufelchen kroch in eine Roggenhocke zwischen die Garben und ließ sie faulen: wärmte sie, wärmte sich selbst dabei und schlummerte ein.

Iwan spannte die Stute an und fuhr mit der Magd aufs Feld, um den Roggen zu holen. Als er zu den Hocken gelangte, begann er sie aufzuladen. Er zog zwei Bund heraus, spießte sie auf und stieß dabei die Gabel dem Teufelchen in den Hintern. Als er die Gabel hochhob, sah er: da zappelte ein lebendiges Teufelchen, noch dazu ein gestutztes, wand sich hin und her und versuchte herunterzuspringen.

«Da schau her, so ein Dreckskerl, da bist du ja schon wieder!»

«Ich bin ein anderer», rief das Teufelchen, «das war mein Bruder. Ich bin der, der bei deinem Bruder Semjon war.»

«Nun», sagte Iwan, «du magst sein, wer du willst, dein Los ist das gleiche!» Er wollte ihn gegen einen Erdhaufen schmettern, aber das Teufelchen begann zu flehen. «Laß mich los», rief es, «ich will's nicht wieder tun, ich tue für dich, was du verlangst.»

«Was kannst du denn?»

«Ich kann Soldaten machen, aus was du nur willst.»

«Was soll ich damit?»

«Du kannst mit ihnen anfangen, was du magst, Soldaten sind zu allem fähig.»

«Können sie auch Lieder singen?»

«Gewiß.»

«Also schön», sagte Iwan, «mach welche.»

Das Teufelchen sagte: «Hier, nimm eine Roggengarbe, stoße sie steißlings auf die Erde und sage dabei bloß: ‹Mein Herr verkündet: die Garbe verschwindet, jeder Halm wird ein Soldat›.» Iwan nahm eine Garbe, stieß sie gegen die Erde und sagte, wie das Teufelchen befohlen hatte. Die Garbe zersprang, es wurden Soldaten aus ihr, und an ihrer Spitze rührten Trommler das Spiel und Trompeter bliesen. Iwan mußte lachen.

«Schau einer an, wie hurtig das geht, das ist hübsch und wird den Mädchen Spaß machen.»

«Na», sagte das Teufelchen, «jetzt laß mich aber laufen.»

«Nein», meinte Iwan, «ich will die Soldaten lieber aus Stroh machen, sonst kommt mir zuviel Korn um. Lehre mich, wie ich sie wieder in die Garbe zurückverwandeln kann. Ich will sie zuerst dreschen.»

Das Teufelchen antwortete: «Du brauchst nur zu sagen: ‹Jeder Soldat wird zum Halm, mein Knecht will's haben, seid wieder Garben!›»

Als dies Iwan gesagt hatte, stand die Garbe wieder vor ihm.

Abermals flehte das Teufelchen: «Laß mich jetzt frei.»

«Na, meinetwegen!» Iwan drückte es gegen den Haufen, hielt es mit der Hand fest und zog es von der Gabel herunter. «Mit Gott!» sagte er. Kaum hatte er den Namen Gottes erwähnt, zischte das Teufelchen in die Erde wie ein Stein ins Wasser, nur ein Loch blieb.

Als Iwan nach Hause kam, saß sein zweiter Bruder Taras samt Frau beim Abendbrot. Taras der Dickwanst war mit der Abrechnung nicht zurechtgekommen, seinen Gläubigern davongelaufen und zum Vater zurückgekehrt. Da er Iwans ansichtig wurde, sagte er: «Nun, Iwan, bis meine Geschäfte wieder besser gehen, mußt du mich und meine Frau ernähren.»

«Meinetwegen», sagte Iwan, «bleibt hier.»

Er zog den Mantel aus und setzte sich zu Tisch.

Die Kaufmannsfrau sagte jedoch: «Mit dem Dummkopf mag ich nicht zusammen essen. Der stinkt ja nach Schweiß.»

Taras der Dickwanst sagte: «Du riechst nicht besonders gut, Iwan, geh und iß im Flur.»

«Meinethalben», sagte Iwan, nahm sich ein Stück Brot und ging auf den Hof. «Es kommt mir ganz recht», sagte er, «denn es geht auf die Nacht, und die Stute muß gefüttert werden.»

V

Auch von Taras trennte sich das Teufelchen diese Nacht und zog los, um seinen Genossen, der Verabredung entsprechend, zu helfen, Iwan den Dummkopf vorzunehmen. Es kam zum Acker, suchte und suchte seine Genossen, aber niemand war zu sehen, bloß ein Loch fand es. Da begab es sich zur Wiese und entdeckte im Sumpf den Schwanz und auf dem Kornacker das zweite Loch. Nun, dachte es, den Genossen ist offenbar ein Unglück passiert. Da muß man wohl ihre Stelle vertreten und sich mit dem Dummkopf abgeben.

Das Teufelchen ging Iwan suchen. Iwan hatte das Feld schon verlassen und fällte im Wald Bäume.

Weil es den Brüdern zu Hause zu eng geworden war, hatten sie dem Dummkopf geboten, Bauholz zu fällen und neue Häuser zu errichten.

Das Teufelchen rannte in den Wald und kroch ins Geäst, um Iwan beim Holzfällen zu stören. Schlug Iwan einen Baum an, damit er, wie es sich gehörte, auf eine freie Stelle fiel, dann stürzte der Baum verkehrt, ging nach der falschen Seite nieder und blieb in den Zweigen hängen. Iwan hieb sich eine Hebestange zurecht, schob den Baum mit Mühe beiseite und brachte ihn zu Boden. Beim zweiten Baum war es genau das gleiche. Iwan quälte und quälte sich, bis er den Stamm mit Not und Mühe aus dem Astwerk löste. Dann machte er sich an den dritten, und wieder war es dasselbe. Iwan hatte vorgehabt, ein halbes Hundert Stämmchen zu fällen, und hatte noch nicht einmal zehn geschafft, als es schon Nacht wurde. Noch dazu hatte er sich schrecklich abgequält. Der Dampf stieg von ihm auf, als zöge Nebel durch den Wald; trotzdem gab Iwan die Arbeit nicht auf. Er fällte noch einen Baum, aber im Rücken zerrte es ihn schon derartig, daß er nicht mehr die richtige Kraft hatte. Er hieb das Beil ins Holz und setzte sich hin, um auszuruhen. Als das Teufelchen merkte, daß Iwan still geworden war, freute es sich. So, dachte es, jetzt hat er sich ganz kaputtgearbeitet und hat die Sache satt, nun kann ich mich auch ausruhen. Es setzte sich rittlings auf einen Ast und freute sich. Iwan jedoch stand plötzlich auf, zog das Beil heraus, holte weit aus und schlug von der anderen Seite so gewaltig zu, daß der Baum sogleich krachend zusammenstürzte. Dem Teufelchen kam das völlig unerwartet, und ehe es noch seine Beine hochziehen konnte, brach der Ast ab und klemmte dem Teufelchen die Pfote ein. Als Iwan die Äste vom Stamm abschlug – guck einer an; ein lebendiges Teufelchen. Iwan wunderte sich.

«Da schau her», rief er, «du Dreckskerl, bist du schon wieder da?»

«Ich bin ein anderer», sagte das Teufelchen, «ich war bei deinem Bruder Taras.»

«Ganz gleich, wer du bist, dir blüht dasselbe Los!» Iwan holte mit dem Beil aus und wollte es mit der stumpfen Seite totschlagen.

Das Teufelchen flehte ihn an: «Schlag mich nicht tot», rief es, «ich tu auch alles, was du willst.»

«Was kannst du denn?»

«Ich kann dir soviel Geld machen, wie du nur willst», sagte das Teufelchen.

«Na schön, mach's.»

Das Teufelchen belehrte ihn. «Nimm Blätter von dieser Eiche hier», sagte es, «und zerreibe sie in der Hand, dann wird Gold zu Boden fallen.»

Iwan nahm ein paar Blätter, zerrieb sie, und es rieselte Gold herunter.

«Eine feine Sache», sagte er, «wenn man beim Sonntagsbummel den Burschen was vormachen will.»

«Nun laß mich laufen», sagte das Teufelchen.

«Meinethalben.»

Iwan nahm den Hebebaum und befreite das Teufelchen. «Gott mit dir!» sagte er. Sowie er den Namen Gottes erwähnt hatte, zischte das Teufelchen in die Erde wie ein Stein ins Wasser, nur ein Loch war noch zu sehen.

VI

Die Brüder bauten ihre Häuser und lebten jeder für sich. Als Iwan seine Feldarbeiten beendet hatte, braute er Bier und lud die Brüder zu einer Feier ein. Sie kamen jedoch nicht zu Iwan zu Gast. «So einen Bauernrummel wollen wir erst gar nicht kennenlernen», sagten sie.

Iwan bewirtete die Bauern und ihre Frauen, trank sich auch selbst einen Rausch an und ging auf die Straße zum Reigentanz hinaus. Als er zu den Tänzern kam, forderte er die Mädchen auf, ein Preislied auf ihn zu singen.

«Ich gebe euch auch etwas dafür, was ihr euer Lebtag noch nicht gesehen habt», sagte er.

Die Mädchen lachten und begannen sein Loblied zu singen. Nachdem sie es beendet hatten, sagten sie: «Also, jetzt gib!»

«Gleich bringe ich es», sagte Iwan. Er nahm das Saatsieb und rannte in den Wald. Die Frauen lachten: «Guck einer den Dummkopf an!» und dachten nicht weiter an ihn. Aber sieh, da kam Iwan mit gefülltem Saatsieb zurückgelaufen.

«Soll ich euch etwas geben?»

«Her damit!»

Iwan ergriff eine Handvoll Goldstücke und warf sie den Frauen zu.

Meiner Treu! Die Weiber stürzten sich darüber her und klaubten die Goldstücke auf. Auch die Bauern kamen herzugesprungen; sie rissen sich gegenseitig das Gold aus den Händen und nahmen sich alles weg. Eine alte Frau wurde beinahe totgetreten. Iwan lachte.

«Ach, ihr dummen Leute», rief er, «warum zerquetscht ihr da beinahe das Großmütterchen? Das könnt ihr doch viel einfacher haben, ich gebe euch noch mehr.» Abermals begann er die Gulden auszustreuen. Von allen Seiten kamen die Leute gelaufen. Iwan warf ihnen den ganzen Inhalt des Siebes hin. Sie wollten immer noch mehr. Iwan sagte jedoch: «Genug für heute, ein andermal mehr. Jetzt laßt uns tanzen. Singt Lieder!»

Die Frauen stimmten Lieder an.

«Eure Lieder gefallen mir nicht», sagte Iwan. «Kennst du vielleicht bessere?»

«Das werde ich euch zeigen», sagte Iwan. Er ging zur Tenne, zog eine Garbe hervor, schüttelte sie, stieß sie auf die Erde und stellte sie hin. «Mein Herr verkündet: Die Garbe verschwindet, jeder Halm wird ein Soldat!» sprach er. Die Garbe sprang auseinander, und plötzlich standen Soldaten da. Sie rührten die Trommeln und bliesen auf den Trompeten. Iwan befahl den Soldaten, Lieder zu singen, und marschierte mit ihnen die Straße entlang. Das Volk staunte. Nachdem die Soldaten genug gesungen hatten, führte sie Iwan auf die Tenne zurück, erlaubte jedoch niemandem, hinter ihm herzugehen. Dort machte er aus den Soldaten wieder eine Garbe und warf sie zu den übrigen. Dann ging er heim und legte sich im Stall schlafen.

VII

Als Semjon der Kriegsmann am nächsten Morgen diese Geschichte hörte, da kam er zu Iwan gelaufen.

«Verrate mir», sagte er, «wo du die Soldaten hergeholt und wohin du sie geführt hast.»

«Wozu willst du das wissen?» antwortete Iwan.

«Wieso wozu? Mit Soldaten kann man alles machen. Man kann sich ein Reich erobern.»

Iwan wunderte sich. «Nanu», meinte er, «warum hast du denn das nicht schon längst gesagt? Ich mache dir Soldaten, soviel du willst. Ich habe ja mit der Magd genug gedroschen.» Iwan führte den Bruder auf die Tenne und sagte: «Sieh her, ich werde dir Soldaten machen.

Du mußt sie jedoch sofort wegführen, denn wenn man sie ernähren soll, fressen sie an einem Tag das ganze Dorf arm.»

Semjon der Kriegsmann versprach, die Soldaten fortzuführen, und Iwan machte sich ans Werk.

Er stieß eine Garbe gegen den Boden – da stand eine Kompanie da. Er stieß noch einmal zu, da stand die zweite. Er machte soviel, daß das ganze Feld bedeckt war.

«Wird's genügen?»

Semjon freute sich und sagte: «Das dürfte genug sein, schönen Dank, Iwan.»

«Na also», sagte Iwan, «wenn du noch mehr brauchst, komm wieder, ich mache dir neue. Wir haben heuer genug Stroh.»

Semjon der Kriegsmann gab den Truppen sofort die nötigen Anweisungen, formierte sie, wie sich's gehört, und zog in den Krieg.

Kaum war Semjon der Kriegsmann fort, kam Taras der Dickwanst. Er hatte auch erfahren, was gestern geschehen war, und bat den Bruder: «Verrate mir doch, woher du die Goldstücke nimmst. Wenn mir soviel Geld zur Verfügung stände, würde ich mit diesem Geld alles Geld der Erde dazuverdienen.»

Iwan staunte. «Aber warum hast du mir das nicht schon längst gesagt?» meinte er. «Ich reibe dir, soviel du willst.»

Der Bruder freute sich. «Gib mir wenigstens drei Siebe voll.»

«Schön», meinte Iwan, «komm mit in den Wald, spann aber das Pferd an, sonst schaffst du nicht alles weg.»

Sie fuhren in den Wald. Iwan rieb Eichenblätter und schüttete einen großen Haufen auf.

«Wird's reichen?»

Taras freute sich. «Einstweilen langt's», sagte er, «vielen Dank, Iwan.»

«Na schön», sagte Iwan. «Wenn du noch mehr brauchst, komm wieder, ich reibe dir neues, Blätter gibt es noch genug.»

Taras der Dickwanst lud eine ganze Fuhre Geld auf und zog davon, um Geschäfte zu machen.

Beide Brüder waren nun wieder fort. Semjon führte Krieg, Taras trieb Handel. Und Semjon der Kriegsmann eroberte sich ein Reich, indes sich Taras der Dickwanst einen großen Haufen Geld erhandelte.

Einmal trafen sich die Brüder, und sie verrieten einander, woher Semjon die Soldaten und Taras das Geld hatte.

Semjon der Kriegsmann sagte zu seinem Bruder: «Ich habe mir ein Reich erobert, und es geht mir gut, nur habe ich nicht genug Geld, um meine Soldaten zu ernähren.»

Und Taras der Dickwanst sagte: «Und ich habe mir einen Riesenhaufen Geld verdient und habe nur den einen Kummer: ich habe niemanden, der mein Geld bewacht.»

Semjon der Kriegsmann sagte: «Gehen wir zu unserem Bruder, ich werde ihm befehlen, noch mehr Soldaten zu machen, und gebe sie dir, damit sie dein Geld bewachen, du jedoch befiehlst ihm, Geld zu reiben, damit für den Unterhalt meiner Soldaten genug vorhanden ist.»

Sie begaben sich zu Iwan. Als sie anlangten, sagte Semjon: «Ich habe zuwenig Soldaten, Brüderchen, mache mir noch welche. So zwei Schober dürften genügen.»

Iwan schüttelte den Kopf. «So mir nichts dir nichts mache ich dir keine Soldaten mehr.»

«Wieso denn nicht, du hast es mir doch versprochen.»

«Schon recht, aber ich mache dir trotzdem keine mehr.»

«Aber warum denn nicht, du Dummkopf?»

«Weil deine Soldaten einen Menschen totgeschlagen haben. Wie ich neulich an der Straße pflügte, da sah ich eine Frau mit einem Sarg auf der Straße fahren. Die Frau heulte und jammerte. Ich fragte sie, wer gestorben sei. Sie sagte: ‹Semjons Soldaten haben meinen Mann im Krieg totgeschlagen.› Ich habe gedacht, Soldaten würden Lieder singen, aber sie haben einen Menschen totgeschlagen, nun mache ich keine mehr!»

Und dabei blieb er und machte keine Soldaten mehr.

Jetzt begann Taras der Dickwanst Iwan den Dummkopf zu bitten, er möge ihm noch mehr Goldstücke machen.

Iwan schüttelte den Kopf. «So mir nichts dir nichts reibe ich keine mehr.»

«Wieso denn nicht», rief der andere, «du hast es mir doch versprochen?»

«Schon recht», erwiderte Iwan, «trotzdem mache ich keine Goldstücke mehr.»

«Warum denn nicht, du Dummkopf?»

«Darum, weil deine Goldstücke der Michailowna die Kuh weggenommen haben.»

«Wieso weggenommen?»

«Halt weggenommen. Michailowna hatte eine Kuh, und für die Kinder war immer Milch da; vor einigen Tagen kamen jedoch die Kinder zu mir und baten um Milch. Ich sagte zu ihnen:

‹Wo ist denn eure Kuh?› Da antworteten sie: ‹Der Verwalter von Taras dem Dickwanst ist dagewesen, hat unserem Mütterchen drei Gold- stücke gegeben und sie hat ihm dafür die Kuh gegeben, jetzt haben wir keine Milch mehr zu trinken.› Ich hatte geglaubt, du wolltest mit den Goldstückchen spielen, aber du hast den Kindern die Kuh genommen, jetzt gibt's kein Gold mehr.»

Und der Dummkopf blieb fest und gab nichts mehr. Die Brüder mußten unverrichteterdinge wieder abziehen.

Die Brüder fuhren weg und berieten, wie sie ihrem Kummer abhelfen könnten. Semjon sagte: «Paß auf, was wir machen, du gibst mir Geld zum Unterhalt meiner Soldaten, und ich gebe dir die Hälfte des Reichs samt Soldaten, die dann dein Geld bewachen.»

Taras war einverstanden. Die Brüder teilten ihren Besitz, und beide wurden Herrscher, und beide wurden reich.

VIII

Iwan blieb jedoch zu Hause, ernährte Vater und Mutter und arbeitete mit dem stummen Mädel im Feld.

Eines Tages wurde Iwans alter Hofhund krank, er bekam die Räude und wollte verrecken. Iwan hatte Mitleid mit ihm, holte ein Stück Brot bei der Stummen, legte es in die Kappe, brachte es dem Hund und warf es ihm hin. Die Mütze war jedoch zerrissen, und mit dem Brot fiel auch ein Würzelchen heraus. Der alte Hund schlang es zusammen mit dem Brot herunter.

Sowie er jedoch die Wurzel verschluckt hatte, sprang er auf, fing an zu spielen, bellte fröhlich und wedelte mit dem Schwanz. Er war wieder gesund.

Als das Iwans Eltern sahen, wunderten sie sich sehr.

«Womit hast du denn den Hund gesund gemacht?» fragten sie. Iwan antwortete: «Ich hatte zwei Wurzeln, die heilen jede Krankheit, eine davon hat er wohl gefressen.»

Zu selbiger Zeit erkrankte des Zaren Tochter, und der Zar ließ in allen Städten und Dörfern verkünden, wer sie heile, den werde er belohnen, und falls er ledig sei, würde er ihm seine Tochter zur Frau geben. Das wurde auch in Iwans Dorf bekanntgemacht.

Vater und Mutter riefen Iwan und sagten zu ihm: «Hast du gehört, was der Zar verkünden läßt? Du hast doch gesagt, daß du so eine Heilwurzel hast, fahr los und mache des Zaren Tochter gesund. Das wird dir Glück fürs ganze Leben bringen.»

«Meinetwegen», sagte Iwan und rüstete sich für die Reise. Sie zogen ihm ein schönes Gewand an, und Iwan trat zum Hause hinaus. Von der Treppe aus sah er eine alte Bettlerin mit einem lahmen Arm stehn.

«Ich habe gehört», sagte sie, «daß du die Leute gesund machen kannst. Heile mir doch meinen Arm, ich kann mir selber nicht mehr die Schuhe anziehen.»

Iwan sagte: «Meinetwegen!»

Er holte die Wurzel hervor, gab sie der Bettlerin und gebot ihr, sie zu verschlucken. Die Bettlerin verschluckte die Wurzel und war also-gleich wieder gesund und schlenkerte mit dem

Arm. Jetzt kamen Iwans Eltern, um ihm auf dem Wege zum Zaren das Geleit zu geben. Als sie hörten, daß Iwan die letzte Wurzel weggegeben hatte und nichts mehr besaß, um die Zarentochter zu heilen, schimpften sie ihn aus.

«Mit dem Bettelweib hast du Mitleid gehabt, und mit der Zarentochter hast du kein Mitleid.»

Da tat Iwan auch die Zarentochter leid. Er spannte das Pferd an, packte den Kastenwagen voll Stroh, setzte sich darauf und fuhr los.

«Wo willst du denn hin, du Dummkopf?»

«Die Zarentochter gesund machen.»

«Aber du hast doch nichts mehr, womit du sie heilen könntest?»

«Na wenn schon», sagte er und trieb das Pferd an.

Er gelangte zum Zarenhof. Kaum stieg Iwan die Treppe empor, wurde des Zaren Tochter gesund.

Der Zar freute sich, ließ Iwan zu sich rufen und befahl, ihm ein schönes Gewand und Schmuck zu geben. «Sei mein Schwiegersohn!» sagte er.

«Meinetwegen», sagte Iwan, und er heiratete die Zarentochter. Bald danach starb der Zar. Da wurde Iwan Zar. So waren alle drei Brüder Zaren geworden.

IX

So waren die drei Brüder nun also Zaren. Semjon dem Kriegsmann ging es gut. Er hatte mit seinen Strohsoldaten richtige Soldaten ausgehoben, indem er in seinem Reich Befehl gegeben hatte, je zehn Höfe sollten einen Soldaten stellen. Und dieser Soldat sollte hoch an Wuchs, gesunden Leibes und schmucken Gesichts sein. Eine Menge solcher Soldaten hatte er ausgehoben und alle gedrillt. Sobald ihm jemand etwas nicht recht machte, schickte er diese Soldaten hin und tat, was ihm gefiel. Und alle begannen ihn zu fürchten.

Er führte ein herrliches Leben. Was er sich in den Kopf setzte und worauf sein Blick fiel, das war sein. Er schickte seine Soldaten hin, die nahmen es weg und brachten ihm angeschleppt, was er haben wollte.

Gut ging es auch Taras dem Dickwanst. Er hatte das Geld, das er von Iwan bekommen hatte, nicht verschleudert, sondern es gehörig vermehrt. Auch hatte er in seinem Reiche eine gute Ordnung eingeführt. Sein Geld behielt er bei sich in den Truhen, und vom Volke zog er noch Geld ein. Er trieb Geld ein, indem er alles besteuerte, den Einzelnen und die Gemeinde und die Durchreisenden, und auch auf Bastschuhe, Fußlappen und Leibriemen legte er eine Steuer. Und wonach ihn gelüstete, das wurde sein. Für Geld brachte man ihm alles, und die Leute arbeiteten, denn Geld brauchte jeder.

Auch Iwan der Dummkopf lebte nicht schlecht. Sowie er den Schwiegervater begraben hatte, legte er das Zarengewand ab und gab es seiner Frau, damit sie es im Kasten verwahrte. Dann zog er wieder sein Leinenhemd, Hosen und Bastschuhe an und machte sich an die Arbeit. «Allmählich wird's mir langweilig», sagte er, «ich bekomme schon einen Bauch und habe keinen Hunger und Schlaf mehr.» Er holte Vater und Mutter und die stumme Schwester und begann wieder zu arbeiten.

«Aber du bist doch der Zar», sagte man zu ihm.

«Na wenn schon», sagte er, «Zaren müssen auch essen.»

Ein Minister kam zu ihm und sagte: «Wir haben kein Geld, um Gehälter zu zahlen.»

«Na wenn schon», meinte Iwan, «wenn du keins hast, dann zahlst du eben nicht.»

«Ja, dann werden die Leute aber auch nicht weiter dienen wollen.»

«Nun, wenn schon», meinte Iwan, «mögen sie doch nicht dienen, dann haben sie mehr freie Zeit zur Arbeit. Laß sie Mist fahren, sie haben ja genug Mist gemacht.»

Es kamen welche zu Iwan, er solle Recht sprechen. Einer sagte: «Jener hat mir Geld gestohlen.» Iwan erwiderte: «Na wenn schon, dann hat er sicher welches gebraucht.»

Da merkten alle, daß Iwan ein Dummkopf war. Auch seine Frau sagte zu ihm: «Von dir heißt es, daß du ein Dummkopf bist.»

«Na wenn schon», sagte er.

Iwans Frau dachte hin und her, aber sie war genau so einfältig wie Iwan.

Kann ich mich denn gegen meinen Mann wenden? dachte sie. Wohin die Nadel geht, zieht auch der Faden. Sie legte ihr Zarengewand ab, packte es in die Truhe, ging zu dem stummen Mädchen und ließ sich in der Arbeit unterweisen. Als sie arbeiten gelernt hatte, half sie ihrem Mann.

Da zogen aus Iwans Reich alle klugen Leute fort, und zurück blieben nur die Einfältigen. Geld hatte keiner. Ihr Dasein bestand aus

Arbeit, sie lebten von ihrer Hände Arbeit und schafften auch noch Nahrung für andere gute Menschen.

X

Ungeduldig wartete der alte Teufel auf Nachrichten von den Teufelchen, wie sie die drei Brüder ins Elend gebracht hätten, aber es kam und kam keine Nachricht. Da machte sich der alte Teufel selber auf, um die Lage zu erkunden. Er suchte und suchte, aber nirgendwo fand er etwas; nur drei Löcher entdeckte er. «Ganz offenbar sind sie ihrer nicht Herr geworden, ich muß die Sache selber anpacken.»

Er machte sich auf die Suche, aber die Brüder befanden sich nicht mehr am alten Ort. Er fand sie in verschiedenen Reichen, in denen sie wohlgemut lebten und als Zaren herrschten. Darüber fuchste sich der alte Teufel gewaltig.

«Na schön», sagte er, «jetzt werde ich selbst einmal die Sache in die Hand nehmen.»

Zuerst begab er sich zu Semjon dem Kriegsmann. Er trat nicht in seiner gewöhnlichen Gestalt auf, sondern verwandelte sich in einen Wojewoden. So kam er zum Zaren Semjon. «Ich habe gehört, Zar Semjon», sagte er, «daß du ein großer Kriegsherr bist. Ich bin in diesem Fache gut beschlagen und möchte Dienste bei dir nehmen.» Zar Semjon fragte ihn aus, merkte, daß er ein kluger Kopf war und nahm ihn in seinen Dienst.

Der neue Wojewode belehrte den Zaren Semjon, wie man ein starkes Heer zusammenbringt.

«Vor allem muß man mehr Soldaten aus-

301

heben», sagte er, «in deinem Reiche läuft noch zu viel Volk müßig herum. Alle jungen Leute müssen ohne Unterschied eingezogen werden, dann hast du fünfmal mehr Truppen als jetzt. Zweitens muß man neue Gewehre und Geschütze einführen. Ich werde dir Gewehre heranschaffen, die hundert Kugeln gleichzeitig abfeuern, wie Erbsen werden sie losprasseln, und Geschütze werde ich anschaffen, die alles mit Feuer versengen, Menschen, Pferde, Mauern, alles wird in Flammen aufgehen.»

Zar Semjon gehorchte dem neuen Wojewoden und ließ alle jungen Leute ohne Unterschied zu Soldaten machen und neue Fabriken errichten, in welchen neue Gewehre und Geschütze angefertigt wurden. Dann zog er sofort gegen den Nachbarzaren in den Krieg. Sowie ihm das feindliche Heer entgegenzog, gab Semjon seinen Soldaten Befehl, den Feind mit Kugeln und Geschützfeuer zu überschütten. Mit einem Schlage war die halbe feindliche Armee zu Krüppeln geschossen und verbrannt. Der Nachbarzar erschrak, unterwarf sich und trat sein Reich ab. Zar Semjon freute sich. «Jetzt», sagte er, «ziehe ich gegen den Zaren von Indien in den Krieg.» Der indische Zar hatte jedoch bereits vom Zaren Semjon gehört und alle seine Erfindungen von ihm übernommen und sogar noch einige neue gemacht. Ja, er hob nicht nur die jungen Männer zu Soldaten aus, sondern er zog auch alle unverheirateten Frauen zum Kriegsdienst ein. Auf diese Weise war sein Heer noch größer als das des Zaren Semjon. Gewehre und Geschütze hatte er alle dem Zaren Semjon nachgemacht, und außerdem war er noch auf den Gedanken gekommen, durch die Luft zu fliegen und Sprengbomben von oben abzuwerfen.

Zar Semjon zog gegen den indischen Zaren in den Krieg und gedachte ihn ebenso schnell wie den anderen zu unterwerfen. Aber allzu scharfe Waffe wird schnell schartig. Der indische Zar ließ Semjons Truppen gar nicht zum Schuß kommen, sondern schickte seine Frauen durch die Luft, und sie warfen auf Semjons Heer Sprengbomben ab. Als die Weiber auf Semjons Truppen Bomben von oben herabschütteten wie Bor auf Schaben, da rannten Semjons Soldaten nach allen vier Windrichtungen auseinander, und Semjon der Zar blieb allein. Der indische Zar nahm Semjons Reich in Besitz, und Semjon der Kriegsmann lief blindlings davon.

Nachdem der Teufel diesen Bruder gehörig in die Zange genommen hatte, begab er sich zum Zaren Taras. Er verwandelte sich in einen Kaufmann und siedelte sich in Taras' Reich an. Machte ein Geschäft auf und brachte Geld unter die Leute. Für alles zahlte der Kaufmann hohe Preise, und alles Volk strömte zu ihm, um möglichst viel Geld zu verdienen. Dadurch kam soviel Geld unter die Leute, daß alle ihre Schulden bezahlen konnten und ihre Abgaben zur rechten Zeit entrichteten. Zar Taras freute sich. Dem Kaufmann sei Dank, dachte er, jetzt vermehrt sich mein Reichtum noch weiter, und ich kann noch besser leben. Und Zar Taras machte neue Pläne und gedachte sich ein neues Schloß zu bauen. Er verkündete dem Volk, man solle Bauholz und Steine herbeischaffen und alle sollten arbeiten kommen, für alles wurden hohe Preise bestimmt. Zar

Taras dachte, die Leute würden sich wie früher um des Geldes willen zur Arbeit für ihn drängen. Aber siehe da, das ganze Holz und die Steine wurden zu dem Kaufmann gefahren, und alle Arbeitsleute strömten ihm zu. Zar Taras erhöhte den Preis, aber der Kaufmann überbot ihn noch. Zar Taras hatte viel Geld, doch der Kaufmann hatte noch mehr und zahlte höhere Preise als der Zar. Der Bau des Zarenschlosses kam nicht vorwärts. Zar Taras hatte außerdem die Anlage eines Gartens geplant. Als es Herbst wurde, verkündete Zar Taras, die Leute sollten zu ihm kommen und den Garten anlegen. Aber niemand meldete sich, alles Volk grub dem Kaufmann einen Teich. Der Winter kam. Taras der Zar wollte Zobelfelle für einen neuen Pelz kaufen. Er schickte einen Boten zum Kaufhaus, der aber kam wieder und sagte, es seien keine Zobel mehr zu haben. Alle Felle habe der Kaufmann für einen höheren Preis erstanden und sich einen Teppich daraus gemacht. Als Zar Taras Hengste brauchte und Leute ausschickte, um sie zu kaufen, kamen die Boten mit der Nachricht zurück, alle guten Hengste habe der Kaufmann schon in seinen Besitz gebracht und sie führen Wasser, um seinen Teich zu füllen. So kamen alle Unternehmungen des Zaren ins Stocken, keiner arbeitete mehr für ihn, sondern alle schafften für den Kaufmann. Das einzige, was der Zar erhielt, waren die Steuergelder, die aus des Kaufmanns Kasse flossen.

Beim Zaren häufte sich soviel Geld an, daß er nicht wußte, wie er es anlegen sollte, und es war kein richtiges Leben mehr für ihn. Der Zar konnte keine Pläne mehr machen, nur daß er eben so dahinlebte, und auch damit war es nichts Rechtes mehr. Überall gab es Widerstände. Koch und Kutscher und Diener kündigten ihm den Dienst und gingen zum Kaufmann über. Schließlich mangelte es dem Zaren sogar an Nahrung. Schickte er auf den Markt, um etwas zu kaufen, war nichts mehr da, alles hatte schon der Kaufmann aufgekauft. Dem Zaren selbst brachte man nur immer Steuergelder.

Da wurde Zar Taras wütend und wies den Kaufmann aus dem Lande. Der Kaufmann ließ sich jedoch dicht hinter der Grenze nieder und handelte dort wie zuvor: für sein Geld schleppten die Leute aus dem Land des Zaren alles zu ihm. Jetzt ging es dem Zaren ganz und gar schlecht. Tagelang hatte er überhaupt nichts zu essen, und es verbreitete sich sogar das Gerücht, der Kaufmann brüste sich, er wolle den Zaren selbst kaufen. Da bekam es der Zar Taras mit der Angst, und er wußte nicht mehr aus noch ein.

Zu dieser Zeit kam Semjon der Kriegsmann zu ihm und sagte: «Hilf mir, der indische Zar hat mich besiegt.» Aber Zar Taras hatte selbst schon die Schlinge um den Hals.

«Ich habe selbst seit zwei Tagen nichts gegessen», sagte er.

XI

Nachdem der alte Teufel die beiden Brüder erledigt hatte, begab er sich zu Iwan. Der alte Teufel verwandelte sich in einen Wojewoden, kam zu Iwan und redete ihm zu, sich ein Heer anzuschaffen. «Für einen Zaren schickt es sich nicht, ohne Truppen zu leben», sagte er. «Du brauchst mir nur Befehl zu geben, und ich bringe dir aus dem Volke genug Soldaten zusammen und stelle ein Heer auf die Beine.»

Iwan hörte ihn an. «Meinethalben», sagte er, «stelle eins auf, aber lehre die Soldaten auch hübsche Lieder singen, das mag ich gern.» Der alte Teufel reiste durch Iwans Reich und warb freiwillige Soldaten an. Er erklärte, wenn sie kämen und sich die Schädel scheren ließen, sollte jeder eine Flasche Schnaps und eine rote Mütze bekommen.

Die Dummköpfe lachten. «Schnaps haben wir genug», sagten sie, «wir brennen ihn selbst. Und Mützen nähen uns unsere Weiber, soviel du willst, sogar bunte und mit Trotteln dran.»

Es meldete sich also niemand. Der alte Teufel kam zu Iwan. «Freiwillig kommen deine Dummköpfe nicht», sagte er, «man muß sie mit Zwang heranholen.»

«Meinetwegen, hole sie mit Zwang.»

Und der alte Teufel ließ verkünden, alle Dummköpfe sollten sich bei den Soldaten einschreiben lassen, und wer nicht komme, den würde Iwan mit dem Tode bestrafen.

Die Dummköpfe kamen zum Wojewoden und sprachen: «Du sagst uns, wenn wir nicht Soldaten werden, dann würde uns der Zar mit dem Tode bestrafen, aber du sagst nicht, was mit uns geschehen wird, wenn wir bei den Soldaten sind. Es heißt, auch Soldaten schlägt man tot.»

«Ja, ohne das geht es nicht ab.»

Als dies die Dummköpfe hörten, wurden sie bockig.

«Wir kommen nicht», sagten sie, «wenn

schon gestorben sein muß, dann lieber zu Hause; dem Tod entgeht man ohnehin nicht.»

«Dummköpfe, ihr Dummköpfe!» rief der alte Teufel. «Ob man als Soldat fällt oder nicht, das ist ungewiß; kommt ihr jedoch nicht, dann wird euch Iwan der Zar bestimmt töten lassen.»

Die Dummköpfe dachten eine Weile hin und her und gingen dann zu Iwan dem Dummkopf und fragten:

«Da ist ein Wojewode aufgetaucht, der befiehlt uns allen, Soldaten zu werden. ‹Wenn ihr Soldaten werdet›, sagt er, ‹dann ist es nicht sicher, ob ihr totgeschlagen werdet oder nicht, kommt ihr aber nicht, so läßt euch Zar Iwan bestimmt töten.› Stimmt das?»

Iwan lachte.

«Wie kann ich denn allein euch alle töten? Wenn ich nicht so einfältig wäre, würde ich es euch erklären, aber so begreife ich es selber nicht ganz richtig.»

«Dann werden wir also nicht zu den Soldaten gehen», sagten sie.

«Ganz meine Meinung, geht nicht», antwortete Iwan.

Die Dummköpfe begaben sich zum Wojewoden und verweigerten ihm den Soldatendienst.

Der alte Teufel merkte, daß er so nicht weiter kam. Er ging zum Tarakanenkönig und scharwenzelte um ihn herum.

«Ziehen wir gegen Iwan den Zaren in den Krieg!» sagte er. «Brot und Vieh und jegliches Gut hat er in Fülle, bloß kein Geld.» Der Tarakanenkönig rüstete zum Kriegszug. Er sammelte ein großes Heer, schaffte Flinten und

Kanonen an, überschritt die Grenze und marschierte in Iwans Reich ein.

Man kam zu Iwan gelaufen und rief: «Der Tarakanenkönig überzieht uns mit Krieg.»

«Meinethalben», sagte Iwan, «mag er doch.»

Nachdem der Tarakanenkönig die Grenze überschritten hatte, schickte er Spähtrupps aus, die Iwans Heer aufspüren sollten. Sie suchten und suchten, aber nirgendwo fanden sie Truppen. Was sollte man tun? Warten, bis sie irgendwo auftauchten? Keine Spur von einem Heer, es war einfach niemand da, gegen den man Krieg führen konnte. Der Tarakanenkönig ließ die Dörfer besetzen. Als die Soldaten in ein Dorf kamen, sprangen die Dummköpfe und ihre Frauen aus den Häusern, beguckten die Soldaten und staunten sie an. Diese begannen, den Dummköpfen Korn und Vieh wegzunehmen. Die Dummköpfe gaben alles freiwillig, keiner leistete Widerstand. Die Soldaten zogen in ein anderes Dorf, dort war's genau dasselbe. Die Soldaten marschierten einen Tag, marschierten einen zweiten – überall das gleiche Bild. Die Bauern gaben, was man verlangte, ohne daß sich einer wehrte, und sie luden sie sogar noch zu Gast. «Wenn bei euch in eurem Lande das Leben so schlecht ist, liebe Leute», sagten sie, «dann kommt doch her und lebt immer bei uns.» Soviel die Soldaten auch marschierten, sie trafen auf keine Truppen. Überall lebte das Volk friedlich dahin, nährte sich redlich und schaffte auch noch Nahrung für die andern. Keiner wehrte sich, und alle baten die Soldaten zu bleiben.

Das wurde den Soldaten bald langweilig, und sie gingen zu ihrem Tarakanenkönig.

«Hier können wir nicht kämpfen», sagten sie, «führe uns an einen anderen Platz. Wäre hier wenigstens richtiger Krieg, aber was hier vor sich geht, das ist, als müßte man Kieselsteine zerschneiden. Hier können wir nicht länger Krieg führen.»

Der Tarakanenkönig wurde wütend und befahl den Soldaten, Iwans ganzes Reich zu besetzen, die Dörfer zu zerstören, Häuser und Korn zu verbrennen und das Vieh totzuschlagen. «Wenn ihr meinem Befehl nicht gehorcht,» sagte er, «dann lasse ich euch alle füsilieren.»

Die Soldaten erschraken und handelten, wie der Zar es befohlen hatte, äscherten die Häuser ein, verbrannten das Korn und töteten das Vieh. Trotzdem wehrten sich die Dummköpfe nicht, sie weinten nur. Es weinten die alten Männer, es weinten die alten Frauen, es weinten die kleinen Kinder.

«Warum tut ihr uns so Übles an?» riefen sie. «Warum vernichtet ihr unser Hab und Gut so sinnlos? Wenn ihr was braucht, so nehmt es euch doch.»

Da wurde es den Soldaten zuwider. Sie zogen nicht weiter, sondern das ganze Heer lief auseinander.

XII

So zog der Teufel denn ab – mit den Soldaten hatte er Iwan nicht bezwungen. Der alte Teufel verwandelte sich in einen vornehmen Herrn und kam in Iwans Reich, um dort zu leben. Er gedachte ihn ebenso wie Taras den Dickwanst durch Geld kleinzukriegen. «Ich will euch Gutes tun», sagte er, «und euch Klugheit und

Verstand beibringen. Ich will bei euch ein Haus bauen und ein Geschäft aufmachen.»

«Meinetwegen», sagte Iwan, «lebe bei uns.»

Der vornehme Herr übernachtete, und am nächsten Morgen ging er mit einem großen Sack Gold und einem Blatt Papier auf den Marktplatz und sprach: «Ihr lebt hier alle wie die Schweine, ich will euch lehren, wie man leben muß. Baut mir ein Haus nach diesem Plan. Ihr arbeitet, und ich werde euch zeigen, wie man's macht, und werde euch Goldstücke dafür zahlen.» Und er zeigte ihnen das Gold. Die Dummköpfe staunten. Bei ihnen war kein Geld im Umlauf, sondern sie tauschten untereinander Sache für Sache und zahlten mit Arbeit. Über das Gold wunderten sie sich. «Hübsch sind die Stückchen», sagten sie, und sie gaben dem Herrn für seine Goldstücke Sachen und Arbeit im Austausch. Der alte Teufel begann wie bei Taras mit Gold um sich zu werfen, und die Leute brachten ihm für sein Gold alle möglichen Dinge und leisteten jegliche Arbeit. Der alte Teufel freute sich und dachte: Jetzt klappt der Laden, jetzt richte ich den Dummkopf genau so zugrunde wie Taras und kaufe ihn samt seinem Gekröse.

Kaum hatten die Dummköpfe jedoch genug Goldstücke beisammen, da verschenkten sie diese an ihre Frauen als Halsketten, die Mädchen flochten sie sich in die Zöpfe, und die Kinder spielten auf der Straße damit wie mit Murmeln. Alle hatten schon soviel, daß keiner mehr welche haben wollte. Das Haus des vornehmen Herren war aber erst zur Hälfte fertiggebaut, und er hatte auch noch nicht genug Korn und Vieh für den Winter angeschafft. Da ließ der Herr bekanntmachen, man solle zur Arbeit zu ihm kommen und ihm Brot und Vieh bringen. Für jedes Ding und für jede Arbeit werde er viel Gold geben.

Trotzdem erschien niemand zur Arbeit, und es wurde ihm nichts gebracht. Bloß hin und wieder kam ein Junge oder Mädel gelaufen und tauschte ein Ei gegen ein Goldstück ein. Sonst ließ sich niemand bei ihm blicken, und es kam soweit, daß der Herr nichts mehr zu essen hatte. Vor lauter Hunger ging der vornehme Herr durch das Dorf, um sich etwas zum Essen zu kaufen. Er begab sich in ein Gehöft und bot ein Goldstück für ein Huhn, aber die Bäuerin nahm es nicht. «Ich habe davon genug», sagte sie. Da ging er zu einer armen Tagelöhnerin und wollte einen Hering kaufen. Wieder bot er ein Goldstück. «Ich brauche es nicht, lieber Mann», sagte sie, «Kinder habe ich nicht, die damit spielen könnten, und ich habe mir schon drei Stücke als Rarität aufgehoben.» Der Teufel ging zu einem Bauern und verlangte Brot. Auch der Bauer nahm kein Geld. «Ich brauche es nicht», sagte er, «um Christi willen, warte ein wenig, meine Frau soll dir ein Stück abschneiden.» Da spuckte der Teufel im weiten Bogen aus und lief weg. Nicht allein, daß er in Christi Namen etwas nehmen sollte, nein, schon hören konnte er dieses Wort nicht – es war schlimmer als ein Messerstich.

So erhielt er denn auch kein Brot. Alle hatten genug Geld. Wohin der alte Teufel auch kam, niemand gab ihm etwas um Geld, sondern alle sagten: «Bring irgend etwas anderes, oder komm arbeiten, oder nimm um Christi willen.» Der Teufel hatte jedoch nichts anderes als Geld, zur Arbeit hatte er keine Lust, und um Christi willen durfte er nichts nehmen. Der alte Teufel wurde wütend. «Was wollt ihr denn Besseres als Geld haben? Für Gold könnt ihr alles kaufen und jeden Arbeiter dingen.» Aber die Dummköpfe hörten nicht auf ihn.

«Nein», sagten sie, «wir brauchen es nicht. Gebühren und Steuern verlangt man keine von uns, was sollen wir also mit dem Geld?»

Der alte Teufel legte sich schlafen, ohne Abendbrot gegessen zu haben. Iwan der Dummkopf erfuhr von dieser Geschichte. Die Leute kamen zu ihm und fragten ihn: «Was sollen wir tun? Da ist ein vornehmer Herr bei uns aufgetaucht, der mag gern gut essen und trinken und sich fein anziehen, doch arbeiten will er nicht und in Christi Namen bittet er nicht, sondern bietet nur allen Goldstückchen an. Früher, als wir noch nicht genug Gold hatten, gab man ihm alles dafür, aber jetzt gibt niemand mehr etwas. Was sollen wir mit ihm tun? Wenn er nur nicht vor Hunger stirbt.»

Iwan hörte sich das an. «Na ja», sagte er, «zu essen muß er haben, soll er doch für alle Höfe als Hirte gehn.»

Nichts zu machen, der alte Teufel mußte von Hof zu Hof gehen.

Die Reihe kam auch an Iwans Hof. Der alte Teufel kam zum Mittagessen. Bei Iwan richtete gerade das stumme Mädchen das Essen. Oft war das Mädchen von Leuten betrogen worden, die bloß auf der faulen Bärenhaut gelegen hatten. Ohne etwas getan zu haben, kamen sie möglichst zeitig zum Mittagessen und verzehrten die ganze Grütze. Aber das stumme

Mädchen hatte sich eine List ausgedacht. Es erkannte die Faulpelze an den Händen. Wer Schwielen an den Händen hatte, den lud es zu Tische, und wer keine hatte, mußte essen, was übrigblieb. Der alte Teufel drängte sich sofort an den Tisch, doch das stumme Mädchen ergriff seine Hand und schaute sie an. Da war keine einzige Schwiele zu sehen, die Finger waren sauber und glatt und hatten lange Krallen. Die Stumme knurrte und zerrte den Teufel vom Tisch weg.

Iwans Frau sagte zu ihm: «Nichts für ungut, Herr Edelmann, aber die Schwägerin läßt niemand ohne Schwielen an den Händen zu Tisch, wart's ab, bis alle gegessen haben, dann kannst du verzehren, was übrigbleibt.»

Der alte Teufel ärgerte sich gewaltig, daß man ihn beim Zaren zusammen mit den Schweinen abfüttern wollte. Er sagte zu Iwan: «Ein blödes Gesetz hast du da in deinem Reich, daß alle Leute mit den Händen arbeiten sollen. Darauf konntet ihr auch nur in eurer Dummheit kommen. Arbeiten denn die Menschen nur mit den Händen? Was denkst du denn, womit kluge Leute arbeiten?»

Iwan sagte: «Woher sollen wir Dummköpfe das wissen? Wir schaffen halt nur mit den Händen und mit dem krummen Rücken.»

«Das kommt daher, daß ihr Dummköpfe seid. Ich werde euch jedoch lehren, wie man mit dem Kopf arbeitet. Dann werdet ihr erkennen, daß es vorteilhafter ist, mit dem Kopf zu arbeiten als mit den Händen.»

Iwan staunte nur. «Nein so was», sagte er, «man nennt uns wohl doch nicht umsonst Dummköpfe.»

Der alte Teufel sagte: «Allerdings ist auch die Arbeit mit dem Kopf nicht so leicht. Ihr gebt mir nichts zu essen, weil ich keine Schwielen an den Händen habe, und dabei wißt ihr nicht, daß es hundertmal schwieriger ist, mit dem Kopf zu arbeiten. Manchmal kracht einem richtig der Schädel.»

Iwan dachte nach. «Warum quälst du dich nur so ab, mein Lieber?» sagte er. «Ist denn das so schön, wenn einem der Schädel kracht? Verrichte doch lieber eine leichtere Arbeit – mit den Händen und mit dem Buckel.»

Der Teufel erwiderte: «Ich quäle mich ja nur deshalb so ab, weil ich mit euch Dummköpfen Mitleid habe. Quälte ich mich nicht, würdet ihr in alle Ewigkeit Dummköpfe bleiben. Aber ich habe mit dem Kopfe gearbeitet, und jetzt will ich es auch euch beibringen.»

Iwan wunderte sich. «Bringe es uns nur bei», sagte er. «Manchmal werden einem die Arme ganz schlapp, da täte es gut, sie mit dem Kopf zu vertauschen.» Der Teufel versprach, es ihm beizubringen.

Und Iwan ließ im ganzen Reich verkünden, es sei ein vornehmer Herr aufgetaucht, er werde alle lehren, wie man mit dem Kopfe arbeite, und daß man mit dem Kopf mehr verdienen könne als mit den Händen. Alle sollten kommen und es lernen.

In Iwans Reich stand ein hoher Turm, eine gerade Treppe führte hinauf, und oben befand sich eine Plattform. Da hinauf führte Iwan den Herrn, damit ihn alle sehen konnten.

Der Herr stand auf dem Turm und begann von dort herabzusprechen. Die Dummköpfe hatten sich alle versammelt und schauten hinauf. Sie dachten, der Herr würde ihnen nun vormachen, wie man ohne Hände mit dem Kopf arbeiten könne. Der alte Teufel lehrte jedoch nur mit Worten, wie man leben könne, ohne zu arbeiten.

Die Dummköpfe begriffen nichts. Sie blieben eine Weile, schauten hinauf, und dann gingen sie wieder an ihre Arbeit.

Der alte Teufel stand einen Tag auf dem Turm, er stand einen zweiten Tag und redete immerzu. Er bekam Hunger. Die Dummköpfe kamen jedoch nicht auf den Gedanken, ihm ein Stück Brot auf den Turm zu bringen. Sie dachten, wenn er mit dem Kopf besser als mit den Händen arbeiten könne, so werde er sich das Brot auch spielend mit dem Kopf verdienen. Auch den zweiten Tag stand der alte Teufel auf dem Turm und redete ununterbrochen. Und die Leute kamen, schauten eine Weile hinauf und gingen dann wieder auseinander.

Auch Iwan fragte: «Na, was ist's? Hat der Herr schon mit dem Kopf zu arbeiten begonnen?»

«Nein, noch nicht», sagen die Leute, «er quasselt noch immer.»

Als der alte Teufel noch einen Tag auf der Plattform gestanden hatte, verließen ihn die Kräfte. Plötzlich schwankte er und stieß mit dem Kopf gegen einen Pfosten. Einer von den Dummköpfen sah es, sagte es Iwans Frau, und Iwans Frau lief zu ihrem Mann auf den Acker.

«Komm schnell und schau!» rief sie. «Es heißt, der Herr hat angefangen, mit dem Kopf zu arbeiten.»

Iwan wunderte sich.

«Was du nicht sagst», meinte er. Er wendete das Pferd und ging zum Turm. Als er dort ankam, war der alte Teufel vor Hunger schon so schwach geworden, daß er hin und her taumelte und immerzu mit dem Kopf gegen den Pfosten stieß. Kaum war Iwan hinzugetreten, da stolperte der Teufel, schlug hin und kollerte kopfüber die Treppe hinunter – alle Stufen zählte er mit dem Schädel.

«Der vornehme Herr hat die Wahrheit gesprochen», sagte Iwan, «daß zuweilen auch der Schädel kracht. Das ist was anderes als Schwielen, von solcher Arbeit bekommt man Beulen am Kopf.»

Wie der alte Teufel die Treppe herabgestürzt war, stieß er mit dem Kopf auf die Erde auf.

Iwan wollte hinzutreten und nachschauen, ob er viel gearbeitet habe, da tat sich plötzlich die Erde auf, und der alte Teufel versank im Boden. Nur ein Loch blieb zurück.

Iwan kratzte sich hinter den Ohren. «Schau einer den Dreckskerl an! Das war er ja schon wieder, aber das muß wohl der Vater gewesen sein, so ein strammer Kerl!»

Iwan lebt heute noch, und das Volk strömt in sein Reich, auch seine Brüder sind zu ihm gekommen, und er macht sie alle satt. Wer kommt, sagt: «Ernähre uns». – «Meinetwegen», sagt Iwan, «bleibt hier, wir haben reichlich von allem.»

Nur ein Brauch herrscht bei ihm und in seinem ganzen Reich: Wer Schwielen an den Händen hat, der darf sich zu Tisch setzen, und wer keine hat, der muß zusehen, was übrigbleibt.

FJODOR SOLOGUB

Das Mädchen, das Wasser in Wein verwandelte

Das Gerücht lief dem Lehrer und Propheten
voraus. Das Volk erwartete Wunder. Die Erzählungen von seinen Wundern gingen von
Mund zu Mund. Man glaubte. Die Weisen
schwiegen. Sie wußten, daß das Volk nicht
mehr ohne Wunder leben konnte.

Klein und arm war die Stadt, in die der
Lehrer am Morgen jenes Tages kam, an dem
ein junges Paar seine Hochzeit feierte. Freunde
und Bekannte hatten sich zum Festmahl eingefunden. Auch der Lehrer und seine Mutter
waren eingeladen worden. Der Lehrer war
traurig. Der festliche Lärm erheiterte ihn nicht.
Bekümmert schauten seine Augen auf die Jung-
vermählten, denn er wußte, daß ihr Haus leer
bleiben werde.

Er wußte, daß ihr Haus leer bleiben werde...

Die Lippen der Braut bebten vor Zärt-
lichkeit, als sie den Kuß des Bräutigams empfing.

Er wußte, daß ihr Haus leer bleiben werde.

An der Hausschwelle der Armen verblühten
die roten Rosen, ihr Feuer erlosch. Lachend
flüsterte der arglistige Versucher:

«Der du die Rosen pflückst, fürchte die
spitzen Dornen!»

Jung und prangend saßen die Neuvermählten
am Haupte der Tafel. Daseinsfreude leuchtete

in ihren dunklen Augen. Leise sagte die Braut zu dem Lehrer, der neben ihr saß:

«Lehrer, vollbringe mir zur Freude auf meiner Hochzeit ein schönes, nicht gar zu erschreckendes Wunder!»

«Dein eigenes Herz bitte um ein Wunder», antwortete der Lehrer.

Sie verstand ihn nicht. Wartete. Unschuldig lächelnd bat sie mit flehenden Augen um ein Wunder. Sie flüsterte dem Lehrer zu:

«Wir wissen doch, daß du für andere Wunder vollbracht hast; sogar zu deiner eigenen Belustigung, als du ein Knabe warst. Da hast du Vögel aus Ton geformt, und sie haben süßer und heller als Nachtigallen gesungen. Dann hast du sie freigelassen, und sie sind davongeflogen.»

«So ist es, meine Liebe», sagte der Lehrer. «Das Wunder währt nur einen Augenblick. Da lag ein Stück Ton in Dunkelheit und Schweigen, und es entstand ein schöner, singender Vogel – doch schon war er nicht mehr da. Auch zu dir wird die Freude kommen.»

Sie wartete abermals.

Das Fest zog sich in die Länge. Die Gäste waren laut und lustig. Schon war der Wein ausgetrunken. Die Gäste verlangten nach Wein, aber es war kein Wein mehr vorhanden. Die Mutter des Lehrers sagte zu ihm:

«Sie sind arme Leute. Es ist nicht gut, wenn die Gäste sie tadeln und sagen: ‹Da war eine Hochzeit, und der Wein hat nicht gereicht!›»

Aller Blicke waren auf den Lehrer gerichtet. Er stand auf und ging ruhigen Schritts in den Hof zur Zisterne. Der mit Steinen gepflasterte Hof war feucht vom Regen. Das Wasser stand hoch in der Zisterne. Die letzten, spärlichen Regentropfen kräuselten die Oberfläche. Das Licht einer qualmenden Pechfackel färbte den steinernen Rand der Zisterne purpurrot. Das Wasser sah schwer und schwarz aus.

Der Lehrer schwieg. Aus dem Hause drangen die schrillen Rufe und das ausgelassene Gelächter der betrunkenen Gäste, die aber noch immer nach Wein verlangten. Der Schaffner stand neben dem Lehrer an der Zisterne; eben dort befanden sich die Eltern des Bräutigams und einige junge Mädchen, Freundinnen der Neuvermählten. Die Mädchen hatten aus Scheu fast keinen Wein getrunken; sie hatten viel getanzt; ihre Köpfe drehten sich vom Tanz und von fremder Berauschtheit.

«Wasser gibt es hier genug», sagte der Schaffner, «der Wein aber ist zur Neige gegangen. Wenn du es jedoch willst, Lehrer, dann verwandelt sich das Wasser in Wein.»

«Und wenn ich es nicht möchte?» fragte der Lehrer.

Das Gesicht des Schaffners verdüsterte sich. In seine Augen trat ein Ausdruck, als habe er seltsame, unnütze Worte vernommen. Die jungen Mädchen, die Freundinnen der Neuvermählten, riefen mit zärtlich klingenden Stimmen:

«Du willst es, Lehrer.»

«Zeige uns ein Wunder!»

«Wir haben noch nie ein Wunder gesehen.»

«Verwandle dieses Wasser in den allerbesten Wein!»

Mit brennender Neugier schauten sie auf den Lehrer und auf das Wasser. Voller Ungeduld warteten sie, ob ihnen der Lehrer ein Wunder zeigen und ob es ihm gelingen werde. Sie glichen Schülerinnen, die auf das Gelingen eines Experiments warten.

Langsam und gleichsam widerwillig tauchte der Lehrer die Hand in das Wasser. Es schwankte träge. Auf seiner Fläche spiegelten sich die roten Reflexe der flackernden Fackel. Von der Hand des Lehrers schien eine Kraft auszuströmen, die das Wasser färbte und es in Wein verwandelte.

Die Mädchen freuten sich und lachten vergnügt. Der Schaffner schöpfte eine Kelle voll Wasser, kostete es und sagte:

«Wasser war es, und Wasser ist es geblieben!»

Die Mädchen waren verwirrt. Der Lehrer sagte ruhig:

«Mein Freund, lasse die Diener die Krüge mit diesem Wasser füllen und sie den Gästen bringen. Mögen sie es trinken!»

So tat der Schaffner denn auch. Die Mädchen aber wußten nicht, was sie denken sollten, und konnten nicht fassen, ob das Wunder geglückt sei oder nicht oder ob man es noch erwarten solle. Verwirrt kehrten sie ins Haus zurück und harrten der kommenden Dinge.

Die am Tisch Sitzenden riefen erfreut:

«Da bringt man neuen Wein!»

«In Fülle – es reicht bis Tagesanbruch.»

«Laßt uns den Wein auf die Neuvermählten und auf den Lehrer trinken!»

Die weniger Trunkenen gaben einer dem anderen die Kunde weiter, daß der Lehrer zur Zisterne gegangen sei und das Wasser in Wein verwandelt habe.

Sie tranken. Einige lobten den Wein und sagten, er sei besser als der, den sie zu Beginn des Festes getrunken hätten. Andere sagten, der Wein sei zu stark mit Wasser gemischt. Und noch andere lachten und sagten, es sei reines Wasser. Der Lehrer saß schweigend da.

Eines der Mädchen goß dieses Wasser in einen Becher, trat zu dem Lehrer hin und sagte:

«Lehrer, antworte mir, ist dies Wein oder Wasser?»

«Sieh selbst und trinke, wenn du willst», antwortete der Lehrer.

«Was taugen meine Augen! Und was ich selbst!» sagte das Mädchen. «Engel stehen um dich und schützen dich, doch ich sehe sie nicht. Sterne, die im Himmel kreisen, singen über dir, und ich höre nicht ihre Hymnen. Die Kräfte der vier Elemente strömen dir zu und strahlen von dir zurück, aber ich spüre sie nicht. Was bin denn ich! Sprich du, und ich werde dir glauben.»

Der Lehrer sagte:

«Trinke dieses Wasser in der Unschuld deines Glaubens, und dein Herz wird das Wunder vollbringen und das Wasser wahrhaftig in Wein verwandeln, wie es keinen stärkeren auf Erden gibt.»

Das junge Mädchen trank den Becher mit Wasser bis zur Neige aus, und ihr Gesicht leuchtete in großer Glückseligkeit auf. Vom Wasser trunken wie von starkem, süßem Wein, weinte sie vor Entzücken, pries den Lehrer und Propheten mit lauten Rufen, tanzte, drehte sich und klatschte in die Hände. Die Trunkenen sahen ihrem Tanz mit verschwommenen Blikken zu, versuchten im Takt zu klatschen, vermochten jedoch dem schnellen Tempo ihres Kreisens nicht zu folgen. Und sie riefen:

«Ja, ein trefflicher Tropfen! Der Lehrer versteht was von Wein!»

Der Schaffner und die älteren, nüchternen Gäste begriffen nicht, worüber das Mädchen, das nur einfaches Wasser getrunken hatte, in solches Entzücken geraten war; sie lächelten über seine Tränen und Ausrufe. Die Blicke der Neuvermählten, die nicht wenig getrunken hatten, waren im Halbschlummer auf den schweren, dunklen Vorhang am Eingang des Schlafgemachs gerichtet: er, der junge Gatte, sah und hörte schon fast nichts mehr, sie, die junge Frau, war ärgerlich, weil der Lehrer kein Wunder für sie getan hatte und weil ihre junge Freundin in einer Stunde lustig war, in der alle Fröhlichkeit nur ihr selbst zukam. Sie besaß keinen Blick für das Wunder. Ihr Haus wird leer bleiben...

Der Lehrer entfernte sich still von der Feier und begab sich mit der Mutter in jenes Haus, in dem man sie zur Nacht aufgenommen hatte. Das begeisterte Mädchen folgte ihnen, singend und rufend und tanzend. Den Lehrer überholend, fiel sie mit dem Gesicht zu Boden und küßte die Füße des Lehrers. Und abermals tanzte sie und lachte und weinte. Als sich die Tür hinter dem Lehrer geschlossen hatte, eilte das verzückte Mädchen mit Freudenrufen aus der Stadt, lag die ganze Nacht im feuchten, warmen Gras an einer Quelle und weinte vor unsäglicher Freude. Süß und hell sang über ihr eine Nachtigall. Weiße und rote Rosen verströmten ihren Duft, und hoch über ihr tanzten die Sterne nach der Musik der Sphären ihren ewigen Reigen.

Am Morgen kehrte das Mädchen in ihr

Haus zurück, für immer von Freude erfüllt, für immer von Trauer getroffen, beide so unermeßlich wie die himmlischen Sphären. Lachend und weinend verkündete sie den Ruhm des Lehrers und Propheten.

«Sie hat den Verstand verloren!» sagten die Menschen.

Man bedauerte sie. Aber man beneidete sie auch. Alle wußten, daß sie große Geheimnisse und Wunder über Wunder gesehen hatte, denn vor ihr hatte sich der Himmel aufgetan, und Gott hatte mit ihr gesprochen.

SASCHA TSCHORNYJ

Der friedliche Krieg

Hinter den blauen Meeren, hinter den grünen
Bergen lagen in alten Zeiten zwei winzige
Königreiche. In Metern gemessen machten
sie höchstens die Größe von zwei Tambower
Kreisen aus.

Die Bevölkerung lebte in Ruhe und Frieden.
Die einen ackerten, die anderen trieben Handel,
die alten Männer und Frauen ruhten sich auf
den Bänken aus und aßen ihr Brot.

Ihre Könige hielten Freundschaft miteinander. Zu tun hatten sie so gut wie nichts:
Parade auf der Wiese abnehmen oder auch mal
den Ministern mit dem Pfeifenrohr drohen,
wenn sie unter sich uneins waren. Derart
glücklich und ordentlich verlief ihr Leben, daß
es den Königen schon langweilig wurde.

Unmittelbar an der Grenze hatten sie sich
einen Pavillon bauen lassen, damit sie nicht
gegenseitig auf Besuch fahren mußten. Die
eine Hälfte stand in dem einen Königreich, die
andere im benachbarten.

An einem Tag im Frühling saßen sie dort,
jeder auf seiner Seite, und spielten Schach. Jeder
spuckte auf sein eigenes Land.

Die Feldwachen standen in Gruppen zusammen. Die einen warfen nach Klötzchen, die
anderen machten Fingerhakeln. Auf dem Grenz-
pfosten wimmelte es von Käfern – wer aus

welchem Königreich war, wußten sie selber nicht.

Der ältere, grauhaarige König zog ein Batisttaschentuch heraus, wandte sich zur Seite, wischte sich die Nase, schneuzte sich mit langem Trompetenton, hatte ja alles keine Eile. Als er wieder auf das Schachbrett blickte, zog er ärgerlich die Brauen zusammen.

«Hier stimmt was nicht, Euer Königliche Majestät. Auf meinem Feld stand rechts ein Läufer. Jetzt ist der Platz glatt wie die Ferse eines Frauenzimmers... Na?»

Der jüngere strich sich über den roten Schnurrbart und spielte mit den Fingern.

«Ich bin nicht der Hirt deiner Figuren. Vielleicht ist eine Gans vorbeigeflogen und hat den Läufer mit dem Flügel runtergehauen oder du hast ihn selbst verloren... Zieh, du bist dran!»

«Eine Gans? Und was ist das?» Er hob die Figur vom Boden auf. Die Figur lag unter dem Sessel des jüngeren Königs. «An Rang bist du groß, ein König, aber spielen tust du wie ein Kammerbulle. Die Figuren wischst du mit dem Ärmel vom Brett.»

«Ich ein Kammerbulle? Selbst einer!» Der jüngere König sprang vom Sessel auf und fegte das ganze Spiel mit dem Schoß seines Schlafrocks auf die Erde.

Der Alte wurde puterrot und griff an die linke Seite, aber dort hing statt des Schwerts nur die Tabakspfeife am Gürtel. Man führte ein geruhsames Leben, was brauchte es da Schwerter!

Er klatschte in die Hände.

«Hallo, Wache!»

Der Rothaarige brauste ebenfalls auf und rief seine Leute.

Sie kamen angerannt, schauten hierhin, dorthin. Nirgendwo waren Übeltäter zu erblicken. Und Waffen hatten sie auch nicht, um jemanden zu überwältigen. Hellebarden und Flinten trugen sie schon lange nicht mehr, denn das Leben war völlig ungefährdet.

Die Könige standen sich gegenüber – Augen wie bei den Katern im März –, und jeder ging in sein Reich, die Hände in die Hüften gestemmt. Die Wachen folgten ihnen – die in blauen Hosen dem grauhaarigen König, die in gelben dem rothaarigen.

*

Auf beiden Seiten pochte und dröhnte es in den Schmieden. Lanzen wurden geschmiedet, Schwerter geschärft. Die Alten stießen die Sperlingsnester aus den Kanonen, putzten das Messing mit Reinigungspulver für Samoware. Die Weiber klopften mit Stecken die Motten aus den Reservehosen der Soldaten, stopften die Uniformröcke – ihre Tränen liefen in Strömen die Fädchen herunter. Die Männer marschierten in Zweierreihen übers Feld und traten sich gegenseitig auf die Hacken.

Nur den kleinen Kindern war alles ein Spaß. Der eine ritt mit nacktem Hintern auf einer Lanze wie auf einem Steckenpferd, andere stellten sich in Front gegenüber und beschossen sich aus Blasrohren mit Erbsen. Den einen führten sie an den Haaren in Gefangenschaft, dem andern sägte der Feldscher mit einem Stecken den Fuß ab. Spaß!

Die Könige machten sich schwere Gedanken,

konnten nicht schlafen, wälzten sich von einer Seite auf die andere. Ein Krieg kostet viel Geld. Ihre Staatseinkünfte reichten nur für Friedenszeiten gerade so aus. Außerdem war es Frühling, man mußte eggen und säen, doch nun wurden alle Pferde zur Kavallerie und Artillerie eingezogen. Längs der Grenze baute man Befestigungen, und was allein für die Kartätschenmunition benötigt wurde! Aber ein Zurückweichen war unmöglich. Jeder wollte seine Reputation wahren.

Indes berichtete dem grauhaarigen König sein Lieblingsadjutant: «So und so, Euer Majestät, da sitzt ein Soldatchen bei uns in der Schneiderwerkstatt herum, Soldatenmützen näht er. Der Mann gehört zur Sekte der Molokanen, der Milchesser; er trinkt nicht, er raucht nicht, verzichtet auf seine Fleischportion. Er bittet Euer Majestät, zu einem Vortrag unter vier Augen vorgelassen zu werden. Er möchte Euer Majestät sagen, wie man den Krieg ohne Blutvergießen und ohne Kosten führen kann. Sein Geheimnis will er nicht enthüllen. Wie ist's, soll er kommen?»

«Bring ihn her! Unter den Molokanen hat es kluge Leute.»

Das Soldatchen kam herein, ein unansehnliches, mickriges Bürschchen. Die Stiefelschäfte schlotterten, die Mütze sah aus wie ein Rabennest, obwohl er Mützenmacher war. Doch Angst hatte er nicht. Er schneuzte sich ins Taschentuch, machte Front, Augen wie ein Kaninchen, aber er blickte fröhlich drein und zuckte nicht mit der Wimper.

«Wie heißt du?»

«Lukaschka, Euer Liebden. ‹Lumpensammler› nennen sie mich in der Werkstatt, aber das ist nur ein Spitzname; er ärgert mich nicht.»

«Mützen nähst du?»

«Zu Befehl! Plump, aber solide. Und in der freien Zeit unterhalte ich ein Krankenrevier für lebendes Getier.»

«Was für ein Krankenrevier?»

«Eine junge Dohle, sagen wir, fällt aus dem Nest und verletzt sich. Dann heile ich sie, füttere sie und hinterher lasse ich sie fliegen...»

«Sage bitte... du bist also zufrieden mit deinem Leben?»

«Stimmt genau. Das Leben wird fröhlicher, wenn man rings um sich die Schmerzen stillt.»

Der König zog die Brauen hoch.

«Schau einer den Kauz an! Und du rühmst dich, den Krieg ohne Blutvergießen und kostenlos führen zu können? Auf welche Manier?»

«Seien Sie zuversichtlich! Erlauben Sie mir nur, mein Geheimnis bis zur richtigen Stunde für mich zu behalten, sonst lachen mich alle aus, und es kommt nichts dabei heraus.»

«Aber was soll denn werden? Man gießt Kanonenkugeln, näht Knöpfe an... Worauf noch warten?»

«Wollen Sie sich nicht beunruhigen! Schicken Euer Liebden dem Nachbarkönig mit einer Brieftaube eine Botschaft. Er soll am nächsten Dienstag um sieben Uhr in der Frühe mit seinem ganzen Heer an der Grenze sein. Weder kalte noch heiße Waffen sollen mitgeführt werden – die Ihrigen werden dasselbe tun... Und für die Richtigkeit der Worte stempelt mit Eurem großen Königlichen Siegel. Was die Kriegsausgaben betrifft, so gewähren Sie mir drei Rubel, mehr wird der ganze Krieg nicht kosten.»

«Gemacht! Aber paß auf, Lukaschka! Wenn ich deinetwegen, du kleine Dohle, ausgelacht werde, dann wäre es besser für dich, du hättest nicht das Licht der Welt erblickt!»

«Wollen Sie mich nicht schrecken, Väterchen. Da ich nun einmal das Licht der Welt erblickt habe, warum soll ich mir noch Kummer machen...»

Damit trat er ab, seine Stiefelschäfte schlappten im Gehen.

*

Die Truppen nahmen im Grenzgelände Aufstellung – zu Fuß und zu Pferde. Waffen hatten sie tatsächlich, wie vereinbart, nicht mitgebracht. Sie formierten sich in gerader Linie gegeneinander. Ein Geflüster ging wie ein Wind durch die Reihen: «Mit den Zähnen werden wir uns nicht zerfleischen!»... Man harrte der kommenden Dinge.

Die Könige saßen mit verdrießlichen Gesichtern da, jeder an seiner rechten Flanke auf einer Marschtrommel, keiner warf einen Blick auf die gegnerische Seite.

Schau mal an, wer kommt denn da? Aus der Ferne rollt Lukaschka auf einem zweirädrigen Frachtkarren heran. Unter ihm liegt etwas Aufgewickeltes; er hüpft wie ein Kater auf dem Fäßchen.

Als er zwischen den beiden Heeren war, hielt er das Pferd an, sprang auf den Boden und machte sich daran, vom Karren ein Schiffstau Lage um Lage abzuladen. In dem Tau waren in einer Elle Abstand Knoten angebracht.

Lukaschka stellte sich auf einen Pfosten, legte die Handflächen wie Löffelchen an den

Mund und gab nach allen Seiten mit weithin tönender Stimme folgende Erklärung ab:

«Also, Brüder, in der Mitte des Taus ist zur Kennzeichnung eine blaue Flagge angebunden. Jetzt soll jedes Heer auf seiner Seite, Mann hinter Mann, das Tau hochheben. Die Flagge muß sich genau auf der Grenze befinden. Und nun mit Gott, nehmt alle Kraft zusammen, zieht um die Wette... Welche Seite stärker ist und das Tau zu sich heranzieht, die hat gesiegt. Auf diese Weise wird euer Ansehen gewahrt und weder Blut vergossen noch Geld vergeudet. Eine schnelle, saubere Sache! Die Felder werden nicht zertrampelt, die Kinder nicht zu Waisen, die Häuser bleiben heil. Das Königreich, das unterliegt, soll dem Gegner eine Bewirtung spendieren. Und zwar der gesamten Bevölkerung! Wenn die Herren Könige einverstanden sind, soll jeder von seiner Seite aus mit dem Batisttaschentuch winken – und dann ran an den Speck! Und damit das Ziehen mehr Spaß macht, sollen die Regimentskapellen den Walzer ‹Donauwellen› spielen. Auf geht's!»

Die Könige schmunzelten, die Obristen lächelten, die Hauptleute verzogen die Gesichter, die Soldaten grinsten – Münder bis zu den Ohren. Das gefiel ihnen. Die Heere formierten sich um, stellten sich in Schlange auf. Die weißen Tüchlein flatterten in der Luft. Die Arbeit begann. Sie strengten sich mächtig an, die Hintern hingen fast bis auf den Boden, sie stemmten sich mit den Füßen in den Sand, wurden rot wie die Moosbeeren... Die Vorgesetzten liefen am Tau entlang und feuerten ihre Leute an: «Nicht nachlassen, ihre Hero-

desse, gebt ihnen Saures! Noch weiter vor-
greifen, Söhnchen, dann habt ihr Übergewicht!»

Lukaschka spannte seine Mähre aus, wälzte
sich bäuchlings darauf und ritt am Tau entlang,
um aufzupassen, daß nirgendwo geschummelt
wurde. Als er sah, daß auf der gegnerischen
Seite das Tau um eine Birke gewunden wurde,
befahl er sofort: «Unterlassen! Kämpfst du,
dann kämpfe nach der Regel!»

Die Soldaten schwitzten. Über der Schlange
lag ein Geruch, als ob man Fußlappen zum
Auslüften aufgehangen habe – die Vögelchen
schwirrten denn auch nach allen Seiten auseinander. Und das Volk kam in Rage. Sogar
einige Obristen und Generale klammerten sich
an das Tau; alte Männer, die friedliche Bevölkerung, kamen aus den Büschen, stießen hinzu,
jeder half seinem König und zog mit. Man
hörte nur noch, wie auf beiden Seiten Hosen-
riemen krachten.

Auch die Könige hielten es nicht aus; sie
sprangen von den Trommeln hoch. Jeder
stürzte an sein Ende des Taus. Die Musiker
warfen die Trompeten fort und zogen ebenfalls mit...

Und plötzlich, meine Brüderchen, gibt es
einen Krach, das Tau reißt genau in der Mitte,
und beide Heere purzeln längelang auf den
Boden. Staub wie eine Säule!

Als sie genug gejapst hatten, blickten sie
um sich. Was wird nun?

Der grauhaarige König rief Lukaschka zu
sich.

«He, du, Held Iwanowitsch! Wie ist es jetzt
ausgegangen? Wer hat gesiegt?»

Und Lukaschka verkündete, ohne mit der

Wimper zu zucken, mit lauter Stimme über die ganze Gegend hin:

«Keiner hat gesiegt! Folglich: Frieden auf beiden Seiten. Jeder König bewirtet das Nachbarheer. Und morgen, wenn alle ausgeschlafen haben, geht jeder wieder seiner Beschäftigung nach, die einen pflügen, die andern treiben Handel, die dritten essen ihren Brei.»

Da herrschte allenthalben Freude und Frohlocken. Die Könige schüttelten sich die Hände und küßten sich. Längs der ganzen Grenze stellte man Böcke auf und legte Platten darauf. Fuhrwerke wurden losgeschickt, um Wein und Imbiß zu holen. Bis sie zurückkamen, setzten sich die Könige im Pavillon ans Schachbrett und spielten ehrlich und anständig.

Natürlich standen nicht alle vom Erdboden auf. Bei manchen waren, als das Tau riß, die Hosen an den Nähten aufgeplatzt. In solchem Zustand kann man nicht tafeln. Irgendwie hielten sie die Hosen mit den Händen fest und schlugen sich in die Büsche. Dort hatten die Weiber, welche die Schlacht von weitem beobachtet hatten, ein Nähambulatorium eingerichtet. Man weiß ja, daß jedes Frauenzimmer im Rock Nadel und Faden bei sich trägt.

Die Könige riefen Lukaschka zu sich in den Pavillon.

«Tüchtiger Bursche! Hast deine Sache gut gemacht. Womit sollen wir dich belohnen? Sprich, ziere dich nicht! Willst du ein hübsches Mädel heiraten, oder willst du dir ein Haus mit einer Freitreppe und gedrechseltem Geländer bauen?»

Lukaschka schneuzte ins Taschentuch, nahm gerade Haltung an und antwortete:

«Mein Haus steht überall. Wo ich gebraucht werde, bin ich daheim. Ein schönes Mädel habe ich nicht nötig, bin von mir aus zu unansehnlich, wäre für das Mädel nur eine Beleidigung. Und mit einer Frau werde ich auch nicht fertig, ich bin zu sanft. Seien Sie lieber so gut, Eure Majestäten, in beiden Königreichen den Befehl zu erlassen, daß die Buben keine Vogelnester mehr zerstören. Um mehr bitte ich nicht.»

Die Könige lachten, versprachen es und entließen ihn in Gnaden. Einen frommen Narren kann man mit nichts belohnen!...

*

Auf diese Weise, Kameraden, endete jene Schlacht zum allgemeinen Nutzen. Bei anderen wird die Bevölkerung im Kriege vernichtet, doch hier bekam sie noch etwas. Und zwar aus folgendem Grunde: Als die Weiber durch die Sträucher und Büsche schwärmten und den Kriegern die runtergerutschten Hosen, die im Kriege gelitten hatten, flickten – na ja, man kann sich denken, was da alles vorgekommen ist! Täuflinge gab's, nicht zu knapp, und bei allen mußte Lukaschka Pate stehen, so daß er seine liebe Not damit hatte.

ALEXEJ TOLSTOJ

Die Froschprinzessin

Es war einmal ein Zar, der hatte drei Söhne.
Als die Söhne erwachsen waren, versammelte
sie der Zar um sich und sagte:

«Meine lieben Söhnchen, wenn ich auch
noch nicht alt bin, so möchte ich euch doch verheiraten, um eure Kinderchen, meine Enkel,
zu sehen.»

Die Söhne antworteten dem Vater:

«So segne uns denn, Väterchen. Wen sollen
wir nach deinem Wunsch heiraten?»

«Hört zu, Söhnchen! Jeder von euch nehme
einen Pfeil, gehe ins freie Feld und schieße:
wo die Pfeile niederfallen, dort harrt euer die
euch vom Schicksal Bestimmte.»

Die Söhne verneigten sich vor dem Vater.
Jeder nahm einen Pfeil, ging ins freie Feld,
spannte den Bogen und schoß.

Der Pfeil des ältesten Sohnes fiel in den Hof
eines Bojaren. Die Tochter des Bojaren hob
ihn auf. Des mittleren Sohnes Pfeil fiel in das
weite Gehöft eines Kaufmanns. Die Kaufmannstochter hob ihn auf.

Doch der Pfeil des jüngsten Sohnes, des Zarewitsch Iwan, schnellte hoch in die Luft und
flog wer weiß wohin. Iwan ging ihm lange
nach und gelangte an einen Sumpf. Da sah er
ein Fröschlein sitzen, das hatte seinen Pfeil
aufgehoben. Zarensohn Iwan sagte:

«Fröschlein, Fröschlein, gib mir meinen Pfeil!»

Doch das Fröschlein antwortete ihm:

«Nimm mich zur Frau!»

«Was fällt dir ein, wie kann ich ein Fröschlein heiraten?»

«Nimm mich! So ist es dir nun einmal bestimmt.»

Iwan der Zarensohn war ganz niedergeschlagen. Nichts zu machen, er nahm das Fröschlein, brachte es nach Hause. Der Zar richtete drei Hochzeiten aus: den ältesten Sohn verheiratete er mit der Bojarentochter, den mittleren mit der Kaufmannstochter und den unglückseligen Zarewitsch Iwan mit dem Fröschlein.

Eines Tages rief der Zar die Söhne zu sich:

«Ich will sehen, welche eurer Frauen bei der Nadelarbeit die geschickteste ist. Jede von ihnen soll mir bis morgen ein Hemd anfertigen.»

Die Söhne verneigten sich vor dem Vater und gingen.

Iwan der Zarensohn kam nach Hause und ließ den Kopf hängen. Das Fröschlein hüpfte auf dem Boden herum und fragte ihn:

«Warum läßt du den Kopf hängen, Zarensohn Iwan? Hast du Kummer?»

«Väterchen hat dir befohlen, ihm bis morgen ein Hemd anzufertigen.»

Das Fröschlein antwortete:

«Mach dir keine Sorgen, Zarensohn Iwan, lege dich schlafen. Der Morgen ist klüger als der Abend.»

Iwan der Zarensohn legte sich schlafen. Das Fröschlein sprang auf die Freitreppe, warf die Froschhaut von sich und verwandelte sich in

Wassilissa die Allweise, eine Frau von solcher Schönheit, wie man sie selbst im Märchen nicht schildern kann.

Wassilissa die Allweise klatschte in die Hände und rief:

«Ammen, Mägde, kommt herbei und tummelt euch! Fertigt mir bis zum Morgen ein Hemd an, wie ich es selbst bei meinem leiblichen Väterchen nicht gesehen habe.»

Iwan der Zarensohn erwachte am Morgen, das Fröschlein hüpfte wieder über den Fußboden, doch das Hemd lag schon auf dem Tisch, säuberlich in ein Handtuch eingewickelt. Iwan der Zarensohn war hocherfreut, nahm das Hemd und trug es zum Vater. Zur gleichen Zeit nahm der Zar die Gaben der älteren Söhne entgegen. Der älteste Sohn wickelte das Hemd aus. Der Zar nahm es und sagte:

«Dieses Hemd kann man nur in einer dunklen Hütte tragen.»

Der mittlere Bruder wickelte das Hemd aus. Der Zar sagte:

«In diesem kann man nur ins Badehaus gehen.»

Zarensohn Iwan wickelte das Hemd aus; es war mit Gold und Silberfäden durchwirkt und mit kunstvollen Mustern verziert. Der Zar hatte es kaum angesehen, da rief er:

«Ei, sieh da, das ist ein Hemd, das man am Feiertag anzieht.»

Die Brüder gingen heim – jene zu zweit – und urteilten unter sich:

«Offenbar haben wir uns über Iwans Frau vergeblich lustig gemacht, sie ist kein Frosch, sondern eine Zauberin.»

Abermals rief der Zar die Söhne zu sich:

«Eure Frauen sollen mir bis morgen ein Brot backen. Ich will wissen, welche besser bäckt.»

Iwan der Zarensohn ließ den Kopf hängen, als er nach Hause kam. Das Fröschlein fragte ihn:

«Warum bist du so betrübt?»

Er antwortete:

«Bis morgen muß dem Zaren ein Brot gebacken werden.»

«Mach dir keine Sorgen, Zarensohn Iwan, lege dich lieber schlafen. Der Morgen ist klüger als der Abend.»

Die Frauen der anderen beiden Brüder, die zuerst über den Frosch gelacht hatten, schickten jetzt eine Frau ihres Hofgesindes aus, die beobachten sollte, wie das Fröschlein Brot buk.

Die Froschfrau war klug, sie hatte den Braten gerochen. Sie setzte den Hefeteig an, machte oben in den Ofen ein Loch und warf den ganzen Teig dort hinein. Die Magd vom Hofgesinde eilte zu den Frauen der Zarensöhne, erzählte, was sie gesehen hatte, und diese machten es dem Fröschlein nach.

Doch dieses hüpfte auf die Freitreppe, verwandelte sich in Wassilissa die Allweise und klatschte in die Hände.

«Ammen, Mägde, kommt herbei und tummelt euch! Backt mir bis morgen ein weiches, weißes Brot, wie ich es bei meinem leiblichen Väterchen gegessen habe.»

Iwan der Zarensohn wachte am Morgen auf, und schon lag auf dem Tisch das Brot. Es war mit verschiedenen aus der Fläche herausragenden Prägungen kunstvoll verziert: an den Seiten sah man schöne Muster, auf der Oberfläche Städte mit Schlagbäumen.

Iwan der Zarensohn war hocherfreut, wickelte das Brot in ein Tuch und trug es zum Vater. Zur gleichen Zeit nahm der Zar die Brote von den älteren Brüdern in Empfang. Deren Frauen hatten den Teig in den Ofen geworfen, wie es ihnen die Frau aus dem Gesinde gesagt hatte, und herausgekommen war nichts als ein einziges verbranntes Gesudel. Der Zar nahm das Brot des ältesten Bruders in die Hand, besah es und schickte es in die Gesindestube. Das Brot des mittleren Bruders schickte er ebenfalls dorthin. Als aber Zarewitsch Iwan sein Brot darbot, sagte der Zar:

«Seht, das ist Brot – nur am Feiertag ißt man solches!»

Und der Zar befahl den drei Söhnen, morgen mit ihren Frauen zu einem Fest bei ihm zu erscheinen.

Abermals kehrte Iwan der Zarensohn mißmutig heim und ließ den Kopf tiefer als die Schultern hängen. Das Fröschlein hüpfte über den Fußboden.

«Quak, quak, Zarensohn Iwan, was macht dir solchen Kummer? Hast du etwa von deinem Väterchen ein ungnädiges Wort vernommen?»

«Fröschlein, Fröschlein, wie soll ich mich nicht grämen? Das Väterchen hat befohlen, daß ich morgen mit dir zu einem Fest kommen soll, und wie kann ich dich den Menschen zeigen?»

Das Fröschlein anwortete:

«Mach dir keine Sorgen, Zarensohn Iwan, geh allein zum Fest, ich werde nach dir kommen. Wenn du es rasseln und dröhnen hörst, erschrick nicht. Fragt man dich, sage: ‹Das ist mein liebes Fröschlein, es kommt in einem Kästchen!›»

Iwan der Zarensohn ging also allein zum Fest. Die älteren Brüder kamen mit ihren Frauen an, die waren geschmückt, geputzt, geschminkt, hatten ihre Augenbrauen schwarz gefärbt. Als sie so dastanden, machten sie sich über Iwan den Zarensohn lustig:

«Warum bist du ohne Frau gekommen? Hättest sie doch in einem Tüchlein mitbringen können. Wo hast du eigentlich eine solche Schönheit entdeckt? Sicher bist du alle Sümpfe abgewandert.»

Der Zar, die Söhne, die Ehefrauen, die Gäste nahmen an den Eichentischen mit den damastenen Tischdecken Platz zum festlichen Gelage.

Plötzlich ertönte ein Rasseln und Dröhnen, das ganze Schloß zitterte. Die Gäste erschraken, sprangen von den Plätzen, doch Iwan der Zarensohn sagte:

«Habt keine Angst, werte Gäste. Das ist mein liebes Fröschlein, es kommt in einem Kästchen.»

Da fuhr an der Freitreppe des Zarenschlosses eine goldene Kutsche vor, bespannt mit sechs Schimmeln, und heraus stieg Wassilissa die Allweise: in einem himmelblauen Kleid, über und über voller Sterne, auf dem Haupt den hellen Mond. Eine Schönheit, nicht auszudenken, nicht zu erträumen, nur im Märchen zu schildern. Sie nahm Iwan den Zarensohn an der Hand und führte ihn zu den Eichentischen mit den damastenen Tüchern.

Die Gäste aßen, tranken und wurden fröhlich. Wassilissa die Allweise trank aus ihrem Glas, und den Rest schüttete sie sich in den linken Ärmel. Sie verzehrte ein Stück Schwan und warf die Knöchelchen in den rechten Ärmel.

Die Frauen der älteren Brüder beobachteten ihre schlauen Kniffe, und schon machten sie es ihr nach.

Nachdem man gegessen und getrunken hatte, begann der Tanz. Wassilissa die Allweise faßte Iwan den Zarensohn und trat vor. Aber wie sie tanzte, tanzte, kreiste, kreiste – alle staunten! Sie schwang den linken Arm – plötzlich entstand ein See; sie schwang den rechten Arm – auf dem See schwammen weiße Schwäne. Der Zar und die Gäste waren wie verzaubert.

Dann traten die Frauen der älteren Brüder zum Tanz an. Sie schwangen den einen Ärmel – und bespritzten nur die Gäste; sie schwangen den andern – und nichts als Knochen flogen herum; einer traf den Zaren ins Auge. Zornig jagte er die beiden Frauen fort.

In dieser Zeit entfernte sich Iwan der Zarensohn heimlich, lief nach Hause, fand die Froschhaut und warf sie in den Ofen, verbrannte sie im Feuer.

Wassilissa die Allweise kehrte heim, griff nach der Froschhaut – weg war sie. Sie setzte sich auf die Bank, weinte laut und sagte tieftraurig zu Iwan dem Zarensohn:

«Ach, Zarensohn Iwan, was hast du getan! Hättest du noch drei Tage gewartet, wäre ich auf ewig dein gewesen. Doch nun, lebwohl! Suche mich in dreimalzehnten Landen, im dreimalzehnten Reich, beim Zauberer Kastschej dem Unsterblichen...»

Wassilissa die Allweise verwandelte sich in einen grauen Kuckuck und flog zum Fenster hinaus. Iwan der Zarensohn weinte, weinte, verbeugte sich nach allen vier Himmelsrichtungen und ging, wohin die Augen blickten, um seine Frau, Wassilissa die Allweise, zu suchen. War es nahe, war es weit, dauerte es lange oder kurz, er wanderte, die Stiefel zerschlissen, der Mantel zerrissen, die Kappe vom Regen durchweicht. Da kam ihm ein altes Männchen entgegen.

«Sei gegrüßt, braver Bursch! Was suchst du, wohin führt dich dein Weg?»

Iwan der Zarensohn erzählte ihm von seinem Unglück. Der Alte sagte zu ihm:

«O weh, Zarensohn Iwan, warum hast du die Froschhaut verbrannt? Nicht deine Sache war es, sie anzuziehen, nicht deine Sache, sie wegzunehmen. Wassilissa die Allweise war bei ihrer Geburt klüger und schlauer als ihr Vater. Er ergrimmte deshalb über sie und befahl, daß sie drei Jahre lang ein Fröschlein sein sollte. Aber jetzt ist nichts mehr zu ändern. Hier hast du ein Knäuel: wohin es rollt, dorthin gehe auch du ohne Zagen.»

Iwan der Zarensohn dankte dem alten Männchen und folgte dem Knäuel. Wohin es rollte, dorthin ging er. Auf dem freien Feld begegnete ihm ein Bär. Iwan der Zarensohn zielte, um das wilde Tier zu töten. Doch der Bär sprach mit menschlicher Stimme zu ihm:

«Töte mich nicht, Zarensohn Iwan, irgendwann werde ich dir nützlich sein.»

Iwan der Zarensohn hatte Bedauern mit dem Bären, schoß nicht auf ihn, ging weiter. Als er aufblickte, sah er einen Enterich über sich fliegen. Er zielte, doch der Enterich sagte zu ihm mit Menschenstimme:

«Töte mich nicht, Zarensohn Iwan, ich werde dir nützen.»

Er hatte Mitleid mit dem Enterich und ging weiter. Ein scheeläugiger Hase kam gelaufen. Iwan der Zarensohn hatte Lust, auf ihn zu schießen, doch der Hase sprach:

«Töte mich nicht, Zarensohn Iwan, ich werde dir noch nützen.»

Er erbarmte sich des Hasen, ging weiter. Kam ans blaue Meer und sah: am Strand, auf dem Sand, lag ein Hecht, röchelte und sagte zu ihm:

«Ach, Zarensohn Iwan, erbarme dich meiner, wirf mich in das blaue Meer!»

Er warf den Hecht ins Meer und ging am Ufer weiter. Über kurz, über lang rollte das Knäuel in den Wald. Dort stand ein Hüttchen auf Hühnerfüßchen und drehte sich im Kreise.

«Hüttchen, Hüttchen, stell dich, wie die Mutter dich vordem hingestellt hat: mit der Rückwand zum Wald, mit der Vorderseite zu mir!»

Das Hüttchen drehte sich mit der Vorderseite zu ihm, mit der Rückseite zum Wald. Iwan der Zarensohn trat ein und sah: auf dem Ofen, auf dem neunten Ziegelstein, lag die Hexe Baba-Jaga, knöchernes Gebein, Zähne auf dem Wandbrett, und die Nase bis zur Decke hoch gewachsen.

«Was führt dich zu mir, junger Mann?» sagte die Hexe zu ihm. «Bemühst du dich oder gehst du müßig?»

Iwan der Zarensohn antwortete ihr:

«Ach, du altes Weibsstück, gib mir lieber erst mal zu trinken, zu essen und ein Schwitzbad, dann kannst du Fragen stellen.»

Die Hexe heizte ihm ein Bad an, gab ihm zu essen, zu trinken, machte ihm eine Schlafstätte zurecht, und Iwan der Zarensohn erzählte ihr, daß er seine Frau, Wassilissa die Allweise, suche.

«Ich weiß, ich weiß», sagte Baba-Jaga zu ihm. «Deine Frau ist jetzt beim Zauberer Kastschej dem Unsterblichen. Schwer wird es sein, sie herauszubekommen, mit Kastschej wird man nicht leicht fertig. Sein Tod sitzt in der Spitze einer Nadel, die Nadel befindet sich in einem Ei, das Ei in einer Ente, die Ente in einem Hasen, der Hase sitzt in einer steinernen Truhe, die Truhe steht auf einer hohen Eiche, und die Eiche hütet Kastschej der Unsterbliche wie seinen Augapfel.»

Iwan der Zarensohn übernachtete bei Baba-Jaga, und am Morgen wies sie ihm den Weg zu der hohen Eiche. Über kurz oder lang kam Iwan der Zarensohn dorthin. Da stand eine hohe Eiche und rauschte. In ihrem Geäst lag eine steinerne Truhe, aber es war schwer, an sie heranzukommen.

Plötzlich, hast du nicht gesehen, kam der Bär gelaufen und stürzte die Eiche um, entwurzelte sie. Die Truhe fiel auf den Boden und platzte. Aus der Truhe sprang ein Hase und rannte Hals über Kopf davon. Aber ein anderer Hase jagte ihm nach, holte ihn ein und riß ihn in Stücke. Und aus dem Hasen flog eine Ente, hob sich hoch in die Luft bis in den Himmel. Aber siehe, ein Enterich stürzte sich auf sie. Als er sie schlug, ließ die Ente ein Ei fallen. Das Ei sank ins blaue Meer.

Da vergoß Iwan der Zarensohn bittere Tränen. Wo sollte er im Meer das Ei finden?

Plötzlich kam der Hecht ans Ufer geschwommen und hielt das Ei im Maul. Iwan der Zarensohn zerschlug das Ei, holte die Nadel heraus und schickte sich an, die Spitze abzubrechen. Indes er bricht, tobt Kastschej der Unsterbliche und windet sich. Aber wie sehr er sich auch hin und her warf und um sich schlug, Iwan der Zarensohn brach der Nadel die Spitze ab, und Kastschej mußte sterben.

Iwan der Zarensohn begab sich in das marmorne Schloß Kastschejs. Da lief ihm Wassilissa die Allweise entgegen und küßte seine süßen Lippen. Iwan der Zarensohn kehrte mit Wassilissa der Allweisen nach Hause zurück, und sie lebten lange und glücklich bis in ihr hohes Alter.

KONSTANTIN PAUSTOWSKIJ

Der Bär aus dem tiefen Walde

Großmütterchen Anissjas Sohn, genannt der große Petja, war im Kriege gefallen. Sein Sohn Klein-Petja lebte bei der Großmutter als ihr Enkel. Klein-Petjas Mutter Dascha war gestorben, als er zwei Jahre alt war; er hatte überhaupt keine Erinnerung mehr an sie.

«Immerzu hat sie dich herumgetragen und mit dir geschäkert», sagte Großmutter Anissja, «aber siehst du, eines Tages im Herbst hat sie sich erkältet und ist gestorben. Du siehst ihr ganz ähnlich. Nur war sie ein Plappermäulchen, und du bist richtig menschenscheu. Immer versteckst du dich in den Ecken und sinnst vor dich hin. Denken ist noch zu früh für dich. Denken kannst du noch genug im Leben. Das Leben ist lang, viele, viele Tage lang. Man kann sie nicht zählen.»

Als der kleine Petja heranwuchs, bestimmte ihn die Großmutter Anissja zum Hüten der Kolschos-Kälber.

Die Kälbchen waren wie ausgesucht, tölpisch und zutraulich lieb. Nur ein kleiner Stier, Männlein geheißen, stieß Petja immer mit der wolligen Stirn in die Seite und schlug mit den Hinterbeinen aus. Petja trieb die Kälber auf die Weide am Großen Fluß. Der alte Hirte Semjon, der Teegenießer, schenkte Petja ein Horn, und Petja blies über das Ufergelände hin und rief die Kälber zusammen.

Und ein Fluß war dir das! Einen schöneren findet man nicht. Steile Ufer, über und über mit Gras und Bäumen bewachsen. Und was gab es da für Bäume am Großen Fluß! An manchen Stellen war es sogar um die Mittagszeit unter den alten Weiden dämmerig dunkel. Sie tauchten ihre mächtigen Zweige ins Wasser, und die schmalen, silbernen Weidenblätter zitterten im fließenden Wasser wie Weißfischchen. Trat man aus dem Dunkel der Weiden ins Freie, schlug einem von den Wiesen ein Licht entgegen, daß man die Augen zusammenkneifen mußte. Die Schößlinge der jungen Erlen drängten sich ans Ufer, und alle Espenblätter glänzten in der Sonne.

Die Brombeeren an den Hängen klammerten sich so fest an Petjas Füße, daß er lange brauchte und vor Anstrengung schnaufte, bevor er sich aus den stacheligen Ranken befreien konnte. Aber nie schlug er, so zornig er auch war, mit einem Stock auf die Brombeeren oder zertrampelte sie, wie es die anderen Jungen taten.

Am Großen Fluß hausten Biber. Großmutter Anissja und Semjon, der Teegenießer, hatten Petja streng verboten, den Bibern zu nahe zu kommen, weil der Biber ein strenges, eigenwilliges Tier sei, keine Angst vor kleinen Buben habe und sie ·derartig an den Beinen packen könne, daß sie ihr Leben lang lahmten. Dennoch hatte Petja mächtige Lust, die Biber genauer zu betrachten, und darum bemühte er sich, wenn es auf den Abend zuging und die Biber aus dem Bau krochen, ganz still dazusitzen, um das Wächtertier nicht zu erschrecken.

Einmal sah Petja, wie ein Biber aus dem Wasser kletterte, sich ans Ufer setzte, sich mit den Pfoten die Brust abrieb und mit aller Kraft rubbelte, um sich zu trocknen. Petja lachte laut auf. Der Biber äugte ihn an, fauchte und tauchte ins Wasser.

Ein andermal stürzte plötzlich eine alte Erle krachend und rauschend ins Wasser. Wie die Blitze huschten die erschrockenen Plötze im Wasser auseinander. Petja lief zu der Erle hin und sah, daß sie von den Bibern bis zum Mark abgenagt worden war. Die Biber saßen auf den Zweigen der Erle im Wasser und knabberten Erlenrinde. Semjon, der Teegenießer, erzählte Petja, daß der Biber zuerst den Baum ringsum benagt, dann mit der Schulter dagegendrückt, ihn zu Fall bringt und sich von dem Baum einen oder zwei Monate ernährt, je nachdem, ob er mehr oder weniger dick ist.

In dem dichten Laubwerk der Bäume am Großen Fluß ging es immer unruhig zu. Dort machten sich die verschiedensten Vögel zu schaffen. Ein Specht, der mit dem Postvorsteher Iwan Afanassjewitsch im Dorfe Ähnlichkeit hatte – die gleiche spitze Nase und die gleichen flinken, schwarzen Augen – hämmerte ununterbrochen und schwang den Schnabel gegen den Stamm einer Schwarzpappel. Schlug zu, nahm den Kopf etwas zurück, schaute, maß die Entfernung, kniff die Augen zusammen und haute wieder zu, so daß die Pappel vom Wipfel bis zur Wurzel dröhnte. Petja wunderte sich jedesmal von neuem über den kräftigen Kopf des Spechts. Den ganzen Tag hackte er gegen den Baum und verlor niemals seine gute Laune.

Vielleicht bekommt er keine Kopfschmerzen, dachte Petja, aber bestimmt dröhnt ihm der Schädel ganz gehörig. Kein Spaß – den ganzen Tag zu hämmern! Wie der Schädel das nur aushält!

Rauhhaarige Hummeln, Bienen und Libellen flogen und schwirrten über Glockenblumen, Kresse und Wegerich. Die Hummeln schenkten ihm keine Beachtung, aber die Libellen blieben in der Luft stehen, schwirrten mit den Flügeln und sahen ihn mit Stielaugen an, als ob sie überlegten: «Soll man ihm mit voller Wucht gegen die Stirn fliegen und vom Ufer stoßen, oder lohnt es nicht, mit einem so kleinen Jungen anzubinden?»

Auch im Wasser regte sich allerhand. Schaute man vom Ufer hinunter, bekam man Lust, hineinzutauchen und nachzuschauen, was dort unten, ganz tief unten vor sich ging, wo die Wasserpflanzen schaukelten. Und immer meinte man, daß über den Grund ein Krebs krieche, so groß wie Großmutters Sieb, und die Scheren öffne, damit die Fische rasch davonschwimmen und mit den Schwänzen schlagen.

Allmählich gewöhnten sich Tiere wie Vögel an Petja, und es kam vor, daß sie am Morgen lauschten, ob nicht sein Horn hinter den Büschen ertöne. Zuerst wurde er ihnen vertraut, dann gewannen sie ihn lieb, weil er keinen Unfug trieb, keine Nester zerstörte, keine Libellen an einen Faden band, die Biber nicht mit Steinen bewarf und die Fische nicht mit ätzendem Kalk vergiftete.

Die Bäume rauschten Petja leise entgegen und erinnerten sich, daß er nicht ein einziges Mal gleich den anderen Buben die dünnen Espen bis zum Boden gebogen hatte, um seinen Spaß daran zu haben, wie sie wieder in die

Höhe schnellten und noch lange vor Schmerz bebten und mit zitternden Blättern wehklagten.

Petja brauchte nur die Zweige zu teilen und ans Ufer zu treten, so begannen die Vögel zu zwitschern, die Hummeln kamen herbeigeflogen und summten ihm ins Ohr, die Fische sprangen aus dem Wasser, um sich vor ihm mit ihren buntschimmernden Schuppen zu brüsten, und der Specht hackte so stark auf die Pappel ein, daß die Biber die Schwänze einzogen und sich in ihren Bau verkrochen. Und hoch über alle Vögel hinaus stieg eine Lerche in die Luft und trillerte so fröhlich, daß die blauen Glockenblumen nur den Kopf schütteln konnten.

«Da bin ich!» rief Petja, zog das alte Mützchen herunter und wischte sich mit ihm die vom Tau feuchten Backen ab. «Schönen guten Tag!»

«Grag – grag!» antwortete für alle ein Rabe. Er konnte es nicht lernen, so ein einfaches menschliches Wort wie «Tag» richtig auszusprechen. So weit reichte sein Rabengedächtnis nicht.

Alle Tiere und Vögel wußten, daß jenseits des Flusses, im tiefen Walde, ein alter Bär hauste, genannt Finsterling. Sein Fell ähnelte in der Tat dem finsteren Walde, und es war voller gelber Tannennadeln, zerdrückter Preiselbeeren und Harz. Wenn der Bär auch alt und sein Pelz stellenweise sogar schon grau war, so funkelten seine Augen trotzdem wie Glühwürmchen – grün wie bei einem jungen Bären.

Die Tiere sahen oft, wie der Bär heimlich zum Fluß schlich, die Schnauze aus dem Gras streckte und zu den Kälbchen hinüberschnupperte, die am anderen Ufer weideten. Einmal hatte er sogar mit der Tatze das Wasser probiert und gebrummt. Das Wasser war kalt – auf dem Grund des Flusses entsprangen eiskalte Quellen –, und der Bär hatte sich den Gedanken aus dem Kopf geschlagen, den Fluß zu durchschwimmen. Er hatte keine Lust, sich das Fell naß zu machen.

Als der Bär wiederkam, begannen die Vögel verzweifelt mit den Flügeln zu schlagen, die Bäume zu rauschen; sogar die Frösche erhoben solch Geschrei, daß sich der Bär die Ohren mit den Tatzen zuhielt und den Kopf hin und her wiegte.

Petja wunderte sich und schaute zum Himmel hinauf. Zogen Wolken auf, kündeten die Tiere Regen an? Aber die Sonne schwamm still im Himmel. Nur zwei Wölkchen standen hoch droben und stießen auf dem weiten Himmelsweg gegeneinander.

Mit jedem Tag wurde der Bär zorniger. Er hungerte, sein Bauch war ganz eingefallen, bestand nur noch aus Haut und Fell. Der Sommer war heiß und regenlos. Die Himbeeren im Walde waren verdorrt. Wühlte man einen Ameisenhaufen auf, fand man auch dort nichts als Staub.

«Verdammte Not!» brüllte der Bär und zerrte vor Wut junge Tannen und Birken aus dem Boden. «Ich gehe und reiße ein Kalb! Wenn mir der kleine Hirt in die Quere kommt, mache ich ihm mit einem Tatzenhieb den Garaus, und basta!»

Von den Kälbern roch es appetitlich nach warmer Milch, und sie waren ihm dicht vor der Nase – nur eben, daß er die paar hundert Meter schwimmen mußte.

«Ob ich es wirklich nicht schaffe?» Der Bär überlegte hin und her. «Nicht doch, ich schaffe es. Mein Großvater, heißt es, ist über die Wolga geschwommen und hat sich nicht gefürchtet.»

Der Bär überlegte und überlegte, schnupperte ins Wasser, kratzte sich im Nacken. Plötzlich faßte er sich ein Herz – sprang ins Wasser, ächzte und schwamm.

Petja lag zu dieser Zeit unter einem Strauch. Die Kälber – sie waren noch dumm – hoben die Köpfe, stellten die Ohren auf und wunderten sich, was für ein alter Baumstumpf da im Flusse schwamm. Von dem Bären ragte nämlich nur die Schnauze aus dem Wasser. Und diese Schnauze war derartig verschrumpelt, daß der ungewohnte Anblick nicht nur ein Kalb, sondern sogar einen Menschen veranlaßt hätte, sie für einen vermoderten Knorren zu halten.

Der Rabe war nach den Kälbern der erste, der den Bären bemerkte.

«Gram! Gram! Alarm! Alarm!» schrie er so gellend, daß er heiser wurde. «Vorsicht, Räuber!»

Alle Tiere gerieten in Aufruhr. Petja sprang auf. Seine Hände zitterten derart stark, daß er das Horn ins Gras fallen ließ. Mitten im Flusse schwamm der alte Bär, ruderte mit Klauen und Tatzen, prustete und brummte. Und die Kälber standen ganz nahe an der Uferböschung, streckten die Hälse vor und guckten.

Petja schrie, weinte, griff nach seiner langen Peitsche, holte aus. Die Peitsche knallte wie ein Flintenschuß, aber sie reichte nicht bis zum Bären, sondern schlug aufs Wasser. Der Bär warf einen schiefen Blick auf Petja und brüllte:

«Warte, gleich klettere ich aufs Ufer, und

dann kannst du deine Knochen zusammenzählen. Was fällt dir ein – einen alten Bären mit
der Peitsche schlagen!»

Der Bär erreichte das Ufer, kletterte die
Böschung zu den Kälbern hinauf und leckte
sich das Maul. Petja schaute sich nach allen
Seiten um, schrie: «Zu Hilfe!» und sah: alle
Espen und Weiden zitterten, und alle Vögel
hatten sich gen Himmel erhoben. Haben denn
alle Angst bekommen? Hilft mir jetzt niemand?
dachte Petja. Und zu allem Unglück ist weit
und breit kein Mensch zu sehen!

Aber kaum hatte er es gedacht, da schlang
die Brombeere ihre stacheligen Ranken um die
Tatzen des Bären und ließ ihn nicht los, so sehr
er auch zerrte. Sie hielt ihn fest und sagte dabei:
«Nein, Bruder, du machst mir Spaß!»

Die alte Weide beugte sich mit ihrem stärk-
sten Zweig über den Bären und begann ihn
kräftig über die mageren Flanken zu peitschen.

«Was soll das heißen?» brüllte der Bär.
«Aufstand? Ich reiße dir sämtliche Blätter ab,
nichtsnutziges Frauenzimmer!»

Doch die Weide peitschte und peitschte. Im
gleichen Augenblick flog der Specht vom
Baum herab, setzte sich dem Bären mitten auf
den Kopf, trippelte hin und her, nahm Maß
und hackte auf den Schädel des Bären los. Dem
Bären wurde es grün und schwarz vor den Augen, und es durchlief ihn heiß von der Nase
bis zur Schwanzspitze. Er heulte auf, erschrak
zu Tode, brüllte und hörte sein eigenes Gebrüll
nicht mehr vor heiserem Geröchel.

Und was war das? Der Bär erriet nicht, daß
es die Hummeln waren, die ihm in die Nüstern
krochen, in jedes Nasenloch drei. Dort saßen

sie und kitzelten. Der Bär nieste. Die Hummeln flogen davon. Aber nun kamen die Bienen und stachen ihm in die Nase. Und alle Vögel umkreisten ihn wie eine Wolke und ziepten ihm Haar für Haar aus dem Fell. Der Bär wälzte sich auf dem Boden, schlug mit den Tatzen um sich, winselte vor Erschöpfung und kroch in den Fluß zurück.

Rückwärts kroch er hinein, aber dicht vor dem Ufer schwamm schon ein hundert Pud schwerer Barsch, beobachtete den Bären und erwartete ihn. Sowie der Bärenschwanz ins Wasser tauchte, schnappte ihn der Barsch, biß mit seinen hundertzwanzig Zähnen fest zu, nahm alle Kraft zusammen und zog den Bären auf den Grund.

«Brüder!» röchelte der Bär und ließ Blasen steigen. «Erbarmen! Laßt mich los! Ich gebe euch mein Wort – bis zu meinem Lebensende komme ich nie wieder hierher. Und dem Hirten tue ich kein Leid!»

«Hast du erst mal ein Faß Wasser im Bauch, kommst du ohnehin nicht wieder!» geiferte der Barsch, ohne die Zähne auseinander zu lassen. «Als ob ich dir Glauben schenkte, Michajlitsch, alter Gauner!»

Eben wollte der Bär dem Barsch einen Krug Lindenhonig versprechen, als der größte Raufbold des Großen Flusses, der Kaulbarsch Giftstachel, sich straffte, auf den Bären zuschoß und ihm seinen giftigen, scharfen Dorn in die Flanke bohrte. Der Bär warf sich herum, wollte den Schwanz losreißen, aber der blieb zwischen den Zähnen des Barsches. Doch nun tauchte er auf und schwamm Hals über Kopf gegen sein Ufer.

Pfui! dachte er, da bin ich noch glimpflich davongekommen. Nur den Schwanz habe ich eingebüßt. Der Schwanz ist alt und kahl, ich hatte ohnehin keinen Nutzen mehr von ihm.

Als er bis zur Mitte des Flusses gelangt war, freute er sich; aber die Biber hatten nur darauf gewartet. Sowie der Kampf mit dem Bären entbrannt war, hatten sie eine alte Erle gesucht und sofort damit begonnen, daran zu nagen. In wenigen Minuten war der Stamm rundum zernagt, so daß er sich nur noch an einem dünnen Strang aufrecht hielt.

Nachdem sie die Erle soweit zugerichtet hatten, stellten sie sich auf die Hinterbeine und warteten. Der Bär schwamm auf sie zu. Die Biber beobachteten ihn und berechneten den Augenblick, in dem der Bär in die Schlaglinie der hohen Erle geraten werde. Bei den Bibern ist die Berechnung immer richtig, weil sie die einzigen Tiere sind, welche die Fähigkeit haben, allerlei verzwickte Dinge wie Dämme, unterirdische Gänge und Hütten zu bauen.

Sobald der Bär die bestimmte Stelle erreicht hatte, rief der alte Biber: «Los, drücken!»

Die Biber stemmten sich mit vereinten Kräften gegen die Erle, der Strang zersplitterte, und die Erle stürzte krachend in den Fluß. Schaum, Strudel, Wellengewoge. Hoch auf spritzte das Wasser. Und mit solchem Geschick hatten die Biber den Fall berechnet, daß die Mitte des Erlenstammes den Bär genau auf den Rücken traf und ihn mit den Ästen auf den schlammigen Grund drückte.

Jetzt ist es aus mit mir! dachte der Bär. Er strampelte aus Leibeskräften unter Wasser, zerschund sich die Flanke, wühlte den Schlamm auf, kam aber trotzdem irgendwie frei und schwamm ans Ziel.

Als er sein Ufer erreicht hatte – an Schütteln war nicht zu denken, keine Zeit! –, trabte er mit Riesenschritten über den Sand zu seinem Wald. Hinter ihm ertönte Triumphgeschrei. Die Biber pfiffen auf zwei Fingern. Der Rabe japste vor Lachen, so daß er nur einmal kurz «To-or!» schreien konnte und kein weiteres Wort mehr herausbrachte. Die Espen schüttelten sich leise lachend. Der Kaulbarsch Giftstachel straffte sich, sprang aus dem Wasser und spuckte boshaft hinter dem Bären her, traf ihn aber nicht – wer soll so weit spucken bei einer so verzweifelten Flucht!

Als der Bär den Wald erreicht hatte, vermochte er kaum noch zu schnaufen. Und dort, es war wie verhext, befanden sich gerade die Mädchen von Okutowo beim Pilzesuchen. Wenn sie in den Wald gingen, nahmen sie immer leere Milchkannen und Knüppel mit, um die wilden Tiere gegebenenfalls durch den Lärm abzuschrecken.

Der Bär sprang auf die Lichtung hinaus. Die Mädchen erblickten ihn, kreischten alle zu gleicher Zeit auf und donnerten mit den Knüppeln gegen die Milchkannen, so daß der Bär hinfiel, die Schnauze ins trockene Gras steckte und sich ganz still verhielt. Die Mädchen, versteht sich, liefen davon, nur ihre bunten Röcke schimmerten zwischen den Büschen.

Der Bär murrte, stöhnte auf, dann verzehrte er einen Pilz, der ihm vor die Nase geraten war, verschnaufte, wischte sich mit den Tatzen den Schweiß ab und kroch auf dem Bauch in seine

Höhle. Vor Kummer legte er sich hin, um die Herbst- und Winterszeit zu verschlafen. Und er schwor sich, nie wieder im Leben den tiefen, finsteren Wald zu verlassen. Damit schlief er ein, obwohl ihn die Stelle schmerzte, wo der abgerissene Schwanz gesessen hatte.

Petja blickte dem Bären nach und lachte. Dann schaute er nach den Kälbern. Sie kauten friedlich Gras. Mal kratzte sich das eine oder das andere mit dem Huf des Hinterbeins hinterm Ohr.

Da zog Petja seine Mütze und verneigte sich tief vor den Bäumen, den Hummeln, dem Fluß, den Fischen, Vögeln und Bibern.

«Ich danke euch!» sagte er.

Aber niemand antwortete ihm.

Still strömte der Fluß. Schläfrig hingen die Blätter der Weiden herab. Die Espen rührten sich kaum, nicht einmal Vogelgezwitscher war zu hören.

Petja erzählte niemandem, was am Großen Fluß geschehen war, außer Großmutter Anissja. Er fürchtete, man werde ihm nicht glauben. Großmutter Anissja legte den Fäustling, an dem sie eben strickte, beiseite, schob das eiserne Brillengestell auf die Stirn, sah Petja lange an und sagte:

«Da sieht man die Wahrheit des Sprichworts: ‹Hundert Freunde sind besser als hundert Rubel›. Die Tiere sind nicht vergebens für dich eingetreten, Petruscha! Du sagst also, der Barsch hat ihm den Schwanz glatt abgebissen? Sünde und Schande!»

Großmutter Anissjas runzeliges Gesicht verzog sich, sie lachte und ließ den Fäustling samt der hölzernen Stricknadel auf den Boden fallen.

PAWEL BASCHOW

Silberhuf

In unserem Dorfe lebte ein alter Mann, Kokowanja geheißen. Weil er keine Angehörigen
mehr hatte, gedachte er, ein Waisenkind zu
sich zu nehmen. Er fragte die Nachbarn, ob
sie nicht jemanden wüßten, und die Nachbarn
sagten denn auch: «Kürzlich ist in Glinka die
Familie von Grigorij Potopajew verwaist. Die
älteren Töchter ließ der Verwalter auf den
Herrenhof, in die Nähstube, bringen, doch ein
Mädelchen von sechs Jahren will niemand
haben. Das kannst du zu dir nehmen.»

«Ein Mädelchen kann ich weniger brauchen.
Ein Junge wäre mir lieber. Ich würde ihn für
meinen Beruf anlernen, er könnte mich später
mal unterstützen. Aber was fange ich mit einem
Mädel an? Was soll ich dem beibringen?»

Dann überlegte er es sich und sagte: «Ich
habe Grigorij gekannt, und seine Frau auch.
Waren beide fröhliche und geschickte Menschen. Wenn das Mädchen den Eltern nach-
geraten ist, bringt es Fröhlichkeit ins Haus.
Ich nehme es. Aber ob es auch kommen
will?»

Die Nachbarn erklärten: «Die Kleine hat
ein bitteres Leben. Der Verwalter hat Grigorijs
Haus irgendeinem Habenichts gegeben und
ihm dafür zur Auflage gemacht, für den Unterhalt der Waise zu sorgen, bis sie herangewachsen

ist. Aber der Mann hat mehr als ein Dutzend Kinder. Die haben selber nicht genug zu essen. Die Frau ärgert sich über die Waise und macht ihr jeden Bissen zum Vorwurf. So jung sie ist, aber sie spürt es. Es kränkt sie. Wie sollte sie nicht ein solches Leben aufgeben wollen! Geh doch mal hin und rede ihr gut zu.»

«Stimmt», antwortete Kokowanja, «ich will darüber mit ihr sprechen.»

Am Feiertag besuchte er jene Leute, bei denen die Waise lebte. Die ganze Stube war voller Menschen, kleiner und großer Kinder. Auf den Treppenstufen neben dem Ofen saß ein Mädchen und neben ihm ein braunes Kätzchen. Das Mädchen war klein, auch das Kätzchen war klein und ganz dürr und zerzaust; nicht oft läßt man so eins in die Stube. Die Kleine streichelte das Kätzchen, und dieses schnurrte so laut, daß man es durch die ganze Stube hörte.

Kokowanja warf einen Blick auf das Mädelchen und fragte: «Ist das die Waise, die euch Grigorij hinterließ, ja?»

Die Hausfrau antwortete: «Ja, die. Und wenn sie's allein wäre, aber irgendwo hat sie auch noch das dreckige Kätzchen aufgegabelt. Wir können es nicht verjagen. Alle meine Kinder hat es schon zerkratzt, und man muß es obendrein noch füttern!»

«Deine Kinder sind offenbar nicht lieb zu ihm. Bei der da schnurrt es!»

Dann fragte er die Waise: «Nun, Darja, kommst du mit, willst du bei mir leben?»

Das Mädchen wunderte sich: «Woher weißt du, daß ich Darja heiße?»

«Das habe ich einfach so hingesagt», antwortete er. «Habe nicht lange nachgedacht, kam zufällig darauf.»

«Wer bist du denn?» fragte das Kind.

«Ich bin Jäger», sagte er. «Im Sommer wasche ich Gold aus dem Sand, und im Winter gehe ich in den Wäldern einem Rehbock nach, kann ihn jedoch nicht erblicken.»

«Wirst du ihn erschießen?»

«Nein», antwortete Kokowanja. «Die gewöhnlichen Böcke schieße ich, aber den nicht. Ich möchte gar zu gern sehen, an welcher Stelle er mit dem rechten Vorderlauf scharrt.»

«Weshalb?»

«Wenn du mitkommst und bei mir wohnen wirst, erzähl' ich es dir», antwortete Kokowanja.

Das Mädchen war begierig, mehr über den Bock zu erfahren. Zudem merkte es: der Alte war lustig und lieb. Deshalb sagte es: «Ich komme mit. Nur das Kätzchen Murrchen hier, das mußt du auch nehmen. Schau, wie hübsch es ist!»

«Darüber brauchen wir kein Wort zu verlieren!» sagte Kokowanja. «Wer ein solch singendes Kätzchen nicht mitnimmt, der wäre schön dumm. Es wird uns die Balalaika im Hause ersetzen.»

Die Hausfrau hört ihre Unterhaltung und ist heilfroh, daß Kokowanja die Waise zu sich nehmen will. Rasch packt sie Darjas Habseligkeiten zusammen. Sie fürchtet, der Alte werde es sich überlegen.

Das Kätzchen scheint das Gespräch auch verstanden zu haben. Es reibt sich an den Beinen und schnurrt: «R-r-recht gedacht, r-r-recht gemacht!»

Kokowanja bringt also die Waise zu sich.

Er ist ein großer, bärtiger Mann, und sie ist winzig klein, mit einem Näschen wie ein Knopf. Sie gehen durch die Straße, und das zerzauste Kätzchen springt hinterdrein.

Von da ab lebten sie gemeinsam, Großvater Kokowanja, die Waise Darjenka und das Kätzchen Murrchen. Sie brachten sich recht und schlecht durch, viel erübrigten sie nicht, aber sie klagten auch nicht, und jeder hatte seine Beschäftigung.

Kokowanja begab sich am Morgen zur Arbeit, Darjenka räumte die Stube auf, kochte Suppe und Grütze, und Murrchen ging auf die Jagd – Mäuse fangen. Am Abend sitzen sie alle zusammen und sind vergnügt.

Der Alte ist ein Meister im Märchenerzählen. Darjenka liebt es, ihm zuzuhören, und Murrchen liegt da und schnurrt: «R-r-richtig spricht er, r-r-richtig.»

Aber nach jedem Märchen erinnert ihn Darjenka: «Großvater, erzähle vom Rehbock! Wie sieht er aus?»

Kokowanja machte zuerst Ausflüchte, dann sagte er: «Es ist ein ganz besonderer Bock. Er hat am rechten Vorderlauf einen silbernen Huf. Wo er mit diesem Huf aufstampft, dort kommt ein Edelstein zum Vorschein. Stampft er einmal – ein Stein, zweimal – zwei Steine, aber wo er mit dem Huf zu scharren beginnt – dort liegt ein ganzer Haufen Edelsteine.»

So sagte er. Aber mit dieser Erzählung hatte er sich was Schönes aufgeladen. Darjenka sprach seitdem von nichts anderem als von dem Bock.

«Großvater, ist er groß?»

Kokowanja sagt, an Wuchs sei der Bock nicht höher als der Tisch, die Läufe seien schlank und das Köpfchen schmal und leicht.

Darjenka fragt weiter: «Großvater, hat er ein Geweih?»

«Ein wunderbares Gehörn hat er», antwortet Kokowanja. «Die gewöhnlichen Böcke haben nicht mehr als zwei Sprossen, aber er hat fünf.»

«Großvater, wem gehört er?»

«Niemandem gehört er», antwortet er. «Nährt sich von Gras und Laub. Im Winter frißt er auch mal Heu aus den Stadeln.»

«Großvater, und was für ein Fell hat er?»

«Im Sommer», sagt Kokowanja, «ist es bräunlich wie bei unserem Murrchen da, und im Winter geht es mehr ins Graue.»

«Großvater, und ist er zahm?»

Kokowanja wurde richtig ärgerlich.

«Wieso zahm! Zahm sind die Ziegen im Stall, aber ein Rehbock aus dem Wald, der riecht nach Wald!»

Im Herbst begann Kokowanja mit seinen Pirschgängen. Er mußte sehen, an welcher Seite die Rehe am häufigsten ästen. Darjenka bettelte: «Nimm mich mit, Großvater. Vielleicht kann ich den Bock von weitem sehen.»

Kokowanja erklärte ihr: «Von weitem kannst du ihn nicht erkennen. Im Herbst haben alle Böcke ein Gehörn. Du unterscheidest nicht, wieviel Sprossen es hat. Im Winter, da ist es etwas anderes. Die einfachen Rehe haben dann kein Gehörn, aber Silberhuf hat immer eins, Sommer wie Winter. Dann kann man ihn schon von weitem erkennen.»

Damit redete er sich heraus. Darjenka blieb zu Hause, und Kokowanja ging in den Wald.

Nach fünf Tagen kehrte er heim und erzählte Darjenka: «Heuer äsen viele Rehe an der Mittagsseite. Dorthin werde ich im Winter gehen.»

«Und wie wirst du im Winter im Walde übernachten?» fragte Darjenka.

«Ich habe mir dort an der Heuleite eine kleine Jagdhütte gebaut. Eine hübsche Hütte, mit einem Herd, mit einem Fensterchen. Gut ist es da.»

Darjenka erkundigte sich: «Äst dort Silberhuf?»

«Wer kennt ihn. Vielleicht ist er auch dort.»

Darjenka verlegte sich aufs Bitten.

«Nimm mich mit, Großvater. Ich werde in der Jagdhütte sitzen. Vielleicht kommt Silberhuf in die Nähe, und ich kann ihn sehen.»

Der Alte streckte abwehrend die Hände von sich.

«Was sagst du da! Was sagst du da! Zur Winterszeit kann ein kleines Mädchen nicht durch den Wald gehen. Dazu braucht man Schneeschuhe, und du verstehst nicht, darauf zu fahren. Wirst im Schnee versinken. Was soll ich dort mit dir? Wirst mir noch erfrieren.»

Aber Darjenka gab nicht nach.

«Nimm mich mit, Großvater. Ich verstehe ein bißchen Schneeschuh zu fahren.»

Kokowanja redete ihr den Wunsch lange aus, dann dachte er bei sich: Ob ich sie mitnehme? Wenn sie ein einziges Mal dagewesen ist, wird sie ein zweites Mal nicht darum bitten.

Er sagte also: «Gut, ich nehme dich mit. Nur, paß auf, fange mir nicht an im Wald zu heulen und vor der Zeit heimzuverlangen!»

Als der Winter auf dem Höhepunkt war, machten sie sich zur Jagdhütte auf.

Kokowanja belud einen Handschlitten mit zwei Sack gedörrtem Brot, seinen Jagdgerätschaften und anderen Dingen, die er brauchte. Darjenka schnürte ebenfalls ein Bündel für sich zusammen. Sie nahm Flicklappen mit, um für ihre Puppe ein Kleid zu nähen, ein Knäuel Garn, eine Nadel und außerdem noch einen Strick.

Vielleicht kann ich Silberhuf mit dem Strick einfangen! dachte sie.

Leid tat es Darjenka, daß sie das Kätzchen dalassen mußte, aber es ging nicht anders. Sie streichelte es zum Abschied und sagte zu ihm: «Murrchen, Großvater und ich gehen in den Wald, und du bleibst schön zu Hause und fängst Mäuse. Sowie wir Silberhuf gesehen haben, kommen wir wieder. Ich erzähle dir dann alles.»

Die Katze blickte sie verschmitzt an und schnurrte: «R-r-richtig gedacht, r-r-richtig gemacht.»

Kokowanja und Darjenka zogen los. Alle Nachbarn wunderten sich.

«Der Alte ist verrückt geworden. Solch ein kleines Mädel mit in den Wald zu nehmen!»

Als Kokowanja und Darjenka das Dorf verließen, hörten sie, wie sich die Hunde über irgend etwas mächtig aufregten. Es war ein solches Gebell und Gejaul, als ob sie ein wildes Tier auf der Straße erspäht hätten. Die beiden schauten sich um und sahen: Murrchen läuft mitten auf der Straße und wehrt die Hunde ab. Murrchen hatte sich inzwischen herausgemacht und war eine große, starke Katze geworden. Die Hunde wagten nicht, sie anzufallen.

Darjenka wollte sie nehmen und nach Hause schaffen, aber hast du gedacht! Murrchen lief zum Wald und kletterte auf eine Kiefer. Komm, fang mich!

Soviel Darjenka auch rief, die Katze ließ sich nicht locken. Was tun? Sie wanderten weiter. Murrchen lief seitlich neben ihnen her. So gelangte sie mit zur Jagdhütte.

Da saßen sie also wieder zu dritt beieinander. Darjenka jubelte: «So ist es lustiger!»

Kokowanja stimmte bei: «Natürlich, lustiger!»

Und die Katze Murrchen liegt zusammengekringelt am Herd und schnurrt: «R-r-richtig gesagt, r-r-richtig.»

In jenem Winter gab es viele Rehböcke. Gewöhnliche, versteht sich. Kokowanja brachte jeden Tag ein oder zwei Stück Wild zur Jagdhütte angeschleppt. Die Felle häuften sich, das Fleisch wurde eingesalzen. Es war so viel, daß der Handschlitten nicht ausreichte. Kokowanja mußte ins Dorf zurück und ein Pferd holen. Aber wie konnte er Darjenka samt Katze allein im Walde lassen? Aber Darjenka hatte sich schon an den Wald gewöhnt. Sie sagte selbst zu dem Alten: «Großvater, geh ins Dorf und hole das Pferd. Wir müssen doch das eingesalzene Fleisch heimbringen.»

Kokowanja staunte: «Was bist du doch für ein kleiner Schlaukopf! Darja Grigorjewna! Wie eine Große überlegst du. Aber wirst du dich auch nicht fürchten, wenn du so allein bist?»

«Wovor?» antwortete sie. «Die Hütte ist fest, die Wölfe können nicht eindringen. Und Murrchen ist bei mir. Ich habe keine Angst. Komm aber trotzdem bald wieder.»

Kokowanja ging fort. Darjenka blieb mit Murrchen zurück. Unter Tags, solange Kokowanja auf der Jagd war, hatte sie sich ohnehin gewöhnt, allein zu sein. Als es dunkelte, bekam sie es ein bißchen mit der Angst. Als sie sah, daß Murrchen seelenruhig dalag, wurde Darjenka wieder vergnügt. Sie setzte sich an das Fensterchen, blickte in Richtung der Heuleite, und plötzlich sieht sie: durch den Wald springt etwas Dunkles. Als es näher kommt, erweist es sich als ein Bock. Die Läufe sind schlank, das Köpfchen schmal und leicht, und am Gehörn hat er fünf Sprossen.

Darjenka eilte vor die Tür. Der Bock war nicht mehr da. Sie kehrte zurück und sagte: «Da bin ich wohl ein wenig eingeschlafen, und es ist mir nur so vorgekommen.»

Murrchen schnurrte: «R-r-richtig gesagt, r-r-richtig.»

Darjenka legte sich neben die Katze und schlief bis zum Morgen.

Der nächste Tag verging. Kokowanja kam nicht zurück. Darjenka langweilte sich und war etwas traurig, aber sie weinte nicht. Sie streichelte Murrchen und sagte: «Sei nicht traurig, Murrchen! Morgen kommt der Großvater gewiß zurück.»

Murrchen sang das gewohnte Lied: «R-r-richtig gesagt, r-r-richtig.»

Wieder saß Darjenka am Fenster und freute sich an den Sternen. Sie wollte sich eben schlafen legen, da stampfte es plötzlich hinter der Wand auf. Darjenka erschrak. Jetzt hörte man es auf der anderen Seite stampfen, dann vor dem Fenster, vor der Tür und schließlich sogar auf dem Dach. Das Geräusch war nicht laut, es klang, wie wenn jemand leicht und schnell umherlief. Darjenka dachte: Ob es der Bock ist, der gestern hergelaufen kam?

Sie hatte so große Lust, ihn aus der Nähe zu sehen, daß sie ihre Furcht vergaß. Sie öffnete die Tür, schaute hinaus und – da steht der Bock, eben jener, ganz nahe. Er hat den rechten Vorderlauf hochgehoben und stampft mit ihm auf den Boden. Der silberne Huf glänzt auf, und am Gehörn hat er fünf Sprossen. Darjenka weiß nicht, was sie tun soll. Sie lockt ihn wie einen zahmen Bock: «Mäh... mäh...!»

Der Bock stieß daraufhin eine Art Gelächter aus, wendete sich und lief davon.

Als Darjenka in die Hütte zurückkehrte, erzählte sie Murrchen: «Ich habe Silberhuf erblickt. Auch die Sprossen habe ich gesehen, und den Huf. Nur eins nicht: wie der Bock mit dem Huf die edlen Steine hervorscharrt. Ein ander Mal wird er es wohl zeigen.»

Murrchen singt sein Liedchen: «R-r-richtig gesagt, r-r-richtig gedacht!»

Der dritte Tag verging. Kokowanja war noch immer nicht zurück. Darjenka bekam es mit der Angst. Die Tränen kollerten ihr über die Backen. Sie wollte mit der Katze sprechen, aber die war verschwunden. Da verlor Darjenka vollends den Mut; sie lief aus der Hütte, um die Katze zu suchen.

Es war eine helle Mondnacht, alles war weithin sichtbar. Darjenka sah die Katze ganz in der Nähe auf der Heuleite sitzen. Vor ihr steht der Bock. Er hat den Lauf erhoben. Sein silberner Huf blitzt im Mondlicht.

Murrchen schüttelt den Kopf. Der Bock ebenfalls. Es sieht aus, als ob sie miteinander sprächen. Dann laufen sie über die Heuleite. Der Bock macht weite Sprünge, verharrt, stampft mit dem Huf auf. Murrchen läuft zu ihm. Der Bock springt weiter und stampft abermals auf. Lange laufen sie so über die Heuleite hin. Sie kommen außer Sichtweite. Dann kehren sie zurück. Jetzt sind sie ganz dicht bei der Hütte.

Der Bock springt auf das Dach und beginnt mit den Hufen zu scharren. Wie Funken sprühen die Steinchen unter seinen Hufen in die Höhe: rote, blaue, grüne, türkisfarbene – alle Arten.

In diesem Augenblick kehrte Kokowanja zurück. Er kannte seine Jagdhütte nicht wieder. Sie sah aus wie ein Haufen Edelsteine, die in den verschiedensten Farben sprühten und funkelten. Oben auf dem Dach stand der Bock, scharrte unablässig mit dem silbernen Huf, und die Steine flogen durch die Luft und häuften sich. Plötzlich sprang Murrchen mit einem Satz auf das Dach, stellte sich neben den Bock, schrie laut: «Miau!», und im gleichen Augenblick waren Murrchen wie Silberhuf verschwunden.

Kokowanja raffte sofort die Mütze halbvoll, doch Darjenka bat: «Rühre die Steine nicht an, Großvater. Morgen am Tage schauen wir uns alles richtig an!»

Kokowanja gehorchte. Doch am Morgen fiel dichter Schnee und begrub alle Steine unter sich. Als sie den Schnee wegschaufelten, fanden sie nichts mehr. Nun, es reichte ihnen auch das, was Kokowanja in die Mütze gescharrt hatte.

Alles wäre gut gewesen, aber um Murrchen tat es ihnen leid. Sie sahen die Katze nie wieder, und auch Silberhuf zeigte sich nicht mehr. Er hatte ihnen *einmal* die Freude gemacht, und damit war es genug.

Aber auf jener Heuleite, über welche der Bock gesprungen war, begannen die Menschen Edelsteine zu finden. Zumeist olivgrüne. Chrysolithe heißt man sie. Habt ihr schon mal welche gesehen?

Der blaue Vogel

Die Fürstin Natalja erwachte am frühen Morgen. Die Sonne war noch nicht aufgegangen, kein Vogelruf war zu hören. Mit bloßen Füßen und ohne sich anzukleiden – nur die Haare flocht sie zusammen und warf einen linnenen Umhang über –, stieß sie die Tür der Kemenate auf und betrat den vom Tau feuchten Söller.

Für Natalja, seine geliebte Gemahlin, war dem Fürsten Tschuril nichts gut genug. Inmitten des befestigten Platzes war der hohe, aus Balken gefügte Terem auf einem von mächtigen Ahornbäumen bestandenen Hügel errichtet worden. Die vier Ecken waren mit schmucken Erkern versehen, das Dach krönte eine gestirnte Spitze, der Söller war von einem verzierten Gewölbe aus indischer Schnitzarbeit überdacht, das auf gedrehten Säulen ruhte. Steile Treppen führten teils in die Höhe, teils hinab in den Brunnenhof.

Im Terem hatte Natalja von ihrem Herrn und Gebieter den Sohn Sarjaslav empfangen und zur Welt gebracht. Er war jetzt drei Winter und drei Monde alt. Der Fürst liebte Gattin und Sohn. Nie hatten sie ein heftiges Wort von ihm vernommen.

Ruhmreich und stark war der Fürst. Vierzig Krieger bildeten seine Leibwache, teils grau-

borstige, hakennasige, von Narben bedeckte
Russen mit hängenden Bärten, Mietlinge aus
dem Norden, die mehr als einmal vor Zargrad
gestanden hatten, teils Einheimische vom
Dnjepr, einer so jung und kühn wie der andere,
Jäger und Wildtöter.

Burg und Stadt erhoben sich auf einem mit
Palisaden, Bollwerken und Gruben befestigten
Flußufer. Im Inneren drängte sich ein Haus an
das andere, reckten sich Giebel, Nistkästen und
Pferdeschädel auf langen Stangen empor. Alles
überragte der reichverzierte, schöne Terem im
Garten der Fürstin.

Zuweilen kamen Handelsleute in Barken
aus Eichenholz auf dem Fluß gefahren, oder
ein Nachbarfürst zwang die Räuberbanden,
stromab zum blauen Meer zu fliehen. Wenn die
Burschen zur Burg emporschauten, rutschten
ihnen die Helme in den Nacken. Das war keine
Burg, sondern ein Wunder, bunt und prächtig.
Der Terem, die steilen Dächer, die Türme
spiegelten sich im grünen Wasser des Dnjepr.
Und sie ruderten näher heran, bis Fürst Tschuril
auf das Vorwerk trat und ihnen mit der Faust
drohte. Dann schrien sie ihm zu: «Kriech vom
Turm, räudiges Fell, laß uns kämpfen!» Und
sie schossen spaßeshalber einen oder zwei
Pfeile auf ihn ab.

Weit drang der Ruhm des Fürsten, reich
und schön türmte sich seine Stadt Krutojar.

Heute ist der Fürst auf die Jagd geritten. In
der Stadt sind nur die Frauen, Kinder und
Alten zurückgeblieben. Alles ruht, Stille ringsum.

Fürstin Natalja lehnt den unbedeckten Kopf
an eine Säule, sitzt da und lauscht. Unten

kreischt ein Brunnenschwengel. Eine verschlafene Magd holt Wasser. Im Garten schilpen Spatzen und tummeln sich bei den Beeren. Durch die Gasse läuft ein Hund mit einem Bastfaden um den Hals, bleibt stehen und gähnt. Die Vögel erwachen, wagen jedoch vor Sonnenaufgang noch nicht zu singen, probieren ihre Stimme aus, zwitschern sich leise etwas zu. Am Nordtor wird ins Horn geblasen. Kühe blöken. Ein leichter Dunst steigt auf. Jenseits des Flusses zeichnet sich die Morgenröte zwischen den Nebelschwaden über dem Wasser als eine Schicht blaßroter, durchsichtiger Streifen ab. Alles ist feucht vom Tau. Jetzt hört man den Kuckuck im Walde rufen – Kuckkuck!

Die Fürstin hat kein Verlangen, sich zu bewegen; es ist, als halte sie noch der Schlaf in Fesseln. Sie weiß selbst nicht, warum sie sich so früh erhoben hat. Alles, was sie sieht und hört, stimmt sie traurig. Sie möchte weinen. Warum? Sehnt sie sich nach der Rückkehr des Fürsten? Er streift schon den dritten Tag durch die Wälder. Tut ihr der Sohn leid? Aber er ist doch noch ein kleiner, unschuldiger Knabe. Alles ist ihrem Herzen nahe, und dennoch ist ihr schwer zumute.

Die Fürstin erhob sich, bog in einer Ecke des Söllers den steinernen Wasserkrug nach unten, wusch sich, trocknete sich mit dem feucht gewordenen Handtuch ab, blickte noch einmal über die Dächer und Türme Krutojars hinweg auf den Strom, auf das durch den Nebel schimmernde tiefblaue Wasser, und ging zurück ins warme Schlafgemach.

In der Wiege schlummerte der junge Fürst,

die Arme über die Decke gestreckt, atmete gleichmäßig und ruhig; seine Haut war rosig und frisch.

Die Fürstin setzte sich auf eine Bank, ließ den Kopf auf die Wiege sinken. Tränen strömten aus ihren Augen. Weinend flüsterte sie: «Ich vermag es nicht zu fassen!»

Und mit solchem Mitleid liebte sie ihren Sohn, daß sich ihre Seele emporschwang, die Wiege umhüllte, sich an den Schlafenden schmiegte. Ihr Körper erstarrte, die junge Fürstin fiel in einen langen, tiefen Schlaf.

Sie hörte nicht, wie plötzlich die auf dem First sitzenden Vögel riefen: «Wach auf! Wach auf!», wie die Hunde in der ganzen Stadt kläfften und die Zähne fletschten, die Läden zurückgeschlagen wurden, die Menschen irgendwohin flüchteten, an allen vier Toren gegen die kupfernen Platten geschlagen wurde und der Alarmruf ertönte: «Auf die Mauern! Auf die Mauern!»

Blutrot wie Mohn stieg die Sonne auf den Wäldern über die Nebelwogen empor. Von den Mauern sahen die Weiber, Kinder und Greise eine gewaltige Streitmacht von Männern, klein an Wuchs, mit roten Haarzotteln, in Fellen: die weißäugigen Tschuden. Von Baum zu Baum drangen sie vor, umzingelten die Stadt, schwangen die Keulen. Vom anderen Ufer kamen sie wie Hunde durch den Fluß geschwommen.

«Auf die Mauern! Auf die Mauern!» schrien die Alten und schleppten Balken, Steine, kochendes Wasser in Kübeln auf die Brustwehr. «Der Tschud kommt! Der Tschud kommt!» heulten die Weiber und schoben die Kinder in die Kammern, versteckten sie in den Kellern, scharrten Stroh über sie.

Doch die Tschuden überkletterten bereits die Palisaden, heulend klommen sie die Bollwerke hinauf. Gegen den Burgturm, den Bergfried, schleuderten sie Pfeile, Steine, brennendes Werg. Eine Ecke des Turms stand in Flammen. Alles schrie: «Feuer! Weh uns!»

Die Tschuden wurden von den Brustwehren heruntergestoßen, man drosch ihnen auf die Schädel, schüttete ihnen Sand in die Augen, übergoß sie mit siedendem Wasser, schob sie mit Stangen hinab. Aber sie brüllten noch lauter, kletterten, fielen, krochen wieder in die Höhe, wie Würmer. Ja, und wie sollten sich die Alten und Halbwüchsigen, nur auf sich gestellt, mit den Weißäugigen schlagen können! Die Feinde gewannen die Oberhand, erklommen die Bollwerke, warfen die Verteidiger hinunter und drangen in die Stadt ein. Da hob das Klagegeschrei der Weiber und Kinder an.

Viel Volk wurde zu Tode getreten und erschlagen. Die Davongekommenen trieb man auf den Anger jenseits der Mauern. Den Weibern wurden die Hemden vom Leibe gerissen. Es war zum Erbarmen! Krutojar stand an allen vier Ecken in Flammen und war der Plünderung preisgegeben. Aus dem Feuer schleppte man Kleidung, Geflügel, Ferkel, kleine Kinder. Die Tschuden wüteten. Viele verbrannten selbst, die Haare fingen Feuer. Schließlich gelangten sie zum Terem der Fürstin.

Aber die Palisaden rings um den Terem waren hoch, das Tor fest. Sie rammten mit einem Balken dagegen – es wankte nicht. Doch brennende Stämme, Funken und Stroh umkreisten es mit heißem Qualm. Die Flammen erfaßten den Terem und hüllten ihn in Rauch.

Da erwachte die Fürstin Natalja mit einem tiefen Seufzer. Sie sah um sich, und es wurde ihr schwarz vor den Augen. Sie stürzte zum Fenster. Beißender Rauch schlug ihr ins Gesicht. Sie ergriff den jungen Fürsten und bedeckte ihn mit einem Tuch. «Sarjaslav, lieber Sohn, schlafe, schlafe, mein Kindlein!» Sie lief auf den Söller und erstarrte.

Von unten her schlugen ihr prasselnde Flammen entgegen. Die Dächer rauchten, das Feuer fraß sich unter die Dächer. Und ringsum standen alle Giebel, Dächer, Häuser und Zinnen in Flammen. Hoch in den Himmel stiegen die Rauchwolken hinauf und lagerten über dem Dnjepr. Die Fürstin sah, wie sich plattgesichtige Fratzen über die Palisaden hoben, sie anglotzten, die Zähne fletschten.

Der Schrei erstarb in Todesnot.

Sarjaslav schlug in ihren Armen um sich, weinte, riß sich das Tuch vom Gesicht. Glutheiß wehte es in den Rücken. Die Fürstin nahm allen Mut zusammen, ihre Seele entflammte, ihr Leib triumphierte. Sie hob den Sohn an ihr Gesicht, legte seine Arme auf ihre Schulter, die Füße auf die andere, atmete noch einmal tief den lieblichen, menschlichen Duft des Kindes ein und stürzte sich vom hohen Terem in die Tiefe. Zerschmettert lag sie auf dem Boden. In den toten Armen hielt sie noch immer Sarjaslav, den sie mit ihrem Leibe vor dem Fall auf die Erde bewahrt hatte.

Die Tschuden sprangen hinzu, rissen den jungen Fürsten aus den Armen, trugen ihn auf den Anger, stierten ihn an, verspotteten ihn mit unflätigen Gesten, rührten ihn aber nicht an. Sie wollten ihn lebend zu ihrem Götzenpriester ins Tschudenland bringen, an den See.

Wie ein leichter Falter flog die Seele der Fürstin Natalja aus dem zerschmetterten Körper. Ihre von der Qual noch umschatteten Augen öffneten sich weit, schauten auf und sahen rings um sich wogend, lebendig und Leben spendend das lichte Blau der Welt. Froher und froher schwang sich die Seele empor. Reiner, schärfer blickten die Augen. Jetzt wurden Töne, Laute, Klänge, dumpfes Dröhnen, Donnergrollen hörbar. Das ganze unermeßliche Firmament bebte. Ein Strudel perlender Tropfen leuchtete in allen Farben des Regenbogens. Klänge und Töne strömten wirbelnd ineinander und türmten sich zuhauf.

Und siehe, jetzt erzittert ihre Seele voller Unruhe. Die Augen fassen nicht mehr den Strahlenglanz, der frohe Schauder wird unerträglich. Alle Klänge übertönend, durchschallt die Welt in ihrer ganzen Unermeßlichkeit eine Stimme wie Frühlingsgewitter:

«Bleibe leben in Meinem Namen!»

Die lichte Seele der Fürstin Natalja schmiegt sich an den Herrn. Aber je näher sie ihm ist, je süßer ihre Freude, desto durchdringender spürt sie einen Schmerz, wie einen Stachel, der in ihr steckt. Warum ihr Weh? Woran denkt sie zurück? Und tiefer dringt das Weh. Die Seele wird wieder schwer, beinahe taub und blind. Die Augen bedecken sich abermals mit dem Schatten des Todes und der Liebe. Die Seele der Fürstin läßt sich auf die Erde, die Brandstätte nieder. Wie ein Mühlstein ist die Liebe. Wo ist Sarjaslav? Wo ist der geliebte Sohn?

Die weißäugigen Tschuden kehrten an ihren See zurück, ohne Spuren zu hinterlassen. So schnell sie ihre Füße trugen, kehrten sie heim. Sie schleppten ihre Beute in Sicherheit, trieben die gefangenen Frauen und Kinder vorwärts. Den jungen Fürsten trugen sie in einem Flechtkorb. Sie liefen einen Tag, eine Nacht und noch einen Tag. Die zweite dunkle Nacht brach herein. Verfolgung fürchteten sie nicht mehr. Sie lagerten sich auf dem Moos und zündeten Feuer gegen die wilden Hunde an, die – lebende Beute witternd – im Gestrüpp heulten.

Der Zauberer, ein widerlicher alter Mann, kroch in einen verkohlten Stamm und murmelte Verwünschungen. Hier wimmelte es von Unmengen unreiner, böser Geister, die sich hinter Stengeln verbargen, durch das Gras huschten, winselten und umherkrochen. Bald knisterte es vor den Augen, bald berührte es einen mit der Pfote, bald stieß es wie ein Keil in die Erde und tauchte in einem Pfuhl mitten im Sumpf wieder auf, richtete Unheil an und greinte und kicherte.

Die Tschuden mochten solchen Spaß und Unfug nicht leiden. Stumm verzehrten sie ihr gedörrtes Fleisch und waren auf der Hut. Die Gefangenen hatten schon längst zu weinen aufgehört und zügelten ihren Kummer. Nur Sarjaslav schlief ruhig im Korb, warm hüllte ihn die Fürstin Natalja in süßen Schlummer.

Sie umhüllte ihn, indes sie selbst als Nebelwölkchen durch den Wald über Moor und Wasserlöcher, durch die regenschweren Bäume schwebte. Oben zwischen den Zweigen begann es schon hell zu werden, bald würde es tagen. Unter einem herausragenden Knorren streckte ein Waldschrat seine struppig bärtige Fratze hervor und zog sich flink zurück; auf dem Hügel vor ihrem Bau erblickte eine Füchsin mit ihren Füchslein die fliegende Wolke, krauste die Nase, gähnte und schlug den Schweif hin und her; die Listenreiche wußte, welche Bewandtnis es mit der Wolke hatte.

*

Dort schnauben die gekoppelten Pferde der Jäger und zupfen Gras. Nebeneinander, die Decken über den Kopf gezogen, schlafen die Krieger. Fürst Tschuril liegt da, den Arm auf den Sattel gestützt; seine gestrengen Augen sind geöffnet, er sinnt nach. Er ist schon vor Morgengrauen wach geworden, hat den Tau vom Bart gewischt und denkt an seinen Ruhm, an vergangene Schlachten im Tiefland, an seine Stadt. Keiner besitzt eine solche Burg, eine solche Frau, einen solchen Sohn wie er. Tschuril plagt die Sorge, ob daheim alles wohlbehalten sei. Er hat sich weit von der Burg entfernt. Schlimm, wenn man dort in Not geraten wäre!

Zu seinen Füßen sieht er ein Nebelwölkchen wogen. Es ist feucht, denkt er, der Panzer wird rosten, und er zieht die Decke an sich. Der Schlaf flieht ihn. Seit drei Tagen liegt ein Stein auf seinem Herzen. Jetzt nichts als aufs Roß und heimgeritten! Er kann es nicht mehr ertragen.

Tschuril erhob sich und zog den Riemen über dem Leib straff.

«He, Männer, ausgeschlafen, bald wird es Morgen!»

Die Krieger kratzten sich, warfen die Decken von sich, gingen zu den Pferden und sattelten sie. Man brach auf. Tschuril ritt im Schritt dem Zug voraus. Er hatte ein schlechtes Gewissen vor seinen Gefährten. Sie waren ausgezogen, um etwa zwei Wochen auf der Jagd zu bleiben, und jetzt sollten die Augen keinen Blick auf ein Tier werfen! Aber den Fürsten gelüstet es, im hellen Gemach der Fürstin zu sitzen, die Haare einzufetten, Sarjaslav auf den Armen zu wiegen. Seine Gemahlin Natalja ist ihm lieber als das Leben.

Die Krieger murren: der Fürst reitet wie ein Tor dahin. Die Zweige zerkratzen ihm das Gesicht. Ein Mäusebussard steigt rauschend unter dem Pferd auf, verfängt sich im Gesträuch und hackt mit dem Schnabel zu.

«He, Fürst, schläfst du?»

Als Wölkchen schwimmt und wogt die Fürstin Natalja vor Tschuril, lockt, schwebt weiter. Die Büsche zerreißen den leichten Körper. Nein! Der Fürst hört nicht, fühlt nicht. Er zwirbelt den Bart, zügelt das Pferd, stützt sich mit der Hand auf die Kruppe und ruft den Jagdgefährten zu, daß er auf die Fährte des Auerochsen einschwenken will, der unlängst das Unterholz am See zerstampft hat.

Die Fürstin entfernt sich von Tschuril, fliegt durch den Wald, durchdringt mit ihren Augen das Dickicht und sieht einen Hirsch mit einem starken Geweih. Er liegt da, das Maul ins Moos gedrückt, und schläft. Und sie geht in ihn ein, in den Schlafenden, nimmt von seinem Körper Besitz, erhebt sich leichtfüßig und läuft den Jägern als Hirsch entgegen.

«Halt!» sagte Tschuril, «ein großes Tier kommt!», schlug sich mit seinem Pferd in die Büsche, suchte aus seinem Köcher einen möglichst spitzen, gefiederten Pfeil, legte ihn auf die Armbrust, richtete sich in den Steigbügeln auf und spannte die Sehne.

Laut die Büsche zerteilend, sprang der Hirsch heraus und verhielt, am ganzen Körper zitternd. Ein starker Hirsch! Geweih wie Geäst. Aber schade, es ist noch zu dunkel, man wird ihn verfehlen. Der Fürst spürt, wie ihn der Hirsch ansieht, entsetzt, in Todesangst.

Sobald der Fürst die Armbrust erhob, sprang der Hirsch zur Seite und lief langsam davon. Er überhastete sich nicht, drehte nur hin und wieder den Kopf dem Verfolger zu. Ein kluges, erfahrenes Tier!

Vierzig Hörner schallten durch den Wald. Ho-ho-ho-ho – kam das Echo von weit her. Das Unterholz krachte vom Gestampf der Pferde. Die Vögel schrien auf im Schlaf. Ein Rabe flog krächzend hoch. Es begann hell zu werden.

Lange sprengten sie dahin. Die Pferde waren mit Schaum bedeckt. Fürstin Natalja sah: nahe, nahe, dort hinter der Schlucht, lagerten die Tschuden. Ob sie beim Schall der Hörner nicht schon den Lagerplatz geräumt haben? Haben sie Sarjaslav vielleicht bereits umgebracht? Eile tut not! Sie wandte sich zur Schlucht, rannte hin und her. Vor ihr kamen die Reiter angesprengt, schnitten ihr den Weg ab, umkreisten sie, stellten sie, schwangen die Spieße. Tschuril hob die Armbrust, legte das hagere, wilde, geliebte Gesicht an den Kolben.

«Halt ein! Halt ein!» hätte Natalja am liebsten gerufen, aber aus ihrer Brust drang nur ein abgerissener, tierischer Laut. Die Sehne summte, der Pfeil brummte wie eine Hummel und bohrte sich unter dem Blatt ins Herz.

Der Hirsch sank in die Knie. Der Fürst lachte, zog den Hirschfänger und sprang aus dem Sattel, um dem Tier den Fangstoß zu geben. Er ging übers Moos und stolperte. Die Fürstin blickte ihren Mann an. Ihre Augen standen voller Tränen. Tschuril ergriff das Geweih und bog den Kopf zu sich.

Und ein Wunder geschah, wie er es seiner Lebtage nicht gesehen hatte. Der Hirsch, von einem Pfeil getroffen, der bis zu den Federn ins Herz gedrungen war, erhob sich, schüttelte mit dem Geweih die Jäger von sich, lief schwankend davon, schneller und schneller, rannte die Schlucht hinab, kletterte auf der anderen Seite in die Höhe, verhielt und äugte zurück. Die Lichter waren auf Tschuril gerichtet.

Die alten Krieger lächelten in die Bärte.

«Leicht ist dein Pfeil, Fürst, das Tier ist dir entlaufen!»

Ärgerlich! Und wieder begann die Jagd.

Der Hirsch lief, jetzt schon mit schweren Sätzen, auf eine Lichtung. Überall rauchten Lagerfeuer, lagen Knochen und Abfall umher. Hinter den roten Kiefernstämmen verbargen sich kleinwüchsige Männer, huschten davon.

«Tschuden! Tschuden!» schrien die Krieger.

Jetzt schwankte der Hirsch, streckte das Geweih ins Moos und sank zusammen. Schwarzes Blut quoll aus dem Maul. Und es entflog die Seele der Fürstin in zweiter Todesqual.

Tschuril betrachtete das Tier. Seltsam war ihm zumute. Ein alter Krieger sprengte zu ihm:

«Fürst! Fürst!» rief er. «Ist dies nicht der

Kopfschmuck der Fürstin?» Und er hob mit dem Spieß eine gehörnte, mit Gold bestickte Haube vom Boden, welche die Tschuden der Fürstin von den Haaren gerissen hatten.

Der Fürst schwankte im Sattel. Das Blut strömte ihm in den Kopf und verdüsterte den Verstand. Er riß das Horn von der Schulter, blies, schleuderte es von sich, und an der Spitze seiner vierzig Gefolgsmänner preschte er den Beleidigern nach. Die Nachzügler wurden erschlagen. Dann stieß man auf den fliehenden Haufen der Tschuden, die sich um die gefangenen Weiber und die Beute geschart hatten. Eine Unzahl gelbhaariger Tschuden! Das wird ein gewaltiges Ringen geben! Die Krieger begannen mit der Beschimpfung der Feinde und schrien:

«Kommt heraus, Weißäugige! Wir werden es euch zeigen! Wir durchbohren euch den Wanst mit einem Span!»

Deren Zauberer stellte sich auf einen Stein, nahm Sarjaslav auf die Arme und drohte, er werde ihn nicht lebend herausgeben, wenn die Fürstlichen den Kampf beginnen sollten.

Da sprang Tschuril vom Roß. Mit dem gepanzerten Arm sich gegen Pfeile deckend, schritt er zum Kampf. Die Tschuden sprangen ihn an. Die Tschuden heulten. Die Gefolgsmänner des Fürsten kamen ihm zu Hilfe, zu Fuß und zu Pferde. Pfeile schwirrten. Schreie ertönten. Eisen dröhnte gegen Eisen. Mann kämpfte gegen Mann. Es war ein gewaltiges Gemetzel.

Mit dem Messer, sich drehend und wendend, die Anstürmenden abwehrend, ganz auf sich gestellt, wund geschlagen, kämpfte sich der

Fürst wie ein Ur vorwärts und gelangte zum Zauberer.

Dreimal wurde Tschuril zurückgeworfen. Der Zauberer murmelte mit gesträubtem Bart Sprüche, spuckte um sich, besudelte sich vor Angst. Trotzdem erreichte ihn der Arm des Fürsten und tötete ihn auf der Stelle. Wie ein steinernes Idol stand der Fürst über seinem Sohn. Er zog die Pfeile aus seinem Körper und erschlug jeden, der sich in seine Nähe wagte.

Bis zur Mittagszeit tobte der Kampf. Zehn Krieger waren gefallen und Feinde ohne Zahl. Da flohen die Tschuden. Einige entkamen durch den Sumpf.

Mit lauten Rufen sammelten die Krieger die Frauen. Der eine sah sein Weib, der andere seinen Sohn vor sich. Die Männer schüttelten die Köpfe und machten finstere Gesichter. Die Wunden wurden verbunden, die Fliegen verscheucht. Und alle – Krieger, Frauen und Kinder – kehrten geschlossen zum Kampfplatz zurück, wo herrenlose Pferde umherirrten, Pfeile aus dem Boden ragten, Helme und tote Männer dalagen.

Fürst Tschuril war gefallen. Das Gesicht des Toten zeigte einen Ausdruck der Strenge und Stille, die Faust umklammerte das Schwert. Neben ihm saß sein Sohn, der Knabe Sarjaslav. Seinen Kopf umflatterte ein kleiner Vogel, kreiste, piepte, setzte sich auf einen Zweig, sträubte die Federn, öffnete den Schnabel.

Der kleine Fürst lächelte beim Anblick des Vogels und suchte nach ihm zu greifen. Auf Sarjaslavs Wimpern und Wangen hingen große Tränen wie schimmernde Tautropfen.

Der älteste der Krieger nahm den jungen Fürsten auf den Arm und trug ihn. Die Gefallenen legte man auf die Pferde. Dann zog die Schar zurück zum Dnjepr, zur eingeäscherten Stadt. Voraus wurde Sarjaslav getragen. Das Vöglein, eine Blaumeise, folgte ihm. Man verscheuchte es nicht, mochte der junge Fürst seine Freude an ihm haben. Lange marschierten sie.

An der Brandstätte begruben sie die Gefallenen. Auf einem hohen Hügel über dem Wasser bestatteten sie Fürst Tschuril und Fürstin Natalja gemeinsam in einem eichenen Sarg. Tief zu ihren Füßen strömte der klare, blaue Dnjepr durch das Land, zogen sich weithin Wiesen, Wälder und Seen in der breiten Ebene.

Nahe bei den Gräbern begann man die neue Stadtburg zu bauen, deren Gebieter Fürst Sarjaslav sein würde. Man rief freie Männer, Umherziehende und Waräger, die ihr Vieh vertrunken hatten, zu Hilfe.

Da bis zum ersten Frost kein Haus für Sarjaslav erbaut war, richtete man das beste Zelt für ihn ein. Der Knabe beobachtete, wie die Stadt erstand, wie die Mahlzeiten zubereitet wurden, wie die Erwachsenen abends am Ufer hoch über dem Fluß saßen, Lieder sangen und schwiegen.

Die Frauen hatten Mitleid mit dem verwaisten Knaben. Die Männer sagten, aus ihm werde einst ein ruhmreicher Krieger. Aber was nützte das alles. Fremde Liebe stillt den Kummer nicht.

Sarjaslavs einzige Freude, sein Trost war der blaue Vogel. Er war ganz zahm. Wenn der Knabe aß, kam er angeflogen und pickte einen

Brocken aus seinem Napf. Spielte der Knabe und tollte er auf der Wiese umher, umflatterte ihn der Vogel, setzte sich auf seine Schulter oder fiel vor Sarjaslav mit ausgebreiteten Flügeln ins Gras und blickte ihm mit seinen schwarzen Augen in die Augen. Manchmal wurde er dem Knaben sogar lästig, und er wehrte ihn ab. So ein aufdringliches Vöglein!

Aber Sarjaslav wußte nicht, daß in dem kleinen, scheuen Vogel, in dem heißen Vogelherzen die Seele der Fürstin Natalja, der eigenen Mutter, weiterlebte.

Der Winter verging. Wieder bedeckten sich Hügel und Wälder mit Grün, trat der Dnjepr über die Ufer, kamen Schiffe mit geschwellten Segeln gefahren und brachten Gäste aus weiter Ferne. In den Wäldern erschallten die Hörner. Gewitter brausten über das Land.

Sarjaslav wuchs zu einem kräftigen Knaben heran. Er spielte schon mit dem väterlichen Schwert und bedrängte die Krieger, sie sollten ihm von Kampf und Jagd erzählen, vom Ruhm des Fürsten. Wenn eine Frau sein blondes Haar streichelte und bedauerte, daß er ohne Mutter aufwachse, stieß er die Hand zurück und rief:

«Geh fort, geh weiter, sonst schlag' ich dich, ich bin mir selbst Manns genug!»

Einmal raufte er sich mit Altersgenossen. Zornig und verschmiert saß er auf der Freitreppe. Da kam die Blaumeise angeflogen und umkreiste ihn. Damit der Knabe sie bemerke, flatterte sie plötzlich an seine Brust und schmiegte sich an seinen Körper.

«Da hat sie die rechte Stunde gefunden!» Sarjaslav nahm den Vogel und umschloß ihn mit der Faust. Dabei dachte er daran, wie er mit seinen Beleidigern im Kampf abrechnen wolle. Als er die Faust öffnete, lag der blaue Vogel tot in seiner Hand. Er war erstickt. Die Kraft eines Recken wird der junge Fürst einmal besitzen.

So starb die Fürstin Natalja zum dritten Male eines lichten, leichten Todes. Alles auf Erden war erfüllt. Die Seele war leicht. Strahlend umringten ihre Seele leuchtende, singende Gesichter von wunderbarer Schönheit und trugen sie in die Räume des ewigen Lichts.

Die beiden Brüder

Zwei Brüder gingen auf Wanderschaft. Gegen
Mittag legten sie sich zur Rast im Walde nieder.
Als sie erwachten, sahen sie neben sich einen
Stein liegen, auf dem etwas geschrieben stand.
Sie entzifferten die Inschrift und lasen:

«Wenn du diesen Stein findest, gehe geradeaus in den Wald gen Sonnenaufgang. Im Walde
wirst du auf einen Fluß stoßen, durch den du
zum anderen Ufer schwimmen sollst. Dort
erblickst du eine Bärin mit ihren Jungen.
Nimm der Bärin die Jungen fort und eile unverzüglich geradenwegs den Berg hinauf. Auf
dem Berge siehst du ein Haus, und in diesem
Hause findest du das Glück.»

Als die Brüder die Inschrift gelesen hatten,
sagte der jüngere: «Laß uns zusammen gehen.
Vielleicht gelingt es uns, den Fluß zu durchschwimmen, die Bärenjungen bis zu dem Hause
zu bringen und gemeinsam das Glück zu
finden.»

Da sagte der ältere: «Ich gehe nicht in den
Wald zu den Bärenjungen und rate auch dir ab.
Erstens: niemand weiß, ob die Inschrift auf dem
Stein die Wahrheit sagt; vielleicht ist alles zum
Scherz hingeschrieben, ja, vielleicht haben wir
es auch nicht richtig entziffert. Zweitens: mag
es auch wahr sein, was dort geschrieben steht,
aber gehen wir in den Wald und überkommt

uns die Nacht, dann gelangen wir nicht an den Fluß, sondern verirren uns. Aber wenn wir auch den Fluß finden, wie durchschwimmen wir ihn? Vielleicht ist er schnell und breit? Drittens: wenn wir auch den Fluß durchschwimmen – ist es etwa leicht, einer Bärin die Jungen wegzunehmen? Sie wird uns zerreißen, und statt das Glück zu finden gehen wir nutzlos zugrunde. Viertens: wenn es uns auch glücken sollte, die jungen Bären fortzutragen, so gelangen wir doch nicht auf den Berg, ohne unterwegs zu rasten. Und die Hauptsache: es ist nicht gesagt, welches Glück wir in diesem Hause finden werden. Vielleicht harrt unser dort ein Glück, das wir überhaupt nicht benötigen.»

Doch der jüngere sagte: «Ich sehe die Sache anders an. Umsonst hat man die Inschrift auf dem Stein nicht angebracht. Alles, was dort geschrieben steht, ist ganz klar. Erstens kommen wir nicht in Not, auch wenn wir den Versuch wagen. Zweitens: wenn wir uns nicht auf den Weg begeben, wird ein anderer die Schrift auf dem Stein lesen und das Glück finden, wir aber gehen leer aus. Drittens: ohne Mühe und Arbeit gibt es keine Freude auf Erden. Viertens: ich will nicht, daß jemand meint, ich hätte Angst.»

Da sagte der ältere: «Auch im Sprichwort heißt es: ‹Wer das große Glück sucht, verliert das kleine› und ‹Eine Meise in der Hand ist besser als ein Kranich in der Luft›.»

Der jüngere sagte: «Und ich habe mir sagen lassen: ‹Geh nicht in den Wald, wenn du Furcht vor Wölfen hast›, und ‹Unter einem liegenden Stein fließt kein Wasser›. Ich bin der Meinung: man muß gehen.»

Der jüngere zog los, der ältere blieb da.

Sowie der jüngere Bruder in den Wald kam, stieß er auf den Fluß; er schwamm hinüber, und am Ufer erblickte er die Bärin. Sie schlief. Er packte die Jungen und lief, ohne zu rasten, auf den Berg. Sowie er den Berg erklommen hatte, kam ihm das Volk entgegen, fuhr eine Kutsche vor, brachte man ihn in die Stadt und machte ihn zum Zaren.

Er regierte fünf Jahre lang. Im sechsten überzog ihn ein anderer, stärkerer Zar mit Krieg, eroberte die Stadt und verjagte ihn. Da ging der jüngere Bruder wieder auf Wanderschaft und gelangte zu dem älteren Bruder.

Der ältere Bruder lebte in einem Dorf; er war weder reich noch arm. Die Brüder freuten sich über das Wiedersehen und erzählten von ihrem Leben.

Der ältere Bruder sagte: «Siehst du, ich hatte recht. Ich habe die ganze Zeit still und gut gelebt, und du bist zwar ein Zar gewesen, hast aber auch viel Leid erfahren.»

Da erwiderte der jüngere: «Ich bedauere nicht, damals durch den Wald auf den Berg gegangen zu sein. Wenn es mir jetzt auch schlecht ergeht, dafür habe ich etwas im Leben gehabt, dessen ich gedenken kann, und du hast nichts, das der Erinnerung wert ist.»

DMITRIJ MAMIN-SIBIRJAK

Das Märchen vom Mückenkönig Langnase und Mischa Zottelbär Stummelschwanz

I

Es geschah um die Mittagszeit, als sich alle Mücken vor der Hitze im Sumpf verkrochen hatten. Mückenkönig Langnase hatte es sich unter einem breiten Blatt bequem gemacht und war eingeschlafen. Im Schlaf hörte er plötzlich verzweifelte Schreie:

«Alarm! Vorsicht, Brüder! Weh uns!»

Der Mückenkönig sprang unter dem Blatt hervor und rief:

«Was ist los? Warum schreit ihr?»

Die Mücken flogen, sirrten, summten – kein Wort zu verstehen!

«Weh uns, weh uns!... Der Bär ist in unseren Sumpf eingedrungen und hat sich zum Schlafen hingewälzt. Als er sich ins Gras legte, hat er augenblicklich fünfhundert Mücken zerquetscht, und als er Luft holte, hat er ein ganzes Hundert verschluckt. Oh, diese Not, Brüder! Wir konnten eben noch entwischen, sonst hätte er alles plattgewalzt.»

Der Mückenkönig war auf den Bären ebenso zornig wie auf die dummen Mücken, die ohne Sinn und Verstand durcheinander summten.

«Hört auf zu winseln!» schrie er. «Paßt auf! Gleich gehe ich ran und vertreibe den Bären...

Ganz einfach!... Euer Geschrei führt zu nichts...»

Noch wütender geworden, flog der Mückenkönig los. Tatsächlich, im Sumpf lag der Bär. Hatte sich ins dichteste Gras gewälzt, wo die Mücken seit Ewigkeiten wohnten, hatte sich breit hingeflegelt und schnaufte durch die Nase; sein Pfeifen klang, als ob jemand Flöte blase. Schau einer diese schamlose Kreatur an!... Hat sich an einen fremden Platz begeben, mir nichts, dir nichts so viele Mückenseelen vernichtet und schläft auch noch süß!

«He, Onkel, wohin hast du dich gelegt?» schrie der Mückenkönig durch den ganzen Wald, und zwar so laut, daß er vor sich selbst Angst bekam.

Mischa Zottelbär Stummelschwanz öffnete ein Auge – niemand zu sehen; er öffnete das andere Auge und sah gerade noch, wie sich ihm eine Mücke mitten auf die Nase setzte.

«Muß das sein, mein Freund?» brummte Mischa und wurde ebenfalls ärgerlich. «Was soll das heißen? Kaum hat man sich etwas hingelegt, um auszuruhen, da beginnt irgendein Flegel zu fiepen.»

«He, Onkel, pack dich im guten, aber rasch!»

Mischa riß beide Augen auf, blickte auf den Frechling, schnob durch die Nase und ergrimmte endgültig.

«Was willst du eigentlich, du unnützes Geschöpf?» schrie er.

«Aus unserem Revier sollst du gehen. Ich liebe nicht zu scherzen... Ich fresse dich mit Haut und Haaren!»

Der Bär fand es zum Lachen. Er wälzte sich auf die andere Seite, bedeckte die Schnauze

mit der Pfote und fing sofort wieder an zu
schnarchen.

II

Der Mückenkönig flog zu seinen Mücken zurück und trompetete über den ganzen Sumpf
hin:

«War eine Leichtigkeit, den Zottelmischa
in Schreck zu versetzen... Ein zweites Mal
kommt er nicht.»

Die Mücken wunderten sich und fragten:

«Wo ist der Bär denn jetzt?»

«Ich weiß nicht, Brüder. Er schlotterte vor
Angst, als ich ihm sagte, daß ich ihn fressen
werde, wenn er sich nicht trolle. Ich liebe nicht
zu scherzen, nein, ich habe ihm ganz unum-
wunden gesagt: ‹Ich fresse dich!› Ich fürchte,
er könnte vor Angst krepiert sein, während ich
zu euch flog... Na ja, selber schuld!»

Alle Mücken schwirrten, sirrten, summten
und stritten lange, wie sie sich gegen diesen
Flegel von Bären verhalten sollten. Noch nie
hatte im Sumpf solch schrecklicher Lärm ge-
herrscht. Sie fiepten, fiepten und beschlossen,
den Bären aus dem Sumpf zu vertreiben.

«Mag er in den Wald gehen und dort
schlafen. Der Sumpf gehört uns. Schon unsere
Großväter und Väter haben in diesem Sumpf
gelebt.»

Eine weise, alte Mücke riet, den Bären in
Ruhe zu lassen. «Mag er liegen!» sagte sie.
«Wenn er ausgeschlafen hat, geht er von selbst.»
Aber man fuhr derartig auf sie los, daß sich die
Arme schleunigst versteckte.

«Vorwärts, Brüder!» überschrie der Mücken-

könig alle anderen. «Wir werden es ihm zeigen...
Jawohl!»

Die Mücken flogen dem Mückenkönig
nach. Vor lauter Gesumm wurde ihnen selbst
angst und bang. Als sie näher kamen, sahen
sie: der Bär lag da und rührte sich nicht.

«Na, wie ich sagte, der arme Kerl ist vor
Angst gestorben!» prahlte der Mückenkönig.
«Tut mir fast ein bißchen leid, so ein gesunder
Kerl.»

«Nein, er schläft nur, Brüder», piepste eine
kleine Mücke, die dicht an die Bärennase herangeflogen war und beinahe in den Sog – wie in
ein Luftfensterchen – geraten wäre.

«Ach, der Schamlose! Ach, der Gewissen-
lose!» summten alle Mücken zugleich und erhoben ein schreckliches Geschrei. «Fünfhundert Mücken zerquetscht, hundert Mücken
verschluckt und schläft, wie wenn nichts geschehen wäre!»

Der Zottelmischa schlief seelenruhig weiter
und pfiff durch die Nase.

«Er stellt sich schlafend», rief der Mückenkönig und flog zu dem Bären hin. «Paßt auf,
ich werde es ihm gleich zeigen... He, Onkel,
genug der Verstellung!»

Sowie der Mückenkönig herangeflogen und
seinen langen Rüssel genau in die schwarze
Bärennase gebohrt hatte, sprang Mischa mit
einem Satz in die Höhe, hieb sich mit der Pfote
an die Nase, aber der Mückenkönig war nicht
mehr da.

«Was, Onkel, das hat dir nicht gefallen?»
piepste der Mückenkönig. «Pack dich, sonst
ergeht's dir noch schlimmer... Ich bin hier
nicht mehr allein. Auch der Großvater und die

gesamte Langnasensippe sind hier versammelt. Fort mit dir, Onkel!»

«Ich denke gar nicht daran! Nun erst recht nicht!» schrie der Bär und setzte sich auf die Hinterpfoten. «Ich zerquetsche euch allesamt!»

«O mein Onkel, gib nicht so an, es ist vergeblich!»

Wieder flog der Mückenkönig an und stach dem Bären direkt ins Auge. Der Bär brüllte vor Schmerz, schlug sich mit der Tatze über die Schnauze und hatte wieder nichts in der Pfote; beinahe hätte er sich mit der Klaue das Auge ausgerissen.

Und der Mückenkönig kreiste dicht über dem Ohr des Bären und summte:

«Ich fresse dich, Onkel!»

III

Mischa geriet in wilde Wut. Er riß eine ganze Birke samt der Wurzel aus dem Boden und schlug mit ihr auf die Mücken ein. Schwang die Birke aus der Schulter heraus in hohem Bogen. Drosch, drosch, wurde richtig müde dabei. Und nicht eine einzige erschlagene Mücke! Alle tanzten hoch über ihm und summten. Da packte Mischa einen schweren Stein und schleuderte ihn gegen die Mücken – abermals ohne jeden Sinn und Erfolg.

«Na, geschafft, Onkel?» höhnte der Mückenkönig. «Und ich fresse dich trotzdem...»

Ob Mischa lang oder kurz mit den Mücken kämpfte, auf jeden Fall gab es viel Lärm. Weithin war das Gebrüll des Bären zu hören. Und wieviel Bäume er ausriß, wieviel Steine er

schleuderte! Vor allem wollte er den Mückenkönig schnappen, der dauernd dicht über seinem
Ohr dahinflog. Aber so oft der Bär zuschlug,
nie fand er etwas in der Pfote; nur die ganze
Schnauze hatte er sich schon blutig gekratzt.

Schließlich war Mischa völlig von Kräften.
Er setzte sich auf die Hinterbeine, schnaufte
und dachte sich eine neue List aus. «Wollen
uns mal im Gras wälzen und diese ganze
Mückenbrut erdrücken!» Mischa wälzte sich
hin und her, aber ohne jeden Erfolg, er rackerte
sich nur noch mehr ab. Danach steckte der
Bär die Schnauze ins Moos – da wurde es noch
schlimmer. Die Mücken verbissen sich in seinen
Schwanz. Der Bär geriet vor Wut außer sich.

«Wartet, ich werde es euch zeigen!» brüllte
er so laut, daß man es fünf Werst weit hörte.
«Ich werde es euch geben… ich… ich… ich…»

Die Mücken wichen zurück und warteten,
was kommen werde. Mischa kletterte auf einen
Baum wie ein Akrobat, setzte sich auf den
dicksten Ast und brüllte:

«Nur heran zu mir… allen breche ich den
Stachel ab!»

Die Mücken lachten mit feinen Stimmchen
und stürzten sich in dichtem Schwarm auf den
Bären. Schwirrten, sirrten, umkreisten ihn…
Mischa schlug unermüdlich um sich, ver-
schluckte aus Zufall eine Hundertschaft vom
Mückenheer, hustete und plumpste wie ein
Sack vom Ast… Aber er stand wieder auf,
juckte sich die zerschundene Seite und sagte:

«Na, habt ihr gesehen, wie geschickt ich
vom Baum gesprungen bin?»

Die Mücken lachten noch heller. Gellend
trompetete der Mückenkönig:

«Ich fresse dich... ich fresse dich... dich... dich!»

Der Bär war fertig, war mit seiner Kraft am Ende, aber er schämte sich, den Sumpf zu verlassen. Er saß auf den Hinterbeinen und blinzelte verächtlich.

Ein Fröschlein half ihm aus der Not. Es sprang unter einem Mooshügel hervor, setzte sich auf die Hinterbeine und sagte:

«Macht es Ihnen denn solchen Spaß, Michajlo Iwanowitsch, sich vergeblich abzurackern? Schenken Sie doch dieser dreckigen Mückenbande gar keine Beachtung. Es lohnt sich nicht.»

«Wahrlich, es lohnt sich nicht», stimmte der Bär erfreut zu. «Ich tue ja nur so... mögen sie doch zu mir in den Bau kommen, ich... ich...»

Schau einer an, wie Mischa kehrt macht, wie er aus dem Sumpf läuft! Doch Mückenkönig Langnase fliegt ihm nach, fliegt und schreit:

«Brüder! Haltet ihn, haltet ihn! Der Bär flieht! Haltet ihn!»

Da sammelten sich alle Mücken, hielten einen Kriegsrat ab und beschlossen:

«Es lohnt sich nicht! Mag er davonlaufen... der Sumpf ist unser geblieben!»

MAXIM GORKIJ

Das Märchen vom tumben Iwanuschka

Da lebte mal Iwanuschka, ein rechter Hansnarr,
an sich ein hübscher Bursche, aber er konnte
machen, was er wollte, es lief immer auf einen
Jux hinaus, anders als bei andern.

Ein Bauer mietete ihn als Knecht. Als er
sich mit seiner Frau auf eine Fahrt in die Stadt
machen wollte, sagte die Frau zu Iwanuschka:

«Du bleibst bei den Kindern. Sieh nach
ihnen, gib ihnen was zu essen.»

«Was?» fragte Iwanuschka.

«Nimm Wasser, Mehl, Kartoffeln, schneid's
in Stücke und koch es – fertig ist die Suppe!»

Der Bauer wies ihn an:

«Gib Obacht auf die Tür, daß die Kinder nicht
in den Wald laufen.»

Bauer und Bäuerin fuhren los. Iwanuschka
kletterte auf den Schlafboden, weckte die
Kinder, zerrte sie herab, setzte sie auf den Fußboden und sich selbst hinter sie und sagte:

«Na also, da sehe ich ja nach ihnen.»

Die Kinder saßen einige Zeit auf den Dielen,
dann wollten sie was zu essen haben. Iwanuschka schleppte einen Bottich Wasser in die
Stube, schüttete einen halben Sack Mehl hinein,
eine Metze Kartoffeln, verrührte alles mit einem
Schwengel und dachte laut:

«Wen soll ich jetzt in Stücke schneiden?»

Als es die Kinder hörten, erschraken sie.

«O weh! Er will uns in Stücke schneiden!»
Und sie rannten heimlich aus dem Haus.

Iwanuschka sah ihnen nach, kratzte sich am Nacken, überlegte:

«Wie werde ich jetzt nach ihnen sehen? Ich muß ja auch auf die Tür Obacht geben, daß sie nicht davonläuft.»

Er warf einen Blick in den Bottich und sagte:

«Koche, Suppe, ich gehe, nach den Kindern sehen.»

Er hob die Tür aus den Angeln, wuchtete sie sich auf die Schultern und ging in den Wald. Plötzlich kam ihm ein Bär entgegen. Er wunderte sich und brummte:

«He, du, warum schaffst du Holz in den Wald?»

Iwanuschka erzählte ihm, was ihm widerfahren war. Der Bär setzte sich auf die Hinterbeine und lachte:

«Du bist mir mal ein Hansnarr! Paß auf, dafür fresse ich dich.»

Doch Iwanuschka sagte:

«Du solltest lieber die Kinder fressen, damit sie ein andermal besser auf Vater und Mutter hören und nicht in den Wald laufen.»

Der Bär lachte noch lauter, wälzte sich vor Lachen auf dem Boden.

«So einen Dummkopf habe ich meiner Lebtage nicht gesehen. Komm mit, ich will dich meiner Frau zeigen.»

Er führte ihn zu sich in seine Höhle. Iwanuschka ging mit. Die Tür stieß an die Kiefern.

«Wirf sie doch fort!» sagte der Bär.

«Nein, ich stehe zu meinem Wort, habe versprochen, auf sie Obacht zu geben, und nun gebe ich auch auf sie Obacht.»

Sie kamen zur Höhle. Der Bär sagte zu seiner Frau:

«Schau, Mascha, was für einen Narren ich dir gebracht habe. Zum Kugeln!»

Iwanuschka fragte die Bärin:

«Tante, hast du nicht die Kinderchen gesehen?»

«Meine sind zu Hause und schlafen.»

«Zeige mir doch, ob sie nicht die Meinigen sind.»

Die Bärin zeigte ihm drei kleine Bärenjunge. Iwanuschka sagte:

«Die sind es nicht, bei mir waren zwei.»

Da merkte auch die Bärin, daß er ein Dummerjan war, und lachte ebenfalls.

«Aber bei dir waren doch Menschenkinder.»

«Nun ja», sagte Iwanuschka, «unterscheide sie mal einer, so klein, wie sie sind.»

«Komischer Kauz!» wunderte sich die Bärin und sagte zu ihrem Mann: «Michajlo Trampelmann, wir wollen ihn nicht fressen, mag er bei uns als Knecht leben.»

«Ist schon recht», stimmte der Bär zu, «wenn er auch ein Mensch ist, so ist er doch ganz harmlos.»

Die Bärin gab Iwanuschka einen Spankorb und befahl ihm:

«Geh und sammle Himbeeren im Wald. Wenn die Kinderchen erwachen, will ich ihnen was Gutes vorsetzen.»

«In Ordnung, wird gemacht!» sagte Iwanuschka. «Und ihr gebt Obacht auf die Tür.»

Iwanuschka ging in den Wald, pflückte den Korb voll mit Himbeeren, aß sich selbst satt, ging zu den Bären zurück und sang mit lauter Stimme:

Marienkäferchen, o Schreck,
kommt nicht vom Fleck.
Eidechse verschwindet flink.
Das ist ein andres Ding.

Als er zur Höhle kam, rief er:
«Da sind sie, die Himbeeren!»

Die jungen Bären liefen zum Spankorb, brüllten, verdrängten einander, überkugelten sich – waren außer sich vor Freude.

Iwanuschka sah ihnen zu und sagte:

«Schade, daß ich kein Bär bin, dann hätte ich auch Kinder!»

Bär und Bärin lachten laut auf.

«So was, so was!» brüllte der Bär. «Ausgeschlossen, mit diesem Kauz kann man nicht zusammenleben, man stirbt vor Lachen.»

«Na also», sagte Iwanuschka, «dann gebt ihr hier Obacht auf die Tür, und ich mache mich auf die Suche nach den Kinderchen, andernfalls kriege ich von meinem Herrn eins auf den Deckel.»

Die Bärin bat ihren Mann:

«Mischa, du könntest ihm behilflich sein.»

«Man muß ihm helfen», stimmte der Bär zu, «er ist schon gar zu drollig.»

Der Bär ging mit Iwanuschka auf den Waldpfaden. Während sie so dahintrabten, unterhielten sie sich freundschaftlich.

«Nun ja, du bist halt dumm!» sagte der Bär.

Iwanuschka fragte ihn:

«Und du bist klug?»

«Ich?»

«Ja, du.»

«Ich weiß nicht.»

«Und auch ich weiß es nicht. Bist du böse?»

«Nein. Warum?»

«Ich meine, wer böse ist, der ist auch dumm. Ich bin auch nicht böse. Folglich dürften wir beide keine Dummköpfe sein.»

«Schau einer an, wie er das gedreht hat!» verwunderte sich der Bär.

Plötzlich sahen sie: unter einem Baum sitzen zwei Kinder und schlafen.

«Sind das deine?»

«Ich weiß nicht», sagte Iwanuschka. «Man muß sie fragen. Meine wollten essen.»

Sie weckten die Kinder, fragten:

«Wollt ihr essen?»

Die riefen:

«Schon längst.»

«Nun», sagte Iwanuschka, «das bedeutet, es sind die Meinigen. Jetzt schaffe ich sie ins Dorf, und du, Onkel, bringst mir bitte die Tür, ich selbst habe keine Zeit mehr, ich muß Suppe kochen.»

«Ist schon recht!» brummte der Bär. «Ich bringe sie.»

Iwanuschka ging hinter den Kindern her, sah nach ihnen, wie ihm befohlen, und sang dabei:

> *Hat man so was schon gehört?*
> *Die Käfer einen Hasen jagen.*
> *Füchslein sieht es ganz verstört,*
> *weiß vor Staunen nichts zu sagen.*

Als er in die Stube trat, waren die Hausleute schon aus der Stadt zurückgekehrt. Sie sahen: mitten in der Stube steht ein Bottich, bis oben hin mit Wasser gefüllt, Kartoffeln und Mehl sind hineingeschüttet, die Kinder sind fort, die Tür ist auch nicht mehr vorhanden. Sie setzten sich auf die Bank und weinten bitterlich.

«Weswegen weint ihr?» fragte sie Iwanuschka.

Da erblickten sie die Kinder, freuten sich, umarmten sie, aber Iwanuschka fragten sie, indem sie auf sein Gemengsel im Bottich zeigten:

«Was hast du denn da angerichtet?»

«Suppe.»

«Ja, macht man denn das so?»

«Woher soll ich wissen – wie.»

«Und was hast du mit der Tür angestellt?»

«Die wird gleich gebracht. Da, seht!»

Die Wirtsleute sahen durchs Fenster. Durch die Straße trabte ein Bär und schleppte die Tür. Das Volk lief vor ihm nach allen Seiten davon, kletterte auf die Dächer, auf die Bäume. Die Hunde versteckten sich vor Schreck unter den Zäunen und Toren. Nur ein rotgefiederter Hahn stand tapfer mitten auf der Straße und krähte den Bären an:

Kikeriki!
Mich kriegst du nie.

VALENTIN KATAJEW

Pfeifchen und Krüglein

Im Walde reiften die Erdbeeren.

Da nahm Papa einen Krug, Mama eine Schüssel, das Mädchen Shenja nahm ein Krüglein, und dem kleinen Pawlik gab man ein Näpfchen.

Sie kamen in den Wald und begannen Beeren zu pflücken. Wer würde zuerst fertig werden?

Mama suchte für Shenja eine Wiese aus, auf der besonders viele Beeren wuchsen, und sagte:

«Hier, Töchterchen, das ist ein ausgezeichnetes Fleckchen für dich. Hier wachsen Beeren in Hülle und Fülle. Lauf, pflücke!»

Shenja wischte ihr Krüglein mit Huflattich aus und machte sich ans Werk.

Sie ging und ging, guckte und guckte, fand nichts und kehrte mit leerem Krüglein zurück.

Sie sah – alle hatten Erdbeeren. Papas Krug war zu einem Viertel voll und Mamas Schüssel zur Hälfte gefüllt. Sogar in Pawliks Näpfchen lagen zwei Beeren.

«Mama, Mama, warum habt ihr alle welche, und ich keine einzige? Du hast mir gewiß eine schlechte Wiese ausgesucht.»

«Hast du denn auch richtig nachgesehen?»

«Ja, richtig. Aber dort war keine einzige Beere zu sehen, nur lauter Blättchen.»

«Und unter die Blättchen hast du nicht geschaut?»

«Nein, nicht.»

«Na, siehst du. Man muß halt ordentlich hinschauen.»

«Und warum tut es Pawlik nicht?»

«Pawlik ist noch zu klein. Er ist selbst nicht viel größer als ein Erdbeerstrauch, er braucht nicht nachzuschauen. Aber du bist schon ein ziemlich großes Mädchen!»

Und Papa sagte:

«Die Beeren sind schlau. Sie verstecken sich vor den Menschen. Man muß sie zu finden verstehen. Schau, wie ich es mache!»

Papa kauerte sich nieder, bückte sich bis zum Boden, schaute unter den Blättchen nach und fand eine Beere nach der anderen. Dabei sagte er:

«Die eine Beere pflücke ich, nach der zweiten blicke ich, schon sehe ich die dritte und ahne gleich die vierte.»

«Gut!» sagte Shenja. «Danke, Papa. So werde ich es tun.»

Shenja ging auf ihre Wiese, kauerte sich hin, bückte sich bis dicht über den Boden und schaute unter die Blättchen. Da hingen die Beeren eine neben den anderen. Sie wußte nicht, wohin sie zuerst sehen sollte. Shenja begann die Beeren zu pflücken und in ihr Krüglein zu werfen. Dabei murmelte sie:

«Die eine Beere pflücke ich, nach der zweiten blicke ich, schon sehe ich die dritte und ahne gleich die vierte.»

Aber bald hatte es Shenja satt, dauernd auf der Erde zu hocken.

Mir langt es! dachte sie. Ich habe sicherlich schon genug gepflückt.

Sie richtete sich auf und blickte in das Krüglein. Aber dort lagen nur vier Beeren.

Das war überhaupt nichts! Es hieß also wieder hinkauern. Nichts zu machen!

Abermals ging Shenja in die Hocke, zupfte einige Beeren ab und murmelte:

«Die eine Beere pflücke ich, nach der zweiten blicke ich, schon sehe ich die dritte und ahne gleich die vierte.»

Bei einem neuen Blick in das Krüglein stellte Shenja fest, daß dort alles in allem acht Beeren lagen, nicht einmal der Boden war bedeckt.

Nun, dachte sie, diese Art des Pflückens macht mir keinen Spaß. Die ganze Zeit bückt man sich und bückt man sich. Bis das Krüglein voll ist, kann man ganz schön müde werden. Ich suche mir lieber eine andere Wiese.

Shenja ging durch den Wald und suchte nach einer Wiese, auf der sich die Beeren nicht unter den Blättchen versteckten, sondern von selbst in die Augen sprangen und ins Krüglein fielen.

So weit sie ging, eine solche Wiese fand sie nicht. Müde geworden, setzte sie sich auf einen Baumstumpf, um auszuruhen. Während sie so dasaß, nahm sie vor lauter Langeweile die Beeren aus dem Krüglein und steckte sie in den Mund. Als sie alle acht Beeren gegessen hatte, warf sie einen Blick in das leere Krüglein und dachte: Was mache ich nur? Wenn mir doch jemand zu Hilfe käme!

Kaum hatte sie es gedacht, bewegte sich das Moos, das Gras zerteilte sich, und aus dem Baumstumpf kroch ein kleines, stämmiges altes Männchen heraus: weißer Kittel, grauer Bart, Hut aus Samt, quer darüber ein Grashalm gesteckt.

«Sei gegrüßt, Mädelchen!» sagte das Männchen.

«Sei gegrüßt, Onkelchen!»

«Ich bin kein Onkelchen, sondern ein Großväterchen. Oder hast du mich nicht erkannt?
Ich bin der Alte vom Wurzelgrund, Gebieter
über alle Pilze und Beeren. Weshalb seufzt du?
Wer hat dich gekränkt?»

«Die Beeren haben mich gekränkt, Großväterchen.»

«Verstehe ich nicht. Sie sind doch immer
friedfertig. Auf welche Weise haben sie dich
gekränkt?»

«Sie wollen mir nicht vor Augen kommen,
verstecken sich unter den Blättchen. Von oben
ist nichts zu sehen. Man muß sich immerzu
bücken. Bis man das Krüglein vollgepflückt
hat, wird man ganz schön müde.»

Der Alte vom Wurzelgrund strich sich über
seinen grauen Vollbart, schmunzelte in den
Schnurrbart und sagte:

«Wenn's weiter nichts ist! Für diesen Zweck
besitze ich ein spezielles Pfeifchen. Sowie es
flötet, kommen sofort alle Beeren unter den
Blättchen zum Vorschein.»

Der Alte vom Wurzelgrund zog ein Pfeifchen
aus der Tasche und sagte:

«Flöte, mein Pfeifchen!»

Das Pfeifchen flötete von selbst, und sobald
es zu flöten begann, schauten überall die Beeren
unter den Blättchen hervor.

«Hör auf, Pfeifchen!»

Das Pfeifchen verstummte, und die Beeren
versteckten sich.

Shenja freute sich.

«Großväterchen, Großväterchen, schenke
mir das Pfeifchen!»

«Schenken kann ich es dir nicht. Aber laß

uns tauschen. Ich gebe dir das Pfeifchen, und du gibst mir das Krüglein. Es gefällt mir sehr.»

«Gut. Mit dem größten Vergnügen.»

Shenja gab dem Alten vom Wurzelgrund das Krüglein, nahm von ihm das Pfeifchen und lief schnell auf ihre Wiese. Dort stellte sie sich in die Mitte und rief:

«Flöte, Pfeifchen!»

Das Pfeifchen begann zu flöten, und im gleichen Augenblick gerieten alle Blättchen auf der Wiese in Bewegung und stellten sich hoch, als ob der Wind gegen sie bliese.

Zuerst schauten unter den Blättchen die allerjüngsten, neugierigen Beerchen hervor; sie waren noch ganz grün. Hinter ihnen streckten die etwas älteren Beeren die Köpfchen heraus – eine Wange rosa, die andere weiß. Dann guckten die vollreifen Beeren hervor – groß und rot. Schließlich zeigten sich ganz unten die alten Beeren, fast schwarz, feucht, duftend, mit gelben Körnchen gesprenkelt.

Bald war die ganze Wiese um Shenja mit Beeren übersät, die hell in der Sonne schimmerten und sich nach dem Pfeifchen streckten.

«Flöte, Pfeifchen, flöte!» rief Shenja. «Flöte schneller!»

Das Pfeifchen pfiff rascher, und die Menge der Beeren wurde so dicht, daß die Blättchen zwischen ihnen überhaupt nicht mehr zu sehen waren.

Aber Shenja gab sich noch immer nicht zufrieden.

«Flöte, Pfeifchen, flöte! Pfeife immer schneller!»

Das Pfeifchen flötete noch rascher. Der ganze Wald war von einem so angenehmen

Wohlklang erfüllt, als ob er kein Wald, sondern eine Musiktruhe sei.

Die Bienen stießen nicht mehr die Schmetterlinge von den Blumen, die Schmetterlinge schlugen die Flügel auf wie ein Buch, die jungen Vögel der Grasmücke guckten aus ihrem leichten Nest, das in den Zweigen eines Holunderstrauchs schaukelte, und sperrten vor Entzücken die gelben Schnäbel auf; die Pilze stellten sich auf die Zehenspitzen, um keinen einzigen Ton zu verlieren, und sogar die wegen ihres streitsüchtigen Charakters berüchtigte, glotzäugige Libelle blieb in der Luft stehen, bis in die tiefste Seele von der wunderbaren Musik entzückt.

So und jetzt beginne ich mit dem Pflücken! dachte Shenja und wollte schon die Hand nach den größten und rötesten Beeren ausstrecken, als ihr plötzlich einfiel, daß sie das Krüglein gegen das Pfeifchen eingetauscht hatte und nun kein Gefäß besaß, in das sie die Erdbeeren legen konnte.

«Uh, dumme Pfeife!» rief das Mädchen zornig. «Ich habe kein Krüglein zum Sammeln der Beeren, und du flötest wie toll. Schweig augenblicklich!»

Shenja lief zu dem Alten vom Wurzelgrund zurück und sagte:

«Großväterchen, he Großväterchen, gib mir mein Krüglein zurück. Ich habe nichts, worin ich die Beeren sammeln kann.»

«Gut!» antwortete der Alte vom Wurzelgrund. «Ich gebe dir dein Krüglein zurück, wenn du mir mein Pfeifchen wieder gibst.»

Shenja gab dem Alten vom Wurzelgrund das Pfeifchen zurück, nahm ihr Krüglein und rannte so schnell sie konnte auf die Wiese zurück.

Als sie ankam, war dort keine einzige Beere mehr zu sehen – nichts als lauter Blättchen. War das ein Pech! Hat sie das Pfeifchen, fehlt das Krüglein! Was war da zu machen?

Shenja überlegte hin und her und beschloß, wieder zu dem Alten vom Wurzelgrund zu gehen und sich das Pfeifchen geben zu lassen.

Als sie zu ihm kam, sagte sie:

«Großväterchen, he Großväterchen! Gib mir das Pfeifchen wieder!»

«Gut, aber dann mußt du mir dein Krüglein geben.»

«Nein, das kriegst du nicht. Ich brauche es selbst, um die Beeren hineinzutun.»

«Nun, dann bekommst du auch das Pfeifchen nicht.»

Shenja verlegte sich aufs Bitten.

«Großväterchen, Großväterchen, wie kann ich Beeren in mein Krüglein sammeln, wenn sie ohne dein Pfeifchen alle unter den Blättchen sitzen und einem nicht vor Augen kommen? Ich brauche unbedingt das Krüglein wie das Pfeifchen.»

«Schau einer den Schlaukopf an! Pfeifchen und Krüglein will sie haben! Du wirst es auch ohne Pfeifchen allein mit dem Krüglein schaffen.»

«Ich schaffe es nicht, Großväterchen.»

«Und wie kommen dann die anderen Menschen zurecht?»

«Die anderen bücken sich bis auf den Boden, gucken von der Seite unter die Blättchen, und dann pflücken sie Beere um Beere. Die eine Beere pflücken sie, nach der zweiten blicken sie, die dritte nehmen sie wahr und die vierte ahnen sie. Diese Art des Pflückens macht mir keinen Spaß. Immerzu bücken und bücken. Bis man das Krüglein voll hat, ist man ganz schön müde.»

«Ach, so ist die Sache!» sagte der Alte vom Wurzelgrund und wurde so böse, daß sich sein grauer Bart tiefschwarz färbte. «Ach, so ist die Sache! Es erweist sich, daß du einfach ein Faulpelz bist. Nimm dein Krüglein und trolle dich! Für dich gibt es keinerlei Pfeifchen mehr!»

Bei diesen Worten stampfte der Alte vom Wurzelgrund mit dem Fuß auf und verschwand unterm Baumstumpf.

Shenja blickte auf ihr leeres Krüglein, entsann sich, daß Papa, Mama und der kleine Pawlik auf sie warteten, lief schnell zu ihrer Wiese, bückte sich, schaute unter die Blättchen und pflückte eifrig Beere um Beere.

Die eine pflückt sie, auf die zweite blickt sie, schon sieht sie auch die dritte und ahnt gleich die vierte...

Bald hatte Shenja das Krüglein vollgepflückt und kehrte zu Papa, Mama und dem kleinen Pawlik zurück.

«Schau einer unser braves Mädel an!» sagte Papa zu Shenja. «Hat ein volles Krüglein gebracht. Bist wohl recht müde geworden?»

«Nicht so arg, Väterchen! Das Krüglein hat mir geholfen.»

Und sie gingen heim: Papa mit einem vollen Krug, Mama mit einer vollen Schüssel, Shenja mit einem gefüllten Krüglein und der kleine Pawlik mit einem vollen Näpfchen.

Aber vom Pfeifchen sagte Shenja kein Wort.

VALENTIN KATAJEW

Das Blümlein Siebenfarb

Es war einmal ein Mädchen, das hieß Shenja. Eines Tages schickte sie die Mama ins Geschäft nach Kringeln. Dort kaufte sie sieben Kringel: zwei mit Kümmel für Papa, zwei mit Mohn für Mama, zwei mit Zucker für sich und einen kleinen rosaroten Kringel für ihr Brüderchen Pawlik. Shenja nahm das Bündel Kringel und schlenderte heim. Im Gehen guckte sie mal nach links, mal nach rechts, las die Laden-schilder, zählte die Raben. Unterdessen schlich sich ein fremder Hund von hinten an sie heran und fraß sämtliche Kringel, einen nach dem anderen: zuerst Papas Kringel mit Kümmel, dann Mamas Mohnkringel und Shenjas mit Zucker. Shenja spürte, daß das Bündel auf einmal ganz leicht geworden war. Sie drehte sich um, aber es war schon zu spät. Am Faden war kein Kringel mehr, der Hund hatte soeben den letzten, Pawliks rosaroten Kringel ver-speist und leckte sich die Schnauze.

«Ach, du nichtsnutziger Hund!» rief Shenja und lief hinter ihm her.

Wie rasch und wie lange sie auch rannte, sie holte den Hund nicht ein, sondern verlief sich nur. Plötzlich sah sie sich auf einem ganz un-bekannten Platz. Keine hohen Häuser mehr, statt dessen winzige Häuserchen. Shenja er-schrak und begann zu weinen. Mit einem Male stand, wie vom Himmel gefallen, eine alte Frau vor ihr.

«Mädchen, Mädchen, warum weinst du?»

Shenja erzählte, was ihr widerfahren war.

Die Alte hatte Mitleid mit Shenja und führte sie in ihr Gärtchen.

«Nicht so schlimm», sagte sie, «hör auf zu weinen, ich helfe dir. Zwar habe ich keine Kringel und besitze auch kein Geld, doch dafür wächst in meinem Gärtchen eine Blume, genannt ‹Siebenfarb›; die vermag alles. Ich weiß, du bist ein braves Mädchen, wenn du auch gern nach links und rechts guckst. Ich schenke dir das Blümlein Siebenfarb, es wird alles in Ordnung bringen.»

Mit diesen Worten brach die Alte die Blume vom Stengel und reichte dem Mädchen eine wunderschöne Blume von der Art einer Kamille. Sie hatte sieben durchsichtige Blütenblätter, jedes von einer anderen Farbe: ein gelbes, ein rotes, ein grünes, ein dunkelblaues, ein orangefarbenes, ein violettes und ein hellblaues.

«Es ist keine gewöhnliche Blume», sagte die Alte. «Sie kann alles vollbringen, was du willst. Dafür mußt du nur eins der Blätter abreißen, in die Luft werfen und dabei sagen:

> *Reise, Blättchen, reise,*
> *um die Erde kreise,*
> *fliege fort von hier.*
> *Schwebe über Land und Meere!*
> *Kommst du wieder her zu mir,*
> *eine Bitte mir gewähre!*

Wünsche dir, daß dies oder jenes geschehe, und sofort wird dein Wunsch erfüllt.»

Shenja dankte der Alten höflich, ging bis zum Gartenpförtchen und entsann sich dort erst, daß sie den Heimweg nicht wußte.

Sie wollte in das Gärtchen zurückgehen und die Alte bitten, sie bis zum nächsten Polizeiposten zu bringen, aber Gärtchen wie Alte waren spurlos verschwunden. Was tun? Shenja wollte schon wieder ihrer Gewohnheit nach zu weinen anfangen, die Nase zog sich bereits in Falten wie eine Ziehharmonika, aber plötzlich entsann sie sich der Zauberblume.

«Sehen wir mal zu, was das für ein Blümlein Siebenfarb ist!»

Shenja zupfte rasch das gelbe Blättchen aus, warf es in die Höhe und sagte:

> *« Reise, Blättchen, reise,*
> *um die Erde kreise,*
> *fliege fort von hier.*
> *Schwebe über Land und Meere!*
> *Kommst du wieder her zu mir,*
> *eine Bitte mir gewähre.*

Ich wünsche mir, mitsamt den Kringeln wieder zu Hause zu sein.»

Sie hatte diese Worte kaum ausgesprochen, da fühlte sie sich im selben Augenblick daheim, und in der Hand hielt sie das Bündel Kringel.

Shenja übergab die Kringel Mama, doch bei sich dachte sie: Das ist wirklich eine ungewöhnliche Blume, man muß sie unbedingt in die schönste Vase stellen!

Shenja war ein ganz kleines Mädchen, darum kletterte sie auf einen Stuhl und streckte sich nach Mamas Lieblingsvase aus, die auf dem obersten Brett stand. In diesem Augenblick – es war wie verhext! – flogen Raben am Fenster vorbei. Shenja wollte verständlicherweise ganz genau wissen, wieviel Raben es waren – sieben oder acht. Sie öffnete den Mund und begann zu zählen. Als sie die Finger einbog, flog die Vase auf den Boden und – bums! – zerschellte sie in tausend Scherben.

«Hast du schon wieder was kaputtgemacht, du Taps, du ungeschicktes Kind?» rief die Mutter aus der Küche. «Doch nicht etwa meine Lieblingsvase?»

«Nein, nein, Mutti, ich habe nichts zerbrochen. Du hast nicht richtig gehört!» rief Shenja, riß schnell das rote Blättchen ab, warf es in die Höhe und flüsterte:

> *«Reise, Blättchen, reise,*
> *um die Erde kreise,*
> *fliege fort von hier.*
> *Schwebe über Land und Meere!*
> *Kommst du wieder her zu mir,*
> *eine Bitte mir gewähre!*

Ich wünsche, daß Mamas Lieblingsvase wieder heil wird!»

Kaum hatte sie es ausgesprochen, schoben sich die Scherben von selbst wieder aneinander und wuchsen zusammen.

Mama kam aus der Küche gelaufen – sieh da, ihre Lieblingsvase stand wie immer an ihrem Platz. Für alle Fälle drohte Mama Shenja mit dem Finger und schickte sie zum Spielen auf den Hof.

Als Shenja auf den Hof kam, spielten dort

die Jungen «Papanin und seine Männer auf der Eisscholle». Sie saßen auf alten Brettern, und in den Sand war ein Stock gerammt.

«Jungens, Jungens, laßt mich mitspielen!»

«Was die alles will! Siehst du nicht – das ist der Nordpol. Kleine Mädchen nehmen wir nicht mit zum Nordpol.»

«Wieso ist das der Nordpol, wenn das dort nur Bretter sind?»

«Keine Bretter, sondern Eisschollen. Geh weiter, störe uns nicht. Wir erleben grade eine starke Pressung im Eis.»

«Das heißt also, ihr nehmt mich nicht mit?»

«Nein, geh weiter!»

«Ich brauche euch auch gar nicht. Ich kann auch ohne euch sofort auf dem Nordpol sein. Aber nicht auf so einem wie ihr, sondern auf dem richtigen. Und ihr – ihr könnt mir gestohlen bleiben!»

Shenja trat einige Schritte seitwärts unter das Tor, holte das Zauberblümlein Siebenfarb hervor, riß das dunkelblaue Blättchen ab, warf es hoch und sagte:

> *«Reise, Blättchen, reise,*
> *um die Erde kreise,*
> *fliege fort von hier.*
> *Schwebe über Land und Meere!*
> *Kommst du wieder her zu mir,*
> *eine Bitte mir gewähre.*

Ich wünsche, augenblicklich auf dem Nordpol zu sein!»

Kaum hatte sie es gesagt, als plötzlich aus heiterem Himmel ein Wirbelwind heranfegte und die Sonne unterging. Eine furchtbare

Nacht herrschte, die Erde drehte sich ihr unter den Füßen wie ein Kreisel.

Wie sie ging und stand, im Sommerkleidchen mit nackten Beinen, befand sich Shenja mutterseelenallein auf dem Nordpol, und dort herrschte eine Kälte von hundert Grad.

«O weh, Mamotschka, ich erfriere!» schrie Shenja und begann zu weinen, aber ihre Tränen wurden sofort zu Eiszapfen und hingen an der Nase wie an einer Dachrinne.

In diesem Augenblick kamen hinter einem Eisberg sieben Eisbären geradewegs auf das Mädchen zu, einer schrecklicher als der andere: einer war kleiner, ein zweiter eins weiter, ein dritter ein Ritter, ein vierter Vertierter, ein zünftiger Fünfter, ein sechster Verhexter, ein siebenter ganz Geriebener.

Vor Schreck außer sich, griff Shenja mit eisigen Fingern nach dem Blümlein Siebenfarb, riß das grüne Blättchen ab, warf es in die Höhe und schrie aus Leibeskräften:

> *«Reise, Blättchen, reise,*
> *um die Erde kreise,*
> *fliege fort von hier.*
> *Schwebe über Land und Meere!*
> *Kommst du wieder her zu mir,*
> *eine Bitte mir gewähre.*

Ich möchte sofort wieder auf unserem Hofe sein!»

Und im gleichen Augenblick war sie wieder auf dem Hofe. Die Jungen blickten sie an und lachten:

«Na, wo ist denn dein Nordpol?»

«Ich bin dort gewesen.»

«Wir haben nichts gesehen. Beweis!»

«Seht her, an meiner Nase hängt ein Eiszapfen.»

«Das ist kein Eiszapfen, sondern ein Nasentröpfchen!»

Shenja war beleidigt und beschloß, sich mit den Jungen nicht weiter abzugeben. Sie ging in den anderen Hof, um mit den Mädchen zu spielen. Als sie hinkam, sah sie bei den Mädchen die verschiedensten Spielsachen. Eins hatte einen Puppenwagen, ein anderes einen Ball, wieder ein anderes eine Sprungschnur. Eins hatte ein Dreirad und eins sogar eine sprechende Puppe mit einem kleinen Strohhut und kleinen Schuhen. Shenja ärgerte sich. Ihre Augen wurden vor Neid ganz grün wie die einer Ziege.

Na, dachte sie, ich werde es euch mal zeigen, wer Spielsachen hat.

Sie zog das Blümlein Siebenfarb hervor, brach das orangefarbene Blättchen ab, warf es hoch und sagte:

> *«Reise, Blättchen, reise,*
> *um die Erde kreise,*
> *fliege fort von hier.*
> *Schwebe über Land und Meere!*
> *Kommst du wieder her zu mir,*
> *eine Bitte mir gewähre.*

Ich wünsche, daß alle Spielsachen, die es auf Erden gibt, mir gehören!»

Im gleichen Augenblick kamen wie aus heiterem Himmel von allen Seiten Spielsachen auf Shenja zu.

Als erste eilten selbstverständlich die Puppen

herbei, klapperten mit den Augen und piepsten unaufhörlich «Papa-Mama», «Papa-Mama».

Shenja freute sich zuerst, als die Puppen in solcher Menge erschienen, daß sie sofort den ganzen Hof, die Gasse, zwei Straßen und den halben Platz füllten. Und das Getöse ringsum! Man stelle sich vor, was fünf Millionen sprechender Puppen für einen Lärm machen können! Und es waren bestimmt nicht weniger. Dabei waren es nur die Moskauer Puppen. Die Puppen aus Leningrad, Charkow, Kiew, Lwow und anderen sowjetischen Städten waren noch gar nicht eingetroffen; sie schnatterten wie die Papageien auf allen Straßen der Sowjetunion. Shenja bekam sogar einen leichten Schreck. Aber es war nur der Anfang. Nach den Puppen kamen mit eigener Kraft angerollt: Bälle, Kugeln, Roller, Dreiräder, Traktoren, Autos, Panzer, Geschütze. Sprungleinen krochen wie Nattern über den Boden, schlangen sich um die Füße und ließen die nervösen Puppen noch lauter quietschen. Durch die Luft segelten Millionen Spielzeug-Aeroplane, Luftschiffe, Segelflugzeuge. Wattierte Fallschirmspringer fielen wie Tulpen vom Himmel, hingen an den Telephondrähten und in den Bäumen. In der Stadt kam der Verkehr zum Stillstand. Die Verkehrsschutzleute kletterten auf die Laternen und wußten nicht, was sie tun sollten.

«Genug, genug!» rief Shenja entsetzt und griff sich an den Kopf. «Aufhören! Was wollt ihr denn alle hier? Ich brauche gar nicht so viele Spielsachen. Ich habe doch nur Spaß gemacht. Ich habe Angst...»

Aber da war nichts zu machen. Die Spiel-

sachen fluteten in immer neuen Scharen heran.
Die sowjetischen waren zu Ende. Jetzt kamen
die amerikanischen.

Schon war die ganze Stadt bis zu den Dächern
mit Spielzeug überschwemmt.

Shenja lief die Treppe hinauf – die Spielsachen hinterher. Shenja lief auf den Balkon –
die Spielsachen hinterher. Shenja rannte auf
den Boden – die Spielsachen hinterher. Shenja
sprang aufs Dach, riß schnell das violette
Blättchen aus, warf es hoch und sagte eiligst:

> *« Reise, Blättchen, reise,*
> *um die Erde kreise,*
> *fliege fort von hier.*
> *Schwebe über Land und Meere!*
> *Kommst du wieder her zu mir,*
> *eine Bitte mir gewähre.*

Ich wünsche, daß sich die Spielsachen so schnell
wie möglich in die Läden zurückbegeben!»

Und augenblicklich waren sämtliche Spielsachen verschwunden.

Shenja betrachtete ihr Blümlein Siebenfarb
und sah, daß ihr nur noch ein einziges Blättchen geblieben war.

Schöne Geschichte! Sechs Blättchen, er-
wies sich, hatte sie verschwendet, ohne ein
Vergnügen davon zu haben. Na, macht nichts.
In Zukunft würde sie klüger sein.

Sie ging durch die Straße, ging und überlegte.

«Was könnte ich mir noch wünschen? Ich
könnte mir, bitte schön, zwei Kilo Sahnebonbons kommen lassen. Nein, lieber zwei
Kilo Drops. Oder nein – besser mache ich es

so: ein halbes Kilo Sahnebonbons, ein halbes Kilo Drops, hundert Gramm Chalwa, hundert Gramm Nüsse und noch als Zugabe einen rosa Kringel für Pawlik. Und was hat das für einen Sinn? Angenommen, ich wünsche es und esse alles auf. Nichts bleibt mir davon. Nein, ich wünsche mir lieber ein Dreirad. Doch warum? Na gut, ich radele hin und her. Und dann? Am Ende nehmen es mir die Jungens fort. Und verhauen mich vielleicht noch obendrein! Nein. Besser, ich wünsche mir eine Eintrittskarte fürs Kino oder für den Zirkus. Dort ist es immerhin lustig. Oder sollte ich mir vielleicht lieber neue Sandaletten wünschen? Auch nicht schlechter als der Zirkus. Aber, um die Wahrheit zu sagen, was haben neue Sandaletten für einen Sinn? Man könnte sich noch was Besseres wünschen. Hauptsache, nichts übereilen!»

Während Shenja so hin und her überlegte, sah sie plötzlich einen wunderhübschen Knaben auf einem Bänkchen neben einem Tor sitzen. Er hatte große blaue Augen, lustige, aber stille. Der Knabe war sehr sympathisch – man sah sofort, daß er kein Raufbold war. Shenja verspürte den Wunsch, ihn kennenzulernen. Das Mädchen ging ohne jede Scheu zu ihm und trat so nahe an ihn heran, daß sie in jedem seiner Augäpfel ihr eigenes Gesicht und die beiden über die Schultern fallenden Zöpfchen ganz deutlich sehen konnte.

«Wie heißt du?»

«Witja. Und du?»

«Shenja. Komm, laß uns miteinander um die Wette laufen!»

«Ich kann nicht. Ich hinke.»

Shenja sah, daß sein Fuß in einem unförmigen Schuh mit einem sehr hohen Hacken steckte.

«Wie schade!» sagte Shenja. «Du gefällst mir gut, ich würde gern mit dir um die Wette laufen.»

«Du gefällst mir auch sehr, ich wäre auch gern mit dir gelaufen, aber leider ist es unmöglich. Da kann man nichts machen. Das bleibt so fürs ganze Leben.»

«Rede keinen Unsinn, Witja!» rief Shenja und zog ihr Zauberblümlein Siebenfarb aus der Tasche. «Schau her!»

Bei diesen Worten zupfte das Mädchen behutsam das letzte, hellblaue Blättchen ab, preßte es kurze Zeit an die Augen, dann öffnete sie die Hand und sang mit heller, vor Glück bebender Stimme:

> *Reise, Blättchen, reise,*
> *um die Erde kreise,*
> *fliege fort von hier.*
> *Schwebe über Land und Meere!*
> *Kommst du wieder her zu mir,*
> *eine Bitte mir gewähre.*

Ich wünsche, daß Witja gesund wird!»

Im gleichen Augenblick sprang der Knabe von der Bank, begann mit Shenja um die Wette zu laufen und rannte so schnell, daß ihn Shenja nicht einzuholen vermochte, so sehr sie sich auch mühte.

WENJAMIN KAWERIN

Mit leichten Schritten

I

Von weitem schon war das Geräusch des sich
nahenden Zugs zu vernehmen. Die runde
Lichtsäule vor ihm wurde ständig breiter.
Plötzlich lag alles in grellem Licht: die Stations-
gebäude, die Bude mit der Aufschrift «Bier
und Mineralwasser», der bekannte Kutscher
aus dem Erholungsheim der alten Krähen,
der mit einem Krug Bier vor der Bude stand,
und sogar der aus dem Krug quellende, zer-
platzende Schaum. Der Zug brauste heran,
flog vorbei, und alles sank wieder in Dunkelheit und Stille.

Aber bevor er vorbeigefahren war, hatte
Petka ganz deutlich ein Mädchen gesehen,
das unmittelbar vor den Lampen des elektrischen
Zugs zwischen den Schienen durch die Luft
huschte. Er schrie auf. Auch der Kutscher
sagte: «Na so was!» Aber als sich der vom
Zug emporgewirbelte Schnee gelegt hatte,
kamen auf der anderen Seite nur zwei Weiber
zum Vorschein, die so gebückt dahingingen,
daß man sie für zwei sich fortbewegende
Kartoffelsäcke hätte halten können.

Jetzt war es bis Nemuchin nicht mehr weit.
Petka beschleunigte den Schritt. Was das Mädchen betrifft, so dachte er wissenschaftlich:
eine Sinnestäuschung! Er liebte es, über alles
wissenschaftlich zu denken. Aber diesmal war

es keine Sinnestäuschung gewesen, weil er das Mädchen einige Minuten später an der Ecke der Gemächlichen und der Himbeergasse wiedersah. Sie stand da, schaute sich nach allen Seiten um und schien scharf zu überlegen, wohin sie noch fliegen könne – solch ätherischen Eindruck machte sie. Sie trug ein kurzes Kattunkleid mit einer großen Schleife am Rücken, und um die Schultern hing ihr eine Art Pelerinchen. Sie hatte keinen Mantel an. Das Ganze erschien Petka interessant, wenn auch nicht im allgemeinen, sondern mehr vom wissenschaftlichen Standpunkt aus.

«Huch – huch!» sagte er.

Das Mädchen drehte sich um. Man hätte grüßen müssen, aber Petka tat es nur in Gedanken. Laut sagte er:

«Und wo ist der Mantel? In der Schule vergessen?»

«Verzeihen Sie», sagte das Mädchen und setzte sich nieder. «Ich weiß noch nicht, was das ist: ein Mantel.»

Sie scherzte natürlich. Auch Petjas Tante sagte gern: «Ich weiß überhaupt nicht, was Schnupfen ist.»

«Und wo wohnst du?»

«Nirgendwo.»

«Konkret!»

«Verzeihung!» sagte das Mädchen. «Ich weiß nicht, was das ist: konkret.»

«Das solltest du aber bald wissen», bemerkte Petka besserwisserisch. «Wie alt bist du denn?»

«Zwei Tage.»

Petka lachte. Das Mädchen war weißhäutig mit schwarzen Wimpern, und so oft es sie aufschlug, versetzte es Petka einen Ruck am Herzen.

«Jetzt will ich Sie etwas fragen», sagte das Mädchen. «Sagen Sie bitte, was ist das für ein Ding?»

Es zeigte auf den Mond.

«Das weißt du auch nicht?»

«Nein.»

«Dieses Ding nennt man Mond», sagte Petka. «Du bist wohl nicht zufällig von dort heruntergekommen?»

Das Mädchen schüttelte den Kopf.

«Nein, ich bin aus Schnee», erklärte es ernsthaft. «Gestern haben die Jungen eine Frau aus Schnee gemacht. Ein alter Mann mit einem Bart ging vorbei. Er betrachtete mich... das heißt nicht mich, denn da gab es mich noch nicht, sondern das Weib aus Schnee, und sagte ärgerlich: ‹Du hast uns grade noch gefehlt, als ob es nicht ohne dich hier auf dem Hofe schon genug Weibervolk gibt!›»

Sie erzählte ruhig und ohne Hast. Petka stellte fest, daß aus seinem Munde beim Sprechen Dampf kam, aber bei dem Mädchen dampfte kein Atem.

«Als die Knaben weggegangen waren, formte er mich um. Auf meinem Kopf stak ein zerlöcherter Eimer – er warf ihn fort. In den Händen hielt ich einen Bastbesen – er zog ihn heraus. Als er meine Frisur machte, murmelte er dauernd: ‹In dieser Sache bin ich kein Spezialist.› Und als er die Füße formte: ‹Jetzt machen wir ihr hübsche Füßchen!› Ich hörte es nicht, weil es mich noch nicht gab, aber gewiß war ich schon teilweise vorhanden, weil ich es trotzdem gehört habe. Mit den Augen wollte es zuerst nicht recht gehen», sagte das Mädchen unwillig, «aber dann brachte er sie zustande. Da, sehen Sie!»

Sie schlug die Wimpern auf, und Petka – uch! – versetzte es einen Ruck am Herzen.

«Im großen und ganzen bekam er mich so gut hin, daß es nicht so arg schwer war, die Augen zu öffnen und zu sprechen.»

«Und du hast gesprochen?»

«Nicht gleich. Zuerst habe ich aufgeatmet.»

«Was hast du dann gesagt?»

«Ich weiß nicht mehr. Ich glaube ‹Guten Abend!›»

«Und er?»

«‹Ach du, mein Seelchen!› und dann ging er seiner Wege.»

«Eine seltsame Geschichte!» sagte Petka.

Sie waren jetzt nicht mehr weit von Nemuchin. Was heißt bei Petka schon weit oder nah? Er hatte sehr lange Beine. Nachdem er eine Weile nachdenklich dagestanden hatte, entfernte er sich von dem Mädchen, besann sich aber dann eines anderen und kam zurück.

II

Durch die Gemächliche Gasse schlenderte man unwillkürlich im Watschelgang. Die Gasse war halt so, sie verführte jedermann zur Trägheit. Der Ortssowjet von Nemuchin hatte sie in ‹Blitzartigegeschwindschrittgasse› umbenennen wollen, aber dabei war nichts herausgekommen. Wer immer von der Himbeergasse in sie einbog, begann gemächlich zu schlendern. Aber nachdem Petka das Mädchen in einem

Holzschuppen untergebracht hatte, wo es so kalt war, daß sogar die Holzscheite krachten und sich zur Erwärmung gegenseitig in die Seiten stießen, flog er tatsächlich wie ein Blitz durch diese Gasse.

In der Gasse wohnte nämlich der Pfeifenmeister. Angerauchte Pfeifen hält man für die wertvollsten, darum war sein kleines Haus immer voll dicken Rauchs – wie man sagt, stand darin ein «Hecht», den man mit Messern schneiden konnte. In dem Qualm vermochte man den Meister nur mit Mühe und Not erkennen. Er saß im Sessel, die kurzen Beinchen übereinandergeschlagen.

Seine größte Angst war, daß ihm die Ärzte das Rauchen verbieten könnten. Deshalb war an einem Brettchen an der Haustür nicht geschrieben «Achtung, bissiger Hund!», sondern «Achtung! Ärzten und Mitgliedern der Akademie der medizinischen Wissenschaften ist der Zugang streng verboten!» Alle fragte er: «Verzeihung, Sie sind doch nicht zufällig Arzt?»

Als Petka, völlig außer Atem, zu ihm hineinstürmte, begann er ebenfalls: «Verzeihung, Sie sind doch nicht zufällig…»

«Großväterchen, ein ungewöhnlicher Fall!» rief Petka. «Ein frostfestes Mädchen!»

Und er erzählte von dem Mädchen, das nicht wußte, was ein Mantel ist, was der Mond ist und was «konkret» heißt.

«Interessant», sagte der Pfeifenmeister nachdenklich. «Offensichtlich ein Schneeweißchen. Warten wir bis zum Frühling.»

«Warum bis zum Frühling?»

«Weil die Schneeweißchen im Frühling tauen.»

«Großväterchen», sagte Petka, nachdem er eine Weile geschwiegen hatte, «wäre es nicht möglich, daß sie trotzdem auf irgendeine Weise...»

«Na, weißt du, das ist schon mehr als zuviel verlangt. Du hast doch selbst gesagt, daß sie aus Schnee ist.»

«Ja, Großväterchen. Aber trotzdem, wenn man trotzdem irgendwie... Es gibt doch beispielsweise auf der Erde Stellen mit ewigem Eis. Es taut nicht?»

«Das ewige Eis – nein, die Schneeweißchen – ja.»

Der Meister stopfte Tabak in die Pfeife, drückte ihn mit dem gelben Daumen fest, rauchte an und dachte nach. Puff-puff! Große weite Rauchringe stiegen langsam in die Luft, und ihnen folgten – puff, puff! – blaue wollige Wölkchen. Das bedeutete, daß es sich um eine verzwickte Frage handelte. Wenn der Pfeifenmeister über eine unkomplizierte Frage nachdachte, ließ er den Rauch einfach aus den Nasenlöchern heraus.

«Ich weiß nicht, ich weiß nicht», sagte er schließlich. «Vielleicht sollte man sie ins Schneesturminstitut schicken? Ich bin mit dem Direktor ein wenig bekannt. Er hat, glaub' ich, selbst einmal der Gilde von Väterchen Frost angehört.»

Und er schrieb:

«Verehrter Pawel Georgijewitsch! Ich empfehle Ihrer Aufmerksamkeit das diesem Brief beigefügte Mädchen ohne Mantel. Offensichtlich ist es frostfest. Es besteht die Gefahr, daß es im Frühling taut. Man möchte es ungern.»

Er gab Petka den Brief.

«Danke, Großväterchen!»

Aber der Meister dachte schon nicht mehr an ihn. Er öffnete das Fenster. Der Qualm quoll nach außen. Die Nachbarn glaubten wie immer vor Schreck, in der Siedlung sei ein Brand ausgebrochen, aber wie immer beruhigten sie sich, wenn sie sich des alten Pfeifenmeisters erinnerten.

III

Der Direktor des Schneesturminstituts war ein stämmiger Mann mit ergrauendem Bart und einer unförmigen Nase zwischen den rosigen Wangen. Von ihm hieß es: «Guter Kerl, aber etwas schrullig!» Und tatsächlich – er hatte seine Eigenheiten. Im Sommer fühlte er sich nicht in seiner richtigen Form, aber im Winter war ihm pudelwohl. Im Sommer war er ungnädig und ungeduldig, im Winter hingegen höflich und gesprächig. Urlaub nahm er im Januar, und er wunderte sich immer, daß seine Mitarbeiter es vorzogen, im Sommer auszuspannen. Sein Familienname war Pelzer.

«Wie man's auch nimmt, es ist trotzdem ein Wunder», sagte er zu Petka, nachdem er den Brief gelesen hatte. «Und Wunder muß man studieren, denn das ist die Luft der Wissenschaft.»

Und er befahl, das Mädchen in den Eisschrank Nr. 1 zu bringen.

Es war ein ganz gewöhnlicher Eisschrank, nur hatte er so große Ausmaße, daß dort, wo «Fleisch» geschrieben stand, sehr viel Fleisch lag, und wo es hieß «Früchte», befanden sich riesige Mengen Früchte und Gemüse. Wenn man die Tür öffnete, leuchtete eine große blaue Kugel über ihr auf. Die Innenwände des Schranks waren so dick mit Reif bedeckt, daß Schneeweißchen darauf hätte schreiben können, wenn es zu schreiben imstande gewesen wäre. Aus Bequemlichkeit hatte jemand vorgeschlagen, die Tür mit den Initialen U. O. (Untersuchungs-Objekt Schneeweißchen) zu bezeichnen, aber der Direktor sagte, das sei Unsinn, und nannte das Mädchen einfach Nastja.

Aber war sie wirklich ein Schneeweißchen? Das war die Frage, die alle brennend interessierte, am meisten natürlich die Wissenschaftler. In jener Zeit schrieb man nämlich viel über den Schneemenschen, der im Himalaja leben sollte. Einer der Wissenschaftler stellte die These zur Erörterung, daß Nastja eine entfernte Verwandte dieses Wilden sei, der nichts anderes tat als gehen und riesige Spuren im Schnee hinterlassen. Ein anderer, der viele Jahre das Märchen vom Goldenen Schlüsselchen erforscht hatte, versuchte zu beweisen, daß der unbekannte Alte, der das Mädchen aus Schnee geformt hatte, kein anderer als Papa Carlo sei, der den Burattino aus einem Stück Holz geschnitzt hatte.

Fast jeden Tag begaben sich die Gelehrten, angetan mit Pelz und Filzstiefeln, in den Eisschrank, und Nastja erzählte ihnen geduldig ihre Geschichte. Ach, wie ihr diese Gelehrten schon über waren! Besonders einer mit einer blauen Nase, der dauernd auf die Finger hauchte und die Hände gegeneinander schlug, um sich zu erwärmen. Aus irgendeinem Grunde tränten ihm die Augen, aber wenn man es erwähnte, erwiderte er, das habe nichts zu sagen, weil sogar großen Männern manchmal die Augen tränten.

Jetzt wußte Nastja, was ein Mantel war, was der Mond war und was «konkret» bedeutete. In ihrem Eisschrank herrschte Ordnung. Was ihr unter die Finger kam, wurde hübsch. Das Pökelfleisch begann wie frisches Fleisch auszusehen, der Fisch machte den Eindruck, als ob er lebe, und am Käse kamen appetitliche Tränen zum Vorschein. Was die Kälte betrifft – so war kein Wort darüber zu verlieren. Im Eisschrank war es so kalt wie am Nordpol oder sogar wie am Südpol, denn am Südpol, heißt es, ist es noch kälter.

Schlecht war nur eins: Nastja langweilte sich sehr. Es ist wahr, Petka kam fast jeden Tag zu ihr, obwohl er in Arithmetik eine Vier hatte. Aber eine Vier ist am Ende dasselbe wie eine Drei. Bis zum Schluß des letzten Vierteljahrs war es noch weit!

Sie plauderten miteinander. Petka erzählte Nastja von seinen Sorgen und sie von den ihrigen. Er sagte, daß sie eine bitterböse Studiendirektorin hätten und daß er Nastja die «Geheimnisvolle Insel» bringen werde, sobald sie lesen gelernt habe. Und sie klagte über ihre große Langeweile. Das Summen des Eisschranks komme ihr wie Windesrauschen vor. Die Wissenschaftler hingen ihr zum Halse heraus, besonders der eine mit der blauen Nase, der immer versuche, sie mit dem Finger zu betasten. Den Mond gebe es im Eisschrank nicht, und es heiße, außer dem Mond gebe es noch irgendeine Sonne. Gewiß, die Wissenschaftler sagten, sie solle sich vor der Sonne in acht nehmen, aber sie möchte sie trotzdem gern einmal sehen.

Petka hatte große Scheu, Nastja zu berühren, aber er klopfte ihr leicht auf die Schulter und sagte:

«Macht nichts, Nastasja, halte dich!»

Dann sagte sie zärtlich:

«Gehen Sie jetzt, Petenjka. Sie sind ja ganz durchfroren.»

Aber er blieb sitzen, bis seine Füße so steif wie Holzklötze waren.

Eines Tages, als Petka extra früh aufgestanden war, um sich auf den Unterricht vorzubereiten (er wollte unmittelbar von der Schule zu Nastja fahren), stellte er das Radio an und hörte:

«Achtung, Achtung! Verlaufen hat sich ein Mädchen namens Nastja aus der Familie der Schneeweißchen, sehr hübsch, in einem Kattunkleid, höflich, geht mit leichten Schritten. Sowie Aufenthalt festgestellt, Benachrichtigung erbeten an Schneesturminstitut!»

IV

Es ist weit und breit bekannt, daß sofort Gerüchte entstehen, wenn etwas passiert, das ein wenig ungewöhnlich ist. Am selben Tage sprach man in ganz Moskau davon, daß ein gewisser Mann mit einer Ehrenpension, ein hochangesehener Mann mit einer Unmenge Medaillen, mit eigenen Augen ein Mädchen in einem leichten Kleide gesehen habe, das durch die Straße wie auf Schlittschuhen geglitten und dann – eins, zwei, drei – fortgeflogen sei. Nicht in den Himmel und nicht aus

Mutwillen, nahm der Ehrenpensionär an, sondern einfach deshalb, weil sie nicht anders konnte als fliegen. Man fragte ihn:

«Warum konnte sie trotzdem nicht anders?»

Er antwortete nach einigem Nachdenken:

«Sehen Sie, sie schwebte mit so leichten Schritten dahin, daß ihr gar nichts anderes übrigblieb als davonzufliegen.»

Das zweite Gerücht betraf eine Schwalbe, die es überdrüssig geworden war, jedes Jahr in die heißen Länder zu fliegen. Sie war im Winter in Moskau geblieben. Da an diesem Tage eine eisige Kälte herrschte, war es nicht verwunderlich, daß sie im Fluge zu erstarren begann.

«Ich falle!» rief sie, und ohne Zweifel wäre sie zu Tode gestürzt, wenn sie nicht von einem reizenden, sehr höflichen Mädchen aufgefangen worden wäre. Sogar das Schwälbchen wurde von dem Mädchen mit «Sie» angeredet.

«Was ist mit Ihnen?»

«Ich sterbe.»

«Ich würde Sie gern unterm Kleid an die Brust legen», sagte das Mädchen versonnen, «aber ich fürchte, dort wird es Ihnen noch kälter sein.»

Und mit dem Schwälbchen in der Hand eilte es weiter.

Das dritte Gerücht betraf einen Bäcker, der von sich selbst zu sagen pflegte: «Ich... als lediger Mann...» Er liebte es, sich herauszustreichen, aber er hatte niemanden, weder Frau noch Kinder, vor denen er sich brüsten konnte. Dieser Bäcker also zog eben ein Minsker Brot aus dem Ofen und sagte grade zu einem anderen Bäcker: «Ich... als lediger Mann...», als ein Mädchen mit leichten Schritten in die Backstube hineingelaufen kam und ihm ein Schwälbchen hinter den Brustlatz steckte. Bei einem Bäcker ist es unter dem Brustlatz bekanntlich warm wie im Süden.

Aber das interessanteste Gerücht betraf Petkas Onkel. Er hieß Kostja Lapschin und kam zufällig an diesem Tage in Moskau an.

V

Onkel Kostja zeichnete sich dadurch aus, daß er an allem Anteil nahm. Er hielt immer Ausschau nach Angelegenheiten, in die er seine Nase stecken konnte. Das nannte er: «Sich ein bißchen Bewegung machen.» Seine Nase, beiläufig gesagt, war von stattlicher Größe.

Es ist unbekannt, wie er erfuhr, daß man jemandem helfen mußte, aber er erfuhr es, und fast immer traf er das Richtige. Nur einmal kam er zu einer alten Frau, die den Fuß gebrochen hatte, mit einer schlau erdachten, eigenen Erfindung, einer Krücke, und bekam die Krücke an den Kopf geworfen, weil es eine andere Alte war, die den Fuß gebrochen hatte.

Bei Onkel Kostja saß zwar wie bei allen anderen Menschen alles an der richtigen Stelle, aber aus irgendeinem Grunde schien es nicht zu stimmen. Seine Augen zum Beispiel blickten nicht in verschiedene Richtungen, aber es schien so, als täten sie es. Mit den Füßen pflegte er nicht zu rudern oder zumindest nicht allzusehr, aber dennoch machte er den Anschein, daß er stark ruderte. Seine Haare kämmte und bürstete er wie jedermann, aber sie machten immer einen verstrubbelten Eindruck. Er war nicht weniger gelehrt als der mit der blauen Nase, der auf die Finger hauchte und herumhüpfte, und seinem Aussehen nach war er von der Art des Schneemenschen im Himalaja – jedenfalls hinterließ er im Schnee die gleichen großen Spuren.

Schon auf der Fahrt nach Moskau erfuhr er, daß ein Mädchen aus der Schneewittchensippe verlorengegangen sei. Natürlich beschloß er augenblicklich, seine Nase in diese Angelegenheit zu stecken. Aber als er in Nemuchin ankam und hörte, daß sein leiblicher Neffe Petka nicht nur eine, sondern vier Vierer ergattert hatte, weil er an nichts anderes dachte, als dieses Mädchen zu finden, steckte Onkel Kostja nicht bloß die Nase in diese Sache, sondern tauchte bis über den Kopf in sie hinein.

Wenn er erfuhr, daß man jemandem helfen mußte, machte er vor allem erst mal einen Plan: wie helfen, womit helfen und was tun, um nicht mit Worten, sondern mit Taten zu helfen.

Petka schlug er folgenden Plan vor: 1. Mit dem Schwälbchen sprechen, das Nastja gerettet hatte. Das Schwälbchen dürfte mit anderen Vögeln bekannt sein, und Vögel fliegen überallhin. 2. Bei allen Moskauer Eisverkäuferinnen nachfragen, weil Nastja ohne Zweifel alles Kalte liebte, insbesondere die Eissorten «Eskimo» und «Cassata». Geld besaß sie. Solange sie im Eisschrank lebte, rangierte sie in der Abrechnung als Abkommandierte, und das Schneesturminstitut hatte ihr ein Taggeld von 2.60 Rubeln bewilligt.

Leider gelang es nicht, das Schwälbchen zu
finden, obwohl Onkel Kostja eine Anzeige in
der «Abendzeitung» einrücken ließ: «Gesucht
wird das einzige Schwälbchen, das über Winter
in Moskau geblieben ist.»

Was die Eisverkäuferinnen betrifft – nichts
wäre leichter gewesen, als sie zu befragen,
wenn es nicht so viele gewesen wären. Sie
standen an jeder Ecke und fuchsten sich, daß
im Winter weniger Gefrorenes gekauft wurde
als im Sommer. Alle waren durchweg mür-
risch, und das erschwerte die Aufgabe außer-
ordentlich. Gewiß, man konnte auch für sie
Verständnis haben; es macht wenig Spaß, mit
einer steifgefrorenen, schweren Schürze bei
klirrendem Frost auf der Straße zu stehen und
wie zum Hohn zu rufen: «Wem noch mal
Gefrorenes?», wenn einem auch ohne Gefrorenes kein Zahn auf den anderen paßt.

Auf die Frage Petkas und Onkel Kostjas:
«Verzeihung bitte, hat bei Ihnen nicht ein
Mädchen namens Nastja, das aus dem Schnee-
sturminstitut entlaufen ist, ‹Eskimo› oder
‹Cassata› gekauft?» antworteten sie gewöhn-
lich: «Cassata fehlt.» Und wenn Petka oder
Onkel Kostja erklärten, daß Nastja kein ein-
faches Mädchen, sondern aus der Familie der
Schneeweißchen stamme und sie als Eisver-
käuferinnen schon aus diesem Grunde an ihr
Anteil nehmen sollten, antworteten sie: «Mädel
gibt's viele.»

Tag um Tag verging, der Winter näherte sich
seinem Ende. Onkel Kostja suchte zwar weiter
nach Nastja, mußte sich aber allmählich seinen

eigenen Angelegenheiten widmen, und Petka begann zu seufzen. Zuerst seufzte er zwei, drei Mal am Tage, aber je näher der Frühling rückte, desto öfter seufzte er. Vierer bekam er nicht mehr, aber er seufzte und seufzte trotzdem. Wenn er abends aus der Schule kam, stand er lange am Bahnübergang und wartete absichtlich so lange, bis der Schrankenwärter die Schranke herunterließ – immer hoffte er, Nastenjka werde vor den hellen Lampen des elektrischen Zugs aufflimmern. Aber der Zug raste vorbei, und wieder herrschten Stille und Dunkelheit. Seufzend kehrte Petka heim, und seufzend setzte er sich hinter die Bücher.

Man muß zugeben, er war bemüht, sich vom wissenschaftlichen Standpunkt aus zu erklären, warum er so oft seufzte. Aber Wissenschaft ist Wissenschaft, und Sehnsucht bleibt Sehnsucht.

Kurz bevor es Frühling wurde, kam es noch einmal zu Schneefällen. Weicher, träger Schnee rieselte von früh bis spät, Nacht für Nacht, vom Himmel. In der Siedlung hing er von den Dächern herab, im freien Feld legte er sich langsam, Schicht um Schicht über die Schneewehen, immer bemüht, sie noch weicher und höher zu machen. Petka ging in den Hof. In dem langsamen, fließenden Kreisen der Schneeflocken glaubte er immer Nastja zu sehen – die feingliedrige, höfliche Nastenjka im leichten Kleide. Jetzt glitt sie wie auf Schlittschuhen dahin, und plötzlich flog sie auf, die schlanken Beine überkreuzt. Jetzt sagte sie «Verzeihung, mein Junge!» und setzte sich nieder, mit den Händen den Rand des Kleids anfassend.

Die Schneefälle vergingen. Tauwetter trat ein. Dann kamen abermals Schneestürme, jetzt waren sie schon frühlinghaft, der Schnee feucht. Der schwere Schnee jagte hinter jemandem her, schwankte, vom Winde getrieben, hierhin und dorthin und legte sich unwillig, weich auf den Erdboden.

Noch eine Woche, eine zweite, und die Zeit war vorbei, in der man auf Skiern in die Schule fuhr. Frühling! «Und im Frühling», hatte der Pfeifenmeister gesagt, «tauen die Schneeweißchen.»

VII

Trotz alledem, wohin war Nastja verschwunden? Der Gelehrte mit der blauen Nase nahm an, sie sei in die kalten Länder geflogen. Hatte der Ehrenpensionär doch gesehen, wie sie dahinglitt und aufflog!

«Aber auffliegen ist was anderes als fortfliegen», sagten andere Wissenschaftler.

Er entgegnete, daß sie in diesem Falle einfach durchgegangen sei. Sei doch ein Vogel, die Schnarre, nicht zu träge, jedes Jahr zu Fuß nach Afrika und zurück zu gehen.

Der Streit hätte sich nicht so lange hingezogen, wenn die Wissenschaftler gewußt hätten, daß Nastja den ganzen Winter beim Bäcker gelebt hatte, demselben, der zu sagen liebte: «Ich... als lediger Mann...»

Er war nicht sehr erstaunt gewesen, als Nastja ihm das Schwälbchen hinter den Brustlatz geschoben hatte.

«Darf ich vorstellen – hier Bäcker, dort Ofen», sagte er, lud Nastja zum Tee ein und bewirtete sie mit warmem Minsker Brot.

Der Bäcker war der Ansicht, daß es viele

wichtige Dinge auf Erden gebe, aber gut ausgebackenes Brot sei das wichtigste. In seiner Backstube herrschte Ordnung, aber in seiner Wohnung ging alles drunter und drüber. Ein Durcheinander, sagte er, sei nach seiner Meinung auch Ordnung. Dennoch freute er sich, daß Nastja, ohne lange zu überlegen, Wischlappen und Besen ergriff.

«Ach du, mein Seelchen!» sagte er.

Jeder hatte aus unerfindlichem Grund den Wunsch, sie «Seelchen» zu nennen.

Natürlich kam es ihm nicht in den Kopf, daß Nastja aus dem Schneewittchengeschlecht stamme, und als sie ihn zu überzeugen begann, lachte er und glaubte es lange nicht. Dann stellte er eine Überprüfung an und war ganz erschrokken. Da erst erwies er sich auf der Höhe der Situation: er quartierte sie in einem so kalten Zimmer ein, daß jeder beim Eintreten unbedingt «Br...r!» sagte. Zum Mittagessen setzte er ihr etwas Kaltes vor – Kaltschale mit Eis oder Sülze, als Nachtisch Schneebälle – es gibt solch leckeres Gericht auf Erden.

Wann lernen die Mädchen nähen, waschen und aufräumen? Unbekannt. Aber auch Nastja gelang es, sich diese Kenntnisse anzueignen, und zwar so gut, daß der Bäcker bei der Heimkehr einfach seinen Augen nicht traute. Während sie die Böden scheuerte, drehte sie sich im Kreise und sang, und beim Bettenmachen lernte sie Wörter. Einige Ausdrücke erschienen ihr sehr seltsam, und sie wiederholte sie viele Male, um sich an sie zu gewöhnen. «Ich habe dich unglaublich lieb», das bedeutete nicht: «Ich glaube nicht, daß ich dich liebe», sondern im Gegenteil! «Wunschlos glücklich sein» bedeutete nicht, «ohne Wunsch nach Glück zu sein», sondern das Gegenteil.

«Können Sie es nicht mal bewerkstelligen, daß ich einen Traum habe?» bat sie den Bäcker. «Ich habe so was noch nie erlebt.»

«Schon recht, wird gemacht», sagte der Bäcker.

Natürlich scherzte er, aber in derselben Nacht hatte sie tatsächlich einen Traum – und das war herrlich. Sie hatte nicht geglaubt, daß der Schnee völlig, bis zur letzten Flocke, wegtauen könne, wenn Petka auch geschworen hatte, es sei möglich. Jetzt glaubte sie es, denn sie hatte den Sommer im Traum gesehen. Ja, offensichtlich war es der Sommer gewesen. Die Sonne stand niedrig überm Feld. Nastja lief durch das hohe Gras auf sie zu. Petka sagte, die Sonne gehe unter, aber sie wollte nicht, daß sie untergehe. Sie rannte, dann flog sie auf und ergriff die Sonne genau in dem Augenblick, als sie schon auf der dünnen Linie lag, die Himmel und Erde trennte.

Als sie erwachte, schrieb sie an Petka:

Mein unglaublich Lieber! Das bedeutete: sie glaubte ganz fest, ihn zu lieben. *Ich habe einen Traum gehabt.* Das bedeutete, es habe ihr vom Sommer geträumt. *Der Bäcker liebt es zu schlucken.* Das hieß, er trank hin und wieder mal ein Glas über den Durst. *Ich liebe dich!* Das bedeutete, daß sie ihn liebte. *Komme! Deine Nastja.*

Sie hätte gern das Schwälbchen gebeten, mit diesem Brief zu Petka zu fliegen, aber sie konnte sich nicht dazu entschließen. Draußen herrschte ein eisiger Frost.

So lebte sie beim Bäcker einen Tag um den

anderen, eine Woche um die andere. Der junge Winter wurde bejahrter und schließlich ein alter. Kein Vergleich mehr mit dem Dezember, wo er noch ein Jüngling gewesen war. Es ging schon auf den April zu, als Nastja einmal beim Aufräumen der Wohnung hörte, wie draußen auf der Straße ein Scherenschleifer rief. Und beim Bäcker waren gerade alle Messer stumpf.

VIII

Diesmal betraf die fremde Angelegenheit, mit der sich Onkel Kostja befaßte, den alten Pfeifenmeister. Ihm war die Drehbank zerbrochen, auf der er die Pfeifen aus Rosenholz drechselte. Seit dem frühen Morgen schleppte Onkel Kostja die Drehbank von Werkstätte zu Werkstätte und erkundigte sich bei dieser Gelegenheit zugleich, ob nicht jemand das höfliche Mädchen im Kattunkleid gesehen habe, das aus dem Schneesturminstitut entwichen war.

Der Tag war frühlinghaft, Ende März. Hier und da lag noch Schnee, aber er war schon verharscht und schwärzlich. Onkel Kostja wurde für einen Scherenschleifer gehalten, und das machte ihm solchen Spaß, daß er sich nur mit Mühe zurückhalten konnte zu schreien:

«Messer, Scheren, wer hat was zu schleifen?»

Schließlich hielt er es einfach nicht weiter aus und schrie.

Und da geschah etwas, was manchmal in den Märchen vorkommt: ein Mädchen von etwa zwölf Jahren schaute aus einem Fenster und schrie ebenfalls: «Scherenschleifer!»

Aus irgendeinem Grunde dachte Onkel Kostja sofort, daß es Nastja sei, obwohl man sich unmöglich vorstellen konnte, daß Nastja wie ein gewöhnliches Mädchen in einem gewöhnlichen Hause wohnte. Aber trotzdem, sie war es! Wie sonst wäre sie mit einem großen chinesischen Schirm aus dem Hause gekommen, der bekanntlich nicht gegen den Regen, sondern vor der Sonne schützt? Wer sonst hätte so höflich fragen können:

«Verzeihung, aber Sie sind, scheint's, gar kein Scherenschleifer?»

«Natürlich nicht», sagte Onkel Kostja fröhlich. «Ich habe bloß aus Spaß so geschrien. Aber nicht wahr, es hat ganz ordentlich geklungen? Verzeihung, sind Sie nicht zufällig Nastenjka?»

Nastja nickte.

«Ist das die Möglichkeit!» rief Onkel Kostja. «Welches Glück! Mein Gott im Himmel! Petka und ich haben Sie den ganzen Winter gesucht.»

Sie lachte.

«Dann sind Sie also Onkel Kostja?» fragte sie, und nun begannen sie ein langes, höfliches Gespräch – lang, weil höflich, und höflich, weil lang. Fast jeder Satz begann: «Verzeihung, meinen Sie nicht?» Oder «Verzeihen Sie, scheint es Ihnen nicht?» Aber als sie sich bis zu Petka durchgeredet hatten, ging die Sache flotter vorwärts.

«Verzeihung, was macht Petja?»

«Erbarmen, er weiß einfach nichts mehr mit sich anzufangen. Er hat große Angst, daß Sie... wie soll ich sagen... es erscheint mir ganz seltsam... Er hat Angst, Sie könnten...»

«Und warum erscheint es Ihnen seltsam?»

«Nun ja, trotzdem dürfte es nicht geschehen!» sagte Onkel Kostja erregt. «Es gibt doch sehr gute Eisschränke. Noch gestern habe ich gelesen, daß ein neuer auf den Markt gekommen ist, ‹Jugend›, glaube ich, heißt er.»

Nastja schüttelte den Kopf.

«Sie können sich gar nicht vorstellen, wie langweilig es darin ist. Da liegen tote Fische; mir tun sie leid. Die Wissenschaftler kommen in Pelzen und Filzstiefeln; vor ihnen habe ich Angst. Nein, nein! Lieber tauen. Wenn der Bäcker nicht wäre – das ist mein Hausherr –, wäre ich schon längst getaut. Ich habe den ganzen Winter bei ihm zugebracht. Und jetzt hat er mich bis April freibekommen.»

«Freibekommen?»

«Ja. Er ist ins Ministerium gegangen. Aber Sie können sich gar nicht vorstellen, wieviel Schwierigkeiten es gab. Es glückte ihm nur deshalb, weil er ein sehr einflußreicher Bäcker ist. Augenblicklich ist er nach Minsk gefahren. Dort lebt der Großmeister im Brotbacken, und es findet ein Wettkampf statt. Aber ganz gleich, mein Hausherr gewinnt ihn, weil er das beste Brot in der ganzen Sowjetunion bäckt.»

«Erlauben Sie eine Frage», sagte Onkel Kostja. «Sie sagten – bis April? Aber bis April sind es nur noch einige Tage.»

Nastenjka seufzte.

«Wirklich? Ach ja. Verzeihung, können Sie nicht Petenjka einen Brief überbringen? Ich habe ihm geschrieben, daß ich einen Traum hatte, daß der Bäcker zu schlucken liebt und daß ich ihn unglaublich liebhabe. Nicht den Bäcker selbstverständlich, sondern Petja.»

Mit Schneewittchen, Schneeweißchen, Schnee-
männern, Schneegipfeln befaßt sich das Ministe-
rium für kalte Beziehungen. Das hatte Onkel
Kostja genau geklärt. Petja konnte er in dieser
Angelegenheit nicht brauchen. Im besten Falle
hätte er erzählt, daß er Sehnsucht nach Schnee-
weißchen habe und ihr die «Geheimnisvolle
Insel» vorlesen wolle. Im Ministerium für kalte
Beziehungen hatten derartige Argumente keine
Bedeutung. Darum schickte Onkel Kostja
Petenjka zu Nastenjka und begab sich allein
zum Empfang.

Er zog seinen besten Anzug an und stand eine
gute halbe Stunde vor dem Spiegel, bemüht,
genau so auszusehen wie alle Menschen, mit
den Augen nicht in verschiedene Richtungen
zu blicken und die Haare nicht zu verstrubbeln.
Hinsichtlich der Füße bemühte er sich, nicht
zu sehr mit ihnen zu rudern, zumindest keine
allzu großen Spuren zu hinterlassen.

Mein Gott, war das eine Kälte im Ministerium für die kalten Beziehungen! Die Angestell-
ten schauten die Besucher teilnahmslos an. Die-
jenigen, die einen aufrichtigen, sympathischen
Blick hatten, trugen dunkle Schneebrillen,
damit niemand merke, daß sie in Wirklichkeit
herzensgute Menschen seien. Von allen wehte
es einen, wie man so sagt, kalt an. Und obwohl
es nicht jene Kälte war, gegen die man Pelze
anzieht und sich in sie einhüllt, fühlte Onkel
Kostja beim Eintritt ins Ministerium, daß ihm
kein Zahn auf den anderen paßte.

«Ja, Schneeweißchen... sehr interessant.
Wünsche Erfolg...», sagte der Oberrat unge-

duldig, nachdem er ihn angehört hatte. «Aber
leider können wir absolut nichts tun.»

«Verzeihung, es handelt sich doch nur um eine
Fristverlängerung. Nun, sagen wir, bis Herbst.»

«Kennen wir, diese Verlängerungen! Zuerst
bis Herbst, dann bis zum Winter, und im Winter... Nein, nein, ich bin außerstande. Und
dann, wollen Sie den Rat eines erfahrenen
Mannes hören? Mischen Sie sich nicht ein! Sie
hat weder einen Paß noch eine Geburtsurkunde.
Sie zählt als längst getaut, und daß sie irgendwo
unterm Schirm sitzt, ist überhaupt eine Aus-
geburt der Phantasie, es widerspricht allen
Gesetzen der Natur.»

«Man muß die Natur korrigieren, wenn es
möglich ist.»

«Im gegebenen Falle ist es unmöglich. Wenden Sie sich an das Ministerium für eisige Beziehungen, vielleicht interessiert man sich dort
für den Fall.»

Eine ganze Stunde bewies Onkel Kostja hartnäckig, daß Nastenjka keineswegs eine Aus-
geburt der Phantasie, sondern genau das Gegenteil sei – ein Wunder der Natur. Alles war vergeblich. Er ging mißgestimmt fort, ohne sich
darum zu bekümmern, ob seine Augen in verschiedene Richtungen blickten, oder sich wegen
seiner Füße Gedanken zu machen, mit denen
er absichtlich nach Leibeskräften ruderte.

X

Onkel Kostja war klug, obwohl er sich sein
Leben lang in fremde Angelegenheiten mischte.
Wenn es schon im Ministerium für kalte Bezie-

hungen schiefgegangen war, dachte er, was konnte man da vom Ministerium für eisige Beziehungen erwarten?

Und er fuhr ins Schneesturminstitut.

Es war kein Winter mehr, wo sich Pelzer in Hochform befand, aber auch noch nicht Sommer, wo er sich unbehaglich fühlte. Der Frühling nahte. Wenn Pelzer auch ein bekümmertes, finsteres Gesicht machte, so ragte seine kräftige, knollige Nase doch munter wie eine Kartoffel zwischen den rosigen Bäckchen hervor.

«Ist es möglich! Hat sich gefunden?» rief er ebenso wie Onkel Kostja. «Welch Glück! Wo ist sie?»

«Zu Hause.»

«Wie zu Hause? Sie muß unverzüglich in den Eisschrank zurückgebracht werden.»

«Sie verstehen», sagte Onkel Kostja ganz aufgeregt, «sie sagt, daß es im Eisschrank langweilig ist.»

Pelzer war beleidigt.

«Was heißt langweilig?» fragte er kalt. «Wir haben die besten Eisschränke der Welt. Ein Huhn hält sich fünfzehn Jahre lang frisch.»

Onkel Kostja wollte sagen: «Ja, ein Huhn!», hielt sich jedoch rechtzeitig zurück.

«Wenn der Fall so liegt, entschuldigen Sie», sagte Pelzer und wurde noch kälter, «kann ich Ihnen in keiner Weise behilflich sein.»

Onkel Kostja schwieg. Er war vor Betrübnis ganz durcheinander. Die Augen blickten bereits nach verschiedenen Richtungen, und obwohl er saß, nahmen seine Füße schon Ruderstellung ein. Bei seinem Anblick besänftigte sich Pelzer.

«Na schön, gehe es, wie es gehen mag», sagte er plötzlich. «Fahren wir!»

«Wohin?»

«Ins Ministerium. Denken Sie ja nicht, Ihrer Nastenjka zuliebe! Im Ministerium haben sie nämlich mit den Schneestürmen im März eine so heillose Verwirrung angestiftet, daß sich kein Teufel mehr auskennt!»

*

Was mit den Schneestürmen im März passiert war, begriff Onkel Kostja nicht, obwohl ihm Pelzer unterwegs zu erklären suchte, daß man zu ihnen eine taktvolle Einstellung haben müsse, während man im Ministerium meine, sie dürften nur mit Wissen und Einverständnis der Behörde stattfinden.

Offenbar ging es vor allem um diese Frage bei dem lauten Gespräch, von dem einige Töne aus dem Zimmer des Ministers drangen, während Onkel Kostja im Vorraum auf Pelzer wartete. Dann hörte man Gelächter, und nach einigen Minuten kam Pelzer mit einer unterschriebenen Verfügung heraus. Sie lautete:

Punkt 1.

Ich genehmige, ab 1. April Schneeweißchen, entwichen aus dem Schneesturminstitut, als ein ganz gewöhnliches Mädchen ohne besondere Kennzeichen zu betrachten.

Punkt 2.

Vorname, Vatersname, Familienname: Schneeweiß, Anastasija Pawlowna.
Zeit und Ort der Geburt: Siedlung Nemuchin bei Moskau, 1962
Soziale Stellung: Angestellte.
Militärdienstverhältnis: entfällt.

«Und warum Schneeweiß?» fragte Onkel Kostja.

«Sie bekommen durch die Bank den Namen Schneeweiß. Wie denn sonst? Etwa Schneegans? Wenn ihr der Name nicht gefällt, geben wir ihr einen anderen. Aber sie wird ja sowieso mit der Zeit heiraten.»

«Und warum Angestellte?»

«Verbessern wir, wenn Sie wollen. Hausfrau?»

«Nein, nein, lassen wir es bei Angestellte. Und warum Pawlowna?»

«Daran bin ich schuld», antwortete Pawel Pelzer etwas verwirrt. «Wissen Sie, in Wirklichkeit sind sie doch alle meine Kinder. Anders wäre es nicht gut.»

«Wieso?»

«Die Erklärung ist zu umständlich. Gehen wir zum Sekretär. Vielleicht merkt er es nicht.»

XI

Aber der Sekretär merkte es, obwohl er eine Schneebrille aufhatte. Nachdem er die Verfügung aufmerksam durchgelesen hatte, gab er sie Pelzer zurück.

«Ungültig», sagte er kalt.

«Wieso? Der Minister hat doch unterschrieben.»

«Ja. Offenbar hat er vergessen, daß die Schneeröschen noch nicht blühen.»

«Ich verstehe nichts! Erklären Sie es mir bitte genauer», bat Onkel Kostja.

«Diese verdammten Beamten!» brummte Pelzer vor sich hin und zog Onkel Kostja beiseite. «Sie müssen verstehen, derartige Verfügungen werden nicht mit einem Stempel versehen, sondern man klebt statt dessen ein Schneeröschen hinein. Aber jetzt, Mitte März, blühen sie noch nicht.» Er wandte sich zum Sekretär und sagte: «Hören Sie, vielleicht kann man den kleinen Zweig zeichnen? Bei mir im Institut ist ein Bursche, der zeichnet dir wie Rjepin.»

«Werden Sie aufgrund dieser Verfügung einen Geburtsschein beantragen?»

«Ja.»

«Na sehen Sie! Die Miliz wird ihn nicht ausstellen.»

Der Sekretär nahm die Brille ab, blinzelte ins Licht und winkte Pelzer näher. Der Sekretär hatte sympathische Augen, man merkte sofort, daß er die Schneebrille nur aus Prestigegründen trug.

«Probieren Sie, bei Baschlykow vorzusprechen», sagte er leise, nachdem er sich nach allen Seiten umgesehen hatte.

«Welchen Baschlykow?»

«Aus der Abteilung Fensterglasmuster.»

«Er ist doch in Pension gegangen.»

«Sehen Sie, gerade über diesen Punkt dürfen Sie nicht mit ihm sprechen», sagte der Sekretär lächelnd. «Worüber Sie wollen, nur nicht über die Pension. Sonst erhalten Sie kein Schneeröschen, sondern eine Feige. Überhaupt lohnt es sich, mal bei ihm vorbeizuschauen, er hat einen wunderschönen Garten.»

Er setzte die Schneebrille wieder auf, und damit alle Angst vor ihm hätten, schob er das Unterkinn grimmig vor.

«Kapiert!» sagte Pelzer. «Gehen wir.»

Jetzt ereigneten sich zwei Vorfälle, einer so

wichtig wie der andere. Erstens verfehlte Onkel
Kostja beim Verlassen des Ministeriums eine
Stufe und verstauchte sich den linken Fuß.
Zweitens trat etwas ein, das niemand erwartet
hatte; außer Pelzer, der behauptet hatte, daß
man im Ministerium mit den Schneestürmen im
März durcheinander gekommen sei. Durch das
Radio wurde mitgeteilt, daß morgen ein Schnee-
orkan zu erwarten sei. Über Orkane werden im
allgemeinen keine Mitteilungen gesendet, aber
in diesem Falle erfolgte nicht nur die Vorankün-
digung, sondern man erteilte auch Ratschläge:
die Vögel sollten in den Nestern sitzen bleiben,
die Milizionäre sollten etwas Schweres um die
Füße wickeln, weil sie bekanntlich selbst bei
schlechtestem Wetter ihren Platz nicht verlassen
dürfen.

XII

Während sich Onkel Kostja dieserart um Nastja
bemühte, las ihr Petka aus der «Geheimnisvollen
Insel» vor. Sie hörte zu und stopfte oder nähte
dabei. Wurde es spannend, richtete sie den Blick
in die Höhe und schlug die Wimpern auf, und
Petka versetzte es – zuck! – einen Ruck am
Herzen.

Sie gingen miteinander in die Geschäfte. Auf
der Sonnenseite hielt Petka den chinesischen
Schirm über Nastenjka. Sie sagte: «Petenjka,
ich kann doch selbst...», aber er hielt ihn trotzdem – einfach, weil es angenehm war.

Sie plauderten. Nastenjka erzählte ihm von
ihrem Traum, und Petka sagte, daß sie Glück
gehabt habe; er sei in dieser Hinsicht wie eine
Kuh, er träume nie.

«Vom wissenschaftlichen Standpunkt aus gesehen», erklärte er, «unterscheiden sich Menschen, die träumen, fast überhaupt nicht von Menschen, die nicht träumen.»

Dann erzählte Nastenjka vom Bäcker, wie er um sie besorgt sei, ihr Zimmer nicht heize und sie jeden Abend veranlasse, ein eiskaltes Bad zu nehmen. «Hauptsache, das Herz ist heiß», pflege er zu sagen, «alles andere ist – Kino! Du bist zwar kühl von Natur, aber du bringst Wärme ins Haus. Wie kommt das?» Und wenn er etwas loben wolle, sage er immer: «Royal!» Zum Beispiel: «Donnerwetter, sind mir heute die Kringel gelungen – royal!»

So saßen sie und redeten, als Onkel Kostja eintrat, stark hinkend, und sich in einen Sessel fallen ließ.

«Schockschwerenot, Freunde, ich habe mir den Fuß verknackst!»

Während Nastja forteilte, um ein Handtuch und kaltes Wasser zu holen, zog er sich den Schuh aus und betrachtete lange mit schmerzlichen Blicken den angeschwollenen Fuß.

«Eins, zwei, drei!» sagte er und steckte den Fuß in den Eimer mit kaltem Wasser. «Ja also, Petja, es existiert auf Erden ein gewisser – au! – Baschlykow aus der Abteilung für Fensterglasmuster. Du mußt unverzüglich – au! – zu ihm fahren und ihm diesen Brief überbringen. Aber kein Wort von Pension! Kein Sterbenswort! Wenn es dich schon gar zu sehr juckt, das Wort ‹Pen-si-on› auszusprechen, dann sage irgend etwas anderes, das mit ‹Pen› anfängt... Pen-Klub, Pennbruder oder Pennäler. Kapiert?»

XIII

Petja wohnte in Nemuchin und Baschlykow in Muchin an derselben Kiewer Eisenbahnstrecke.

Man hätte erwarten können, daß in seinem Garten die Schneerosen reihenweise ständen und ihre großen weißen Blütenkelche zwischen den gezackten Blättern hervorstreckten. Das war keineswegs der Fall. In einem ganz gewöhnlichen Gärtchen kam ihm ein altes Männchen mit einer Nase entgegen, die wie eine fliederfarbene Pflaume aussah. Schon an dieser Nase war zu sehen, daß man mit ihm besser nicht von der Pension sprach.

«Guten Tag, Großväterchen!» sagte Petja. Er fühlte, wie ihn die Frage juckte, ob der Alte seine Pension wegen Arbeitsunfähigkeit oder wegen Erreichung der Altersgrenze erhalte. «Man hat mich gebeten, Ihnen diesen Brief zu überbringen.»

Baschlykow las den Brief.

«So, so», sagte er nachdenklich. «Ein hübsches Mädchen?»

«Ein sehr hübsches.»

«Aus der Schneewittchensippe?»

«Ja, aber ganz gleich, schade. Sie sagt: ‹interessant›.»

«Was soll interessant sein?»

«Das Leben überhaupt. Sie sagt, sogar einfach zu atmen sei interessant. Andere denken nicht so, stimmt's? Atmen ein, atmen aus. Doch sie findet es interessant.»

«Warum nicht?» sagte Baschlykow. «Sogar ich finde es interessant.»

«Und im Ministerium ist man übrigens ohne

Sie mit den Fensterglasmustern völlig durcheinandergeraten», sagte Petja. «‹Ganz seltsam!› sagt man dort. ‹Ohne Baschlykow klappt der Laden nicht. Das hätten wir nicht gedacht!›»

Das alte Männchen lachte, nötigte Petja zum Sitzen, goß Bier ein, stellte Kalbsbraten auf den Tisch und erzählte, wie herrlich sein Leben sei. Zeit in Hülle und Fülle, er habe sogar begonnen, Cello spielen zu lernen, weil es ein Instrument sei, auf dem man, fast ohne spielen zu können, nichtsdestoweniger imstande sei, mit großem Vergnügen zu spielen. Sprachen interessierten ihn ebenfalls, besonders die spanische, die man nach einer vereinfachten Methode, hieß es, in zwei Wochen erlernen könne. Petja juckte es abermals, eine Frage nach der Pension zu stellen, aber er tat es verständlicherweise nicht. Um sich die Frage aus dem Kopf zu treiben, sagte er mehrmals in Gedanken: «Pensum... Pendel... Penelope...»

«Großväterchen, wie ist es nun?» fragte er. Baschlykow überlegte.

«Für Schneerosen ist es natürlich noch etwas zu früh», sagte er, «aber wir werden sehen.» Er hob den dürren Finger in die Höhe und wiederholte prahlerisch: «Ja, wir werden sehen!»

Er ging ins Nebenzimmer und kehrte nach einigen Minuten mit einem Schneerosenzweig wieder. Es war eine ganz gewöhnliche Schneerose, aber betrachtet man sie genau, erscheint es einem immer, daß eine solche Blüte nur in Märchen sprießen kann. Der Akademiker Glasenapp hat zum Beispiel schon vor langem darauf hingewiesen, daß sie wie ein Tropfen dem anderen einer Braut im Hochzeitsschmuck ähnelt. Doch noch größere Ähnlichkeit hat sie mit einer Braut, die den Kopf neigt, um ihren Brautschmuck zurechtzurücken, und sich mit leuchtenden Augen und errötenden Wangen wieder aufrichtet. Die sich öffnenden Blütenkelche biegen sich zurück, und die rosigen Stempel sind mit einem der schönsten Muster bedeckt, die Großväterchen Frost in unvordenklichen Zeiten gewirkt hat.

«Da!» sagte Baschlykow voller Stolz. «Ist das was?»

Petja sagte, daß er etwas Schöneres als diese Blüte nie im Leben gesehen habe.

«Ja, und dabei – das einzige Exemplar! Und nicht nur das einzige. Das erste in der Sowjetunion.»

XIV

Vorsichtig die Verfügung mit dem daran gehefteten Blütenzweig vor sich hertragend, ging Petja von Baschlykow fort. Vom Bahnhof aus ging er zu Fuß, er hatte Angst, die Verfügung könne in der Metro zerdrückt werden. Er überhastete sich nicht, aber als er sich der Bäckerei näherte, hielt er es nicht aus, rannte Hals über Kopf durch die Straße und beschleunigte den Schritt noch, als er Nastenjka sah, die im Hofe unter dem chinesischen Schirm saß, ein Buch auf den Knien.

Sie hatte ein hellgelbes Kleid an, das sich rings um sie auf der Erde bauschte, genau als ob sie sich zuerst um sich selbst gedreht und dann erst gesetzt hätte, wie es ein Mädchen tut, das zum ersten Mal ein langes Kleid trägt. Wenn jemandem der Gedanke gekommen wäre, sie von oben zu betrachten, hätte er nur zwei helle Kreise gesehen: den Schirm und das Kleid.

Jetzt war alles so gut, wie es besser nicht sein konnte. Mit der Verfügung in der Hand, trat Petka auf Nastenjka zu...

Und da passierte das, worüber tags zuvor im Radio Mitteilung gemacht worden war: es erhob sich ein orkanartiger Schneesturm.

Ohne Zweifel war es ein vom Ministerium für kalte Beziehungen nicht vorhergesehener Orkan, denn im Ministerium hatte man gemeint, der Schneesturm werde sich in Grenzen halten. In den Vorortsiedlungen deckte der Orkan achtzehn Dächer ab, obwohl vierzehn von ihnen vorsorglich mit Ziegeln, alten eisernen Bettgestellen und sonstigem Gerümpel beschwert worden waren. In Nemuchin schleuderte er zwei Zicklein auf den Glockenturm, die sich sehr wunderten, als sie ihre Siedlung von oben sahen – bis jetzt hatten sie immer gemeint, daß sie in einem der schönsten Orte des Erdballs lebten. Der Orkan riß das Schild von der Bierkneipe in der Kadaschewer Uferstraße ab und schleuderte es auf die Sparkasse, so daß alle, die in die Kneipe kamen, den Wunsch hatten, ihr Sparkassenbuch vorzulegen, und alle, die in die Sparkasse traten, der Wunsch nach einem Glas Bier überkam.

Aber das Allerunerträglichste bestand darin, daß der Orkan den Händen Petjas die Verfügung entriß und Nastjas Schirm davonführte. Die Verfügung wirbelte er in den Himmel über den Glockenturm Iwan Welikij und den Schirm auch in den Himmel, aber auf den First eines vielgeschossigen Hauses am Smolensker Platz.

Schwer zu sagen, was für Nastenjka schreck-

licher war! Es stimmt, das Zweiglein war jetzt
an die Verfügung geheftet, aber sie war ihr
noch nicht ausgehändigt worden. Die Sonne
war schon frühlinghaft warm, und ohne
Schirm konnte sie tauen. Offenbar gab es
keinen anderen Ausweg, als der Verfügung
nachzustürzen, koste es, was es wolle, sie nicht
aus den Augen zu lassen und darauf zu hoffen,
daß sie den Gesetzen der Natur entsprechend
irgendwo auf der Erde landen werde. Und
Petja rannte und stieß mit den Moskauern zusammen, die ebenfalls in die Metro, zur Arbeit,
in die Geschäfte eilten. Und die Verfügung
segelte wie ein Kranich durch die Luft des
zarten Märzhimmels. Als er sich einmal um-
schaute, bemerkte Petja voller Beunruhigung,
daß Nastenjka hinter ihm herlief, und noch
dazu auf der Sonnenseite und ohne Schirm!
Sie blickte sich in diesem Moment ebenfalls
um und sah ebenfalls beunruhigt, daß hinter ihr
Onkel Kostja gelaufen kam, hinkend, ächzend
und den gesunden Fuß auf seltsame Weise
vorwärts schleudernd.

«Sie kommt geflogen!» schrie er. «Sie ver-
krümelt sich nicht. Eine Verfügung weiß, wohin sie gehört. Das ist kein Sputnik! Aha, was
habe ich gesagt», schrie er noch lauter, als er
sah, daß die Verfügung sich, langsam kreisend,
auf das Dach des vielgeschossigen Hauses
niederließ. «Vorwärts, Lieber, vorwärts! Ran
an den Speck!»

Aber die Verfügung war tatsächlich kein
Sputnik. Sie flog bald höher, bald tiefer,
schwankte, überschlug sich und plötzlich, da
schlag doch einer lang hin, landete sie direkt in
einem Schornstein.

Das sah ganz Moskau, und natürlich sahen es erst recht Nastenjka und Petka. Sie waren bis zum Arbat gelangt, jetzt blieben sie stehen und blickten sich an.

Und da passierte noch etwas, und wenn es nicht das Allererstaunlichste von allen Geschehnissen war, so doch in jedem Falle das angenehmste: trotz des Dreikilometerlaufs in der warmen Frühlingssonne war Nastenjka nicht getaut. Sie war außer Atem, erhitzt, ganz rot im Gesicht – alles schien sich gegen sie verschworen zu haben. Aber sieh einer an, sie war nicht getaut! Und Onkel Kostja, der endlich auch zu ihnen gehumpelt kam, erriet die Ursache. Er küßte Nastenjka, schrie wie der Bäcker: «Royal!» und brach in Tränen aus. Auch Nastenjka weinte.

«Umarme sie doch, du Klotz!» sagte Onkel zu Petja. Vor Erregung vergaß er, höflich zu sein.

Scheu umarmte Petka Nastenjka und fühlte auf den Lippen den Geschmack ihrer Tränen. Bekanntlich sind die Tränen der Menschen salzig, und bei den Schneeweißchen schmecken sie fade wie abgestandenes Wasser. Nastenjka weinte, und ihre Tränen wurden immer salziger. Das bedeutete natürlich nichts anderes, als daß sie sich allmählich in ein ganz gewöhnliches Mädchen ohne besondere Kennzeichen verwandelte.

xv

Was war denn nun eigentlich vor sich gegangen? Der Wissenschaftler mit der blauen Nase mutmaßte, daß Nastenjka trotzdem getaut sei, und als man zu ihm sagte: «Sehen Sie doch das Mädel an, es steht vor Ihnen!» antwortete er wie die Eisverkäuferin: «Mädel gibt's viele.»

Ein anderer Wissenschaftler, ebenfalls ein begabter Mensch, erklärte, daß wohl der eine oder andere von der Sache nichts verstehe, aber er begreife das Wesen des Problems sehr gut.

«Sie hat sich einfach daran gewöhnt», erklärte er und verstand unter diesen Worten, daß sich Nastenjka daran gewöhnt hatte, ein Mensch zu sein, und jedermann wisse doch, wie schwer es sei, von einer Angewohnheit zu lassen, sogar von einer sehr guten.

Onkel Kostja dachte anders. «Wir alle brauchen sie», sagte er, «und da ist sie halt nicht getaut. Wie soll, sagen wir, der Bäcker ohne sie auskommen? Oder das Schwälbchen? Oder ich, von Petka ganz zu schweigen. Wer hätte sonst zu ihm gesagt: ‹Mein unglaublich Lieber!›? Und die Verfügung? Was heißt schon Verfügung! Wir holen uns eine Kopie, jetzt hat die Sache Gott sei Dank keine solche Eile mehr. Wir warten so lange, bis die Schneerosen blühen und heften nicht eine, sondern gleich zwei Blüten daran.»

Schwer zu sagen, wer von ihnen recht hatte, um so mehr, da es so oder so der erste Fall in der Natur war.

XVI

Onkel Kostja hätte schon längst abreisen müssen; immerhin hatte er sich während seiner Abkommandierung zumeist nur mit fremden Angelegenheiten beschäftigt. Aber zuvor mußte

er für Nastenjka noch eine Geburtsurkunde
beschaffen und sie in der Erwachsenenschule
unterbringen, damit sie beim Bäcker arbeiten
und zugleich lernen konnte. Es ging auch
nicht anders, als wenigstens auf eine halbe
Stunde bei Baschlykow vorbeizuschauen, sich
zu verabschieden und ihm etwas zum Andenken
dazulassen. Zudem war es sehr schwierig, ein
Geschenk für einen Mann zu kaufen, der die
spanische Sprache erlernt und vorzüglich auf
dem Cello spielt.

Schließlich gehörte es sich auch, auf die
Rückkehr des Bäckers zu warten, einfach um
die Bekanntschaft des berühmten Mannes zu
machen, der es liebte, von sich zu sagen: «Ich...
als lediger Mann...»

All das wurde bewerkstelligt, und mit
Glanz! Die Geburtsurkunde zum Beispiel
wurde mit schönen Buchstaben geschrieben,
die an Eiskristalle erinnerten. Baschlykow empfing alle drei – Onkel Kostja, Nastenjka und
Petka, spielte ihnen auf dem Cello vor und sagte
auf spanisch: «Salud». Selbstverständlich wurde
die Pension mit keinem Wort erwähnt.

Zu dritt trafen sie auch den Bäcker, der den
Minsker Großmeister besiegt hatte und in vor-
züglicher Stimmung nach Hause zurückgekehrt war. Er hatte Nastenjka einen riesigen
Klappschirm als Geschenk mitgebracht, so
einen, unter dem die Maler bei jeglichem Wetter
zeichnen, und freute sich von Herzen, als er
erfuhr, daß der Schirm nicht mehr nötig war.

Alle, denen Onkel Kostja geholfen hatte,
kamen, um ihm das Geleit zu geben. Auf dem
Bahnsteig war ein Gedränge, daß man kaum
durchkam. Da waren: Pelzer, Baschlykow, der

Pfeifenmeister, der Bäcker, Nastenjka, Petja –
und zwischen den Menschen, beiläufig gesagt,
hüpfte eine Krähe herum, der Onkel Kostja
einen Platz im Erholungsheim für die alten
Krähen verschafft hatte. Der Pfeifenmeister
schleppte eine Pfeife an, die er drei Jahre lang
angeraucht hatte, und der Bäcker ein so wohl-
duftendes Minsker Brot, daß alle einander
fragten: «Was riecht denn hier so gut?» Man
klopfte Onkel Kostja auf den Rücken, schaukelte und küßte ihn. Kaum lebendig, kletterte
er in den Waggon, und aus dem Fenster gelehnt,
verabschiedete er sich von neuem von den
Freunden.

«Kommt mich besuchen!» rief er. «Kommt
alle. Auch die alte Krähe soll kommen. Und du,
altes Mütterchen, für das ich die Krücke angefertigt habe. Macht nichts, daß du sie mir an
den Kopf gehauen hast.»

Der Zug setzte sich in Bewegung, fuhr zuerst
langsam, dann immer schneller. Aus dem
Fenster gebeugt, sah Onkel Kostja zwei schlanke
Gestalten, die sich von den übrigen, die ihm
das Geleit gegeben hatten, absonderten und
dem Zug nachliefen. Sie schwenkten die Ta-
schentücher und riefen: «On-kel Kost-ja!» Das
waren natürlich Nastenjka und Petja.

Bemüht, die Nachbarn nicht mit den Füßen
zu belästigen, kletterte Onkel Kostja auf die
obere Schlafpritsche, kleidete sich aus, legte
sich hin und dachte zurück. Er entsann sich,
daß die alte Frau nicht in Moskau, sondern in
Nowosibirsk die Krücke nach ihm geworfen
hatte, und auch nicht jetzt, sondern vor langem,
vor zwei Jahren – und lachte lange, nachdem
er die Decke über sich gezogen hatte.

Um Nastenjka machte er sich immer noch Sorgen. Ich hätte sie eigentlich mit mir nehmen sollen, dachte er. Ich wäre mit ihr nach Schneestadt, Rayon Schneegrenze, gefahren und hätte ihr Schneeammern gekauft. Obwohl die Schneeammern, glaube ich, dort nichts taugen.

Die Räder pochten beruhigend und lustig und sangen immerzu von Schneeammern, Schneefällen, Schneeziegen, die auf Schneegipfeln lebten.

Petka begleitete Nastenjka heim, kehrte nach Nemuchin zurück und begann sie zu zeichnen. Zuerst erschienen auf dem Papier zwei helle Kreise. Das waren der Sonnenschirm, das Kleid und die feinen Hände mit dem Buch, die auf den Knien ruhten. Im leichten Sommerkleid saß sie allein im weiten Feld, mitten im Winter. Ringsum türmten sich junge, weiche Schneehügel, die bläuliche Schatten warfen, und alte, bösartige Schneehaufen mit schartigen Zacken, über denen ein Dunstkreis schwebte.

Dann zeichnete er sie als Schlafende. Sie lag auf einer Wiese, im Sommer, die Hand unter die Wange gelegt, die zarten Ovale der Wimpern gesenkt, und die Sonne, die sie nicht mehr fürchtete, vergoldete ihre Haare mit dem Scheitel in der Mitte.

ALEXANDER GRIN

Der redselige Hausgeist

I

Ein Hausgeist, der an Zahnweh leidet – erscheint das nicht als Verleumdung eines Wesens, dem so viel Hexen und Zauberer zu Diensten sind, daß er ohne Gefahr ganze Fässer von Zucker futtern könnte? Aber es ist so, es war so – der kleine, traurige Hausgeist saß an der kalten Herdplatte, die schon seit langem vergessen hatte, was Feuer heißt. In gleichmäßigem Takt den ungekämmten Kopf hin und her wiegend, hielt er sich die umwickelte Backe, stöhnte kläglich wie ein Kind, und in seinen trüben, roten Augen zuckte der Schmerz.

Es regnete in Strömen. Ich ging in das zerfallene Haus hinein, um das Unwetter abzuwarten, und sah ihn; er hatte vergessen, daß er verschwinden mußte.

«Jetzt ist schon alles gleich», sagte er mit einer Stimme, die an das Krächzen eines Papageis erinnerte, wenn er sich aufregt. «Ohnehin wird dir niemand glauben, daß du mich gesehen hast.»

Nachdem ich für alle Fälle mit den Fingern das Horn einer Schnecke, das heißt eine Geste gegen den bösen Blick, gebildet hatte, antwortete ich:

«Hab keine Angst. Ich schnippe weder mit einer Silbermünze nach dir, noch vertreibe ich dich mit einer raffinierten Beschwörung. Aber das Haus ist ja leer!»

«Ja, ja, ja, aber trotzdem fällt es mir schwer, von hier wegzuziehen», erklärte der kleine Hausgeist. «Hör zu, ich will dir erzählen, weshalb. Die Zähne schmerzen so oder so. Wenn man redet, ist es leichter zu ertragen. Bedeutend leichter... au! Mein Lieber, die ganze Angelegenheit hat nicht länger als eine Stunde gedauert, aber ihretwegen bin ich hier hängengeblieben. Siehst du, ich wollte und mußte begreifen, was da vor sich gegangen war und warum es geschah. Die Meinigen, meine eigenen Leute», er seufzte schluchzend, «Meine da, nun, mit einem Wort, die Unsrigen säubern schon seit langem jenseits der Berge die Pferdeschweife und fanden ihre Beschäftigung, sobald sie von hier aufbrachen, aber ich war nicht dazu imstande, denn, denn ich kann die Sache einfach nicht begreifen und muß ihr doch auf den Grund kommen.

Schau dich um – Löcher in der Decke und in den Wänden, aber stelle dir vor: ringsum Kupfergeschirr, das vor Sauberkeit blitzt, weiße, durchsichtige Vorhänge vor den Fenstern und überall im Hause Blumen, nicht weniger als im Walde; der Boden ist blank gescheuert; die Platte des Herds, an dem du sitzest wie an einem kalten Grabmal, ist rotglühend, und von dem in roten Töpfen brodelnden Mittagessen steigen appetitlich duftende Schwaden empor.

Nicht weit von hier waren Steinbrüche. Granit wurde gebrochen. Und hier in diesem Haus lebte ein Mann mit seiner Frau – ein Paar, wie man es selten findet. Der Mann hieß Philipp, die Frau Annie. Sie war zwanzig, er fünfundzwanzig Jahre alt. Hier, wenn dir das gefällt, genau so war sie!» Dabei pflückte der kleine Hausgeist ein winziges, wildwachsendes Blümchen in einer Spalte des Fensterbretts, wo sich mit den Jahren Erde angesammelt hatte, und streckte es mir demonstrativ entgegen. «Den Mann liebte ich ebenfalls, aber sie gefiel mir mehr, da sie nicht nur Hausfrau war. Uns Hausgeister entzückt das an den Menschen, was sie uns annähert. Sie versuchte, den Fisch im Bach mit den Händen zu fangen, pochte an den großen Felsblock am Kreuzweg, lauschte auf den immer leiser werdenden Klang, bis er ganz verhallte, und lachte, wenn sie an der Wand einen goldenen Sonnenstrahl erblickte. Verwundere dich nicht – darin liegt die Magie, das tiefe Wissen einer schönen Seele; aber nur wir Krummfüßigen verstehen die magischen Zeichen zu erkennen: den Menschen bleiben sie verschlossen.

‹Annie!› rief der Mann fröhlich, wenn er vom Steinbruch, wo er im Büro angestellt war, zum Essen kam. ‹Ich bin nicht allein, Ralf ist bei mir!› Aber der Scherz hatte sich schon so oft wiederholt, daß Annie, lächelnd und ohne sich irritieren zu lassen, nur für zwei deckte und Essen brachte. Und sie begegneten einander, als ob sie sich gefunden hätten – sie lief auf ihn zu, und er nahm sie auf die Arme.

Abends zog er Ralfs Briefe hervor. Ralf war sein Freund, mit dem er einen Teil seines Lebens verbracht hatte, bevor er heiratete. Er las sie laut vor, und Annie lauschte, den Kopf auf die Arme gestützt, den längst bekannten Worten vom Meer und dem wunderbaren Glanz der Strahlen auf jener Seite unserer gewaltigen

Erde, von Vulkanen und Perlen, Stürmen und Kämpfen im Schatten riesiger Wälder. Jedes Wort war für sie ein Felsblock, wie der singende Stein am Kreuzweg, der einen lange nachhallenden Ton gab, wenn man ihn anschlug.

‹Er wird bald kommen›, sagte Philipp, ‹er wird bei uns sein, sobald der Dreimaster ‚Sindbad' in Graisse anlegt. Von dort ist es nur eine Stunde Bahnfahrt und eine Stunde von der Station bis zu uns.›

Manchmal interessierte sich Annie für irgend etwas aus Ralfs Leben. Dann begann Philipp begeistert von Ralfs Kühnheit, Abenteuern, von seiner Großmut und seinem Schicksal zu erzählen, das an ein Märchen erinnerte: Armut, Fund einer Goldmine, Kauf eines Schiffs und ein Geflecht großartiger Legenden, gewebt aus Takelage, Meeresschaum, Spiel und Handel, Gefahren und Entdeckungen. Ewiges Spiel. Ewige Erregung. Ewige Musik von Land und Meer.

Ich habe nie gehört, daß sie sich gestritten hätten – und ich höre alles. Ich habe nie gesehen, daß sie auch nur einmal kalte Blicke gewechselt hätten – und ich sehe alles.

‹Ich will schlafen›, sagte Annie abends, und er trug sie auf das Bett, deckte sie zu und wickelte sie ein wie ein Kind. Im Einschlafen murmelte sie: ‹Phil, wer flüstert in den Wipfeln der Bäume? Wer geht übers Dach? Wessen Gesicht sehe ich im Bach neben dem meinigen?›

Nüchtern antwortete er und blickte in die halbgeschlossenen Augen: ‹Ein Rabe geht übers Dach; der Wind rauscht in den Bäumen; die Steine glänzen im Bach – schlaf ruhig, mein Herz, und ängstige dich nicht!›

Dann setzte er sich an den Tisch und schrieb den fälligen Antwortbrief an Ralf. Hernach wusch er sich, legte Holz zurecht und ging zu Bett. Er schlief augenblicklich ein. Nie wußte er, was ihm geträumt hatte. Und nie schlug er an den singenden Fels am Kreuzweg, wo die Feen aus Staub und Mondstrahlen wunderbare Teppiche weben.»

II

«Also, hör zu... ein wenig will ich noch von den drei Menschen erzählen, die mich in so unbegreiflicher Verwirrung zurückgelassen haben.

Es war ein sonnenheller Tag auf der in voller Pracht erblühten Erde, als Philipp mit dem Notizbuch in der Hand die zum Verladen bestimmten Granitblöcke mit Zeichen versah und Annie auf dem Rückweg von der Station, wo sie eingekauft hatte, bei ihrem Stein haltmachte und ihn wie immer mit einem Schlag des Schlüssels zum Singen brachte. Es war ein Felsblock, anderthalbmal so groß wie du. Wenn man ihn anschlug, tönte er lange nach, wurde immer stiller und stiller, aber sobald man meinte, er sei verstummt, brauchte man nur das Ohr an den Fels zu legen, und man vernahm tief in seinem Inneren seine kaum noch hörbare Stimme.

Unsere Waldwege sind wie Gärten. Ihre Schönheit ergreift das Herz. Die Sonne dringt durch ein Gitter von Blüten und Zweigen und verwandelt ihr Licht, so daß der Blick von den gelben, lilafarbenen, dunkelgrünen Reflexen

auf dem Sand ermüdet und ziellos umher-
schweift. Kühles Wasser ist an solchen Tagen
das Beste, was es gibt.

Annie verharrte, lauschte auf den Gesang des
Waldes in ihrer Brust, pochte gegen den Stein
und lächelte, wenn eine neue Klangwoge den
schon halb verstummten Ton wieder anschwel-
len ließ. So belustigte sie sich und meinte, daß
keiner sie sähe, aber da stand plötzlich ein Mann
in der Wegbiegung. Langsam kam er auf sie
zu. Seine Schritte wurden immer leiser. Schließlich blieb er stehen. Noch immer lächelnd,
blickte sie ihn an. Sie erschrak nicht, trat nicht
zurück, es war, als ob er immer hier gewesen
sei und dagestanden habe.

Er war sonnenverbrannt – tief braun, das
Meer hatte mit Wind und Wogen sein Gesicht
gezeichnet. Aber es war schön, da es eine leiden-
schaftliche, zärtliche Seele widerspiegelte. Seine
dunklen Augen blickten Annie an und wurden
noch dunkler und leuchtender, während die
hellen Augen der Frau sanft aufleuchteten.

Du vermutest ganz richtig. Ich bin ihr nach-
gegangen; es gibt nämlich Schlangen im Wald.

Der Stein war schon längst verstummt, aber
sie sahen sich noch immer an, lächelten ohne
Worte, ohne Laut. Dann streckte er seine Hand
hin, und sie reichte ihm – zögernd – die ihre.
Ihre Hände vereinigten sich. Er nahm ihren
Kopf – behutsam, so behutsam, daß ich zu
atmen fürchtete, und küßte sie auf die Lippen.
Ihre Augen schlossen sich.

Dann traten sie auseinander – und der Stein
trennte sie wie zuvor. Als Annie den auf sie
zukommenden Philipp erblickte, eilte sie auf
ihn zu.

‹Er ist gekommen, ja!› Vor Freude brachte Philipp zuerst keinen Ton hervor, aber schließlich warf er seinen Hut in die Luft, stieß einen Freudenruf aus und umarmte den Ankömmling. ‹Annie hast du wohl schon gesehen, Ralf. Das ist sie!› Sein gutes, hartes Gesicht brannte vor Erregung über das Wiedersehen. ‹Du wirst bei uns wohnen, Ralf. Wir zeigen dir alles. Und reden nach Herzenslust. Das, lieber Freund, ist meine Frau, sie hat ebenfalls auf dich gewartet.›

Annie legte die Hand auf die Schulter ihres Manns und schaute ihn mit großen, warmen und reinen Blicken an, dann richtete sie die Augen auf den Gast, ohne den Ausdruck zu verändern, als ob ihr beide gleich nahe seien.

‹Ich kehre noch einmal zurück›, sagte Ralf. ‹Phil, ich wußte deine Adresse nicht mehr und bin den Weg auf gut Glück gegangen. Darum habe ich mein Gepäck nicht mitgebracht. Ich will es gleich holen.›

Sie verabredeten die Zeit seiner Rückkehr und trennten sich.

Das ist alles, Jäger, Mörder meiner Freunde, was ich darüber weiß. Und ich begreife das Ganze nicht. Vielleicht kannst du es mir erklären?»

«Ist Ralf zurückgekommen?»

«Sie warteten lange auf ihn, aber er schrieb von der Station, er habe einen Bekannten getroffen, der ihm ein unaufschiebbares, vorteilhaftes Geschäft anbot.»

«Und jene beiden?»

«Sie sind gestorben, schon vor langer Zeit, vor dreißig Jahren. Kaltes Wasser an einem heißen Tag! Annie erkältete sich und starb. Er folgte halb ergraut ihrem Sarge. Danach verschwand er. Es hieß, er habe sich in einem Zimmer mit einem Kohlenbecken eingeschlossen. Aber was geht mich das an?... Mir tun die Zähne weh, und ich kann das Ganze nicht begreifen...»

«So wird es auch bleiben», sagte ich höflich und schüttelte zum Abschied die behaarte, ungewaschene Hand des Hausgeistes. «Nur wir Fünffingerigen können die Zeichen des Herzens erkennen; den Geistern bleiben sie verschlossen.»

LEO TOLSTOJ

Bauer und Wassermann

Ein Bauer ließ sein Beil ins Wasser fallen. Bekümmert setzte er sich ans Ufer und weinte.

Der Wassermann hörte es, hatte Mitleid mit dem Bauern, brachte ihm ein goldenes Beil aus dem Fluß und sagte: «Ist das dein Beil?»

Der Bauer sagte: «Nein, nicht meins.»

Der Wassermann brachte ein anderes – ein silbernes Beil.

Der Bauer sagte abermals: «Nicht mein Beil.»

Da brachte der Wassermann das richtige Beil.

Der Bauer sagte: «Das da ist mein Beil.»

Der Wassermann schenkte dem Bauern alle drei Beile für seine Wahrheitsliebe.

Zu Hause zeigte der Bauer den Nachbarn die Beile und erzählte, was er erlebt hatte.

Da gedachte ein anderer Bauer, das gleiche zu tun. Er ging zum Fluß, warf sein Beil absichtlich ins Wasser, setzte sich ans Ufer und weinte.

Der Wassermann brachte ein goldenes Beil und fragte: «Ist das dein Beil?»

Der Bauer freute sich und rief: «Meins, meines!»

Der Wassermann gab ihm weder das goldene Beil, noch händigte er ihm das eigene wieder aus, denn er hatte die Unwahrheit gesagt.

SASCHA TSCHORNYJ

Der Soldat und die Nixe

Der Feldwebel schickte einen Soldaten in einer mondhellen Sommernacht los; er sollte im Flüßchen hinter dem Lager Krebse fangen; der Feldwebel aß gern Krebse zu einem Gläschen Wodka. Der Soldat zündete einen Kienspan an – die Funken sprühten nur so! –, ließ ein Stück verfaultes Fleisch an einem Hakenstock ins Wasser und wartete auf Beute. Es wimmelte von Krebsen; sie krochen aus ihren Löchern hervor und zwickten sich am Stock fest; stinkiges Fleisch hatten sie nicht jede Nacht als Leckerbissen...

Sowie sich der Soldat anschickte, das Netz unter die schwarzen Kostgänger zu schieben und sie an die frische Luft zu ziehen – pardauz! –, faßte jemand aus dem Wasser heraus seinen Stiefel und krallte sich daran fest, zieht – das Aas! – mit aller Gewalt, reißt gleichsam das Bein mit Stumpf und Stiel heraus. Der Soldat machte sich steif, stemmte sich dagegen, klammerte sich an den Haaren von Mütterchen Weide fest – er brauchte sein Bein selber... Mit Mühe und Not brachte er es heil aus dem Stiefel, aber der Stiefel, kruzitürken, glitt ins Wasser wie ein Fisch.

Der Soldat, halbentstiefelt, sprang nach vorn und blickte auf das Wasser hinunter. Da sieht er eine Nixe. Sie schneidet eine listige Fratze, plätschert bis zur feuchten Brust im Wasser, neckt ihn mit dem Stiefel, lacht:

«Dein Glück, Kavalier, daß du einen schlüpfrigen Fuß hast! Sonst wärst du mir nicht durch die Lappen gegangen... Ich hätte mit dir im Wasser Katz und Maus gespielt!»

«Stelle dich nicht mit mir auf eine Stufe, du grüne Gans! Spiel mit einem Barsch, ich bin ein Mensch in staatlichen Diensten.»

«Du gefällst mir. Fratze voller Sommersprossen, blaue Augen. Ich würde gern mal mit dir unter Wasser ein bißchen schäkern...»

Der Soldat wurde zornig, stampfte mit dem nackten Fuß auf.

«Gib den Stiefel wieder her, Fischblut!... Den Teufel werde ich dir dort unter Wasser tun. Du hast Kiemen, und ich würde wie eine leere Flasche voll Wasser laufen. Und was für eine Liebe wäre mit dir, du Flußschleim, schon möglich? Schau dir doch nur deinen Schwanz an!»

Das, meine lieben Freunde, traf sie schwer. Von wegen des Schwanzes... Sie schwamm fort, setzte sich mitten im Fluß auf einen Stein und wedelte sich vor Erregung mit dem Stiefel wie mit einem Fächer Luft zu.

Der Soldat war fast am Heulen.

«Gib mir meinen Stiefel wieder, falsches Frauenzimmer! Was nützt er dir, der eine? Aber ich, wenn ich ohne Stiefel meinem Zugführer vor die Augen komme, frißt er mich ohne Salz!»

Sie machte sich den Spaß, den Stiefel sich auf den Schwanz zu ziehen – einer genügte ihr –, und schwenkte ihn auch noch hin und her. Auch bei ihnen, Brüder, geht es nicht ohne Koketterie...

Was tut man da? Springt man ins Wasser, schwimmt sie fort. Mit Bitten erreicht man auch nichts – was für ein Herz haben diese Nixen schon!

Sie schwamm vom Stein zurück, war auf einen Gedanken gekommen.

«Los, Soldatchen, machen wir ein Wettrennen! Ich schwimme im Wasser, und du läufst am Ufer – bis zu dieser großen Weide dort. Wer zuerst ankommt, dem gehört der Stiefel. Gemacht?»

Der Soldat lachte sich eins. So eine einfältige Trine! Als ob flinke Soldatenbeine die schwimmende Heidin nicht leicht auf trockenem Land einholen würden!

«Gemacht!» sagte er.

Sie schwamm näher heran und stellte sich auf die gleiche Linie wie der Soldat. Der zog den zweiten Stiefel vom Fuß, um einen bequemeren Lauf zu haben, und schmiß ihn ins Gebüsch.

Die Nixe pfiff. Wie da der Soldat losbrauste! Das Gras stampfte er in Klump, in den Ohren sauste der Wind, das Herz pochte wie ein Hammer, die Kupferstücke in der Tasche klimperten... Schon war die Weide nicht mehr fern – aber da sieht er vor sich im Wasser einen schäumenden Wirbel, und auf der Leuchtbahn des Mondlichts glänzen die Fischschuppen wie das mit Münzen behängte Halsband einer Zigeunerin... Die Nixe ist am Ziel. Ein Bajonett in ihren Hintern! Die Nixe plätschert neben der Weide und macht sich mit ihrer silbernen Stimme über ihn lustig:

«Warum bist du so außer Atem, Soldatchen? Hättest du den Ring vom Ohr genommen, wäre dir das Laufen leichter geworden... Na was, los, machen wir es noch einmal umgekehrt! Vielleicht erweist sich das Soldatenglück beim Rücklauf...»

Der Soldat drehte sich um. Er hatte sich noch kaum verschnauft, preschte aber wieder los, platzte fast aus der Haut. Die Ellbogen angewinkelt, bohrte er den Kopf in die Sträucher. «Du lügst, die Pest über dich – beim ersten Male nicht geschafft, beim zweiten Male überholt – Ausgleich!»

Als er den Ausgangspunkt erreichte, beugte er sich so tief übers Wasser, daß ihm die Mütze auf den Boden rutschte. Die Fischjungfer breitete die Arme unter dem steilen Ufer aus, ringelte den Schwanz, zwinkerte dem Soldaten mit ihren grünen Augen zu.

«Wünsche wohl gedampft zu haben! Warum hast du den Ohrring nicht abgenommen! Warum bist du so begriffsstutzig, mein Smaragd? Saug am Steinchen, sonst platzt du vor Anstrengung!»

Der Soldat sitzt am hohen Ufer, die Brust geht wie ein Blasebalg... Der staatliche Stiefel dürfte demnach verloren sein! Jetzt wird ihm der Feldwebel zeigen, wo die Nixen überwintern.

Als der Soldat den zweiten Stiefel wieder anzog, den er um des leichteren Laufens willen ausgezogen hatte, hörte er unter dem Fußlappen was knirschen. Er faßte mit der Hand hinein – ach Teufel, das war ja seine Mundharmonika, die er ständig im Stiefelschaft bei sich trug. Bei einem pockennarbigen Zigeuner, der mit Mausefallen hausierte, hatte er sie in der Stadt gekauft.

Vor Kummer preßte der Soldat den Mund gegen die Metallzungen, blies hinein, strich mit den Lippen von links nach rechts – die Nixe fuhr regelrecht zusammen.

«He, Soldatchen! Was ist das für ein Dingelchen?»

«Kein Dingelchen, du Dummkopf, das ist Musik – ein russisches Lied spiele ich.»

«Gib es mir. Nun, so gib es mir schon! Ich werde nachts im Röhricht deinesgleichen damit locken...»

Schau einer die kalte Gallerte an, was sie sich ausgedacht hat! Seinen Kameraden zum Verderb, sollte ihr der Soldat auch noch das Mittel dazu in die Hand geben!...

Aber ohne List melkt man auch eine Ziege nicht. Der Soldat spielte, ließ das Lied mit ganz leisen Tönen erklingen und überlegte dabei: «Wie könnte ich das schlüpfrige Weib nur auf den Arm nehmen?»

«Gib mir den Stiefel zurück, dann gebe ich sie dir vielleicht...»

Die Nixe lachte, daß es dem Soldaten kalt über den Rücken kroch.

«Komm doch näher, Süßer! Gib mir die Harmonika mal in die Hand, vielleicht tausche ich...»

«Das soll dir nicht geschenkt sein!...» Der Soldat holte eine Schnur aus der Tasche – er hatte immer für alle Fälle eine bei sich –, band die Harmonika daran fest und warf sie der Nixe von weitem zu.

«Na, spiele! Wenn du auch des Teufels bist, so schenke ich dir doch volles Vertrauen. Blas mir was vor!»

Sie zog das Spieldings aus dem Wasser, nahm

es in ihr Mondscheinhändchen, setzte es an die Lippen – ihre Augen funkelten wie Lichter. Aber statt eines Lieds quollen aus der Harmonika nur mißtönende Blasen und strudelten an ihr entlang. Selbstverständlich – das Instrument war voller Wasser, und sie, das Balg, hatte keine Ahnung von der Handhabung... Vergeblich blies sie auf ein und dieselbe Stelle. Mal zog sie den Speichel in sich hinein, mal lief er ihr zum Mund heraus.

«Woran liegt das, Soldat? Warum geht es bei dir wie geschmiert, und bei mir klingt's, als ob eine Kröte den Mond anquakt!»

«Darum, Schöne, weil dein Nischel löcherig ist... Verstehst nicht zu überlegen! Wenn Wasser in die Harmonika gedrungen ist, lege ich sie zum Trocknen immer in den Stiefelschaft. Stecke sie in deinen Stiefel, drücke sie aber möglichst tief hinein, und dann stellst du ihn auf den mondbeschienenen Stein. Wenn sie wieder in Ordnung ist, trillert sie wie eine Nachtigall an den Lippen. Spielen bringe ich dir eins, zwei, drei bei, das Instrument muß nur erst wieder trocken sein.»

Die feuchte Pute schwamm zum Stein, steckte die Harmonika in den Stiefel, preßte sie wie geheißen in die Stiefelspitze hinein. Dann kehrte sie zum Ufer zurück und wedelte wie ein Köter freundlich mit dem Schwanz.

«Bringst du mir's bei, Soldatchen?»

«Bestimmt, Fischlein! Bei unserem Regimentsziegenbock würde es mir nicht gelingen, der ist absolut unmusikalisch, aber wie sollte man es einer Schönheit wie dir nicht beibringen können... Nur, was kriege ich für den Unterricht?»

«Willst du, ich hole dir eine Handvoll Perlen vom Grund?»

«Warum nicht, tummele dich! In einer Soldatenwirtschaft kann man auch Perlen brauchen.»

Sie tauchte unter die Seerosen, auf der Wasserfläche liefen die Wellen in Kreisen auseinander.

Der Soldat war kein Dummkopf. Er hielt noch immer die dünne Schnur unbemerkt in der Hand. Langsam begann er zu ziehen. Die Harmonika stellte sich im Stiefel quer, der Stiefel plumpste ins Wasser, und der Soldat zog ihn behutsam zu sich heran.

Er schüttete das Wasser heraus, angelte sich die Harmonika, steckte den Fuß in den Stiefel, stampfte mit dem Hacken auf... «Ach du, daß dich die Otter beiße!... So listig euresgleichen auch sein mag, aber ein Soldat haut euch noch immer übers Ohr!»

Gleichzeitig sammelte er die Krebse, die in dicken Haufen am Stock saßen, mit einem Netz ein und stellte sich hinter die Weide, um die beiden Stiefel nicht sehen zu lassen.

Die Nixe tauchte auf, spuckte ins Händchen – der ganze Mund war voll Schlamm, in der anderen Hand schimmerten die Perlen.

Er reichte ihr die Mütze hin, ging jedoch nicht näher heran.

«Schütte sie hinein, meine Liebe... Und dann Hals über Kopf zum Stein! Die Harmonika im Stiefel ist im Mondschein längst getrocknet.»

Sie schwamm los. Der Soldat nahm fix die Mütze, schüttete die Perlen in den Tabaksbeutel. Da hatte er also noch ein gutes Geschäft bei der Sache gemacht!...

Als sie den Stein erreicht hatte, die vorlaute Streunerin, kletterte sie wie ein Seehund hinauf.

Meiner Treu, wie sie da aufkreischte! Wie eine angeschossene Möwe.

«Ach, ach! Und der Stiefel? Wo ist er? Daß dir der Wassermann an die Gurgel springe!»

Doch der Soldat winkte ihr von der hohen Böschung mit der Mütze zu:

«Der Stiefel ist an meinem Fuß, die Harmonika in meiner Hand und für die Perlen gehorsamsten Dank. Meine Tanjuschka zu Lande wohnt in der Stadt, die Perlen kommen ihr zu einem Halsband gerade zurecht... Bleiben Sie glücklich, Fräulein! Krebse, Ihre Untergebenen, habe ich auch reichlich gefischt – der Feldwebel wird sie auf Ihr Wohl verzehren.»

Die Nixe schlug ihre Mondscheinhände zusammen und suchte nach einem möglichst saftigen Schimpfwort – aber auch in dieser Beziehung konnte sie dem Soldaten nicht das Wasser reichen.

JEWGENIJ PERMJAK

Foka – der Mann, der alles kann

In einem Lande regierte einst ein Zar; er hieß
Baldej und taugte nichts. Seine Hofschranzen
und Staatsräte waren genau solche Dummköpfe
wie er. Das Volk jenes Landes war jedoch von
ungewöhnlicher Findigkeit und Geschicklich-
keit. Viele Meister aus dem Volk hatten die ver-
schiedenartigsten Dinge erfunden. Nehmen wir
zum Beispiel Foka. Von ihm handelt die Mär.

Einmal säten die Bauern für den Zaren Baldej
Erbsen. Der Boden jener Gegend war gut.
Regen kam zur rechten Zeit. Die Sonne brauchte
man keinem anderen Zaren und Volk wegzunehmen. Üppig sprossen die Erbsen. Aber eins
war eine arge Plage. Das Erbsenfeld war
schwarz von Raben. Sie pickten die ganze
Ernte auf.

«Was tun, was unternehmen, weiser Zar Baldej Stoffelsohn?» Der Kanzler Hohlkopf verneigte sich tief vor seinem Gebieter.

«Beruft den Bojarenrat ein!» befahl Zar
Baldej.

Die Bojaren wurden zusammengeholt und
versanken in tiefes Sinnen.

Einen Tag grübelten sie, zwei Tage überlegten sie hin und her, am dritten Tage verkün-
digten sie den Befehl:

«Wir, Zar Baldej der Dritte, Herrscher von
hoher Weisheit, des ganzen Reichs Gebieter,

Herr der Erbsenfelder und so weiter und so weiter... befehlen dem leibeigenen Bauern Foka, dem Bärenhäuter, daß er Tag und Nacht auf dem Erbsenfeld mit der Schnarre klappere und die Raben verscheuche.»

Foka kam zum Erbsenfeld; es war schwarz vor Raben. Er fing fünf der geflügelten Räuber und zimmerte fünf Laufräder, in die man gewöhnlich Eichhörnchen sperrt. In den Rädern geht es zu wie beim Zaren im Frauengemach. Setzt man ein Eichhörnchen in ein solches Laufrad, dann rennt es und rennt, und davon dreht sich das Rad. Foka brachte an diesen Laufrädern Klappern an und setzte in jedes statt eines Eichhörnchens einen Raben.

Die Raben drehten die Räder, die Räder knatterten mit den Klappern, und das Schnarren tönte um so lauter, je rascher der betäubte Rabe hüpfte und sich selbst ebenso wie die übrigen Raben in Schrecken setzte.

Eins, zwei, drei war das Feld blank und frei. Die Raben fürchteten sich sogar, in der Nähe vorbeizufliegen.

Der Kanzler Hohlkopf kam, um zu prüfen, ob des Zaren Befehl ausgeführt worden war. Was ist das? Kein Foka, keine Raben! Die Schnarren knatterten unaufhörlich, die Raben schreckten selbst die Raben ab. Erstaunlich!

«So und so, großer Zar Baldej Stoffelsohn. Die Raben verscheuchen die Raben, doch Foka, der Bärenhäuter, erledigt inzwischen zu Hause seine eigenen Angelegenheiten. Das Volk nennt Foka einen findigen Mann und ehrt ihn. Wie kann es sich so was herausnehmen!»

Baldej hingegen wünschte, daß alles nach seinem Kopf gehe, auch wenn es nichts taugte.

Erfindungen konnte er nicht ausstehen. Er fürchtete alles Neue wie die Schaben das Licht. Mochte man in allen anderen Ländern mit Gabeln essen, er blieb bei seinen fünf Fingern. Wie es das Väterchen, wie es die Vorväter gehalten hatten. Im Sommer fuhr er im Schlitten, weil er das Quietschen der Wagenräder nicht leiden konnte. Ganz der Vater, ein Kopf wie Eichenholz.

Außerdem fürchtete Baldej auch, daß sich jemand in seinem Reiche als zu klug erweisen könne. War es denkbar, daß jemand klüger als der Zar sein sollte?

Baldej flammte auf, stampfte mit den Füßen, schrie:

«Ich befehle Foka, dem Bärenhäuter, die Erbsen in einer einzigen Nacht zu ernten!»

Foka erhielt den Befehl des Zaren, spannte das Pferd an die Egge, eggte die Erbsenstauden säuberlich aus dem Boden und schichtete sie auf einen Haufen.

Am Morgen verneigte er sich vor dem Zaren.

«Befehl ausgeführt, Zar Baldej!»

Als es Baldej hörte, kam er noch mehr in Hitze als gestern.

«Hat man so was schon gehört? Arbeit für zweihundert Menschen eine Woche lang – und dann rupfen sie noch nicht alle aus. Und er hat's in einer Nacht geschafft! Ich befehle, die Erbsen in zwei Tagen zu dreschen.»

Foka säuberte die runde Tenne, schleppte die Erbsenhaufen hin, trieb die Pferde darauf. Die Pferde gingen rundum und droschen mit den Hufen die Erbsen aus den Schoten.

«Alles gedroschen, Zar. Befiehl nachzuprüfen.»

Der Zar machte ein langes Gesicht. Die Unterlippe hing ihm vor Ärger herab wie einem alten Gaul. Er hatte Foka blamieren wollen und ihm deswegen eine unmöglich zu lösende Aufgabe gestellt. Doch Foka hatte alle in Erstaunen gesetzt, den Zaren beschämt, sich Ehre und Ruhm erworben. Wenn das so weitergeht, dann rutschst du noch vom Thron, Baldej!

Der Zar beschloß, Foka eine unerfüllbare Aufgabe zu stellen und befahl:

«Jetzt sollst du die Erbsen worfeln! Zwei Tage gebe ich dir Zeit. Aber sauber! Daß mir auch kein Staubkörnchen mehr zu sehen ist!»

Foka überlegte. Erbsen worfeln ist nicht so einfach. In Baldejs Reich worfelte man die Erbsen von alters her, indem man sie von einer Hand in die andere schüttete und nach Leibeskräften darauf blies. So pustete man aus den Körnern Spreu und Hülsen heraus.

Wenn Foka auf diese Weise worfeln wollte, würde er in einem Jahr nicht fertig werden. Und woher sollte auch ein einzelner Mann soviel Puste nehmen!

Foka legte seinen Kittel auf die Erde, legte sich auf die Seite und dachte nach.

In einem klugen Kopf geht die Sonne niemals unter, da ist es immer hell. Wer zähe Gedanken hat, dem weht sie der Wind nicht fort, sondern flüstert ihm noch die eigenen zu.

So geschah es denn auch. Foka verstand den geschwätzigen Wind zu hören und erfuhr von ihm, wie man Erbsen in zwei Tagen worfelt.

Vor Tagesanbruch stand Foka auf und kletterte auf das steile Dach des Zarenschlosses. Er brachte eine hölzerne Rinne an und grenzte das Dach mit Brettern so ab, daß die Erbsen in die

Rinne rutschen mußten. Dann schleppte er die ausgedroschenen Erbsen sackweise hinauf und schüttete sie auf das Dach.

Über das steile zarische Dach rollten die Erbsen in allen Richtungen davon, aber die seitlich angebrachten Bretter lenkten sie in die Rinne. Die Erbsen rutschten durch die Rinne und fielen in hohem Bogen in die Vorratskammer des Zaren. Auf dem Wege vom Ausgang der Rinne bis zum Speicher wehte der Wind alle Unreinlichkeit bis zum letzten Stäubchen aus den Erbsen heraus.

Das Volk drängte sich. Lärmte. Man hörte einige rufen:

«Da seht ihr, welche Männer unser Reich regieren sollten!»

«Heisa, Foka! Du bist der Mann, der alles kann!»

Sie machten solchen Krach, daß der Zar schon vor der Mittagsstunde erwachte. Er sah: die Erbsen durchpustet der Wind, während sie durch die Luft in den Speicher fallen. Und Foka liegt auf der Seite, läßt sich's auf dem zarischen Dache wohl sein, richtet nur hin und wieder die Rinne von einer Kammer des Speichers auf eine andere.

Der Zar stöhnte vor Kränkung. Vor Wut kaute er am Brokatärmel und erstickte fast an einem gravierten Knopf. Die Trompeter bliesen zur Ratsversammlung. Das Volk wurde unruhig. Baldejs Tröpfe eilten ins Schloß, doch die klugen Köpfe aus dem Volk scharten sich vor dem Palast zusammen, priesen Foka und übernahmen seine Erfindung.

Dunklen Menschen sticht das Licht immer in die Augen. Dummköpfen tut der Kopf ob

fremdem Verstand immer weh. Die Ratsversammlung erdachte einen neuen Befehl:

«Wir, Zar und Alleinherrscher Baldej der
Dritte, befehlen dem faulen Foka, dem Bären-
häuter, innerhalb einer Woche die Erbsen zu
Mehl zu zerstampfen!»

Das Volk machte finstere Mienen. Auch Foka
war bekümmert. Er hatte seinen Hafer noch
nicht geerntet, das Korn stand noch auf dem
Halm.

Wieder ging er ins Freie, um auf den Wind zu
lauschen, auf einen Gedanken zu kommen, der
ihm helfen konnte. Er lag auf seinem Kittel,
konnte aber die ganze Nacht keinen Schlaf finden.

Es war eine windige Nacht. Die Bäume
schwankten von einer Seite auf die andere.
Foka sah sie dauernd an, dabei ging ihm ein
Licht auf. Er schrieb sich's hinters Ohr.

Am Morgen brachten ihm die Knechte des
Zaren Stößel und Tröge.

«Zerstampfe die Erbsen! Wenn du dich wieder dabei auf die Seite legst, ergeht's dir schlimmer!»

Was könnte schlimmer sein, als die Erbsen
aus soviel Vorratskammern zu zerstoßen. Nur
zerstampfte Foka die Erbsen halt nicht mit
seiner Hände Arbeit, sondern machte die
Bäume zu Stößeln und ließ sie für sich arbeiten!

Foka spannte von einem Baum zum andern
einen Strick. In der Mitte des Stricks befestigte
er den Stößel, stellte den Trog darunter und
schüttete ihn voll Erbsen. Ebenso einen zweiten, einen dritten, bis alle Tröge voll Erbsen
waren.

Die Bäume schwankten hin und her. Der Strick wurde bald straff gezogen, bald hing er schlaff durch. Auf diese Weise hob und senkte sich der schwere Stößel und zerstampfte die Erbsen von selbst. Unterdessen drosch Foka seinen Roggen und Weizen und fuhr den Hafer ein. Den Trögen entnahm er das Erbsenmehl, schüttete neue Erbsen hinein und ging dann wieder an seine Arbeit.

Lustig stampften die geschenkten Gehilfen auf die Erbsen. Im Walde hämmerte und klopfte es. Das Volk ehrte Foka und pries ihn, verbeugte sich tief vor ihm, ernannte ihn zum Allweisen und übernahm seine Erfindung des selbsttätigen Stampfers.

Die zarischen Diener aber liefen zum Zaren und berichteten:

«Euer Majestät! Dein ungehorsamer Foka erweist sich als solcher Klügling – will den Zaren selbst an Weisheit und Verstand überspucken! Selbsttätige Stößel hat er im Walde aufgestellt. Die ganze Arbeit hat er ausgeführt.»

Baldej schoß das Blut in die Augen. In seiner Wut schwang er den Kopf so hin und her, daß die Krone herunterflog und unter den Speicher rollte.

«Den Tod ihm! Den Tod! Man muß nur über die Art der Hinrichtung nachdenken... Blast zur Ratsversammlung!»

Wieder gellten die Trompeten. Das Volk wälzte sich herbei. Die Räte kamen Hals über Kopf mit bloßen Füßen in den Stiefeln angerannt:

«Womit können wir dir dienen, Zar?»

«Denkt euch eine grausame Hinrichtungsart aus für Foka, den Bärenhäuter!»

Da kratzte sich der Kanzler Hohlkopf in den Achselhöhlen und sagte:

«Erlauchter Zar Baldej Stoffelsohn! In unserem Reich haben die Wölfe überhandgenommen und haben alle Schafe gerissen. Laß Foka die Wölfe aus dem Lande verjagen. Paß auf, sie werden ihn fressen.»

«Das ist mir ein Köpfchen!» sagte der Zar. «Die ganze Ratsversammlung könnte keine bessere Hinrichtungsart erfinden. Schreibe den Befehl!»

Das Volk vernahm den Befehl. Als es begriff, daß der finstere Zar Foka wegen seines hellen Verstandes hinrichten lassen wollte, begann es zu tuscheln, sich zu verabreden, sich zu verzahnen. Getrennt ist das Volk Regen, vereint rauschende Flut im Frühling. Welche Wucht! Jede Schranke überflutet es!

«Jungens, wir müssen Foka helfen», sagten die Bauern. «Was für Hilfe brauchst du, Foka Kornejitsch?»

«Wenn ihr so lieb sein möchtet», antwortete Foka, «dann fangt mir zwei Dutzend Wölfe. Ich werde ihnen inzwischen Westen nähen, feuerrote Farbe für ihre Schnauzen ansetzen, Schellen und Glöckchen anfertigen.»

«Warum das?»

«Werdet es sehen», antwortete Foka.

Das Volk fing zwei Dutzend Wölfe und brachte sie Foka lebend in Säcken.

Foka zog den Wölfen Westen an, beschmierte ihre Schnauzen mit feuerroter Farbe, band ihnen Glöckchen unter den Bauch und Schellen an die Schwänze, steckte auch noch Hahnenfedern daran und ließ sie laufen.

Die Wölfe stürzten zu ihrem Rudel, und die

Rudel nahmen vor ihnen reißaus. Sie fürchteten sich vor den Feuerschnauzen, erschraken vor den Westen, und das Schellen- und Glockengeläut war für sie entsetzlicher als Gewehrfeuer. Die Rudel stoben in die Wälder, aber Fokas Wölfe folgten ihnen und beschleunigten ihren Lauf; sie wollten dem eigenen Geläut entkommen, wollten ihren eigenen Schwänzen samt den Schellen entfliehen. Aber wie wäre das möglich gewesen!

In einer einzigen Nacht waren alle Wölfe verjagt, kein einziger war mehr im Lande anzutreffen. Indessen ackerte Foka den Boden für die Wintersaat.

Der Zar war nicht mehr zu erkennen. Neben ihm hätte man einen Wolf für ein Lämmchen gehalten. Beide Ärmel kaute er ab. Vor Ärger begann er die Steine aus der Krone zu klopfen.

«Ohne Ratsversammlung richte ich ihn hin! Aufs Schafott! Aber wie erkläre ich es dem Volke? So was kann leicht schiefgehen. Man muß eine Schuld erdenken, ein Gesetz zugrunde legen!»

Da war der Kanzler zur Stelle.

«Ach, Eure Majestät!» sagte er. «Wenn ich auch Hohlkopf heiße, aber ein Gesetz kann ich immer nachweisen. Foka hat das Wappen unseres Reichs verunglimpft.»

«Was für ein Wappen?»

«Wie denn, Euer Derdubistimhimmel! Auf unserem Wappen ist eine Krone, darin schleppt ein Wolf ein Schaf am Genick. Die Wölfe haben unsere Schafe gefressen, und Foka hat die Wölfe in fremde Länder vertrieben. Bei uns gibt es keine Schafe und Wölfe mehr. Was werden die anderen Staaten sagen?»

«Ach du mein Gott! Du hast mehr Verstand als ich Erbsen im Speicher. Fertig ist der Befehl zur Hinrichtung. Befiehl dem Henker, sein Beil zu schärfen, den Polizisten, das Schafott auf dem Schloßplatz zu errichten. Morgen findet die Hinrichtung statt.»

Der Tag brach an. Rot und strahlend ging die Sonne auf. Foka wurde zur Hinrichtung geführt. Seine Frau lag da wie eine Tote. Fokas Kinder waren neben dem lebenden Vater schon Waisen.

Hoch schwang der Henker das Beil. Baldejs Herz hüpfte.

Das Beil des Henkers fiel auf den breiten, muskelstarken Hals herab – und verbog sich.

«Was soll das heißen, Zar?» fragte Foka vor allem Volk. «Dein Beil schneidet meinen Kopf nicht ab.»

Doch das Volk wußte Bescheid, es lärmte und lachte.

«Man hänge ihn auf! Man ersticke ihn in der Schlinge!» befahl Baldej.

Man pflanzte einen Galgen auf, schlang die Schlinge um Fokas Hals. Der Henker zog unter Fokas Füßen den birkenen Block fort. Die Mädchen kreischten auf, die Frauen schrien, die alten Weiber heulten. Aber der Strick riß.

«Was soll das heißen, Zar?» sagte Foka. «Dein Strick hält meinen Körper nicht aus!»

Weißer als Schnee saß Baldej auf seinem Zarenthron. Mit Rost bedeckte sich das Gesicht des Kanzlers Hohlkopf. Die Ratsherren verstummten.

«Ertränkt ihn!» brüllte Baldej. «Schmeißt ihn in den Fluß!»

Foka lächelte über die Worte und sagte nur:

«Wie kann man einen Mann ertränken, wenn das Volk wie eine Mauer für ihn steht?»

Dieselben Männer, die dem Henker ein Beil aus Wachs statt aus Stahl in die Hand gedrückt und ihm einen brüchigen Strick unterschoben hatten, banden einen Stein an Fokas Hals.

Aber es war kein Stein, sondern ein gefärbter Klotz aus Fichtenholz, und unter Fokas Hemd steckten sie aufgepustete Stierblasen. Dann schmissen sie ihn in den Fluß.

Wieder kreischten die Frauen auf, heulten die alten Weiber. Aber Foka schwamm und rief dem Zaren aus dem Fluß zu:

«Was soll das heißen, Zar? Deine Steine gehen nicht unter, die Sandsäcke unter meinem Hemd ziehen mich nicht auf den Grund!»

Baldej wurde grün; schwarz wurde der böse Zar. Er wollte Foka verbrennen, aber die Flamme, die in Baldejs Innerem loderte, erfaßte ihn selbst und verbrannte ihn.

War einmal ein Zar – und aus war's mit dem Zar.

Das Volk frohlockte. Das Volk sang. Läutete die Glocken. Verkündete den Ruhm der Arbeitsleute. Ernannte Foka zum ersten Vorsteher.

Gut und ehrenhaft lebte Foka. Sein Verstand machte sein Land berühmt, und nach seinem Tode hinterließ er ein lustiges Märchen.

Dieses!

JEWGENIJ SCHWARZ

Das Märchen von der verlorenen Zeit

Es war einmal ein Knabe, der hieß Petja Subow. Er ging in die dritte Klasse der vierzehnten Schule und blieb dauernd zurück, sowohl in der Rechtschreibung als auch im Rechnen und sogar im Gesang.

«Ich schaffe es schon noch!» sagte er am Schluß des ersten Vierteljahrs. «Im zweiten hole ich euch alle ein.»

Als auch das zweite erfolglos verging, setzte er seine Hoffnungen auf das dritte. So kam er immer mehr ins Hintertreffen. Der Abstand zu den anderen Schülern wurde immer größer, aber das machte ihm keinen Kummer. Dauernd: «Ich schaffe es schon, ich schaffe es schon.»

Eines Tags kam Petja Subow in die Schule, verspätet wie immer. Er rannte in die Kleiderablage, knallte die Mappe gegen den Tisch und rief:

«Tante Natascha! Nehmen Sie mir den Mantel ab!»

Tante Natascha fragte von irgendwo hinter dem Kleiderständer hervor:

«Wer ruft mich?»

«Ich bin's, Petja Subow!» antwortete der Knabe.

«Warum hast du heute eine so heisere Stimme?» fragte Tante Natascha.

«Ich wundere mich selber darüber», erwiderte

Petja. «Plötzlich bin ich mir nichts, dir nichts heiser geworden.»

Tante Natascha kam hinter dem Kleiderständer hervor, warf einen Blick auf Petja und schrie auf: «Hu-uch!»

Petja Subow erschrak selbst und fragte:

«Was haben Sie denn, Tante Natascha?»

«Wieso was?» antwortete Tante Natascha. «Sie sagten, daß Sie Petja Subow seien, aber in Wirklichkeit dürften Sie sein Großväterchen sein.»

«Wieso bin ich ein Großväterchen?» fragte der Knabe. «Ich bin Petja, Schüler der dritten Klasse.»

«Schauen Sie mal in den Spiegel!» sagte Tante Natascha.

Der Knabe warf einen Blick in den Spiegel und wäre fast zu Boden gesunken. Petja Subow stellte fest, daß er sich in einen großen, hageren, bleichen alten Mann verwandelt hatte. Ein grauer Vollbart und ein Schnurrbart waren ihm gewachsen. Runzeln zogen sich wie ein Netz über das Gesicht.

Petja betrachtete sich lange Zeit. Sein grauer Bart begann zu wackeln.

«Mama!» schrie er mit einer Baßstimme und rannte spornstreichs aus dem Schulgebäude.

Im Laufe dachte er: Wenn auch Mama mich nicht erkennt, dann ist alles verloren.

Petja eilte heim und schellte drei Male.

Mama öffnete die Türe.

Sie sieht Petja an und schweigt. Auch Petja sagt nichts. Er steht da, seinen grauen Vollbart vorgeschoben, und ist fast am Weinen.

«Zu wem wollen Sie, Großväterchen?» fragte die Mama schließlich.

«Erkennst du mich denn nicht?» flüstert Petja.

«Verzeihen Sie – nein», antwortete die Mama.

Der arme Petja wandte sich um und ging der Nase nach weiter.

Während er so dahinwanderte, dachte er:

Was bin ich doch für ein einsamer, unglücklicher Alter! Keine Mama, keine Kinder, keine Enkel, keine Freunde... Und die Hauptsache, ich habe versäumt, etwas zu lernen. Die richtigen alten Männer, die sind entweder Doktoren oder Meister oder Akademiker oder Lehrer. Doch wer braucht mich, wenn ich alles in allem bloß ein Schüler der dritten Klasse bin? Mir gibt man nicht mal eine Pension – ich habe ja nur drei Jahre gearbeitet. Ja, und wie ich gearbeitet habe – lauter Vierer und Fünfer! Was soll aus mir werden? Ich armer Greis! Ich unglücklicher Knabe! Womit wird das alles enden?

So dachte Petja und ging, ging und grübelte und merkte selbst nicht, wie er die Stadt verließ und in den Wald geriet. Und er wanderte durch den Wald, solange es nicht dunkelte.

Gut wäre es, ein wenig auszuruhen, dachte Petja. Plötzlich sah er seitlich ein Häuschen durch die Tannen schimmern. Petja ging hinein. Das Häuschen stand leer, niemand war da. Mitten im Zimmer stand ein Tisch. Über ihm hing eine Petroleumlampe. Rings um den Tisch standen vier Hocker. An der Wand tickte eine Uhr. Und in der Ecke war Heu aufgeschüttet.

Petja legte sich auf das Heu, wühlte sich tief hinein, wärmte sich, weinte leise vor sich hin, wischte die Tränen mit dem Bart ab und schlief ein.

Als Petja erwachte, war es hell im Zimmer, die Petroleumlampe brannte. Um den Tisch saßen Kinder – zwei Knaben und zwei Mädchen. Vor ihnen lag ein großes, messingbeschlagenes Rechenbrett. Die Kinder zählten und murmelten:

«Zwei Jahre, und noch fünf, und noch sieben, und noch drei... Diese gehören Ihnen, Sergej Wladimirowitsch, und diese Ihnen, Olga Kapitonowna, die hier sind für Sie, Marfa Wlassjewna, und das sind Ihre, Pantelej Sacharowitsch.»

Was sind das für Kinder? Warum machen sie so finstere Gesichter? Warum krächzen, ächzen und seufzen sie wie richtige alte Menschen? Warum nennen sie einander bei Vor- und Vaternamen? Warum sind sie hier, in der einsamen Waldhütte, nachts zusammengekommen?

Petja Subow lag mucksmäuschenstill da, atmete kaum, erhaschte jedes Wort. Von dem, was er vernahm, wurde ihm himmelangst.

Das waren keine Knaben und Mädchen, die da am Tisch saßen, sondern böse Zauberer und Zauberinnen. Da erwies es sich, wie es auf Erden zugeht: ein Mensch, der seine Zeit vertrödelt, merkt selbst nicht, wie er altert. Genau das brauchen die Zauberer. Die von den Menschen verlorene Zeit heimsen sie für sich ein. Die Menschen altern, und die Zauberer verjüngen sich.

So war heute auch Petja Subow gealtert. Ja, und nicht er allein, auch zwei Mädchen aus der dritten und einem Knaben aus der zweiten Klasse war es so ergangen. Die armen Kinder waren gealtert, ohne es selbst zu merken. Und die bösen Zauberer saßen am Tisch, schnippten

die Kugeln auf dem Rechenbrett hin und her
und teilten die von den Kindern verlorene Zeit
unter sich auf.

Was nun?

Was tun?

Gab es keine Möglichkeit, den Kindern die
verlorenen Jahre zurückzugeben?

Nachdem die Zauberer die Zeit zusammen-
gerechnet hatten, wollten sie schon das Rechenbrett in den Tischkasten stecken, aber Sergej
Wladimirowitsch, ihr Anführer, gestattete es
nicht. Er nahm das Rechenbrett und trat zur
Wanduhr. Er drehte die Zeiger, zog die Ge-
wichte hoch, lauschte auf das Ticken des Pendels
und klapperte wiederum auf dem Rechenbrett.
Alsdann schob er die Kugeln auf dem Rechenbrett noch einmal hin und her und prüfte,
wieviel er erhalten hatte.

Danach rief er die Zauberer zu sich und sagte
halblaut:

«Verehrte Zauberer und Zauberinnen! Sie
müssen wissen: den Kindern, die wir heute zu
Alten gemacht haben, steht noch eine Möglichkeit offen, wieder jung zu werden!»

«Wie?» riefen die Zauberer.

«Ich werde es gleich sagen», antwortete
Sergej Wladimirowitsch.

Auf Zehenspitzen ging er aus dem Haus,
umkreiste es, kehrte zurück, verriegelte die Tür
und wendete mit einem Stock das Heu um.

Petja Subow lag da wie ein totes Mäuschen
und tat keinen Muckser.

Die Petroleumlampe leuchtete so trübe, daß
der böse Zauberer Petja nicht sah. Nachdem er
die anderen Zauberer näher zu sich herangezo-
gen hatte, klagte er halblaut:

«Leider ist es auf Erden so eingerichtet: aus jedem Unglück kann sich der Mensch retten, er muß nur fest wollen. Wenn die Kinder, die wir in Alte verwandelt haben, morgen einander suchen, genau um zwölf Uhr nachts hierher zu uns kommen und den Zeiger der Wanduhr siebenundsiebzigmal zurückdrehen, werden die Kinder wieder Kinder und mit uns ist es aus.»

Die Zauberer schwiegen. Schließlich sagte Olga Kapitonowna:

«Woher sollen sie das erfahren?»

Und Pantelej Sacharowitsch brummte:

«Sie werden um zwölf Uhr nachts nicht hier sein, sondern sich verspäten, wenn auch nur für eine Minute.»

Und Marfa Wlassjewna murmelte:

«Keine Bange! Diese Faulpelze können doch gar nicht bis siebenundsiebzig zählen – sie werden sich sofort verhaspeln.»

«Kann schon sein», antwortete Sergej Wladimirowitsch. «Aber so oder so, haltet trotzdem die Ohren steif! Wenn die Kinder bis zur Uhr gelangen und die Zeiger berühren, dürfen wir uns nicht mehr von der Stelle bewegen. Nun, vorerst ist keine Zeit zu verlieren. Gehen wir an die Arbeit!»

Die Zauberer steckten das Rechenbrett in den Tischkasten und rannten davon wie Kinder, aber dabei krächzten, ächzten und seufzten sie wie richtige Greise.

Petja Subow wartete, bis die Schritte im Walde verhallt waren. Dann stahl er sich aus dem Haus. Ohne unnütz die Zeit zu verlieren, rannte er spornstreichs, sich hinter Bäumen und Sträuchern versteckend, in die Stadt, um die anderen zu Greisen gewordenen Schüler zu suchen.

Die Stadt war noch nicht erwacht. Die Fenster waren dunkel, die Straßen leer, nur die Soldaten standen auf Posten. Aber nun dämmerte es. Die ersten Straßenbahnen läuteten. Endlich sah Petja Subow eine alte Frau mit einem großen Korb langsam durch die Straße gehen.

Petja eilte auf sie zu und fragte:

«Sagen Sie bitte, Großmütterchen, sind Sie nicht eine Schülerin?»

«Was soll ich sein?» entgegnete die Alte grob.

«Sind Sie nicht eine aus der dritten Klasse?» flüsterte Petja verlegen.

Wie da die Alte mit den Füßen aufstampfte und den Korb gegen Petja schwang! Petja machte, daß er weiterkam. Nachdem er sich etwas verschnauft hatte, setzte er seinen Weg fort. Inzwischen war die Stadt vollends wach geworden. Die Straßenbahnen sausten dahin, die Menschen eilten zur Arbeit. Lastwagen donnerten vorüber – Tempo, Tempo! –, sie müssen so rasch wie möglich ihre Ladungen in die Geschäfte, zu den Fabriken, auf den Güterbahnhof bringen. Die Hausmeister fegten Schnee, streuten Sand auf die Gehsteige, damit die Fußgänger nicht ausrutschten, hinfielen und ihre Zeit nutzlos verloren. Wie oft hatte Petja Subow das alles gesehen, doch erst jetzt begriff er, warum die Menschen solche Angst hatten, sich zu verspäten, nicht zur rechten Zeit zu kommen, sich zu versäumen.

Petja schaute ringsum und suchte alte Leute, fand aber keinen einzigen Greis, der in Frage gekommen wäre. Alte Männer hasteten zwar durch die Straße, aber man sah sofort, daß es richtige und keine Drittkläßler waren.

Da, ein alter Mann mit Mappe. Wahrscheinlich ein Lehrer. Dort ein alter Mann mit Eimer und Pinsel – ein Maler. Jetzt kommt ein rotes Auto der Feuerwehr angebraust. Im Auto sitzt ein alter Mann – der Chef der städtischen Feuerwehr. Der hat natürlich nie in seinem Leben unnütz die Zeit vertrödelt.

Petja geht seines Wegs, wandert umher, doch junge Alte, alte Kinder finden sich nirgendwo. Ringsum kocht das Leben nur so. Nur er allein, Petja, ist zurückgeblieben, hat sich verspätet, ist nicht zurechtgekommen, taugt zu nichts, wird von niemandem gebraucht.

Genau um zwölf Uhr mittags betrat Petja eine kleine Anlage und setzte sich auf eine Bank, um auszuruhen.

Plötzlich sprang er hoch.

Was sahen seine Augen? Unweit von ihm, auf einer anderen Bank, saß eine alte Frau und weinte.

Petja wollte zu ihr laufen, wagte es aber nicht.

«Ich will eine Weile warten», sagte er sich, «und aufpassen, was sie weiter tun wird.»

Die Alte hörte plötzlich auf zu weinen, saß da und schlenkerte mit den Beinen. Dann zog sie eine Zeitung aus der Tasche, und aus der anderen einen Kanten Weißbrot mit Rosinen. Die Alte schlug die Zeitung auf – Petja ächzte vor Freude, es war die «Pionierskaja Prawda», die Zeitung der jungen Pioniere – und begann zu lesen und zu essen. Die Rosinen klaubte sie aus dem Teig, das Brot selbst rührte sie nicht an.

Die Alte hörte auf zu lesen, packte Zeitung und Brot wieder ein und erblickte plötzlich im Schnee einen Gegenstand. Sie beugte sich herab und griff nach einem Ball. Wahrscheinlich hatte ihn ein Kind, das in den Anlagen gespielt hatte, im Schnee verloren.

Die Alte beguckte sich den Ball von allen Seiten, wischte ihn eifrig mit dem Taschentuch sauber, stand auf, ging, ohne sich zu beeilen, zu einem Baum und – hast du nicht gesehen – spielte sie Werfen und Fangen.

Petja stürzte durch den Schnee, durch die Büsche zu ihr hin. Im Laufen rief er schon:

«Großmütterchen! Ehrenwort! Sie sind eine Schülerin!»

Die Alte hüpfte vor Freude in die Höhe, ergriff Petjas Hand und antwortete:

«Richtig, richtig! Ich bin eine Schülerin aus der dritten Klasse, Marussja Pospelowa. Und wer sind Sie?»

Petja erzählte Marussja, wer er sei. Sie nahmen einander bei der Hand und zogen weiter, um die übrigen Kameraden aufzuspüren. Sie suchten eine Stunde, eine zweite, eine dritte. Schließlich kamen sie in den Hinterhof eines riesigen Hauses. Und sehen: hinter dem Holzstall hüpft eine alte Frau. Sie hat mit Kreide auf den Asphalt Kästchen gemalt und springt auf einem Bein, wobei sie ein Steinchen weitertreibt.

Petja und Marussja laufen auf sie zu.

«Großmütterchen! Sie sind Schülerin?»

«Schülerin, Schülerin!» antwortete die Alte. «Schülerin der dritten Klasse, Nadenka Sokolowa. Und wer sind Sie?»

Petja und Marussja sagten ihr, wer sie seien.

Sie nahmen sich alle drei an der Hand und eilten weiter und fahndeten nach ihrem letzten Genossen.

Aber er war wie vom Erdboden verschluckt. Wohin sich unsere Alten auch wandten – in die Höfe, in die Anlagen, ins Kindertheater, ins Kinderkino, ins Haus der unterhaltsamen Wissenschaft –, der Knabe war nicht zu entdecken, und basta.

Doch die Zeit eilte. Es begann schon zu dunkeln. In den unteren Stockwerken der Häuser wurde schon Licht angezündet. Der Tag ging zu Ende. Was tun? War wirklich alles verloren?

Plötzlich schrie Marussja:

«Seht doch, seht!»

Petja und Nadenka blickten auf, und was sahen sie? Die Straßenbahn Nr. 9 fährt vorbei. Und auf dem Trittbrett sitzt ein altes Männchen, die Mütze forsch aufs Ohr geschoben, der Vollbart flattert im Wind. So fährt der Alte dahin und pfeift sich eins. Während seine Kameraden sich die Beine aus dem Leib laufen und ihn überall suchen, macht er sich den Spaß, durch die ganze Stadt zu fahren und auf alles zu pusten.

Die Kinder stürzten der Straßenbahn nach. Zum Glück wechselte an der Kreuzung die Ampel auf rot, und die Straßenbahn hielt.

Sie packten das alte Männchen am Jackenzipfel und zerrten es von der Straßenbahn.

«Bist du ein Schüler?» fragten sie.

«Was sonst?» antwortete er. «Schüler aus der zweiten Klasse, Sajtzew, Wassja. Was wollen Sie von mir?»

Da erzählten ihm die Kinder, wer sie seien.

Um keine Zeit zu verlieren, setzten sie sich alle vier in die Straßenbahn und fuhren zur Stadt hinaus bis zum Wald.

Im selben Wagen fuhren einige andere Schüler. Sie standen auf und boten unseren Alten ihren Platz an.

«Setzen Sie sich bitte, Großväterchen, Großmütterchen!»

Unsere Alten waren ganz verwirrt, erröteten und nahmen die Aufforderung nicht an.

Doch diese Schüler waren ausgerechnet mal höflich und wohlerzogen – sie baten die alten Leute noch einmal und redeten ihnen gut zu:

«So setzen Sie sich doch! Sie haben sich ihr Leben lang abgerackert und sind müde geworden. Setzen Sie sich jetzt, ruhen Sie aus!»

In diesem Augenblick erreichte die Straßenbahn zum Glück den Wald. Die vier sprangen heraus und stürmten ins Dickicht.

Aber nun harrte ihrer eine neue Not: sie verirrten sich im Wald.

Es wurde Nacht, tiefe, finstere Nacht. Die Alten irrten durch den Wald, fielen hin, stolperten, fanden aber keinen Weg.

«Ach, Zeit, Zeit!» sagte Petja. «Sie eilt dahin, verrinnt. Gestern habe ich mir nicht den Rückweg zum Häuschen eingeprägt – ich fürchtete, Zeit zu verlieren. Und jetzt sehe ich, daß es manchmal besser ist, ein bißchen Zeit zu verlieren, damit man sie nachher besser nützen kann.»

Die Alten waren am Ende ihrer Kräfte. Aber zu ihrem Glück begann der Wind zu blasen, fegte die Wolken vom Himmel, und der leuchtende Vollmond kam zum Vorschein.

Petja Subow kletterte auf eine Birke und

erblickte – da, das Häuschen! Nicht weit von ihm schimmerten seine Wände, leuchteten die Fenster durch das Tannendickicht.

Petja ließ sich hinab und flüsterte den Kameraden zu:

«Still! Kein Wort! Mir nach!»

Die Kinder schlichen durch den Schnee an das Häuschen heran und blickten vorsichtig durch ein Fenster.

Die Wanduhr zeigte fünf Minuten vor zwölf. Die Zauberer lagen auf dem Heu und bewachten die gestohlene Zeit.

«Sie schlafen!» sagte Marussja.

«Still!» flüsterte Petja.

Leise, ganz leise öffneten die Kinder die Tür und schlichen zur Uhr. Eine Minute vor zwölf standen sie vor ihr. Genau um Mitternacht streckte Petja die Hand nach dem Zeiger aus und – eins, zwei, drei – drehte er ihn zurück, von rechts nach links.

Mit lauten Rufen sprangen die Zauberer in die Höhe, aber sie konnten sich schon nicht mehr von der Stelle bewegen. Sie standen da und wuchsen und wuchsen. Jetzt hatten sie sich bereits in Erwachsene verwandelt, und jetzt schimmerten graue Haare an ihren Schläfen, bedeckten sich die Wangen mit Runzeln.

«Hebt mich hoch!» rief Petja. «Ich werde immer kleiner, ich erreiche den Zeiger nicht mehr. Einunddreißig, zweiunddreißig, dreiunddreißig...»

Die Kameraden hoben Petja auf die Arme. Bei der vierzigsten Umdrehung des Zeigers wurden die Zauberer zu hinfälligen, gebeugten Greisen. Immer mehr bog es sie zur Erde, sie wurden immer kleiner. Und da, bei der siebenundsiebzigsten Umdrehung des Zeigers, stießen die bösen Zauberer einen Schrei aus und verschwanden, als ob sie nie dagewesen seien.

Die Kinder blickten einander an und lachten vor Freude. Sie waren wieder Kinder geworden. Die nutzlos verlorene Zeit hatten sie im Kampf zurückgewonnen, durch ein Wunder wieder eingebracht.

Sie waren nun gerettet, aber du, denke daran: ein Mensch, der die Zeit nicht nützt und sie vertrödelt, merkt selbst nicht, wie er altert.

SERGEJ MICHALKOW

Der Simulant

Ein Bär trat einmal einem Hasen auf das Hühnerauge.

«Au! Au!» jammerte der Hase. «Hilfe! Ich sterbe.»

Der gutmütige Bär erschrak. Der Hase tat ihm leid.

«Verzeih bitte! Ich habe es nicht absichtlich getan. Es war ein reiner Zufall, daß ich dir auf den Fuß getreten bin.»

«Was habe ich von deinen Entschuldigungen?» stöhnte der Hase. «Jetzt habe ich kein Bein mehr. Wie werde ich nun noch hüpfen?»

Der Bär nahm den Hasen und trug ihn zu sich in seine Höhle, bettete ihn auf seiner Pritsche und verband dem Hasen die Pfote.

«Au! Au!» schrie der Hase noch gellender als zuvor, obwohl ihm die Pfote in Wirklichkeit gar nicht so weh tat. «Au! Au! Gleich sterbe ich!»

Der Bär pflegte den Hasen, gab ihm Speise und Trank. Wenn er am Morgen erwachte, war seine erste Frage:

«Nun, was macht die Pfote, Scheeler? Tut sie noch weh?»

«Und wie!» antwortete der Hase. «Gestern schien es etwas besser zu werden, doch heute reißt es derartig, daß ich überhaupt nicht aufstehen kann.»

Sobald der Bär jedoch in den Wald ging, riß der Hase den Verband vom Fuß, sprang in der Höhle herum und sang aus vollem Halse:

Mischa gibt mir Speis und Trank,
hab' ihn übers Ohr gehauen,
tue so, als sei ich krank,
er ist dumm, man kann ihm trauen.

Vor lauter Nichtstun wurde der Hase faul und träge, launisch und brummig.

«Warum bringst du mir nur Mohrrüben zu essen?» fuhr er den Bären an. «Gestern Mohrrüben, heute schon wieder Mohrrüben! Erst hast du mich zum Krüppel gemacht, und jetzt läßt du mich Hungers sterben. Ich will süße Birnen mit Honig!»

Der Bär machte sich auf, Honig und Birnen zu suchen. Unterwegs traf er einen Fuchs.

«Wohin so eilig, Mischa? Warum so besorgt?»

«Bin auf der Suche nach Honig und Birnen», antwortete der Bär und erzählte dem Fuchs die ganze Geschichte.

«Du bist auf dem falschen Wege», sagte der Fuchs. «Zu einem Arzt mußt du gehen.»

«Und wo findet man einen?» fragte der Bär.

«Warum lange suchen?» antwortete der Fuchs. «Weißt du denn nicht, daß ich schon den zweiten Monat in einem Krankenhaus arbeite? Bringe mich zum Hasen, ich stelle ihn schnell wieder auf die Beine.»

Der Bär führte den Fuchs in seine Höhle. Der Hase erblickte den Fuchs. Zitterte. Der Fuchs betrachtete den Hasen und sagte:

«Deine Sache steht schlecht, Mischa. Sieh doch, wie er fiebert. Ich werde ihn mit zu mir ins Krankenhaus nehmen. Wir haben dort einen Wolf, der ist ein großer Spezialist für Beinleiden.»

Im Nu war der Hase aus der Höhle verschwunden.

«Schau, wie gesund er ist!» sagte der Fuchs. «Hättest du ihn lieber gefressen.»

«Man lernt nie aus! Außerdem fresse ich keine Hasen!» antwortete der gutmütige Bär und wälzte sich auf seine Pritsche, um endlich mal richtig auszuschlafen, denn die ganze Zeit, während der Hase bei ihm lebte, hatte er auf dem Boden sein Lager gehabt.

Die zwölf Monate

In einem Dorfe lebte eine böse, geizige Frau
mit Tochter und Stieftochter. Die Tochter war
ihr Liebling, aber die Stieftochter konnte ihr
nichts recht machen. Was sie auch tat – nie war
es das Richtige, wohin sie sich auch wenden
mochte – nie war es die richtige Seite.

Die Tochter sielte sich ganze Tage lang auf
dem Pfühl herum und aß Pfefferkuchen, doch
die Stieftochter fand von früh bis abends keine
Zeit, sich einmal auszuruhen; bald mußte sie
Wasser schleppen oder Reisig aus dem Walde
holen, bald Wäsche am Bach waschen oder in
den Gartenbeeten Unkraut jäten.

Sie wußte ein Lied davon zu singen, was
Winterkälte heißt und Sommerhitze und Früh-
lingswind und Herbstregen. Daher kam es
wohl auch, daß sie einmal alle zwölf Monate
zugleich zu sehen bekam.

Es war Winter, im Monat Januar. Schnee
war in solchen Mengen gefallen, daß man ihn
vor der Tür mit Spaten fortschaufeln mußte.
Im Walde auf dem Berge standen die Bäume
bis zur halben Höhe in Schneehaufen und
konnten nicht einmal im Winde schwanken.

Die Menschen saßen in den Häusern und
heizten die Öfen ein.

In solcher Zeit öffnete die böse Stiefmutter
eines Abends die Tür, beobachtete, wie der

Sturm den Schnee vor sich hinfegte, kehrte zum warmen Ofen zurück und sagte zur Stieftochter:

«Du könntest mal in den Wald gehen und dort Schneeglöckchen suchen. Morgen hat deine Schwester Namenstag.»

Das Mädchen sah die Stiefmutter an: scherzte sie oder schickte sie es wirklich in den Wald? Im Walde war es jetzt zum Fürchten! Und wieso Schneeglöckchen mitten im Winter? Vor März kommen sie nicht zum Vorschein, vorher kann man lange suchen. Man kommt nur um im Walde, versinkt in den Schneewehen.

Doch die Schwester sagte zu ihr:

«Wenn du auch umkommst, wer wird schon um dich weinen! Marsch, geh los und komme nicht ohne Blumen zurück. Hier hast du einen Korb.»

Das Mädchen hüllte weinend ein zerrissenes Tuch um sich und ging aus der Tür.

Der Wind stäubte ihr den Schnee in die Augen und riß ihr das Tuch von den Schultern. Mühsam ging sie weiter und vermochte kaum die Füße aus den Schneehaufen zu ziehen.

Immer dunkler wurde es ringsum. Der Himmel war schwarz. Kein einziges Sternlein blinkte vom Himmel auf die Erde. Hier unten war es etwas heller, weil es geschneit hatte.

Jetzt kam sie in den Wald. Hier war es völlig finster. Man sah nicht die Hand vor den Augen. Die Kleine setzte sich auf einen umgestürzten Stamm und blieb dort sitzen. Ganz gleich, dachte sie, wo ich erfriere!

Plötzlich schimmerte in der Ferne zwischen den Bäumen ein Licht, es sah aus, als ob sich ein Stern in den Zweigen verfangen habe.

Das Mädchen stand auf und stapfte auf das Licht zu; versank in den Schneehaufen, kletterte über umgebrochene Bäume. Wenn nur das Licht nicht verlischt! dachte sie. Und es erlosch nicht, es leuchtete immer heller. Schon roch es nach warmem Rauch, und man hörte Reisig im Feuer prasseln.

Die Kleine beschleunigte den Schritt und trat auf eine Lichtung hinaus. Wie erstarrt blieb sie stehen.

Auf der Lichtung war es so hell, als scheine die Sonne. In ihrer Mitte brannte ein großes Lagerfeuer. Die Flammen schlugen beinahe zum Himmel. Rund um das Feuer saßen Leute – die einen näher am Holzstoß, die anderen weiter weg. Sie unterhielten sich leise.

Das Mädchen sah sie an und dachte: Wer mögen sie sein? Wie Jäger sehen sie nicht aus, und mit Holzfällern haben sie noch weniger Ähnlichkeit, denn sie tragen prächtige Gewänder: einer ein silbernes, einer ein goldenes, und ein anderer hat einen Rock aus grünem Samt an!

Es begann sie zu zählen und kam auf zwölf: drei alte, drei bejahrte, drei junge, und die letzten drei waren noch ganz jung.

Die Jungen saßen dicht am Feuer, die Alten entfernter.

Plötzlich wandte sich einer der Alten um – der größte, bärtige, mit dichten Brauen – und schaute in die Richtung, wo das Mädchen stand.

Die Kleine erschrak, wollte davonlaufen, aber zu spät. Der Alte fragte sie mit lauter Stimme:

«Woher kommst du? Was hast du hier zu suchen?»

Sie deutete auf den leeren Korb und sagte:
«Ich soll das Körbchen voller Schneeglocken
pflücken.»

Der Alte lachte.

«Im Januar Schneeglöckchen! Da hast du dir
was ausgedacht!»

«Nicht ich habe es ausgedacht», antwortete
das Mädchen, «sondern meine Stiefmutter hat
mich zum Pflücken der Schneeglöckchen her-
geschickt und hat mir befohlen, nicht mit
leeren Händen heimzukommen.»

Alle Zwölf schauten sie prüfend an. Dann
begannen sie unter sich zu sprechen.

Das Mädchen stand da, lauschte, verstand
aber kein Wort – es war, als ob nicht Menschen
miteinander sprachen, sondern als ob Bäume
rauschten.

Sie redeten und redeten und verstummten.

Der große Alte wandte sich abermals um
und fragte:

«Was wirst du denn tun, wenn du keine
Schneeglöckchen findest? Vor Monat März
kommen sie ja nicht ans Licht.»

«Ich bleibe im Walde», sagte das Mädchen,
«und warte auf den März. Lieber will ich erfrieren, als ohne Schneeglöckchen nach Hause
kommen.»

Bei diesen Worten schluchzte sie bitterlich.

Plötzlich erhob sich einer von den Zwölfen,
ein ganz junger, lustiger Geselle, der den Pelz
auf der linken Schulter trug, und ging zu dem
Alten.

«Bruder Januar, überlasse mir deinen Platz
für eine Stunde!»

Der Alte strich über seinen langen Bart und
sagte:

«Ich würde ihn dir überlassen, aber März kann es nicht vor Februar sein.»

«Schon gut!» brummte ein anderer Alter, ganz zerzaust, mit zotteligem Bart. «Überlasse ihm den Platz, ich werde nicht streiten. Wir kennen die Kleine alle gut: bald trifft man sie mit Eimern beim Eisloch, bald im Walde mit einer Tracht Holz... Allen Monaten ist sie zugehörig. Man muß ihr helfen.»

«Nun, wie du willst!» sagte der Januar.

Er stampfte mit seinem Eisstab auf den Boden und sagte beschwörend:

> *Klirrende Fröste, eisige Winde,*
> *hebt euch von dannen!*
> *Brecht keine Bäume, zerrt nicht die Rinde*
> *von Birken und Tannen!*
> *Habt mit den Raben Erbarmen*
> *und allen anderen Tieren.*
> *Lasset die Menschen, die armen,*
> *nicht in den Stuben erfrieren!*

Der Alte schwieg. Es wurde still im Walde. Die Bäume zersprangen nicht mehr krachend vor Frost, der Schnee begann dicht, mit großen, weichen Flocken zu fallen.

«Nun, jetzt bist du an der Reihe, Brüderchen!» sagte der Januar und übergab den Stab seinem jüngeren Bruder, dem zerzausten Februar.

Der stieß mit dem Stab auf den Boden, wackelte mit dem Bart und brummte:

> *Orkane, Stürme braust!*
> *Tobt mit aller Macht.*
> *Wirbelwinde saust*
> *bis zur tiefen Nacht!*

> *Dröhnet in der Höh',*
> *schmettert wie die Riesen,*
> *weht und fegt den Schnee*
> *wie Schlänglein über Wiesen!*

Sobald er es gesagt hatte, rauschte in den Zweigen ein ungestümer, feuchter Wind. Schneeflocken tanzten wild, weiße Wirbel fegten über die Felder.

Der Februar übergab seinen Eisstab dem jüngeren Bruder und sagte:

«Jetzt bist du an der Reihe, Brüderchen März!»

Der jüngere Bruder nahm den Stab und pochte mit ihm gegen die Erde.

Das Mädchen sah, daß es kein Eisstab mehr war, sondern ein großer, ganz mit Knospen bedeckter Zweig.

Der März lachte und sang mit lauter, jugendfrischer Stimme:

> *Rinnet, ihr Bäche,*
> *werdet zur Fläche.*
> *Ameisen, macht euch bereit*
> *nach der grimmen Winterszeit!*
> *Der Bär läßt sich ins Freie locken,*
> *die Vögel schmettern Lieder.*
> *Im Schnee da sprießen weiße Glocken,*
> *sie blühen und lächeln wieder.*

Das Mädchen klatschte vor Freude in die Hände. Wohin waren die hohen Schneehaufen entschwunden? Wo waren die Eiszapfen hingekommen, die an jedem Ast gehangen hatten?

Unter den Füßen – weiche Frühlingserde. Ringsum tropft es, fließt es, rieselt es. Die

Knospen an den Zweigen sind geschwellt, und schon blicken unter der dunklen Schale die ersten grünen Blättchen hervor.

Das Mädchen schaut, schaut und kann sich nicht satt sehen.

«Was stehst du da herum?» sagte der Monat März zu ihr. «Tummle dich, meine Brüder haben dir nur ein einziges Stündchen geschenkt.»

Die Stieftochter blickte um sich und eilte in den Wald, um Schneeglöckchen zu suchen. Ihrer gab es unübersehbar viele! Unter Büschen und unter Steinen, auf Mooshügeln und unter Mooshügeln – wohin man blickte. Sie pflückte den Korb und die Schürze voll und rannte schnell auf die Lichtung zurück, wo das Feuer gebrannt und die zwölf Brüder gesessen hatten.

Aber dort gab es kein Lagerfeuer, keine Brüder mehr... Es war hell auf der Lichtung, aber nicht wie zuvor. Nicht vom Feuer kam das Licht, sondern vom Vollmond, der über dem Wald aufgegangen war.

Dem Mädchen tat es leid, daß keiner mehr da war, dem es danken konnte; es eilte heim.

Und der Mond schwamm hinter ihm her.

Ohne die Füße unter sich zu spüren, rannte das Mädchen bis zu seiner Tür. Kaum betrat es das Haus, da heulte der Schneesturm wieder vor den Fenstern, und der Mond verbarg sich in den Wolken.

«Nun», fragten Stiefmutter und Schwester, «bist du schon wieder da? Und wo sind die Schneeglöckchen?»

Die Stieftochter gab keine Antwort, schüttete nur die Schneeglöckchen aus der Schürze auf die Bank und stellte das Körbchen daneben.

Stiefmutter und Schwester staunten.

«Woher hast du sie?»

Da erzählte ihnen das Mädchen, was es erlebt hatte. Die beiden vernahmen es und schüttelten die Köpfe – glaubten es und glaubten es wieder nicht. Es war auch schwer zu glauben, aber dort auf der Bank lag tatsächlich ein ganzer Haufen frischer, bläulichweißer Schneeglöckchen; es roch nach Märzluft.

Stiefmutter und Tochter wechselten Blicke miteinander und fragten: «Mehr haben dir die Monate nicht gegeben?»

«Ich habe ja um nichts mehr gebeten.»

«Da sieht man, was du für eine Närrin bist!» sagte die Schwester. «Trifft auf alle zwölf Monate zugleich und erbittet nichts als Schneeglöckchen! Wäre ich an deiner Stelle gewesen, ich hätte gewußt, was ich erbeten wollte. Bei dem einen Monat Äpfel und süße Birnen, beim zweiten reife Erdbeeren, beim dritten weiße Pilze, beim vierten frische Gurken!»

«Klug bist du, mein Töchterchen!» lobte die Mutter. «Im Winter stehen Erdbeeren und Birnen hoch im Preis. Hätten wir sie verkauft, wieviel Geld würden wir gescheffelt haben! Und diese Närrin bringt Schneeglöckchen angeschleppt! Ziehe dir was Warmes an, Töchterchen, und laufe zur Lichtung. Dir werden sie nichts vormachen, wenn sie auch zu zwölft sind und du allein bist.»

«Die sollen mir nur kommen!» antwortete die Tochter, und schon schlüpfte sie in die Ärmel und band ein Tuch um den Kopf.

Die Mutter schrie ihr nach:

«Zieh Handschuhe an! Knöpfe den Pelz zu!»

Doch die Tochter war schon vor der Tür und lief zum Wald.

Sie ging auf den Spuren der Schwester und beeilte sich. Nur so schnell wie möglich zur Lichtung gelangen! dachte sie.

Der Wald wurde immer dichter, immer finsterer, die Schneewehen wuchsen immer höher, das Gestrüpp der gestürzten Bäume stand wie eine Mauer vor ihr.

Ach! dachte die Tochter der bösen Mutter. Warum bin ich nur in den Wald gelaufen! Ich könnte jetzt so bequem im warmen Bett liegen. Aber nun lauf und erfriere! Ich werde hier noch umkommen.

Als sie dies dachte, sah sie in der Ferne ein Licht schimmern – als ob sich ein Sternlein in den Zweigen verhangen habe.

Sie hielt auf den Lichtschein zu. Nachdem sie lange gelaufen war, gelangte sie zur Lichtung. Mitten darin flammte ein großes Lagerfeuer, und rings um den brennenden Holzstoß saßen die zwölf Brüder, die zwölf Monate. Saßen da und sprachen leise miteinander.

Die Tochter trat zum Feuer heran, aber sie verbeugte sich nicht und sagte kein höfliches Wort, sondern suchte sich den besten Platz und wärmte sich.

Die Brüder Monate schwiegen. Still wurde es im Walde. Plötzlich stieß der Monat Januar mit dem Stab auf die Erde.

«Wer bist du?» fragte er. «Woher kommst du?»

«Von zu Hause», antwortete die Tochter der bösen Frau. «Ihr habt heute meiner Schwester ein ganzes Körbchen Schneeglöckchen gegeben. Da bin ich halt ihren Spuren gefolgt.»

«Deine Schwester kennen wir», sagte der Monat Januar. «Aber du bist uns noch nicht vor die Augen gekommen. Was führt dich zu uns her?»

«Geschenke will ich von euch haben. Der Monat Juni soll mir Erdbeeren ins Körbchen schütten, aber möglichst große. Der Monat Juli frische Gurken und weiße Pilze, der August Äpfel und süße Birnen. Und der September reife Nüsse. Und der Oktober...»

«Warte!» sagte der Monat Januar. «Der Sommer kommt nie vor dem Frühling, und der Frühling folgt dem Winter. Bis zum Monat Juni dauert es noch lange. Jetzt bin ich Herr im Walde, einunddreißig Tage werde ich hier herrschen.»

«Guck einer den zornigen Herrn an!» sagte die Tochter der bösen Mutter. «Aber ich bin auch nicht zu dir gekommen – von dir ist nichts anderes zu erwarten als Schnee und Eis. Ich brauche die Sommermonate.»

Da verfinsterte sich der Monat Januar.

«Suche den Sommer im Winter!» sagte er.

Er schwenkte den Arm, holte weit aus, und im Walde erhob sich ein Schneesturm von der Erde bis in den Himmel, hüllte Wald und Wiese, wo die Brüder saßen, in dichtes Gewölk. Man sah vor Schnee kein Lagerfeuer mehr, hörte nur das Feuer zischen, knistern und zerstieben.

Da erschrak die Tochter der bösen Mutter.

«Aufhören!» schrie sie. «Es reicht.»

Aber wie!

Der Schneesturm umwirbelt sie, blendet sie, nimmt ihr den Atem. Sie versinkt in einem Schneehaufen, und der Schnee schüttet sie zu.

Die Mutter wartete, wartete auf ihre Tochter.

schaute durch das Fenster, trat vor die Tür – sie kam und kam nicht. Da zog sie sich warm an und ging in den Wald. Aber da finde mal jemanden im Dickicht, bei solchem Schneesturm und in solcher Finsternis!

Sie ging, ging, suchte, suchte, bis sie schließlich selbst erfror.

So blieben also beide im Walde und warteten auf den Sommer.

Die Stieftochter hingegen lebte noch lange auf Erden, wurde erwachsen, heiratete und bekam Kinder.

Und rings um ihr Haus, sagt man, zog sich ein Garten – aber ein so wunderbarer, wie ihn die Welt noch nicht gesehen hat. Früher als bei allen anderen blühten in diesem Garten die Blumen, reiften die Beeren, stieg der Saft in die Äpfel und Birnen. In der Hitze war es dort kühl, im Schneetreiben still.

«Bei dieser Hausfrau sind alle zwölf Monate gleichzeitig zu Gast!» sagten die Menschen.

Wer weiß, vielleicht war es so.

PAWEL BASCHOW

Sinjuschkas Brunnen

In unserem Betrieb gab es einmal einen Burschen, der hieß Ilja. Er war ein Tagelöhner ohne
Haus und Hof – die ganze Verwandtschaft hatte
er zu Grabe getragen. Und von jedem hatte er
etwas geerbt.

Vom Vater – Arme und Schultern, von der
Mutter – Zähne und Zunge, vom Großvater
Ignat – Spitzhacke und Spaten, von der Großmutter Lukerja – ein besonderes Andenken.
Davon soll zuerst die Rede sein.

Sie, diese alte Frau, siehst du, war schlau –
sammelte Federn auf den Straßen, sollten für
den Enkel als Kissen sein. Aber sie brachte
die Arbeit nicht zu Ende. Als die Zeit zum Sterben kam, rief Großmutter Lukerja den Enkel
zu sich und sagte:

«Sieh her, Freund Iljuschenka, wieviel Federn
deine Großmutter gesammelt hat! Fast ein ganzes Sieb voll! Und was für Federchen! Eine so
schön wie die andere – ganz zartflaumige und
bunte, man kann sich nicht satt sehen! Nimm
sie als Andenken – du wirst sie noch mal gebrauchen können. Wenn du heiratest, und die Frau
bringt dir ein Kissen als Heiratsgut ein, wird es
auch keine Schande für dich sein. ‹Du kannst
mir nicht imponieren›, wirst du sagen, ‹ich habe
meine eigenen Federn, die Großmutter hat sie
mir vermacht.›

Nur jage ihm nicht nach, diesem Kissen da. Bringt sie es mit, ist es gut, bringt sie es nicht mit, gräme dich nicht. Lebe frohgemut, arbeite tüchtig, dann schläfst du auch auf Stroh nicht schlecht, siehst süße Träume. Wenn du keine schlechten Gedanken im Kopfe wälzest, geht auch alles, was du tust, glatt und in Ordnung. Der helle Tag macht dich lustig, die dunkle Nacht erquickt dich und die strahlende Sonne erfreut dich. Aber wenn du schlechte Gedanken hegst, dann stehst du da wie ein Tölpel, und alles gerät dir schlecht.»

«Von welchen schlechten Gedanken sprichst du, Großmütterchen?» fragte Ilja.

«Von solchen», antwortete sie, «die auf Gold und Reichtum zielen. Schlimmere gibt es nicht. Von solchen Gedanken gerät der Mensch aus seiner Ordnung und plagt sich vergeblich. Ein reines Gewissen und ein weiches Federkissen sind besser als aller Reichtum.»

«Was soll man denn von den Reichtümern in der Erde halten?» fragte Ilja. «Erachtest du sie für nichts? Sie kommen doch vor...»

«Gewiß kommen sie vor. Nur ist kein Verlaß auf sie. In Klumpen kommt's heraus, zu Staub zerfällt's, den Menschen bedrückt's. An so etwas denke nicht, das nimmt dir die Ruhe. Vom ganzen Reichtum unter der Erde, heißt es, ist nur einer sauber und fest. Nämlich wenn sich Großmutter Sinjuschka* in eine schöne Jungfrau verwandelt und dem Menschen den Reichtum mit ihren eigenen Händen darbietet. Doch gibt Sinjuschka den Reichtum nur dem Geschickten und Kühnen, der ein reines Herz

* Sinjuschka, Ableitung von Siniji = blau. Hier Personifikation für das bläuliche Sumpf- oder Grubengas.

sein eigen nennt. Sonst niemandem. Das ist meine letzte Weisung, Freund Iljuschenka, erinnere dich an sie.»

Da verneigte sich Ilja tief vor der Großmutter.

«Ich danke dir, Großmutter Lukerja, für die Federn und mehr noch für den Hinweis. Ich werde ihn mein Leben lang nicht vergessen.»

Bald danach starb die Großmutter. Ilja blieb einsam und verwaist zurück, ein großer Junge. Natürlich kamen die alten Leichenfrauen und Klageweiber herbeigeeilt, wuschen die Tote, kleideten sie an, geleiteten sie zum Friedhof. Allerdings, zum Vergnügen bekümmerten sich die alten Frauen nicht um die Tote. Das eine erbettelten sie sich, auf das andere lauerten sie. Flugs hatten flinke Hände Großmutters Hab und Gut ergattert. Als Ilja vom Friedhof heimkehrte, war die Hütte ratzekahl leer. Ihm blieb nur, was er selbst eben auf dem Leibe trug: Kittel und Kappe. Jemand hatte sich auch an Großmutters Federn vergriffen und sie mitgehen heißen: das Sieb war sauber ausgeräumt. Nur drei Federchen waren am Rand hängengeblieben. Ein weißes, ein schwarzes und ein feuerrotes.

Ilja tat es leid, daß er Großmutters Abschiedsgeschenk nicht behalten konnte.

Man muß wenigstens diese Federchen irgendwo anbringen, dachte er, das gehört sich. Großmutter hat sich soviel Mühe gegeben. Ich kann jetzt nicht so tun, als ob es mir gleichgültig wäre.

Er klaubte einen blauen Faden vom Boden auf, band die drei Federchen fest zusammen und steckte sie an seine Kappe.

Das ist der richtige Platz für sie, dachte er.

Sooft ich die Kappe abnehme, erinnere ich mich an Großmutters Weisung; sie wird mir nützlich fürs Leben sein, man muß sie immer im Gedächtnis behalten.

Dann setzte er die Kappe auf, zog den Kittel an und ging zu den Gruben. Seine Hütte schloß er nicht zu, denn aus ihr war nichts mehr zu holen. Nur das leere Sieb war noch da, aber das lohnte das Mitnehmen nicht mehr.

Ilja war ein erwachsener Bursche, schon längst heiratsfähig. Auf dem Grubengelände hatte er bereits an die sechs, sieben Jahre lang geschuftet. Damals, in der Zeit der Leibeigenschaft, trieb man nämlich die Menschen von frühester Jugend an zur Arbeit. Bis zur Heirat rackerte sich mancher mehr als ein Dutzend Jahre für den Herrn und Besitzer ab. Auch unser Ilja war, geradeheraus gesagt, in den Gruben und auf den Schürffeldern aufgewachsen.

Er kannte alle Plätze weit und breit. Der Weg zu den Gruben war lang. Die Schürfstellen zogen sich weithin. Ilja überlegte sich:

Ich werde durch die Sümpfe der Sjuselka gehen. Bei der Hitze sind sie ausgetrocknet, man kann hinübergehen. Auf diese Weise gewinne ich drei, wenn nicht vier Werst...

Gesagt – getan. Ilja ging die gerade Straße durch den Wald, wie sie im Herbst von den Gruben und nach den Gruben wanderten. Zuerst schritt er forsch aus, dann täuschte er sich und kam vom Weg ab. Er lief nicht geradeaus, sondern sprang von einem Mooshügelchen zum anderen. Du mußt dorthin, aber die Hügelchen führen dich in eine ganz andere Richtung. Ilja hüpfte und hüpfte und hüpfte sich in

Schweiß. Schließlich gelangte er in eine Mulde, die sich nach der Mitte zu vertiefte. Dort wuchsen Bitterkraut und Rispengras. Seitlich, wo sich der Boden etwas erhöhte, stand eine hochragende Kiefer. Im großen ganzen ein hübscher, trockener Platz. Nur eins war schlecht: Ilja wußte nicht, in welcher Richtung er weitergehen sollte. Er war schon oft in dieser Gegend gewesen, aber die Mulde hatte er nie zu Gesicht bekommen.

Ilja ging also in der Mitte zwischen den seitlichen Erhöhungen weiter. Plötzlich erblickte er auf der Wiese eine runde Öffnung, und darin Wasser wie in einer Quelle, nur war der Boden nicht sichtbar. Das Wasser schien sauber zu sein, aber über die Oberfläche zog sich ein bläuliches Netz. Mitten darin saß eine Spinne, die war ebenfalls blau.

Ilja freute sich über das Wasser, wischte das Netz mit der Hand beiseite und wollte sich satt trinken. Da bekam er plötzlich einen schweren Kopf. Beinahe wäre er vornüber ins Wasser gesunken. Und mit einem Male überkam ihn der Wunsch nach Schlaf.

Da sieht man, dachte er, wie mich der Sumpf müde gemacht hat. Ich sollte offenbar ein Stündchen ausruhen.

Er wollte sich erheben, aber es gelang ihm nicht. Trotzdem kroch er einige Meter weit bis zur Erhöhung, legte die Kappe unter den Kopf und streckte sich aus. Da sah er, wie aus dem Brunnen eine alte Frau heausstieg. Sie war nicht größer als drei Klafter. Ihr Gewand schimmerte blau, und das Kopftuch ebenfalls. Ihre ganze Gestalt wirkte bläulich und war so leicht und locker, daß man meinte, ein Windhauch werde die Alte davonwehen. Aber ihre Augen waren jung, blau und so groß, daß sie nicht in das alte Gesicht zu gehören schienen.

Die Alte kam auf den Burschen zu und streckte die Arme nach ihm aus, und ihre Arme wuchsen immerzu. Ehe man sich's versah, erreichten sie schon seinen Kopf. Die Arme waren gleichsam fließend wie blauer Nebel, man konnte weder Muskeln noch Nägel an den Händen wahrnehmen. Zum Fürchten! Ilja wollte höher hinaufkriechen, hatte jedoch keine Kraft mehr.

Ich werde mich umwenden, dachte er, dann ist alles nicht so schrecklich.

Er drehte sich um und stieß mit der Nase zufällig an die Federn. Sie kitzelten ihn in der Nase. Er mußte niesen und nieste, daß ihm das Blut aus der Nase floß, und es wollte noch immer kein Ende nehmen. Er spürte nur, daß sein Kopf etwas leichter wurde. Da packte Ilja die Kappe und stellte sich auf die Beine. Er sah: die Alte stand am gleichen Fleck und zitterte vor Wut. Ihre Arme reichten bis zu Iljas Füßen, aber höher über den Boden vermochte sie die Arme nicht zu heben. Nun spannte Ilja, daß die Alte den richtigen Moment versäumt hatte und ihr die Kraft ausgegangen war. Er nieste noch einmal kräftig, schneuzte sich und sagte spöttisch:

«Na, Alte, hast dich übernommen? *Der* Bissen war dir offenbar nicht gegönnt!»

Er spie ihr auf die Hände und ging weiter. Die Alte rief ihm mit einer ganz jung klingenden Stimme nach:

«Warte, freue dich nicht zu früh! Ein andermal kommst du mir nicht mit heiler Haut davon!»

«Auf mich kannst du lange warten», antwortete Ilja.

«Aha! Hast einen Schreck gekriegt, hast einen Schreck gekriegt!» frohlockte die Alte.

Ilja erschien das als eine Beleidigung. Er blieb stehen und sagte:

«Wenn es darauf hinausläuft, dann komme ich erst recht und schöpfe Wasser aus deinem Brunnen.»

Die Alte lachte laut auf und stachelte den Burschen an:

«Großsprecher! Prahlhans! Sage lieber deiner Großmutter Lukerja Dank, daß du heil davongekommen bist. Und er rühmt sich noch! Der Mann ist noch nicht geboren, der aus diesem Brunnen Wasser schöpfen könnte.»

«Warten wir ab, ob er geboren ist oder nicht», antwortete Ilja.

Die Alte stichelte weiter:

«Ein Schwätzer bist du, weiter nichts. Wie kannst du Wasser schöpfen wollen, wenn du dich nicht traust, näher zu treten. Leere Worte! Vielleicht bringst du andere Burschen her, die kühner sind als du.»

«Du kannst von mir nicht erwarten», rief Ilja, «daß ich dir andere Burschen zuführe. Ich selber habe genugsam erfahren, wie schädlich du bist und womit du die Menschen verlockst.»

Die Alte aber leierte immer dasselbe:

«Du kommst nicht, du kommst nicht! Woher denn! Ein solcher Angsthase wie du!»

Da sagte Ilja: «Schluß, ich hab's satt. Wenn am nächsten Feiertag der richtige Wind weht, erwarte mich zu Gast.»

«Wozu brauchst du den Wind?» fragte die Alte.

«Das wirst du schon sehen», antwortete Ilja.
«Wasche dir lieber meine Spucke von der Hand.
Vergiß es nicht, gib acht!»

«Kann es dir nicht ganz gleich sein», schrie
die Alte, «mit was für einer Hand ich dich auf
den Grund ziehe? Wenn du auch, wie ich sehe,
geschickt und gerissen bist, ganz gleich, du
wirst doch mir gehören. Hoffe nicht auf den
Wind und Großmutters Federn! Sie helfen
nicht!»

Nun, in der Art beschimpften sie sich noch
eine Weile, dann zog Ilja weiter, merkte sich
den Weg, versah ihn mit Zeichen und dachte
bei sich:

Schau einer an, was sie für eine ist, diese Großmutter Sinjuschka. Hält sich vor Alter kaum
auf den Beinen, aber Augen hat sie wie eine
Jungfrau. Können einen um den Verstand bringen. Und eine Stimme wie ein junges Mädel –
so hell und wohlklingend. Möchte gern sehen,
wie sie sich in ein hübsches Mädchen verwandelt.

Ilja hatte schon viel von Sinjuschka gehört.
Auf dem Grubengelände sprach man oft von
ihr. Es hieß, an tiefliegenden Stellen im Sumpf,
manchmal auch in alten Schächten stießen die
Leute auf Sinjuschka. Wo sie sitze, da lagere der
Reichtum in der Erde. Dränge man Sinjuschka
vom Fleck, tue sich ein tiefer Brunnenschacht
voller Gold und Edelgestein auf. Dann muß
man raffen, was die Hände fassen. Viele seien
angeblich auf die Suche gegangen, aber entweder mit leeren Händen zurückgekommen
oder spurlos verschwunden.

Am Abend gelangte Ilja zu den Gruben. Der
Aufseher fuhr ihn an:

«Wo bist du so lange geblieben?»

Ilja erklärte – so und so, er habe Großmutter Lukerja begraben. Der Aufseher war ein bißchen verlegen, fand aber immer noch einen Grund zum Sticheln.

«Was hast du denn da für Federn an der Kappe? Aus welchem spaßigen Anlaß hast du sie angepappt?»

«Das ist Großmutters Hinterlassenschaft», antwortete Ilja. «Ich habe die Federchen zu ihrem Andenken an die Kappe gesteckt.»

Der Aufseher und alle anderen, die in der Nähe standen, brachen über eine solche Hinterlassenschaft in Gelächter aus, doch Ilja sagte:

«Möglich, daß ich diese Federn nicht gegen den ganzen herrschaftlichen Grubenbesitz tausche. Denn das sind keine einfachen Federn, sondern besprochene. Die weiße hier verheißt einen lustigen Tag, die schwarze eine ruhige Nacht und die feuerrote eine strahlende Sonne.»

Natürlich machte er nur Spaß. Aber da war ein Bursche, den nannte man Kusjka, die «Doppelschnauze». Er war gleichaltrig mit Ilja, sie hatten im gleichen Monat Namenstag, doch hielt er in keiner Weise einen Vergleich mit Ilja aus. Er, diese Doppelschnauze, stammte von einem wohlhabenden Hof. Rechtens brauchte ein solcher Bursche an den Gruben nicht mal vorbeizugehen, er hätte daheim genug Arbeit gefunden. Aber Kusjka kreiste seit langem um das Gold und hatte seine eigenen Absichten. Vielleicht träfe er auf eine Ader, und machte er einen Fund, dann würde er ihn schon auf die Seite zu bringen wissen. Und wirklich, in der

Kunst, fremdes Gut in die eigene Tasche zu bringen, war Kusjka Meister. Kaum gab jemand auf etwas nicht Obacht, schleppte es Kusjka schon davon, und keiner konnte es wiederfinden. Mit einem Wort: ein Spitzbube. Wegen dieses Handwerks hatte er auch seinen Denkzettel erhalten. Einer der Goldschürfer hatte ihm mit dem Spaten übers Gesicht gehauen. Der Spaten war zwar abgeglitten, hatte jedoch als Andenken eine tiefe Narbe hinterlassen: das Gesicht war von der Nase bis zu den Lippen in zwei Hälften gespalten. Wegen dieses Merkmals hatte man Kusjka auch den hübschen Beinamen «Doppelschnauze» verliehen.

Dieser Kusjka hatte einen mächtigen Neid auf Ilja, der ein kerniger, kräftiger, strammer und fröhlicher Bursche war und dem die Arbeit leicht von der Hand ging. Nach der Arbeit aß er und sang Lieder, manchmal tanzte er auch. Unter den Arbeitsgenossen eines Grubenabschnitts geht es zuweilen auch lustig zu. Mit einem solchen Burschen war Kusjka gar nicht zu vergleichen, denn er hatte weder dieselben Kräfte noch denselben Arbeitseifer. Kusjka hegte ganz was anderes im Sinn, er hatte von der Arbeit seine eigenen Begriffe.

Es kann nicht anders sein, Ilja kennt irgendeinen Zauberspruch, deshalb gelingt ihm alles, und er hinkt bei der Arbeit nicht nach!

Als Ilja von den Federchen erzählte, folgerte Kusjka bei sich: Da haben wir Iljas Zauberspruch!

Na ja, man kann sich's schon denken, in der gleichen Nacht stahl er die Federn.

Am andern Tag griff Ilja danach. Wo sind die Federchen? Meint, er habe sie verloren. Sucht das ganze Gelände nach ihnen ab. Über Ilja begann man sich lustig zu machen.

«Du bist nicht recht bei Troste, Bursche! Wieviel Füße trampeln hier herum, und du suchst irgendwelche winzige Federchen. Man hat sie in den Staub gestampft. Und wozu brauchst du sie?»

«Wie», antwortete er, «wozu, wenn sie Großmutters Erinnerungsgeschenk sind?»

«Ein Erinnerungsmal», sagten sie, «muß man an einem festen Platz aufstellen oder im Gedächtnis bewahren, aber nicht an der Mütze mit sich herumschleppen.»

Ilja überlegte – sie sagten die Wahrheit. Er hörte auf, nach den Federchen zu suchen. Nicht einmal der Gedanke kam ihm, daß sie von Diebesfingern stibitzt sein konnten.

Kusjkas einzige Sorge war jetzt, auf Ilja aufzupassen, wie er ohne Großmutters Federchen zu Rande kam. Dabei beobachtete er, wie Ilja eine in seiner freien Zeit angefertigte Schöpfkelle nahm und in den Wald ging. Kusjka hinter Ilja her, meint, er habe eine Schürfstelle entdeckt und wolle Gold herauswaschen. Aber die Annahme erwies sich als falsch. Ilja befestigte die Kelle an einer langen Stange. Zum Waschen taugte das nicht. Aber wozu tat er es? Kusjka wurde noch wachsamer.

Es ging auf den Herbst zu, und der Wind begann kräftiger zu wehen. Am Samstag, als man die Arbeiter von den Gruben heim zu ihren Familien ließ, bat Ilja ebenfalls um Erlaubnis, nach Hause gehen zu dürfen. Der Aufseher sträubte sich zuerst etwas. «Du», sagte er, «bist doch erst kürzlich zu Hause gewesen und hast auch keinen Grund, Familie hast du nicht, und deine Wirtschaft, die Federchen, hast du im Gelände verloren.» Na, er ließ ihn aber doch gehen.

Würde sich Kusjka etwa solche Gelegenheit entgehen lassen? Er versteckte sich frühzeitig an dem Platz, wo Ilja die an der Stange befestigte Kelle hingelegt hatte. Lange mußte Kusjka warten, aber die Geduld der Diebe ist ja bekannt. Wie man sagt: ein Dieb ist im Warten geduldiger als ein Hund, vom Herrn nicht zu sprechen.

Am frühen Morgen kam Ilja, zog die Kelle aus dem Versteck und sagte: «Schade, die Federchen sind weg. Aber der Wind ist gut. Wenn er schon frühmorgens so pfeift, wird er zur Mittagszeit blasen.»

Wirklich, ein Wind, daß es im Walde nur so heult. Ilja ging seinen Merkzeichen nach. Kusjka schlich hinter ihm her und frohlockte:

«Hier sind sie, die Federchen! Zum Reichtum weisen sie den Weg!»

Lange dauerte es, bis Ilja anhand der Zeichen den Weg zurücklegte. Der Wind wurde immer schwächer. Als er auf die Mulde hinaustrat, war es völlig windstill geworden. Kein Ästchen bewegte sich. Ilja schaute um sich. Die Alte stand am Brunnenschacht, erwartete ihn und rief mit hellklingender Stimme:

«Der Krieger ist gekommen! Großmutters Federchen hat er verloren, und mit dem Wind hat er daneben geraten! Was wirst du nun machen? Lauf heim und warte auf Wind! Vielleicht hast du Glück mit dem Warten.»

Sie stand etwas seitlich und streckte die Arme nicht nach Ilja aus. Über dem Brunnenschacht stand dichter Nebel, wie eine blaue Kappe. Ilja trat näher und tauchte von der Erhöhung herab die lange Stange mit der Kelle direkt in die blaue Kappe hinein. Dabei rief er:

«Sieh dich vor, Schieche, daß ich dich nicht aus Versehen stoße.»

Er schöpfte aus dem Brunnen die Kelle voll und spürte: schwer! Kaum konnte er sie herausziehen. Die Alte lacht, ihre jungen Zähne blitzen.

«Werden sehen, werden sehen, wie du die Kelle an dich heranziehst und ob du viel von meinem Wässerchen zu trinken bekommst!»

Das heißt, sie foppt den Burschen. Als Ilja merkt, daß die Kelle tatsächlich zu schwer ist, wird er wütend.

«Trink selber!» schreit er.

Mit aller Anstrengung hob er die Kelle ein wenig und gedachte, den Inhalt über die Alte auszuschütten. Die wich zurück. Ilja ihr nach. Sie noch weiter. Da zerbrach die Stange, und das Wasser floß aus. Die Alte lachte abermals.

«Du hättest die Kelle an einem Knüppel befestigen sollen... wäre zuverlässiger gewesen!»

Grollend antwortete Ilja:

«Warte nur, Garstige! Ich kaufe dich mir schon noch!»

Da sagte die Alte:

«Genug der Scherze. Jetzt reicht's. Ich sehe, daß du ein geschickter, mutiger Bursche bist. Komme in einer Mondnacht wieder, wenn du willens bist. Reichtümer aller Art werde ich dir zeigen. Nimm davon, soviel du willst. Wenn ich mich nicht oben aufhalte, rufe: ‹Bin ohne Kelle›, und alles wird dein sein.»

«Ich würde auch ganz gern sehen», antwortete

Ilja, «wie du dich in ein schönes Mädchen verwandelst.»

«Auch das wirst du zu sehen bekommen, wenn du dich ans Werk machst», lachte die Alte und zeigte wieder ihre jungen Zähne.

Kusjka hatte alles mitangesehen und jedes Wort gehört.

Ich muß so schnell wie möglich zu den Gruben zurücklaufen, dachte er, und Beutel beschaffen. Daß mir Ilja nur nicht zuvorkommt!

Kusjka enteilte. Ilja ging auf der Erhöhung heimwärts und überquerte den Sumpf, indem er von Hügelchen zu Hügelchen sprang. Als er nach Hause kam, erwartete ihn eine neue Überraschung – Großmutters Sieb war nicht mehr da.

Ilja wunderte sich, wer so etwas gebraucht haben könnte. Er besuchte seine Freunde aus der Fabrik, plauderte mit den einen, ging mit den anderen zu den Gruben zurück, aber nicht mehr durch den Sumpf, sondern auf der Straße wie alle.

Es vergingen an die fünf Tage, aber Ilja mußte immerzu an sein Erlebnis denken, während der Arbeit stand es ihm vor Augen, und im Schlaf belästigten ihn die Träume. Immer wieder sah er die blauen Augen vor sich und hörte die klangvolle Stimme: «Komm in einer Mondnacht, wenn du willens bist!»

Da entschied Ilja bei sich:

Ich gehe hin. Will bloß mal sehen, was da für Reichtum vorhanden ist. Vielleicht zeigt sie sich mir auch selbst als schönes Mädchen.

Es war die Zeit des zunehmenden Monds, die Nächte wurden heller. Plötzlich entstand auf dem Grubengelände ein Gerede. Doppelschnauze sei verschwunden, hieß es. Man schickte jemanden zur Fabrik – dort war er nicht. Der Aufseher ließ im Walde suchen – keine Spur von Kusjka. Allerdings gab man sich beim Suchen keine große Mühe. Jeder dachte bei sich: Kein großer Verlust, wenn ein Dieb verlorengeht! – Dabei blieb's.

Als der Mond sein volles Rund erreicht hatte, zog Ilja los. Er gelangte an Ort und Stelle, blickte umher – niemand. Ilja verließ trotzdem nicht seinen Platz auf der Erhöhung und rief leise:

«Bin ohne Kelle.»

Kaum hatte er es ausgesprochen, kam die Alte zum Vorschein und sagte freundlich: «Herzlich willkommen, teurer Gast! Ich warte schon lange auf dich. Komm und nimm, soviel du tragen kannst!»

Sie hob mit den Armen eine Art Deckel vom Brunnenschacht hoch, und da kamen Kostbarkeiten aller Art zum Vorschein. Der Schacht war bis obenhin gefüllt. Ilja betrachtete die Reichtümer voller Neugier, verließ aber nicht seinen erhöhten Standplatz. Die Alte trieb ihn zur Eile.

«Nun, was stehst du da herum? Nimm, sage ich dir, soviel in deinen Beutel geht.»

«Einen Beutel habe ich nicht mitgebracht», antwortete er, «und von Großmutter Lukerja habe ich es auch anders gehört. Nur *der* Reichtum ist rein und fest, den du dem Menschen selber darbietest.»

«Schau mal an, was der für Ansprüche stellt! Er verlangt auch noch ein Tablett! Nun, wie du willst.»

Sowie die Alte diese Worte gesprochen hatte, steigt aus dem Schacht eine blaue Säule. Und aus der Säule tritt ein schönes Mädchen hervor, geschmückt wie eine Zarin, an Wuchs halb so groß wie eine hohe Kiefer. In den Händen hält das Mädchen ein goldenes Tablett, auf dem sich Kostbarkeiten aller Art häufen: Goldsand, Edelsteine, Goldklumpen, fast so groß wie Brotlaibe. Die Jungfrau kommt auf Ilja zu und bietet ihm das Tablett mit einer Verbeugung dar:

«Nimm es, kühner Bursche!»

Ilja war im Grubengelände aufgewachsen, war auch bei der Goldwaage gewesen und wußte, wie schwer Gold wiegt. Er warf einen Blick auf das Tablett und sagte zu der Alten:

«Das hast du dir ausgedacht, um dich über mich lustig zu machen. Kein Mensch ist imstande, diese Last zu heben.»

«Nimmst es nicht?» fragte die Alte.

«Ich denke gar nicht dran!» antwortete Ilja.

«Nun, wie du willst. Ich gebe dir ein anderes Geschenk», sagte die Alte.

Und augenblicklich war die Jungfrau mit dem goldenen Tablett verschwunden. Aus dem Brunnen stieg abermals eine blaue Säule in die Höhe. Ein anderes Mädchen trat heraus. Es war etwas kleiner, ebenfalls eine Schönheit und nach Art der Kaufmannstöchter gekleidet. In den Händen dieser Jungfrau befand sich ein silbernes Tablett, auf dem die Kostbarkeiten gehäuft lagen. Ilja verzichtete auch auf diese Gabe und sagte zu der Alten:

«Ein Mensch hat nicht die Kraft, ein solches Gewicht zu heben, außerdem reichst du mir das Tablett auch nicht mit eigenen Händen.»

Da lachte die Alte vollends wie ein junges Mädel.

«Gut, es geschehe nach deinem Willen. Dir und mir zur Freude! Dann wirst du wohl nichts mehr zu klagen haben.»

Sagte es, und sogleich war weder die Jungfrau mit dem silbernen Tablett noch die Alte selbst vorhanden. Ilja stand und stand – niemand weit und breit. Das Warten langweilte ihn schon, aber da raschelte es neben ihm im Gras. Ilja wandte sich um und sah ein Mädchen auf sich zukommen. Ein einfaches Mädchen von gewöhnlicher menschlicher Größe. So an die achtzehn Jahre alt. Es trug ein blaues Kleidchen, ein blaues Kopftuch und an den Füßen blaue Schuhchen. Und hübsch war das Mädel – nicht zu sagen. Die Augen wie Sterne, die Brauen wie Bogen, die Lippen wie Himbeeren. Der blonde geflochtene Zopf war über die Schulter geworfen, und im Zopf ein blaues Band.

Das Mädchen trat an Ilja heran und sagte:

«Nimm eine kleine Gabe aus reinem Herzen, lieber Freund Iljuschenka!»

Und sie reicht ihm mit ihren weißen Händchen das mit Beeren gefüllte alte Sieb der Großmutter Lukerja. Da liegen Erdbeeren, dort Himbeeren und gelbe Eisbeeren und schwarze Johannisbeeren und Blaubeeren. Nun, Beeren aller Art. Das Sieb ist bis zum Rand gefüllt. Und obenauf liegen die drei Federchen. Ein weißes, ein schwarzes, ein feuerrotes, mit einem blauen Faden zusammengeknüpft.

Ilja nimmt das Sieb entgegen und steht da wie vor den Kopf geschlagen, kann nicht begreifen, woher das Mädchen so plötzlich gekommen ist, wie es im Herbst die verschiedenen Beeren sammeln konnte. Da fragte er:

«Wer bist du, schönes Mädchen? Sage, wie ich dich nennen und preisen soll?»

Das Mädchen lachte und erwiderte:

«Großmutter Sinjuschka nennen mich die Menschen, doch einem geschickten und mutigen Burschen mit einfachem Herzen erscheine ich in der Gestalt, wie du mich siehst. Nur kommt so einer selten.»

Da begriff Ilja, mit wem er sprach und fragte: «Woher hast du die Federchen?»

«Siehst du», sagte sie, «da kam Kusjka und wollte sich Reichtum holen. Selber stieg er in den Brunnenschacht und ertrank samt seinen Beuteln, nur deine Federchen schwammen an der Oberfläche. Daraus sieht man, daß du ein reines Herz hast, Bursche.»

Ilja weiß nicht, was er sagen soll. Auch sie steht da, schweigt und zupft am Band im Zopf. Dann sagt sie:

«So ist das, lieber Freund Iljuschenka. Sinjuschka, das bin ich. Ewig alt und ewig jung. Für alle Zeit bin ich zu den reichen Erdschätzen gestellt.»

Dann schwieg sie eine Weile und fragte:

«Na, hast du dich an mir satt gesehen? Es genügt, geh, sonst bleibe ich vielleicht keine Traumerscheinung.»

Sie seufzte. Wie mit einem Messer schnitt es dem Burschen ins Herz. Er hätte alles gegeben, wenn sie ein wirkliches lebendiges Mädchen geworden wäre, aber sie war wie vom Erdboden verschwunden.

Lange noch stand Ilja am gleichen Fleck. Der blaue Nebel aus dem Brunnen wallte langsam über die ganze Mulde. Ilja machte sich auf den Heimweg. Im Morgengrauen kam er an. Als er die Stube betrat, wurde das Sieb mit den Beeren immer schwerer, der Boden brach durch, und über den Boden rollten Goldklumpen und Edelsteine.

Mit seinen Reichtümern kaufte sich Ilja sofort von seinem Herrn los, wurde ein Freier, baute sich ein schönes Haus und hielt sich ein Pferd, nur heiraten mochte er nicht. Immer stand ihm das Mädchen vor Augen. Es kostete ihn Schlaf und Ruhe. Auch Großmutter Lukerjas Federchen halfen nicht. Mehr als einmal sagte er:

«Ach, Großmutter Lukerja, Großmutter Lukerja! Hast mich gelehrt, Sinjuschkas Reichtum zu erlangen, aber wie man die Sehnsucht stillt, hast du mir nicht gesagt. Wahrscheinlich hast du es selbst nicht gewußt!»

So plagte und plagte er sich und dachte:

Lieber in jenem Brunnen verschwinden als diese Qual ertragen!

Er ging zum Sumpf an der Sjuselka, nahm aber Großmutters Federchen mit. Es war die Zeit der Beerenernte. Die Walderdbeeren waren reif, und man begann sie zu sammeln.

Kaum hatte Ilja den Wald erreicht, kam ihm eine Mädchenschar entgegen. Ein Dutzend junger Dinger mit vollen Körben. Eine der Jungfrauen folgte in einigem Abstand. Sie war so um die achtzehn herum. Ihr Kleidchen war blau und blau das Kopftuch. Und schön war sie – nicht zu sagen. Die Brauen ein Bogen, die Augen wie Sterne, die Lippen wie Himbeeren. Der blonde geflochtene Zopf war über die Schulter geworfen, und im Zopf ein blaues Band. Mit einem Wort – jener wie aus dem Gesicht geschnitten. Nur eine Kleinigkeit war anders: jene hatte blaue Schuhchen angehabt, und diese ging barfuß.

Ilja erstarrte. Er blickte die Schöne an, und sie erwiderte seinen Blick mit ihren blauen, blitzenden Augen, lachte und ließ die Zähne blinken.

Ilja kam ein wenig zu sich und fragte:

«Wie kommt es, daß ich dich nie gesehen habe?»

«Dann sieh mich doch an, wenn du Lust hast», antwortete sie. «Anschauen kostet nichts – ich nehme keine Kopeke dafür.»

«Wo wohnst du?» fragte er.

«Immer der Nase nach», sagte sie, «dann nach rechts. Dort steht ein dicker Baumstumpf. Lauf hin und schlag mit dem Schädel dagegen. Wenn dir die Funken aus den Augen sprühen, siehst du mich...»

Nun, sie wetzte natürlich die Zunge, wie es bei den jungen Mädchen so Brauch ist. Dann aber sagte sie, wer sie sei, in welcher Straße sie wohne und wie sie heiße.

Alles in allen Ehren. Doch mit den Augen lockt sie und zieht ihn zu sich.

Mit diesem Mädel fand Ilja seine andere Hälfte. Nur dauerte das Glück nicht lange. Sie kam nämlich aus den Marmorbrüchen. Deshalb hatte Ilja sie auch früher nie gesehen. Nun, man weiß, was es mit den Marmorbrüchen für eine Bewandtnis hat. Hübschere Mädchen als dort findet man in unserem Gebiet nicht, aber heiratet man eins, wird man bald Witwer. Von klein auf im Bruch, davon bekommen sie die Schwindsucht.

Auch Ilja lebte nicht mehr lange. Er hatte wohl zuviel von jener und ihrer Ungesundheit geschluckt. Und an der Sjuselka entstand bald danach ein neues Schürffeld.

Ilja hatte natürlich nicht verheimlicht, wo er

seinen Reichtum gefunden hatte. Man begann an jener Stelle zu schürfen und stieß an der Sjuselka auf eine reiche Goldmine.

Ich entsinne mich gut, wieviel dort gefördert worden ist. Doch besagten Brunnenschacht hat man nicht gefunden. Der blaue Nebel hält sich auch jetzt noch an jener Stelle und deutet auf den unterirdischen Reichtum hin.

Wir versuchten's: schürften ein wenig an der Oberfläche, gruben uns in die Tiefe... Aber Sinjuschkas Brunnen ist unendlich tief und harrt noch immer seiner Entdecker.

WSJEWOLOD GARSCHIN

Das, was niemals war

Ein schöner Junitag. Das Thermometer zeigte
achtundzwanzig Grad Reaumur. An diesem
schönen Tage war es überall heiß, aber auf der
Wiese im Garten, wo ein Schober frisch-
gemähten Grases stand, war es noch heißer,
denn dichtbelaubte Kirschbäume schützten den
Platz vor dem Winde. Fast alles schlief. Die
Menschen hatten sich nach dem Essen zum
Mittagsschlaf hingelegt, die Vögel waren verstummt, sogar viele Insekten hatten sich vor der
Hitze verkrochen. Von den Haustieren ganz zu
schweigen. Das große wie kleine Getier hatte
Schutz unter dem Scheunendach gesucht. Der
Hund hatte sich am Stall eine Mulde gescharrt
und dort ausgestreckt. Die Augen halb geschlossen, hechelte er unaufhörlich, die blaßrote
Zunge fast eine halbe Elle aus dem Maul hän-
gend. Manchmal schien ihn die von der mörde-
rischen Hitze verursachte Langeweile zu packen,
und er gähnte so stark, daß dabei ein helles,
dünnes Winseln erklang. Die Schweine, eine
Sau mit dreizehn Ferkeln, hatten sich zum Ufer
begeben und sich in den schwarzen, fetten
Schlamm gewühlt. Man sah nur die prustenden
und schnarchenden Rüssel mit den beiden kleinen Löchern aus dem Sumpf herausragen, die
länglichen, schmutzverkrusteten Rücken und
die riesigen, herabhängenden Ohren. Nur die

Hühner hatten keine Angst vor der Hitze. Sie schlugen die Zeit tot, indem sie mit den Krallen die trockene Erde vor der Küchentreppe aufscharrten, obwohl sie genau wußten, daß sie dort kein einziges Körnchen mehr finden würden. Aber dem Hahn machte dies offenbar keinen Spaß mehr, denn hin und wieder zog er ein dummes Gesicht und schrie aus vollem Halse: «Welch Skand-a-al!»

Auf der glutheißen Wiese, von der wir ausgingen, saß aber auch eine ganze Gesellschaft, die nicht schlief. Das heißt, nicht alle saßen. Der alte Braune zum Beispiel, der trotz der Gefahr, die seinen Flanken von der Peitsche des Kutschers Anton drohte, den Heuschober zerwühlte, war als Pferd überhaupt nicht imstande zu sitzen. Die Raupe irgendeines Schmetterlings saß ebenfalls nicht, sondern lag auf dem Bauche. Aber es geht hier nicht um Worte. Jedenfalls hatte sich unter einem der Kirschbäume eine kleine, aber sehr seriöse Gesellschaft zusammengefunden: eine Schnecke, ein Mistkäfer, eine Eidechse, die schon erwähnte Raupe. Ein Grashüpfer kam angesprungen. Daneben stand der Braune und hörte mit dem ihnen zugewandten braunfelligen Ohr, aus dem noch dunkelgraue Haare hervorwucherten, ihren Reden zu. Und auf dem Braunen saßen zwei Fliegen.

Die Gesellschaft war in einer Diskussion begriffen, die sie in höflicher Form, aber sehr erregt führte. Wie es sich gehört, stimmte keiner mit dem andern überein, denn jeder legte größten Wert auf die Unabhängigkeit seiner Meinung und seines Charakters.

«Meines Erachtens», sagte der Mistkäfer, «hat jedes anständige Tier die Pflicht, sich vor

allem um seine Nachkommenschaft zu kümmern. Leben, das heißt für die kommende Gene-
ration arbeiten. Wer die von der Natur ihm
auferlegten Pflichten bewußt erfüllt, steht auf
festem Boden: er weiß, was er zu tun hat, und
kennt seine Verantwortung, was auch immer
geschehen mag. Sehen Sie mich an! Wer müht
sich mehr als ich? Wer wälzt ganze Tage ohne
Rast und Ruh eine so schwere Kugel, die ich
kunstvoll aus Mist geknetet habe, mit dem erha-
benen Ziel, neuen, mir ähnlichen Mistkäfern
eine Entwicklungsmöglichkeit zu geben? Deshalb meine ich: niemand wird so ruhigen Gewissens und reinen Herzens sagen können:
‹Jawohl, ich habe alles getan, was ich konnte
und tun mußte!›, wie ich es sagen kann, wenn
die neuen Mistkäfer zur Welt kommen. Sehen
Sie, das heißt Arbeit!»

«Geh mir mit deiner Arbeit, Brüderchen!»
sagte eine Ameise, die während der Rede des
Mistkäfers trotz der Hitze das lange Ende eines
trockenen Halms herbeigeschleppt hatte. Sie
machte für eine Minute halt und setzte sich auf
die vier Hinterfüßchen, während sie sich mit
den beiden Vorderbeinchen den Schweiß von
ihrem ausgemergelten Gesicht wischte. «Auch
ich rackere mich ab und mehr als du! Aber du
arbeitest für dich oder, was das gleiche ist, für
deine Käferchen. Nicht jeder ist so glücklich.
Versuche nur mal, einen Balken für den Staat
zu schleppen wie ich hier. Ich weiß selbst nicht,
was mich veranlaßt zu arbeiten und mich sogar
bei solcher Hitze bis an die Grenze meiner Kraft
anzustrengen. Niemand sagt mir dafür auch nur
ein Dankeschön. Wir unglücklichen Arbeits-
ameisen plagen uns unaufhörlich, und wo

bleibt das Schöne in unserem Leben? Schicksal!...»

«Sie, Mistkäfer, betrachten das Dasein zu nüchtern, und Sie, Ameise, sehen es zu finster», erwiderte ihnen der Grashüpfer. «Nein, meine Käfer, ich tue das Gegenteil. Ich schwirre und springe und sonst gar nichts! Das Gewissen plagt mich nicht. Zudem haben Sie die von Madame Eidechse gestellte Frage überhaupt nicht berührt. Sie hat gefragt: ‹Was ist die Welt?› Und Sie sprechen von Ihrem Mistknäuel! Das ist sogar unhöflich. Die Welt – die Welt ist meines Erachtens schon deshalb eine sehr gute Sache, weil es in ihr junges Gras, Sonne und Wind für uns gibt. Ja, und groß ist sie! Hier unter diesen Bäumen können Sie sich keinen Begriff davon machen, wie groß sie ist. Wenn ich im Felde bin, springe ich manchmal so hoch ich kann, und ich erreiche eine gewaltige Höhe, seien Sie davon überzeugt. Und von dort oben sehe ich, daß die Welt kein Ende hat.»

«Richtig», bestätigte der Braune tiefsinnig. «Aber ihr alle könnt trotzdem nicht den hundertsten Teil von dem erblicken, was ich in meinem Leben gesehen habe. Schade, daß ihr nicht verstehen könnt, was eine Werst ist... Eine Werst von hier liegt das Dorf Luparewka. Dorthin fahre ich jeden Tag mit dem Wasserfaß. Aber dort werde ich nicht gefüttert. Und auf der anderen Seite liegen Jefimowka, Kossljakowka; dort steht eine Kirche mit Glocken. Dann kommt Swjato-Troitzkoje und dann Bogojawlensk. In Bogojawlensk gibt man mir immer Heu; aber das Heu taugt dort nichts. In Nikolajew hingegen – das ist eine Stadt, achtundzwanzig

Werst von hier – ist das Heu besser, und ich kriege Hafer. Ich mag nur nicht gern dorthin fahren, weil der Herr immer mitkommt, dem Kutscher befiehlt, mich anzutreiben, und der Kutscher die Peitsche auf mir tanzen läßt. Und das tut weh... Und weiter gibt es noch Alexandrowka, Bjeloserka, Cherson-Stadt... aber wie sollt ihr das alles begreifen?... Seht, das ist die Welt. Nicht die ganze, wie anzunehmen ist, aber dennoch ein bedeutender Teil!»

Der Braune verstummte, aber seine Unterlippe bewegte sich noch immer, als ob er etwas vor sich hin flüstere. Das kam vom Alter, er war schon über siebzehn, und für ein Pferd ist dies das gleiche wie für einen Menschen siebenundsiebzig.

«Ich begreife Ihre klugen Pferdeworte nicht, und ich muß gestehen, daß ich ihnen auch nicht nachjage», sagte die Schnecke. «Ich brauche nichts als eine Klette, und davon gibt es genug. Sehen Sie, vier Tage krieche ich schon an ihr entlang, und sie hat noch immer kein Ende. Und hinter dieser Klette steht wieder eine, und an ihr sitzt auch eine Schnecke. Da haben Sie meine Welt! Irgendwohin zu springen lohnt sich nicht, das sind alles Phantastereien und Narrheiten. Sitz und friß das Blatt, auf dem du sitzest. Wenn ich nicht zu faul zum Kriechen wäre, hätte ich Sie mitsamt Ihren Gesprächen schon längst verlassen. Davon bekommt man nur Kopfschmerzen, das ist alles.»

«Aber erlauben Sie, warum denn?» unterbrach sie der Grashüpfer. «Plappern ist sehr angenehm, besonders von solch guten Themen wie Unendlichkeit und dergleichen. Natürlich gibt es praktische Naturen wie Sie oder diese reizende Raupe, die sich nur darum bekümmern, sich den Bauch vollzustopfen...»

«Ach nein, lassen Sie mich aus dem Spiel, ich bitte Sie, lassen Sie mich in Ruhe, rühren Sie mich nicht an!» rief die Raupe mit kläglicher Stimme. «Ich tue alles nur für das künftige Leben, nur für das künftige Leben.»

«Für welches künftige Leben denn?» fragte der Braune.

«Wissen Sie denn nicht, daß ich nach dem Tode ein Schmetterling mit bunten Flügeln sein werde?»

Der Braune, die Eidechse und die Schnecke wußten es nicht, doch die Insekten hatten einen gewissen Begriff davon. Alle schwiegen eine Weile, weil keiner etwas Rechtes vom künftigen Leben zu sagen wußte.

«Feste Überzeugungen muß man achten», zirpte schließlich der Grashüpfer. «Wünscht noch jemand etwas zu sagen? Vielleicht Sie?» wandte er sich an die Fliegen. Die älteste von ihnen antwortete:

«Wir können nicht sagen, daß es uns schlecht geht. Wir kommen eben aus den Zimmern. Die Hausfrau hatte frischen Gelee in einem Schüsselchen aufgestellt. Wir waren unter den Deckel gekrochen und haben uns satt gefressen. Wir sind zufrieden. Unser Mamachen ist im Gelee geblieben. Festgeklebt! Was soll man da machen? Sie hatte lange genug auf Erden gelebt. Wir hingegen sind zufrieden.»

«Herrschaften», sagte die Eidechse, «ich meine, daß Sie alle völlig im Recht sind. Andererseits...»

Aber die Eidechse konnte nicht sagen, was andererseits wäre, denn sie fühlte, daß ihr jemand auf den Schwanz trat und ihn auf die Erde preßte.

Es war der Kutscher Anton. Er war aufgewacht und kam seinen Braunen holen. Anton war zufällig mit seinem Stiefel auf die Gesellschaft getreten und hatte sie zerquetscht. Nur die Fliegen schwirrten davon, um ihre tote, mit Gelee beschmierte Mama abzuschlecken, und die Eidechse enteilte ohne Schwanz. Anton packte den Braunen an der Mähne und führte ihn aus dem Garten, um ihn an den Karren mit dem Wasserfaß zu spannen. «Nun, geh schon, lauf zu, alter Faulpelz!» trieb er den Braunen an. Der schnob leise etwas vor sich hin.

Die Eidechse aber hatte ihren Schwanz verloren. Freilich, nach einiger Zeit wuchs er wieder, aber er blieb für immer stumpf und schwärzlich. Wenn man sie fragte, wie ihr Schwanz zu Schaden gekommen sei, antwortete sie zurückhaltend: «Man hat ihn mir abgebrochen, weil ich mich entschloß, aus meinen Überzeugungen kein Hehl zu machen.»

Sie hatte ganz recht.

Baschow, Pawel Petrowitsch (1879–1950), geboren in Perm, besuchte das geistliche Seminar, wurde Lehrer in Jekaterinburg und erforschte die Folklore des Urals, besonders in den Bergbaurevieren. Nach der Oktoberrevolution war er als Redakteur tätig. 1924 erschien die Sammlung «Uraler Sagen». In seinen eigenen Märchenerzählungen werden reale Zustände und Personen durch phantastische, aber psychologisch motivierte Vorgänge verdichtet. Baschow erzählt in urwüchsiger, dennoch dichterischer Sprache und spart nicht mit sozialer Kritik. Von seinen zahlreichen Märchen, Sagen, Legenden hatte «Die steinerne Blume» (1938, verfilmt 1946, Ballett von S. S. Prokofjew, Oper von K. W. Moltschanow 1950) besonderen Erfolg. Baschows Märchenbücher erreichten eine Gesamtauflage von mehr als sieben Millionen Exemplaren in der Sowjetunion und wurden in viele Sprachen übersetzt.

Dahl, Wladimir Iwanowitsch (1801–1872), deutschdänischer Herkunft, Sohn eines in Rußland ansässig gewordenen Arztes, war zuerst Seeoffizier, studierte dann Medizin, praktizierte als Augenarzt in Petersburg, wo er mit Puschkin und dessen Kreis bekannt wurde. Infolge politischer Schwierigkeiten siedelte Dahl 1833 nach Orenburg um, wo er sich ethnologischen und linguistischen Studien widmete. Neben zahlreichen Erzählungen und Skizzen waren es die Früchte seiner Studien, die beiden großen Werke, die sein Andenken bis zur Gegenwart lebendig erhalten haben: «Sprichwörter des russischen Volks» (1862) und «Wörterbuch der lebenden großrussischen Sprache» (1864), zwei Standardwerke der russischen Volkskunde und Philologie.

«Das Märchen von Iwan dem jungen Sergeanten» gehört zu einem Zyklus satirischer Märchen, den Dahl unter dem Pseudonym «Kosak Luganskij» 1832 veröffentlichte. Das Buch brachte ihm nicht nur Lob und Freundschaft Puschkins ein, sondern auch die Unzufriedenheit der Regierung. Der Unzuverlässigkeit bezichtigt, wurde Dahl verhaftet und nur durch Fürsprache einflußreicher Gönner aus der Haft befreit.

Garin, Nikolaj (Pseudonym für Nikolaj Georgijewitsch Michajlowskij, 1852–1906). Garin war Eisenbahn-Ingenieur, schloß sich den Narodniki an und befaßte sich auf seinem eigenen Gute mit sozialen Reformen. Der Versuch scheiterte. Literarisch betätigte er sich in der Folgezeit als Verfasser von Reise- und Zustandsschilderungen sowie eines großangelegten Entwicklungsromans mit den Büchern «Tjomas Kindheit» – «Gymnasiasten» – «Studenten» – «Ingenieure».

Garschin, Wsjewolod Michajlowitsch (1855–1887), Sohn eines Offiziers, nahm als Freiwilliger am Russisch-Türkischen Krieg teil und wurde 1877 verwundet. Die Eindrücke des Krieges veranlaßten ihn zum Schreiben, legten aber auch den Grund zu einer manischen Depression, die sich im Kampf gegen die herrschende soziale Ungerechtigkeit steigerte und schließlich zum Selbstmord des Dichters führte.

Neben sensiblen, selbstquälerischen Erzählungen hat Garschin eine Reihe allegorischer Märchen geschrieben, in denen er dem Gegensatz zwischen Ideal und Realität Ausdruck gab. Sie entstanden in den letzten Lebensjahren des Dichters.

Gorkij, Maxim (Pseudonym für Alexej Maximowitsch Peschkow, 1868–1936). Neben seinen großen sozialkritischen Romanen, Erzählungen und Schauspielen wandte Gorkij sein Interesse auch der Erzählung für Kinder zu, wobei er sich teils an die überlieferte Folklore hielt wie in dem «Märchen vom tumben Iwanuschka», teils seine Phantasie frei spielen ließ wie in der 1912 erschienenen Erzählung «Was Jewsejka erlebte».

Grin, Alexander (Pseudonym für Alexander Stepanowitsch Grinjewskij, 1880–1932), Sohn eines nach Sibirien verbannten Polen, führte ein unruhiges Leben als Matrose, Landstreicher, Goldsucher, Soldat, wurde wiederholt wegen Aufruhrs verhaftet und verschickt, schrieb seit 1906 Erzählungen und Romane unter dem Einfluß von E. A. Poe, E. T. A. Hoffmann, Jack London, Joseph Conrad, blieb jedoch innerhalb der literarischen Bewegung seiner Zeit ein Einzelgänger. Die Mischung von phantastischem, märchenhaftem mit abenteuerlich-sensationellem Geschehen gab seinem umfangreichen Werk eine eigene Note.

Die Erzählung «Der redselige Hausgeist» wurde zum ersten Male 1923 veröffentlicht.

Katajew, Valentin Petrowitsch (geb. 1897 in Odessa), veröffentlicht seit 1922 Erzählungen, Romane («Es blinkt ein einsam Segel») und Schauspiele («Quadratur des Kreises»), die unbefangen und heiter alle Phasen der sowjetischen Entwicklung widerspiegeln. Die beiden hier veröffentlichten Märchen entstanden 1940.

Kawerin, Wenjamin Alexandrowitsch (geboren 1902 in Pskow) studierte in Leningrad und schloß sich der Gruppe der «Serapionsbrüder» an. Seine Erzählungen und Romane gehören zum bleibenden literarischen Bestand der zwanziger Jahre. Des «Formalismus» beschuldigt, wandte sich Kawerin in der Blütezeit des sozialistischen Realismus dem Jugendbuch zu und zeigte in dem Roman «Zwei Kapitäne», einem der populärsten Jugendbücher der Sowjetunion, seinen Einfallsreichtum und seine Kunst, abenteuerliche Begebenheiten spannend und dennoch literarisch wertvoll zu erzählen.

Die Märchen-Erzählung «Mit leichten Schritten» entstand 1960. Die Erwähnung «Papa Carlos», der den buratino aus einem Stück Holz geschnitzt hat, ist eine Huldigung für Carlo Collodi (1826–1890), dessen «Abenteuer des Pinocchio» (1880) Alexej Tolstoj unter dem Titel «Das goldene Schlüsselchen» nacherzählt hat.

Kuprin, Alexander Iwanowitsch (1870–1938), Sohn eines russischen Beamten. Seine Mutter stammte von einem tatarischen Fürstengeschlecht ab. Kuprin besuchte die Kadettenanstalt und wurde Offizier. 1894 quittierte er den Dienst, wurde Professor für Literatur und betätigte sich als Schriftsteller. Seine Erzählungen, Romane und Skizzen gehören zu den hervorragenden Zeugnissen eines kritischen, psychologischen Realismus. Kuprin emigrierte 1919, kehrte aber 1937 in die Heimat zurück. Die Legende «Die scheckigen Pferde» entstand und erschien 1918. Die Märchen-Erzählung «Der Elefant» wurde zuerst 1907 veröffentlicht.

Mamin-Sibirjak, Dmitrij (Pseudonym für Dmitrij Narkissowitsch Mamin, 1852–1912), Sohn eines Priesters aus dem Ural, schloß sich auf dem Seminar und der Universität fortschrittlichen liberalen Kreisen an und verstand es in seinen zahlreichen Erzählungen und Romanen, die vornehmlich im Ural spielen, die gesellschaftlichen Verhältnisse kritisch und realistisch darzustellen. Die Manesse Bibliothek der Weltliteratur vermittelt zwei seiner reifsten Romane: «Die Priwalowschen Millionen» und «Gold».

Mamin verfaßte eine Reihe von Kinderbüchern und Märchen, die sich bis heute großer Beliebtheit erfreuen. Seinem besten Buche dieser Art, den für seine Tochter Jelena geschriebenen «Märchen Aljonuschkas», ist das 1895 entstandene, hier abgedruckte Märchen entnommen.

Marschak, Samuil Jakowlewitsch (1887–1964), Lyriker, Satiriker, Dramatiker und Übersetzer, Begründer und Organisator der sowjetischen Kinderliteratur. Zahlreiche Märchen, Lieder, Rätsel für Kinder, Übertragungen klassischer englischer Werke sicherten ihm Ruf und Auszeichnungen. Für das Märchenspiel «Die zwölf Monate» erhielt er 1943 den Stalinpreis.

Michajlow, Michajl Larionowitsch (1829–1865), Lyriker, Erzähler und politischer Schriftsteller, Mitarbeiter an der radikal-liberalen Zeitschrift «Der Zeitgenosse», gehörte zu den aktiven Kämpfern gegen die zaristische Autokratie und wurde wegen seiner Tätigkeit 1861 verhaftet, zu sechs Jahren Zuchthaus und lebenslanger Ansiedlung in Sibirien verurteilt. Michajlow war der Verfasser zahlreicher zeitgebundener sozialkritischer Erzählungen, Aufsätze und Kampflieder, sicherte sich indes ein bleibendes Gedenken als Übersetzer französischer, deutscher und englischer Lyrik. Alexander Block schrieb noch 1919, daß Michajlows Übertragungen der Gedichte Heinrich Heines «wahre Perlen der Poesie» und von keinem übertroffen worden seien.

Michalkow, Sergej Wladimirowitsch (geb. 1913 in Moskau als Sohn eines Professors), schrieb Lieder, Fabeln, Erzählungen und Schauspiele für Kinder und verfaßte den Text der sowjetischen Nationalhymne.

Nagischkin, D. Sowjetischer Pädagoge, der ostsibirische Folklore mit den Tendenzen seiner Zeit anreicherte.

Odojewskij, Fürst Wladimir Fjodorowitsch (1803–1869), besuchte die Universität Moskau und legte dort den Grund für sein Bekenntnis zur romantischen Philosophie Schellings, die sich in seinem literarischen Werk widerspiegelt. Odojewskij war ein vielseitig gebildeter Mann, der auf dem Gebiet der Literatur, Kunst und Musik ebenso daheim war wie auf dem der Chemie und Naturwissenschaften. Als Herausgeber der Zeitschrift «Mnemosyna» wie als gesellschaftlicher Mittelpunkt eines Kreises von Dichtern und Wissenschaftlern kam der Einfluß des hochgebildeten Mannes zu breiter Wirkung. Sein literarisches Schaffen gipfelt in dem Novellenzyklus «Russische Nächte», umfaßt aber auch neben zahlreichen romantischen Erzählungen didaktisch-aufklärende Märchen, phantastisch-utopische und satirische realistische Novellen.

«Das Märchen vom Kollegienrat Iwan Bogdanowitsch» ist in dem 1833 erschienenen Band «Bunte Märchen» enthalten. Die satirischen Grotesken des Bandes beeinflußten das gleichgeartete spätere Schaffen Gogols.

Paustowskij, Konstantin Georgijewitsch (geb. 1892 in Moskau), studierte dort, nahm am Bürgerkrieg teil, veröffentlichte seit 1925 Erzählungen, Feuilletons, Erinnerungen, in denen er seiner Verbundenheit mit den russischen Menschen und mit der Natur seiner Heimat dichterischen Ausdruck gegeben hat. Das «Märchen von dem Bär aus dem tiefen Wald» entstand 1948.

Permjak, Jewgenij Andrejewitsch, gebürtig aus dem Ural, wo Permjak mehr als dreißig Jahre lebte. Er trat mit Romanen wie «Das Märchen vom grauen Wolf» oder «Die Hexe» hervor, in denen er folkloristisches Material mit Themen des zeitgenössischen Lebens verband.

Pisachow, Stepan, ein aus dem Pinega-Rayon im nördlichen Rußland stammender urwüchsiger Erzähler aus dem Volke, in dessen Familie das Erzählen traditionell geübt wurde, wie er selbst sagt. Die wenigsten seiner Erzählungen und Lügenmärchen schrieb er auf. 1924 erschien zum ersten Male eines seiner Märchen im Druck. Viele von ihnen wurden mündlich weitererzählt und veränderten sich dabei. Als Anreger und Schöpfer seiner Lügenmärchen nennt Pisachow den Bauern Senja Malina aus dem Dorfe Ujima, achtzehn Kilometer von Archangelsk entfernt, dem er im Jahre 1928 begegnete. Pisachows Lügenmärchen werden bis heute in der Sowjetunion nachgedruckt und gern gelesen.

Pogorelskij, Antonij (Pseudonym für Alexej Alexejewitsch Perowskij, 1787–1836), unehelicher Sohn des Grafen A. K. Rasumowskij, der ihn nach seinem Gut Perowo nannte und dafür sorgte, daß er Adelsrang und eine gute Ausbildung erhielt. Pogorelskij studierte ab 1805 an der Moskauer Universität, trat in den Staatsdienst, zeichnete sich als Offizier im Feldzug gegen Napoleon aus und hielt sich nach Beendigung des Kriegs zwei Jahre in Dresden auf, wo er sich mit der deutschen Literatur, besonders mit dem Werk von E. T. A. Hoffmann, bekannt machte. Seit 1822 lebte Pogorelskij teils auf seinem Gut Pogoreltzy, teils in Petersburg, war zeitweilig Prokuror des Unterrichtswesens in Charkow und nahm aktiv an der fortschrittlichen literarischen Bewegung der russischen Romantik teil. Er pflegte die phantastisch-surrealistische Erzählung im Stil von E. T. A. Hoffmann. Von Hoffmanns «Nußknacker und Mäusekönig» ist auch die Märchen-erzählung «Das schwarze Huhn» beeinflußt, die 1829 erschien. Pogorelskij schrieb sie für seinen Neffen, den späteren Dichter Alexej Konstantinowitsch Tolstoj (1817–1875), dessen Erziehung Pogorelskij seine letzten Lebensjahre widmete.

Puschkin, Alexander Sergejewitsch (1799–1837). Als Folge seiner Sturm-und-Drangzeit mußte sich Puschkin im Jahre 1824 zwangsweise auf seinem Familiengut Michajlowskoje aufhalten. Die russischen Volksmärchen, die er damals von seiner alten Kinderfrau Arina Rodionowna und anderen Leuten des Gesindes hörte, machten starken Eindruck auf ihn. Von einigen Märchen machte er sich flüchtige Notizen. Die hier übersetzten Texte gehören zu diesen Aufzeichnungen. Einige von ihnen (Nr. 1 und 3) hat Puschkin später seinen Märchen-Poemen «Das Märchen vom Zaren Saltan» und «Das Märchen vom Popen und seinem Knecht Balda» zugrunde gelegt. Diese Poeme, die zu den schönsten Zeugnissen russischer Dichtung gehören, haben sich wegen ihrer Melodik und Beschwingtheit bisher jeder Übertragung versagt. Die Vermittlung der dem deutschen Leser zumeist unbekannten Skizzen zu den Märchen-Poemen wurde deshalb für diesen Band vorgezogen.

Remisow, Alexej Michajlowitsch (1877–1957), wuchs in Moskau auf, studierte dort, wurde aus politischen Gründen in die nördliche Provinz verbannt, lebte von 1904 bis 1921 als Schriftsteller in Petersburg, seitdem in Berlin und Paris. Einer der bedeutenden Vertreter des Symbolismus in Rußland, Bibliophile und gelehrter Kenner der alten russischen Literatur und Folklore, aus deren Bestand er thematisch wie sprachlich den Stoff für seine eigenwillig verdichteten Legenden, Märchen und Träume nahm.

Saltykow-Stschedrin, Michajl Jewgrafowitsch (Pseudonym für N. Stschedrin, 1826–1889). Obwohl Staatsbeamter, zum Teil in hoher Stellung, gehört Stschedrin zu den unerbittlichen Kritikern des autoritären Regimes, aber auch der Leidenschaftlichkeit und Indolenz des Volks oder der korrupten, heuchlerischen Beamtenschaft. Zahlreiche gesellschaftskritische Erzählungen und Skizzen sowie der düstere Familienroman «Die Herren Golowljow» zeugen von Stschedrins Bemühung, dem Volke, das er liebte, einen Spiegel vorzuhalten. Zu seinen Meisterleistungen gehören die satirischen Märchen, die er in seinen letzten Lebensjahren schrieb.

«Der Adler als Mäzen» wurde zuerst 1886 in Genf veröffentlicht, in Rußland nur handschriftlich verbreitet und zum ersten Male 1906 in der vollständigen Sammlung der Werke gedruckt. Der erwähnte Wassilij Kirillowitsch Tredjakowski (1703–1769), Professor der Eloquenz an der Petersburger Akademie der Wissenschaften und Hofdichter der Zarin Anna hat sich trotz seiner Servilität als Fest-Hymniker um die Entwicklung der russischen Schrift und Sprache verdient gemacht.

Schwarz, Jewgenij Lwowitsch (1896–1958), Sohn eines Arztes, studierte in Moskau Jurisprudenz, beendete jedoch wegen des Ersten Weltkriegs das Studium nicht, wurde Schauspieler und Theaterleiter, widmete sich dann der literarischen und journalistischen Arbeit, ab 1924 vornehmlich der Kinderliteratur, schrieb Schauspiele, Szenarien für Filme, Märchen und Erzählungen. Zu seinen bekanntesten, immer wieder gespielten Märchenstücken gehören «Die Schneekönigin», «Rotkäppchen» und «Der Drache».

Sologub, Fjodor Kusmitsch (Pseudonym für Teternikow, 1863–1927). Einer der führenden Vertreter des Sym-

bolismus in Rußland, der in Lyrik, Prosa und Dramen
der Leidenschaftlichkeit und dem Pessimismus seiner
Epoche Ausdruck gab. Zu seinen reifsten Werken
gehört der Roman «Der kleine Dämon» (1907). Die
hier veröffentlichte Variante der biblischen Legende
wurde dem «Buch der Verzauberungen» entnommen.

Teleschow, Nikolaj Dmitrijewitsch (geb. 1867), bäuer-
lichen Herkommens, Gründer einer Volkshochschule
und eines literarischen Kreises, zu dem Gorkij und
Bunin gehörten. Teleschow schrieb Skizzen und Erzählungen; ein Band «Erzählungen und Märchen für
junge Leser» erschien 1911. Nach der Oktoberrevolution betätigte er sich als Archivar und Museums-
leiter. Er veröffentlichte literaturhistorisch wertvolle
Erinnerungen an Tschechow, Gorkij u.a.

Tolstoj, Graf Alexej Nikolajewitsch (1882–1945), veröffentlichte seit 1905 Gedichte und Erzählungen,
emigrierte 1919, kehrte aber 1923 in die Sowjetunion
zurück und wurde durch seine Erzählungen und
Romane («Nikitas Kindheit», «Brot», «Der Leidens-
weg», «Peter I.», u.a.) zu einem der meistgelesenen und
geliebtesten Schriftsteller der Sowjetunion.

Außer Erzählungen für die Jugend schrieb Tolstoj
Märchen, die er mit teilweise veränderter Motivation
den Volksmärchen nacherzählte. Das der Gräfin
Natalja Tolstoj gewidmete Märchen «Der blaue Vogel»
gehört zu den Dichtungen, die Tolstoj vor der Revo-
lution und Emigration schrieb. Es erschien 1918 in der
Zeitschrift «Epocha» (Moskau).

Tolstoj, Graf Leo Nikolajewitsch (1828–1910). Die
pädagogischen Experimente, die Tolstoj in Jasnaja
Poljana Anfang der 60er Jahre unternahm, wurden
teils durch behördliche Behinderungen, teils durch

die Arbeit an den Romanen «Krieg und Frieden» und
«Anna Karenina» beeinträchtigt, aber ihr ethischer
Antrieb blieb und veranlaßte den Dichter zur Ab-
fassung eines ABC-Buchs, das dem Lernenden eine
Fülle von Geschichten, Fabeln und Anekdoten als
Lesestoff bot. Das ABC-Buch erschien 1875 und wurde
durch Lesebücher für Familie und Schule ergänzt. Die
beiden Märchen «Zwei Brüder», Nacherzählung eines
persischen Märchens, und «Bauer und Wassermann»,
die freie Übertragung einer Fabel von Äsop, waren
bereits im ABC-Buch enthalten und wurden auch in
die Lesebücher übernommen.

Das 1885 entstandene «Märchen von Iwan dem
Dummkopf» ist eine im Volkston gehaltene, humor-
volle Gestaltung der These, dem Bösen keinen Widerstand zu leisten, mit der Tolstoj eine breite Diskussion
entfesselte. Wegen seiner antiautoritären-anarchistischen
Tendenz wurde die Verbreitung des Märchens durch
die Zensur und ein zeitweiliges Verbot des Vertriebs
durch Kolporteure und Hausierhandel erschwert.

Tschornyj, Sascha (Pseudonym für Alexander Michajlowitsch Glückberg, 1880–1932), geboren in Odessa,
Jugend in Shitomir, nach 1905 Mitarbeiter an satirischen Zeitschriften, studierte zwei Jahre in Heidelberg,
kehrte nach Petersburg zurück, wo er Mitarbeiter
von «Satirikon» und anderen satirischen Organen wurde,
weilte 1912 bei Gorki in Capri und emigrierte 1920,
hielt sich in Berlin, Rom und Paris auf, schrieb für die
Jugend. Die Soldatenmärchen entstanden 1928/29.
1932 siedelte er nach der Provence über, starb dort
jedoch bald danach und liegt in Lavandou begraben.